SYLVIA LOTT

Sturm über dem Inselsalon

SYLVIA LOTT

Sturm über dem Inselsalon

Roman

blanvalet

Der Verlag dankt dem Stadtarchiv Norderney und besonders Matthias Christian Pausch für die Bereitstellung der historischen Fotos.

MIX
Papier | Fördert gute Waldnutzung
FSC® C014496

Penguin Random House Verlagsgruppe FSC® N001967

2. Auflage

in der Penguin Random House Verlagsgruppe GmbH,
Neumarkter Straße 28, 81673 München
produktsicherheit@penguinrandomhouse.de
(Vorstehende Angaben sind zugleich
Pflichtinformationen nach GPSR.)

Redaktion: Margit von Cossart
Umschlaggestaltung: www.buerosued.de
Umschlagmotive: H. Armstrong Roberts/ClassicStock/
Archive Photos/Getty Images; www.buerosued.de
LH · Herstellung: sam
Satz: Buch-Werkstatt GmbH, Bad Aibling
Druck und Bindung: GGP Media GmbH
Printed in Germany
ISBN: 978-3-7341-0891-4

www.blanvalet.de

Die Hauptpersonen rund um den Inselsalon

Frieda Fisser, geb. Dirks

Die flachsblonde Fischertochter mit den blauen Augen hat ihren Traum wahr gemacht, arbeitet jetzt im Salon Fisser und ist mit Hilrich, dem Sohn des Besitzers, verheiratet. Die Krönung ihres Glücks ist die inzwischen fünfjährige Tochter Lissy. Auch sie trifft der Krieg schwer, doch sie wäre nicht Frieda, wenn sie nicht aus allem das Beste machen würde. Die modebewusste junge Frau hat viele innovative Ideen für den Salon.

Grete Lubinus, geb. Lehmann

Grete, Tochter eines Berliner Fabrikanten, hat Norderney, wo sie früher nur Urlaube mit der Familie verbrachte, zu ihrer Heimat gemacht. Die Seeluft tut ihr gut, von den Ekzemen und ihrem quälenden Asthma ist fast nichts mehr zu spüren. Grete arbeitet bis zu Beginn des Krieges als Krankenschwester im Seehospiz, einer Kinderheilstätte, und heiratet am Tag der Mobilmachung überstürzt Dr. Max Lubinus, der schon wenige Stunden später, noch vor der Hochzeitsnacht, in die Schlacht ziehen muss.

Fritz Fisser
Das gutmütige und allseits beliebte Oberhaupt der Familie Fisser und Meister des Friseursalons ist kaisertreu bis in die Bartspitzen und hat sich trotz seines fortgeschrittenen Alters freiwillig für die Inselwacht gemeldet. Seit Beginn des Krieges lebt er im zur Kaserne umfunktionierten Seehospiz. Die Geschicke seines Salons liegen derzeit in den Händen seiner Frau Jakomina und seiner Schwiegertochter Frieda.

Jakomina Fisser
Die Matriarchin der Friseurfamilie Fisser muss einiges mitmachen, denn auch ihr Sohn Hilrich leistet Kriegsdienst. Nun gibt es bis auf den Lehrling Emil niemanden mehr, der die Herren rasieren kann. Auch die Verpflegung der Familie wird immer schwieriger. Doch zusammen mit ihrer Schwiegertochter Frieda scheut sie sich vor nichts – einfallsreich und geschäftstüchtig war sie schließlich schon immer.

Hilrich Fisser
Der gutaussehende Sohn von Jakomina und Fritz Fisser steckte einst die schönsten Damenfrisuren und wusste genau, wem welche Bartform am besten stand. Er schwärmt für Berlin und verspricht seiner Tochter Lissy, nach dem Krieg mit ihr dort hinzureisen. Als Sanitäter muss er an die Ostfront, wo er in der Ukraine eine Begegnung hat, die sein Leben völlig auf den Kopf stellt.

Dr. Max Lubinus
Nach der spontanen, überraschenden Hochzeit mit Grete – natürlich war es Frieda, die das ungleiche Paar zusammen-

brachte – ist nun auch der charmante junge Mediziner mit den Reformideen von der Insel abgereist. Er soll seinen Dienst als Stabsarzt an der Front in Belgien leisten und wird von Grete schmerzlich vermisst.

Rieka Dirks
Friedas jüngste Schwester hat es faustdick hinter den Ohren. Sie macht gerne mal die Nacht zum Tag und feiert mit den Marinesoldaten, die auf der Insel stationiert sind. Rieka ist Friedas Sorgenkind, doch im Grunde ihres Herzens ist sie ein gutes Mädchen.

Joseph Graf Ritz zu Gartenstein
Der österreichische Adlige, der Friedas Herz einst höherschlagen ließ, hat Norderney schon vor einiger Zeit verlassen, um eine reiche Erbin zur Frau zu nehmen. Denn der junge Graf muss eine gute Partie machen, um seine verarmte Familie vor dem Bankrott zu bewahren. Aus Friedas Gedanken ist er allerdings nie verschwunden, insgeheim hält sie immer noch Ausschau nach ihm.

Martin von Welser
Der gesellige junge Pilot, den Grete bei einem Besuch der Pferderennbahn kennengelernt hatte, musste die Insel zu Kriegsbeginn fluchtartig mit seinen Kunstfliegerkollegen verlassen. Nun ist er zurück, um in der Seeflugstation Wasserflugzeugführer auszubilden. Er ist enttäuscht, dass Grete inzwischen geheiratet hat.

Das Wickwief

Die Witwe lebt allein in einem Häuschen in den Dünen. Sie gilt als Wahrsagerin, liest aus Teeblättern die Zukunft und hat manchmal Visionen. Weil ihre Zauber und Rituale schon vielen Insulanern geholfen haben, genießt sie allgemein Respekt. Zu Frieda hat das Wickwief eine ganz besondere Beziehung, aber auch die abergläubische Jakomina ist eine treue Kundin, die sich bei ihr gern Rat holt.

Was man so braucht …

Man braucht nur eine Insel
Allein im weiten Meer.
Man braucht nur einen Menschen,
Den aber braucht man sehr.

Mascha Kaléko

Frieda

»Wir sehen uns dann heute Abend bei der Versammlung«, sagte Frieda, während sie ihrer Schwiegermutter Platz an der Registrierkasse machte und den Friseurkittel auszog.

»Ja«, antwortete Jakomina Fisser, »sei besser etwas früher da, es wird bestimmt voll. Und grüß deine Eltern schön.«

»Mach ich«, versprach Frieda. Sie setzte einen Strohhut auf ihr hochgestecktes flachsblondes Haar und rief durch den Flur in Richtung Küche. »Komm, Lissy, wir wollen zu Oma Meta und Opa Dirk. Du darfst heute bei ihnen übernachten.«

Hüpfend kam ihre fünfjährige Tochter in den Verkaufsraum des Inselsalons. Ihre braunen Locken wippten noch, als sie von hellem Glöckchenklang begleitet durch die Ladentür in den Laubengang traten, der das Eckgeschäft von zwei Seiten umgab. Im Damensalon, wo Frieda hauptsächlich arbeitete, wenn sie nicht an der Kasse stand, war an diesem Tag kaum Betrieb. Aber im Herrensalon brummte es, weil plötzlich alle Männer, auch die ganz jungen und die alten, einen militärischen Kurzhaarschnitt wollten. Frieda strich Lissy über den Kopf, um sie zu beruhigen. Nicht nur ihr Kind war aufgedrehter als sonst. Alle Menschen befanden sich seit Tagen im Ausnahmezustand, sie selbst fühlte sich wie betäubt. Denn seit einer Woche herrschte Krieg.

Es war schwer zu begreifen. Frieda ahnte, dass ihr Verstand und ihre Seele dieses epochale Ereignis nur teilweise erfassen konnten. Die Bedeutung eines Krieges, in den beinahe die ganze Welt verwickelt war, überstieg einfach das menschliche Vorstellungsvermögen.

Sie schaute an der Eingangstür hoch und registrierte, dass der blank polierte Metallteller fehlte. Wahrscheinlich war das Zunftzeichen der Friseure schon die ganze Woche über vergessen worden. Kein Wunder, das morgendliche Aufhängen gehörte seit Jahrzehnten zu den Vorrechten ihres Schwiegervaters Fritz Fisser, und der hatte sich trotz seines fortgeschrittenen Alters am vergangenen Sonnabend, dem Tag der Mobilmachung, freiwillig für die Inselwache gemeldet. Er lebte nun, kaserniert mit rund hundertfünfzig anderen Landwehrsoldaten, die allesamt von Norderney stammten, im Seehospiz. Man befürchtete nämlich, dass die Engländer versuchen würden, Deutschland von See her anzugreifen. Davor sollten die Männer der Inselwache sie schützen beziehungsweise früh genug Meldung machen, damit Verstärkung anrücken konnte.

Frieda erschauderte bei diesem Gedanken. Die fröhliche Schrammelmusik noch im Ohr, die bis vor Kurzem aus den Hotelbars erklungen war, mussten sie auf einmal den Horizont nach feindlichen Kriegsschiffen absuchen.

Der mächtige Backsteinkomplex des Seehospizes, einer Kinderheilstätte, war quasi über Nacht geräumt worden. Die Schwestern hatten dreihundert Kinder zurück aufs Festland gebracht und anschließend selbst – wie die meisten Kurgäste – Norderney fluchtartig verlassen. Alle Schwestern mit Ausnahme ihrer besten Freundin Grete Lehmann. Ach nein, sie hieß ja jetzt Grete Lubinus, weil sie am Montagvormittag den Arzt Dr. Max Lubinus geheiratet hatte, der am Montagnachmittag, einberufen als Stabsarzt, mit einem Dampfer zum Festland abgereist war. Ihre spontane Kriegsheirat hatte alle überrascht, Grete und Max wohl am meisten. Eine Eheschließung nach Kriegsrecht ohne Aufgebot. Und ohne Hochzeitsnacht, die Ärmsten. Frieda seufzte voller Mitgefühl.

Lissy schaute sie fragend an. »Alles in Ordnung, mein Schatz.« Mit einem Lächeln bemühte sie sich, Ruhe auszustrahlen.

Grete stammte aus einer wohlhabenden Berliner Unternehmerfamilie. Sie konnte sogar eine adlige Mutter vorweisen und hatte sich, da junge Damen in ihren Kreisen nicht zu arbeiten pflegten, die Schwesternausbildung und ihren Wirkungsbereich im Seehospiz schwer ertrotzen müssen. Da nun die Soldaten der Inselwache im Hospiz untergebracht waren, wohnte die Freundin vorübergehend bei ihnen, den Fissers. Sie schlief in Hilrichs ehemaligem Zimmer in der Wohnung der Friseurfamilie. Frieda und ihr Ehemann hatten nach ihrer Hochzeit einen eigens für sie angebauten Wohnbereich bezogen.

Hilrich war ebenfalls am Montag seinem Gestellungsbefehl gefolgt. Er hatte ihr schon eine Nachricht geschickt. So wusste sie, dass er derzeit nach einer Zwischenstation in Aurich in Oldenburg stationiert war. Gott sei Dank gehörte er nicht zu jenen Soldaten, die bereits in Belgien an der Front kämpften.

Vor dem Kurpark blieb Frieda kurz stehen und atmete tief durch. Die Luft roch nach Salzwasser, Pferdeäpfeln und Rosen. Es war ein wunderbarer Augusttag, ideales Wetter für den Strand. Doch statt vornehmer Kur- und Badegäste sah man nur Soldaten, Grüppchen debattierender Insulanerinnen und verloren wirkende Saisonkräfte, die wie Grete noch keine Gelegenheit gefunden hatten, die Insel zu verlassen. Schließlich gebührte Militärtransporten nun auf den Fähren und für die Anschlusszüge Vorrang.

Eine Brise umschmeichelte Frieda. Im Gesicht und durch den Stoff ihrer hellen Bluse hindurch spürte sie die Sonne. Was für eine Verschwendung von Wärme und Licht! Sie gab sich einen Ruck. Mit Lissy an der Hand ging sie zügig an der Grünanlage mit dem lang gestreckten klassizistischen Conversationshaus und dem Bazar-Gebäude vorbei durch den Ortskern in Richtung Kaiserstraße.

»Das ist doch gar nicht der Weg zu Oma und Opa«, sagte Lissy in der Strandstraße.

»Richtig, wir wollen noch unseren reparierten Wecker abholen.«

Im Schaufenster des Uhrmachers Simon verkündete ein Schild: *Wegen Einberufung zur Armee bleibt mein Geschäft vorläufig geschlossen*. Frieda zuckte mit den Schultern. Dann eben nicht.

Eigentlich machte sie diesen Umweg zum Fischerhaus ihrer Eltern sowieso nur, weil sie das Bedürfnis verspürte, aufs Meer zu schauen. Die Nordsee hatte sie noch immer beruhigt. Sie brauchte jetzt deren Kraft, wollte die Wellen rauschen hören, den frischen Geruch und die endlose, glitzernde Weite in sich aufnehmen. Das würde ihr hoffentlich auch diesmal helfen, ihre Gefühle zu ordnen und klarer zu erkennen, was getan werden musste.

»Mama, die sperren den Sommer ein!«

Entrüstet zeigte Lissy auf eine eben noch lichtdurchflutete Veranda, die von zwei Männern mit Brettern vernagelt wurde.

»Das macht nichts, ist sogar besser so«, erklärte Frieda. Innerlich schüttelte sie den Kopf. Wie kam das Kind nur immer auf solche sonderbaren Vergleiche? Lissys Empfindsamkeit und Fantasie gefielen ihr einerseits, gewiss handelte es sich dabei um eine Mitgift ihres Vaters. Andererseits fürchtete sie, ihre Tochter könnte zu sensibel werden. Mehr Robustheit würde ihr besser durchs Leben helfen. Deshalb ging sie möglichst praktisch auf derlei poetische Gedankengänge ein. »Die Hotels und Logierhäuser dürfen, solange Krieg ist, keine Gäste mehr aufnehmen. Viele Besitzer gehen schon jetzt aufs Festland, Lissy, nicht erst im Winter wie sonst. Und auf diese Weise sind ihre Häuser besser vor den Herbststürmen geschützt.«

Sie erreichten die Kaiserwiese. Die Tennisplätze vor den Grandhotels mit Seeblick lagen verwaist da. Auch der Badestrand wirkte einsam, letzte Strandkörbe wurden auf einen Pferdewagen gehievt. Nur an Scherls Lesepavillon schräg gegenüber von Braams Buchhandlung und ein Stück weiter an Ullsteins Pavillon drängten sich Menschen. Dort in den Schaufenstern hingen stets die neuesten Nachrichten aus. Theo Weerts, der Redakteur des *Inselboten* und Stammkunde im Inselsalon, hatte sie bereits am Morgen, während er vom Lehrling rasiert worden war, über die aktuellen Ereignisse informiert. Besonders betroffen gemacht hatte sie die Nachricht, dass alle Bewohner Helgolands evakuiert und nach Hamburg gebracht worden waren. Wer nicht bei Verwandten oder Freunden unterkommen konnte, musste fortan in Altonaer Auswandererbaracken wohnen.

Helgoland verfügte über einen Kriegshafen, außerdem befand sich auf der Hochseeinsel die größte deutsche Seeflugstation. Im Vergleich damit hatten sie es auf Norderney gut. Sie durften bleiben, denn ihre Insel spielte für die Marine nur eine untergeordnete Rolle. Von den sieben bewohnten ostfriesischen Eilanden, zu denen Norderney gehörte, waren Borkum und Wangerooge in den vergangenen Jahren am stärksten aufgerüstet worden, weil sie in der Nähe der kriegswichtigen Häfen Emden und Wilhelmshaven lagen.

»Gehen wir noch an den Strand?«, fragte Lissy erwartungsvoll.

Frieda nickte. Das Kind rannte los, sie folgte gemessenen Schrittes.

Kurz vor der Holztreppe zum Abstieg brüllte sie ein Wachposten an, den sie vorher nicht bemerkt hatte. »Halt! Name? Woher und wohin?«

Frieda schreckte zusammen, Lissy blieb wie versteinert stehen, Tränen in den Augen. Nun erkannte Frieda den Uniformierten, der wichtigtuerisch aus dem Schatten eines zum Wachhäuschen umfunktionierten Badekarrens hervortrat – Hein de Vries, Schuster aus der Friedrichstraße, nicht gerade die hellste aller Leuchten.

»He, Hein, du kennst mich doch! Wir wollten nur mal …«

Er verzog keine Miene. »Hier ist Sperrgebiet, Zutritt verboten.«

»Nun hab dich nicht so, wir sind doch ganz harmlos.« Frieda hob die Hände. »Ist denn überall gesperrt?«

»Vom Januskopf bis zum Weststrand.«

»Ach so, das war mir nicht klar. Könnten wir nicht trotzdem kurz …«

»Das gilt für alle«, antwortete Hein. »Ich bin im Dienst«, fügte er hinzu, wohl um kundzutun, dass er sich nicht auf ein nachbarschaftliches Geplänkel wie in Friedenszeiten einlassen konnte.

Frieda fand das übertrieben. Doch nun marschierte auch noch ein Trupp Soldaten im Gleichmarsch über die Promenade.

»Na dann, tschüss!« Sie winkte Lissy heran, und sie gingen in Richtung Dünen.

Auf ihren beiden liebsten Aussichtsdünen, der Georgshöhe und der Kaapdüne allerdings standen, wie schon von Weitem zu erkennen war, militärische Posten. Sicher waren auch die jetzt für Zivilpersonen gesperrt. Frieda gab den Plan auf, noch ein paar Minuten in Ruhe aufs Meer hinauszublicken, und beschloss, Lissy auf dem schnellsten Weg zu ihren Eltern zu bringen.

Nach wenigen Minuten hatten sie das efeuüberwucherte alte Fischerhaus erreicht, das sich in die Dünen schmiegte. Im eingezäunten Vorgarten blühten Bauernblumen bunt durcheinander. Die Eingangstür stand auf, alle Schiebefenster waren geöffnet.

»Ich koch gerade die ersten Pflaumen ein«, sagte ihre Mutter, als sie in die Wohnküche traten.

Normalerweise hätte sie an einem Tag wie diesem als Badefrau am Damenstrand gearbeitet, und der Vater wäre mit Sommerfrischlern in seiner Schaluppe auf Vergnügungstour vor Norderney hin- und hergekreuzt. Stattdessen saß er draußen in der begrünten Laube neben dem Eingang.

Friedas jüngste Schwester Rieka brühte Tee auf. »Willst du auch zur Versammlung?«, fragte sie.

Frieda nickte. »Wir gehen alle«, sagte sie, und dann an ihre Mutter gerichtet: »Deshalb wollte ich fragen, ob Lissy wohl heute Nacht hier schlafen kann.«

»Aber natürlich! Immer gern. Komm her, min Tüddi!« Ihre Mutter ging in die Knie und umarmte Lissy, bevor sie sich wieder aufrichtete, um Frieda an sich zu drücken. »Unsere Gäste sind alle abgereist. Wir haben Platz genug.« Die Familie vermietete während der Saison drei Zimmer. »Du kannst aber auch wieder zu mir ins Bett kommen, wenn du willst.« Als sie lächelte, erkannte man trotz des wettergegerbten Teints die Ähnlichkeit mit ihren hübschen Töchtern. Alle Dirks-Frauen hatten ein breites, freundliches Gesicht, flachsblondes Haar, helle blaue Augen und Stupsnasen. »Ihr könnt uns ja hinterher erzählen, was die schlauen Leute gesagt haben.«

Oma Kea, die Mutter von Friedas Vater, füllte gerade Pflaumenmus in Gläser. »Na, min lüttje Sünrooske«, sagte sie zur Begrüßung, und Frieda fühlte sich kurz wieder, als wäre sie in Lissys Alter. Liebevoll küsste sie die alte Frau auf die Wange. »Mhmm … es riecht so lecker fruchtig.«

»Nimm Teetassen mit raus«, bat Rieka.

Frieda holte das Geschirr aus dem Schrank und trug es samt einem Stövchen zum Warmhalten in die Laube. Ihr Vater bastelte dort am Gartentisch an einem Buddelschiff. Dieser Nebenbeschäftigung, die immer noch ein paar Mark einbrachte, ging er sonst nur im Winter nach.

»He!«, grüßte Frieda auf Norderneyer Art und klopfte einmal auf den Tisch.

Die blauen Augen ihres Vaters leuchteten auf. »He! Wir haben in Belgien die Festung Lüttich eingenommen!« Stolz strich er über seinen Vollbart. »Die Russen sind an der Front im Osten zurückgedrängt. Und den Franzosen hat unsere Marine in Nordafrika schon ordentlich Feuer unterm Hintern gemacht.«

»Ja, ich hab's im Salon gehört.« Frieda deckte den Tisch und setzte sich dann. »Wenn das so weitergeht, haben wir den Krieg bald gewonnen.«

»Was denn sonst?«, brummte ihr Vater, während er eine Gabel in die Hand nahm.

Er hielt seine Pfeife mit den Zähnen im Mundwinkel fest, weil er nun beide Hände brauchte, um dem noch weichen Kitt in der Flasche die Form von Wellen einzuprägen.

»Opa, Opa!« Lissy beobachtete ihn fasziniert. »Darf ich nachher das Meer blau anmalen?«

Er schmunzelte. »Natürlich, min Wicht. Das machen wir zusammen, mit dem langen Pinsel. Der Kitt muss aber erst trocknen.«

Erfreut verschwand Lissy im Haus, bestimmt, um in der Küche Pflaumen zu naschen.

Die Erwachsenen setzten sich zusammen, und sie unterhielten sich beim Tee über den Krieg. »Habt ihr schon was von Hero und Dodo gehört?«, fragte Frieda.

Ihr ältester Bruder Hero befand sich auf großer Fahrt. Ihr Lieblingsbruder Dodo war zur Marine nach Wilhelmshaven eingezogen worden.

Ihre Mutter schüttelte den Kopf. »Vielleicht weiß Hero noch gar nicht, dass wir Krieg haben.«

»Übermorgen wird der Kurbetrieb auf Norderney offiziell eingestellt«, berichtete Rieka. »Dann bin ich meine Arbeit in der Hotelküche los.«

Sie schwiegen eine Weile, jeder hing seinen Gedanken nach. Trotz der großen patriotischen Begeisterung schwebte über allem unausgesprochen eine Sorge: Wovon sollen wir unseren Lebensunterhalt bestreiten, wenn wir kein Geld mehr verdienen können? Das beschäftigte alle Norderneyer, deren Existenz direkt oder indirekt vom Fremdenverkehr abhing. Deshalb fand auch am Abend eine öffentliche Volksveranstaltung im Gasthof Frisia statt. Eingeladen hatten der Königliche Badekommissar, der zugleich Inselkommandant war, der Bürgermeister, der Vorsitzende des Kriegervereins und das Lehrerkollegium. Besprochen werden sollte, wie eine ganzseitige Anzeige im *Inselboten* ankündigte, die Frage: *Was können wir Norderneyer in dieser ernsten und schweren Zeit für unser deutsches Vaterland tun?*

Frieda brauchte nicht zu fragen, ob Vater und Mutter die Versammlung besuchen wollten. Es war klar, dass sie fernbleiben würden. Vor fast zwanzig Jahren hatte man Dirk Dirks im Frisia, dem beliebtesten Vereinslokal der Insel, Hausverbot erteilt, weil damals sein Name im amtlichen »Verzeichnis der Trunkenbolde« der Königlichen Landdrostei Aurich gestanden hatte. Auch wenn ihr Vater schon lange keinen Alkohol mehr trank und andere Leute die Flaschen für seine Buddelschiffe leeren ließ, mied er konsequent die Stätte seiner öffentlichen Schande. Und selbstverständlich war sie für seine Frau ebenfalls tabu.

Die Großmutter sprach als Erste. »Kommt Zeit, kommt Rat.«

Der dicke Kandis in Friedas Tasse knisterte, als Rieka allen Tee nachschenkte. »Wir sollten die Kluntjes in Zukunft sparsamer einteilen«, meinte ihre Mutter. »Die Preise sind in den letzten Tagen unverschämt gestiegen.« Wieder machte sich eine ungewohnte Stille breit.

»Hilrich ist jetzt in Oldenburg«, erzählte Frieda dann. »Als Sanitäter im Reservelazarett. Erwin, unser Geselle, übrigens auch.«

»Schön, dann kennt er da schon jemanden«, meinte die Mutter.

»Na ja«, gab Frieda zu bedenken. Sie bezweifelte, dass Hilrich erfreut darüber war. »Erwin ist gerade kein edler Charakter, und nun arbeiten sie plötzlich im gleichen Rang.«

»Habt ihr im Inselsalon denn noch genug zu tun?«, wollte Rieka wissen.

»Doch, schon, nur anders als sonst.« Frieda schilderte kurz die veränderte Situation. »Die beiden Räume für Schönheitsbehandlungen können wir dichtmachen. Die Masseurin und die Kosmetikexpertin sind zurück aufs Festland. Die zwei hätten sicher auch nichts mehr zu tun ohne Kurgäste.« Selbst in Friedenszeiten kamen Insulanerinnen, abgesehen von der einen oder anderen Logierhausbesitzerin vielleicht, überhaupt nicht auf die Idee, für solchen Luxus Geld auszugeben. »Im Salon fehlen uns natürlich mit einem Schlag die wichtigsten Leute.«

Das waren vor allem die beiden Friseurmeister, ihr Schwiegervater und ihr Mann, aber auch die Gesellen Erwin, Willy und Menno, genannt Kruuskopp. Frieda biss sich auf die Lippen. Sie schämte sich ein bisschen. Es klang ja fast, als würde sie ihren Mann nur im Salon vermissen. Natürlich hatte sie ihn lieb, sie sorgte sich um ihn, er fehlte ihr, sie waren für immer miteinander verbunden. Schließlich bewahrte sie sein Geheimnis – so wie er ihres bewahrte. Ihre

Mutter und ihre Großmutter wussten etwas davon. Aber nur ein Mensch wusste alles. Das war Grete. Frieda hatte ihr Hilrichs Geheimnis keineswegs verraten, Grete war irgendwann von allein draufgekommen. Na ja, und Gretes Mann Max, der wusste inzwischen auch alles. Was daran lag, dass er ein hervorragender, lebenskluger Beobachter war und es sich auf diese Weise erschlossen hatte. Diese beiden würden ihre Geheimisse jedoch gut bewahren, da war sie sich sicher.

»Hauptsache, sie kommen bald alle heil zurück!«, fügte sie schnell hinzu.

»Jau«, ließ sich ihr Vater vernehmen.

Lissy kehrte mit pflaumenmusverschmiertem Mündchen aus der Küche zurück. »Papa will mal mit mir nach Berlin reisen, wenn der Krieg vorbei ist«, verkündete sie stolz.

»In der Kirche gibt's jetzt immer um sechs Uhr abends eine Kriegsgebetsstunde«, steuerte Rieka bei.

»Beten kann man überall«, erwiderte ihre Großmutter.

»Ist Grete noch auf der Insel?«, fragte die Mutter.

»Ja«, antwortete Frieda, »und ich wünschte, sie könnte trotz allem bleiben. Ehrlich gesagt, fänd ich es schrecklich, wenn sie nicht mehr hier wäre.« Sie hatten sich zehn Jahre zuvor als Vierzehnjährige während einer Kur der Berlinerin kennengelernt. Und trotz der Kluft hatte sich zwischen dem einfachen Fischermädchen und der reichen Unternehmertochter eine tiefe Freundschaft entwickelt. Seit fast drei Jahren lebte und arbeitete Grete nun schon im Seehospiz auf der Insel, dort hatte sie ihre Berufung gefunden. Friedas Brustkorb fühlte sich schwer an, wenn sie sich vorstellte, dass sie die kommende Zeit ohne Grete durchstehen sollte. Zum

Zeichen dafür, dass sie keinen weiteren Tee wollte, legte sie den kleinen Löffel in ihre Tasse. »Ich glaub, wir müssen los, Rieka.«

»Och, geh du schon mal vor. Kannst mir ja einen Platz freihalten«, antwortete ihre Schwester. »Ich räum noch ab und zieh mir was anderes an.«

»Na gut.« Frieda erhob sich. Sie küsste und umarmte Lissy, zog das blaue Haarband in ihren windzerzausten Locken zurecht. »Sei schön brav, mein Schatz. Ich bin schon gespannt auf das Meer in Opas neuem Buddelschiff – ob da wohl auch etwas Grün in den blauen Wellen sein wird?«

Sie verließ das Haus und schlug einen schmalen Dünenweg ein, der sich am Ortsrand entlangschlängelte, als Abkürzung zum Frisia. Unterwegs gewahrte sie das Wickwief, das durch die einsame Landschaft wanderte und, wie Windfetzen ihr zutrugen, mit hoher, zittriger Stimme einen Choral sang. Die alte Jantje hatte gelegentlich einen Vörlopp. So nannten die Ostfriesen eine Vision – von einem Todesfall, einem Schiffsuntergang oder vorüberziehenden Leichenzug –, die sich später stets bewahrheitete. Jantje las auch aus Teeblättern die Zukunft und kannte sich mit allerlei Heil- und Zaubermitteln aus. Den meisten Insulanern war sie unheimlich. Der Pastor wetterte regelmäßig gegen sie. Aber sie genoss doch allgemein Respekt.

Frieda hatte ein gutes Verhältnis zu ihr. Besonders, seit die Hellseherin ihre Schwiegermutter vor sechs Jahren davon überzeugt hatte, dass sie, die kleine Friseurgehilfin Frieda Dirks, Tochter eines trunksüchtigen Fischers, genau die Richtige für ihren Goldjungen Hilrich sei. Eigentlich hatte Jakomina Fisser sich ja immer eine bessere Partie für ihren einzigen Sohn erträumt. Doch sie war auch sehr abergläubisch. Und so hatte Frieda ein wenig nachgeholfen. Sie hatte das Wickwief Jantje um Unterstützung gebeten und versprochen, ihr alle zwei Monate mit der Brennschere zu Hause umsonst das Haar zu ondulieren.

Die geheimnisumwitterte Frau kannte sie schon seit ihrer Geburt. Frieda war nämlich unter einer Glückshaube, sozusagen noch in der Eihülle, in die Welt geglitten, was als ein außerordentlich gutes Omen galt. Jantje hatte damals der Hebamme die Glückshaube abgeluchst, sie getrocknet und einem Norderneyer Seefahrer verkauft, der sich dadurch vor dem Ertrinken geschützt fühlte.

Immer wieder mal hatte das Wickwief Frieda beim Frisieren gefragt, ob sie nicht Anzeichen für hellseherische Fähigkeiten verspüre. Schließlich fänden sich unter Menschen, die mit Glückshaube geboren waren, besonders oft welche mit dieser seltenen Gabe. Frieda hatte wahrheitsgemäß stets verneint. Da könne sie froh sein, hatte das Wickwief ihr daraufhin jedes Mal versichert, denn es sei wirklich kein Zuckerschlecken.

Das Einzige, was Frieda von anderen Menschen unterschied, war ihr Talent, Paare zusammenzubringen. Sie erkannte intuitiv, wer zu wem passte. Und dann half sie eben manchmal ein bisschen nach. Der Erfolg hatte ihr schon mehrmals einen schönen Hut beschert, das übliche Geschenk eines frischvermählten Ehepaars als Dank fürs Verkuppeln. Fünf Hüte zierten bereits zu Hause die Wand am Treppenaufgang. Frieda musste lächeln. Aber ihre Miene gefror, als das Wickwief abrupt stehen blieb und zu singen aufhörte. Hatte Jantje etwa einen Vörlopp?

Frieda verharrte ebenfalls. Mit angehaltenem Atem beobachtete sie aus der Ferne die alte Frau, die eine Weile einfach weiter so dastand. Sie erinnerte sich daran, dass Jantje einmal von einem magischen Ort auf der Insel gesprochen hatte – dort war angeblich das, was noch kommen würde, bereits Vergangenheit. Wer dort stünde, der würde es schon wissen, hatte sie geraunt.

Frieda hatte die Geschichte damals eher ins Reich der Spökenkiekerei verwiesen, denn sie wusste, dass Jantje gern etwas übertrieb und allerlei Hokuspokus machte, um die Erwartungen ihrer Kundschaft zu erfüllen. Aber vielleicht war ja doch etwas dran und dort drüben jene geheimnisumwobene Stelle … Verlockende Vorstellung, einfach kurz in die Zukunft sehen zu können. Vielleicht sollte sie es auch mal ausprobieren.

Jantje senkte den Kopf, hob ruckartig die Unterarme, ließ sie aber gleich wieder fallen. Nun drehte sie sich hastig um und strebte eilig zurück in die Richtung, wo ihr Häuschen stand. Nach einem Vergnügen sah das nicht aus. Frieda lief eine Gänsehaut über den Rücken und die Oberarme, ihr Puls beschleunigte sich. O nein, sie wollte nicht in die Zukunft sehen können! Sie wollte mit frischem Mut von Tag zu Tag tun, was getan werden musste, um ihre Familie und sich durch den Krieg zu bringen. Sie blieb an Ort und Stelle.

Demütig schickte sie ein Stoßgebet gen Himmel. »Lieber Gott, mach, dass wir es heil überstehen. Bring mir meinen lieben Hilrich gesund zurück, lass meine Brüder und meinen Schwiegervater unversehrt, beschütze Lissy und mich, gib uns genug zu essen und ausreichend Kraft, alle Schwierigkeiten zu meistern. Bitte schick Joseph einen Schutzengel extra. Lass Deutschland gewinnen, und beschütze auch unseren Kaiser.« Allmählich normalisierte sich ihr Herzschlag. »Ach, und noch was … Könntest du bitte dafür sorgen, dass Grete auf der Insel bleibt? Amen.«

Grete

Endlich! Grete drückte die Fahrkarten an ihre Brust. Nach einer Woche des vergeblichen Anstehens, Wartens und Nachfragens hatte sie eine Fähr- und eine Zugfahrkarte für die Heimreise nach Berlin ergattert. Obwohl – wenn sie ganz ehrlich war, dann musste sie zugeben, dass sie sich nicht wirklich freute. Gewiss wäre es schön, Mutter und Vater wiederzusehen. Aber ihr Vater hatte bestimmt keine Zeit, weil sich die Lehmann'schen Werke derzeit mit Sicherheit vor Aufträgen für militärische Ausrüstung – Spaten, Zelte, mobile Möbel, Uniformen – nicht retten konnten. Ihr mittlerer Bruder Eduard, im diplomatischen Dienst des Auswärtigen Amtes in Berlin tätig, würde beschäftigter denn je sein. Und ihr großer Bruder Ludwig, genannt Lulu, sowie der jüngere Hans-Heinrich saßen weit entfernt in Deutsch-Südwestafrika fest, wo sie ein Kaufhaus mit Ausrüstungsgegenständen für Diamantensucher aufbauten. Was also sollte sie in Berlin?

Der Gedanke an die Bälle und Teestunden, während derer ihre Eltern sie an den Mann zu bringen versucht hatten wie eine lädierte Ware, bereitete ihr noch immer Übelkeit. Andererseits würden wohl keine Vergnügungsveranstaltungen mehr stattfinden, aus Respekt vor den Soldaten im Feld. Allenfalls langweilige Wohltätigkeitsbasare, in den Augen ihrer Mutter das einzig angemessene öffentliche Betätigungsfeld für verheiratete Frauen – auch das fand sie wenig verlockend. Wahrscheinlich würde ihr Asthma zurückkehren, ebenso die grässlichen Ekzeme, die sie jahrelang geplagt hatten, bis sie endlich dauerhaft im Heilklima Norderneys leben und als Schwester im Seehospiz das tun konnte, was sie für sinnvoll hielt.

Aber das Hospiz war nun zweckentfremdet, sie verfügte weder über ein eigenes Quartier noch über Einkommen. Die Gastfreundschaft der Fissers mochte sie auf keinen Fall überstrapazieren. Grete seufzte. Deshalb war es wohl doch das Vernünftigste, in den Schoß – und die komfortable Villa – der Familie zurückzukehren.

Ihre Eltern wussten noch nichts von ihrer spontanen Heirat mit Max Lubinus. Telefon- und Postverbindungen dienten jetzt vor allem dem Militär und funktionierten für Privatleute nur schleppend. Deshalb hatte sie es gar nicht erst versucht. Eine solche Nachricht sollte man auch besser persönlich mitteilen, fand sie. Die Wahrheit war, dass sie schrecklich dagegen ansah. Immerhin, Max hatte einen Doktortitel. Aber er war ein einfacher Ostfriese, eine Halbwaise, die von einem Pastor adoptiert worden war. Er konnte keinen vorzeigbaren Stammbaum präsentieren und besaß kein Geld. Ihm fehlte der gesellschaftliche Schliff, auf den ihre Mutter so viel Wert legte.

Mit Stipendien und viel Fleiß hatte Max es von seiner Ausgangsposition aus betrachtet weit gebracht. Das würde eventuell die Anerkennung ihres Vaters hervorrufen, jedoch nicht ausreichen, um in den Augen ihrer Familie auch nur annähernd den Anforderungen als ihr Ehemann zu genügen. Es würde also Ärger geben in Berlin.

Grete setzte sich auf eine Parkbank. Nachdenklich schaute sie auf die Schlange der Wartenden vor dem Schalter. Auch an diesem Tag erhielt nicht jeder, der wollte, eine Fahrkarte. Etliche Menschen zogen mit enttäuschter Miene von dannen.

In den vergangenen Monaten war Grete Max' Assistentin im Seehospiz gewesen. Sie hatten an einem Forschungsprojekt über den Einfluss des Seeklimas auf die Asthmaerkrankungen von Kindern gearbeitet. Noch vor einer Woche wäre ihr nicht im Traum eingefallen, dass sie ihren Vorgesetzten jemals heiraten würde. Dieser Kerl hatte sie ständig nur aufgeregt und geärgert. Sie kannte ihn schon länger. Als er noch angehender Arzt gewesen war und sie als hustender, verschorfter Backfisch zur Kur im Seehospiz, da hatte sie zu seinen ersten Patientinnen gehört. Er hatte ihr damals Bücher über die Reformbewegung geliehen. Die Lektüre hatte ihr Denken allmählich in eine andere als von ihren Eltern und Erziehern gewünschte Richtung gelenkt. Zugegeben, damals hatte es zwischen ihnen schon mal zu prickeln angefangen. Doch nach einem einzigen leidenschaftlichen Kuss am Strand, der wirklich ewig zurücklag, hatte sie bei ihrer erneuten Begegnung in diesem Frühjahr geglaubt, sie würde durchaus sachlich die Tabellen für seine Studien führen können. So lange hatten sie sich aus den Augen verloren gehabt, und mittlerweile war er verlobt gewesen mit der hübschen und klugen Tochter eines Dekans der Universität Leipzig.

Nur Frieda, ihre liebe, gute Freundin, hatte den wahren Grund für ihre Gereiztheit durchschaut. Und obwohl sie ihr ausdrücklich verboten hatte, sich einzumischen, verdankte sie es letztlich Friedas Gespräch mit Max am Tag des Kriegsbeginns, dass er seine Verlobung gelöst und tatsächlich ihr, Grete, seine Liebe erklärt hatte. Schlagartig hatte sie begriffen, dass sie ihn liebte wie noch nie einen Mann zuvor. Nur ihr anerzogener Hochmut hatte sie so lange blind und störrisch gemacht.

Verrückt, wie sich das Leben innerhalb kurzer Zeit gleich zweifach so radikal verändern konnte. Sie hatten Krieg, und sie war verheiratet! Beides wäre ihr noch vor Kurzem völlig absurd erschienen.

Sie dachte die meiste Zeit nicht daran, dass die Welt in Flammen stand. Sie fühlte nur, dass ihr Herz brannte. Vor Liebe und Sehnsucht. Wie dumm, wie dreimal dumm, dass sie ihre Hochzeitsnacht nicht einfach vorgezogen hatten! Max, ihr edler Ritter, hatte nicht gewollt, dass sie unter diesen Umständen schwanger würde, weil sie, im Falle, dass er fiele, schlechter dran sein würde. »Du wärest nicht frei, um arbeiten zu gehen, und du würdest mit einem Kind nicht so leicht einen neuen Mann finden«, hatte er gesagt. Letzten Sonntag war das gewesen. Und doch in einer anderen Zeit. Als er ihr seine Sichtweise erklärt hatte, war sie noch tief berührt gewesen von seiner Selbstbeherrschung und seinem Verantwortungsbewusstsein. Jetzt fand sie es unendlich bedauerlich. Wie gern hätte sie ihn mit allem, was ihr zur Verfügung stand, geliebt. Meine Güte, sie war schon vierundzwanzig und immer noch Jungfrau!

Eine Frau mittleren Alters ließ sich neben ihr auf die Bank plumpsen. Offenbar war sie fertig mit den Nerven. Sie atmete ruckweise ein. Mühsam beherrscht zückte sie ein Taschentuch und betupfte ihre Augen.

»Ham Se 'ne Fahrjelejenheit erjattert?«, fragte sie.

»Ja, hab ich, endlich.«

Verlegen griff Grete sich an den Kopf, um die Schwesternhaube zurechtzurücken. Doch ihre Finger berührten fein geflochtenes Stroh und ein Ripsband. Es war noch ungewohnt, dass sie seit Montag keine Schwesterntracht mehr trug, sondern ein ganz normales Sommerkleid und einen Hut.

»Se Jlückliche!« Mit unverhohlenem Neid sah die Frau sie an. »Ick muss nach Hause, nach Berlin! War hier Köchin im Europäischen Hof, mein Bruder hat sich im Sommer um unsere kranke Mutter jekümmert. Nu issa bei de Soldaten und … und unsere Mutter weeß sich alleene doch nich' zu helfen …« Sie brach in Tränen aus.

Grete brauchte nicht zu überlegen. »Hier«, sie hielt der Frau ihre Fahrkarten hin, »nehmen Sie meine.«

»Aber … aber det kann ick doch nich' annehm …«

»Doch! Bei mir kommt's auf einen Tag mehr oder weniger nicht an. Dann stell ich mich eben morgen wieder an.«

Das war gelogen. In diesem Moment wurde ihr klar, dass sie auf Norderney bleiben wollte. Hier fühlte sie sich Max am nächsten, auch wenn er nicht körperlich anwesend war. Hier lebte ihre beste Freundin. Hier ging es ihrer Seele und ihrem Körper am besten. Es musste eine Möglichkeit geben. Bestimmt würde sich irgendeine bezahlte Tätigkeit für sie finden.

»Aber … dann will ick wenigstens dat Jeld dafür …«, sagte die Frau aufgeregt. Sie kramte in ihrem Portemonnaie und zählte ihr den Betrag passend ab. Mit blanken Augen stammelte sie: »Ick … ick bin Ihnen ja … so dankbar!«

Grete lächelte froh, dann stand sie auf. Die Frau brachte es sonst noch fertig und küsste ihr die Hände. »Gern geschehen.«

»Wissen Se eejentlich«, sagte die Frau bewundernd, »dat Se aussehn wie Schneewittchen?«

Das hörte Grete in der Tat nicht zum ersten Mal. Ihr schwarzes Haar und der helle Teint, vielleicht auch die ovale Gesichtsform hatten ihr schon häufiger ähnliche Komplimente beschert. Dabei war es gar nicht einfach, auf Norderney einen hellen Teint zu bewahren, zumal sie eine Neigung zu Sommersprossen hatte. Aber, ach, das gehörte inzwischen den Eitelkeiten einer vergangenen Ära an.

Sie nickte freundlich. »Ich wünsche Ihnen eine angenehme Heimreise.«

Mit dem Gefühl großer Erleichterung machte Grete sich auf den Weg zur Volksversammlung.

Obwohl sie eine halbe Stunde vor Beginn ankam, war der Saal des Gasthofs Frisia, in den wohl tausend Menschen passten, bereits brechend voll, und es strömten noch immer Besucher aus allen Himmelsrichtungen herbei. Grete schaute sich um. Nach einer Weile erblickte sie Frieda mit Rieka, Jakomina Fisser und deren Tochter Frauke. Die Frauen hatten Stehplätze hinten im Saal. Grete winkte ihnen zu, drängte sich in der schnatternden Menge durch Duftwolken, die mal an Blumen und Seeluft erinnerten, mal an Tabak, Räucherfisch, Bohnerwachs oder Schweiß, und stellte sich neben ihre Freundin.

»Meine Güte, was für'n Andrang«, sagte sie nach der Begrüßung erhitzt.

»Das hab ich auch noch nicht erlebt.« Jakomina Fisser schüttelte den Kopf. »Und ich leb schon seit zweiundfünfzig Jahren auf der Insel.«

»Der letzte Krieg ist dreiundvierzig Jahre her«, steuerte Frauke bei.

»Du, ich will sehen, dass ich bleiben kann«, vertraute Grete Frieda flüsternd ihren neuesten Beschluss an, und Frieda fiel ihr um den Hals vor Freude. »Ja! Du kannst bei uns wohnen, solange du willst.«

Die Veranstaltung begann damit, dass der aktuelle Kaiserliche Erlass an das Heer und die Marine verlesen wurde. »Unsere heiligsten Güter, das Vaterland und den eigenen Herd gilt es, gegen einen ruchlosen Überfall zu schützen. Feinde ringsum! Das ist das Kennzeichen der Lage. Ein schwerer Kampf und große Opfer stehen uns bevor.«

Beklommen wechselten Grete und Frieda einen Blick. Jemand stimmte *»Ich hab mich ergeben mit Herz und mit Hand …«* an. Alle sangen inbrünstig mit: *»… dir, Land voll Lieb' und Leben, mein deutsches Vaterland.«* Als das Lied endete mit *»Lass Kraft mich erwerben in Herz und in Hand, zu leben und zu sterben fürs heil'ge Vaterland!«*, da gab es wohl keinen Menschen im Saal, der nicht feuchte Augen hatte.

Endlich ergriff Jann Berghaus, der Schulrektor, das Wort. Er erklärte zunächst, auch für einfache Gemüter nachvollziehbar, die Situation. »Mit einem Schlage ist alles, was unser Volk spaltete, hinweggefegt, es gibt keine religiösen, politischen, wirtschaftlichen Gegensätze mehr, es ist ein Volk, ein Vaterland, alle geschart um unseren geliebten Kaiser. Serbischer Mord, Russland als Schützer der Mordgesellen, welsche Tücke, Englands Kriegserklärung ohne Grund! Warum fallen sie alle über uns her?« Grete spürte, wie in ihrem Innern bei diesen Worten Empörung aufwallte. Ebenso gebannt wie die Menge im Saal folgte sie Berghaus' Rede. »Der Neid und der Hass sind die niedrigen Motive. Lange schon stehen sie mit uns im Kampfe auf wirtschaftlichem, kulturellem und künstlerischem Gebiete und sind unterlegen, jetzt greifen sie zu roher Gewalt, doch wir hoffen auf Gott, dass ihnen auch dieser Versuch nimmer gelingen möge!« Die Zuhörer applaudierten, viele riefen Zustimmendes. »Was können wir nun hier noch tun, auf Norderney?«, fragte Berghaus. »Wir wollen unsere Hände und Herzen erheben, mitarbeiten, mitkämpfen, wollen traute Wacht halten am Meeresstrande, wollen einmütig geloben: Mit Gott für Kaiser und Reich! Unser geliebter Kaiser, er lebe hoch!«

Ein begeistert geschmettertes Kaiser-Hoch hallte durch den Saal. Sie sangen *Deutschland, Deutschland über alles*, und dann ging es an die ganz praktischen Dinge. Mehrere Redner unterbreiteten ihre Vorschläge. Alle dienstfreien Männer und Frauen wurden aufgefordert, auf dem ostfriesischen Festland bei der Ernte zu helfen. Eine Aufgabe, die Grete nicht sonderlich lockte.

»Ich mach mit!«, rief Rieka aber, die im Frühjahr mit der Schule fertig geworden war.

Der Bäckermeister und der Bürgermeister versicherten, Sorgen wegen der Brotpreise seien völlig überflüssig. Dann diskutierte man darüber, wie jenen armen Familien auf der Insel geholfen werden könnte, deren einziger Ernährer nun im Krieg war, die also aller Voraussicht nach zum Herbst und Winter hin in Not geraten würden. Man beschloss, ein Aktionskomitee zur Linderung der Armut zu gründen. Zwölf Männer wurden gewählt, die versprachen, eng mit dem Vaterländischen Frauenverein zusammenzuarbeiten.

Während Grete lauschte, dämmerte ihr mehr und mehr, wie schwierig es sein würde, jetzt noch einen bezahlten Arbeitsplatz zu finden. Aber als zwei ältere, auf der Insel praktizierende Ärzte begannen, ihre Überlegungen zu Norderney als Station für Verwundete darzulegen, war sie wie elektrisiert. Bestimmte Heime und Häuser hatten die Behörden bereits als Lazarettstationen in Aussicht genommen, und ein Lehrer forderte Kurse zur Ausbildung in der Krankenpflege. Das war genau ihr Metier, auf diesem Gebiet musste sich doch eine Tätigkeit für sie finden lassen! Aufgeregt stupste sie Frieda an, die ihr aufmunternd zublinzelte.

Es sollte im Frisia ein Büro eröffnet werden, in dem man fortan Geldspenden, Lebensmittel und Kleidung für Bedürftige abgeben konnte. Und Wäschestücke, welche die Frauen und Jungfrauen von Norderney in Heimarbeit oder zu bestimmten Stunden auf zwanzig eigens dafür zur Verfügung gestellten Nähmaschinen im evangelischen Gemeindehaus anzufertigen gebeten wurden. Außerdem würde viel Charpie, gezupfte Baumwolle, für die Versorgung von Wunden benötigt werden. Wer ein oder mehrere Zimmer für Soldaten, die sich auf dem Wege der Besserung befänden, frei hätte, sollte sie in dem Büro anmelden.

»Das machen wir!«, tat Jakomina laut vernehmlich kund. »Wir stellen Hilrichs Zimmer zur Verfügung. Das wird ganz in seinem Sinne sein. Grete reist ja ab.«

In Gretes Sinn war das allerdings weniger. Schon wieder wurde es kompliziert. Sie biss sich auf die Unterlippe, hörte weiter konzentriert zu. Nun ging es darum, dass man bei der Meldung angeben sollte, ob man das Zimmer mit oder ohne Pflege anbot. Erneut schöpfte sie Hoffnung.

Schnell kristallisierte sich heraus, dass dieses Angebot kostenlos oder lediglich für ein geringes Entgelt erwartet wurde. Erneut sank Gretes Mut. Wie sollte das gehen? Von nichts konnte sie nicht leben. Dann wiederum kam sie sich schrecklich egoistisch vor. Gern hätte sie in dieser »großen Zeit der Opferfreudigkeit«, die fortwährend beschworen wurde, mehr Freudigkeit empfunden.

Als dann zum Schluss alle das Lied *Fest steht und treu die Wacht am Rhein* sangen, da riss die Stimmung auch sie mit. Schließlich riskierte der Mann, den sie liebte, sein Leben für das Vaterland. Mit tiefem Ernst gelobte sie, treu und fest am Nordseestrand zu stehen, um ihren Beitrag zum Wohle Deutschlands zu leisten.

Wieder einmal war es Frieda, die ihrem Leben eine entscheidende Wendung gab. Schon in der Teepause des folgenden Vormittags kam sie nach oben und klopfte an ihre Zimmertür. Grete saß an einem Tischchen unter der Dachschräge und schrieb ein paar Zeilen über die Volksversammlung an Max. Sie teilte ihm morgens und abends schriftlich alles mit, was sie erlebte, dachte und fühlte. Durch die Briefe war ihr ein wenig so, als könnte sie sich mit ihm unterhalten.

Regentropfen prasselten gegen das Fenster. Lissy, die wegen des schlechten Wetters nicht draußen spielte, leistete ihr Gesellschaft. Sie lag bäuchlings auf dem Teppich und verschönte mit Buntstiften in einem Malbuch die Soldaten des Alten Fritz.

»Ist ja gemütlich bei euch beiden«, sagte Frieda, die eine Tasse Tee mitgebracht hatte. »Du, Grete, Dr. Seut ist doch

Stammkunde bei uns. Solange ich mich erinnern kann, lässt er sich jeden Morgen im Salon rasieren.«

Grete wusste, dass der Inselarzt Dr. Hermann Seut neben dem alten Tabakhändler Jan Gerdes, dem Hotelbesitzer Onno Remmers und dem Redakteur der Inselzeitung Theo Weerts zum legendären politischen Quartett gehörte, das seit Jahren allmorgendlich beim Barbieren mit Fritz Fisser die Ereignisse auf Norderney und in der Welt kommentierte.

»Ja?« Dankbar nahm sie den Tee entgegen.

Frieda setzte sich auf die schön bestickte dunkelgrüne Seidenüberdecke, die auf dem Bett lag. »Er ist doch in das Aktionskomitee gewählt worden, und er gibt die Pflegekurse für Freiwillige. Sie haben schon achtzig Anmeldungen. Ist das nicht unglaublich?«

»Wie will er das denn alles schaffen?«

Grete fragte sich, ob der Arzt vielleicht Unterstützung benötigte. Friedas Blick verriet ihr, dass sie schon die gleiche Überlegung angestellt hatte. Ihre Freundin lüpfte eine Braue.

»Er weiß Bescheid über alles, was mit Medizin auf der Insel zu tun hat. Und heut Morgen hab ich ihm von dir erzählt. Er sagte, die evangelische Kirchengemeinde würde eine fest angestellte Krankenschwester suchen.«

»Nein!« Gretes dunkle Augen weiteten sich.

»Doch! Du sollst ihn morgen eine halbe Stunde vor seiner Nachmittagssprechstunde besuchen. Ich wette, wenn er einen guten Eindruck von dir hat, und daran besteht ja wohl kein Zweifel, dann legt er beim Pastor und dem Kirchenrat ein Wort für dich ein.«

»Oh, Frieda, du bist so ein Schatz! Das wäre die Lösung!«

Lissy, angesteckt von der Aufregung der Frauen, sprang

hoch. Grete hob sie aufs Bett, weil sie wusste, dass das Kind zu gern darauf herumhopste.

»He! Nicht so wild!«, protestierte Frieda. Doch Grete zog rasch ihre Schuhe aus und stieg ebenfalls aufs Bett, um mitzuhüpfen. »Untersteh dich, Frau Dr. Lubinus!« Frieda drohte ihr lachend. »Hat man dich dafür auf ein Schweizer Internat geschickt?«

Grete schnappte sich eine Schlummerrolle. »Klar, wir haben jeden Abend eine Kissenschlacht gemacht. In dieser Disziplin bin ich Schweizer Meisterin!«

Frieda zog sie am Rock zu sich runter, um ihr die Rolle zu entreißen, Lissy warf kichernd das Paradekissen zwischen sie. Abwechselnd schlugen sie sich damit, jagten sich Kissen ab, balgten und kitzelten sich gegenseitig durch.

»Dass du so albern sein kannst!«, rief Frieda japsend.

»Selber albern!«

Nach all den Aufregungen und Sorgen, dem Todernst und Pathos der vergangenen Tage bot die Toberei ein befreiendes Ventil. Schließlich lagen alle drei lachend und keuchend ineinander verschlungen auf dem Bett.

»Nicht Oma verraten, ja?«, flüsterte Frieda, als sie sich und Lissy wieder salonfähig machte.

»Nein!« Ihre Tochter umarmte sie stürmisch. »Das ist unser Geheimnis, Mama.« Ihre Augen, die ein dunkleres Blau hatten als Friedas, strahlten glücklich.

Ich möchte auch Kinder, dachte Grete. Sie hatte diesen Wunsch bereits abgeschrieben gehabt, denn sie hatte sich ja um die Kleinen im Seehospiz kümmern können. Überhaupt war der Wunsch nie sehr intensiv gewesen – aber jetzt fühlte sie ihn wie eine Pfeilspitze im Herzen, schmerzhaft und süß zugleich. Ach, wenn Max doch endlich wiederkäme und sie sich endlich richtig lieben könnten! Sie hatten schon so viel Zeit vergeudet.

Frieda hatte wenigstens Lissy. Und Hilrich hatte seiner Familie schon eine Nachricht geschickt, während sie noch immer ohne Botschaft von Max war.

Frieda schien ihre Gedanken zu lesen. »Er ist noch nicht mal eine Woche weg«, sagte sie.

Grete seufzte, dann lächelte sie tapfer. »Du hast ja recht. Ich brauche unbedingt was zu tun, damit ich auf andere Gedanken komme.«

Klug und weitblickend helfen, lindern, sorgen – das war nun die Aufgabe der Frauen. So hörte man es überall, so stand es in den Aufrufen in der Zeitung. Und genau das wollte Grete tun. Deshalb war sie glücklich, als sie die Stelle als Gemeindeschwester bekam und sofort anfangen durfte. Die Bezahlung reichte für eine möblierte Balkonwohnung in einem Logierhaus am Damenpfad. *Der Neuzeit entsprechend eingerichtete hohe, luftige Zimmer mit Zentralheizung, vollständig eingerichtete Küche und vorzügliche Betten nur mit Rosshaarmatratzen* hieß es im Hausprospekt. Besonders gefiel ihr ein gemütlicher Sessel, von dem aus sie durch hohe Fenster zu beiden Seiten der zweiflügeligen Balkontür aufs Meer hinausschauen konnte. Der Balkon war seitlich verglast und schützte damit vorm Seewind.

Gretes neue Aufgaben waren vielfältig. Der Pastor schickte sie in die Häuser von Gemeindemitgliedern, in deren Familie Pflege benötigt wurde. Sie sollte und musste sich aber auch flexibel auf die Bedürfnisse der Zeit einstellen. Das bedeutete unter anderem, dass sie einmal in der Woche einen Charpie-Abend zu organisieren hatte.

Diese Abende fanden im Gemeindehaus statt, einem modernen vierstöckigen Backsteinbau, und waren auf Anhieb sehr gut besucht. Frieda kam auch. Die Frauen und jungen Mädchen brachten alte Leinwand- und Baumwollstoffe mit, die sie zuvor gründlich ausgekocht hatten. Diese Stoffe wurden in acht bis zehn Zentimeter breite Streifen geschnitten oder gerissen und dann gezupft.

Dabei herrschte eine gute Stimmung. Alle fühlten sich getragen davon, einer großen gemeinschaftlichen Aufgabe zu dienen. Sie tauschten Neuigkeiten aus, und obwohl ihnen der Ernst der Lage bewusst war, lachten sie doch viel. So saßen sie da, redeten und zupften. Manchmal sangen sie auch und zupften. Das Ergebnis war ein hervorragendes, watteähnliches Material für die Wundpflege. Grete empfand Stolz, als sie das erste Paket mit Charpie ans Lazarett nach Aurich aufgeben konnte.

Endlich überwand sie sich und schrieb ihren Eltern. Sie teilte ihnen mit, dass sie Dr. Max Lubinus geheiratet hatte, obwohl sie insgeheim befürchtete, dass ihre Familie sie verstoßen würde. Das wäre durchaus keine unangemessene Reaktion auf ihr Verhalten. Sie wusste von mindestens zwei Fällen sicher und hatte von wesentlich mehr gehört. Töchter aus besseren Kreisen, die es gewagt hatten, mit einem nicht standesgemäßen Mann durchzubrennen, um zu heiraten oder, noch schlimmer, nicht zu heiraten, waren für ihre Eltern gestorben. Ihr Name durfte in Gegenwart von Angehörigen nicht mehr erwähnt werden. Es hieß, diese Strafe müsste sein, um den guten Ruf der Familie zu wahren.

Besorgt wartete Grete nun also auf einen Brief aus Berlin.

Ihre neue Arbeit war ungewohnt. Manche Insulaner murrten, weil der Pastor ihnen eine Auswärtige schickte, mit der sie sich nicht auf Plattdeutsch unterhalten konnten. Grete behandelte solche Nörgler, wie sie im Seehospiz bockige Kinder behandelt hatte. »Gar nicht drum kümmern und klare Anweisungen geben«, wie sie Frieda verriet.

Doch meist lief es gut. Sie vermochte ja tatsächlich zu helfen und zu lindern. Außerdem herrschte in diesem August eine besondere Atmosphäre, im Reich wie auf der Insel. Die Erfolgsmeldungen von der Front beflügelten die Norderneyer. Was an Spenden zusammenkam, verblüffte sogar das Aktionskomitee.

Nur die Abende und Nächte waren schwer, weil sie dann Zeit hatte, an Max zu denken, sich Sorgen um ihn zu machen, vor Sehnsucht fast zu sterben und sich dann auch noch auszumalen, wie ihre Familie sie ächten würde.

Endlich fand Grete einen an sie gerichteten Briefumschlag auf dem Tischchen im Flur des Logierhauses, wo der Postbote immer alle Post ablegte. Schnell ging sie in ihre Wohnung, öffnete die Balkontür, setzte sich noch mit Hut in den Sessel. Sie atmete einmal tief durch, bevor sie den Brief öffnete.

Die Antwort fiel weniger harsch aus als befürchtet. Natürlich hörte sie beim Lesen den beleidigten Unterton in der Stimme ihrer Mutter, die einen anderen Schwiegersohn vorgezogen und liebend gern die Hochzeit ihrer einzigen Tochter ausgerichtet hätte. Aber angesichts der besonderen Umstände und der Tatsache, dass Max nun immerhin Stabsarzt war, schien sie bereit zu sein, den harten Brocken zu schlucken. Vielleicht hatte sie auch schon vor einiger Zeit die Hoffnung,

Grete zu verheiraten, ganz aufgegeben gehabt und war deshalb erleichtert, was sie selbstverständlich nie zugeben würde.

Warum musstet Ihr ausgerechnet am Tag der Mobilmachung heiraten?, schrieb ihre Mutter. *Das trägt den Beigeschmack einer unüberlegten Handlung. In den Stand der heiligen Ehe sollte man zu jeder Zeit nur mit Bedacht treten.*

Sie könne nur hoffen, dass ihr Mann gut für sie sorgen werde. Und dass sie ihren Schritt niemals bereuen müsse.

Dein Vater lässt ausrichten, da Ihr es nicht für nötig befunden habt, der altmodischen Sitte zu folgen und ihn vorher um seine Zustimmung zu bitten, geht er davon aus, dass Ihr auch auf so altmodischen Firlefanz wie eine Mitgift verzichten möchtet.

Ach, dachte Grete halb beschämt und halb aufgebracht, ihr habt noch immer nicht verstanden, was mir wirklich wichtig ist. Gleich darauf fragte sie sich, ob sie damit eigentlich auch enterbt war. Und sie musste etwas weinen. Vor allem, weil sie ihre Eltern enttäuscht hatte.

Der Brief ging auf der Rückseite weiter. *Was Deine Brüder in Deutsch-Südwest angeht*, teilte die Mutter weiter in ihrer eleganten gleichmäßigen Schrift mit, *so müssen wir uns um sie gottlob keine allzu großen Sorgen machen. Dein Vater verfügt über beste Kontakte in die Region, er hat entsprechende Erkundigungen eingezogen. Auch Eduard, der noch nicht im Felde ist, weil man seine Dienste im Auswärtigen Amt mehr benötigt, hat uns diesbezüglich beruhigt. Ludwig und Hans-Heinrich wird der Krieg dort unten wohl nicht gefährlich werden.*

Pass gut auf Dich auf.

Deine Mutter

Na, immerhin. Klang das nicht ein bisschen nach einem Waffenstillstand? »Pass gut auf dich auf« – das bedeutete doch wohl, dass sie nicht gestorben war für ihre Eltern und sie sich trotz allem weiter um sie sorgten. Grete putzte sich die Nase.

Jetzt war erst mal Krieg. Ihn zu überstehen, darauf mussten sie ihre ganze Kraft richten. Alles andere würde sich später klären.

Es klopfte an der Tür. Eine Dame aus dem Vorstand des Vaterländischen Frauenvereins trat ein. Grete bot ihr einen Platz und Tee an.

Es hatte sich herumgesprochen, dass sie Dr. Seut bei seinen Pflegerinnenkursen zur Hand ging. Er unterrichtete immer nur zwanzig Teilnehmerinnen gleichzeitig. »Wäre es Ihnen wohl möglich, auch uns behilflich zu sein? In Zusammenarbeit mit Dr. Seut und dem Roten Kreuz möchten wir Freiwillige zu Hilfsschwestern und Helferinnen ausbilden.«

»Selbstverständlich, sehr gern!«, antwortete Grete.

Je mehr sie zu tun und je weniger Zeit sie zum Nachdenken hatte, desto besser.

Und so arbeitete sie rund um die Uhr. Weil vieles neu war, hatte sie ein anderes Zeitgefühl. Als vier Wochen seit Kriegsbeginn vergangen waren, schienen es in ihrer Wahrnehmung schon Monate zu sein.

Wenn sie noch genügend Energie aufbringen konnte, erinnerte sie sich abends im Bett an die einzige Nacht, die sie mit Max verbracht hatte. Angekleidet, aber Arm in Arm, Körper an Körper. Sie rief sich jede Kleinigkeit ins Gedächtnis zurück, ging dafür jeden Sinn einzeln durch. Und dann vergoss sie vor Sehnsucht ein paar Tränen. Er hatte ihr noch immer nicht geschrieben, und sie wusste nicht, wo er sich derzeit mit seinem Lazarett befand.

Im Inselsalon

Jakomina fand die Situation äußerst unangenehm. Die vier Stammkunden, die es gewohnt waren, gleichzeitig barbiert zu werden und sich dabei gegenseitig die Welt zu erklären, konnten nur nacheinander bedient werden. Es ging nicht anders, weil ihr Mann, der Meister Fritz Fisser, am Strand für die Inselwache Patrouille lief. Und alle ihre Gesellen und Gehilfen waren zu den Waffen geeilt. Nur noch Emil, der erst seit Ostern eine Lehre machte, konnte rasieren. Jakomina wäre technisch-handwerklich zwar durchaus in der Lage gewesen, die Herren von ihren Stoppeln zu befreien – schließlich hatte sie zigtausendmal zugeschaut. Ebenso wäre es Frieda möglich gewesen, die Männer zu rasieren. Doch der Anstand verbot es. Sie waren ja keine billigen Barbiermädchen. In der Stadt, so hörte man, gaben sich junge Frauen dafür her, und wohl auch für manches andere. Aber solche Sitten passten nicht in einen angesehenen Inselsalon.

Deshalb saßen nun also Jan, Onno und Hermann in der Warteecke, sahen zu, wie Emil Theo um den Spitzbart herumschabte, und kommentierten von dort aus die ungewöhnlichen Zeiten. Jeder Vormarsch der Deutschen wurde bejubelt, selbstverständlich gab es keinen Zweifel an ihrem Sieg. Und niemand glaubte ernsthaft, dass der Krieg jemals Norderney erreichen könnte. Wer fertig rasiert war, setzte sich, sofern er es sich zeitlich erlauben konnte, zurück in die Warteecke, bis alle Wangen glatt, alle Schnurrbärte gekämmt, das Haar pomadisiert und vor allem die Themen des Tages ausreichend durchgehechelt waren. Dadurch verlängerte sich natürlich das Ritual, und andere Kunden mussten ebenfalls länger als üblich warten.

Jakomina nahm sich vor, mit Fritz zu sprechen, wenn er das nächste Mal einen Tag oder ein paar Stunden Freigang hatte. Vielleicht konnten sie über die Handwerkskammer in Aurich aus kriegsbedingt komplett geschlossenen Betrieben schon ältere Gesellen oder auch Friseurgehilfen übernehmen. Einfach ordentliche Handwerker, Künstler brauchten sie nicht. Die Militärhaarschnitte waren zwei Zentimeter kurz – wie sollte man da noch kreativ werden?

Jakomina sah sich im Frisierspiegel und richtete das goldblond gefärbte Haar, das sie wie immer rundum eingerollt und hochgesteckt trug. Sie strich über ihren weißen Friseurkittel, der ein wenig spannte, weil sie in letzter Zeit abends zum Trost mehr naschte als sonst. Aber Fritz mochte es ja, wenn was dran war an einer Frau.

Verrückt – ihr Mann führte noch nicht einmal zwei Kilometer von ihr entfernt, freiwillig kaserniert, ein komplett anderes Leben. Er und auch ihr Sohn Hilrich fehlten ihr. Plötzlich musste sie die Abrechnungen machen und mit Dingen fertigwerden, auf die sie nicht vorbereitet war. Am meisten vermisste sie es, Fritz, den sie in zärtlichen Stunden seiner markanten Schneidezähne wegen Mucki nannte, morgens den Tee ans Bett zu bringen. Und am zweitmeisten fehlte ihr die Atmosphäre des gemütlichen Disputierclubs, die sich sonst immer um ihn herum morgens im Salon entfaltet hatte.

Damit wenigstens ein wenig von der gewohnten Stimmung aufkam, überließ Frieda die Honoratioren nicht völlig Emil, dem Anfänger, sondern stellte sich in die Nähe und redete ein wenig mit.

»Autsch!« Theo griff nach seiner Wange, entdeckte Blut an den Fingern.

»Wir müssen alle Opfer bringen«, blödelte Onno aus seiner Ecke.

Jakomina verpasste dem Lehrling eine Backpfeife. »Pass doch auf!«

»Sei nicht so s-treng mit deinem S-tift, Jakomina«, brummelte Jan, der immer besonders schön über den s-pitzen S-tein s-tolperte, mit unbewegter Miene. Nur das Glitzern in seinen Augen verriet, wie unterhaltsam er den Zwischenfall fand. »Sonst meldet sich der Junge noch freiwillig.« Emil grinste.

»Oder ich probier den Sicherheitsrasierer aus Amerika, den Hobel von diesem Mr. Gilette«, drohte Theo im Scherz. »Dann spar ich mein Barbierabonnement. Wir müssen alle unser Geld zusammenhalten. Die Preise explodieren.«

»Stimmt es, dass der *Inselbote* nicht mehr jeden Tag erscheint?«, lenkte Jakomina ab.

»Ja«, antwortete Theo, »nur noch bei Bedarf. Wir haben in den ersten vier Kriegswochen schon so viele Extrablätter wie noch nie herausgebracht. Das geht richtig ins Geld.«

»Viele Leute glauben tatsächlich, dass sie ihre Schulden nicht mehr bezahlen müssen, weil wir Krieg haben«, steuerte Jan bei. »Oft gerade solche, die genug besitzen.«

Über die schlagartig abgestürzte Zahlungsmoral klagten alle Geschäftsleute. Zudem beunruhigten wilde Gerüchte die Bevölkerung.

»Wir können auch nicht mehr jedes Extrablatt an sämtliche Abonnenten austragen lassen. Das wird zu aufwändig. Aber es gibt jetzt über zwanzig Anschlagtafeln auf der Insel, da könnt ihr alle Neuigkeiten sofort lesen.«

»Unsinn. Man erfährt nix«, beschwerte sich Onno. »Ihr veröffentlicht doch nur offizielle Kriegspropaganda. Das ist Zensur.«

»Wir dürfen zum Kriegsverlauf nur Meldungen drucken, die vom Wolff'schen Telegrafenbüro stammen.«

Diese Nachrichtenagentur wurde von staatlichen Stellen kontrolliert. Theo war im Grunde seines Herzens Sozialdemokrat. Das wusste Jakomina, auch wenn er dem Kaiser begeistert zugestimmt hatte, als jener in seiner Rede am Tag des Kriegsbeginns gesagt hatte: »Ich kenne keine Parteien mehr, ich kenne nur noch Deutsche.«

Unangenehm berührt wand sich der Zeitungsmann auf seinem Stuhl. »Mir stinkt das am allermeisten, das kannst du mir glauben.«

»Find ich völlig in Ordnung«, meinte Jan, der als Veteran des Krieges von 1870/71 Ehrenmitglied im Kriegerverein war. Er streckte sein steifes Bein vor. »Der Feind darf nicht wissen, wo unsere Truppen s-tehen oder hinwollen. Überall sind jetzt ausländische S-pione unterwegs.« Vorsichtig sah er sich um. »Man sollte sich auch in der Öffentlichkeit hüten auszuplaudern, was man zum Beis-piel aus der Feldpost von Verwandten über die Truppenbewegungen erfahren hat.«

Jakomina musste daran denken, dass Fritz bereits vor englischen Spionen an der ostfriesischen Küste gewarnt hatte, als andere seine Befürchtungen noch als Hirngespinste abgetan hatten. Jetzt mahnten Plakate: DEUTSCHE MÄNNER UND

FRAUEN, HÜTET EURE ZUNGEN! Einmal vor Jahren, das war das größte Abenteuer ihres Lebens gewesen, da hatten sie und ihr Mann gemeinsam nach einer Verfolgungsjagd per Segelboot geholfen, dass auf der Insel Borkum zwei englische Offiziere verhaftet werden konnten, die dort in den Befestigungsanlagen herumschnüffeln wollten. Jakomina seufzte. Wenn sie doch damals schon gewusst hätte, dass es ihre glücklichste Zeit war! Aber seine besten Jahre lebte der Mensch wohl aus dem Vollen, ohne darüber nachzudenken. Und gerade deshalb waren sie so intensiv.

Onno brüstete sich damit, dass er die Eierproduktion seiner siebzig Hühner, die normalerweise fürs Frühstück seiner Hotelgäste bestimmt war, dem Aktionskomitee gespendet hatte. Hermann beklagte, dass die Zahnarztpraxis bis auf Weiteres geschlossen blieb, und Jan, dass der Milchwagen nicht mehr fuhr.

»Kann eigentlich einer von euch imkern?«, fragte Jakomina unvermittelt. Alle schüttelten den Kopf. »Zu dumm. Fritz hat nicht die Zeit, sich um seine Bienenvölker zu kümmern. Und ich glaube, die Körbe müssten jetzt bald mal aus den Dünen geholt und der Honig müsste geschleudert werden. Der Strandflieder hat dieses Jahr gut geblüht, das wird wohl 'ne ordentliche Tracht ergeben.«

»Ich könnte mal meinen Schwiegersohn fragen«, bot Onno an, »der imkert auch.«

Die Tür des Damensalons, der eine Stufe höher gelegen vom Verkaufsraum abging, öffnete sich, und Frieda begleitete eine Kundin zum Tresen. »Doch, das kriegen Sie allein hin, bestimmt!«, beteuerte sie, während sie ihr an der Kasse den Preis für ein Haarteil aus deutschem Echthaar berechnete.

Wie Jakomina registrierte, nur den Preis dafür. Ganz umsonst hatte ihre Schwiegertochter der Kundin gezeigt, wie sie das Haarteil zu Hause selbst, ohne professionelle Hilfe, einarbeiten konnte. Das war nicht einfach, normalerweise hatte eine Dame dafür ihre Zofe, oder man ging in einen Salon. Und natürlich kostete es etwas. Viele Stammkundinnen kamen in erster Linie, um sich frisieren zu lassen. Gut, es brachte nicht viel, aber Kleinvieh machte auch Mist. Doch Frieda hatte Anzeigen geschaltet, in denen sie beim Kauf eines Haarteils die kostenlose Anleitung zum Selbstfrisieren versprach.

Jakomina fand dieses neue Angebot unsäglich. Erziehung der Kundschaft zur Selbstständigkeit! Sie schüttelte den Kopf. Wo kämen sie denn hin, wenn sich vornehme Damen in Zukunft allein frisierten?

Womit sollten sie in Zukunft ihr Geld verdienen? Nur vom Shampoonieren, Haareschneiden und Ondulieren würden sie wohl kaum existieren können. Doch auch sie lächelte freundlich, als die Kundin den Salon verließ.

Die Fensterscheiben erzitterten. Zuerst glaubte Jakomina, es läge daran, dass die Kundin die Tür ein wenig zu heftig zugeschlagen hatte. Das ferne Donnergrollen von der See her kündigt wohl ein Sommergewitter an, dachte sie. Nur – zum einen war das Wetter nicht danach, und zum anderen wiederholte sich das Fensterzittern, begleitet von einem feinen Klirren der Haarwasserfläschchen auf der Etagere neben dem Waschbecken. Und wieder grollte es. Im Inselsalon wurde es ganz still. Die Männer sahen einander bedeutungsvoll an, Jakomina atmete flacher.

»Das klingt nach ’nem Seegefecht.« Der alte Jan sprach als Erster. Er zwirbelte beunruhigt eine Spitze seines grauen

Kaiser-Wilhelm-Barts. Erneut grummelte es seltsam, wohl von ziemlich weit her. »Schätze, in der Deutschen Bucht werden gerade Schiffe versenkt.«

»O nein!« Frieda wurde kreidebleich, ihre Hände umklammerten die Kante des Verkaufstresens. »Mein Bruder Dodo … Er dient auf einem Kriegsschiff, das in Wilhelmshaven stationiert ist.«

»Unsere Jungs werden es den Engländern schon zeigen!«, verkündete Onno, der blonde Hüne, mit siegessicherer Baritonstimme.

»Sollten die Engländer bei uns auf Norderney anlanden, rechnet die Militärführung mit rund dreihundert Verwundeten«, gab Theo preis. Als guter Journalist verfügte er wie immer über mehr Wissen, als er in seinen Artikeln verbreiten durfte. Er riss sich das Handtuch von der Brust, tupfte die letzten Reste Seifenschaum vom Hals und sprang auf. »Ich muss los!«

Das Vibrieren, das die Insulaner in Angst versetzte, überlief Norderney noch stundenlang in Schüben. Als es am Nachmittag aufhörte, blieb der Schrecken.

Fritz

Alle Männer des Inselwacht-Bataillons stammten von der Insel. Die Landwehrsoldaten waren meist schon etwas älter, viele hatten Familie und waren ganz froh, in deren Nähe bleiben zu können.

»Ich würde sonst was drum geben, wenn ich an der Front kämpfen dürfte!«, tönte allerdings Fritz Fissers Kamerad Albertus, von Beruf Klempner, während ihrer gemeinsamen Strandwache. »Hier ist doch nix los. Ich wette, hier stirbt man höchstens vor Langeweile.«

»Das wird noch spannend genug. Um was wetten wir?«

Albertus kaute bedächtig auf seinem Tabak. »Um einen Seehund.«

»Einen flüssigen?«

»Wat sonst?«

»Männlich oder weiblich?« Es gab den bei Kurgästen als Mitbringsel beliebten Magenbitter, dessen Flaschenform einem Seehund glich, in zwei Geschmacksrichtungen, herbwürzig oder süßlich.

»Egal.« Albertus hielt ihm die Hand hin.

»Alter Schluckspecht.« Fritz verdrehte die Augen, als er einschlug. »Du säufst auch alles.«

Der Mangel an Feinheit und die Einfältigkeit mancher Kameraden gingen ihm auf die Nerven. Er hatte sich daran gewöhnen müssen, mit mehreren Kerlen den Schlafraum zu teilen. Es kostete ihn Überwindung, Männern, mit denen er sich im Zivilleben nicht freiwillig an einen Kneipentisch gesetzt hätte, Ehrenbezeugungen zu erweisen, weil sie nun seine Vorgesetzten waren. Doch er riss sich zusammen und salutierte trotzdem. Er zwang sich, nicht seiner geliebten Tätigkeit im eigenen Friseursalon nachzutrauern, denn er war im besten Sinne ein Idealist.

Unberührt von den Nickeligkeiten des Alltags sah er die großen Ziele, die sternengleich dem Patrioten leuchteten. Deshalb hatte er sich freiwillig gemeldet. Das Vaterland musste verteidigt werden. Deutschland stand allein gegen eine Welt in Waffen. Dass sie sich in einem reinen Verteidigungskrieg befanden, daran gab es keinen Zweifel. Große Reden schwingen konnte jeder. Nun kam es darauf an, auch etwas zu tun. Jeder an seinem Platz.

Und deshalb blieb er wieder stehen und suchte den Horizont nach feindlichen Schiffen und den Flutsaum nach angetriebenen Seeminen ab. Er und Albertus gingen die gesamte Verteidigungslinie vom Januskopf bis zum Weststrand entlang, dann wieder zurück, trotz sommerlicher Temperaturen in korrekter Uniform mit Pickelhaube, Fernglas und schwerem Gewehr.

Fritz war froh, dass er sich an diesem Tag nicht als Wachposten die Beine in den Bauch stehen musste. Obwohl – wenn man direkt am Seehospiz Wache schob, in der Nähe des früheren Verwaltungsgebäudes, wo die Offiziere einquartiert waren, oder unterm Fenster des Telefonzimmers, da konnte man schon manchmal hochinteressante Dinge hören. Kombiniert mit den Gerüchten, die Kameraden weitertrugen, ergab sich so ein zutreffenderes Bild vom Kriegsgeschehen als durch reine Zeitungslektüre. Daher war ihm bekannt, dass drei Tage zuvor in der Deutschen Bucht vor Helgoland die erste große Seeschlacht dieses Krieges getobt hatte. Und dass, so unfassbar es auch sein mochte, die Engländer daraus als Sieger hervorgegangen waren. Drei deutsche Kreuzer und ein Torpedoboot hatten sich in einen Hinterhalt der Royal Navy locken lassen und waren versenkt worden. Von rund fünfhundert deutschen Marinesoldaten hatten sich zweihundert in Beiboote retten können, doch bislang fehlte von ihnen jede Spur. Überraschend war dichter Nebel aufgekommen. Etliche Schiffe in der Nähe waren zu ihrer Rettung herbeigeeilt, sie hatten jedoch wegen der schlechten Sicht vergebens nach ihnen gesucht.

Fritz dachte daran, dass sich wahrscheinlich der Bruder seiner Schwiegertochter unter den Ertrunkenen oder Vermissten befand. Er konnte nur ahnen, was Frieda und Familie Dirks durchmachten. Die Vibrationen konnten ihnen nicht entgangen sein.

Sein eigener einziger Sohn Hilrich befand sich mittlerweile mit seinem Regiment an der Westfront. Wie stolz war er gewesen, als Hilrich mit Meisterbrief und Hauptstadtschliff aus Berlin zurückgekehrt war, um wieder im Inselsalon zu arbeiten, den er eines Tages übernehmen sollte. Wenn seinem Jungen etwas zustieße – er wüsste nicht, wie er das jemals überwinden könnte. Jakomina würde man im Sarg gleich neben den Sohn legen können. Und Hilrichs Frau Frieda auf die andere Seite. Obwohl …

»Da!« Albertus stieß ihn von der Seite an, er zeigte in Richtung Nordstrand. »Da liegt was!« Beide schauten durch ihre Ferngläser.

»Ein Rettungsboot«, stieß Fritz hervor. Mit Überlebenden? Sie rannten zum Boot, das wie eine riesige Walnussschale an den Sandstrand getrieben mit Schlagseite von Wellen umspült hin- und herschaukelte. Keuchend blieben sie davor stehen. Der mehrere Meter lange Kutter war zerschossen, leck und halb mit Wasser vollgelaufen. Er trug den Namen *Cöln*.

»Das muss das Beiboot des Kleinen Kreuzers *SMS Cöln* sein«, sagte Fritz mit belegter Stimme.

Sie kletterten hinein, schauten sich um, stocherten mit einer abgelösten Planke im Wasser. Keine Spur von Menschen, weder lebendig noch tot.

»Mann!«, sagte Albertus nur.

Er spuckte seinen Kautabak in die Fluten. Dann gab er Signal.

Nachdem der Inselkommandant das Wrack zum Abtransport freigegeben hatte, eilte aus dem Dorf alles, was Beine hatte, an den Strand, um es schnell noch zu begutachten. Theo machte Fotos für die Zeitung. Die Stimmung an diesem stummen Zeugnis kriegerischer Handlungen war eigenartig. Betroffen, erschüttert wirkten die Norderneyer, egal ob jung oder alt. Sie unterhielten sich nur in gedämpftem Ton miteinander. Das war kein Spiel mehr.

Der Fischer Dirk Dirks sagte überhaupt nichts.

»Dodo war doch nicht auf der *Cöln*«, wiederholte seine Frau Meta ein ums andere Mal, während sie auf die schlichten Holzbänke des Bootes starrte. »Er ist auf der *SMS Ariadne*.«

Fritz hatte gehört, dass auch die Ariadne in das Gefecht verwickelt und versenkt worden war. Aber er brachte es nicht über sich, es Friedas Eltern zu sagen.

Die operettenhafte Kriegsbegeisterung endete auf Norderney mit dem angetriebenen Beiboot früher als anderswo.

Spätestens an diesem Tag begann auf der Insel ein Wechselbad der Gefühle, das im engen Nebeneinander von Leid und Erleichterung für die nächste Zeit das Leben der Bewohner bestimmte.

Im Inselsalon

Eine Familie, die Frieda gut kannte, teilte per Zeitungsanzeige mit, dass ihr Sohn in Châtelet in Belgien gefallen sei. Er war der erste Kriegstote Norderneys. Zu wissen, dass der Nachbar trauerte, dämpfte die Lebensfreude. Um einen geliebten Menschen zu bangen, ebenfalls. Und Frieda konnte ohnehin kaum mehr einen klaren Gedanken fassen, weil sie sich um ihren Bruder sorgte.

»Satan, die Ratten!«, fluchte Jan, während er darauf wartete, mit dem Rasieren dranzukommen. »Wat mi dat s-piekt!« Er hängte die Zeitung, die in einem Halter klemmte, zurück an den dafür vorgesehenen Haken. »Ich hab keine Ahnung, wo Châtelet liegt.«

»Ich weiß nicht mal, wo genau Belgien liegt«, gestand Frieda.

Mechanisch nahm sie den glitzernden Haarschmuck für Ballfrisuren aus einer Schublade und verstaute ihn in einem Karton, um ihn für die Zeit nach dem Krieg aufzubewahren.

»Danke, meine Liebe! Das bringt mich auf eine Idee!« Theos Miene hellte sich auf. »Wir werden in der Geschäftsstelle unserer Zeitung eine große Landkarte aufhängen, für jedermann sichtbar. Und ich werde Jann Berghaus bitten, regelmäßig mit Fähnchen zu markieren, welche Orte unsere Soldaten wieder neu erobert haben.« Frieda lächelte unkonzentriert.

Am Abend kam Grete sie besuchen. Sie hatte noch immer keine Nachricht von Max und war entsprechend angespannt. Frieda holte eine Flasche Orangenlikör hervor. Sie gönnten sich ein paar Gläschen, vergossen einige Tränen und versuchten dann, sich gegenseitig aufzumuntern. Solange wir nichts Gegenteiliges hören, gehen wir einfach immer davon aus, dass es unseren Männern gut geht, versprachen sie einander.

Am Tag darauf stürmte Meta Dirks mit einem Papier wedelnd in den Inselsalon. Frieda stockte der Atem. Ihre Mutter suchte das Geschäft sonst nie auf. Als sie ihren Gesichtsausdruck sah, ahnte sie jedoch bereits den Grund.

»Dodo?«, fragte sie und wagte noch nicht, daran zu glauben.

Eine endlos scheinende Weile japste ihre Mutter nach Luft.

»Ja … Dodo lebt!«

»Ein Telegramm! Aus Mecklenburg-Vorpommern.« Sie hielt es Frieda unter die Nase.

Bin wohlauf.

Dodo gehörte zu jenen Glücklichen, die ein Kreuzer vom treibenden Wrack der *SMS Ariadne* aufgenommen hatte. Mutter und Tochter fielen sich in die Arme, sie weinten und lachten gleichzeitig.

Grete

Als Grete am Kaufhaus Münster in der Strandstraße vorüberging, war sie schon sechs Wochen ohne Nachricht von Max. Sie blieb vor einem neu dekorierten Schaufenster stehen, in dem Trauerhüte, Flore und Schleier auslagen. Die Nordsee spülte nach und nach Leichen deutscher Marinesoldaten an den Strand von Norderney, dort, wo sie sonst jeden Morgen schwimmen gegangen war. Gruselig. Jedes dieser Seegefechtsopfer wurde unter großer Anteilnahme der Einheimischen auf dem Inselfriedhof beigesetzt.

Es gab Witwenschleier in diversen Ausführungen. Ob ich auch bald so was tragen muss?, fragte Grete sich. Sie spürte einen dicken Kloß im Hals. Ungewollt hatte sie wieder angefangen, viel zu flach zu atmen.

Nein, antwortete sie sich gleich darauf. Ich würde es spüren, wenn Max etwas zugestoßen wäre. Und er hat gesagt, er kommt zurück – weil das, was auf ihn wartet, ihn alles überstehen lassen wird.

Versprechen zählen nichts im Krieg, wandte eine andere Stimme in ihrem Innern ein. Ob er überlebt und zu mir zurückkehrt, liegt schlicht nicht in seiner Macht, es ist nur Zufall. Oder Schicksal. Es hat keinen Sinn, darüber nachzudenken. Ich sollte meine Kraft besser auf Dinge verwenden, die einen Sinn haben.

Aus den Augenwinkeln beobachtete sie, dass ein paar

Männer in Marinefliegeruniformen ins Hotel Kaiser Franz Josef gingen. Ausgerechnet. Im Saal dieses Hotels hatten Frieda und sie als junge Frauen den schönsten Ball ihres Lebens gefeiert. Der Berliner Komponist Paul Lincke höchstpersönlich hatte einige seiner Operettenmelodien dirigiert.

»*Glühwürmchen, Glühwürmchen, flimmre, flimmre*«, summte sie eines der Lieder an.

Damals hatten sie und Max fesselnde Gespräche geführt und zum ersten Mal miteinander getanzt. Wahrscheinlich hatte sie schon damals angefangen, ihn zu lieben, es nur noch nicht erkannt. Frieda, die sich mit ihrer Hilfe für den Ball wie Aschenputtel in eine Prinzessin verwandelt hatte, war bis über beide Ohren in Joseph, einen Bekannten ihres Bruders Eduard, verliebt gewesen. Und der hatte Friedas Gefühle mehr als erwidert. Achtzehn Jahre jung waren sie gewesen.

Grete ging weiter. Sie beschloss, eine Liste mit Liebesgaben für die Feldpost zu erstellen, damit die Frauen, die zum Charpie-Zupfen kamen, besser wussten, was die Männer im Feld brauchten, und ihnen nicht irgendwelchen überflüssigen Schnickschnack einpackten.

Ihr erster Blick beim Heimkommen fiel wie immer auf das Tischchen im Flur. Wieder keine Post für sie. Enttäuscht strebte sie ihrer Wohnung zu. Da hörte sie, wie die Vermieterin aus ihrer guten Stube kam und ihren Namen rief.

»Frau Dr. Lubinus! Feldpost für Sie!« Sie drehte sich um. Strahlend lief die ältere Dame auf sie zu. »Ich weiß doch, dass Sie sehnlichst darauf warten. Da wollte ich nicht riskieren, dass der Brief verloren geht.«

Mit einem leisen Aufschrei entriss Grete ihr den Umschlag. Die Vermieterin ergötzte sich ganz offensichtlich an ihrer Aufregung und erwartete wohl, dass sie vor ihren Augen den Brief öffnen oder einen Freudentanz aufführen würde. Doch den Gefallen tat sie ihr nicht.

»Ich danke Ihnen, vielen Dank!«, stieß sie nur hervor und begab sich eilig in ihre Wohnung.

Es war seine Schrift! Und, nein, der Brief war nicht ewig unterwegs gewesen, wie der Stempel verriet, sondern erst kürzlich aus Belgien abgeschickt worden. Ein paar Sekunden rang sie noch mit sich, dann öffnete sie den Umschlag mit zitternden Händen, ließ sich in den Sessel fallen und verschlang jede Zeile. Ach, er lebte! Er war unverletzt! Aber was hatte er schon durchgemacht!

Ausführlich schilderte Max, wie sie so zügig vorgerückt waren, dass niemand aus seinem Armeekorps in den vergangenen sechs Wochen Nachrichten von zu Hause hatte empfangen können. Immer waren sie schon wieder ein Stück weiter gewesen als die Feldpost. Gretes Herz hämmerte.

Ihr Mann beschrieb minutiös, wie sein Lazarett aufgebaut und ausgestattet war – sieben Wagen mit Material für zweihundert Betten, Wäsche, Bettzeug, Verbandsmaterial, Kochgeschirr, Essbestecke, alles nagelneu, dazu Lebensmittel und Wein. Sie waren neun Offiziere – sechs Sanitätsoffiziere, ein Oberapotheker, zwei Lazarettinspektoren – sowie einundfünfzig Mann und verfügten über neunundzwanzig Pferde. Er beschrieb, wie sie nach der Bahnfahrt bis an die belgische Grenze marschiert waren, die Ärzte alle beritten, wobei sie allerdings mit Wagenpferden vorliebnehmen mussten. Natürlich interessierte sie das auch. Max berichtete vom herrlichen Kurort Spa, von zerstörten Dörfern, von Hinterhalten, Massakern und Kämpfen, und wie sie eintausend

Verletzte gehabt und die Nacht durchoperiert hatten. Bis zum Umfallen, schrieb er. Und sie las weiter, voller Mitgefühl für die Anstrengungen, aber auch auf der Suche nach einem persönlichen lieben Satz.

Erst ganz am Schluss fand sie ihn.

Liebe Grete, Du weißt, ich bin Ostfriese und Naturwissenschaftler. Ich bin kein Romantiker oder Dichter. Aber Du bist in meinem Herzen, in meiner Seele, in jeder Faser meines Körpers, Du bist immer bei mir, egal wo ich bin und was ich tue.

In Liebe

Dein Ehemann Max

Eine wahnsinnige Anspannung fiel von ihr ab. Sie bekam endlich wieder richtig Luft. Erst jetzt merkte sie, wie eng die ständige Sorge um ihn alles in ihrem Innern zusammengeschnürt hatte. Vor Erleichterung strömten ihr Tränen über die Wangen.

Im Inselsalon

Während sie frisiert wurde, klagte eine Kundin ihr Leid. »Das ist jetzt schon die siebte Woche, dass unser Sohn nicht schreibt!«

»Bestimmt ist er bei einer Offensive dabei«, entgegnete Jakomina. »Da haben sie die Post gesperrt, denke ich.«

»Nein«, die Frau schüttelte den Kopf. »Unser Sohn ist vermisst. Wahrscheinlich liegt er …« Sie konnte den Satz nicht zu Ende sprechen.

Jakomina brach es fast das Herz. Sie reichte ihr ein Taschentuch. »Vielleicht ist er ja auch in Gefangenschaft geraten«, versuchte sie die arme Frau zu trösten. »Es dauert meist Wochen, bis die Angehörigen davon erfahren.«

Die Glöckchen an der Ladentür klingelten an diesem Tag fast ununterbrochen. Viele Männer, die sie noch nie gesehen hatte, suchten ihren Salon auf, hockten sich geduldig in die Warteecke.

Es ist verrückt, überlegte Jakomina, das hängt alles mit der verlorenen Seeschlacht zusammen. Die Oberste Marineleitung in Wilhelmshaven war wohl sehr erschrocken darüber gewesen, wie wenig Helgoland sich für Kriegseinsätze der dort stationierten Wasserflugzeuge eignete. Unter anderem hatte sich gezeigt, dass die Entfernungen zum Festland viel zu weit waren. Deshalb war beschlossen worden, statt Helgoland umgehend Norderney zu einer Seefestung und zur größten Seeflugstation an der deutschen Nordseeküste überhaupt auszubauen. Täglich brachten nun große Lastkähne vom tideunabhängigen Hafen Norddeich aus Baumaterial auf die Insel. Norderney glich inzwischen einer Riesenbaustelle.

Da die Fliegerei zu Wasser der Marine unterstand, kamen nun auch noch jede Menge Soldaten der Kaiserlichen Marineartillerie auf die Insel. Dazu Arbeitssoldaten, unter denen sich einige unsichere Kandidaten aus Bewährungskompanien befanden – Ruhestörer, vor denen die Mütter ihre Töchter warnten. Diese Leute, das hörte man, beschwerten sich ständig beim Bürgermeister: über die Verpflegung, über die Unterkunft und anderes.

Das Marinekommando zog in Pavillon 1 des Seehospizes. Die Offiziere wohnten im Hotel Pique, die Piloten im Hotel Kaiser Franz Josef, Unterricht und Lagebesprechungen für die Flugzeugführer fanden im Hotel Reichshallen statt. Etliche Beherbergungsbetriebe vermieteten der Garnisonsverwaltung gegen Bezahlung Quartiere und konnten so die Verluste durch fehlende Kurgäste wenigstens etwas wettmachen. Neulich hatte Jakomina gesehen, dass westlich der Hafenstraße eine große Wattfläche aufgespült wurde. Dort sollte die Seeflugstation mit Fliegerhorst erbaut werden, dazu drei Ablaufbahnen, auf denen die Wasserflugzeuge aus ihren Hangars zur See rollen konnten. Auf dem Rennplatz entstanden gerade provisorische Holzhallen für die Flugzeuge.

Jakomina seufzte. Was waren das für irrsinnige Zeiten! Auf der einen Seite schlossen immer mehr Geschäfte, Räumungsverkäufe und Zwangsversteigerungen nahmen zu.

Auf der anderen Seite konnten sie sich im Inselsalon über einen Mangel an Arbeit wahrlich nicht beschweren. Mit den Marinern traf eben auch neue Kundschaft ein. Und in deren Gefolge reisten Ehefrauen an, die offiziell bis zu sechs Wochen auf der Insel bleiben durften. Zunehmend mieteten sich außerdem Soldatenfrauen ein, deren Männer nach einer Kriegsverletzung auf Norderney wieder zu Kräften kommen sollten. Und manche von ihnen ließen sich im Inselsalon verschönern, um ihrem Liebsten zu gefallen.

Dabei ging die Mode zum Schlichten. Gleich nach Kriegsbeginn war dazu aufgerufen worden, dem Ernst der Lage angemessen, unauffällige Kleidung zu tragen. Feldgraue Kostüme mit etwas kürzeren Röcken im Uniformstil waren der letzte Schrei. Jakomina und Frieda empfahlen ihren Kundinnen dazu einen einfachen deutschen Knoten. Alles, was nach französischer Mode aussah oder klang, war jetzt verpönt. Mitarbeiter, die »Adieu« statt »Tschüss« oder »Auf Wiedersehen« sagten, mussten zur Strafe fünf Pfennige in eine Kasse zahlen.

Jakomina überlegte, wie sie ihre traurige Kundin etwas aufheitern konnte. In der Kabine nebenan sprudelte das Gespräch zwischen Frieda und deren Kundschaft nur so. Gerade drehte es sich um den Sohn einer inselbekannten Familie, der mit dem Eisernen Kreuz ausgezeichnet worden war.

»Es sollen ja jetzt auch Hochstapler mit falschen Ehrenabzeichen durch die Lande ziehen«, merkte Frieda an.

Immer neue Jahrgänge erhielten ihren Gestellungsbefehl.

»Mein Mann muss nächste Woche los«, sagte ihre Kundin und verfiel in einen tuschelnden Tonfall. »Ich will nicht, dass er mit seinem Ehering am Finger ins Feld zieht. Es gibt nämlich üble Elemente, die schneiden wehrlosen Verwundeten den Finger samt Ring ab.«

Jakomina seufzte. Neben Horrorgeschichten konnten die Kundinnen und Kunden in diesen Tagen nicht genug bekommen von Schilderungen abenteuerlicher Rettungen. Besonders gern erzählt wurden solche, bei denen eine beinahe tödliche Patronenkugel an einer Taschenuhr, einem Gedichtband oder Ähnlichem abgeprallt war. Aber das passte alles nicht als Gesprächsstoff für die arme Frau im Friseurstuhl vor ihr. Sie wirkte, als müsste sie um jeden Atemzug ringen, weil Angst und Traurigkeit ihr die Luft abdrückten.

»Mein Sohn hat mit Hindenburg in Ostpreußen gekämpft«, flüsterte sie.

Jakomina überlegte, ob sie darauf hinweisen sollte, dass sie im Salon erst kürzlich ein besonders gelungenes Porträt des Generalfeldmarschalls aufgehängt hatten. Nachdem es Hindenburg und seiner Armee in der Schlacht von Tannenberg gelungen war, die Russen von deutschem Boden zu vertreiben, gebührte ihm die Ehre, im Verkaufsraum direkt neben dem Bild des Kaisers, nur wenige Zentimeter tiefer angebracht, anstelle des Fürsten von Bülow auf die Friseurkundschaft herabzublicken.

Aber manchmal war es das Beste, einfach nur zu schweigen. Jakomina legte für einen Augenblick ihre Hand auf die Schulter der Kundin. Die Dame schloss die Augen und tat, bis sie fertig waren, so, als würde sie schlafen.

Frieda

»Hast du meine Scheren gesehen?« Frieda steckte ihren Kopf durch den Kabinenvorhang, um bei ihrer Schwiegermutter nachzuforschen. »Zwei fehlen mir, ich kann sie nirgendwo finden.«

»Kind, das würde ich mir doch niemals anmaßen«, erhielt sie zur Antwort.

Frieda fragte die Mitarbeiter, ob sie sich vielleicht entgegen den Gepflogenheiten bei ihrem Handwerkszeug bedient hätten. Alle verneinten.

Sie suchte in der Küche weiter. »Hast du meine Schere genommen?«, fragte sie Else, die auf Knien rutschend, wie immer mit einem im Nacken verknoteten Kopftuch, Schürze und Holzschuhen angetan, den Fußboden schrubbte.

Else schaute hoch, wischte mit der Armbeuge ein paar vorwitzige Haarsträhnen aus dem herben, aber nicht unfreundlichen Gesicht. Frieda fiel auf, dass ihr Damenbart stärker geworden war. Auch die Augenbrauen wucherten kräftig. Einer Kundin hätte sie zum regelmäßigen Zupfen geraten. Ihre Schwiegermutter bezeichnete das Hausmädchen neuerdings vor feineren Herrschaften gern als Haushälterin. Zum einen, weil Else kein Mädchen mehr war, sondern auf dem Weg zur alten Jungfer, denn leider brachte ihr Dauerverlobter Gerrelt es nicht über sich, ihr endlich einen Heiratsantrag zu machen. Zum anderen, weil sie fand, dass es vornehmer klang.

»Nö, ich nicht. Aber die Kinder.« Else machte eine Kopfbewegung zum Garten hin.

Als Frieda durchs Fenster sah, traute sie ihren Augen kaum – Lissy und ihr Freund Fokko saßen im Apfelbaum, jeder auf einem dicken Ast, und schnippelten eifrig das Herbstlaub ab. Etliche Zweige waren bereits vollständig kahl.

Aufgebracht stürmte Frieda nach draußen. »Seid ihr denn von allen guten Geistern verlassen?« Sie entriss den beiden ihre Scheren. »Was soll dieser Unsinn? Klettert sofort runter!«

Kaum waren die Kinder auf dem kleinen Rasenstück gelandet, verpasste Frieda ihrer Tochter eine Ohrfeige und zog Fokko kräftig an den Ohren. »Diese Scheren kosten ein Vermögen! Die sind empfindlich, nur fürs Haareschneiden bestimmt. Und der arme Baum! Was habt ihr euch nur dabei gedacht?«

Lissy brach in Tränen aus. Ihre Miene verriet, dass sie sich zutiefst ungerecht behandelt fühlte. Fokko schob die Unterlippe vor.

»Also?«

»Wir … wir wollten doch nur, dass unsere Väter schneller zurückkommen«, stieß er trotzig hervor.

»Ja, sicher, aber was hat das mit den Scheren zu tun?« Verständnislos sah Frieda die Kinder an.

»Weil … weil der Kaiser gesagt hat …«, erklärte Lissy schluchzend, »… wenn die Blätter von den Bäumen fallen, dann kommen sie.«

Schlagartig begriff Frieda den Zusammenhang. Wilhelm II. hatte seinen Soldaten versprochen: »Ihr werdet wieder zu Hause sein, ehe noch das Laub fällt.« Weihnachten, das hatte er damit ausdrücken wollen, würden die Männer gewiss siegreich heimgekehrt sein.

»Ach …«, sagte sie bestürzt. »Das habt ihr falsch verstanden. Es nützt nichts, wenn ihr vorzeitig Bäume entlaubt.«

Am Abend betete Frieda mit Lissy. *»Meine Augen fallen zu, lieber Gott, gib süße Ruh! Deine Engel halten Wacht, schenk mir eine gute Nacht!«*

Lissy, deren tiefblaue Augen mit dem dunklen Wimpernkranz Frieda jeden Tag mehr an ihren Vater erinnerten, fügte von sich aus etwas hinzu: »Und beschütz Mama und Papa, und beide Omas und Opas und meine Ticktackoma und Tant' Grete und Else und Rieka und alle, die ich lieb hab. Und mach, dass Papa bald wieder da ist. Amen.«

Frieda strich ihr über die Wangen und küsste sie auf die Stirn. Sie schaltete das Licht aus.

»Mama?«

»Ja?«

»Lässt du die Tür etwas auf?«

»Ja, mein Schatz.«

»Mama?«

»Ja?«

»Ist das schlimm mit dem Baum?«

»Er wird sich erholen.«

»Und kommt Papa denn nun Weihnachten wieder? Ich will auch sonst überhaupt kein Geschenk haben.«

»Wir hoffen es.« Frieda seufzte. »Ich werde wie du dafür beten, mein Schatz. Nun schlaf gut, und träum was Schönes.«

Sie blieb noch einen Moment im Türrahmen stehen, um Lissys ruhiger werdenden Atemzügen zu lauschen. Hilrich fehlte ihr. Sie sorgte sich um ihn. Um ihren eleganten blonden Hilrich, mit dem sie im Salon so wunderbar harmonierte. Sie teilten die Leidenschaft für schöne Frisuren. Als Backfisch war sie sehr in ihn verschossen gewesen. Inzwischen betrachtete sie ihn als ihren besten Freund, als liebenswürdigen Menschen und Partner fürs Leben. Trotz einer scheußlichen Erinnerung, die sie fest weggeschlossen hatte – in die gleiche dunkle Herzkammer, in der auch Erinnerungen an jene Zeit verborgen waren, da ihr Vater noch getrunken hatte.

Frieda ging ins Wohnzimmer, um ihre Feldpostsendungen für Hilrich und Dodo fertig zu packen. Briefpapier, Tabak, Kaffee, Kondensmilch, Wollsweater, Zündhölzer, Wundpulver, Brustkaramellen, Socken, Kekse, Kopierstifte, Seife. Von jedem aus der Familie ein paar handgeschriebene Zeilen und liebe Grüße. Eine Zeichnung von Lissy. Das Kind hatte von seinem Geld eine Postkarte gekauft. Es zeigte eine Karikatur der Feinde mit dem Spruch *Jeder Tritt ein Britt', jeder Stoß ein Franzos'!* Frieda schüttelte den Kopf und verbrannte die Karte im Ofen. Das war geschmacklos, sie würde es Lissy erklären. Stattdessen legte sie noch ein gepresstes gelbes Sonnenröschen aus den Norderneyer Dünen bei.

Da alle Lichtquellen abgedunkelt werden mussten, glich der Ort nachts einem Geisterdorf. Der Leuchtturm wurde nur noch auf Anforderung eingeschaltet. Es war verboten, im Dunkeln Fahrrad zu fahren. Frieda versuchte trotzdem, ohne Licht zu ihren Eltern zu radeln. Schließlich kannte sie den Weg, und der Mond schien. Ein Wachposten erwischte sie, wies sie ruppig zurecht und schickte sie nach Hause zurück. Das fand sie ärgerlich. Aber letztlich – damit konnte man leben.

Es gab viele hoffnungsvolle Zeichen. Bereits im November starteten von Norderney aus die ersten Aufklärungsflüge über See und nach Helgoland. Im Inselsalon beratschlagten die Frauen schon, was sie den sicher bald heimkehrenden Soldaten als Festmahl servieren würden.

Im Inselsalon

Weihnachten 1914 waren die Soldaten nicht wieder zu Hause. Bis auf einige wenige auf Heimaturlaub, die zurück in den Krieg mussten. Oder die wie Fritz sogar nur für ein paar Stunden Heiligabend mit der Familie verbringen durften. Am ersten Weihnachtstag vormittags hatte er schon wieder Dienst. Aber er konnte eine Nacht im eigenen Bett schlafen.

Und er genoss es, sich von seiner Jakomina den Morgentee bringen zu lassen.

Trotz noch zugezogener Vorhänge spürte er, dass etwas anders war. Die Geräusche von draußen klangen gedämpft. Seine Frau zog die Vorhänge auf, und Licht flutete den Raum.

»Es hat geschneit, Mucki«, sagte sie entzückt, »guck mal, eine dicke Schneedecke liegt über der Insel! In diesem Licht sieht sie blaulila aus, nicht weiß.«

»Komm lieber hierher, unter meine Decke!« Sie ging kokett mit Hüftschwung zurück, er zog sie ins warme Bett, löste ihre Frisur auf, und sie kuschelten miteinander. »Das ist mein schönstes Weihnachtsgeschenk«, flüsterte er.

»Der Schnee oder ich?«, fragte sie neckisch.

Bevor er antworten konnte, zerstörten über die Dächer hinwegdröhnende Flugzeugmotoren die Stimmung.

»Verdammt!«

Fritz sprang aus dem Bett. Er zog seine neue lange Strickunterhose, ein Weihnachtsgeschenk, an, seine Uniform, warf sich den schweren Schaffellmantel über und verabschiedete sich hastig mit einem Kuss von Jakomina, die ihm noch eine Mütze mit Ohrenschützern überstülpte.

Draußen roch es nach Schnee, und ein kalter Wind pfiff um die Häuser. Eilig stapfte Fritz zur Georgshöhe. Auf der Aussichtsdüne wachten an einem Stand mit schwerem Maschinengewehr zwei Kameraden, die wie er in ihren unförmigen Mänteln aussahen wie Yetis. Eigentlich sollten er und Albertus sie später erst ablösen. Jede Wache dauerte nur zwei Stunden, weil es so ungemütlich auf der zugigen Höhe war. Fritz pflegte sich dabei mit Übungen aus dem Buch *Ärztliche Zimmergymnastik* von Dr. Schreber warmzuhalten, das ihm einst sein bedeutendster Kunde, der frühere Reichskanzler Fürst von Bülow, zur Körperertüchtigung empfohlen hatte.

Mit großen Schritten erklomm er die Düne und sah ein Szenario, das ihm unwirklich vorkam. Über der Nordsee waren nicht nur Flugzeuge zu sehen, sondern auch ein deutscher Zeppelin. Wenige Kilometer Luftlinie von Norderney entfernt, auf dem Festland im küstennahen Ort Hage, befand sich ein Luftschiffhafen für diese moderne Wunderwaffe. Zeppeline konnten länger in der Luft bleiben und höher steigen als jedes Flugzeug. Aus der Gondel unter der Riesenzigarre wurde gefeuert. Kleine, dunkle Wölkchen verpufften langsam in der Luft.

»Die Engländer werfen Bomben ab«, wusste einer der Soldaten, in dessen Schnauzbart Eiskristalle glitzerten. »Wir haben schon drei feindliche Wasserflugzeuge gesichtet. Unsere Flieger jagen sie.«

In diesem Augenblick näherte sich ein britisches Flugzeug von Osten, es flog direkt auf sie zu. Der Mann am Maschinengewehr neben Fritz feuerte Salven ab. Der Feind drehte ab auf Nordnordost, was vermutlich ohnehin sein Plan gewesen war.

Fritz verfolgte das Geschehen durchs Fernglas, bis die Flugzeuge am dunstigen Horizont verschwanden. Das Herz schlug ihm unregelmäßig bis in die Ohren.

Nach Weihnachten erfuhren Jakomina und Frieda einen Tag vor den Lesern der Inselzeitung von Theo, was los gewesen war. Die Engländer hatten verschiedene Ziele in der Deutschen Bucht angegriffen. »Deutsche Luftschiffe und Flugzeuge haben aber zügig aufgeklärt«, erklärte der Redakteur knapp. »Es gab Treffer auf zwei feindliche Zerstörer und einen Begleitdampfer.« Sechs Meilen nordöstlich von Norderney hatten drei britische Maschinen wegen Benzinmangels auf dem Wasser niedergehen müssen. »Obwohl sie vom deutschen Zeppelin aus beschossen wurden, ist es drei britischen Fliegern gelungen, sich nach dem Notwassern in ein U-Boot der Royal Navy zu retten. Ein modernes Husarenstück, das muss man leider zugeben.«

»Abenteuerlich!« Frieda stellte sich die Aktion bildlich vor.

»Hauptsache, unsere haben die Tommys verjagt«, sagte Jakomina. »Hoffentlich kommen die nicht so schnell wieder.«

»Menschen kamen nicht zu Schaden, heißt es. Aber …«, Theo machte eine bedeutungsvolle Pause, alle hingen gebannt an seinen Lippen, »… aber ich glaub trotzdem, was da passiert ist, das war historisch.«

»Wieso?« Jakomina sah ihn mit Fragezeichen in den Augen an.

»Das ist der Beginn einer neuen Ära in der Kriegsführung«, erklärte Hermann.

Das Gesicht des Inselarztes wirkte gelblich, weil er wieder eine Gallenkolik gehabt hatte. Gallensteine plagten ihn schon seit Jahren, manchmal waren die Abstände zwischen den Koliken lang. Wenn er sich aufregte, ärgerten die Steine ihn jedoch öfter.

»Genau«, erwiderte Theo. »Das war die erste Kriegsschlacht zwischen Schiffen zur See und Schiffen in der Luft.«

Einen Moment lang schwiegen alle. Da hatte sich also quasi vor ihrer Haustür etwas Epochales abgespielt.

»Mensch, Hermann«, sagte Jakomina. »Du siehst nicht gut aus. Lass dich doch endlich mal operieren. Der Eingriff soll gar nicht mehr so schlimm sein.«

Hermann winkte ab. Dafür müsste er sich in ein Krankenhaus aufs Festland begeben. »Nee, jetzt nicht, damit warte ich bis zum Frieden.«

Frieda

Allmählich trat so etwas wie Gewöhnung ein. Im Kriegsalltag entwickelte sich eine gewisse Routine. Fritz schaute meist einmal die Woche kurz rein. Doch mehr und mehr übernahm Frieda die Leitung des Inselsalons. Sie merkte, dass Jakomina sich am liebsten wieder auf ihre gewohnten Tätigkeiten wie Mittagessen überlegen, Else beaufsichtigen und Kämmchen verkaufen verlegte. Im Damensalon war nach wie vor deutlich weniger zu tun als in Friedenszeiten. Im Herrensalon, wo weiter Andrang herrschte, erhielten sie mittlerweile Unterstützung von zwei Altgesellen, Heye und Siebold, und einem Lehrling namens Hansi, die bei einem anderen Friseurmeister auf der Insel beschäftigt gewesen waren. Der unverheiratete Konkurrent hatte erst kürzlich seinen Gestellungsbefehl erhalten und seinen Salon daraufhin ganz geschlossen.

Sie mussten also nicht hungern. Aber es wurde doch langsam alles spürbar knapper. Brot wurde bereits rationiert. Der Alltag gestaltete sich auch dadurch anstrengender, dass nichts mehr auf Anhieb klappte. Menschen oder Dinge fehlten, sie mussten zunehmend improvisieren.

Frieda wirbelte, machte, tat, versuchte, gute Laune zu verbreiten, zupfte Charpie, packte Pakete für Soldaten, kümmerte sich um ihre Großmutter und die Eltern. Ihr kam nicht in den Sinn, sich zu schonen oder zu klagen, weil sie immer daran dachte, was die Soldaten aushalten mussten.

Hilrichs Regiment wurde an die Ostfront verlegt. Stolz schrieb er von siegreichen Sturmangriffen. Beobachtungen am Wegesrand schmückte er oft zu Anekdoten aus. Seine Berichte des Soldatenalltags allerdings waren sachlich und eher stichwortartig gehalten. *Marschiert, gewartet.* Meist drehten sich seine Berichte um die Fragen: Wie ist das Wetter, wie das Gelände, wo übernachten, was essen? Dann um den Kampf. Und die Arbeit im Lazarett. Seine Gefühle deutete Hilrich allenfalls an. Nur in einem Brief, den er einem Kameraden auf Heimaturlaub hatte mitgeben können, war er deutlicher geworden. *So viele Granatsplitter entfernt wie noch nie, Schrapnell-Verletzungen geflickt. Arme und Beine amputiert. Weggeschossenes Gesicht zu retten versucht. Kosakenangriff, sind über Soldaten hinweggeritten. Kein schöner Anblick.*

Es musste die Hölle sein.

Frieda hörte auch, was andere berichteten. Sie sah, dass die Todesanzeigen zahlreicher, die amtlichen Verlustlisten länger wurden. *Süß und ehrenvoll ist es, für das Vaterland zu sterben.* Das klang inzwischen in ihren Ohren wie Hohn.

Im Vergleich mit den Männern an der Front lebten sie auf Norderney noch herrlich und in Freuden, manchmal dachte sie, wie der Mops im Paletot. So hieß jene Bilderbuchfigur, von der Lissy beim Vorlesen nie genug bekommen konnte.

Es wurde Zeit, dass das Kind zur Schule kam. »Du fragst mir noch ein Loch in den Bauch!«, sagte Frieda oft stöhnend im Scherz. Das Mädchen – hübsch, hellwach und mitfühlend – war ihre größte Freude. Zu Ostern, kurz nach ihrem sechsten Geburtstag, wurde sie eingeschult. Bei dieser Gelegenheit lernte sie erstaunt, dass sie eigentlich Elisabeth hieß. Frieda fand es bemerkenswert, dass ihre Tochter sich, sobald sie mit Elisabeth angesprochen wurde, benahm wie ein großes Mädchen.

Etwas Seltsames geschah, je länger Hilrich fort war. Die Erinnerung an ihn verblasste, und die an Joseph wurde wieder lebendiger. Nachts, wenn Frieda nicht schlafen konnte, meldeten sich die tieferen Schichten ihres Bewusstseins zu Wort. Joseph, ich kann nicht verstehen, warum du nicht bei mir bist. Ich weiß, dass du mich liebst. Ich fehle dir, so wie du mir fehlst. Warum können wir nicht zusammen sein? Ich habe solche Sehnsucht nach dir!

Eines Morgens erwachte Frieda gegen fünf Uhr, das Gesicht tränenfeucht. Noch war sie reine Empfindung, vermochte nicht recht zu denken. Sie fühlte sich so unvollständig. Nur in Josephs Umarmung war sie ganz gewesen. Gemeinsam hatten sie eine Einheit gebildet und eine Schönheit empfunden, die das Auge nicht sehen konnte.

Frieda setzte sich auf. Sie weinte die Tränen, die sich im Rachen zu einem dicken Kloß angesammelt hatten. Mit dem Verlust musste sie sich abfinden.

Sie putzte sich die Nase.

Nackte Kinderfüße tapsten über den Holzboden.

»Mama, darf ich zu dir ins Bett?«

»Komm!« Sie hob ihre Decke an.

Lissy schlüpfte darunter, sah ihr verweintes Gesicht. »Mama?«, fragte sie verängstigt.

»Ich vermisse deinen Papa.«

»Wann kommt er denn endlich?«

»Ich weiß es nicht.«

»Er kommt doch wieder, oder?«

»Das hoffe ich.«

»Versprich es.«

»Das liegt nicht in meiner Macht, Lissy.« Frieda drückte den kleinen warmen Körper zärtlich an sich. »Aber wir wünschen es uns ganz doll und beten dafür, nicht wahr?«

Lissy nickte. Zum Glück schlief das Kind schnell wieder ein. Frieda lag noch lange wach und dachte nach.

Ob es das für jeden Menschen gab? Das eine Erlebnis, die eine Begegnung, so stark, intensiv und der normalen Zeitempfindung enthoben, dass sich das Leben fortan in ein Vorher und ein Nachher teilte?

Joseph war ihrer Seele näher als Hilrich. Dabei war ihr Mann erst vor ein paar Monaten in den Krieg gezogen, und der andere hatte sie schon vor sieben Jahren verlassen, um eine reiche Erbin zu heiraten. Joseph Graf Ritz zu Gartenstein wusste nicht, dass er Vater geworden war. Er würde es auch nie erfahren.

Außer ihr, Grete und Max wusste kein Mensch, dass ein österreichischer Aristokrat Lissys leiblicher Papa war. Nicht einmal Hilrich kannte seinen Namen. Er hatte ihn auch überhaupt nicht wissen wollen. »Die Vergangenheit interessiert mich nicht« – das war Teil ihrer Abmachung. Lissy hatte er angenommen wie sein eigenes Kind. Frieda atmete tief durch. Dafür würde sie ihm ewig dankbar bleiben. Und sie würde sich an ihren Teil der Abmachung halten.

Im Fliederstrauch vor dem Schlafzimmerfenster begannen Vögel, ihre Frühlingslieder zu flöten. Frieda beschloss, einen Nutz- und Gemüsegarten anzulegen.

Grete

Nach drei Tagen hatte die Augusthitze die Hausmauern durchdrungen und ihre Wohnung in einen Backofen verwandelt. Trotzdem lag es nicht an der Temperatur, dass Grete sich unter ihrem Bettlaken unruhig hin und her wälzte. Um auf andere Gedanken zu kommen, nahm sie vom Nachttisch den letzten Brief, den sie von Max erhalten hatte. Sie kannte ihn inzwischen auswendig wie alle anderen auch, hoffte aber, dass die Zeilen sie beruhigten.

Max' Briefe bildeten die Höhepunkte in ihrem Leben. Mittlerweile las sie immer zuerst den Schluss, wenn ein neuer Brief ankam, weil dort meist ein Satz stand, den sie später innerlich tausendmal wiederholte. *Ich möchte Dich ansehen, ganz in Ruhe und richtig.* Da überlief sie schon beim Lesen ein Schauer. Sie unterhielten sich in Gedanken zwar ständig, in der Korrespondenz aber notgedrungen mit großen zeitlichen Abständen, die ihr viel Geduld abverlangten. Auf ihre Klage *Ohne Dich vergilbt mein Herz* war ihr beim Aufschreiben eine Träne getropft, die das *vergilbt* verwischt hatte. Sie schickte den Brief trotzdem ab. Darauf erwiderte er: *Liebe ist doch nicht zum Weinen! Ich möchte, dass Du lächelst, wenn Du an mich denkst!*

Oft stellten sie sich Fragen, die der andere im nächsten Brief ausführlich beantwortete. *Kannst Du eigentlich Witze erzählen, Grete? Was ist Deine Lieblingsfarbe, Max? Wie viele*

Kinder wünschst Du Dir, Grete? Welches Märchen mochtest Du als Kind am liebsten, Max? Was hältst Du von der Lebensreformerkolonie auf dem Monte Verità, Grete?

Sie malten sich schöne Situationen aus, die sie gemeinsam erleben wollten. Die Fantasien begannen immer mit: *Ich stelle mir vor, dass …*

Grete hoffte, dass Max endlich einen Heimaturlaub ankündigte. Doch immer wieder kam etwas dazwischen, eine Truppenverlegung oder eine Schlacht, einmal auch eine Magen-Darm-Erkrankung.

Von ihren Eltern hatte sie seit einem Jahr nicht viel gehört. Wohl, um sie zu bestrafen, hatte ihre Mutter nur zum Geburtstag und zu Feiertagen eine Karte mit eher nichtssagenden Texten geschickt. Aber Grete tröstete sich: Dass sie ihr überhaupt noch schrieb, war ein Zeichen dafür, dass Maman nur schmollte. Sie jedenfalls schrieb den Eltern alle zwei Monate einen mehrseitigen Brief und berichtete von ihrem Leben auf Norderney. Nicht zu ausführlich und gefühlsbetont, aber hoffentlich so, dass die Eltern begriffen, was ihr die Arbeit und die Insel bedeuteten.

Oft dachte sie an ihre Brüder. Eduard war weiter unabkömmlich im Auswärtigen Amt in Berlin. Von den anderen beiden in Afrika hatte sie seit Monaten nichts gehört. Anfangs hatte es zwar geheißen, es bestehe kein Grund zur Sorge. Die Kolonien in Afrika seien sicher, der Krieg werde auf der Nordsee entschieden. In seinem letzten Brief kurz vor Kriegsbeginn hatte Hans-Heinrich noch stolz vom Wachstum des Handelshauses der Gebrüder Lehmann in Lüderitz berichtet. Mittlerweile sei mehr als eine Tonne Diamanten im Wert von über hundertfünfzig Millionen Reichsmark in der dortigen Bucht gefördert worden. *Du kannst Dir nicht vorstellen, was das für den Ausrüstungsbedarf bedeutet, den wir emsig zu befriedigen suchen,* hatte er geschrieben.

Doch schon kurz nach Kriegsbeginn war es zu den ersten Angriffen aus Südafrika auf Deutsch-Südwest gekommen, im Januar 1915 zu weiteren Attacken. Und an diesem Abend nun hatte Grete wieder mit Frieda einen der Vorträge besucht, die Jann Berghaus im Frisia regelmäßig über den Kriegsverlauf hielt. Er ordnete dabei die Geschehnisse meist ruhig und vernünftig ein, erklärte Ursachen und Auswirkungen, manchmal auch unterschiedliche Deutungsmöglichkeiten. Aber was er ihnen dieses Mal auseinandergesetzt hatte, ließ nicht viel Interpretationsspielraum.

Im Juli hatte die deutsche Schutztruppe vor der Übermacht der unter britischer Regie agierenden Südafrikanischen Union kapitulieren müssen. Zwanzigtausend gut ausgebildete Soldaten der Südafrikanischen Union, die ja zum British Commonwealth gehörte, hatten auf Geheiß Englands Deutsch-Südwestafrika angegriffen und schnell erobert. Denn die deutsche Schutztruppe bestand lediglich aus fünftausend Soldaten, überwiegend ungelernte Reservisten, Farmer, Händler und Beamte. Sie hatten doppelt so viele Opfer zu beklagen gehabt wie die Südafrikaner, die nun die ehemals deutsche Kolonie beherrschten. Auch ihre beiden Brüder hatten in dieser Schutztruppe gekämpft. Und verloren. »Mach dich nicht verrückt«, hatte Frieda auf dem Nachhauseweg gesagt. »Noch wissen wir nichts sicher.«

Grete strampelte das Laken zur Seite und stand auf. Sie öffnete die Balkontüren sperrangelweit, trat hinaus in die Nacht. Auf der verschwitzten Haut spürte sie nur einen leichten Luftzug. Der Mond beschien kleine schuppenförmige Kräuselwellen.

Doch das Meer beruhigte sie nicht. Das leise Rauschen weckte Sehnsüchte, die nicht erfüllt werden konnten. Es klang wie ein Hohn. Viele liebgewonnene Plätze gehörten inzwischen zum militärischen Sperrgebiet. Selbst am Strand durfte man nicht mehr nach Belieben spazieren gehen.

Wie sehnte sie sich danach, einmal wieder ganz für sich vor dem Frühstück zu schwimmen oder mit den Füßen im Wasser dem Tanz der Wellen zuzuschauen und Muscheln oder angeschwemmtes Holz aufzulesen. Was gäbe sie darum, wieder abends in den Dünen zu sitzen und darauf zu lauschen, wie Stille einzog – so lange, bis nur noch Dünengras und Silberpappeln im Wind flüsterten.

Frisch. Frei. Weit. Am ehesten, wenn überhaupt noch, überkam sie ihr geliebtes Nordseegefühl gelegentlich frühmorgens auf ihrem Balkon.

Wieder musste sie an die beklemmende Neuigkeit denken – kurz vor der Kapitulation in Deutsch-Südwestafrika hatte es Tote, Verletzte und Gefangene gegeben. Sie konnte nur hoffen und beten, dass sich ihre beiden Brüder unter den Gefangenen befanden.

Frieda

Jakomina hatte ihr kleines Blumenparadies mit der Pergola hinterm Haus partout nicht für Kartoffeln, Zwiebeln und Bohnen hergeben wollen. Sie duldete nur wie eh und je ein paar Küchenkräuter in einer Ecke. Dennoch war Frieda der Rat des Wickwiefs nicht aus dem Kopf gegangen. Kümmere dich um deinen Garten, hatte Jantje ihr schon bei Kriegsausbruch gesagt.

Zum Glück war es ihr dann gelungen, einem alten Nachbarn ihrer Eltern die Nutzungsrechte an seinem Dünengarten abzuschwatzen. Ihm wurde die Arbeit zu beschwerlich. Sie versprach, dass er bei der Ernte genügend für seinen Haushalt abbekommen würde. Da dieser Garten schon seit Jahren nicht mehr ordentlich bewirtschaftet worden war, gab es viel zu ackern. Schön fand sie, dass am Rand ein paar Holundersträucher wuchsen. So würde sie im Herbst Holundersaft gewinnen können.

Frieda organisierte einen Handwagen voller Schafdung, den sie nach Feierabend bis in die Dunkelheit hinein bei Mondlicht untergrub. Mit dicken Handschuhen und einem Wolltuch um den Kopf ging sie seit dem Frühjahr Tag für Tag nach Feierabend in den Garten. Einmal hielt sie inne, den Fuß auf dem Spaten, schaute sich um und inhalierte die Meeresluft. Einige Augenblicke lang hatte sie ganz intensiv das Gefühl, zur rechten Zeit am rechten Ort zu sein.

Sie mochte diesen Garten, der anderthalb Meter tief in den Dünenboden eingegraben war. Im Sommer konnte es hier ziemlich warm werden, denn der Aushub bildete ringsum einen Wall, der vor dem scharfen Wind schützte. Durch ihn führte ein Pfad hinein. Die Pflanzenwurzeln reichten durch das Tieferlegen ein Stück näher an die Süßwasserlinse heran, ein natürliches Trinkwasserreservoir, das sich im Untergrund aus versickertem Regenwasser gebildet hatte und über dem Salzwasser schwebte. Das war schon eine recht schlaue Kultivierungstechnik, die ihre Vorfahren da entwickelt hatten.

Mehrfach holte Frieda abends oder ganz früh morgens noch eine Ladung fruchtbaren, schweren Kleiboden von der Wattseite herbei, um ihn unter den Sand zu mischen. Diese Arbeit war anstrengend. Aber sie genoss die friedliche Stimmung, die herrschte, wenn Baumaschinen, Betonmischer und Flugzeugmotoren schwiegen.

Es war ein Mittwoch, als ihre Schwägerin Frauke mit ihrem kleinen Sohn Wilhelm im Kinderwagen zur Mittagszeit den Salon beehrte. Friedas Verhältnis zu ihr war nie das beste gewesen, weil Frauke sich eine ganze Menge auf ziemlich wenig einbildete und viele Menschen von oben herab behandelte. Ihr fehlten die Eleganz, die Freundlichkeit und das gute Aussehen ihres Bruders. Sie trug das Korsett immer noch sehr eng geschnürt, was wohl auch den Zustand ihrer Gefühlswelt spiegelte.

Frieda hatte sie mit dem Juwelier Felix Rosenau zusammengebracht und war sehr erleichtert gewesen, als Frauke, die mithelfende, sprich, sich ständig aufspielende

Tochter des Friseurmeisters, endlich aus dem Salon verschwunden war. Sollte sie als Juweliersgattin ihren Höhenflitz ausleben!

Nach der Begrüßung bewunderten alle den kleinen Wilhelm, der ein paar Wochen zuvor ein Jahr alt geworden war und die breite Nase seiner Mutter geerbt hatte, sowie Fraukes neuen, aus Eisen gefertigten Schmuck. Wer auf sich hielt, trug ja nur so was, um damit zu signalisieren, dass er seinen Goldschmuck für den Krieg gespendet hatte. Frieda fand ihn einfach nur scheußlich, behielt ihre Meinung aber für sich. Höflich tauschten sie die neuesten Nachrichten aus dem Felde aus.

Ihre Schwägerin blieb zum Mittagessen. Mittwoch war immer Teigspeisentag mit Pfannkuchen, Puffert oder dergleichen. An diesem Mittwoch gab's Suurnat mit Klutjes, Mehlklöße in Pflaumensuppe mit Essig und Sirup, Fraukes Leibgericht. Nachdem sie zweieinhalbmal nachgenommen hatte und alle Mitarbeiter, abgesehen vom Hausmädchen Else, wieder im Salon werkelten, verriet Frauke den wahren Grund ihres Besuchs.

»Ich werde den Juwelierladen schließen«, eröffnete sie ihrer Mutter. Sie hatte ihn nach der Einberufung ihres Mannes halbtags ohne Personal weitergeführt. Ihre wichtigsten Kunden waren stets wohlhabende Gäste in Ferienstimmung gewesen. Zudem fehlte ihr, was sie allerdings nicht erwähnte, die Expertise für Edelsteine, Edelmetalle und Goldschmiedekunst. Gravieren konnte sie auch nicht, weil ihre Handschrift zu krakelig war.

»An diesem ›Gold gab ich für Eisen‹-Schmuck verdient man leider nichts. Aber von irgendwas müssen wir schließlich leben.« Frauke drückte das Kreuz durch. »Deshalb hab ich mir überlegt, dass ich wieder im Damensalon arbeiten könnte. Gegen einen festen Lohn, versteht sich.«

O Gott, bitte nicht!, dachte Frieda entsetzt.

Zum Glück schüttelte Jakomina gleich den Kopf. »Mein Schatz, wie stellst du dir das vor? Alles wird teurer, aber unsere Einnahmen sind enorm gesunken. Uns fehlt die vornehme Kundschaft auch, im Damensalon ist immer weniger los. Und als Barbiermädchen im Herrensalon wirst du ja wohl kaum arbeiten wollen.« Sie legte ihre Hand auf Fraukes. »Selbstverständlich könnt ihr gerne jeden Mittag herkommen und mit uns essen.« Frieda atmete etwas schwerer. Dann würde sie ihre Schwägerin also doch jeden Tag sehen müssen. Frauke zog einen Flunsch. »Das wird schon, Kind!«, versuchte Jakomina sie aufzumuntern.

»Kannst du mir denn Geld geben?«

»Sicher.« Jakomina lächelte bedrückt. »Leider nicht so viel, wie ich wollte, weil dein Vater Kriegsanleihen gezeichnet hat.« Große Propagandaaktionen unter dem Motto »Gold gab ich für Eisen« hatten im März bereits zum zweiten Mal das Volk mobilisiert. Um die Soldaten gut ausstatten zu können, forderte die Regierung alle Untertanen, die Ersparnisse besaßen, dazu auf, ihr dieses Geld in Form von Goldmark zu leihen. Sie sollten auch nicht davor zurückschrecken, ihren Goldschmuck herzugeben. Nach Kriegsende würde alles mit fünf Prozent Rendite an sie zurückfließen. Zu zahlen hätten dann die besiegten Feinde. Daran, dass Deutschland gewinnen würde, gab es schließlich keinen Zweifel. Wer nicht mitmachte, obwohl er es hätte tun können, stand in den Augen der Nachbarschaft als übler Nichtpatriot da. Jetzt noch Gold- und Silberschmuck zu tragen oder gar zu kaufen, war deshalb verpönt.

»Na gut«, antwortete Frauke gnädig, »wir können ja erst mal kommen. Dann muss ich mich eben nach etwas anderem umsehen.«

Tag für Tag saß sie nun wieder mit am Mittagstisch und tat sich wichtig, ohne selbst einen nützlichen Beitrag zu leisten. Und jeden Tag ärgerte Frieda sich mehr darüber. Nach einiger Zeit bat sie ihre Schwägerin um Unterstützung im Garten.

»Die Erbsen und Karotten müssen geerntet und verarbeitet werden, und einige Beete sollten wir neu angelegen.«

»Willst du wieder Schafskötel untergraben?« Frauke hielt ihr ihre weichen, gepflegten Hände entgegen und lächelte geziert. »Also, ich weiß nicht, ob ich bei solchen Arbeiten eine große Hilfe bin. Und das Einmachen gehört doch wohl zu Elses Aufgaben.«

Frieda spürte eine kleine Wutwelle durch ihren Körper laufen. Diese blöde, eingebildete Kuh! »Wie schön, dass es wenigstens kein Problem für dich ist, das Gemüse aus dem Garten zu essen«, fauchte sie.

»Wie bitte?« Frauke sah sie verblüfft an.

»In Zeiten wie diesen muss jeder mit anpacken. Wenn du was zu essen haben willst, musst du dafür arbeiten. Begreifst du das nicht? Wer den Kern haben will, muss die Nuss knacken.«

»Jeder singt, wie er es gelernt hat.«

Als ob Frauke besonders schön singen könnte!

»Nur der Pastor und der Hund verdienen ihr Brot mit dem Mund«, gab Frieda zurück.

Bevor ihrer Schwägerin eine Erwiderung einfiel, verließ Frieda die Küche. Puh! Das war wirklich überfällig gewesen.

»Mama!«, hörte sie ihre Schwägerin kreischen.

Es war Frieda egal. Sollte sie sich ruhig über sie beschweren.

Grete

Mit jeder Woche, die Grete nichts von ihren Brüdern hörte, fürchtete sie mehr, dass ihnen Schlimmes geschehen war. Auch der September verging ohne Nachricht. Als sie endlich wieder einen Briefumschlag mit der Schrift ihrer Mutter in den Händen hielt, freute sie sich zunächst. Doch vorsichtshalber setzte sie sich, bevor sie ihn öffnete.

Ich muss Dir leider mitteilen, dass Dein Bruder Ludwig gefallen ist. Hans-Heinrich lebt, jedoch interniert in einem Concentration Camp, *einem sogenannten Konzentrationslager, in einem Ort namens Aus in Südwestafrika.*

Lulu tot? Das konnte nicht sein. Bestimmt folgte gleich eine Aufklärung. Wie konnte Maman das einfach so schreiben? Das war zu brutal. Mit angehaltenem Atem las Grete weiter. *Dein Vater hat alle Hebel in Bewegung gesetzt, um wenigstens Deinem jüngsten Bruder zu helfen,* schrieb die Mutter. *Die Aussichten sind leider nicht günstig, weil die Briten ihren Hass auf uns Deutsche dort unten über die Südafrikaner ausleben. Unter den Eingeborenen finden wir auch kaum Fürsprecher.*

Mit einem qualvollen Geräusch entwich ihr die Luft. Die schrecklichen Nachrichten hatten ihr Herz noch nicht erreicht. Lulu lebte nicht mehr. Ihr großer Bruder war tot.

Grete konnte es nicht begreifen. Sie stand auf, legte ihre Stirn gegen die kühle Fensterscheibe der Balkontür. Fassungslos starrte sie aufs Meer und den darauf niedergehenden Regen, der seitlich von der Sonne beschienen wurde. Die Atmosphäre wirkte seltsam unwirklich, dampfig-diesig und gelblich.

Sie musste an jenes Gespräch zwischen ihrem Vater und Lulu zurückdenken, das sie als Backfisch daheim im Wintergarten belauscht hatte. Lulu hatte gestanden, dass er sich schämte für das, was die Deutschen damals den Völkern der Nama und Herero antaten. Trotzdem hatte sie ihn nie auf das Thema angesprochen. Weshalb eigentlich nicht? Weil eine gut erzogene junge Dame nicht über Politik sprach? Weil sie sich auch geschämt hatte oder weil sie ihn nicht in Verlegenheit hatte bringen wollen? Sie wusste es nicht. Jetzt tat es ihr leid, sie bereute ihr Versäumnis. In ihrem Innern fühlte sich alles schrecklich schwer und verknotet an. Hoffentlich, dachte sie, sind die Zustände in dem Lager, in das sie Hans-Heinrich eingesperrt haben, erträglich.

Sie konnte nicht weinen.

Die Norderneyer hatten zu Hindenburgs Geburtstag geflaggt. Mit Marschmusik führte die Kapelle der Inselwacht einen Umzug an, der durch den festlich geschmückten Ort auf den Marktplatz zusteuerte. Die meisten Musiker kannten keine Noten und spielten nach Gehör. Grete machte einen großen Bogen um die Menschenmenge.

Es war schon seltsam. Überall in Deutschland herrschte Männermangel. Nur auf Norderney trafen jeden Tag Kerle im besten Alter ein. Vor allem unter den Fliegern gab's viele schneidige Burschen, gut aussehend, verwegen, ein wenig eitel oft. Gut für den Inselsalon. Grete musste trotz ihrer Trauer kurz lächeln.

Früher wäre sie durch die Dünen gewandert, um mit ihren Gefühlen allein zu sein. Aber inzwischen traf man dort überall auf Soldaten, die auf Streife gingen oder als Wachposten in Schutzhütten mit Aussichtsturm herumstanden. Einquartiert waren sie nicht nur im Seehospiz, sondern auch im ehemaligen Vogelwärterhäuschen in der Vogelkolonie, im alten Strandkorbschuppen, im Café Wilhelmshöhe und in der Wartehalle am Hafen.

Doch sie musste sich jetzt draußen bewegen. Selbst wenn es nach Regen aussah. Im Kapuzenmantel ging sie am Dorfrand entlang, vorbei an windgebeugten Bäumen, die trotz ihrer Schieflage standhaft blieben. Das wollte sie auch, standhaft bleiben und nicht verzweifeln.

Sie lief weiter in Richtung Hafen, schaute einem Vogelschwarm hinterher. Lulu, lieber großer Bruder, dachte sie, *farewell!*

Der Knoten in ihrem Innern wollte sich nicht lösen.

Nach einer Weile blieb sie vor dem Gelände der eingezäunten Seeflugstation stehen und sah ohne Interesse zu, wie Arbeitssoldaten aus Beton eine große Plattform gossen. Am Zaun stand eine Gruppe kichernder Schulmädchen, einige Soldaten auf der anderen Seite schäkerten mit ihnen.

»Grete?«

Die Stimme kam ihr bekannt vor. Sie drehte sich um. Vor ihr stand ein blendend aussehender Mann in Marineuniform mit dicker, doppelreihig geknöpfter Jacke – Martin von Welser, ihr Flirt aus dem letzten Friedenssommer.

»Martin!«

»Grete! Du bist es wirklich!« Begeistert kam er auf sie zu. Sie reichte ihm beide Hände, er zog sie kurz an sich und küsste sie auf die Wangen. »Eigentlich bin ich ja zutiefst gekränkt.«

»Ach.« Er hatte ihr geschrieben, nachdem er bei Kriegsbeginn überstürzt mit den anderen Kunstfliegern die Insel hatte verlassen müssen. Einen Brief von ihm hatte das Seehospiz an sie weitergeleitet, und sie hatte ihm mit freundlichen, knappen Worten gedankt und mitgeteilt, dass sie nun die Ehefrau von Dr. Max Lubinus war. Seitdem hatten sie nichts mehr voneinander gehört. »Was machst du hier, Martin?«

»Es ist geplant, eine Flugschule für Wasserflugzeuge aufzubauen. Und dann gibt's da ein paar Dinge, über die ich nicht reden darf, für die ich vorab die Möglichkeiten prüfen soll.« Martin hielt noch immer ihre rechte Hand. Er machte einen Schritt zurück. »Wie konntest du nur? So kurz nach mir einen anderen heiraten! Ich hoffte doch damals …« Er sprach den Satz nicht zu Ende.

Sie lächelte schwach. »Es kam auch für mich überraschend.«

»Eine Kurzschlusshandlung? Aus Verzweiflung, weil ich fort war?«, scherzte er. »Oder aus Mitleid?« In seinen grünbraunen Augen mischte sich Schalk mit Hoffnung.

»Nein. Wahre Liebe. In letzter Minute erkannt.« Sie fühlte sich nicht in der Verfassung für Koketterie. »Ich habe Max schon länger geliebt, ohne es zu wissen.« Sie schaute zum Himmel. Ganz unterschiedliche Wetter spielten sich gerade groß auf – nicht weit entfernt strömte heftiger Regen aus grauen Wolken, doch da, wo sie sich befanden, war es noch trocken.

»Ach. So was gibt's? Bist du dir sicher?« Er zwinkerte charmant, absichtlich übertrieben.

»So sicher, wie die nächste Flut kommt«, antwortete sie langsam und entschieden.

»Hm.« Er legte ihren Arm über seinen. »Ich darf dich aber doch ein Stück begleiten, nicht wahr?«

Sie antwortete nicht. Er musterte sie aufmerksam. »Du bist noch schöner geworden«, stellte er fest. »Aber du wirkst ziemlich traurig. Ist was mit deinem Mann?«

Sie schüttelte den Kopf. Die Sonne brach durch das Wolkengebirge und zauberte einen Regenbogen an den Himmel, der sich weit über die Insel spannte. Und dann leuchtete unter ihm noch ein zweiter auf.

»Sieh nur!«, sagte sie und blieb stehen.

In diesem Augenblick bildete sich ein dritter Regenbogen – seine Farben strahlten am schwächsten, aber er war der größte von allen dreien.

»Welch seltenes Naturphänomen«, rief Martin aus. Er lächelte eine Spur spöttisch. »Das steht sicher morgen groß in der Inselzeitung!«

Grete musste an ihre drei Brüder denken. Auch wenn es verrückt war, empfand sie die Regenbogen als einen Gruß. »Mein Bruder Lulu … ist gefallen«, flüsterte sie. Nun löste sich der Knoten, sie brach in Tränen aus. Martin nahm sie einfach in den Arm. Schluchzend barg sie ihren Kopf an seiner Schulter. Nach einer Weile löste sie sich von ihm. Er reichte ihr ein perfekt gebügeltes Taschentuch, und sie schnäuzte sich verlegen. »Entschuldige bitte!«

»Unsinn«, erwiderte er ernst. »Ist doch wohl selbstverständlich. Darüber müssen wir nicht reden.« Sie spazierten weiter nebeneinander her, ohne viel zu sprechen. Grete, die sonst immer diejenige war, die pflegte und half, empfand es als wohltuend, zur Abwechslung einmal jemanden an ihrer Seite zu spüren, der bereit und in der Lage war, sie zu stützen.

Irgendwann standen sie im Damenpfad vor dem Logierhaus, in dem sich ihre Wohnung befand. »Wann sehen wir uns wieder?«, fragte Martin.

»Ach, ich weiß nicht …«, antwortete sie. »Nein, besser nicht.« Es würde keinen guten Eindruck machen. Sie war eine verheiratete Frau.

Er schaute sie bittend an. »Wer weiß, wie lange ich dieses Angebot noch aufrechterhalten kann? Ich muss mich auch für Aufklärungsflüge bereithalten. Da kann jeder der letzte sein.« Er hob erwartungsvoll eine Braue, sein kühner Blick sagte: Na, gib dir einen Ruck.

Grete fühlte sich, als steckte sie gerade mit beiden Beinen im Schlick fest. Brauchte nicht jeder Mensch in diesen schweren Zeiten ein wenig Hilfe und freundlichen Zuspruch?

»Ich weiß, dass du verheiratet bist«, fuhr er fort. »Das respektiere ich. Es wäre schön, ab und zu mit dir nur spazieren zu gehen, mich mit dir unterhalten zu dürfen. Komm, sag ja!« Grete kämpfte mit sich. Sie mochte Martin. Und wenn er demnächst abgeschossen würde, überlegte sie, was würde ich mir wohl für Vorwürfe machen? Andererseits … »Um ganz ehrlich zu sein, Grete, ich möchte zurzeit gar keine feste Bindung.« Er sah sie offen an. »Wenn man erst einen Menschen liebt und Verantwortung für ihn übernommen hat, dann zögert man in riskanten Momenten eine, vielleicht die entscheidende Sekunde zu lang.«

Das glaubte sie ihm. Sie wollte ihn doch auch gern wiedersehen. Und außerdem musste sie ihm ja noch das gereinigte Taschentuch zurückgeben. Also nickte sie.

Frieda

Die Holunderdolden waren dunkellila und schwer. Sie dufteten fruchtig herb. Mit Lissys Hilfe erntete Frieda zwei Körbe voll und brachte sie nach Hause in die Küche.

Else krempelte die Ärmel hoch. Sie stellte einen großen Topf und Flaschen bereit, holte Leinentücher zum Auspressen hervor, die man hinterher mit Sicherheit nicht wiedererkennen würde.

»Iiihh!«, rief ihre Schwiegermutter, bevor sie die Flucht ergriff. »Passt bloß auf, das Zeug färbt fürchterlich!«

Lissy durfte beim Geleemachen helfen. Sie steuerte ein paar Quitten bei, die sie angeblich zufällig wild wachsend entdeckt hatte. Frieda wollte lieber nicht so genau wissen, wo. Nach dem Aussieben der Früchte sah die Küche aus wie ein krimineller Tatort. Und sie hatten noch nicht einmal die Hälfte der Arbeit geschafft. Der Sirup musste lange köcheln. Am schwierigsten war dann das Abfüllen.

»Kommt, wir machen jetzt erst mal eine kleine Pause«, schlug Frieda vor. Schweißperlen standen ihr auf der Stirn.

Sie goss etwas Saft mit Wasser auf. In diesem Moment kam Frauke hereinspaziert.

»Guten Tag allerseits«, flötete sie. »Mhmm, Holunder, wie lecker!«

Mit zusammengezogenen Brauen musterte Frieda ihre Schwägerin. Ihr »Tach!« zur Begrüßung klang warnend.

Die wollte doch wohl nicht einfach so etwas von ihren Holunderschätzen mitnehmen!

Zu ihrem großen Erstaunen nahm Frauke eine Küchenschürze vom Haken, band sie sich um und grüßte militärisch. »Melde mich zur Stelle. Was kann ich tun?«

»Oh, ich möchte so gern Grießklöße in Holundersuppe, Tant' Frauke. Kannst du das?« Lissy schaute ihre Tante erwartungsvoll an.

»Aber sicher. Eine meiner leichtesten Übungen.«

Frauke wechselte ein paar Worte mit Else und machte sich ans Werk. Frieda kam aus dem Staunen nicht heraus. Hätte sie ihrer Schwägerin doch nur schon früher mal die Meinung gesagt!

»Möchtest du auch etwas Saft?«, fragte sie.

»Nö, danke, im Moment noch nicht«, antwortete Frauke. »Erst die Arbeit, dann das Vergnügen.«

Trotz geöffneter Fenster dampfte es gewaltig in der Küche, als ihre Schwiegermutter sich wieder blicken ließ. Sie hielt ein Telegramm in den Händen.

»Hilrich kommt!«, sagte sie heiser. »Mein Junge hat Heimaturlaub!«

Stabiles Herbstwetter lag am Tag von Hilrichs Ankunft über der Insel. Lissy war vor lauter Vorfreude schon seit Tagen kaum zu bändigen. Jakomina und Frieda hatten die besten Zutaten für ein Festmahl organisiert. Fritz war es gelungen, sich zur Begrüßung zwei Tage Urlaub zu verschaffen.

Als Hilrich am Anleger von der Fähre schritt, klopfte Friedas Herz schneller. Sie war so froh, ihn wiederzusehen!

»Meine drei Frauen!«, rief er lachend. Sie liefen ihm entgegen, Lissy fiel ihm um den Hals, er hob sie auf den Arm. »Was bist du groß geworden!«

Dann knutschte Jakomina ihren Sohn ab, und schließlich umarmte er Frieda, küsste sie auf die Wangen, auf die Stirn und im Überschwang sogar kurz auf den Mund. Sein Vater klopfte ihm kräftig auf die Schulter.

»Min Jung!«, sagte er nur gerührt. »He!«

»He, Bap!« Hilrichs Augen wurden feucht.

Fritz hatte dafür gesorgt, dass ein Pferdegespann für sie bereitstand. So zuckelten sie bequem nach Hause.

»Hier ist ja gewaltig was los«, kommentierte Hilrich die Bauarbeiten. »Ich erkenne mein Norderney nicht wieder.«

»Bist du müde?«, fragte Jakomina.

»Nein, hab in der Bahn geschlafen.«

»Ach, in der Bahn krieg ich ja nie ein Auge zu.«

»Das lernt man im Krieg«, antwortete Hilrich. »Da schläfst du unter noch ganz anderen Umständen.«

Lissy himmelte ihn ununterbrochen an. Friedas Puls ging schneller. Ihr Mann sah sehr gut aus. Schlanker, zäher war er geworden, irgendwie gestählter. Sein Haar glänzte golden, der gepflegte blonde Schnurrbart hob sich vom gebräunten Teint ab. Sie hatte befürchtet, dass die grausamen Erlebnisse an der Front ihn verändert haben könnten. Ständig sahen sie auf der Insel Soldaten, die Verwundungen auskurieren und sich von den Schrecken erholen sollten. Im Seehospiz hatte man gerade noch in einem der Pavillons ein Lazarett eingerichtet, ebenso eines im Marienheim, das ursprünglich auch ein Kindergenesungsheim war.

Zumindest auf den ersten Blick lächelte ihr Hilrich wie früher, sogar noch strahlender. Frieda atmete auf. Damit löste sich eine große Beklemmung, die sich im Laufe der Zeit schleichend um ihren Brustkorb gelegt hatte.

Else brach vor Freude über das Wiedersehen in Tränen aus, Hilrich begrüßte das Hausmädchen wie ein Familienmitglied. Zum Festmahl in der mit Girlanden geschmückten Küche gesellte sich auch Frauke mit Wilhelm. Es gab Hilrichs Leibgericht, gebratene Scholle mit Speckwürfeln und Kartoffeln. Als Nachtisch Cherry Cobbler, der nun auf gut Deutsch Kirschauflauf genannt werden musste und in Ermangelung von Kirschen mit Pflaumen und weniger Zucker als sonst zubereitet worden war. Doch alle versicherten, dass er so noch viel besser schmecke.

Für den gemütlichen Teil des Abends wechselten sie nach oben in die gute Stube der Schwiegereltern. Else hatte aus einer Gastwirtschaft zwei große Krüge mit frisch gezapftem Bier geholt. Fritz legte eine Flasche Seehund, die auch geformt war wie ein Seehund, auf den Tisch. Es war die herbere, männliche Version des Kräuterbitters.

»Hab ich bei 'ner Wette gewonnen und für einen würdigen Anlass aufgehoben.«

Jakomina reichte Fritz und Hilrich stolz je eine Zigarre, die sie Jan für diesen besonderen Tag abgeluchst hatte. »Macht mal Platz auf dem Sofa«, sagte sie. »Hilrich, streck du dich darauf aus, genieß die gute Havanna. Du sollst schöne Erinnerungen mitnehmen ins Feld.«

»Lieb gemeint, Mutter!« Hilrich lächelte. »Lass mich man sitzen.«

Nur unter Protest ging Lissy schlafen. »Es sind längst einige Stunden über deiner Zeit«, mahnte Frieda, »und Papa ist doch noch zwei lange Wochen da.«

Lissy hatte schon ganz kleine Augen vor Müdigkeit. »Nein, ich will hierbleiben …«, protestierte sie schwach, als ihr Großvater sie auf den Arm hob, um sie in ihr Bett zu tragen. »Aber morgen …«

»Ja, morgen, min Tüddi, dann sehen wir uns wieder«, versprach Hilrich. Er stand auf und gab ihr einen Gutenachtkuss.

»So, nun setz dich und erzähl uns, was du erlebt hast«, bat Frauke. »Falls du drüber reden magst.«

»Später vielleicht«, antwortete Hilrich ernst. »Es ist kolossal, wieder auf meiner Insel zu sein. Erzählt ihr mir lieber, was sich hier getan hat.«

So verging der Abend mit Geschichten über die Veränderungen auf Norderney und im Salon.

Hilrich wollte zu vorgerückter Stunde unbedingt noch einen Blick in die Friseurräume werfen. Frieda begleitete ihn.

»Meine Güte, wie oft hab ich davon geträumt«, sagte er leise. Seine Nasenflügel blähten sich, als er die typischen Gerüche in sich aufnahm. Er sah Frieda an. »Manchmal fürchte ich, dass ich mein Handwerk verlernt hab.«

»Das verlernt man doch nicht.«

»Frieda, wenn du einverstanden bist, dann möchte ich dir morgen eine Ondulation machen.«

Sie lächelte. »Natürlich, gern. Die kriegt bis heute keiner so gut hin wie du.« Auf dem Weg zurück zu den anderen kam ihr ein Gedanke.

»Wir sollten wenigstens so tun als ob«, flüsterte sie ihm zu. »Dein Zimmer ist zwar frei, aber bestimmt erwarten alle …« Hilrich nickte.

Als es Zeit wurde, sich schlafen zu legen, ging er zuerst

in ihr Bad. Zwar trennte eine Tür auf dem Flur hinter der Treppe ihre Wohnung im Anbau von der ihrer Schwiegereltern, doch den Geräuschen konnte man entnehmen, wer sich gerade wo aufhielt. Frieda räumte ein wenig auf, während ihre Schwiegereltern sich ein letztes Schlückchen gönnten und die seltene gemeinsame Zeit genossen. Gleich am Anfang ihrer Ehe hatte Frieda sich beschwert, dass Hilrich zu laut schnarche, weshalb sie normalerweise getrennt schliefen. Nun konnten alle hören, wie Hilrich in Friedas Zimmer trat.

»Lass nur den Rest stehen«, sagte Jakomina augenzwinkernd. »Ich mach das schon, du möchtest sicher zu deinem Mann.«

Ihr Schwiegervater erhob sich. »Wir machen noch einen schönen Nachtspaziergang. Das wird uns guttun nach dem ungewohnt üppigen Mahl.«

Fritz

Jakomina hakte sich bei ihm ein. »Das haben wir schon ewig nicht mehr gemacht, Mucki.«

Im Gleichschritt eines alten Ehepaares unternahmen sie einen »Gang um den Pudding«, wie einst im Frieden.

»Wir sollten den beiden Zeit lassen«, meinte Fritz augenzwinkernd. »Vielleicht kriegen wir irgendwo noch einen kleinen Absacker.«

»Ich bin froh, dass wir Hilrichs Zimmer oben nicht mehr für erholungsbedürftige Soldaten zur Verfügung stellen«, gestand Jakomina. »Es war zwar patriotisch, aber doch unangenehm, einen fremden, kranken Menschen so nah mit Benutzung des eigenen Badezimmers bei sich wohnen zu haben.«

»Man weiß ja auch nie, was die für ansteckende Krankheiten in die Familie einschleppen.«

»Und verdienen kann man auch nichts damit.«

»Das wäre natürlich nicht der entscheidende Aspekt.«

»Natürlich nicht«, gab Jakomina ihm recht. »Dafür haben wir ja unten den schöneren der beiden stillgelegten Räume für die Schönheitsbehandlungen vermietet. Die Mieterin hat ein Waschbecken im Zimmer und kann die Gästetoilette mitbenutzen.« Die Einnahmen dafür waren nicht zu verachten. »Das läuft wirklich gut.«

Fritz nickte. Er hatte gesehen, dass die Massageliegen und anderes Zubehör nun im zweiten Raum untergebracht waren. »Mir ist es auch lieber, dass ihr nur an Frauen vermietet, wenn ich nicht im Haus bin.«

»Ja, im Moment haben wir eine junge Frau Bauer aus Meppen bei uns wohnen«, erklärte Jakomina. »Ihr Mann ist hier als Feldwebel stationiert. Sie bleibt sechs Wochen.«

»Dann besucht er sie öfter mal, was?«

»Und wie!«, antwortete Jakomina vielsagend. »Ist eine ganz nette, adrette Frau. Ihr Mann erinnert mich etwas an unseren Schwiegersohn. Er hat genauso dunkles Haar wie Felix.«

Sie kamen an einer bereits geschlossenen Gaststätte vorbei, sahen, dass noch Licht brannte, und machten sich mit Klopfzeichen bemerkbar. Natürlich wurden sie eingelassen, sie trafen sogar ein paar Bekannte an der Theke. Als sie leicht angeschickert nach Hause kamen, drangen aus dem Fenster eindeutige Geräusche.

»Ganz schön ausdauernd«, flüsterte Jakomina kichernd.

»Das hat er von mir«, gab Fritz selbstbewusst zurück.

Die Liebesseufzer verstummten allerdings, nachdem er seinen klirrenden Schlüsselbund hervorgeholt hatte.

Frieda

Während Frieda sich die Zähne putzte, hörte sie die Geräusche von unten. Frau Bauer hatte wieder Besuch von ihrem offenbar immer noch sehr verliebten Mann. Beneidenswert. Herr Bauer war recht ausdauernd. Sie gurgelte lange und spülte den Mund aus.

Hilrich stand in dem Moment wieder auf, als sie bettfein gemacht ihr Zimmer betrat. »Himmlisch, so eine weiche Matratze mit Federbett«, sagte er und griff nach seinem Morgenmantel. »Ich hab's dir schon vorgewärmt.«

Ganz spontan umarmte sie ihn. »Ich bin so froh, dass du heil bist!«

Ihr entging nicht, dass er sich eine Spur steifer machte, als wollte er sich panzern. Sie ließ die Arme wieder sinken.

In diesem Augenblick öffnete jemand die Tür. Lissy stand da im langen Nachthemd mit verwuschelten Locken und treuherzigem Augenaufschlag. »Ich wollte nur gucken, ob es ein Traum war …« Sie erblickte Hilrich. »Papa«, juchzte sie, »du bist wirklich da!« Er sank auf die Knie und breitete seine Arme aus. Lissy warf sich an seine Brust, schlang ihre Arme fest um ihn. »Papa, darf ich heute Nacht bei euch schlafen? Bitte, bitte!«

Frieda wusste, er würde es ihr nicht abschlagen können. Sie schmunzelte.

Diese Nacht verbrachten sie zu dritt im Ehebett. Lissy,

zunächst auf der Besucherritze, kugelte mal zu Frieda, doch rollte sich immer wieder rüber auf Hilrichs Seite. Mitten in der Nacht wachte Frieda auf.

Hilrich schnarchte tatsächlich, Lissy schlummerte mit einem seligen Lächeln und offenem Mund eingeschmiegt in die Lücke zwischen seinem halb ausgestreckten Arm und seiner Brust. Das Kind hatte den größten Teil der Decke zu sich gezogen.

Gerührt beobachtete Frieda die beiden. Bei diesem Anblick entschwand Joseph wieder in eine ferne Vergangenheit. Es war ein Glück, ihn getroffen zu haben, gewiss. Aber das hier war ihre Familie. Das war die Gegenwart und hoffentlich auch ihre Zukunft.

Eigentlich wollte sie doch nur, dass alles wieder so wurde wie vor dem Krieg. Sie sehnte sich zurück nach dem gemeinsamen Alltag mit Hilrich, selbst wenn nicht alles perfekt gewesen war. Grete hatte neulich gesagt, nach dem Krieg würde nichts mehr so sein wie vorher. Aber einen Friseur brauchten die Menschen immer. Hilrich und sie verfügten beide über das Talent, für jeden Typus und jede Gelegenheit die passende Frisur zu zaubern. In ihrem Salon war sogar der frühere Reichskanzler Fürst von Bülow Stammkunde gewesen. Sie hatten Gräfinnen und berühmte Künstler zufriedengestellt. Natürlich würde es neue Moden geben, das war ja gerade das Spannende an ihrem Beruf – der Wunsch des Menschen, gut auszusehen, der blieb ewig. Sie sah keinen Grund, weshalb es mit dem Inselsalon nach dem Krieg nicht glänzend weitergehen sollte.

Frieda zog die Bettdecke so zurecht, dass sie auch Hilrich wärmte. Dann legte sie sich auf die Seite, beide Hände unter ihrer Wange und betrachtete Hilrich und Lissy, bis ihr die Augen wieder zufielen.

Am folgenden Tag kam ihr Mann noch nicht dazu, ihr die Ondulation ins Haar zu brennen. Er ließ es sich allerdings nicht nehmen, mit seinem Vater, wie früher, am Morgen die Stammkunden zu rasieren. Das gab ein großes Hallo und Schulterklopfen. Und ein ausführliches Disputieren über die große Offensivbewegung entlang der Ostfront seit dem Durchbruch bei Gorlice im Allgemeinen und die aktuelle Situation in Galizien im Besonderen. Hilrich gab einige Kriegsanekdoten zum Besten.

Anschließend wollte ihr Schwiegervater Hilrich die militärischen Einrichtungen auf Norderney zeigen. Da er zur Inselwache gehörte, würde er ihn auch mit ins Sperrgebiet nehmen können. Jakomina packte ihnen Butterbrote und etwas zu trinken ein. Per Fahrrad machten sie sich auf den Weg. Vermutlich würden sie die schweren Seegeschützstellungen und die wichtigsten Maschinengewehrstände der beiden Seebatterien und der Flugabwehrbatterien abklappern. Dazu ein paar Gefechts- und Peilstände, Granatwerfer- und Scheinwerferstellungen, vielleicht noch Abstecher zum Marinekommando und zur Nachrichtenstelle. Ein Tag reichte nicht aus, um alles zu sehen. Bis zur Vogelkolonie im Osten würden sie es kaum schaffen. Und tatsächlich kamen sie erst spät nach Hause.

Die Tage darauf verbrachte Hilrich mit weiteren Erkundungen seiner Heimatinsel. Er traf Bekannte und Verwandte, wurde ständig auf der Straße angesprochen, sie erhielten viel Besuch. Einmal, als sie spätabends bei

Holunderblütensekt unter der Pergola im Garten saßen, sprach Hilrich ernster über seine Erlebnisse.

»Wenn wir kämpfen, ist der Feind der Feind, es geht um Leben und Tod – er oder ich. Und im Lazarett, da stumpfst du irgendwann ab. Muss ja.« Frieda wagte nicht, ihn mit Fragen zu unterbrechen. Sie schenkte ihm etwas zu trinken nach und hörte weiter zu. »Aber wenn wir die verlassenen Stellungen überschreiten, die Gräben sehen, wo sie ihre Toten und die stöhnenden Schwerstverletzten im Schlamm zurückgelassen haben, oder wenn wir über Land und Dörfer ziehen und sehen, wie zerstört alles ist, abgebrannt, Saatfelder zerstampft, wie viel Arbeit der Bauern zunichtegemacht wurde, wie viel Schönes unwiederbringlich dahin ist ... da fühlt man mit den Menschen, da möchte man manchmal weinen wie ein Kind.«

An einem anderen Abend, als sie zum Sonnenuntergang einen Gang in Richtung Strand unternahmen, erzählte er ihr, dass er am Vormittag bei einem Notar gewesen sei. »Ich hab mein Testament gemacht. Du wirst meine Hälfte erben.« Sein Vater hatte schon vor dem Krieg Frauke zur Heirat als Mitgift vorzeitig ihr Erbe ausgezahlt, sodass Felix und sie damals das Juweliergeschäft vergrößern konnten. Bei der Gelegenheit hatte er die Hälfte des Salons und des Hauses Hilrich überschrieben. »Falls ich nicht zurückkehren sollte, Frieda, bist du mit Lissy abgesichert. Wenigstens das.«

»Bitte nicht.« Frieda fühlte sich so beklommen, dass sie darauf nichts mehr erwidern konnte.

»Ich hab auch andere Pläne«, sagte er leicht sarkastisch. »Aber man weiß nie, wie's kommt.«

Schweigend gingen sie weiter. Auf dem Steindamm am

Rand der Promenade wurden die letzten Teile eines schier endlos langen, fünf bis sechs Meter hohen Zauns von den Männern eines Pionierbataillons einbetoniert.

»Den sollen unsere Soldaten in der Ukraine erbeutet haben«, gab Frieda wieder, was man so im Dorf redete. »Oder war's auf der Krim? Na, jedenfalls reicht er vom Januskopf bis zum Malerturm. Er soll sogar noch bis zum Hafen runter verlängert werden. Die Leute nennen ihn den Russenzaun.«

»Vielleicht stammt er aus der Festung Kaunas in Brest-Litowsk«, sagte Hilrich. »Als Hindenburg sie neulich kampflos genommen hat, waren alle Einwohner schon geflüchtet, weil die Russen ihnen erzählt haben, die Deutschen würden schreckliche Gräueltaten verüben.«

Mit einem eigenartigen Ausdruck musterte Hilrich das nach oben hin wie ausgefasert wirkende Drahtgeflecht. Baden in der Nordsee war schon lange nicht mehr möglich. Und sehen konnte man das Meer auch nur noch vergittert.

»Der Zaun soll uns vor anlandenden Engländern schützen«, fuhr Frieda fort. »Aber ich finde, er nimmt einem auch das Gefühl von Freiheit.«

»Fürchterlich«, entfuhr es Hilrich in einer heftigen Gefühlsaufwallung. »Einfach fürchterlich!« Er seufzte abgrundtief. »Wie ich dieses Gefühl kenne und hasse!«

Verblüfft sah Frieda ihn von der Seite an.

Er war doch verändert. Nicht auf den ersten Blick. Eigentlich war es auch weniger zu sehen, als zu fühlen. Immer deutlicher empfand sie, dass bestimmte Antennen nicht mehr funktionierten. Vor dem Krieg hatten sie sich auf einer bestimmten Wellenlänge immer gut verstanden. Jetzt war der Kontakt zwischen ihnen von seiner Seite aus gestört.

Sie blieb stehen. »Was ist los?«, fragte sie.

»Guck mich nicht so an.« Er wand sich verlegen, sichtlich unbehaglich.

Frieda fixierte ihn. Jetzt erst recht, dachte sie. Da hatte ihr Gespür sie also nicht getrogen.

»Ich wollte es dir eigentlich erst am Ende des Urlaubs sagen«, rückte Hilrich zögerlich mit der Sprache heraus. Er ging langsam weiter. »Vielleicht auch erst am Ende des Krieges ... Aber du hast so eine Art ...«

»Was – ist – los?«

»Ich ... ich hab mich verliebt.«

»Ach du meine Güte«, rutschte es ihr heraus. Tausend Gedanken blitzten auf. Sie erinnerte sich daran, wie er sie damals gebeten hatte, ihn zu heiraten, und dabei gesagt hatte, dass es funktionieren könne, solange sich keiner von ihnen verliebte. Verlieben ... »Dafür kann niemand was.«

Frieda wunderte sich über sich selbst. Was sagte sie denn da?

»Er ist die Liebe meines Lebens.« Ein Leuchten ging über Hilrichs Gesicht. »Ich hätte nie für möglich gehalten, dass es so etwas gibt.«

Ihr Magen gefror zu einem Eisklumpen. Aber sie hatte doch gewusst, dass er Männer begehrte und nicht Frauen. Sie hatte sich stets einverstanden erklärt und weggesehen, wenn er abends auf die Pirsch ging, hatte nie nachgehakt, wenn er angeblich als Friseur von einem Kurgast ins Hotel gerufen wurde. Eben deshalb, gab sie sich selbst zur Antwort, dieses Mal handelt es sich offenbar um mehr als reine Fleischeslust. Die Erkenntnis versetzte ihr schmerzhafte Stiche, die sich hochgiftig anfühlten.

»Du …« Sie wollte etwas fragen, aber ihre Stimme kiekste nur, sie brach den Satz ab.

»Er hatte einen Schulterdurchschuss«, fuhr Hilrich mit rauer Stimme fort, »lag bei uns im Lazarett. Ich hab ihn versorgt, angezogen, ihm vorgelesen. Wir haben uns nächtelang unterhalten. Und … und … dann ist es einfach passiert.«

»Aha.«

Mit verengten Augen starrte sie durch den Zaun. Dieses Gitter vor der Nordsee machte sie noch wahnsinnig, nicht mal den Sonnenuntergang konnte man drahtfrei sehen!

Hilrich folgte ihrem Blick. »So hab ich mich immer gefühlt. Eingesperrt. Unfrei. Und er – Hubertus – hat mir gezeigt, dass es ein anderes Leben gibt. Andere Empfindungen. Er hat mich von meinem ewig schlechten Gewissen befreit. Wir sind keine Monster. Wir lieben uns.« Hilrich holte tief Luft. »Und wir werden uns diese Liebe nicht nehmen lassen.«

Frieda hielt ihre Hände vor den Unterleib, als müsste sie ihn vor einem Tritt oder Boxhieb schützen. Alles Blut schien aus ihrem Kopf gewichen zu sein. »Und … das heißt?«

Nun blieb Hilrich stehen. »Falls wir den Krieg überleben, werden wir zusammen nach Berlin gehen. Da gibt es Kreise … da können Männer wie wir leben. Vielleicht ändern sich auch die Moralvorstellungen und Gesetze. Es ist schon vieles in Gang gekommen …«

»Ja, und ich? Und Lissy? Deine Eltern? O Gott, deine Mutter stürzt sich in die Nordsee, wenn sie davon erfährt!«

»Deshalb wollte ich eigentlich auch noch nichts sagen.« Hilrich lächelte schräg. »Ach, Frieda!« Seine Augen füllten sich mit Tränen. »Es tut mir furchtbar leid, wenn ich dir Schmerz zufüge.« Frieda hob hilflos die Schultern. »Kannst du es bitte für dich behalten?« Sie nickte. »Und … und würdest du bitte auch deiner besten Freundin nichts verraten?«

»Phh!« Sie atmete heftig aus. »Das kann ich dir nicht versprechen. Vielleicht … muss ich einfach … mal mit einem Menschen drüber …« Wieder versagte ihre Stimme. Die Gitter vor ihren Augen verschwammen.

»Wenn es so weit ist«, sagte Hilrich, »wird uns schon irgendeine gesellschaftsfähige Ausrede einfallen.«

Frieda schüttelte den Kopf. Was sollte denn das sein, bitte schön? Ihr fiel jedenfalls nichts Gesellschaftsfähiges ein.

»Und wenn nicht?«, fragte sie zornig.

Hilrichs Blick war plötzlich hart. »Dann eben nicht. Dann riskieren wir einen Skandal.« Entschlossen atmete er durch. »Wenn du gesehen hättest, was wir gesehen haben, Frieda, dann wäre es dir auch scheißegal. Der Mensch hat nur ein Leben.«

Grete

Grete hatte einen Liter Buttermilch, zwei Pfund Zucker und den Saft einer Zitrone zwei Stunden lang gekocht, immer schön gerührt, und die Masse zum Abkühlen auf ihren Balkon gestellt. Nun holte sie ein Töpfchen voll und schmierte in ihrer Küchenecke etwas davon auf eine Scheibe Brot.

»Probier mal«, bat sie Frieda, die im Sessel vor dem Balkonfenster saß, um dem Sonnenuntergang zuzuschauen. »Ersatzbutter. Sollen die Tommys ruhig versuchen, uns auszuhungern mit ihrer verfluchten Seeblockade – wir sind erfinderisch!« England hatte bei Kriegsbeginn die Handelsrouten durch die Nordsee mit Patrouillenschiffen und Minen gesperrt. Damit war Deutschland von der Zufuhr von Rohstoffen und Lebensmitteln aus Übersee weitgehend abgeschnitten. »Schmeckt gar nicht übel. Es sind drei Pfund geworden, viel zu viel für mich allein. Nimm nachher was mit!«

»Aber jetzt nur einmal kosten, bitte.« Zögerlich nahm Frieda ein Stück Brot entgegen, probierte und lächelte überrascht. »Oh, ist ja tatsächlich genießbar.« Sie sah schon wieder etwas besser aus. Grete hatte sich Sorgen um sie gemacht. Doch allmählich schien sie sich zu fangen. »Hilrich würde das Lissy nicht antun«, sagte Frieda jetzt mit Nachdruck. »Wenn er erst wieder zu Verstand kommt … Wahrscheinlich wird man an der Front ein bisschen verrückt.«

»Glaubst du denn, dass er sich scheiden lassen will?«, fragte Grete vorsichtig. »Hat er das gesagt?«

Unsicher hob Frieda eine Schulter. »Ich hab mich bis zu seinem letzten Urlaubstag nicht getraut, das Thema noch mal anzusprechen. Wahrscheinlich, oder? Also wenn, dann müsste er natürlich alle Schuld auf sich nehmen. Aber ich glaub, irgendwie hat er noch gar nicht so weit gedacht. Er ist jetzt im Rausch der ersten Verliebtheit, und wenn die verflogen ist … Ich meine, der Inselsalon ist doch sein Leben, genau wie meins …«

»Ganz bestimmt ist das so.« Grete nahm auf ihrem Bett Platz und schaute ebenfalls aufs Meer. »Immerhin, ich meine, letztlich hast du ihn in der Hand. Wenn du aussagst, dass er vom anderen Ufer ist, stecken sie ihn ins Gefängnis. Paragraf 175.«

Entrüstet sah Frieda sie an. »Das würde ich nie tun!«

»Ich weiß.« Grete seufzte.

Es gab noch einen Gedanken, den sie aber wie Frieda nicht auszusprechen wagte – man musste sowieso erst mal abwarten, ob Hilrich und dieser Hubertus den Krieg überhaupt und falls ja, in welchem Zustand, überlebten.

»Wir regen uns über Katastrophen erst auf, wenn sie eingetreten sind«, erneuerte Frieda das Versprechen, das sie einander zu Beginn des Krieges gegeben hatten.

Grete nickte, doch ihre Kehle war wie zugeschnürt. »Nütschjanix«, zitierte sie einen Ausspruch, den sie schon oft von Insulanern mit einem Achselzucken nach Schicksalsschlägen vernommen hatte.

Ob der Opa gestorben oder das Haus von einer Sturmflut zerstört war – nütschjanix. Und damit ging man zur Tagesordnung über. Anfangs hatte die scheinbare Herzlosigkeit Grete abgestoßen. Bis sie begriffen hatte, was wirklich gemeint war: Es nützt ja nichts zu klagen, das Leben geht weiter, deshalb können wir das Jammern auch gleich sein lassen. Inzwischen imponierte ihr diese stoische Haltung.

Grete atmete tief durch. Nach einem Regentag fluteten Lilatöne den Himmel. Sie bildeten einen herrlichen Kontrast zu den gelbgold leuchtenden Wolken, die dicht überm Horizont trieben. Dazu stieg ihr der zarte Duft in die Nase, den ihr selbst zusammengestelltes Potpourri aus Rosenblüten verströmte.

»Ich liebe solche Stimmungen. Irgendwann muss ich unbedingt wieder malen«, sagte sie verträumt. »Aber zurzeit komm ich einfach nicht dazu.«

»Was hast du denn heute gemacht?«

»Ach, heute hab ich den ganzen Nachmittag über versucht, mit Wickeln das Fieber eines Kindes zu senken. Memme Hinrichs, kennst du vielleicht.«

»Klar. Ich kenn alle Norderneyer. Bettelarme Familie, düsteres Häuschen.«

»Das kann man wohl sagen. Um Petroleum zu sparen, hatte die Mutter ein paar Ringe vom Eisenherd genommen – so brachte der Widerschein des brennenden Torfs wenigstens etwas Licht in die Stube. Dieses rötliche Flackern an den Wänden«, sie schüttelte sich, »das war direkt ein bisschen unheimlich.«

»Und? Hat's geklappt?«

»Ja! Memme befindet sich auf dem Weg der Besserung.« Grete lächelte zufrieden. Sie sprang auf. »Und was ist nun? Kommst du mit zum Frauenturnen?«

Seit die Männer der Inselwache und die Jugendkompanie, die aus noch nicht wehrpflichtigen Knaben ab fünfzehn Jahren bestand, regelmäßig Körperertüchtigung betrieben, wurde auch in der weiblichen Bevölkerung der Wert des Turnens stärker anerkannt. Grete versuchte ständig, weitere Mitturnerinnen zu gewinnen. Sie wusste schließlich aus eigener Erfahrung, wie positiv sich ein gekräftigter Rücken und ein besseres Körpergefühl ganz allgemein auf das Selbstbewusstsein auswirkten. Sie bemühte sich im Rahmen ihrer Schwesternarbeit, besonders Frauen zu helfen. Ein erster Schritt konnte manchmal das Turnen sein. Dadurch, davon war sie überzeugt, gewannen sie mehr Kraft.

»Och, ich weiß nicht«, erwiderte Frieda ausweichend. »Eigentlich krieg ich genügend Bewegung im Garten – und da wartet noch so viel Arbeit …«

»Ich mach dir einen Vorschlag: Ich helf dir im Garten, und du kommst mit zum Frauenturnen. Da herrscht immer eine gute Stimmung. Wir versuchen uns gegenseitig zu stärken.«

Frieda gab sich geschlagen. »Also gut. Aber … ähm … übrigens, was ich dir noch sagen wollte«, sie räusperte sich. »Im Salon hört man ja die Lüntjes pfeifen …«

»Lüntjes?«

»Die Spatzen, du Berlinerin!« Frieda lächelte, wurde jedoch gleich wieder ernst. »Etliche Damen vom Vorstand des Vaterländischen Frauenvereins sind bei uns Stammkundinnen. Und ich hab nicht erst einmal gehört, dass sich eine gewisse Skepsis dir gegenüber breitmacht. Es sind nur kleine Spitzen, aber du weißt ja, wie Stimmungen entstehen …«

Grete zog die Brauen hoch. »Was missfällt den Damen denn so?«

»Sie halten dich für einen Blaustrumpf. Du bist ihnen zu frei und achtest die althergebrachten Sitten nicht genug. Du gibst Männern Widerworte.«

»Ach, ich weiß schon, woher der Wind weht! Neulich hab ich mich dafür eingesetzt, dass die Tochter dieses dicken Bauunternehmers auf die Mittelschule darf. Ihr Lehrer hat so von ihr geschwärmt, sie ist klug und fleißig, aber der Vater will nur seine Söhne auf die weiterführende Schule lassen. Dabei sind die längst nicht so begabt. Ich meine, die Familie könnte es sich doch leisten!«

Frieda seufzte gespielt vorwurfsvoll. »Du mischst dich ein. Du arbeitest und verdienst dein eigenes Geld. Das ist schon verdächtig. Außerdem bist du nicht von hier und sprichst nicht richtig Platt.«

»Das ist allerdings ein vernichtendes Urteil«, sagte Grete spöttisch. »Obwohl, ein paar Sätze kann ich schon, abgesehen von den Grußformeln und dem einen oder anderen Fluch. Datsülvige Recht för all. Oder: Kinners bruken ok Plesär.« Das empörte sie nämlich besonders – wie schwer manche Inselkinder schuften mussten und wie wenig Spaß sie haben durften.

»Du sollst Dinge reparieren, aber nichts Neues einführen«, mahnte Frieda. »Glaub bitte nicht, dass ich das so sehe. Ich weiß nur, wie die Leute denken … Sie wollen, dass du dich an ihre Regeln hältst.«

»Das wird wohl nichts. Der Fortschritt lässt sich nicht aufhalten. Hach, eines Tages …« Schwärmerisch breitete Grete die Arme aus, »… eines Tages wird es für Kinder ganz wunderbare Orte geben, die erfüllt sind von Licht und Lied, von Luft und Liebe.«

»Licht und Lied, Luft und Liebe«, wiederholte Frieda. »Gretes vier L. Du bist eine Romantikerin.«

»Vielleicht eher eine Idealistin. Oder Vorkämpferin.«

Frieda lächelte. »Letztlich glaube ich, dass sie einfach neidisch sind, weil du so hübsch bist, Schneewittchen.«

»Unsinn«, wehrte Grete verlegen ab. Sie überlegte. »Ich hoffe, dass meine Arbeit sie am Ende doch überzeugen wird.«

Frieda

Vor dem Zubettgehen stand Frieda in ihrem langen Nachthemd vor dem Spiegel, der in den Schlafzimmerschrank eingearbeitet war, und sah sich an. Hilrich wollte sie nicht. Was ihr Mann begehrte und tat, war verboten. Es hatte wenig Sinn, sich Gedanken darüber zu machen, ob sie Schuld hatte oder vielleicht nicht ansprechend genug aussah. Sie wusste, dass sie auf viele Männer anziehend wirkte. Es war wohl einfach angeboren.

Aber wenn Hilrich etwas Verbotenes tat, dann konnte sie es doch wohl auch, oder? Sie schaltete die Deckenleuchte aus und die Nachttischlampe an. Langsam zog sie ihr Nachthemd und die Unterwäsche aus. Es erforderte Mut. Wie eigenartig, sich nackt ruhig im Spiegel zu betrachten!

Man hatte ihr beigebracht, dass man so etwas nicht tat. Trotzdem schaute sie nun genau hin, drehte sich ein wenig zur Seite, hin und her. Strich über ihre Brüste, die voller und schwerer geworden waren, aber immer noch frech wippten, wenn man sie nicht einzwängte. Sie mochte ihre Haut, die sich glatt und fest anfühlte. Es gab ein paar Spuren der Schwangerschaft. Mit einem Blick über die Schulter studierte Frieda ihre Rückseite, die Taille und den Po. Erst strich sie die Kontur entlang, dann streichelte sie sich. Es war angenehm.

Sie stellte sich vor, ein Mann würde sie berühren, dort, wohin ein wollüstiges Ziehen ihre Aufmerksamkeit lenkte und es gerade heißer und feuchter wurde. Sie stellte sich keinen bestimmten, einfach einen Mann vor. Dachte kurz an einen Rettungsschwimmer, den sie mal in Badehose am Strand bewundert hatte. Inzwischen fühlte sie sich fast ein wenig fiebrig.

Angeblich wurde man von Selbstbefriedigung dumm. Sie könne Syphilis hervorrufen, hatte man ihr als Backfisch eingetrichtert. Doch später hatte sie mit Grete darüber gesprochen, und die hatte gelacht und gesagt, das sei nur ein Trick, um die Menschheit in Angst und Schrecken zu versetzen und gefügig zu halten. Anhänger der Reformbewegung würden Nacktheit und körperliche Liebe als etwas ganz Natürliches betrachten.

Grete hatte ihr Abbildungen in einem Buch gezeigt, das Atemübungen einer uralten indischen Lehre erklärte. Darin trieben es die indischen Götter mit Würde und Selbstverständlichkeit, ohne Scham. Geschlechtliche Lust schien nach deren Verständnis sogar eine Art Zeremonie zu sein, verbunden mit Tanz und dem Genuss köstlicher Früchte. Frieda summte, sie erlaubte ihrem Becken, sich zu bewegen, wie es wollte. Mehr und mehr wich ihre Scham lustvollen Empfindungen. Warum sollte das sündig sein?

Vorsichtshalber schloss sie das Schlafzimmer von innen ab. Sie nahm ihren Handspiegel vom Frisiertisch und legte sich damit aufs Bett. Mit einem Berg von Paradekissen im Rücken hielt sie den Spiegel so, dass sie sich überall sehen konnte. Auch da, wohin sie sich noch nie zu schauen getraut hatte. Wie faszinierend!

Sie sah, dass ihre Wangen gerötet waren, hielt den Spiegel in einer Hand, mit der anderen ging sie auf eine Entdeckungsreise, die immer tropischer und aufregender wurde. Zum Schluss schloss sie die Augen, um sich ganz einem so noch nie empfundenen Ansturm süßer lustvoller Wellen hinzugeben.

Hinterher fühlte sie sich … Ja, wie nur? Ein kleines bisschen schuldig, aber trotzdem heiter, gestärkt und wunderbar entspannt.

Grete

Grete wurde im Gemeindehaus ins Arbeitszimmer des Pastors zitiert. Er saß hinter dem Schreibtisch, sie nahm auf dem Stuhl davor Platz.

»Frau Dr. Lubinus«, sagte er würdevoll, während er seine runde Nickelbrille zurechtrückte, »wir erwarten von unserer Gemeindeschwester, dass sie sich auch privat in ihrer sittlichen Lebensführung untadelig verhält.«

»Ja«, Grete nickte mit einem mulmigen Gefühl, »dem würde ich nicht widersprechen.«

»Aber Sie halten sich offenkundig nicht daran.«

»So? Was wirft man mir vor?«

»Nun … ähm …« Der Pastor rieb sich sichtlich unbehaglich die Nase, einen großen Zinken. »Wie uns zu Ohren gekommen ist, haben Sie in aller Öffentlichkeit mit einem Marineflieger poussiert. Sie sind eine verheiratete Frau!«

»Ach du meine Güte!« Grete schüttelte den Kopf. »Das war ein alter Bekannter, Herr von Welser. Er hat mich getröstet, weil ich gerade erst erfahren hatte, dass mein Bruder gefallen ist.«

»Sie sind aber noch mindestens zweimal zusammen gesehen worden.«

»Beim Spazierengehen«, erklärte Grete. »Das ist doch wohl nicht sittenwidrig.«

»Es gibt ein schlechtes Vorbild. Was glauben Sie denn, wie

so was bei unseren tapferen Soldaten an der Front ankommt, wenn sie in Briefen aus der Heimat erfahren, dass sich ihre Frauen mit fremden Männern vergnügen?«

Grete schluckte. So betrachtet klang es nicht gut. Man tratschte im Dorf schon ausgiebig über eine Schlachtersgattin, deren Mann als vermisst galt. Angeblich ließ sie ihr Schlafzimmerfenster nachts geöffnet, damit ein gut gebauter Obermaat sie besuchen konnte. Es gab außerdem Frauen, die im verruchten Lokal Trocadero verkehrten.

Sie und Martin dagegen hatten überhaupt nichts Schlimmes getan und auch nicht die Absicht, sich zu versündigen. Nicht im Ansatz. Ihre wenigen Begegnungen waren letztlich so unwichtig gewesen, dass sie nicht mal Max davon geschrieben hatte.

»Wir sind spazieren gegangen und haben geplaudert, ja! Wir haben uns gegenseitig ein wenig aufgemuntert, damit wir besser durchhalten. Das muss doch erlaubt sein!« Sie schüttelte den Kopf. »Im Übrigen ist er längst wieder abgereist.«

Wieso sag ich das?, fragte sie sich, ärgerlich über sich selbst. Erstens war es doch wohl ihre Sache, mit wem sie spazieren ging, und zweitens würde Martin bald zurückkehren.

»Es gehört sich einfach nicht. Eine Gemeindeschwester muss über jeden Zweifel erhaben sein.« An der Mimik des Geistlichen erkannte sie, dass er gar nichts Entlastendes von ihr hören wollte. Sein Urteil war bereits gefällt. Neulich hatte Grete gerüchteweise gehört, dass eine Dame aus dem Vaterländischen Frauenverein, die auch zum Kirchenvorstand gehörte, eine ihrer Verwandten, die ebenfalls von der Insel stammte und den Schwesternberuf erlernt hatte, gern in ihrer Position sähe. Grete hatte dem nicht viel Gewicht beigemessen. Schließlich leistete sie gute Arbeit und erfüllte neben ihren Pflichten noch viele ehrenamtliche Aufgaben. Sie stand früh auf, ging spät schlafen, die meiste Zeit leistete sie Nützliches für die Gemeinschaft. Und das, obwohl sie trauerte und obwohl die Entbehrungen sie langsam mürbe machten. »Sie haben sich zudem in den vergangenen Monaten nur äußerst selten im Sonntagsgottesdienst sehen lassen. Unsere Erwartungen an eine Gemeindeschwester sind andere.«

»Das liegt daran, dass ich auch sonntags Kranke zu Hause aufsuche und ihnen die Verbände wechsle«, verteidigte Grete sich. »Oder dass ich mich um den Haushalt kümmere, wenn eine Mutter im Kindbett liegt oder jemanden mit Amol einreibe, der das nach einem Hexenschuss nicht allein kann.«

»Sie setzen jungen Mädchen einen Floh ins Ohr, Sie wiegeln brave Ehefrauen gegen ihre Männer auf.« Der Pastor redete sich langsam in Rage. »Sie zweifeln öffentlich in Gesprächen die gottgewollte Ordnung an!« Rote Flecken breiteten sich auf seinen Wangen aus. Grete spürte, dass auch sie sehr ärgerlich wurde. Ihr Herz schlug schneller, ihre Hände fühlten sich auf einmal schwitzig an. Sie atmete tief ein und versuchte, ruhig zu bleiben. »Sie treffen nicht den richtigen Ton«, schmetterte der Pastor mit lauter Predigerstimme. »Sie sprechen ja nicht einmal richtig Platt!«

Da ging ihr Temperament mit ihr durch. »Klei mi ann Mors!«, rief sie und sprang auf. Die plattdeutsche Variante des Götz-von-Berlichingen-Zitats war ihr durchaus geläufig. »Dann suchen Sie sich eben jemand anders!«

Während der Pastor mit offenem Mund um seine Fassung rang, verließ sie den Raum. Nein, nicht türenknallend, aber beinahe.

Draußen stieß sie laut zischend Luft aus wie eine Lokomotive, die Dampf abließ. Sie war so zornig. Das musste sie sich nicht bieten lassen! Sie war eine Lehmann! Ohne lange zu überlegen, stapfte sie zügig in Richtung Seehospiz beziehungsweise Inselwacht.

Beim Gehen machte sie eine Atemübung, die oft ihre Rettung gewesen war, als das Asthma sie noch geplagt hatte. Vier Sekunden lang einatmen, halten, zehn Sekunden lang mit gespitztem Mund ausatmen. Es half immer noch.

Als Grete den Pavillon erreichte, der zum Lazarett umfunktioniert worden war, hoben Sanitäter aus einem Militärlastwagen verletzte Soldaten, die offenbar gerade von der Fähre abgeholt worden waren. Manche konnten mit Krücken allein gehen, andere mussten auf Tragen transportiert werden.

»Wasser!«, bettelte einer.

Ein anderer stöhnte vor Schmerzen, bei einem dritten löste sich der Verband, und der nächste drohte sein Gleichgewicht zu verlieren.

»Achtung, der da vorne kippt gleich um!«

Grete griff nach dem Arm des Wankenden, stützte und begleitete ihn ins Gebäude. Sie folgte den Anweisungen eines Militärarztes, der wahrscheinlich erst seit Kurzem hier eingesetzt war – ein hagerer grauhaariger Mann mit schütterem Haar, Brille und Kinnbart. Jedenfalls kannte sie ihn nicht. Drei junge Hilfsschwestern standen ungeschickt im Weg herum. Zwei erfahrenere Rotkreuzschwestern verrichteten die meiste Arbeit. Sie musterten Grete kurz, und als sie merkten, dass sie vom Fach war, nickten sie zustimmend und arbeiteten Hand in Hand mit ihr weiter. Angst und Hoffnung lagen in der Luft. Der Geruch von Äther und Desinfektionsmittel mischte sich im stickigen Saal mit menschlichen Ausdünstungen, dem Gestank von Blut, Eiter und Urin. Die Neuankömmlinge mussten gewaschen und umgekleidet werden. Sie mussten in der ihrer Verletzung entsprechenden Position im Bett gelagert werden, um dann auf eine gründliche ärztliche Untersuchung zu warten.

Grete hatte eigentlich vorgehabt, sich beim Lazarettleiter nach einer Stelle zu erkundigen. Doch sie wurde gleich dermaßen in Beschlag genommen, dass es genau umgekehrt lief. Nach einer Weile kam der Arzt auf sie zu.

»Guten Tag, ich bin Dr. Wachsmuth.«

»Guten Tag, Grete Lubinus. Ich war früher Schwester hier im Seehospiz, danach Gemeindeschwester.«

»Sagen Sie, könnten Sie vielleicht öfter mal einspringen?«

»Wenn Sie wollen, jeden Tag.«

Seine grauen Augen leuchteten auf. »Ab wann?«

»Ab sofort.«

»Sehr gut.« Ein Sanitäter rief nach Dr. Wachsmuth. Der Arzt reichte ihr die Hand, sie schlug ein. »Wegen der Formalitäten wenden Sie sich morgen ans Sekretariat«, sagte er noch, und dann eilte er auch schon weiter.

Als Grete Stunden später im Dunkeln erschöpft nach Hause ging, dachte sie an die Patienten, die sie als Gemeindeschwester hätte versorgen müssen. Den alten Willem mit dem Hexenschuss würde sie am nächsten Morgen auf ihrem

Weg ins Lazarett noch einmal aufsuchen und einreiben. Sie hoffte, dass die angebliche Idealbesetzung recht bald ihren Dienst antreten konnte. Dennoch, sie war an diesem Tag sehr nützlich gewesen.

Ein frischer Wind aus Nordwest pustete sie ordentlich durch. An der Marienhöhe blieb sie kurz stehen. Sie inhalierte die unverbrauchte Luft, ihr Brustkorb weitete sich, und sie empfand ein Gefühl tiefer Befriedigung.

Im Inselsalon

Frau Bauer hatte häufig Besuch von ihrem Mann. Oft kam er auch abends spät nur für ein oder zwei Stunden. Meist schlüpfte er wie ein Schatten diskret durch den Seiteneingang rein und raus.

»Heute Nacht ging's ja wieder hoch her«, sagte Jakomina im Salon leise zu Frieda. »Ich wundere mich, dass ein gewöhnlicher Feldwebel so oft kann.« Frieda unterdrückte ein wenig damenhaftes Kichern. »Na, dass er so oft vom Dienst fernbleiben darf«, stellte Jakomina klar. Sie standen nebeneinander und frisierten bei zurückgezogenem Vorhang zwei befreundete Kundinnen, die beide in die Lektüre von Illustrierten vertieft waren.

»Wahrscheinlich sind sie jung verheiratet.« Ihre Schwiegertochter lächelte. »Und Herr Bauer ist ja auch ein ansehnlicher Mann. Also, wenn man rothaarige Männer mag.«

»Rothaarig? Nein, Herr Bauer ist ein dunkler Typ, er hat fast schwarzes Haar«, erwiderte Jakomina verwundert.

Frieda sah sie merkwürdig an. Offenbar wollte sie etwas sagen, das sie dann doch für sich behielt. »Na, dann muss ich mich wohl getäuscht haben.«

Eine der Kundinnen merkte auf. »Da spielt sich so einiges Amouröse auf unserer Insel ab«, sagte sie. Mehrere hundert Soldaten im besten Alter waren zusätzlich nach Norderney versetzt worden. Natürlich hatten die Männer Bedürfnisse, aber über dieses heikle Thema schwieg man am besten. »Ich bekomme ständig zweideutige Angebote, dabei bin ich nicht mehr die Jüngste. Und jeden Abend sieht man Pärchen, die sich vor dem niedlichen neuen Bahnhofspavillon auf dem Schirrhof ein Stelldichein geben.«

»Ich weiß von einer Hiesigen, deren Namen ich mal nicht verraten will«, tuschelte ihre Freundin. »Die lässt sich mit Auswärtigen von der Arbeiterkolonne für den Gleisbau ein – für 'ne Konservendose aus der Kantine, heißt es.«

»Ach!«, sagte die andere wieder mit freudiger Entrüstung. »Ich glaub, ich weiß, wen du meinst ... Ihr Mann ist eingezogen, nicht? Aber sie muss auch ganz allein drei hungrige Kinder satt kriegen.«

»Unsinn, die will was erleben!«

»Man weiß es nicht«, milderte Jakomina ab. Sie mochte es nicht, wenn der Tratsch im Salon zu gemein und zu persönlich wurde. »Da wird doch schnell mal was falsch verstanden.«

»Ja, natürlich!« Die eine Kundin winkte ab. »Ich halte gar nichts von übler Nachrede.«

»Hab ich irgendwas gesagt?«, wehrte die andere ab und vertiefte sich wieder in ihre Lektüre. »Hab ich irgendeinen Namen genannt? Also bitte.«

Grete

»Ich kämpfe die ganze Zeit mit mir, ob ich Max die Wahrheit über das Ende meiner Anstellung als Gemeindeschwester schreiben soll«, sagte Grete während eines Besuchs bei Frieda. »Er kennt ja Martin von Welser. Ich bin doch früher ein paarmal mit ihm ausgegangen – wie mir heute erst richtig klar ist, um Max eifersüchtig zu machen.« Sie lachte auf. »Hat funktioniert. Ich weiß noch, wie missmutig er sich über ›meinen‹ Piloten geäußert hat, als er sah, dass Martin in seiner schicken Fliegerjacke vorm Seehospiz auf mich wartete.«

»Schwierig«, antwortete Frieda nachdenklich. »Dann wird er wohl wieder eifersüchtig reagieren.«

»Aber er weiß doch inzwischen, dass ich nur ihn liebe.«

»Er ist auch nur ein Mann«, gab Frieda zu bedenken. »Und außerdem weit entfernt. Also, wenn ich mich in seine Lage versetze, dann glaube ich, es wäre besser, nichts davon zu wissen.«

»Ich will ihm natürlich keinen Kummer bereiten.« Grete seufzte tief. »Nicht dass er sich womöglich deshalb schlechter konzentrieren kann ...«

»... und irgendeinen armen Soldaten falsch zusammenflickt. Oder selbst einer Kugel nicht schnell genug ausweicht.«

»Das spricht dagegen«, murmelte Grete. »Aber wenn er es von jemand anders erfährt? Zu seinem Regiment gehören viele Ostfriesen, die alle Post aus der Heimat bekommen, einschließlich der Nachrichten über Verfehlungen hiesiger Bürger.«

»Ups. Das wäre allerdings noch schlimmer.« Frieda überlegte. »Andererseits ist Martin jetzt sowieso erst mal wieder einige Zeit auf dem Festland«, gab sie zu bedenken.

»Max wird es erfahren«, sagte Grete. »Spätestens, wenn er zurückkehrt. Irgendein reizender Zeitgenosse wird es ihm schon stecken.«

»Also?«

»Also schreib ich ihm die Wahrheit und hoffe, dass er mir glaubt.«

Frieda schwieg eine Weile. »Willst du Martin von Welser denn wiedersehen?«, fragte sie dann.

»Eigentlich schon«, antwortete Grete. »Warum soll ich mich den Moralvorstellungen anderer Leute ergeben? Da ist doch nichts zwischen uns. Martin weiß, dass ich Max liebe.«

»Also, ich würde mich nicht mit einem anderen Mann verabreden«, sagte Frieda ehrlich. »Die Leute reden, und das fällt auf die ganze Familie zurück.«

»Na, du hast wenigstens Familie! Zwei Familien sogar, die Dirks und die Fissers. Ich bin allein. Deshalb freu ich mich ja gerade, wenn ich mal jemandem begegne, der wenigstens ein Wahlverwandter sein könnte.«

»Verstehe.« Frieda überlegte weiter. »Kompromissvorschlag: Du schreibst deinem Mann, dass du andere Männer privat nur mit mir als Anstandsdame triffst. Wie fändest du das?«

»Das ist eine geradezu weise Lösung!« Grete lächelte breit. »Wirklich kurios, oder? Ich bin mit Aufpasserinnen aufgewachsen, du nicht. Und nun wird ausgerechnet eine freie Friesin mein Anstandswauwau.«

Frieda

Frau Bauer grüßte immer freundlich, sonst fiel sie nicht weiter auf. Allerdings hatte sie schon wieder Besuch, und diesmal klangen die Geräusche anders als sonst. Durch die Gespräche der vergangenen Tage war Frieda misstrauisch geworden. Sie wollte aber ihre Schwiegermutter nicht unnötig aufregen. Am Abend legte sie sich deshalb heimlich auf die Lauer. Als Lissy schlief, ging sie wieder nach unten, setzte sich bei geöffneter Tür an den Küchentisch, las und horchte.

Als sie gegen neun Uhr hörte, dass Frau Bauer wieder mit männlicher Begleitung in ihr Zimmer ging, griff sie nach der Bratpfanne mit dem Rest vom Abendessen. Sie klopfte an deren Tür. Frau Bauer öffnete nur einen Spalt.

»Ja?«

»Guten Abend, Frau Bauer.«

»'n Abend, Frau Fisser.«

»Entschuldigen Sie die Störung. Ich bringe Ihnen und Ihrem Mann ein paar Bratkartoffeln. Die sind heute Abend bei uns übrig geblieben.« Frieda drückte gegen die Tür, spürte aber Widerstand. Sie scherte sich nicht darum. »Ich hab sie warmgehalten.« Mit einem Schritt gelangte sie, die Bratpfanne voran, ins Zimmer.

Auf dem Bett saß ein Mann. Er hatte seine Uniformjacke bereits abgelegt und – sein Haar war dunkelblond gelockt.

»Ähm … Sie sind aber nicht Herr Bauer, oder? Frau Bauer,

Sie wissen doch, kein Herrenbesuch. Abgesehen von Ihrem Ehemann …«

Der noch recht junge Mann, ein Marinegefreiter von der Seeflugstation, wie man an der Uniform erkennen konnte, lief rot an. Ob vor Scham oder Ärger, konnte Frieda nicht beurteilen. Falls er wütend und handgreiflich werden wollte, hatte sie immerhin die Pfanne, um sich zur Wehr zu setzen. Der Mann sprang auf. Er war das personifizierte schlechte Gewissen.

Frieda verzichtete auf Dramatik. »Dies ist ein anständiges Haus. Meine Tochter schläft ein Stockwerk über diesem Zimmer«, sagte sie ruhig, aber bestimmt. Sie wandte sich an den Gefreiten. »Sie verschwinden sofort. Und Sie, Frau Bauer, packen morgen früh Ihre Sachen.«

Der junge Kerl griff seine Jacke und flitzte schneller als eine Kellerassel aus dem Zimmer.

Frau Bauer hatte Tränen in den Augen. »Bitte …« Sie schloss die Tür und sah Frieda flehentlich an. »Ich wollte das gar nicht … bin … bin da so reingerutscht«, stammelte sie. »Wenn mein Mann davon erfährt …«

»Ich werde die Polizei nicht informieren«, sagte Frieda. Sie fragte sich kurz, welcher der Besucher wohl der echte Herr Bauer gewesen war, falls es ihn denn überhaupt gab. Sie hatte inzwischen von professionellen Prostituierten gehört, die sich auf der Insel einschlichen, sechs Wochen lang als angebliche Soldatenfrauen auf Besuch mit Duldung ihrer Vermieter ein einträgliches Geschäft machten und dann an einen anderen Ort wechselten. Aber eigentlich spielte das keine Rolle. »Ich erwarte, dass Sie morgen früh ohne Theater unser Haus verlassen. Von mir aus können Sie sich für meine Schwiegermutter eine Ausrede einfallen lassen.« Die Bratpfanne nahm Frieda wieder mit. Beinahe tat die Frau ihr leid. Sie wusste nicht, was sie zu ihrem unmoralischen Verhalten getrieben hatte. Sie maßte sich auch nicht an, sie zu verurteilen. Aber es lag in ihrer Verantwortung, das Haus Fisser vor einem schlechten Ruf zu bewahren. »Bitte hinterlassen Sie das Zimmer sauber und ordentlich.«

Grete

Während der Arbeit verging die Zeit für Grete immer wie im Flug. Von morgens bis abends war sie eingespannt, und oft blieb sie noch freiwillig länger im Lazarett. Nun, da sie aus eigener Erfahrung wusste, wie lebenswichtig Briefe sein konnten, las sie lieber noch nach Dienstschluss den daniederliegenden Soldaten vor oder schrieb für sie einige Zeilen an Angehörige. Sobald sie allein in ihrer Wohnung war, kroch die Zeit auf einmal.

Max antwortete auf den Brief, in dem sie ihm offen und ehrlich das Wiedersehen mit Martin und die Auseinandersetzung mit dem Pastor geschildert hatte.

Geliebte Grete!

Wenn Du wüsstest, was Deine Briefe mir bedeuten! Alle Soldaten leben für die Nachrichten und Päckchen aus der Heimat. Wir sehen hier, was der Krieg bewirkt. Diese schrecklich verwüsteten Landstriche, diese geschundenen Menschen! Dörfer und Städte sind unbewohnbar geworden. Ich will nicht, dass meine Heimat ein ähnliches Schicksal erleiden muss. Wir halten den Krieg mit seinen Schlachten, dem Getöse, dem Morden und all den Zerstörungen fern von Deutschland. Das ist für mich der Grund, weshalb ich an der Front kämpfe.

Alle Soldaten träumen von zu Hause – wie in Friedenszeiten. Die Heimat wird in den Schützengräben meist verklärt. Aber mir ist klar, dass sie sich bereits verändert hat. Unser alter vertrauter Alltag existiert nicht mehr. Wie sollte er auch, da wir fehlen? Und wie sollte es je wieder so werden können, da wir verändert zurückkehren werden, falls wir zurückkehren. Bei Euch ist es schon jetzt nicht mehr so, wie wir es in Erinnerung haben. Und Deutschland muss doch sogar anders werden. Das ist meine feste Überzeugung. Es sollte Reformen des Lebens geben. Vielleicht ist die Bevölkerung, erschüttert durch den Krieg, eher bereit dafür. Das hoffe ich.

Viele Soldaten fürchten, dass ihre Frau ihnen untreu werden könnte. Du musst meinetwegen nicht auf Freundschaften verzichten, die Dir guttun. ICH VERTRAUE DIR. *Du trägst Deinen Kompass in Dir.*

Ich stelle mir vor, dass wir beide im Sommerregen in der Nordsee schwimmen und dass wir erfrischt, wie neu, den Tag beginnen.

In Liebe
Dein Max

Grete musste weinen, als sie den Brief gelesen hatte. Innerlich erneuerte sie ihr Treuegelöbnis.

Die folgenden Monate verliefen mit einer gewissen Gleichförmigkeit ohne große gefühlsmäßige Ausschläge in die eine oder andere Richtung. Sie alle befanden sich im Durchhaltemodus. Im Seehospizlazarett versuchte so mancher Genesende, an Grete seinen wiedererstarkten Charme zu erproben. Doch solche Flirtversuche glitten an ihr ab wie Regentropfen an einer Öljacke.

Im Winter kehrte Martin von Welser auf die Insel zurück,

diesmal blieb er für längere Zeit. Er begriff schnell, dass er bei ihr nicht mehr landen konnte. Doch er ging bereitwillig auf den kameradschaftlichen Ton ein, den sie anschlug, und gemeinsam mit Frieda trafen sie sich einige Male. Sie tranken etwas in einem Lokal, unterhielten sich, spazierten durch das Ruppertsburger Wäldchen, diskutierten, lachten. Ein wenig fühlte Grete sich dabei wieder wie in ihrer Jugend.

Martin war ein interessanter Mensch. Er unterrichtete an der Flug- und Beobachterschule. Vor allem Seeoffiziere und Schiffsoffiziere privater Reedereien, aber auch Anwärter aus befreundeten Ländern erlernten auf Norderney das Fliegen. Er versprach den Freundinnen, sie ein wenig herumzuführen, falls sie einmal in die Nähe der Seeflugstation kämen, und nannte ihnen die Uhrzeiten seiner nächsten Flugstunden sowie die Nummer seiner Maschine.

Neugierig unternahm Grete wenig später mit Frieda bei klarem Frostwetter einen Spaziergang, der sie an den Zaun der Seeflugstation führte. Sie hatten Glück und konnten tatsächlich beobachten, wie Martin mit seinem Wasserflugzeug landete. Am Strand trieben Eisschollen. Das erforderte gewiss eine Menge Können. Beim Herausholen aus dem Wasser schoben Arbeiter selbst gebaute Handwagen unter die Schwimmer des Flugzeugs und zogen es dann per Hand über eine Ablaufbahn in eine Halle. Martin und sein Flugschüler sprangen aus dem Cockpit.

Normalerweise erhielten Zivilisten keinen Zutritt. Doch der Pilot winkte den beiden Frauen zu und lud sie ein, aufs Gelände zu kommen. Dort wurden gerade zwei Riesenhallen errichtet, die noch nicht komplett fertiggestellt waren. Allein die Ausmaße der Tore waren schon beeindruckend. Sie begleiteten ihn durch einen der zehn Meter hohen und fünfzig Meter breiten Eingänge und durften einen Blick auf bestimmt vierzig einsatzbereite Wasserflugzeuge werfen. Es roch nach Schmieröl und Abenteuer. Martins Maschine wurde sofort von Mechanikern in Empfang genommen. Der Flugschüler, ein bulgarischer Offizier, verabschiedete sich, um bei der Wartung mitzuhelfen.

»Großartiger Flug heute«, sagte Martin strahlend, »die Nordsee sah fast türkis aus.« Er zog die gefütterte Pilotenhaube vom Kopf und schlug den Pelzkragen seiner Fliegerjacke zurück.

Auffallend viele attraktive Männer tummelten sich in der Halle. Sie beäugten interessiert den ungewohnten Damenbesuch, hielten sich jedoch, da sie sich in Martins Begleitung befanden, mit Kommentaren oder Pfiffen zurück. Grete schaute neugierig in ein Flugzeug hinein und erkannte einen eingebauten Maschinengewehrstand für den Co-Piloten. Die Zeit der unbewaffneten Überwachungsflüge war offenbar vorbei.

»Warum unterrichtet ihr eigentlich so viele Seeoffiziere?«, wollte sie wissen.

»Weil sie schon einige Jahre Praxis haben«, erklärte Martin. »Diese Männer kennen sich aus mit Navigation, Signaldienst und Funktelegrafie. Da müssen wir nicht bei null anfangen. Und je schneller wir ausbilden können, desto besser.«

»Was waren das eigentlich heute für Erschütterungen?«, fragte Frieda. Den ganzen Tag über hatten sie Detonationen von der anderen Inselseite beunruhigt.

»Ach, wir üben auf dem Leuchtturmgelände das Abwerfen von Bomben«, erklärte Martin. »So, ich hoffe, der kleine Rundgang hat euch gefallen, und wir sehen uns bald wieder. Leider muss ich jetzt in eine Besprechung.« Sie verabschiedeten sich freundschaftlich.

»Das war schon imposant, was?«, bemerkte Grete, als sie mit Frieda an den Polderweiden vorüber nach Hause ging.

»Auf jeden Fall.« Frieda lächelte sanft. »Vor ein paar Tagen hatte ich einen Kunden, der diese Flugschule besucht«, erzählte sie. »Und, das war verrückt, er erinnerte mich an Joseph. Nicht nur durch die Art, wie er sprach. Er roch sogar ganz ähnlich.«

»Ehrlich? Wie kann das angehen? Was war das für ein Geruch?«

»Holzig, frisch, grün. Nach Wäldern und Bergen.«

»Aber du warst doch noch nie in den Bergen. Woher willst du das wissen?«

»Joseph hat mir beschrieben, wie's da ist ... an einem klaren Herbsttag, mit blauem Himmel, Wildbächen, moosbewachsenen Felsbrocken und türkisfarbenen Seen ...« Friedas Augen bekamen einen schwärmerischen Glanz. »Also, dieser Duft hat mich ganz schön irritiert. Und irgendwann hab ich den Kunden einfach drauf angesprochen.«

»Ziemlich indiskret, Madame. Wie hat er reagiert?«

»Er sagte: ›Ach, Sie müssen's verzeihen. Ich wollt' Ihre Nase nicht beleidigen. Das muss wohl das Zirbenholz sein. Dieses Jankerl hat monatelang in unserer Zirbenholzkiste gelegen. Den Geruch verabscheuen die Motten.‹«

»Wie interessant!« Grete lächelte breit. »Zirben sind Nadelgehölze, wenn ich mich recht erinnere. Und nun denkst du wieder mehr an Joseph?«

Frieda nickte seufzend. »Wobei ich nicht weiß, ob denken der richtige Ausdruck ist. Denn eigentlich begleitet er mich immer, selbst wenn ich nicht an ihn denke.« Versonnen schaute sie in die Ferne. »Etwas von ihm ist mir stets gegenwärtig, es ist in mir und umgibt mich … es schwebt um mich herum«, sagte sie leise und nach den richtigen Worten suchend. »So, wie immer Möwen um Norderney sind.«

Grete nickte verständnisvoll. Es gab wohl ein Sinnesorgan, das nur noch nicht wissenschaftlich erforscht war, über das Liebende für immer in Verbindung blieben. Sie selbst schloss mindestens einmal am Tag die Augen und schickte Max ihre Liebe an die Front. Manchmal glaubte sie auch spüren zu können, dass er gerade an sie dachte und ihr seine Liebe sandte. Das wärmte ihr Innerstes. Auf diese Weise, davon war sie fest überzeugt, verliehen sie sich gegenseitig Kraft, um am nächsten Morgen weiterzumachen.

Im Inselsalon

»Verdammich!« So niedergeschlagen hatte der Inselsalon Onno noch nie gesehen. Der sonst immer strahlende Hotelier bekam langsam Sorgenfalten. »Jetzt haben sie auch noch den Eisenherd und fast alles Besteck aus der Küche beschlagnahmt, um daraus Gewehrkugeln zu gießen!«

Jakomina nickte mitfühlend. »Du hast bei uns Kredit, das weißt du hoffentlich. Kannst dein Rasierabonnement später irgendwann mal zahlen.«

Onno schaute flehentlich zur Decke. »Ach, Meisterin!«

Ihr war schon klar, dass solch kleine Beträge ihn nicht retten konnten. Er fürchtete sich leider zu Recht vor einer Zwangsversteigerung, wie so viele im Ort, die ihre letzten Reserven verbraucht hatten.

Und alle naselang schickten die Behörden trotzdem noch Schulkinder los, um irgendwas zu sammeln. Mittwochs war Betteltag, dann kamen sie in die Geschäfte und Haushalte. Mal sollte man Bettzeug spenden, damit die Mädchen mehr Charpie für die Verwundeten zupfen konnten. Mal wollten sie Buntmetall für die Rüstungsindustrie – Jakomina hatte schon ihre schöne Obstschale aus Messing hergegeben, ein Hochzeitsgeschenk, außerdem zwölf Trinkbecher und einen Krug aus Zinn. Neulich waren Läufer und Teppiche gefragt gewesen, damit sollten die Schützengräben ausgelegt werden. Sie hatte nur kurz an Hilrich denken müssen und dann leichten Herzens zwei ihrer besten Vorleger hergegeben.

»Uns geht die Luft aus, die Kosten laufen ja weiter.« Onno schnaubte vor Ärger. »Wir haben seit einer Ewigkeit keine zahlenden Gäste mehr.«

»So is' dat«, Hermann pflichtete ihm bei. Er legte die Hand rechts auf den Oberbauch, um seine Galle zu entspannen. Die für ihn mittlerweile typische Geste war ihm selbst wahrscheinlich kaum bewusst. »Viele meiner Patienten sind nur krank, weil sie nicht wissen, wie sie die Hypothekenzinsen für ihre Häuser zahlen sollen. Kommt ja nix rein.«

»Und der Darlehenswucher ufert gewaltig aus«, schimpfte der Altgeselle Heye. »Die Notlage wird richtig fies ausgenutzt. Vor allem von reichen Juden.«

»Blödsinn«, erwiderte Theo, »machst du nun auch bei der Hetzerei mit? Man kann nicht Menschen nur ihres Glaubens wegen zu Verbrechern erklären.«

»Aber gegen den Wucher muss doch der Staat was unternehmen!«, empörte sich Jakomina, während sie einem Jungen mit dem Rasiermesser das Haar ausdünnte. Das Thema regte sie fürchterlich auf.

»Jann Berghaus bemüht sich schon«, wusste Theo. »Er hat mit anderen klugen Leuten einen Rettungsplan für alle notleidenden Seebäder ausgearbeitet. Die Vorschläge will er an höherer Stelle einreichen. Norderney ist ja nicht die einzige Insel, die auf eine wirtschaftliche Katastrophe zusteuert.«

In den kriegsbedingt gesperrten deutschen Seebädern drohte besonders vielen Gaststätten und Beherbergungsbetrieben die Zwangsversteigerung.

»Wir können schließlich nichts dafür, dass Norderney komplett für Besucher gesperrt ist«, wetterte Jakomina. »Mancher Kurgast würde sonst bestimmt trotz allem mal herkommen.«

Jan kratzte sich im Nacken. »Ich wüsste nur partout nicht, wie man da von oben helfen könnte. Was sollen sie denn tun? Wir müssen eben durchhalten. Damals 70/71 bei Langensalza, da s-tanden wir in unseren S-tulpens-tiefeln ...«

Jakomina verdrehte die Augen und wandte sich ab. Sie konnte die alten Geschichten nicht mehr hören. Denn das hatte auch sie inzwischen begriffen – jener Krieg von vor beinahe einem halben Jahrhundert ließ sich nicht mit diesem modernen Weltkrieg vergleichen. Im Westen lagen die Soldaten seit einem Jahr im Stellungskrieg. Die Front bewegte sich nicht mehr recht vorwärts, höchstens seitwärts. Ähnlich verhielt es sich im Osten, selbst wenn die Oberste Heeresleitung überwiegend Siegesmeldungen verbreitete und Rückzugsgefechte meist als taktische Manöver bezeichnete. Bei ihrer zweiten Kriegsweihnacht, als es erstmals ein Kuchenbackverbot gegeben hatte, weil es an Hefe und Fett mangelte, da waren sie alle noch voller Opferbereitschaft und Hoffnung auf ein baldiges siegreiches Ende gewesen. Doch es dauerte und dauerte. Immer mehr junge Männer wurden verheizt, vergast, als Kanonenfutter missbraucht. Und die Zivilbevölkerung darbte zunehmend.

Frieda mischte sich ein, sie brachte Hermann die neueste *Illustrierte Zeitung*. »Das wird dich interessieren«, sagte sie, »da sind wieder Kriegsbilder drin, die unser Poppe in Flandern gemalt hat.« Dem von Norderney stammenden Maler Poppe Folkerts, von den Insulanern stolz us Popp genannt, gelang es, mit wenigen Strichen die Dramatik eines Sturmangriffs festzuhalten.

»Ich bin kurz weg«, sagte Jakomina.

Sie lud die benutzten Handtücher und Kittel in einen Bollerwagen. Normalerweise war es die Aufgabe des Lehrlings, sie zur Wäscherei zu bringen, aber sie musste mal an die frische Luft. Und so machte sie sich auf den Weg zur Groß-Dampfwäscherei »Rheingold«, die einer jüdischen Familie aus Oldenburg gehört hatte, bei Kriegsbeginn zwar geschlossen worden war, doch zum Glück inzwischen wieder als Marinewaschanstalt für alle Soldaten auf der Insel betrieben wurde. Unter den Arbeitern befanden sich viele russische Kriegsgefangene, die in einer Baracke nebenan untergebracht waren.

Während sie mit dem Bollerwagen über die Klinkerstraßen rumpelte und ab und zu Bekannte grüßte, dachte sie, dass es ihr jetzt langsam reichte. Sie wurde immer älter. Jeder Monat zehrte an ihrer Schönheit wie sonst ein Jahr. Alle Menschen alterten schneller. Weil sie sich ständig Sorgen um Angehörige im Feld machten, und weil sie kaum noch genug zu essen bekamen, von anderen Opfern ganz zu schweigen. Jakomina färbte sich das Haar nicht mehr goldblond, sondern ließ das natürliche Graublond wachsen. Sie trug es nach wie vor toupiert und mit kleinen Haarpolstern hochgesteckt, obwohl Frieda behauptete, schlicht und elegant am Hinterkopf längs umgeschlagen, das sei die Frisur der Stunde, jedenfalls für Damen, denen der deutsche Knoten zu simpel wäre. Ihre Schwiegertochter vertrat die Meinung, die Frauen vom Inselsalon sollten stets nach der neuesten Mode frisiert sein. Jakomina fand, vor allem musste man sich selbst treu bleiben.

Das hinderte leider ihre Haut nicht daran zu welken.

Dabei war sie erst vierundfünfzig. Eigentlich hatte sie noch auf ein paar Jahre als attraktive Frau gehofft. Sie hatte so viele Pläne, am liebsten träumte sie von weiteren Segeltörns mit Mucki. Und von Fahrradausflügen auf dem ostfriesischen Festland. Gemütlich von einem Fehndorf zum nächsten würde sie juckeln wollen, um dort Freunde und Verwandte zu besuchen. Und unbedingt wollte sie auch noch mal an den Rhein, den Loreleyfelsen sehen und nachschauen, wie sich ihr früherer Geselle und heimlicher Verehrer Rudolf dort mit dem ererbten Weinlokal machte. Aber mittlerweile fürchtete sie, dass sie eine verbrauchte alte Frau sein würde, wenn dieser Krieg endlich vorbei war.

Eine heftige Sehnsucht nach Rausch, Überschwang und Verrücktheiten überkam sie. Wie unpassend. Sie ächzte leise. Wenn nicht bald etwas Schönes geschieht, dachte sie, dann setz ich mich einfach auf einen Stuhl in die Ecke und tu gar nichts mehr. Punkt.

Von der anderen Straßenseite rief jemand: »Moin, Jakomina, wor is't?«

Sie erwiderte den Gruß. »Mutt ja!«

Und dann sah sie eine Kolonne älterer Männer und Frauen unterschiedlichen Alters beim Sandschippen. Sie schaufelten kleine Güterloren voll Dünensand, der zum Ausbau der Seefestung benötigt wurde.

Jakomina blieb stehen. Sie wusste davon, hatte es allerdings noch nicht mit eigenen Augen gesehen – Einheimische beiderlei Geschlechts, die zum Teil sogar ein Logierhaus besaßen oder früher ein florierendes Lokal betrieben hatten, standen bei Wind und Wetter draußen, um zu schuften wie einfache Arbeiter. Einige Frauen waren zwangsverpflichtet worden. Manche nutzten wohl auch einfach eine der wenigen Möglichkeiten, die ihnen das Militär bot, auf der Insel noch etwas Geld zu verdienen. Etliche Insulaner riefen sich Scherzworte zu und taten, als wäre die Schaufelei eine lustige Erfahrung. Andere trugen ihr Schicksal wie eine ungerechte Bürde.

Jakomina staunte nicht schlecht, als sie ihre Tochter unter ihnen entdeckte. Sie winkte ihr zu und rief ihren Namen. Frauke, in Männerarbeitshose und Kitteljacke, blickte nur kurz auf. Sie winkte zwar zurück, doch ihre Miene blieb verdrossen. Jakomina tat es leid, einerseits. Ein klitzekleines bisschen fand sie es allerdings auch gut, dass ihre verwöhnte Tochter endlich mal im Schweiße ihres Angesichts arbeitete. Das würde sie nicht umbringen.

Vor einiger Zeit, als Frauke und Frieda wegen der Gartenarbeit in Streit geraten waren, hatte sie die Partei ihrer Schwiegertochter ergriffen und ihrer Tochter ins Gewissen geredet. Es war also nicht vergeblich gewesen. Frauke musste nur noch lernen, das Unvermeidliche freudiger anzunehmen. Schon deutlich besser gelaunt lieferte Jakomina ihre Wäsche ab.

Fritz

An einem ungemütlichen Herbstnachmittag wurden Fritz und Albertus auf Streifgang an den Oststrand geschickt.

»Nach vier Stunden werdet ihr abgelöst«, sagte der Gruppenleiter.

Fritz und Albertus salutierten und marschierten los. Bei dem nasskalten Wetter wahrlich kein Vergnügen.

»Was gäb ich drum, jetzt in meinem schönen warmen Bett zu liegen«, brummte Albertus missmutig.

Die Sicht wurde zunehmend schlechter. »Ich glaub, es kommt 'ne schwarze Katze auf«, knurrte Fritz.

So bezeichneten die Insulaner den Nebel, der einem feuchtkalt unter die Ärmel und Hosenbeine kroch. Sehen konnten sie bald nichts mehr, es war mehr oder weniger sinnlos zu patrouillieren. Es passierte ja auch nichts Richtiges mehr. Sie waren keine Helden wie die Männer an der Front, die beim Kampf auf Leben und Tod existenzielle Erfahrungen machten. Sie saßen den Krieg stumpf in der Hinterlinie aus. Am nützlichsten fühlten sich die Männer von der Inselwache inzwischen, wenn sie nach dem Dienst in den Dünen Wildkarnickel schossen, ihnen das Fell über die Ohren zogen und einen Mann abkommandierten, der am Sonntagmorgen in den Ort ging, um ihren Familien als Überraschung bratfertige Kaninchen an die Haustürklinke zu hängen.

Missmutig marschierten die beiden weiter am Strand vor

der Weißen Düne auf und ab. Fritz wäre lieber bei seiner Jakomina gewesen. Manchmal stolperte sein Herz so komisch, zu Hause würde es bestimmt wieder in den richtigen Rhythmus kommen. Als er bemerkte, dass die Ebbe eingesetzt hatte, kam ihm eine Idee. Er besprach sich mit Albertus, der sofort ein breites Grinsen aufsetzte und einverstanden war.

»Wir treffen uns morgen früh um sechs am Januskopf«, vereinbarte Fritz mit ihm.

Bei Halbzeit der Tide begannen sie mit der Ausführung ihres Plans. Sie gingen geradewegs mit festen Schritten auf das Meer zu. Und dann bewegten sie sich rückwärts, immer schön in ihren tief ins Watt gedrückten Fußstapfen, bis in die Dünenkette hinein, wo die Spuren im Sand schnell verweht wurden. Jeder verschwand in Richtung seines Zuhauses.

Fritz schlich sich von der Gartenseite an. Inzwischen war es dunkel. Spärliches Licht brannte unten in der Küche. Im Salon wurde noch gearbeitet. Er horchte, nutzte einen günstigen Augenblick und betrat von hinten sein Haus. Unbeobachtet gelangte er die Treppe hoch in seine Wohnung.

Er war bereits frisch gebadet, rasiert und trug saubere Zivilkleidung, als Jakomina ins Wohnzimmer kam.

»Mucki!« Mit einem kleinen Freudenschrei fiel sie ihm um den Hals. »Mit dir hab ich ja gar nicht gerechnet! Haben sie dir einen Tag Extraurlaub gegeben?«

Er drückte sie an sich, küsste und herzte sie. Und dann erzählte er von seiner kleinen Mogelei. »Aber sie werden euch doch vermissen und suchen!«, sagte sie besorgt mit vorwurfsvollem Blick.

Fritz lächelte durchtrieben. »Jo, und morgen sind wir wieder da.«

Natürlich konnte sie ihm nicht lange böse sein. »Warte, ich hol dir was Gutes zu essen«, versprach sie.

Für besondere Gelegenheiten hatte sie ein Versteck mit Vorräten angelegt.

»Pass auf, dass die anderen nichts mitkriegen«, mahnte Fritz. »Je weniger Leute eingeweiht sind, desto besser.«

Jakomina nickte. Sie kehrte mit einem Tablett voller kleiner Leckereien zurück. Belegte Brote hatte sie schon in mundgerechte Häppchen geschnitten, dazu brachte sie Tee auf Stövchen und eine Flasche klaren Schnaps.

»Ich hab Frieda in der Küche getroffen und ihr gesagt, dass ich wegen Kopfschmerzen früher zu Bett gehe.«

Sie fühlten sich wieder jung. Er und Jakomina machten es sich in ihrem Doppelbett unter der dicken Federdecke gemütlich. Sie fütterte ihn mit den Häppchen, sie tranken, lachten, und dann kuschelten sie. Fritz streichelte Jakomina liebevoll, als würde ihm gerade erst wieder bewusst, wie viel ihm diese Frau bedeutete. Seit über dreißig Jahren stand sie treu an seiner Seite, hielt Ordnung, verbreitete Wärme. Zwei Kinder hatte sie ihm geschenkt. Jakomina, sein Weib. Noch immer besaß sie einen prachtvollen Hintern. Er griff zu. Und plötzlich wurde daraus mehr.

»Mucki!«

Schon lange hatten sie sich nicht mehr so temperamentvoll und innig geliebt wie in dieser Nacht.

Als Fritz am nächsten Morgen aus seinem Haus schlich, fühlte er sich wie ein junger Gott – stark und unbesiegbar.

Auch Albertus war wie ausgewechselt, als sie sich trafen. Sie wälzten sich beide noch ausgiebig im Sand, bevor sie zur Seehospizkaserne marschierten.

»Da sind sie ja!«, rief der Kamerad am Wachposten. »Sie leben!«

Wenig später standen sie vor dem Kommandanten und ihrem Gruppenführer und erfuhren, was sich in ihrer Abwesenheit abgespielt hatte. Nach einer Stunde Wartezeit hatte der Gruppenführer Alarm geschlagen und beim Kompanieführer eine Vermisstenmeldung gemacht. Der hatte sofort Gefechtsalarm ausgelöst. Die gesamte Kompanie war in Marsch gesetzt worden. Mit Entsetzen hatten sie dann im Watt vor der Weißen Düne ihre Fußspuren erkannt, die nur ins Meer hineinführten. Da die Suche auch über Nacht erfolglos geblieben war, herrschte mittlerweile große Besorgnis.

»Wo seid ihr nur so lange gewesen?«

»Es kam eine schwarze Katze auf«, erstattete Fritz in militärischer Haltung Meldung. »Da haben wir uns verlaufen.«

»Jawoll«, bestätigte Albertus. »Darum mussten wir sicherheitshalber in einem geschützten Dünental übernachten.« Demonstrativ klopfte er sich Sand von der Uniform.

Ihre Kameraden unterdrückten ein Feixen. Die Männer hatten sie durchschaut. Die Frage war, wie ihre Vorgesetzten reagieren würden. Der Gruppenführer sah den Kompaniechef an – und der verzog keine Miene.

»Na, dann ist ja noch mal alles gut gegangen. Wegtreten.«

Wenig später erfuhr Fritz, dass gut fünfzig Landwehrmänner, die wie er im Inselwacht-Bataillon Dienst taten, an die Front nach Frankreich geschickt werden sollten. Freiwillige vor!, hieß es. Er rang mit sich. Sollte er sich melden? Er war gut in Form, aber kein Heißsporn. An der Front brauchten sie gewitzte Männer wie ihn, Männer mit Lebenserfahrung.

Lissy

Kurz bevor Lissy und die anderen ihre Schönschreibhausaufgaben vorzeigen mussten, läutete die Schulglocke. Der Schuldiener kam herein, flüsterte dem Lehrer etwas ins Ohr. Wieder einmal bedeutete das Läuten, dass die deutsche Armee einen wichtigen Sieg errungen hatte. Und wieder einmal gab der Lehrer ihnen deshalb schulfrei.

Die Schüler jubelten. Auch Lissy, die jetzt sieben war und in die zweite Klasse ging. Sie trug Zöpfe, gehörte zu den Klassenbesten und hatte noch nie Schläge mit dem Stöckchen in die Hand bekommen von ihrem Lehrer, der immer nach Kaninchenstall roch. Ihr etwas jüngerer Freund Fokko dagegen schon. Er konnte mit der geschwollenen Hand oft die Buchstaben nicht schönschreiben und bekam noch mehr schlechte Zensuren. Und das in der ersten Klasse! Aber ihm machte es nicht viel aus. Er flitzte ja auch, wenn sie in den Gärten Fangen spielten, direkt über die auf dem Rasen zum Bleichen ausgebreiteten Bettlaken, während alle anderen Kinder drum herumliefen.

Beim Verlassen des Schulhofs begegnete Lissy ihm. »Willst du mal was selten Verwunderliches sehen?«, fragte Fokko.

»Was denn?«, fragte sie neugierig.

»Verrat ich dir später, ist 'ne Überraschung.« Fokko grinste. »Dann treffen wir uns gleich nach dem Mittagessen am Russenzaun, da, wo das Loch ist. Kommst du?«

»Na gut.«

Sie hoffte, dass er nicht die langweiligen Kriegsspiele der älteren Jungs in den Lüttji Dünen meinte, die sich alle so großartig vorkamen, weil sie Schützengräben aushoben, Festungsbau übten und Indianerüberfall spielten. Vielleicht nahm er sie wieder mit zu seinem Opa, das würde ihr besser gefallen. Der alte Rass saß gern auf den Stufen vor seinem Hauseingang und zerlegte mit Hämmerchen und Messer selbst gefangene Krebse. Neulich hatte er ihnen etwas von dem leckeren weißen Fleisch abgegeben.

Lissy war zu früh am Treffpunkt. Sie versuchte sich zu erinnern, wie es hier früher ausgesehen hatte, als sie klein gewesen war – ohne Drahtgitter, bunt und fröhlich, mit Badegästen und Strandkörben. Die Erinnerungen verblassten immer mehr. Dieser blöde Zaun! Manchmal fühlte sie sich durch ihn wie eingesperrt auf der Insel.

Natürlich spielten die Inselkinder trotz des Verbots gelegentlich am Strand, plantschten im Wasser, und man ließ sie gewähren. Lissy konnte sogar ein bisschen schwimmen, weil ihre Mutter das wichtig fand und ihr Onkel Dodo, vor dem Krieg Rettungsschwimmer, es ihnen beiden beigebracht hatte. Als bei einer Sturmflut in diesem Frühsommer ein meterlanges Floß am Strand vor der Kaiserstraße angespült worden war, hatten sie und ihre Freunde sich durchs Gitter gezwängt. Hermännchen hatte vorher die Zacken an den Eisenstäben mit einem Hammer flachgeschlagen, und so konnten sie durchflutschen. Manche Kinder – sie nicht, sie genierte sich zu sehr – hatten sich ganz nackig ausgezogen, um bei der Floßrettung nicht nass zu werden. Das hatte eine der Mütter mitbekommen und flugs Badehosen und

Badeanzüge aus den roten Inletts alter Kopfkissen genäht, die sie wenige Tage später an die Kinder verschenkt hatte. Dummerweise färbte dieser Stoff, wenn er feucht wurde. Bald hatten sie alle ausgesehen wie Rothäute.

Mit Fokko erlebte sie viele Abenteuer. Er war zwar ein bisschen jünger als sie, aber größer und stärker. Im Frühjahr sammelten sie Möweneier, die gebraten mit Schnittlauch Abwechslung auf den Küchenplan brachten. Lissy erinnerten sie immer an ihren Vater, der nun schon über zwei Jahre im Krieg kämpfte. Sie hatte ständig Sehnsucht nach ihm. Niemand konnte so gut wie er Eigelb auf einem Brötchen zerdrücken. Allerdings gab es mittlerweile auch keine Brötchen mehr.

Einmal hatten Fokko und sie ein riesiges Ei von Silbermöwen entdeckt, das größte jemals gefundene. Behauptete Fokko jedenfalls. Normalerweise waren sie kleiner als ein Hühnerei, aber dieses war viel größer gewesen. Ihre Mutter hatte sich nicht sonderlich begeistert gezeigt, Tant' Grete dagegen, die sie über alles liebte, hatte ihnen staunend dazu gratuliert. Für Kinder sind Funde so was wie Siege für Erwachsene, hatte sie gesagt. Tant' Grete verstand sie oft besser als ihre Mutter.

»He, Lissy!« Fokko stand mit windzerzaustem Haar hinter ihr und zog die Nase geräuschvoll hoch. »Wir können los.«

»Was ist das denn so Dolles, das du mir zeigen willst?«

Er kam näher und flüsterte es ihr ins Ohr. »Eine Schiffsuhr, in der der Klabautermann wohnt.«

»Ach, du spinnst! Du willst mir nur Angst machen.«

»Ich dachte, du hast keine Angst.«

»Hab ich auch nicht.« Sie setzten sich in Bewegung. »Wo ist sie denn?«

»Bei Käpt'n Lührs. Er hat sie mit von Bord in seine gute Stube gebracht, weil er wegen der Seeblockade nicht mehr weit rausfahren darf«, erklärte Fokko, der mit Lührs verwandt war. Er holte eine kleine Sandschaufel aus seinem Stoffbeutel. »Wir können ihm ein bisschen Futter für seine Karnickel mitbringen, dann lässt er uns bestimmt rein.« Auf den Wiesen vor der Marienstraße stachen sie Löwenzahn. Und dann klaubten sie unterwegs noch ein paar Hände voll Kiefernnadeln zusammen, bis der Beutel ganz prall war. Fokko betätigte den Türklopfer, als sie am Kapitänshaus ankamen. Der alte Fahrensmann öffnete ihnen. »Tach«, sagte Fokko. »Dürfen wir wohl mal eben die Uhr gucken?«

Käpt'n Lührs zeigte sich angetan vom mitgebrachten Grünfutter und gewährte ihnen schmunzelnd Zutritt zu seiner Stube. »Dann setzt euch man aufs Kanapee.« Die Sprungfedern des hochbeinigen Friesensofas wippten sehr schön. Lissys Füße baumelten in der Luft, als sie saß. Frau Lührs kam aus der Küche, begrüßte sie und stellte jedem ein Glas Waldmeistersaft hin, für den sie grünen Sirup mit Wasser aufgefüllt hatte. Dazu gab's Strohhalme wie früher in den Ausflugslokalen. Die gerafften Spitzengardinen an den hohen Fenstern waren viel länger als bei ihnen zu Hause. Ein besonderes Licht schien gelbgolden durch die schon teils entlaubten Bäume in die Stube. Und an der grün gestrichenen Stirnwand hing eine Schiffsuhr.

»Das ist sie«, sagte Fokko zu Lissy. »Hörst du's? Mach am besten die Augen zu.«

Sie senkte die Lider und lauschte. Die Uhr schlug unregelmäßig. Manchmal setzte sie aus wie ein Mensch, der den Atem anhielt. Doch dann ging das Ticktack normal weiter.

»Ich hab sie zum Uhrmacher gebracht, weil sie auch unregelmäßig zur Stunde schlägt«, erklärte der Kapitän, der es sich in seinem Lehnstuhl bequem gemacht hatte. Lissy öffnete die Augen wieder. »Der sagt aber, er kann sie nicht reparieren. Hat direkt Schiss gekriegt und gerufen: Das ist Teufelswerk!« Er beugte sich vor und senkte die Stimme. »Er ist überzeugt davon, dass da drin ein Klabautermann wohnt.«

»Na, was sagst du jetzt?« Fokko schaute sie triumphierend an.

Die Haare an Lissys Unterarmen sträubten sich. Aber sie fand es auch spannend. »Und?«, fragte sie flüsternd. »Stimmt das? Wohnt da wirklich der Klabautermann drin?« Einen Klabautermann durfte man nicht stören. Er konnte ein Schiff zum Sinken bringen, wenn ihm danach war.

Der Kapitän machte eine vage Geste, die ja oder nein bedeuten konnte. Er griff nach einem halb fertigen Flechtkorb und arbeitete quer neue Weidenzweige ein. Auch Lissys Opa Dirks holte sich öfter Zweige von den Weiden, die auf den Rieselfeldern wuchsen, und verdiente mit der Herstellung von Fischkörben und Reusen etwas Geld.

»Ach, Harm, vertell de Kinners nich' so'n dumm Tüch!«, ließ sich da Frau Lührs aus der Küche vernehmen. Sie kam mit einer Teekanne in die Stube und sah Lissy freundlich an. »An Land kann ein Klabautermann jedenfalls nichts Böses anrichten.«

Geräuschvoll sog Lissy mit dem Strohhalm die Reste aus ihrem Glas. »Aber …«, die Kapitänsfrau zwinkerte Lissy zu, während sie ihrem Mann und sich Tee einschenkte, »… wenn ihr aufmerksam horcht, könnt ihr wunderbar davon träumen, wohin ihr einmal reisen werdet.«

Lissy schloss erneut die Augen. Sie lauschte dem Herzschlag der geheimnisvollen Uhr, die viele Jahre lang in einer Kapitänskajüte über die Weltmeere gereist war. Und auf einmal sah sie es ganz deutlich vor sich. Eines Tages würde auch sie auf einem großen Schiff die Welt umrunden. Als Erstes würde sie nach Berlin segeln, in die Stadt mit den vielen Lichtern und den eleganten Menschen.

Im Inselsalon

Jakomina erkannte auf einen Blick, dass Heye mit dem Haarersatzteil in Emmi Behrends Hochsteckfrisur bald Schiffbruch erleiden würde. Die toupierte Seitenrolle konnte sich jeden Augenblick auflösen, und der Knoten würde gewiss verrutschen.

»Das trägt man jetzt so«, behauptete er auch noch frech gegenüber der Kundin, die skeptisch die gefährdete Rolle betastete.

»Geh mal in den Herrensalon.« Jakomina drängte ihn zur Seite. »Da wartet ein Kunde, der Teiltoupets ausprobieren möchte. Ich mach das hier zu Ende.«

»Ja, übernimm du man.« Emmi wirkte erleichtert. Seit Jahren trug sie das Haar auf die gleiche Weise.

Jakomina zwinkerte ihr im Spiegel zu. Sie kannte jeden Wirbel im Schopf der Stammkundin und wusste, wie diese ihn frisiert haben wollte.

Viele Barbiere, die kurz vor dem Krieg noch auf Damenfriseur umgeschult hatten, weil sie damit mehr Geld zu verdienen hofften, beherrschten ihr Handwerk leider nur unzureichend. Aber Heye war sogar als Herrenfriseur eine Niete. Seine Haarschnitte unterschieden sich nur geringfügig von jenen unter Arbeitern verbreiteten »Lerchenhauben«, die entstanden, wenn Muttern zu Hause zu Pott und Schere griff.

Und so ein Stümper arbeitete nun im Inselsalon. Jakomina unterdrückte ein Stöhnen. Wie gut, dass Fritz das Elend nicht mitansehen musste! Andererseits war es natürlich eine Nervenprobe für ihn und für sie, dass er nun schon im dritten Jahr bei der Inselwacht ausharren musste. Zum Glück hatten die Engländer es nicht gewagt, ihrer Insel näher zu kommen. Aber das bedeutete eben auch, dass im Wachtbataillon neben Unbequemlichkeit meist stumpfe Langeweile herrschte.

Aus der nicht besetzten, durch einen Vorhang abgetrennten Kabine nebenan hörte Jakomina ein leises Kratzen, das Geräusch von Griffel auf Schiefertafel. Sie schmunzelte. Ihre Enkeltochter sollte sich eigentlich nicht im Salon aufhalten, wenn Kundschaft da war. Aber Lissy liebte es, sich in einer der Kabinen zu verstecken, sich mit Bilderbüchern oder Hausaufgaben zu beschäftigen, und wahrscheinlich auch, den Gesprächen der Erwachsenen zu lauschen.

Das Mädchen tat ihr leid. Wie viel schöner hatten sie selbst und ihre eigenen Kinder es noch gehabt! Sie waren zu einer Zeit auf Norderney aufgewachsen, als vornehme Kurgäste durch den Ort flanierten, als Strandkörbe und bunte Fähnchen den Strand schmückten und das Kurorchester dreimal am Tag Konzerte gab, die ein beschwingtes Lebensgefühl verbreiteten.

Wo sollten die Inselkinder heutzutage spielen? Beinahe alles, was Spaß machte, war verboten. Jakomina tat, als hätte sie Lissy nicht bemerkt, und frisierte weiter.

»Hast du schon gehört?«, fragte Emmi, deren Mann einen leitenden Posten bei der Inselkommandantur innehatte. »Sie finden ja immer wieder neue Jahrgänge, Ersatzreservisten und Ungediente, die nun doch eingezogen werden.« Jakomina nickte. Freiwillig meldeten sich allenfalls noch ein paar Zwanzigjährige, die trotz drohender Senfgaseinsätze, von denen man immer häufiger erfuhr, ihr Heldentum beweisen wollten. »Angeblich«, raunte Emmi, »angeblich soll bald ein Drittel unserer Inselwache an die Front!«

»Wie bitte?« Jakomina hätte beinahe ihren Kamm fallen lassen.

»Ja«, bestätigte Emmi, dann verfiel sie ins Flüstern. »Aber von mir hast du das nicht!«

»Neeiin!« Jakomina hob einen Finger an ihre Lippen und arbeitete schweigend weiter.

Ihre Hand zitterte. Das Militär würde doch wohl ihren Mann in seinem fortgeschrittenen Alter nicht mehr an die Front schicken, oder? Aber – konnte man's wissen? Ihr Fritz war für seine Mitte fünfzig noch ganz gut beieinander. Hoffentlich kam er nicht auf die Idee, sich freiwillig zu melden! Das musste sie unbedingt verhindern. Jakominas Gedanken rotierten. Ihn davon abzuhalten, würde bestimmt nicht gelingen, indem sie ihn bekniete, auf der Insel zu bleiben.

Einen Tag später saß sie beim Wickwief in der Küche. Die weise Frau hatte ihr bereits versichert, es gebe kein Zaubermittel, das Männer daran hindern könnte, sich freiwillig an die Front zu melden.

»Wenn ich das besäße, wäre ich längst die reichste Frau im Deutschen Reich.«

Nun besah sie aufmerksam die Teeblätter, die Jakomina aus ihrer Tasse auf den Unterteller gekippt hatte, drehte ihn hin und her. Man durfte sie dabei nicht stören. Wie immer wagte Jakomina kaum zu atmen. Diesmal schien es besonders lange zu dauern.

Nach einer gefühlten Ewigkeit blickte Jantje mit undurchdringlicher Miene wieder hoch. »Also, Jakomina«, hob sie etwas umständlich an, »die gute Nachricht ist, dass dein Fritz nicht an der Front fallen wird. So viel kann ich erkennen.«

»Wird er verletzt an der Front?«

»Ich seh ihn überhaupt nicht dort.«

Jakomina fiel ein Stein vom Herzen. Mehr wollte sie nicht hören. Sie sprang auf, umarmte das Wickwief und lief erleichtert zur Tür. Dort kehrte sie noch einmal um, um ihre Spende in das Muschelkästchen auf der Anrichte zu legen.

»Ach, Jantje«, rief sie seufzend, »wenn doch der Krieg bloß endlich zu Ende wäre!«

»Das wünschen wir uns alle. Die meisten glauben ja, sie müssten Krisen und Notzeiten durchstehen, um dann danach endlich zu leben«, erwiderte das Wickwief. »Man lebt aber gerade in den schweren Zeiten. Sie prägen uns am stärksten. Deshalb missachte sie nicht, duck dich nicht weg.«

Vorsichtig, mit einem etwas beklommenen Gefühl, musterte Jakomina die weise Frau. »Wie meinst du das?«

Jantje überlegte nach Jakominas Empfinden etwas zu lange. »Na, sieh hin, schau dich um, es ist dein Leben, jetzt.«

»Du meinst, ich soll den alten Zeiten nicht hinterhertrauern?«, fragte Jakomina verunsichert.

»Zum Beispiel«, erwiderte die Alte leichthin. »Glücklich sein kann man nur in der Gegenwart. Back für dich und

Fritz einfach mal heimlich einen Kuchen. Schieb nicht alles auf.«

»Ach so!« Jakomina lächelte irritiert.

Einen Kuchen zu backen, war zwar regulär nicht drin bei den geringen Zuteilungen auf Lebensmittelkarte, aber warum nicht? Sie kannte Mittel und Wege, sich Eier, Milch und Fett zu beschaffen. Ach, und überhaupt – die Hauptsache war doch, dass ihr Mann nicht an die Front kam.

Frieda

Fünf Monate nach der Seeschlacht am Skagerrak, im Oktober 1916, durfte Dodo endlich seine Familie besuchen. Bei überraschend mildem Herbstwetter saßen alle Dirks an der windgeschützten Hausseite in der Laube. Frieda war überglücklich, ihren Lieblingsbruder wiederzusehen. Er wurde wie ein Held gefeiert, nicht nur von seinen Verwandten, hatte er doch an der bislang größten Seeschlacht des Krieges teilgenommen.

Insgesamt zweihundertfünfzig Schiffe der deutschen und der englischen Flotte waren an den Gefechten im Gewässer vor Jütland beteiligt gewesen. Wieder hatte die Nordsee ihnen auf Norderney hinterher einige Opfer an den Strand gespült. An deren feierlicher Beerdigung war die ganze Insel auf den Beinen gewesen.

Deshalb kam nun fortlaufend mal ein Nachbar, mal ein Freund dazu, auch Theo ließ sich blicken, er setzte sich in der Laube mit an den Tisch. Immer wieder musste Dodo seine Erlebnisse schildern. Er gehörte inzwischen als Matrose zur über tausendeinhundert Mann starken Besatzung des Schlachtkreuzers *SMS Derfflinger*.

»Wir haben zwei englische Großkampfschiffe versenkt«, erzählte er stolz, »die *HMS Queen Mary* und *HMS Invincible*. Wisst ihr übrigens, was *invincible* heißt? Unbesiegbar!« An dieser Stelle gab es jedes Mal Gelächter. »Unser Schiff ist zwar schwer beschädigt worden, aber wir konnten Wilhelmshaven noch mit eigener Kraft erreichen. Und bald kommt es repariert aus der Werft in Kiel, dann geht der Spaß weiter.«

Nur auf Nachfrage gestand Dodo ein, dass auch hundertsiebenundfünfzig Männer der *SMS Derfflinger* bei der Schlacht am Skagerrak ums Leben gekommen waren.

»O Gott, wenn ich mir vorstelle, dass es dich genauso gut hätte treffen können!«

Ihre Mutter hielt eine Hand vor den Mund, als wollte sie es eigentlich nicht mal aussprechen. Auch Frieda konnten Dodos Schilderungen nicht wirklich begeistern. Insgeheim fragte sie sich in letzter Zeit immer öfter, ob dieser Krieg nicht einfach nur ein einziger Wahnsinn war.

Jede Seite reklamierte den Sieg für sich. Letztlich war es am Skagerrak unentschieden ausgegangen – mit doppelt so vielen Toten und mehr versenkten Schiffen bei den Gegnern.

»Wenn man bedenkt, dass die Royal Navy als stärkste Flotte der Welt gilt, haben wir auf jeden Fall ein beachtliches Ergebnis erzielt«, verkündete Dodo. »Sie hatten sogar mehr Schlachtschiffe und Panzerkreuzer als wir. Trotz ihrer Materialüberlegenheit konnten sie uns nicht bezwingen.«

Die meisten seiner Zuhörer strahlten ihn an.

»An der Seeblockade hat sich trotzdem nichts geändert«, bemerkte ihr Vater missmutig.

»Weil das Kräftemessen der Flotten nach alter Tradition zu keinem eindeutigen Ergebnis geführt hat«, kündigte Dodo an, »wird jetzt der U-Boot-Krieg verstärkt. Und ich sag euch eins – unsere U-Boote sind die besten!«

Am Tag vor seiner Abreise ließ Dodo sich im Salon von Frieda fein machen. Mittlerweile gewöhnten sich die Leute daran, dass mehr und mehr Frauen die Arbeit eingezogener Männer übernahmen, auch, dass sogar seriöse Frisösen in Herrensalons Haare schnitten und rasierten.

Es war ein Mittwoch, und wieder stürmten Schulkinder zum Sammeln in den Salon. Schon seit einem Monat baten sie im Auftrag des Staates erneut die Bevölkerung und besonders Geschäftsleute darum, Kriegsanleihen zu zeichnen. Man sollte seinen Namen und die Höhe der Spende auf einer Liste eintragen.

»Das ist schon die fünfte Kriegsanleihe«, stellte Frieda bedauernd fest. »Es tut mir wirklich leid. Wir haben längst alles hergegeben, was wir entbehren können.« Sie spendete stattdessen ein hässliches Kupfergefäß, das sie auf dem Dachboden entdeckt hatte. Sicher ließ sich irgendwas Kriegswichtiges daraus herstellen, vielleicht das Kabel für ein Feldtelefon.

»Was ist mit dir?«, fragte sie ihren Bruder leise, als die Kinder den Salon verlassen hatten. »Hast du überhaupt schon Kriegsanleihen gezeichnet? Vor dem Krieg hattest du doch einen Batzen Geld gespart.«

Dodo lief rot an. »Ähm …« Er räusperte sich. »Solltest du da hinterm Ohr nicht etwas mehr wegnehmen?«, versuchte er abzulenken.

»Ach, wolltest du dich nicht von deinem Reservistenkameraden wegen Aktien beraten lassen? Wenn ich mich recht erinnere, arbeitete er für eine Bank und hatte vor, nach Amerika auszuwandern.« Ihr schwante nichts Gutes. »Wie hieß er noch gleich? Fidelius! O Gott, schon der Name!«

»Ja … Er hat mir hoch und heilig versprochen, das Geld in sicheren Aktien anzulegen. Aber, naja, der Kontakt ist abgebrochen. Er hat es wohl gerade noch vor Kriegsbeginn über den großen Teich geschafft.«

Frieda ließ Kamm und Schere sinken. »Nein! Und natürlich ist dein sauer verdientes Geld mit ausgewandert. Dodo, wie konntest du nur so dumm sein?«

»Das ist doch gar nicht sicher«, widersprach ihr Bruder ärgerlich. »Fidelius ist nicht so einer.«

»Das glaubst auch nur du. Ehrlich, Dodo, ich bin immer dafür, das Gute im Menschen zu sehen. Aber in diesem Fall ist es ganz offensichtlich.«

»Schweig still, Frieda!« herrschte er sie an. »Ich will nicht weiter drüber reden. Halt bloß deinen Mund, und sag unseren Eltern nichts.«

Sie schnaubte vernehmbar. Dann betrachtete sie ihn mitleidig im Spiegel. »Oje!« Es war schließlich sein Geld, seine jahrelange Arbeit, seine Sparsamkeit. »Alles für die Katz.«

»Thema beendet«, zischte er.

Sie kannte ihren Bruder gut genug, um zu wissen, dass seine Entscheidung ihn längst fürchterlich wurmte. Aus der Traum vom eigenen Logierhaus. Aber erstens hätte sein Geld ohnehin nur für eine Anzahlung gereicht, und zweitens – wer brauchte jetzt schon Gästebetten? Es war die große Nachricht dieser Tage, dass Jann Berghaus und seine Mitstreiter eine Verschiebung sämtlicher Zwangsversteigerungen in den Seebädern auf nach dem Krieg durchgesetzt hatten. Außerdem sollte es staatliche Sonderdarlehen für unverschuldet in Finanznot geratene Inselbetriebe geben. Ob das ausreichen würde, stand allerdings noch in den Sternen. Frieda lächelte tapfer. Man musste das Wesentliche sehen.

»Ach, Dodo«, lenkte sie ein, »das Wichtigste ist schließlich, dass du noch alle Arme und Beine hast.« Sie kämmte ihm das rotblonde Haar in die Stirn, um ihre Rührung zu verbergen. »Und … bitte komm auch gesund wieder zurück.«

Mit Vergnügen sammelte Frieda die letzten reifen Bohnenschoten von der Pergola. Ihre Schwiegermutter hatte endlich eingesehen, dass es in diesen Zeiten besser war, Gemüse statt Blumen zu pflanzen. Und morgen Mittag würde Else ihnen einen schönen Eintopf servieren können. Endlich mal was anderes als ewig Steckrüben, das einzige Gemüse, das die Schiffe vom Festland noch nach Norderney lieferten. Natürlich hatte es wehgetan, die Clematis, die Blumenstauden und Hortensienbüsche aus der Erde zu rupfen, aber mittlerweile war auf ganz Norderney das Nutzgartenfieber ausgebrochen. Die Lebensmittelknappheit drohte allmählich in eine Hungersnot auszuarten, und Not machte bekanntlich erfinderisch. Nicht nur, dass sie Brot schon mit Mehlzusätzen von Kartoffeln, Klee, Linsen und sogar Sägemehl backten. Vor Monaten hatte die Gemeinde auch ein neues Terrain auf dem Gaswerksgelände für Gärten freigegeben. Leute, die Frieda im vergangenen Jahr noch verspottet hatten, waren versessen auf einen Platz gewesen.

Frauke gehörte ebenfalls zu den Neugärtnern. Ganz klein mit Hut war sie gewesen, als sie Frieda um Rat gebeten hatte. Frieda hatte eine tiefe Genugtuung empfunden, aber sich nicht nachtragend gezeigt und ihr geholfen, den kargen Sand mit Loren abzutransportieren. Dünger war partout keiner mehr erhältlich. Wie viele Insulaner versuchten sie ihr Glück mit abgestandenem Müll, Mist und Algenverschnitt. Als Fraukes Tomaten Anzeichen von Braunfäule aufwiesen, hatte Frieda ihr sogar noch das beste Rezept dagegen verraten – man musste die Pflanzen mit einem Sud aus gekochten Rhabarberblättern und Meerrettich besprühen.

Und es gab noch eine revolutionäre Neuerung – Hühner im Garten. »Puttputt-puuuttputtputt«, lockte Frieda, bevor sie Trockenfutter in das Gehege um ein kleines Hühnerhäuschen warf. Aus Rücksicht auf die Badegäste waren Kleintiere im Ort seit ewigen Zeiten verboten gewesen. Aber nun waren ja Badegäste verboten.

Frieda nahm das Krähen und Gackern gern in Kauf. Und Lissy liebte die gold-schwarz geflockten Friesenhühner richtig. Zu ihren Aufgaben gehörte es, morgens nach frisch gelegten Eiern zu suchen.

Zusammen mit Frauke hatten Jakomina und Frieda eine Ziege und ein Schwein angeschafft. Fast jeder auf der Insel hielt inzwischen Kleinvieh hinterm Haus. Ihre Schwiegermutter hatte allerdings darauf bestanden, dass ihr Schwein und ihre Ziege im Dünengarten untergebracht wurden, weit genug entfernt, damit die Friseurkundschaft von üblen Gerüchen verschont blieb. Mit dieser Regelung war Frieda einverstanden, obwohl sie Mehrarbeit bedeutete. Aber meist schickte sie Heye zum Füttern, Ausmisten und Ziegenmelken. Dafür hatte der Altgeselle ohnehin ein besseres Händchen als fürs Haareschneiden.

Fröhlich jätete Frieda noch ein bisschen Unkraut. Sie dachte an Hilrich. Am Vortag war ein Feldpostbrief von ihm eingetroffen. Es ging ihm gut, schrieb er, sie sollten sich keine Sorgen machen. Direkt launig hatte er seinen Bericht abgefasst, obwohl man sich denken konnte, dass es wenig zu lachen gab. Aber sie hatten wohl gerade eine längere

Kampfpause in seiner Stellung an der Ostfront. Nach jedem Lebenszeichen von ihm befand sich Familie Fisser tagelang in Hochstimmung.

Frieda versuchte nicht darüber nachzudenken, wie es wohl Hilrichs großer Liebe, diesem Hubertus, ging. Und wie es den beiden miteinander ging. Das gelang ihr nicht immer. Gelegentlich wallte Panik in ihr auf, wenn sie sich vorstellte, dass Hilrich es auf einen Skandal ankommen lassen würde und alle Welt erahnen konnte, dass er einen Mann liebte. Sie fürchtete das Sichwegdrehen und Tuscheln in den Geschäften, die groben Scherze in den Kneipen, die Spottverse auf der Straße – vor allem Lissys und ihrer Schwiegereltern wegen. Sie erinnerte sich nur zu gut daran, wie es sich angefühlt hatte, damals, als ihr Vater noch auf der amtlichen Säuferliste gestanden hatte. So etwas sollte ihrer Tochter erspart bleiben.

Nur in ihren edleren Momenten war Frieda dankbar dafür, dass ihr Mann an der Front einen Menschen gefunden hatte, der ihn liebte und den er lieben konnte. Hilrich und Hubertus – das klang sogar.

Hilrich schrieb nie über ihn. Wenn er das nächste Mal auf Heimaturlaub kommt, werde ich ihn bitten, dass er uns auch immer mitteilt, was sein Freund Hubertus macht, überlegte sie. Dann würde sie sich besser vorstellen können, wie Hilrichs Befinden war. Vielleicht sollte sie ihre Bitte einfach schriftlich formulieren.

Sie stellte die Spitzhacke in den Schuppen und füllte an der Zisterne Regenwasser in eine Gießkanne. Was soll's?, überlegte sie dann. Alles, was eventuell nach dem Krieg sein würde, spielte jetzt noch keine Rolle.

»Erst das eine, dann das andere«, sagte sie halblaut vor sich hin, während sie den Grünkohl wässerte.

Bald würde es den ersten Frost geben, danach schmeckte er besonders gut. Buß- und Bettag würde es, wie in Friedenszeiten, den ersten Grünkohl zu Mittag geben. Sie mussten nur aufpassen, dass ihn nicht vorher jemand klaute. Denn leider nahmen die Diebstähle in letzter Zeit erschreckend zu, was natürlich nur auf die vielen Auswärtigen auf der Insel zurückzuführen war. Die fremden Arbeiter und Arbeiterinnen, die nicht in Massenquartieren wohnen wollten, mieteten sich privat in günstigen Pensionen ein und verpflegten sich selbst.

Am Sonntagnachmittag holte Grete sie, ihre Schwiegereltern und Lissy ab, weil Felix, Fraukes Mann, im Heimaturlaub Gäste empfing. Aus Spaß setzte Frieda den Hut auf, den sie sich einst durch das Verkuppeln des Ehepaars Rosenau verdient hatte, und Frauke begrüßte sie deshalb sogar mit einem vertraulichen Augenzwinkern. Schwiegervater Fritz war für ein paar Stunden vom Dienst befreit. Lissy ging mit ihren Großeltern voran.

Grete sah übermüdet aus. »Wir haben gerade ein paar schwierige Fälle«, erklärte sie auf Friedas Nachfrage, »alle mit kaputter Lunge und Hautschäden von den Gasangriffen.«

»Wie furchtbar!«, erwiderte Frieda. »Gibt's was Neues von Max?«

Ihre Freundin tat ihr leid – noch immer hatte sie ihren Mann seit dem Tag der Hochzeit nicht wiedergesehen. Sie lebte ihre Liebe nur in Briefen und Träumen.

»Er ist befördert worden. Zum Oberstabsarzt. Aber das bedeutet aus irgendwelchen Gründen, dass er nun doch nicht zu Weihnachten nach Hause darf.« Seit Wochen war Grete voller Hoffnung gewesen.

Frieda versuchte ein aufmunterndes Lächeln. »Gratuliere zur Beförderung! Das wird deinen Eltern gefallen.«

Auch einige Nachbarn waren gekommen, der Lehrer Lamken, Kolonialwarenhändler Brunken und der Gemeindekämmerer Schulte mit ihren Frauen. Sie saßen um einen Biedermeiertisch mit Häkeldecke in der Wohnstube der Rosenaus. Fritz Fisser tätschelte stolz die Köpfe seiner Enkelkinder. Frieda war froh, dass er überzeugt war, Lissy habe ihr braunes Haar von ihm geerbt. Sie spielte jetzt mit dem kleinen Wilhelm, und als Frieda beobachtete, wie liebevoll ihre Tochter mit dem Zweijährigen umging, tat es ihr aufrichtig leid, dass sie ohne Geschwister aufwachsen musste.

Jeder hatte eine Kleinigkeit für das Essen beigesteuert, wodurch sich eine originelle Speisenkombination ergab – Steckrüben- und Hagebuttenmarmelade, Schiffszwieback, eine Dose Schellfischleber und etwas Muschelwurst. Frauke hatte selbst gebrannten Schnaps aufgetrieben, der den meisten besser mundete als der Ersatzkaffee aus gerösteter Gerste.

Schon bald wurden die Gespräche lebhafter. Felix trug Uniform, seine Wangen hatten das Weiche und Rosige verloren. Die Tangofrisur war einem Bürstenhaarschnitt in Hindenburgs Manier gewichen. Auf der Brust prangte das Eiserne Kreuz, verliehen für Tapferkeit vor dem Feind – bei einem Sturmangriff hatte er sich besonders hervorgetan.

»Mein Mann müsste längst Offizier sein«, behauptete Frauke, wieder in ihrem gewohnt hochnäsigen Tonfall. »Sie wollen ihn nur nicht hochkommen lassen, weil sie auf einmal alle gegen die Juden reden. Dabei ist er gar kein Jude.«

»Aber der Name lässt es vermuten«, gab der Lehrer zu bedenken, »und dann noch Juwelier als Beruf. Da reimen die Leute sich gleich was zusammen …«

Frieda nickte. Zu Kriegsbeginn war es noch egal gewesen, was wer war. Je schlechter sich allerdings die Versorgungslage entwickelte, desto lauter wurde den Juden die Schuld daran gegeben. »Die Zentraleinkaufsgesellschaft der Regierung richtet ständig neue Gesellschaften für unsere Rohstoff- und Provianteinfuhren ein. Die verdienen sich alle eine goldene Nase an der Not des Volkes«, ereiferte sich der Kaufmann Brunken. »Und die Köpfe sind alles Juden. Walter Rathenau, Albert Ballin …«

»Waren übrigens beide schon auf Norderney«, warf Fritz ein.

»Und dieser Bankier Warburg. Die besetzen sämtliche Posten, die sie zu vergeben haben, natürlich mit Juden.« Giftig schlug Lamken in die gleiche Kerbe. »Da kriegen sie ihren uk-Stempel – zack, unabkömmlich – und sitzen schön warm und sicher in der Schreibstube, während die anderen sich den Arsch abfrieren und ihren Kopf riskieren! Drückeberger und Kriegsgewinnler sind das!«

»Ich weiß gar nicht, ob das so stimmt«, versuchte Fritz den drohenden Konflikt abwenden.

»Es stimmt jedenfalls, dass Juden es im Deutschen Heer inzwischen wieder schwerer haben«, bestätigte Felix. »Ich kenne Kameraden, die ihre jüdische Herkunft verheimlichen. Weil Juden drangsaliert und absichtlich kleingehalten werden. Das ist so.«

»Soll nicht deshalb im November so eine Judenzählung stattfinden?« Frieda hatte gehört, wie das Morgenquartett darüber in Streit geraten war. »Sie zählen jetzt einfach nach, wie hoch ihr Anteil im Heer und an der Front tatsächlich ist. Dann hat man entweder den Beweis oder kann schwarz auf weiß das Gegenteil belegen.«

»Scheiß drauf. Jede Statistik lügt. Sie gehen jetzt schon von falschen Zahlen aus«, behauptete Schulte, der als Kämmerer auch noch gut rechnen konnte, wenn er schon einen Kleinen sitzen hatte. »Sie sagen, es gebe sechshundertzwanzigtausend Juden in Deutschland, aber da sind auch die siebzigtausend ausländischen Juden mitgerechnet, die bei der Zählung 1914 zu Besuch im Reich waren. Wenn man die Zahl der jüdischen Soldaten dazu in Relation setzt, wird das Ergebnis zwangsläufig falsch.«

»Haben wir keine anderen Probleme?«, fragte Jakomina gelangweilt. »Immer diese Politik …«

»Den Juden steht noch ein Krieg nach dem Krieg bevor«, prophezeite Felix. »Ich bin heilfroh, dass meine Eltern beizeiten zum evangelischen Glauben übergetreten sind.«

»Außerdem bist du als Träger des Eisernen Kreuzes sowieso über jeden Zweifel erhaben«, ergänzte Frauke. »Du hast ausreichend deine Vaterlandsliebe bewiesen.«

Fritz Fisser räusperte sich. »Genau das hab ich auch vor.«

»Wie? Was?«, fragte seine Frau.

»Meine Vaterlandsliebe beweisen.«

»Das machst du doch schon die ganze Zeit.«

»Nein, nicht ausreichend.« Er schüttelte den Kopf. »Nach reiflicher Überlegung hab ich mich freiwillig an die Front gemeldet. Von unseren Inselwacht-Bataillons sollen ja …«

»Nein!« Jakominas entsetzter Ausruf schnitt ihm den Satz ab. »Fritz!«

Mit einem scharfen Blick, den Frieda noch nie zwischen ihren Schwiegereltern gesehen hatte, brachte er seine Frau zum Schweigen. Ihre Schwiegermutter, die mit Sicherheit noch etwas hatte sagen wollen, lief puterrot an. Sie hielt zwar den Mund, doch ihre Brust hob und senkte sich dermaßen aufgebracht, dass kein harmonisches Gespräch mehr in Gang kam. Verfrüht brach das Ehepaar Fisser auf.

Sogar durchs geschlossene Fenster hörte man kurz darauf im Wohnzimmer, wie die beiden sich auf der Straße stritten.

»Fritz, wie kannst du nur? In deinem Alter! Ohne vorher mit mir …«

»Ich tu, was ich für richtig halte. Keine weitere Diskussion.«

»Das Wickwief sieht dich überhaupt nicht an der Front.«

Der Ton wurde schwächer. »Geh mir weg mit dem …« Mehr konnte man nicht verstehen.

Die Gäste schauten einander betreten an und schwiegen eine Weile.

»Ich find das auch nicht gut«, sagte Frauke dann mit blasser Miene. »Vadder sollte hierbleiben.«

Ausnahmsweise war Frieda einmal ihrer Meinung. Doch sie kommentierte die Angelegenheit ebenso wenig wie die anderen. Die Stimmung blieb ungemütlich. Nur die Kinder spielten schön miteinander. Die Nachbarn verabschiedeten sich bald. Frieda und Grete halfen Frauke noch beim Abräumen und Abwaschen.

Am folgenden Vormittag suchte Frieda im Lagerraum des Inselsalons nach Restbeständen von Haarpflegemitteln in Friedensqualität. Ihre Schwiegereltern hatten beim Frühstück nur sehr schmallippig miteinander kommuniziert. Nach dem Mittagessen musste ihr Schwiegervater zur Inselwache zurückkehren. Auf einmal gellte ein markerschütternder Schrei durchs Haus. Er kam aus dem Salon. Frieda stürzte in den Kassenraum und sah ihren Schwiegervater auf den Fliesen liegen. Er krümmte sich, hielt beide Hände vor die Brust, das Gesicht glänzte wächsern. Seine Frau beugte sich über ihn.

»Schnell!«, rief sie mit sich überschlagender Stimme. »Holt Hermann! Dr. Seut muss kommen!« Blankes Entsetzen spiegelte sich in ihren Augen.

Frieda griff zum Telefonhörer, gleichzeitig schickte sie Emil los. »Renn rüber!« Auch Else war herbeigeeilt. »Hol ein Kissen! Und ein Glas Wasser.«

»Fritz, Fritz!« Ihre Schwiegermutter sackte neben ihren Mann, sie schien beinahe den Verstand zu verlieren, warf den Kopf in den Nacken. »Hiiil-riiich!«

Als sie den Namen ihres Sohnes schrie, voller Verzweiflung und Schmerz, da begriff Frieda.

Sie sah sich um. Auf dem Tresen lag ein geöffneter Feldpostbrief. Die Schrift war nicht die von Hilrich. Mit zittrigen Fingern nahm sie einen kleinen geknickten Briefbogen und las.

Werte Familie Fisser, Frieda überflog die Zeilen, *durch Gottes Ratschluss ist Ihr Sohn und Ehemann, der Sanitätsgefreite Hilrich Fisser, in treuer Erfüllung seiner Pflicht heute bei Kowel auf dem Felde der Ehre gefallen* … Unterzeichnet von seinem Vorgesetzten.

Hermann stürmte mit seinem Arztkoffer herein. »Fritz!« Er kniete sich hin, begann mit der Untersuchung.

Frieda sah jetzt erst die Kunden – halb rasierte Herren, Damen mit aufgelöstem oder eingeschäumtem Haar, allesamt mit Umhang – um ihren Schwiegervater herumstehen und gaffen.

»Zurück, zurück!«, ordnete sie an. Die Leute aus der Warteecke schickte sie sofort nach Hause. »Wir müssen schließen, Sie verstehen das sicher.« Und an die Mitarbeiter gewandt: »Macht schnell, nur das Nötigste, damit die Leute wegkönnen.« Else brach in lautes Schluchzen aus. Frieda öffnete die Tür zu dem Raum, der als zweites Lager diente, räumte flink eine Massageliege frei. »Bringt ihn hierher!« Sie lief zurück in den Verkaufsraum. »Er darf doch getragen werden, oder?«, fragte sie Hermann. »Soll ich sonst irgendwas holen?«

Die zwei Gesellen halfen dem Arzt, ihren Schwiegervater zur Liege zu schaffen. Ihre Schwiegermutter wich nicht von seiner Seite.

Frieda setzte sich in der Küche auf einen Stuhl und wartete das Ergebnis der weiteren Untersuchung ab. Sie dachte – nichts. Es gab eine Hiobsbotschaft, das wusste sie, die lauerte irgendwo im Hintergrund ihres Bewusstseins, aber damit würde sie sich später beschäftigen. Erst einmal musste der Betrieb aufrechterhalten werden. Und das ging nur, wenn sie nicht auch noch durchdrehte. Sie saß also weiter da. Dachte nichts. Atmete.

Endlich kam Hermann, und sie erhob sich wieder. Er reichte ihr die Hand. »Mein herzliches Beileid.« Die gütigen Augen des alten Inselarztes schimmerten feucht, seine Stimme klang bewegt. »Es ist ein großer Verlust.«

Benommen schaute sie ihn an. »Ist mein Schwiegervater …?«

»Nein. Fritz kommt durch. Nur ein Schwächeanfall. Er hat Herzrhythmusstörungen. An die Front kann er damit allerdings nicht.« Er räusperte sich. »Ich meine deinen Mann.«

»Hilrich«, flüsterte sie ungläubig.

Ja, dachte sie, das ist die schlimme Nachricht. Ich hab es doch gelesen. Hilrich ist gefallen.

»Jakomina hat was zur Beruhigung bekommen, sie schläft jetzt oben. Fritz sollte sich eine Woche Ruhe gönnen, bevor er zur Inselwache zurückkehrt.« Er sah sie prüfend an. »Soll ich dir auch ein Mittel geben?«

Langsam schüttelte sie den Kopf.

»Falls doch, ruf an oder schick jemanden rüber.«

Hilflos tätschelte er ihr den Oberarm, dann wandte er sich zum Gehen. Frieda begleitete ihn zur Salontür. Sie schaute sich um, die letzte Kundin entschwand mit einer katastrophalen Schnellfrisur. Wie in Trance sperrte sie die Ladentür von innen ab, drehte das GESCHLOSSEN-Schild nach außen. »Morgen habt ihr frei«, sagte sie zum Personal.

Frieda konnte sich selbst von außen zusehen und staunte darüber, wie vernünftig sie handelte. Sie schleppte sich die Treppe hoch. Legte sich auf ihr Bett. Als die Tränen hochstiegen und anfingen, heiß über ihre Wangen zu strömen, rollte sie sich auf die Seite. Zog die Beine an und umfasste über Kreuz ihre Taille, als könnte sie sich an sich selbst festhalten, bevor sie in einen Abgrund stürzte. Es war so furchtbar traurig, traurig, traurig.

Sie versank in einem Meer von Traurigkeit. Blau, dunkelblau, immer tiefer, ohne Anfang und Ende, trieb auf einen Sog zu, der sich zum Strudel formen wollte. Doch plötzlich blitzte wie ein Lichtstrahl unter Wasser ein Gedanke auf –

Lissy! Sie musste sie von der Schule abholen. Bestimmt hatte sich im Ort längst herumgesprochen, was geschehen war. Ihre Tochter sollte die schreckliche Nachricht nicht auf dem Nachhauseweg von anderen Leuten erfahren.

Frieda setzte sich auf, putzte sich die Nase. Neben dem grenzenlosen Kummer, der sie erfüllte, spürte sie noch etwas. Ein sehr starkes Gefühl, das sie zunächst überhaupt nicht einordnen konnte. Sie horchte weiter in sich hinein. Es war – Erleichterung. Doch kaum hatte sie das erkannt, wurde es von einem schlechten Gewissen überschattet.

In der Kirche gab es eine gut besuchte feierliche Gedenkstunde für Hilrich, dessen Leichnam in fremder Erde ruhen musste. Als ihr Schwiegervater gesundheitlich über den Berg war, legte sich ihre Schwiegermutter ins Bett und wollte nicht mehr essen. Frieda flößte ihr gewaltsam das Nötigste ein. Erst Lissy brachte sie nach zwei Wochen dazu, wieder etwas zu sich zu nehmen.

Frieda funktionierte. Aber alles war anstrengend. Sogar das Schlafen. Sie musste sich sehr konzentrieren, um überhaupt einige Stunden am Stück zur Ruhe kommen zu können. Und wenn sie morgens zerschlagen erwachte, fragte sie sich, woher sie die Kraft nehmen sollte aufzustehen. Am liebsten hätte sie wie Jakomina die Decke über den Kopf gezogen und das Bett nicht mehr verlassen. Weil sie weitermachen musste, ging es dann doch irgendwie.

Durchhalten, durchhalten.

Schlimm war, dass sie sich vor sich selbst schämte. Wie konnte sie nur auch Erleichterung über den Tod ihres Mannes empfinden?

Ihre Schwiegereltern trauerten jeder für sich allein. Vielleicht war es normal, dass Eltern sich nach dem Tod ihres Kindes unterschiedlich verhielten. Frieda beobachtete das auch bei anderen Familien. Fritz wurde immer verschlossener. Ihre Schwiegermutter dagegen begann, Hilrich wie einen Heiligen zu verehren, und sprach fast nur noch über ihn.

Einmal, als Frieda abends allein in ihrer Wohnstube mit Flick- und Stopfarbeiten beschäftigt war, kam Grete zu Besuch. »Ich wollte dir einfach nur etwas Gesellschaft leisten«, sagte die Freundin.

»Das ist schön, danke. Möchtest du etwas trinken?«

Grete nickte. Frieda brühte getrocknete Brombeerblätter auf und schenkte wortlos ein. »Ich wollte dir noch was sagen …«, hob Grete an und pustete in den Ersatztee, bevor sie vorsichtig nippte. »Also, ich finde, du musst kein schlechtes Gewissen haben.«

Frieda, die gerade anfing, eine Socke für Lissy zu stopfen, blickte auf. »Wieso sollte ich ein schlechtes Gewissen haben?«

Grete druckste ein wenig herum. »Na ja«, sagte sie. »Ich fänd es jedenfalls völlig normal, wenn du jetzt auch erleichtert wärest.«

Frieda spürte, dass sie errötete. Schnell senkte sie den Blick wieder. Doch sie atmete etwas freier.

Lissy

Andächtig stand Lissy vor der Porträtwand im Verkaufsraum des Inselsalons. Ihr Papa lebte jetzt im Himmel. Ein Plakat zeigte ihn, wie er auf dem Feld der Ehre lag und ein wunderschöner Engel sich über ihn beugte. Eigentlich sah es aus, als schliefe und träumte er. Dieses Bild hing nun neben denen vom Kaiser und von Hindenburg.

Sie vermisste ihren Vater fürchterlich. Abends nach dem Gebet sprach sie unter der Bettdecke leise mit ihm und vertraute ihm an, was sie bewegte. Früher, als sie klein gewesen war, hatte er für sie vor dem Einschlafen im Schein der Nachttischlampe mit seinen Händen bewegte Schattenfiguren an die Wand gezaubert. Daran musste sie oft denken. Oder daran, wie sie auf seinem Fuß sitzen und wippen durfte. Und daran, wie lecker seine Eibrötchen geschmeckt hatten.

Viele Kinder verloren ihren Vater im Krieg. Das war eben so. Es gibt keinen süßeren Tod, sagten die Erwachsenen, und keinen edleren. Lissy kannte mindestens zehn Kinder, die keinen Papa mehr hatten. Sie ging jetzt öfter mit in die Kirche. Da erfuhr man, wie es im Himmel war. Und mit anderen Kindern übte sie ein Theaterstück für Weihnachten ein. Nach der Aufführung sollte es für alle Mitspielenden heißen Kakao im Gemeindehaus geben. Das lockte sie eigentlich am meisten. Wenn ihre Mutter zum

Gottesdienst ging, nahm sie jetzt immer ein Holzstövchen und eine Tonschale mit glühenden Kohlen mit. Das machten alle Frauen. Denn die Kirche wurde nicht mehr geheizt. Wenn die Frauen auf der Kirchenbank saßen, nahmen sie das Stövchen zwischen ihre Beine, oder sie stellten direkt die Füße darauf, sodass unter ihren langen Röcken Wärme aufsteigen konnte.

Oma Jakomina sprach viel von ihrem Papa. »Mein Hilrich«, sagte sie dann mit zittriger Stimme und fing meistens an zu weinen. Sie war jetzt oft krank. Manchmal lag sie sogar tagsüber im Bett. Ihre Mama war dünner geworden, und sie trug jeden Tag schwarze Kleider. Aber sie kümmerte sich um alles.

Manchmal weinte Lissy wie aus heiterem Himmel. Zum Beispiel, als ihr klar wurde, dass sie jetzt erst erwachsen werden musste, bis sie endlich nach Berlin kam. Weil ihr Papa sein Versprechen, gleich nach dem Krieg mit ihr dorthin zu reisen, ja nicht mehr einlösen konnte.

Fokko war ganz erschrocken gewesen, und sie hatte es auch etwas peinlich gefunden, dass sie wie ein kleines Kind losheulen musste. »Ich schenk dir einen Freundschaftsring, wenn du aufhörst«, hatte er versprochen. Und sie hatte aufgehört.

Den Ring hatte sie trotzdem nicht bekommen, aber das war nicht Fokkos Schuld gewesen. Er hatte eine Schüssel voller Fischköpfe und Kartoffeln zu Iwan in die Gefangenenunterkunft gebracht. Früher war das mal ein Pferdestall gewesen. Da lebten vierzig Männer, die man die Sibirjaken nannte und die komischerweise alle Schmied oder Schlosser von Beruf waren. Jedenfalls konnte dieser

Iwan aus einem Zweipfennigstück einen Kupferring herstellen. Er hatte aber, bevor er sich daranmachen konnte, noch bei der Montage eines Riesentors für eine neue Flughalle helfen müssen. Dabei hatte es ein Unglück gegeben. Das Tor war auf die Arbeiter gefallen und der Iwan tot.

Im Inselsalon

In der Welt geschah Epochales, doch im Hause Fisser verstrichen der Jahreswechsel und die Monate bis zum Frühsommer 1917 in einer trüben, bleiernen Stimmung, die sich erst im Mai, als die Natur erwachte, allmählich aufhellte.

»Bald ist der Krieg vorbei«, behauptete Onno, während Heye ihn rasierte. »Die Revolution in Russland bedeutet, dass wir an der Ostfront nicht mehr kämpfen müssen. Die Bolschewiken haben keine Lust, den Krieg des Zaren weiterzuführen. Wir sollten einfach einen Verständigungsfrieden aushandeln, und gut ist.«

»Du hast ja wohl Mäusenester im Kopf!«, wetterte Jan. »Nach all den Opfern? Bes-timmt nicht! Jetzt kommt der totale U-Boot-Krieg, damit besiegen wir sie alle.«

»Es kann doch nicht alles umsonst gewesen sein!« Jakomina zeigte sich empört. »Mein Sohn hat sein Leben gelassen.« Frieda verstand zwar, dass sie so empfand, ihre Schlussfolgerung war hingegen eine andere – Hilrichs Tod würde nicht dadurch besser, dass noch mehr Männer verreckten. Aber sie behielt ihre Gedanken für sich.

»In Berlin geht das Volk schon auf die Straße.« Jan ließ die Zeitung sinken. »Friedensmärsche nennen sie das! Haben auch noch eine Frau als Aufwieglerin, diese Rosa Luxemburg. Da s-tecken doch wieder die Linken und die Juden dahinter. Alles rückgratlose Drückeberger!«

»Die Leute haben einfach nix mehr zu fressen«, entgegnete Hermann. »Die laufen jedem hinterher, der ihnen was Besseres verspricht.«

Draußen zog eine Klasse von Mittelschülern unter Absingen von Kriegsliedern am Schaufenster vorüber. Sie trugen Sensen und Säcke bei sich. Ein Lehrer marschierte voran.

»Ach, heut müssen sie wieder Brennnesseln abschlagen«, murmelte der Altgeselle Siebold und grinste schadenfroh.

Hinter den Jungen konnte man zwei Kriegsinvaliden bei ihren ungeschickten Gehversuchen mit Krücken sehen. Was für ein Elend, dachte Frieda.

Onnos Blick war ihrem gefolgt. »Seht euch doch um«, sprach er mit seiner sonoren Stimme, »das darf so nicht weitergehen! Norderney eignet sich nicht für den Krieg. Unsere Insel ist geschaffen für Erholung und Gastfreundschaft.« Er wollte endlich sein Hotel wiedereröffnen.

Frieda spürte, dass die Diskussion einen gefährlichen Punkt erreichte. Ihre Aufgabe war es auch, dafür zu sorgen, dass die Stimmung nicht zu aggressiv wurde.

»Ich freu mich jedenfalls schon unglaublich auf den Frieden«, formulierte sie ihren Einwurf möglichst allgemeingültig.

»Deutschlands Ehre ist wichtiger«, beharrte Jan.

»Die Amerikaner werden es entscheiden«, sagte Theo nüchtern. Seit Ostern kämpften US-Truppen auf der Gegenseite, wohlgenährte und ausgeruhte Männer. »In Wirklichkeit sieht's gar nicht gut aus für uns. Um nicht zu sagen: Die Lage ist ausweglos.«

Eine Weile waren nur noch schabende Rasiermesser und klimpernde Scheren zu hören.

»Frieda«, lenkte Hermann das Gespräch schließlich in eine andere Richtung, »du hast schon lange keine neue Ehe mehr gestiftet. Was ist los?«

»Heutzutage gibt's eben nichts mehr ohne Berechtigungsschein«, antwortete Frieda schlagfertig.

In Wahrheit lag es wohl eher daran, dass sie vor Erschöpfung keinen Sinn für zarte Liebesbande hatte.

»Und selbst wenn man im Besitz eines Bezugsscheines ist«, spottete Hermann, »bedeutet es ja auch noch lange nicht, dass man kriegt, wozu er berechtigt.«

Die anderen nickten grimmig. Nicht nur Lebensmittel, auch Bekleidung und Wäsche, Radiergummis, Nähgarn, Schuhe und Wolle waren bezugsscheinpflichtig. Am schlimmsten belasteten sie alle der Hunger und die eintönige Ernährung.

Kaum jemand aß noch Steckrübeneintopf ohne Widerwillen, Lissy hielt sich dabei die Nase zu. Das ewige Dörrgemüse mit Knochen rief ebenfalls keine Begeisterung hervor. Frieda war froh, wenn sie ab und zu von ihrem Vater ein paar Miesmuscheln bekam, die Else süßsauer mit Bratkartoffeln zubereiten konnte. Oder wenn die Kinder mal Butt brachten, einen Plattfisch, der sich im Sand eingrub und am Südstrand bei Ebbe mit einem Spieß gestochen werden konnte.

Überhaupt staunte sie darüber, wie findig ihre Tochter bereits war. Sie brachte von sich aus Sauerampfer für einen Salat zum Abendessen mit. Man konnte keine Schulhefte mehr kaufen, aber Lissy hatte von einem älteren Mitschüler Tapetenreste, die vor dem Krieg bei der Renovierung der Fremdenzimmer seiner Familie übrig geblieben waren, eingetauscht und schrieb und malte nun auf deren Rückseite. Mit ihren Freunden, vor allem mit Fokko, plünderte sie wie viele Kinder gelegentlich unbewohnte Hotels. Sie organisierten Verwertbares wie Regenrinnen oder Blitzableiter und verkauften es beim Schrotthändler. Natürlich war das verwerflich, aber Frieda tat einfach so, als bemerkte sie es nicht.

Eine Fischersfrau betrat den Salon. »Ich will nur mein Haar abgeben.« Sie drückte Frieda eine Spitztüte mit krisseligen, ausgebürsteten Haaren in die Hand. Frieda wog die unappetitliche Haarwolle und zahlte der Frau einen halben Pfennig pro Gramm. Seit einiger Zeit schon befand sich im Inselsalon eine der offiziellen Frauenhaarsammelstellen. Alle weiblichen Wesen im Reich waren aufgerufen, ihr Haar zu spenden, damit es als wichtiger Kriegsrohstoff, zum Beispiel als Keilriemen in Maschinen, als Dämmmaterial in U-Booten oder zum Auspolstern von Prothesen dienen konnte. »Ich würd mir auch die Haare abschneiden lassen«, sagte die Alte nach einem Blick auf die Münzen in ihrer Hand listig.

»Das geht leider nicht mehr«, antwortete Frieda. »Das Rote Kreuz hat inzwischen bekannt gegeben, dass nur noch ausgebürstetes Haar akzeptiert wird.«

In Zeitungen sah man manchmal Fotos von dienstverpflichteten Fabrikarbeiterinnen, die das Haar kinnkurz trugen, weil an einer Drehbank leicht mal Strähnen ins Getriebe geraten konnten. Einige Städterinnen hatten sich auch mit Begeisterung aus Patriotismus das Haar kurz schneiden lassen. Das allerdings war nicht erwünscht. Die Frauen sollten doch weiter schön weiblich aussehen. Deshalb gab es dafür kein Geld mehr.

Dennoch zufrieden zog die Fischersfrau wieder von dannen. Frieda ging in den Lagerraum und schüttete das Haar auf einen Haufen. Sie musste an Lissy denken, die sich vor dem Haarberg gruselte und immer einen großen Bogen drum herum machte. Sie fand, er sähe aus wie ein Tier ohne Augen.

»Hast du das vorhin bemerkt?«, fragte ihre Schwiegermutter, als sie in den Salon zurückkehrte. »Der Lehrer hatte Schuhe an.«

Frieda nickte. »Solange die Lehrkörper nicht barfuß gehen«, sagte sie so laut, dass es jeder hören konnte, »muss meine Tochter es auch nicht.« Da es mittlerweile an Schuhwerk mangelte, war im Frühjahr die Anordnung ergangen, dass alle Schüler von April bis Ende September barfuß zum Unterricht erscheinen sollten. »Das ist doch ein Unding!«, schimpfte sie.

Frieda

Über Bekannte, die Beziehungen zu einem Holzschuhmacher auf dem Festland hatten, beschaffte Frieda für Lissy ein Paar aus Lindenholz mit Lederriemen. Stolz präsentierte sie ihr die neuen Holschen.

Doch ihre Tochter freute sich überhaupt nicht. »Mama, die kann ich nicht anziehen! Die anderen gehen auch ohne Schuhe.«

»Kind, du wirst dir einen Schnupfen holen!« Schließlich wurden seit Ostern die Schulräume wegen Koksmangels nicht mehr geheizt, und draußen in den Pausen war es manchmal sogar im Sommer recht frisch. »Außerdem pikst der Kies auf dem Schulhof, das hast du selbst gesagt.«

»Ist mir egal«, beharrte Lissy.

Die einzige auf Karte noch erhältliche Kleidung wollte sie ebenfalls partout nicht tragen. »Der Stoff kratzt noch schlimmer als das Leibchen, das mir Oma Meta gestrickt hat!«

»Das bildest du dir nur ein, weil du weißt, dass es aus getrockneten Brennnesselfasern hergestellt worden ist. Sei nicht so zimperlich!«

»Nein, das kratzt wirklich!«, behauptete Lissy. »Dann zieh du das doch an. Ich lauf lieber weiter in meinen alten geflickten Sachen rum.«

Frieda wollte ihr schon antworten, was man widerspenstigen Kindern so sagte – dass Kinder nichts zu wollen, sondern zu gehorchen hätten und dass sie sich gefälligst nicht aufführen sollte wie ein verwöhntes Komtesschen. Aber das Wort blieb ihr im Halse stecken. Schließlich *war* ihre Lissy die Tochter eines Grafen. Wie konnte sie ihr da verdenken, dass sie sich weigerte, in Holzschuhen und Brennnesselkleid zu gehen?

Frieda lächelte in sich hinein. Ihre Tochter entwickelte einen starken Charakter, vielleicht mehr, als man einem Kind zugestehen durfte, doch ihr gefiel es. Sie sah darin das väterliche Erbe. »Also gut«, sagte sie und erlaubte ihr, barfuß zu gehen. »Vielleicht härtet es dich ja ab.«

Wegen der Kleidung bat sie ihre Schulfreundin Lieske, Fokkos Mutter, um Unterstützung. Sie arbeitete inzwischen als Hausschneiderin und schaffte es, aus mehreren Resten etwas hübsches Neues zu nähen.

»Wir haben kein vernünftiges Shampoon mehr«, klagte Jakomina. Sie sagte immer noch Shampoon, dabei sprach doch inzwischen alle Welt von Shampoo. Und alle vermissten es. Seife gab es mittlerweile auch nur noch auf Zuteilung, viel zu wenig und von übler Qualität. »Wenn ich die Kriegsseife benutze, sieht das Haar nach dem Waschen stumpfer aus als vorher.«

Frieda beobachtete, dass sie sich seit dem Tod ihres Jungen wie eine Automatenfigur verhielt, die in einem Tunnel lebte. Eigentlich wurde sie nur noch zusammengehalten von ihrem Korsett, ihrer Sorge um Fritz, ihrer Liebe zu Lissy und viel Pflichtgefühl. Andere haben dem Vaterland auch ihren Sohn geopfert, sagte sie sich. Es half nur nicht gegen den Schmerz, der wie ein Pfeil in ihrem Herzen feststeckte.

Sie wusste dennoch, Hilrich hätte sich gewünscht, dass alles so gut wie möglich weiterliefe. Deshalb bemühte sie sich nach Kräften. Alltagsarbeit und Routine halfen noch am besten, für ein paar Stunden jedenfalls.

Neben der Hygieneverordnung hingen im Salon nun auch Vorschriften für die Seifennutzung aus. Jeden Tag musste Jakomina wenigstens einen ihrer Mitarbeiter ermahnen, sich daran zu halten.

Tauche die Seife nie in das Waschwasser!

Halte sie nie unter fließendes Wasser!

Vermeide überflüssiges Schaumschlagen!

Halte den Seifennapf stets trocken!

Wirf die Seifenreste nie weg!

Hilf dir durch den Gebrauch von Bürsten, Sand, Bimsstein, Holzasche, Scheuergras (Zinnkraut), Zigarrenasche und durch häufiges Waschen in warmem Wasser!

So konnte man natürlich keinen Spitzensalon mehr führen.

»Wir müssen die Sache selbst in die Hand nehmen«, sagte Frieda. Es war ihr regelrecht peinlich, wie stumpf das Haar ihrer Kundschaft beim Verlassen des Salons aussah. »Wir stellen jetzt wieder unser eigenes Shampoo her. Wie früher.«

Sie kramte das Merkheftchen aus ihrer Anfangszeit im Inselsalon hervor. Darin hatte sie damals einige Rezepte ihres Schwiegervaters über die Zubereitung von Haarpflege notiert. Die ließen sich allerdings nicht mehr alle anwenden. Das Problem war, dass es an geeigneten Fetten fehlte.

»Wie gut, dass du so viel zu organisieren hast«, bemerkte Grete, als sie darüber sprachen. »Das hilft dir durch diese grässliche Zeit.«

Frieda konsultierte das Wickwief, und sie sprach mit

ihrem Schwiegervater über das Problem. Nach Hilrichs Tod war Fritz Fisser wortkarg geworden. Er widmete seine freie Zeit vermehrt seinen Bienenvölkern. Nach dem Schwächeanfall war er auf den Wachposten in der Vogelkolonie versetzt worden, wo er auch mit einigen Kameraden in einem kleinen Häuschen übernachtete. Dort spielte sich überhaupt nichts Aufregendes ab. Die Gewehre der Soldaten standen die meiste Zeit im Kreis zu Pyramiden aufgestellt, damit möglichst wenig Sand in den Lauf wehte. Die Männer hatten aus Langeweile sogar ein kleines Gärtchen angelegt. Und Fritz hatte in der Nähe, gut versteckt, seine Bienenkörbe aufgestellt. Ein paar Kameraden, die Wind davon bekommen hatten, schmierte er mit Honig.

»Schön, dass du dich erinnerst«, sagte er geschmeichelt, als Frieda ihn um Rat bat. »Ich glaub, irgendwo in einer versteckten Ecke müsste noch ein Restposten Marseiller Seife herumliegen. Die hab ich damals zur Seite gelegt, weil die Verpackungen so verschmutzt waren, dass man sie nicht verkaufen mochte.«

Er beförderte die Partie zutage, und fortan bildete diese Seife einen wichtigen Bestandteil ihrer selbst gemachten Shampoos.

Außerdem brachte ihr Schwiegervater, wenn er dienstfrei hatte, nun stets geeignete Pflanzenblüten oder -wurzeln mit, darunter welche von Stranddisteln und Sonnenröschen. Im Hochsommer gab er ihr für die Pflegeprodukte etwas Wachs und andere wertvolle Inhaltsstoffe wie Propolis, die den Bienen zu verdanken waren. Frieda lernte auch nach und nach, wie man Cremes und Balsam für beanspruchte Haut anrührte.

Sie beschaffte sich beim Wickwief Öl, das jene aus Sanddorn oder zerriebenen Obstkernen gewonnen hatte. Bei Spaziergängen durch die Rosengärten schüttelte sie in unbeobachteten Momenten Blütenblätter in ihre Einkaufstasche, die sie zu Hause in das Öl legte.

»Komm, Lissy«, sagte sie eines Tages, »wir fahren zum Zauberwäldchen.« Mit ihrer Tochter auf dem Gepäckhalter radelte sie hinaus, und gemeinsam zapften sie Birken an. Ein paar Tage später fuhren sie wieder durch begrünte Dünen in Richtung Ostland. Frieda zog die Röhrchen, die sie in die Stämme geschlagen hatte, heraus und füllte den gewonnenen Saft in eine Flasche um. »Daraus machen wir ein angenehm duftendes Haarwasser«, erklärte sie Lissy.

Der Duft, das Flirren der grünsilbrigen Blätter, die Sonnenstrahlen auf ihrer Haut, die ganze Atmosphäre im Zauberwäldchen war wie damals. Und plötzlich wurde Frieda von Erinnerungen an Joseph überwältigt. Sie musste sich zusammenreißen, um nicht zu weinen.

»Du bist auf einmal so anders, Mama«, sagte Lissy verwundert.

Kluges, feinfühliges Kind, dachte Frieda, du bist hier gezeugt worden.

Da Frieda sich im Trauerjahr befand, ging sie nicht aus, besuchte nicht einmal das Kino. Grete überredete sie aber einmal, mit ihr ein Militärkonzert zu besuchen. Viele Norderneyer standen vor dem Bazar-Gebäude und erwarteten, da seit Kriegsbeginn öffentliche Lustbarkeiten verboten waren, freudig etwas Abwechslung. Martin von Welser leistete ihnen Gesellschaft. Enthusiastisch berichtete er von neuen Großflugbooten in der Seeflugstation.

Die Soldaten traten unterm Säulengang an, exerzierten ein wenig, und dann spielte ihre Kapelle beliebte Märsche. Unter den Zuhörern fielen einige auswärtige Damen auf, die einen aufgehübschten und damit unseriösen Eindruck machten.

Die Mode hatte der Insel eigentlich längst den Rücken gekehrt. Wer von der verordneten Tristesse abwich, riskierte, verhöhnt oder gar verprügelt zu werden.

Diese Damen gingen in Kriegskrinolinen – weiten, von Reifröcken gestützten wadenlangen Kleidern, die viel Bewegungsfreiheit ließen. Sie trugen kecke Frisuren mit Herrenwinkern, kurzen in sich gedrehten Strähnen vor dem Ohr.

Frieda wechselte einen Blick mit Grete. Die zuckte zwar gleichmütig mit den Achseln, seufzte aber wehmütig. Weibliche Koketterie fehlte gerade völlig in ihrer beider Leben.

»Kommt doch am Sonntagnachmittag vorbei«, lud Martin sie und Grete nach dem Konzert ein, »wir feiern mit den Teilnehmern des letzten Lehrgangs ihre bestandene Pilotenprüfung. In einer der Flughallen bauen wir eine Kaffeetafel auf. Es kommen auch Familienangehörige der Teilnehmer, darunter Mütter und Ehefrauen.«

»Dürfen die denn auf die Insel?«, fragte Frieda erstaunt.

»Natürlich, mit Sondererlaubnis.« Martin lächelte. Man konnte sich denken, dass es sich um einflussreiche Leute handelte. »Für mich reist niemand an. Aber ich würde mich wirklich freuen, wenn ihr meine Gäste sein würdet.« Grete strahlte schon erwartungsvoll. »Dann zeig ich euch das neue Groß-Kampfflugzeug, eine *Gotha*. Dieser Bomber ist eine Sensation! Mit zwei Benz-Motoren à hundertfünfzig PS fliegt er hundertdreißig Kilometer in der Stunde. Und für ein

Doppeldecker-Wasserflugzeug hat er eine ganz ungewöhnliche Konstruktion.«

»Das können wir uns nicht entgehen lassen, Frieda!« Grete sah sie begeistert an.

Frieda schüttelte den Kopf. Die Leute würden nur reden. Es war besser, darauf zu verzichten.

»Wenn du nicht gehst, kann ich auch nicht«, raunte Grete ihr ins Ohr.

»Frau Fisser?«

Frieda drehte sich um. Der Mann, der sie unterbrochen hatte, trug die Uniform eines Militärpolizisten. Stahlblaue Augen musterten sie.

»Ja, das bin ich. Guten Tag, was kann ich für Sie tun?« Bestimmt handelt es sich um eine Verwechslung, dachte sie, es gibt viele Fissers und Vissers auf der Insel.

»Sind Sie die Schwester von Rieka Dirks?«

»Ja.« Besorgt sah sie den Polizisten an. »Ist was mit ihr?«

»Wir haben sie heute Nacht im Trocadero erwischt.«

Zum Anbandeln gingen manche »Damen« mitunter ins Trocadero. Aber was hatte Rieka dort zu suchen?

»Das kann ich mir nicht vorstellen.«

»Es gab dort wieder mal eine Schlägerei zwischen Marine- und Heeressoldaten«, unterbrach der Polizist ihre Gedanken, »und Ihre Schwester befand sich mittendrin, in übler Gesellschaft.«

»Wie bitte? Meine Schwester?« Rieka war fast noch ein Kind, gerade erst siebzehn. Sie arbeitete in der Kantine der Seeflugstation. »Das muss eine Verwechslung sein!«

»Wir haben ihre Personalien aufgenommen«, erwiderte er streng. »Zeugen haben ihre Identität bestätigt.«

Der Polizist stammte nicht von der Insel, er war noch jung und eigentlich ganz sympathisch.

»Hat sie sich denn was zuschulden kommen lassen?«

Er antwortete darauf mit einem Blick, der sagte: Na, wenn sich ein junges Ding nachts in so einem Umfeld herumtreibt, dann dürfte die Verfehlung wohl nicht allzu fern sein. »Sie ist noch minderjährig«, sagte er schließlich. »Und zwei Matrosen haben sich ihretwegen geprügelt. Der eine hat zwei Vorderzähne verloren.«

»Haben Sie unsere Eltern informiert?«, fragte Frieda beklommen.

Sie hoffte inständig, dass nicht, denn sie würden sich furchtbar aufregen.

Der Polizist räusperte sich. Er schlug kurz die Augen nieder, dann sah er wieder auf. »Eine andere anwesende Insulanerin bat mich, darauf zu verzichten und lieber Sie, die ältere Schwester, anzusprechen.«

»Ich danke Ihnen sehr«, antwortete Frieda nun viel freundlicher. »Ich verspreche Ihnen, dass ich mich um Rieka kümmern werde.«

Der Mann salutierte. »Herr Oberleutnant, gnädige Frau, Frau Fisser!«

»Kanntest du den?«, fragte Grete.

»Flüchtig«, antwortete Martin.

»Du findest bestimmt jemand anders, der mit dir am Sonntag das Großflugboot anguckt«, sagte Frieda zu Grete. »Tut mir leid, aber ich fühl mich einfach nicht danach.«

Noch am Abend suchte sie ihre Familie auf. Sie bat Rieka, ihr auf den Polderwiesen beim Einsammeln von Grünzeug für ihre Ziege zu helfen. Als sie allein waren, nahm Frieda sie ins Verhör. Ihre kleine Schwester gab alles zu. Ein paar lustige Flugzeugmatrosen, die sie von der Essensausgabe kannte, hätten sie und eine gleichaltrige Bekannte, die in der Kantinenküche die Kartoffeln schälte, überredet, nach Feierabend ein Bierchen mit ihnen zu trinken. Und dann noch eines. Und dann hätten sie die Mädchen zum Tanzen ins Trocadero eingeladen. Tanzen war eigentlich nicht erlaubt. Umso verlockender hatte die Ankündigung für die beiden Siebzehnjährigen geklungen.

»Das geht so nicht, Rieka!« Frieda hielt ihr eine Standpauke. »Du ruinierst deinen Ruf. Er ist das Wertvollste, was du hast.«

»Es ist doch nichts Schlimmes passiert. Rudi war so witzig, und Hein konnte richtig gut tanzen und …« Rieka weinte. »Plötzlich haben Rudi und Hein sich geboxt, weil Rudi … naja, ich hatte einen kleinen Schwips … und …«

»Habt ihr euch geküsst?«

Ihre Schwester druckste herum, bevor sie gestand. »Aber die Heeressoldaten hatten auch Schuld. Die wollten nicht, dass Jungs von der Marine in ihrem Stammlokal …«

»Lenk nicht ab. Habt ihr das schon öfter getan?«

»Ähm, also …«

»Hast du dich ihm hingegeben?«

Empört machte sich Rieka gerade. »Nein, natürlich nicht! Was denkst du denn von mir?«

»Na gut.« Frieda beruhigte sich. Sie hatte schließlich früher auch gern mal ein bisschen hier und da poussiert. »Aber schreib dir hinter die Löffel: Das Trocadero und ähnliche Etablissements sind nichts für anständige Mädchen!«

»Meine Güte, spiel dich nicht so auf!«, fauchte Rieka. »Du hast es gerade nötig – warst doch selbst nur ein Jahr älter als ich, als du heiraten musstest!«

Frieda schwieg betroffen. Ihre Schwester hatte recht. Andererseits – gerade weil sie aus eigener Erfahrung wusste, wie schnell man am Abgrund stehen konnte, war es ihre Pflicht, die Kleine zu warnen.

»Na komm«, schlug sie nun einen versöhnlichen Ton an, »lass uns noch ein bisschen Ziegenfutter sammeln, damit die Eltern keinen Verdacht schöpfen.« Während Rieka nach geeignetem Grünzeug Ausschau hielt, beobachtete Frieda ihre Schwester. Erst jetzt ging ihr auf, dass Rieka sich in den vergangenen Monaten, während sie selbst mit ihrer Trauer und den Alltagspflichten beschäftigt gewesen war, von einem ungelenken Backfisch in eine hübsche junge Frau verwandelt hatte. »Du hast wohl noch mal Glück gehabt«, sagte sie.

Rieka war nicht nachtragend. Sie wischte ihre Tränen mit dem Handrücken weg und lächelte. »Eigentlich bist du diejenige mit dem Glück«, antwortete sie. »Du konntest noch auf richtige Bälle gehen. Du durftest tanzen und dich unbeschwert am Strand herumtreiben, Wein und Sekt trinken, Kurkonzerte hören und Kuchen essen.« Frieda sah sie erstaunt an. So hatte sie es noch nicht betrachtet. Auch in diesem Punkt musste sie ihrer Schwester recht geben. Diese Jugend, eine ganze Generation, verlernte das Lachen. Was mochte das später einmal für Auswirkungen haben? »Versteh mich nicht falsch«, bat Rieka, als sie ihre bekümmerte Miene bemerkte. »Ich mach es dir nicht zum Vorwurf. Aber vielleicht verstehst du nun besser, weshalb ich mir die Gelegenheit, auch mal ein bisschen Spaß zu haben, nicht entgehen lassen mochte.«

Frieda nickte beschämt. »Hm … Hattet ihr denn wenigstens Spaß, abgesehen von der Schlägerei?«

»Jupp! Es war sehr lustig, wir haben viel gelacht.« Rieka lächelte verschmitzt. Doch gleich darauf verdüsterte sich ihr Gesicht. »Bis dieser eingebildete Militärpolizist aufgetaucht ist. Du glaubst nicht, wie der mich behandelt hat. Als wäre ich ein dummes kleines Mädchen. Dir müsste man den Hintern versohlen, hat er gesagt. So eine Frechheit! Gehört sich das für einen Polizisten?« Sie riss eine Löwenzahnpflanze samt Wurzeln aus.

»Ach«, merkte Frieda an. »Der sah aber nicht schlecht aus.«

»Na und? Dem musste mal jemand die Meinung sagen. Der war so eingenommen von sich selbst! Nur weil er nicht schlecht aussieht – phh!«

»Oje«, Frieda schwante etwas. »Und du hast ihm die Meinung gesagt? Was genau, bitte, hast du ihm gesagt?«

»Dass er ein langweiliger Spießbürger ist!«

Frieda verkniff sich ein Grinsen. Das musste ja ein denkwürdiger Auftritt gewesen sein.

»Also nein, Rieka«, sagte sie besonders streng. »So geht's wirklich nicht.«

Rieka zuckte mit den Schultern und rupfte weiter Grünfutter. Die Sonnenstrahlen fielen abendlich milde auf die Wiese und ließen die Spitzen von Kräutern und Gräsern rötlich bis braungolden leuchten. Frieda staunte nicht schlecht, als sich über dem Kopf ihrer Schwester ein sepiafarbenes Bildoval zu formen begann und immer klarer wurde. Mit angehaltenem Atem fixierte ihr Blick das Phänomen. Seit einer gefühlten Ewigkeit war es ihr nicht mehr geschehen. Endlich erkannte sie das Paar auf dem imaginären Hochzeitsfoto – Rieka und der Militärpolizist, er in einer ihr unbekannten Uniform.

Während sie noch verblüfft im Bann ihrer Vision verharrte, fragte Rieka: »Was ist? Warum guckst du so komisch?«

Frieda schluckte. Sie bemühte sich um einen neutralen Gesichtsausdruck. »Was? Ach so, nichts Besonderes. Da tanzte nur gerade ein Mückenschwarm direkt über deinem Kopf.«

In bester Harmonie und mit gefülltem Futterbeutel wanderten die Schwestern zurück. Frieda verabschiedete sich noch kurz von den Eltern und der Großmutter, dann ging sie nach Hause. Sie machte allerdings einen Umweg über den Damenpfad, um bei Grete zu klingeln.

»Du«, sagte sie an der Haustür, »ich wollte dir nur sagen, dass ich am Sonntag doch mitkomme.« Mit wenigen Sätzen vertraute sie ihrer Freundin an, was sie gerade gesehen hatte. »Martin kann uns sicher helfen, den Namen des netten Militärpolizisten in Erfahrung zu bringen.«

Grete lächelte. »Oh, wie herrlich, meine liebe Frieda«, rief sie verschmitzt. »Endlich bist du wieder ganz die Alte – du denkst ans Verkuppeln!«

Grete

Sie und Frieda nahmen Martin in ihre Mitte. Es war eine illustre Gesellschaft, die sich an zwei langen, eigens für diesen Anlass aufgebauten Kaffeetafeln in der Flughalle zusammengefunden hatte. So befand sich unter den stolzen neuen Piloten auch der Sohn des bulgarischen Ministerpräsidenten. Damen mit großen Hüten betrieben Konversation, Grete besann sich auf ihre Erziehung und parlierte mehrsprachig. Einige Gäste ließen sich mit den Wasserflugzeugen fotografieren, die kecke Schwester eines Fliegers posierte übermütig vor einem Propeller.

Frieda, die schöne blonde Ostfriesin im Witwengewand, erweckte Neugier. Interessiert, aber schweigsam genoss sie Kaffee und Kuchen. Niemand erwartete von der Trauernden, dass sie sich an den Gesprächen beteiligte. Und keiner der Männer wagte es, sie anzusprechen. Sie blieb sitzen, als Martin eine kleine Führung anbot.

So ging Grete allein mit ihm zur *Gotha*. Das größte Flugzeug, das sie je gesehen hatte, stand auf der weitläufigen Plattform, von der aus mittlerweile drei Ablaufbahnen zum Wasser führten. Martin machte sie darauf aufmerksam, dass anders als üblich der obere Tragflügel am Rumpf befestigt war.

»Ich bin sie inzwischen ein paarmal geflogen«, berichtete er. »Aber ich halte sie nicht für sonderlich nordseetauglich. Der Seegang ist zu stark für so ein großes Wasserflugzeug.«

»Wie schade, deine anfängliche Begeisterung ist ja schnell verflogen.«

»Verflogen, in der Tat.« Er lächelte. »Willst du mal einsteigen und Probe sitzen?«

»Na klar!« Sportlich erklomm sie den Pilotensitz, er schwang sich auf den Platz für den Co-Piloten. Es gab noch einen dritten Sitz. »Ach, da hätte Frieda ja auch mit reingepasst.« Grete lachte.

»So ist es mir lieber«, sagte Martin und schaute sie fasziniert an. »Meine Begeisterung für dich nimmt nämlich weiter zu.«

Sie errötete. »Martin! Das haben wir doch schon geklärt …«

Er hob die Hände. »Ich weiß, ich weiß … Aber solltest du je deine Meinung ändern, bin ich der Erste, der auf deiner Tanzkarte steht.«

Sie lächelte nachsichtig. Natürlich fühlte sie sich geschmeichelt. »Komm, lass uns zurückgehen, es werden gerade Gruppenfotos gemacht.«

Bevor der Nachmittag ausklang, fragte Frieda Martin noch nach dem Militärpolizisten. Er kannte dessen Namen, Gerd Stapelfeld, und wusste auch, wo er meist anzutreffen war.

Einer der russischen Kriegsgefangenen kämpfte tagelang mit dem Tod. Grete wechselte sich mit Schwester Gertrud bei seiner Pflege ab. Sie taten alles, um sein Fieber zu senken. Schon ein paar Monate zuvor war es Grete gelungen, Dr. Wachsmuth davon zu überzeugen, dass man die schwer kranken Russen nicht auf der versifften Krankenstation lassen durfte, die sich neben deren Unterkunft nahe der Großwäscherei befand. Im Seehospizlazarett erfuhren sie die gleiche Behandlung wie deutsche Soldaten. Aber sie litten stärker an Unterernährung als die ausgemergelten Insulaner. Das machte es schwieriger.

Nach vier Tagen schien der Russe über den Berg zu sein. Jedenfalls war er wieder bei Bewusstsein.

»Ich Wladimir.« Er lächelte sogar, ein junger Kerl noch. Stolz zeigte er ihr ein Foto seiner Eltern, Geschwister und einer jungen Frau. »Dascha!«, sagte er liebevoll.

Ein paarmal hatten sie Kriegsgefangene aus Sibirien schon wieder gesund bekommen. Vier allerdings waren seit Mai gestorben. Lungenentzündung oder Herzschwäche hatte der Arzt auf ihren Totenschein geschrieben. Jedes Mal, wenn einer nach den Regeln der russisch-orthodoxen Kirche beigesetzt wurde, sangen seine Landsmänner. Sehr traurig und sehr schön. Etliche Insulanerinnen begaben sich dann in die Nähe des Friedhofs, um zu lauschen.

Grete verabschiedete sich an diesem Abend mit großer Hoffnung von Wladimir. Sie brach früher auf als sonst, weil sie noch eine Verabredung mit Frieda hatte.

»Der Arzt sagt, Sie sind über den Berg, Wladimir«, sagte sie. »Schlafen Sie gut. Bis morgen!«

»Bis morgen, Schwester Grete.«

Noch auf dem Weg zum Inselsalon sah sie sein dankbares Lächeln vor sich. Vielleicht benötigten Max oder ihre Brüder auch Hilfe im Feindesland. Sie hoffte, dass sie dann an eine Frau gerieten, die dachte wie sie.

»Hallo, Grete!« Frieda erwartete sie schon ausgehfertig mit Hut und Korb. »Du kommst genau richtig, mein Auflauf ist gerade fertig, und lauwarm schmeckt er doch am besten.«

Wie versprochen begleitete sie ihre Freundin zu dem Posten, wo der Militärpolizist Gerd Stapelfeld Dienst tat.

»Ich möchte mich noch mal bei Ihnen bedanken.« Lächelnd reichte Frieda Gerd Stapelfeld ein großes Stück ihres legendären Cherry Cobblers, der diesmal zum Mirabellenauflauf mutiert war, weil es keine Kirschen gab. Sie hatte ihn im Korb zwischen zwei Suppentellern transportiert und auch einen Löffel dabei.

»Meinen Sie nicht, dass das jetzt Bestechung ist?«, fragte Stapelfeld.

»Wenn man es nachträglich gibt, dann kann es unmöglich Bestechung sein«, erwiderte Frieda im Brustton der Überzeugung. »Und wenn Sie das Beweisstück sofort vernichten würden, könnte ich meine Teller gleich wieder mitnehmen.«

Der mit Honig gesüßte Auflauf sah zum Reinbeißen aus. Einen Augenblick zögerte der Militärpolizist, dann schaute er sich schnell nach allen Seiten um, nahm den Löffel und begann zu essen. Während sein Gesicht mehr und mehr an militärischer Strenge verlor, plauderte Frieda ganz unverfänglich weiter. Um nicht zu stören, tat Grete so, als würde sie hauptsächlich den Flug der Möwen studieren. Sie trug ihre Schwesterntracht, was ihr gewöhnlich eine respektvolle Behandlung verschaffte.

»Sie sind nicht von hier, oder?«, fragte Frieda.

»Nein, ich komme aus Augustfehn. Der Ort liegt an der Grenze zu Ostfriesland, im Oldenburger Land.«

»Oh, eines der Fehndörfer! Meine Schwiegermutter hat dort Verwandtschaft, sie schwärmt immer vom Zusammenhalt der Fehntjer«, sagte Frieda. »Dann ist es hier ziemlich fremd und vielleicht etwas eintönig für Sie, oder? Wir Insulaner kennen uns schließlich alle untereinander, wir haben ja auch unsere Vereine und so.«

»Hm …« Der Polizist löffelte eifrig.

»Mir fiel es am Anfang jedenfalls nicht leicht, mich einzuleben«, steuerte Grete bei. »Eigentlich komme ich aus Berlin.«

Frieda erwähnte, dass am Sonnabend eine Aufführung von Insulanern im Gemeindehaus stattfände. »Je mehr Besucher kommen, desto mehr freuen sie sich. Die Frauen und ein paar Männer ziehen sich traditionelle Trachten und andere historische Kostüme an, sie holen alte Möbel, ausgedientes Arbeitsgerät und überkommendes Geschirr hervor und stellen alles zu hübsch arrangierten lebendigen Bildern der Vergangenheit zusammen.«

»Das ist wirklich interessant, sie proben lange dafür. Es gibt immer mehrere Bilder pro Abend«, warf Grete ein. »Man erfährt dabei einiges über die bewegte Historie des Seebads.«

Frieda lächelte. »Meine Schwester macht auch mit. Und ich glaub, sie würde sich gerne bei Ihnen entschuldigen, wenn sich dafür eine Gelegenheit ergäbe. Es tut ihr leid, was sie neulich zu Ihnen gesagt hat. Von wegen Spießbürger und so.«

Grete mischte sich wieder ein. »Aber sie ist zu schüchtern.«

»Schüchtern? Die freche Krabbe?«, wiederholte Gerd Stapelfeld ironisch.

»Ja. Der ungewohnte Alkohol hat sie vielleicht … Sie schämt sich ein bisschen. Sie wissen doch, wie junge Frolleins so sind.«

»Naja.« Er hatte inzwischen den Auflauf vertilgt. »Köstlich! Lange nicht so was Leckeres gegessen.«

Offenbar erwog er, den Teller abzulecken. Grete beobachtete, wie Frieda ein Lächeln unterdrückte.

»Sie stehen natürlich ganz souverän darüber«, fuhr Grete fort. »Aber für ein junges Mädchen kann so ein kleiner Zwischenfall schon ziemlich bedrückend sein. Vor allem, weil Sie ja in Wirklichkeit alles andere als ein Spießbürger sind …« Sie ließ den Satz unvollendet, zwinkerte dafür vielsagend.

»Mal sehen.« Er gab Frieda Teller und Löffel zurück. »Danke jedenfalls.«

Als sie nach Hause spazierten, fragte Grete Frieda, was sie denn Rieka erzählen wolle. »Och«, erklärte Frieda mit unschuldigem Augenaufschlag. »Ich sag ihr, dass Gerd Stapelfeld sie in Wirklichkeit sehr niedlich findet und nur aus Sorge um ein süßes junges Mädchen überreagiert hat. Dass es ihm inzwischen leidtut, wie er sie angefahren hat …«

»… und dass er es ihr gerne sagen würde, falls sich dafür eine Gelegenheit böte?« Kopfschüttelnd lachte Grete auf. »Na, hoffentlich geht dein Plan auf!«

»Warten wir's ab«, antwortete Frieda vergnügt. »Aber ich denke schon. Schließlich hab ich sie ganz deutlich als Paar gesehen. Er trug allerdings eine andere Uniform. Egal. Kommst du noch mit zu meiner Familie?« Sie stupste sie mit dem Ellbogen an. »Dodo ist überraschend für ein paar Tage auf Heimaturlaub. Er freut sich bestimmt, dich zu sehen.«

Grete hatte nichts Besonderes vor, und ein bisschen Familienleben würde ihr sicher guttun. »Gerne, wenn ich deine Pläne damit nicht störe.«

»Überhaupt nicht. Ich nehm Rieka einfach kurz zur Seite und rede mit ihr.«

Es wurde ein langer Abend mit guten Gesprächen. Dodo berichtete, dass sich einige seiner Kameraden im Sommer erstmals geweigert hätten, Befehle auszuführen. »Weil unsere Versorgung unter aller Kanone ist und weil wir Vorgesetzte haben, die arrogante Arschlöcher sind. Um ein Haar hätte ich mitgemacht.«

Es gäre unter den Matrosen, sagte er. Sie wollten den Frieden, nur die Seeoffiziere wollten Krieg. Die meuternden Männer, Matrosen und Heizer, seien verhaftet worden. Die beiden Anführer sollten demnächst vors Kriegsgericht gestellt werden.

»Junge, sei bloß vorsichtig!«, mahnte Meta Dirks. »Sie schicken dich sonst noch an die Front.«

»Womit wollen sie uns denn Angst machen?«, spottete Dodo. »Mit verdorbenem Essen und unmenschlicher Behandlung müssen wir doch jetzt schon leben.«

»Sie können dich ins Zuchthaus schicken oder sogar an die Wand stellen«, sagte der alte Dirks. »Tu uns das nicht an, min Jung.«

Dodo verdrehte die Augen. »Grete«, lenkte er ab. »Erzähl mal, was bei dir so los ist. Wann kommt dein Mann endlich?«

Sie seufzte tief. »Das wissen die Götter. Das letzte Mal, als Heimaturlaub angekündigt war, brach in seinem Lazarett Typhus aus. Zum Glück hat er es gut überstanden.«

»Na, bald muss das ja mal klappen«, meinte Meta Dirks aufmunternd. »Er steht doch jetzt wirklich ganz oben auf der Liste.«

Grete nickte und spürte einen dicken Kloß im Hals. Sie wusste inzwischen nicht mehr, ob es überhaupt noch so sein konnte, wie sie es sich seit gut drei Jahren Tag für Tag, Nacht für Nacht erträumten. Ob er so war, wie sie glaubte. Ob sie seine Erwartungen würde erfüllen können. Sie bekam immer mehr Angst vor der ersehnten Begegnung.

Am folgenden Vormittag verlor Wladimir wieder das Bewusstsein. Dr. Wachsmuth schüttelte den Kopf. »Wir können nichts mehr für ihn tun.«

»Dascha, Dascha!«, flüsterte der Russe im Fieber, rastlos, angsterfüllt.

Er schien Grete für jene Dascha zu halten. Sie gab ihm ihre Hand – und er beruhigte sich. Als er sein Leben aushauchte, hielt er sie noch immer. Grete lief eine Träne die Wange hinunter.

»Das is' nu' seit Mai schon der fünfte Sibirjake«, sagte Schwester Gertrud. Sie löste die Hände voneinander. »Na, nun nimm et mal nicht zu schwer, Grete. Hilf mir lieber, ihn umzulegen und das Bett neu zu beziehen.«

Einen Tag später wurde Wladimir beigesetzt. Grete kämpfte sich durch ihren Frühdienst. Es gab öfter Tote im Lazarett, sie hätte längst dran gewöhnt sein müssen. Aber manche Schicksale gingen einem eben doch näher als andere. Erschöpfter als sonst machte sie sich auf den Heimweg. Als sie in der Ferne einen Männerchor singen hörte, blieb sie stehen. Die Melodie und die tiefen Stimmen trafen sie mitten ins Herz. Der Wind trug die russische Version von *Ich bete an die Macht der Liebe* über die Insel.

Zu Hause machte Grete Wasser warm und seifte sich am Waschtisch verboten verschwenderisch von Kopf bis Fuß ein. Man durfte nicht viel nachdenken. Sonst war es nicht mehr auszuhalten.

An diesem Tag hatte sie noch nicht an Max geschrieben, und sie fühlte sich auch noch zu schwach dafür, als sie in frischer Kleidung ihren Lieblingssessel näher ans Balkonfenster schob. Erst wollte sie das spärliche Abendmahl einnehmen, wenigstens mit Seeblick. Gerade als sie saß, schellte es. Sie öffnete die Wohnungstür. Der Postbote, ein alter Mann, stand schon auf dem Flur. Er reichte ihr ein Telegramm.

»Es ist vielleicht besser, wenn Sie …«, hob er mit besorgter Miene an. Doch sie riss den Umschlag sofort auf und las. *Oberstabsarzt Dr. Max Lubinus gestern auf dem Felde der Ehre gefallen. Brief folgt.* Gezeichnet vom Major seines Bataillons.

Grete starrte auf das Telegramm. … *Dr. Max Lubinus gestern auf dem Felde der Ehre* … Ihre Knie gaben nach, und ihr wurde schwarz vor Augen.

Als sie wieder zu Bewusstsein kam, lag sie auf ihrem Bett. Der Telegrammbote hatte offenbar die Vermieterin gerufen, und die beiden hatten sie dorthin geschafft.

»Was …?«

»Sie waren nur kurz weg«, sagte die Hausherrin. Ihr neugieriger Blick streifte das Telegramm, das auf dem Boden vor dem Sessel lag. »Soll ich Dr. Seut rufen?«

»Nein. Danke.« Grete richtete den Oberkörper halb auf. Dumpf, wie betäubt fühlte sie sich. »Bitte … lassen Sie mich allein.«

»Oder Ihre Freundin, Frau Fisser?«

»Bitte. Ich will allein sein.«

Scheu traten ihre Helfer den Rückzug an. Grete stand auf, schenkte sich ein Glas Wasser ein und setzte sich in ihren Sessel. Das kann nicht sein, dachte sie. Ich hätte es doch spüren müssen. Aber ich hab überhaupt nichts, nicht den kleinsten Hauch … Nein, nein, nein! Es ist nicht wahr. Mein Herz hätte von seinem letzten Herzschlag gewusst, in derselben Sekunde. Nicht einmal meine Uhr ist stehen geblieben.

Sie griff wieder nach dem Telegramm. Und wenn es doch wahr wäre? Max gefallen. Tot. Er käme nie wieder zurück, sie würde ihn niemals mehr sehen, in ihre Arme schließen und küssen können? Ihr ganzes langes gemeinsames Leben, von dem sie immer geträumt hatte, würde nicht stattfinden? Ein ungeheurer Schmerz schnitt ihr durchs Herz. Auf ihre Brust senkte sich eine derart schwere Last, dass sie kaum noch Luft bekam. So konnte man doch nicht leben, nicht weiterleben …

Wenn er wirklich tot ist, dachte sie, dann will ich auch sterben. Ich werde ihm folgen. Bitte, Gott, diesen Schmerz ertrage ich nicht, lass mich auf der Stelle auch sterben! Dann dachte sie nicht mehr, sondern empfand nur noch Entsetzen. Sie hörte einen tierischen Verzweiflungsschrei, begriff kaum, dass sie es war, die ihn ausgestoßen hatte.

Später irgendwann war Frieda da – sie selbst lag wieder im Bett – und stellte ihr einen Tee auf den Nachttisch.

»Es kann nicht sein«, flüsterte Grete flehentlich. »Es muss sich anders aufklären.« Frieda setzte sich auf die Bettkante. Ihr Blick spiegelte abgrundtiefes Mitgefühl, ihr Gesicht war tränenüberströmt. Sie antwortete nicht, nahm nur ruhig ihre Linke zwischen beide Hände. »Der Brief«, Gretes Stimme klang rau, »im Telegramm ist ein Brief angekündigt. Ich will wissen, was passiert ist.« Vielleicht enthielt die ausführliche Schilderung ja irgendeine Information, die ihr doch Grund zur Hoffnung geben könnte. Es war zwar völlig irrational, aber an diese Vorstellung klammerte sie sich.

»Ich hab dir eine Gemüsesuppe gemacht«, sagte Frieda. »Du solltest etwas essen. Möchtest du jetzt?«

Grete schüttelte den Kopf. Sie würde nie wieder essen können. »Wenn ich wenigstens ein Kind von ihm hätte …«

»Die Suppe steht auf dem Herd«, sagte Frieda hilflos. »Ach, könnte ich dir doch nur helfen!«, platzte es dann aus ihr heraus. »Es ist so schrecklich, es tut mir so leid.« Geräuschvoll zog sie die Nase hoch.

»Danke. Geh ruhig.« Grete sank tiefer in ihr Kissen, krümmte sich zusammen, sie wollte nur allein sein.

»Versprich mir, dass du dir nichts antust«, verlangte Frieda. Grete schloss die Augen und zog die Bettdecke über den Kopf. Sobald ich die Kraft dazu aufbringe, nahm sie sich vor, werde ich mich umbringen. »Ich geh nicht, wenn du es nicht versprichst«, hörte sie Friedas Stimme durch die Decke hindurch. Sie reagierte nicht. Plötzlich wurde die Decke fortgerissen. Frieda sah sie aufgebracht an. »Bitte, Grete! Ich schwöre dir, dass ich sonst hierbleibe.«

»Geh nach Haus«, murmelte sie.

»Du tust dir nichts an?«

»Diese Woche nicht.«

»Schwör es!«

»Hau – endlich – ab!«

Frieda stand auf und ging zur Tür. »Ich sag im Lazarett Bescheid. Und morgen komm ich wieder«, kündigte sie an, bevor sie die Wohnung verließ.

Kaum war die Tür ins Schloss gefallen, brach es aus Grete heraus. Sie weinte, wimmerte und schrie, bis sie sich übergeben musste.

Als Frieda am nächsten Tag wieder vorbeikam, war der Brief noch nicht eingetroffen. Grete, in Nachthemd und Morgenmantel, leergeweint und leichenblass, registrierte ihre Anwesenheit kaum. Sie hielt aus. Das Aushalten verzehrte alle Lebenskraft.

Frieda zwang sie, ein Stück Hartbrot Häppchen für Häppchen in Ersatztee getunkt zu essen.

»Ich muss mich um seinen Nachlass kümmern«, sagte Grete auf einmal. Es war ihr erster klarer Gedanke an diesem Tag. Sie konnte sich gar nicht nächste Woche umbringen. »Unsere gemeinsame Studie, die Unterlagen sind noch nicht komplett ausgewertet. Die müssen nach dem Krieg veröffentlicht werden.«

»Richtig«, bestärkte Frieda sie überrascht. »Seine jahrelange Arbeit darf nicht vergebens gewesen sein.«

»Ich liebe ihn ja nicht nur wegen der Gefühle zwischen uns, weißt du«, erklärte Grete. »Sondern auch, weil … Max hat mich meine Vernunft entdecken lassen.«

Die wollte sie nutzen, zu seinen Ehren. Das war sie ihm schuldig. Danach konnte sie sich immer noch das Leben nehmen.

»Ja«, stimmte Frieda ihr zu. »Das ist viel wert.«

Frieda

Der Salon war bei ihrer Rückkehr schon geschlossen, aber es brannte noch Licht. Eimer, Schrubber und Wischlappen standen verwaist im Verkaufsraum. Frieda ging hinein. Sie ertappte Else in einer Kabine des Damensalons dabei, wie sie vor dem Spiegel Brautschmuck ausprobierte.

»Oh, tut mir leid!«

Das Hausmädchen schreckte zusammen, lief rot an und nahm einen Reif mit weißen Kunstblüten aus dem dunkelblonden Haar. Ihr Knoten, der wie bei der frommen Helene straff oben auf dem Kopf zusammengefriemelt war, erinnerte an einen Meisenknödel, ein paar Strähnen hatten sich daraus gelöst. Ihre Miene verriet, dass sie ein Donnerwetter erwartete.

Normalerweise hätte Frieda sie auch zurechtgewiesen. Aber sie war so traurig wegen Grete und Max, dass sie nicht schimpfen mochte.

»Hast du dir wenigstens vorher die Hände gewaschen?«, fragte sie. »Sonst können wir das nicht mehr verkaufen.«

»Hab ich«, druckste Else. »Es ist ja bloß, ich wollte auch mal …«

Frieda sah sie aufmerksamer an. Eigentlich hatte das Hausmädchen schöne Augen, nur wirkte alles an ihr so achtlos zurechtgemacht, mittelmäßig, gerade noch zumutbar. Die kräftigen Brauen drückten auf den Blick, und der Damenbart war unansehnlich. Mittlerweile war Else schon Ende zwanzig und noch immer nicht verheiratet. Sie erledigte jeden Tag zuverlässig ihre Arbeit, gehörte einerseits zur Familie, andererseits nicht. Ihr Freund, der Bierkutscher Gerrelt, kämpfte an der Westfront.

»Hat er dich noch immer nicht gefragt?«

Else schüttelte den Kopf. »Aber er kommt bald auf Heimaturlaub. Vielleicht …«

»So. Na, den wollen wir doch mal auf Ideen bringen«, sagte Frieda plötzlich entschlossen. »Jetzt setz dich richtig auf den Friseurstuhl, Else, und lehn dich zurück.«

Else protestierte, aber nach einer Weile genoss sie es, von Frieda schön gemacht zu werden. Und Frieda war dankbar für die Ablenkung. Dies hier war eine Aufgabe, die sie lösen konnte. Sie wusch das Haar, machte eine aufhellende Kamillenspülung, gab ihr Geheimmittel für mehr Glanz ins Haar. Um Stirn und Schläfen schnitt sie einige Strähnen fingerkurz. Dann trocknete und ondulierte sie das Haar. Einige Locken rahmten nun das Gesicht ein und ließen es gleich viel weicher erscheinen. Frieda toupierte das Haar leicht an, nicht übertrieben, nur so, dass die Kopfform hübscher wirkte, und band es tiefer am Hinterkopf zusammen. Über den dürftigen Knoten setzte sie einen künstlichen Lockentuff in der gleichen Farbe. Mit einer Pinzette zupfte sie dem Hausmädchen die Augenbrauen. Else wehrte sich, sie schrie ein paarmal leise auf. Aber die Prozedur sorgte für einen überzeugenden Unterschied. Und deshalb durfte Frieda ihr dann auch noch den Damenbart entfernen.

Else betastete ihr seidiges Haar, befühlte die glatte gerötete Haut über der Oberlippe. Ungläubig betrachtete sie ihr Spiegelbild. »Ich seh ja aus wie eine Dame«, hauchte sie.

»Die Rötung geht vorbei. Und das kleine Haarteil schenk ich dir«, sagte Frieda. »Also, wenn Gerrelt jetzt nicht anbeißt, dann weiß ich auch nicht.«

Als sie an diesem Abend ins Bett ging, hatte sie wenigstens einen Menschen glücklich gemacht. Doch nun fiel ihr das Unglück ihrer Freundin wieder ein, und das senkte sich schwer wie eine Ladung Schlick auf ihre Brust. Für Grete konnte sie jetzt nur beten.

Grete

Am dritten Tag nach der verheerenden Nachricht schellte es nachmittags an der Tür, und Grete hoffte, dass nun der Brief einträfe. Ihr Blick streifte den Spiegel. Sie sah grauenvoll aus. Aufgedunsenes Gesicht, gerötete Augen, das Haar hing unfrisiert herab. Egal. Sie öffnete und glaubte sekundenlang, dass die Trauer sie nun vollends verrückt gemacht haben musste. Vor ihr stand ein Mann in Uniform, rotes Kreuz am linken Oberarm, mit stoppeligen, etwas eingefallenen Wangen, der aussah wie Max. Er wirkte aber ganz lebendig, nicht wie eine dieser ätherischen Visionen, die Frieda gelegentlich erschienen. Dieser Mann war eindeutig aus Fleisch und Blut. Ihre Blicke trafen und verhakten sich, seine braunen Augen glühten.

Er war hier. Ihr Mann. Max stand vor ihr, nur wenige Zentimeter entfernt. Und er atmete, sie konnte seine Wärme spüren.

»Grete!«, sagte er heiser. Kein Gespenst.

Mit zitternder Hand tastete sie nach seinem Oberarm. Fühlte Widerstand, den kratzigen Stoff, darunter Muskeln – er löste sich nicht auf.

Ihre Lippen formten seinen Namen. Max. Aber sie brachte keinen Ton heraus. Sie versuchte es noch einmal. Max, was machst du denn hier?, wollte sie ausrufen. Ich dachte, du wärst tot! Doch ihre Stimme versagte ihr den Dienst.

»Meine Grete …«

Behutsam legte Max seine Hände auf ihre Schultern, er zog sie näher an sich heran, und mit einem unbeschreiblichen Gefühl sank sie an seine Brust.

Diese Explosion in ihrem Innern! Wie sich alles weitete und hell wurde – das Paradies konnte nicht schöner sein.

Es hatte ihr, im wahren Wortsinn, die Sprache verschlagen. Immer wieder versuchte sie zu sprechen, blieb aber stumm, brachte höchstens seltsame Luftgeräusche hervor.

»Das kann schon mal vorkommen bei großen seelischen Erschütterungen«, erklärte Max. Er kehrte, wohl um nicht von seiner eigenen Rührung übermannt zu werden, gleich den Arzt hervor. »Das geht genauso schnell wieder weg, wie es kommt.«

Grete reichte ihm das Telegramm.

»Ein Versehen, ganz offensichtlich«, sagte er kopfschüttelnd. »O Gott, was hast du durchgemacht, mein armes Mädchen!«

Erneut schloss er sie in seine Arme, und sie verloren jedes Zeitgefühl.

Sein Magenknurren holte sie irgendwann in die Gegenwart zurück. Natürlich, er hat Hunger, dachte Grete. Und es war kaum was zu essen im Haus. Ihr Blick fiel auf den Herd. Frieda hatte ihr mittags einen Graupeneintopf mit etwas Hühnerfleisch gebracht, den sie nicht angerührt hatte. Schnell zündete sie die Flamme des Gasherds an. Dann suchte sie nach Zettel und Stift. Irgendwie musste sie doch mit Max kommunizieren.

»Entschuldige«, sagte Max, »ich war drei Tage mit der

Bahn unterwegs, hab die letzte Nacht auf einem Bahnhof verbracht. Mein Anschlusszug ist ausgefallen, weil's nicht mehr genügend Kohlen gibt. Wahrscheinlich stinke ich wie ein Iltis. Ich muss dringend in eine Wanne.« Grete goss Wasser in die Waschschale, legte Seifenreste und ein frisches Handtuch daneben, damit Max sich wenigstens notdürftig säubern konnte.

Dann setzte sie sich an den Küchentisch. *Wie lange?*, schrieb sie mit Bleistift.

Max nahm ihr gegenüber Platz.

»Wie lange die Sprachlosigkeit bleibt?«, fragte er. »Unterschiedlich, es kann Stunden oder Tage dauern.«

Sie schüttelte den Kopf. … *bleibst du?*, fügte sie dem Geschriebenen hinzu.

»Zwei Wochen.« Sie atmete tief durch und sah ihn glücklich an. Sie wollte ihn einfach immer nur ansehen. Alles Wichtige konnten sie doch in den Augen lesen. »Eine Ewigkeit«, sagte er mit brüchiger Stimme.

Sie weinte, diesmal waren es Freudentränen, und ihre Blicke blieben verbunden.

Während Max im Warmbadehaus war, machte Grete sich im Etagenbad, das am Ende ihres Flurs lag, zurecht. Der Eintopf war ratzfatz verputzt gewesen. Sie zog ihr schönstes Kleid an, lief zum nächsten Kolonialwarenladen und löste sämtliche Berechtigungsmarken für Lebensmittel ein. Schellfisch, Kartoffeln, Margarine, Kunsthonig, Brot.

Ihre Vermieterin ließ ihr durch zwei Mittelschüler, die ihr gelegentlich zur Hand gingen, ein zweites Bett mit Kissen und frisch bezogener Decke ins Zimmer stellen. Die Jungen schoben es neben ihr Einzelbett. Man sah, dass beide Betten zusammengehörten. Auf dem Herd dampfte es, als Max glatt rasiert und noch rosig vom heißen Bad zurückkehrte.

»So langsam fühl ich mich wieder wie ein Mensch«, sagte er. »Aber ich erkenne Norderney kaum wieder.«

Liebevoll lächelte sie ihn an. Sie hörte so gern den Klang seiner Stimme. Es war fast egal, was er sagte.

Sie deckte den Tisch. Er schnürte seine Stiefel auf, zog sie aus, legte seine Uniformjacke ab und setzte sich. Während sie aßen, hielten sie immer wieder inne, um sich anzusehen.

Max wirkte älter als vierunddreißig. Er strahlte mehr Entschlossenheit aus als früher, aber auch tiefe Ernüchterung und Erschöpfung. Drei Jahre Krieg lagen zwischen ihrer Erinnerung und der Wirklichkeit. Trotzdem war er ihr nicht fremd geworden, wahrscheinlich dank des offenen Austausches ihrer Gedanken, Gefühle und Erlebnisse per Feldpost. In diesen Minuten allerdings wuchs die Befangenheit zwischen ihnen.

Erst nach dem Essen registrierte Max, dass ein zweites Bett aufgestellt worden war. Grete machte eine einladende Geste.

»Ich kann ja mal kurz probieren, wie's sich darin liegt«, scherzte er und streckte sich der Länge nach darauf aus. Innerhalb einer Minute schlief er tief und fest.

Grete räumte so leise wie möglich ab. Aber wahrscheinlich hätte ein Doppeldecker direkt an ihrem Balkon vorüberfliegen können, ohne diesen Schlaf zu stören. An der Tür raschelte es. Jemand schob einen Brief darunter hindurch.

Er enthielt die Schilderung von Max' – angeblichen – Todesumständen. Demnach war ein mit Stämmen gedeckter

Sanitätsunterstand, in dem man auch Oberstabsarzt Dr. Max Lubinus wähnte, durch den Feuerüberfall gegnerischer Geschütze vernichtet worden. Die durch mehrere Explosionen getöteten Soldaten, Verwundeten und Sanitäter seien nicht mehr zu identifizieren gewesen. *Es ist alles sehr schnell gegangen,* stand da noch vor den Lobpreisungen des Gefallenen und ausführlichen Beileidsbekundungen. *Er hat nicht lange gelitten.*

Es war erst gegen acht Uhr abends, aber schon dunkel. Grete schaute hinaus. Um Haaresbreite hätte es ihn wirklich erwischt. Wie ungeheuerlich fühlte es sich an, wenn man die Volten des Schicksals am eigenen Leib erfuhr. Der Oktoberwind heulte im Schornstein, irgendwo klapperten Fensterläden. Auf dem Posten Marienhöhe gaben Soldaten mit Blinkscheinwerfern im Morsealphabet Befehle an vorüberfahrende Schiffe weiter.

Grete ließ die Vorhänge auf, damit der Mond und die Sterne, die sich immer wieder zwischen den Wolken zeigten, ins Zimmer leuchten konnten. Sie zog ihr langes Nachthemd an und ging ebenfalls zu Bett. Anfangs lag sie auf ihrer Hälfte und studierte das tiefenentspannte Gesicht ihres Mannes. Sie musste lächeln, weil sein frisch gewaschenes Haar wieder wie früher wild abstand. Dann schlüpfte sie zu ihm unter die Decke. Sie schmiegte sich rücklings an ihn, im Schlaf schlang er seine Arme mit einem zufriedenen Brummeln um sie, und so verbrachten sie die Nacht ähnlich wie jene vor seiner Einberufung. Damals hatte sie versucht, sich jedes Detail einzuprägen. Aber man konnte es sich nicht merken, das begriff sie jetzt. In Wirklichkeit kamen Dimensionen der Empfindung hinzu, die sich einfach nicht konservieren ließen.

Am folgenden Vormittag stattete Frieda ihnen einen Blitzbesuch ab. Sie weigerte sich, Platz zu nehmen.

»Ich will euch überhaupt nicht stören«, rief sie. »Aber ich musste mich einfach davon überzeugen, dass es stimmt, was die Leute sagen. Ein Wunder!« Sie fiel Max um den Hals. »Was für ein Glück! Du lebst! Deine Frau wäre beinahe gestorben vor Kummer.« Dass Grete keinen Ton von sich gab, fiel ihr wohl nicht auf. »Max, hast du auf irgendwas einen dollen Jieper? Ich setz Himmel und Hölle in Bewegung, um es zu besorgen.«

»Danke.« Seine Stimme klang ebenso gerührt wie belustigt. »Ich hab alles, wovon ich geträumt habe. Außer vielleicht – naja, so'n richtigen Ostfriesentee würde ich gern mal wieder trinken. Aber ich glaube, das ist derzeit ein Ding der Unmöglichkeit.«

»Ist wirklich schwierig«, gab Frieda zu. Sie umarmte nun auch Grete. »Ich freu mich so mit dir!« Ihr sprangen Glückstränen aus den Augen. »Gut, ihr zwei habt jetzt sicher was Besseres zu tun, als mit mir zu plaudern. Bin auch schon wieder weg.« Sie eilte zur Tür, wandte sich noch mal um und lächelte spitzbübisch. »Eins muss ich dir aber schnell sagen, Grete – Rieka und der Militärpolizist waren gestern Abend zusammen im Kino.« Sie zwinkerte ihr zu. »Tschühüss!«

Erzähl mir, was du erlebt hast, schrieb Grete auf ihren Konversationszettel. Max hatte inzwischen den Brief seines Majors gelesen.

»Ich war dort, das stimmt«, sagte er, »ich bin nur früher als vorgesehen mit dem Fahrer zum Bahnhof aufgebrochen.«

Warum?

»Mein Heimaturlaub stand bevor. Diesmal hab ich dir absichtlich vorher nichts verraten, weil ich dich überraschen wollte. Und du solltest nicht enttäuscht werden, falls doch wieder was dazwischengekommen wäre.«

Grete musterte ihn aufmerksam. Ihr schien, als wäre das nicht die ganze Erklärung. Sie nahm den Stift und unterstrich das Warum.

Sein Blick wich ihrem aus, er schaute zur stuckverzierten Decke hoch. »Ich hab's dort nicht mehr ausgehalten!« Er sog scharf Luft ein. »Man sagt, dass wir durch unsere Arbeit abstumpfen. Das stimmt einerseits, und das muss man sogar, um funktionieren zu können. Aber es stimmt auch wiederum nicht.«

Grete nickte. Sie hatte im Lazarett schon manches Mal angesichts eines kreischenden Bündels Mensch ihr Entsetzen niederkämpfen müssen. Sie kannte die müden, grauen, ängstlichen Gesichter von Verwundeten, deren Heilung lange Zeit in Anspruch nehmen würde.

Er ahnte wohl, was ihr durch den Kopf ging. »Du glaubst, du kennst dich aus? Nein, Grete, es ist völlig anders. In erster Linie siehst du Kameraden, die …« Er stand auf und ging erregt auf und ab. »Nach jedem Sturmangriff musst du amputieren wie am Fließband! Amputieren geht schneller, als mühsam zusammenflicken. Ich hab's einfach nicht mehr ertragen, jeden Tag im Blut … Das war auch der Hauptgrund, aus dem ich befördert werden wollte. Seit ich Oberstabsarzt bin, muss ich viel mehr organisieren als operieren. Ich teile die Leute ein, Gesamtstärke dreihundert Mann, da ist 'ne Menge zu bedenken. Ich sage in Absprache mit dem Hauptmann, wo der Regimentssanitätsunterstand angelegt werden soll, koordiniere die Verwundetentransporte vom Truppenverbandsplatz in die weiter hinter der Front liegenden Feldlazarette.« Er verstummte abrupt.

Sie hielt den *Warum?*-Zettel hoch.

»Wir haben vom Saniunterstand, der in die Luft gegangen ist, noch einen Assistenzarzt abgeholt, der ebenfalls in den Heimaturlaub durfte. Dass wir kurz vor den Treffern weggefahren sind, war letztlich reiner Zufall … Um ganz ehrlich zu sein – ich habe zum Aufbruch gedrängt, weil ich das Geräusch nicht mehr ertrug, das einer der Verletzten von sich gab … Er klang wie ein vor Hunger quäkender Säugling, typisch für eine Unterleibsverletzung.« Grete schluckte schwer. Als wäre ein Damm gebrochen, sprudelte es aus Max heraus. »Es ist die Hölle! In deinem Innern schichtet sich Bild auf Bild. Wie soll man damit fertigwerden? Das kannst du nicht ewig wegdrücken … Wenn es aus einem blutigen Brei, der mal ein Gesicht gewesen ist, ununterbrochen schreit. Wenn Männer im Niemandsland umherirren wie Geister. Wenn einer mit Bauchschuss seine eigenen Gedärme in den Händen hält. Wenn du einen Kameraden siehst, dem Granaten gerade beide Füße weggerissen haben, wie er noch auf den blutigen Stümpfen weiter übers Feld stakst …«

Max konnte nicht weitersprechen. Er ließ sich auf den Küchenstuhl fallen und presste beide Handballen gegen die Schläfen. Seine Schultern zuckten, er versuchte ein Schluchzen zu unterdrücken. Grete legte ihre Hände auf seinen Kopf. Er wandte sich um, drückte das Gesicht gegen ihren Bauch. Sie spürte, wie er gegen den Drang zu weinen ankämpfte. Wein ruhig, wollte sie sagen. Du musst doch nicht immer ein tapferer Held sein. Aber ihre Stimme verweigerte weiterhin den Dienst.

Max löste sich von ihr und sprang auf. Er öffnete die Flügeltür zum Balkon. Der Himmel war wolkenverhangen, das Meer lebhaft bewegt, es schimmerte flaschengrün und silbrig. Ein frischer Wind fegte durchs Zimmer, er wehte einiges durcheinander.

Max trat hinaus und atmete ein paarmal tief ein und aus. »Unsere Atemübungen, Grete, erinnerst du dich?« Sie waren ein wichtiger Bestandteil in ihrem Heilplan für asthmakranke Kinder gewesen. Sie stellte sich neben ihn und inhalierte ebenfalls im erlernten Rhythmus. »Wie hab ich mich nach dieser Luft gesehnt im ewigen Karbolgestank«, sagte er.

Sie wollte mehr wissen. Und sagen. Und mehr geben. Es war zum Verzweifeln, dass sie ausgerechnet jetzt nicht formulieren konnte, was sie bewegte. Jedenfalls nicht mit Worten.

Frieda

Else machte den Abwasch, Frieda half ihr mit dem Abtrocknen.

»Na, was hat Gerrelt gesagt?«, fragte sie erwartungsvoll.

Else brach in Tränen aus. »Dass ich zu … zu aufgetakelt für ihn bin.«

»Wie bitte?« Frieda war empört.

»Ja.« Else schluchzte auf.

»Oje, das tut mir so leid!« Frieda hatte ein schlechtes Gewissen. »Dieser Döspaddel! Und? Seid ihr jetzt nicht mehr verlobt?«

Else schüttelte schniefend den Kopf. »Nee. Er fand, so viel Schönheit passt nicht zu ihm oder zu mir oder zu uns … Er wollte, dass ich wieder wie früher bin.«

Frieda konnte es kaum fassen. Es war ihre Schuld, dass das Paar sich getrennt hatte! Zum ersten Mal war ihr Plan zum Verbandeln nicht aufgegangen.

»Oh, Else.«

»Phh!«, erwiderte Else.

Aufmerksam studierte Frieda das Äußere des Hausmädchens. Else hatte eindeutig gewonnen. Der weichere Haarknoten stand ihr gut. Sie zupfte sich noch immer die Brauen, vom Damenbart war noch nichts wieder zu sehen, und sie kleidete sich sorgfältiger.

»Aber du willst nicht wieder aussehen wie früher?«

Trotzig schob Else ihre Unterlippe vor. »Nöö. Ich mag mich so viel lieber.« Sie zog die Nase hoch. »Und andere Mütter haben auch schöne Söhne.«

»Respekt.« Frieda lächelte sie aufmunternd an. »Manchmal ist es gut, wenn man nicht bekommt, was man will.«

»Wird schon werden«, erwiderte Else tapfer. »Gerrelt ist ja sowieso wieder weg, zurück anne Front.«

Frieda stellte den letzten Teller in den Schrank. »Richtig so, Else. Lass dich nicht unterkriegen.«

Nachdenklich ging sie in den Salon, um noch etwas aufzuräumen. Sie hängte die abonnierten Zeitungen, die wegen Papiermangels in immer spärlicherem Umfang erschienen, an die Haken in der Warteecke. Auf den Tag genau nach einem Jahr hatte sie ihr Trauergewand abgelegt. Auch wenn sie nun wie die meisten Frauen ein schlichtes, schmal geschnittenes Kleid in Feldgrau mit weißem Kragen trug, fühlte sie sich in der helleren Kleidung doch wie befreit. Einige Männer hatten sich schon mehr oder weniger dezent als Witwentröster angeboten. Sie war darauf nie eingegangen. Schließlich brauchte sie all ihre Energie für die Bewältigung des Alltags. Für amouröse Abenteuer oder andere Gefühlswallungen, die ihn nur noch komplizierter machen würden, war kein Platz. Es reichte ihr völlig, sich an den romantischen Empfindungen anderer zu erfreuen. Sie fühlte intensiv mit Grete mit und zitterte mit Rieka, die bis über beide Ohren verliebt war. Mit Else und Gerrelt hatte es ja nun leider nicht geklappt. Das war bedauerlich. Vielleicht lag es ja daran, dass sie die beiden nie in einer Vision als Hochzeitspaar gesehen hatte.

»Wer weiß, wofür es gut ist«, murmelte sie vor sich hin.

Ihr Blick streifte einige Zeitungsüberschriften. Sie machte sich so ihre Gedanken. Die amerikanischen Truppen, die in Europa landeten, bestanden nicht nur aus Soldaten. Sie brachten auch flotte Krankenschwestern mit, und viele von ihnen trugen das Haar kurz. Mehrfach hatte Frieda schon von der ebenso gewagten wie pflegeleichten Frisurenmode gelesen, die sich in einem Punkt deutlich vom praktischen und langweiligen Kurzhaarschnitt deutscher Fabrikarbeiterinnen unterschied. Nicht wenige Amerikanerinnen hatten sich nämlich eine Dauerwelle mit dem von Karl Nessler erfundenen Gerät machen lassen, dessen Ankauf sie im Inselsalon schon einmal Jahre vor dem Krieg erwogen hatten. Damals war ihr Schwiegervater der Meinung gewesen, das Gerät sei nicht ausgereift genug, die Gefahr von Verbrennungen zu groß. Der Deutsche Nessler lebte mittlerweile in den USA, wo Berichten zufolge bei seiner Ankunft schon diverse Raubkopien seiner Erfindung im Gebrauch gewesen waren.

»Der Prophet gilt nichts im eigenen Land«, meinte ihre Schwiegermutter, als Frieda ihr von dieser Entwicklung erzählte.

»Ich bin sicher, kurzes dauergewelltes Haar wird noch mal groß in Mode kommen«, behauptete Frieda. »Dann spätestens brauchen wir so einen Apparat. Natürlich in der verbesserten, sichereren Ausführung.«

Ihre Schwiegermutter schüttelte den Kopf. »Wer es sich leisten kann, wird die Haare weiterhin hübsch gelockt und aufgesteckt tragen. Das schmeichelt den meisten Frauen am allerbesten.« Sie überprüfte im Spiegel den Sitz ihrer eigenen Frisur. »Das wird sich nie ändern. Wir sollten uns dann besser einen Ventilator-Trockenapparat anschaffen, der mit Spiritus statt Gas funktioniert.« Ein solcher Apparat hatte den Vorteil, dass er leicht transportabel war, weil man ihn nicht wie den alten über einen Schlauch mit einem Gasanschluss verbinden musste. Je nach Bedarf konnte somit eine Kundin überall im Salon entspannt zurückgelehnt liegen, während ihr langes, über ein Gitter ausgebreitetes Haar schonend in dem warmen Luftstrom trocknete, den ein Ventilator von unten hochwirbelte.

»Vielleicht können wir uns ja nach dem Krieg beides leisten«, antwortete Frieda optimistisch.

»Na, das wird wohl noch dauern.« Jakomina war skeptisch. »Mindestens so lange, bis wir unsere Kriegsanleihen mit den Zinsen zurückkriegen.«

»Kannst du mich eine halbe Stunde entbehren?«, fragte Frieda. »Ich möchte noch was erledigen.«

»Nur zu. Falls du beim Kaufmann vorbeikommst – guck mal, ob's endlich wieder Zwirn gibt. Ich muss dringend einige Sachen flicken.«

»Mach ich.«

Frieda holte aus ihrem Versteck im Lager ein Tiegelchen mit selbst gemachtem Propolis-Balsam, bevor sie sich auf den Weg zum größten Teegeschäft am Ort machte.

Die mitarbeitende Ehefrau des Geschäftsführers, die Sievert mit Vornamen hieß, litt schon seit Langem an gereizter Gesichtshaut. Früher hatte sie im Inselsalon viel Geld für Cremes ausgegeben. Offiziell gab's keine gute mehr zu kaufen. Neulich erst war Frieda aufgefallen, dass sich der Zustand von Sieverts Haut verschlechtert hatte, was vermutlich auch mit der schlechten Ernährung zu tun hatte. Nach der Begrüßung und einem kurzen allgemeinen Geplänkel brachte Frieda ihr Anliegen vor.

»Sievert, ich brauche für einen ganz besonderen Anlass richtigen Tee.«

Sievert lachte hell auf. »Wer bräuchte den nicht, Frieda? Guter Witz. Also, wir haben ganz leckeren Lindenblütentee und frischen Weißdorntee. Der riecht zwar etwas streng …«

»… erinnert mich immer an Katzenpisse …«

»… aber er schmeckt durchaus, wenn man ihn mag.«

»Nein, ich sag doch, richtigen Tee. Muss ja nicht gleich der teure Wadi Kisan sein. Trotzdem siebzig Prozent Assam, dazu etwas Ceylon, den Rest gemischt.« Sievert sah sie an, als hätte sie nach einem Nixenschwanz verlangt. »Natürlich weiß ich, dass es praktisch keinen Ostfriesentee mehr gibt«, Frieda machte eine kleine bedeutungsvolle Pause und öffnete, nachdem sie geprüft hatte, dass auch wirklich niemand sie beobachtete, ihre Einkaufstasche einen Spalt weit, »so wie es praktisch keinen Propolis-Balsam mehr gibt.« Sie lächelte. »Aber manchmal, wenn der Zufall es will, entdeckt man in irgendeiner Ecke doch noch etwas.«

Sieverts Augen leuchteten auf. »Du glaubst nicht, wie mir der Balsam fehlt! Siehst ja, meine Wangen blühen!« Sie beugte sich über den Verkaufstresen. »Oder ist das Zeug oll und ranzig?«

»Na, wenn dein Tee nicht überaltert ist …« Frieda holte den Tiegel hervor, schraubte den Deckel ab und nahm mit einem Holzspatel eine Probe. Die schmierte sie Sievert auf den Handrücken. »Riech mal, frisch und heilsam.«

Die Frau verrieb den Balsam, schnupperte und seufzte. »Ach!«

Sie wischte mit zwei Fingern über die eingeriebene Hautpartie und versuchte, Reste davon auf ihre fleckig geröteten Wangen zu geben. Da wusste Frieda, dass sie gewonnen hatte. Sievert ging kurz nach hinten und kehrte mit einer kleinen Spitztüte zurück. Frieda durfte schnuppern. Echter Ostfriesentee. Er duftete wundervoll.

»Viel ist das nicht«, sagte sie.

»Mehr kann ich dafür nicht geben.«

»Im Balsam steckt wertvolles Bienenwachs, und mit Propolis füttern die Bienen ihre Königin«, hob Frieda hervor. »In dieser Qualität kriegst du das weder beim Wickwief noch in der Apotheke. Dann leg mir wenigstens ein paar Kluntjes dazu.«

Widerwillig zählte Sievert zehn dicke Kandisstücke am Faden ab und ließ sie in eine Tüte fallen. »Hast du 'ne Ahnung, wie schwer es ist, an Zucker für die Kluntjesherstellung zu kommen?«

»Natürlich weiß ich das«, antwortete Frieda. »Komm, pack noch ein paar Stücke drauf, dann komme ich dir auch bei deinem nächsten Friseurbesuch entgegen.«

Sievert gab sich geschlagen. Sie wickelte Tee- und Kandistüte in Zeitungspapier und ließ den Balsamtiegel in ihrer Schürzentasche verschwinden.

»Da hast du ein gutes Geschäft gemacht«, sagte Frieda augenzwinkernd. »Deine Haut wird's dir danken. Und dein Mann auch.«

»Verrat bloß niemandem, wo du den Tee herhast«, schärfte Sievert ihr noch ein.

»Ich kann mich beherrschen. Danke, meine Beste, und tschüss!«

»Tschüss, bestell Jakomina schöne Grüße!«

»Wird gemacht!«

Zu Hause angekommen zwackte Frieda so viel vom Tee ab, dass es für eine große Kanne reichte. Der Geburtstag ihrer Großmutter stand bevor, das passte sehr gut. Die Familie würde staunen, wenn es mindestens zwei Tassen Ostfriesentee für jeden gab.

Einen Tag später verband Frieda ihren Arbeitseinsatz draußen im Dünengarten mit dem Besuch eines Bauernhofes, der an der Wattseite der Insel Milchwirtschaft betrieb. Für ein Fläschchen flüssige Sahne unter der Hand bot sie dem Domänenpächter die gleiche Menge an exklusivem Birkenhaarwasser an.

»Lass mal stecken, ich bin schon verheiratet.« Der alte Mann hatte kein Interesse an Haarwasser. Allerdings fiel sein Auge auf das appetitliche, frisch geerntete Gemüse in ihrem Korb. »Aber das könnte mir gefallen.«

Und so wurden sie sich dank Karotten und Kohlrabi doch noch einig.

»Liefer das bei Tant' Grete am Damenpfad ab«, trug Frieda Lissy wenig später auf und hängte ihr die Sachen in einem Stoffbeutel über die Schulter. »Gib's nur ab und stör sie und ihren Mann nicht weiter. Die beiden haben sich so lange nicht gesehen und möchten jetzt jede Minute genießen.«

»Das können sie doch auch, wenn ich dabei bin«, wandte Lissy ein. »Tant' Grete sagt immer, dass sie sich freut, wenn ich sie besuch.«

»Das verstehst du noch nicht. Mach, was ich dir sage«,

wiederholte Frieda ungeduldig. »Aber achte drauf, dass du den Beutel Tant' Grete oder ihrem Mann persönlich übergibst, nicht der Vermieterin oder sonst jemandem.«

Kurz vor Feierabend betrat Martin von Welser den Inselsalon. Er wollte nur einen Kamm kaufen und bat Frieda um Beratung. »Na, dann nehm ich den schwarzen Läuserechen«, sagte er flapsig. Doch als er bezahlte, fragte er mit besorgtem Blick, ob es stimme, dass Gretes Ehemann gefallen sei. Sie unterrichtete ihn über die unglaubliche Wendung und konnte ihm ansehen, wie zwei Seelen in seiner Brust kämpften. Er schwieg einen Moment verdattert. »Dann ist Grete gewiss sehr glücklich«, bemerkte er schließlich beherrscht.

Frieda nickte. »Auf jeden Fall.«

»Wenn sie glücklich ist, dann freut es mich von Herzen«, setzte er tapfer hinzu. »Hast du Lust auf einen Spaziergang?«

Martin tat ihr leid. Vielleicht sagte sie deshalb zu. Es war schon dunkel, aber der Mond schien hell genug, um sich zurechtzufinden. Sie unterhielten sich angeregt. Ihr Gespräch kam darauf, dass wohl viele Menschen gerade das Gefühl hätten, das Leben würde vor lauter Überleben an ihnen vorübersausen. »Richtig lebendig fühl ich mich nur, wenn ich fliege«, gestand Martin. »Es ist unbeschreiblich, ich möchte dieses Gefühl nicht missen. Wahrscheinlich bin ich süchtig danach. Ein irdisches Leben allerdings, so mit Frau, Kindern, Nachbarn und Vereinen, das verpasse ich.«

»Dabei haben wir nur die Zeit jetzt«, antwortete Frieda versonnen, »und eigentlich ist ja immer nur jetzt.« Trotzdem zehrte sie von ihren Erlebnissen in der Vergangenheit, sie reichten ja auch in ihr Jetzt hinein.

Ihren Gedanken nachhängend spazierten sie weiter durch die Friedrichstraße mit den vielen Geschäften und durch ein paar stille Quergassen in Richtung Meer.

Das Wellenrauschen klang lauter als am Tage. Als sie in einer menschenleeren Straße mit alten Ulmen ein seit Jahren unbewohntes Hotel passierten, das die Dorfjugend schon vor einiger Zeit geplündert hatte, schlug Frieda vor, um das Gebäude herumzugehen.

»Ich hab gehört, dass im Hintergarten ein paar verwaiste Obstbäume stehen«, sagte sie. »Vielleicht entdecken wir Früchte, die sonst nur verfaulen würden. Groß ist die Wahrscheinlichkeit zwar nicht, aber man könnte es versuchen.«

»Ich geb dir Geleitschutz«, versprach Martin.

Seine weißen Zähne blitzten in der Dunkelheit auf. Geleitschutz zu geben war seine Spezialität. Als Bomberflieger begleitete er oft zur Sicherheit Schiffe der Kriegsmarine oder auch bewaffnete Zeppeline. Er ging voran, prüfte den zugewucherten Pfad seitlich des Hotels und machte Frieda Winkzeichen nachzukommen.

Tatsächlich entdeckten sie im verwilderten Garten einen Apfelbaum, an dem unreife Früchte hingen. Aus dem Küchenfenster eines Nachbargebäudes fiel etwas Licht. »Guck, da oben«, sagte Frieda leise, »etwas höher, da sind welche mit roten Bäckchen!« Beide schauten abschätzend empor.

»Soll ich?«, fragte Martin.

»Ich bitte darum«, antwortete sie. Er umfasste ihre Taille und hob sie hoch. Da ihre Finger nicht ganz an die reifen Früchte heranreichten, ließ er sie wieder runter. Er packte sie tiefer, um die Oberschenkel herum, und nun konnte sie in aller Ruhe mehrere prächtige Äpfel pflücken. »Weiter rechts, weiter links«, dirigierte sie ihn und ließ ihre Beute vorsichtig ins Gras fallen. Als sie schließlich langsam durch Martins Arme wieder zu Boden glitt, passierte es. Sie blieb stehen, und auf einmal küssten sie sich. Es war schön. Ach, wie lange war sie nicht mehr von einem Mann richtig in die Arme genommen worden! Nach einer Weile löste Frieda sich von ihm. Sie lächelte sanft. »Aber wir beide wissen, dass …«

Er lächelte zurück. »Ja, das wissen wir beide.«

»Wir sollten es dabei belassen.«

In der Nähe knackte es im Unterholz. »Wahrscheinlich ein Kaninchen«, murmelte Martin. Er drückte ihr noch einen Kuss auf den Mund. Dann stopfte er Äpfel in seine Jacken- und Hosentaschen.

Frieda nahm ihr Halstuch ab und verknoteten es, nachdem sie die restlichen Äpfel daraufgelegt hatte. »Dir steht die Hälfte zu«, sagte sie verschmitzt. »Das ist eine alte Norderneyer Piratenregel.«

»Danke. Ich trag dir die Äpfel. Lass mir am Ende nur zwei, einen für gleich, einen für morgen, und nimm die übrigen für deine Familie.«

Er brachte sie bis zur Haustür. Sie schloss auf, legte ihre Beute im Flur ab. Kurz überlegte sie, ob sie ihn noch mit hineinbitten sollte. Nein, natürlich nicht, entschied sie dann. Er schien es auch nicht zu erwarten. Nachdem er seine Taschen bis auf zwei Äpfel geleert hatte, verabschiedete er sich in aller Höflichkeit.

Frieda fühlte sich gut. Sie hatten einander getröstet. Und zum Geburtstag ihrer Großmutter konnte sie, selbst wenn sie mit den übrigen Zutaten improvisieren musste, endlich mal wieder einen Apfelkuchen backen.

Grete

Es war später Nachmittag, und sie lagen schon wieder im Bett. Beim ersten Mal hatte sich Max sehr zurückgenommen und die allergrößte Mühe gegeben, ihr nicht wehzutun. Beim zweiten Mal hatte er sich kurz vergessen.

»Verzeih mir«, bat er sie zerknirscht. »Ich wollte dich nicht erschrecken. Es ist mit mir durchgegangen.«

Grete probierte, ob ihre Stimme wieder zu gebrauchen war. Doch sie fehlte noch immer. So gab sie Max durch Körpersprache zu verstehen, dass sie durchaus bereit war, ihm großmütig zu verzeihen, und eine Wiederholung sogar begrüßen würde.

Da klopfte es an der Tür. »Tant' Grete?«, hörte sie Lissys klare Mädchenstimme.

Sie stand auf, fuhr sich ordnend durchs zerwühlte schwarze Haar, warf ihren Morgenmantel über und öffnete. Lächelnd hob sie die Hand zum Gruß.

»Ich soll nur schnell was von Mama abgeben. Und muss auch sofort wieder los.« Sie übergab den Beutel. »Tschüss!«

Verblüfft schloss Grete die Tür und packte den Inhalt aus. Sie öffnete eine der Spitztüten, schnupperte daran und konnte es kaum glauben – das war tatsächlich echter schwarzer Ostfriesentee mit seinem unvergleichlichen Duft! In der zweiten Tüte befanden sich Kandisstücke. Und als Drittes entdeckte sie ein kleines Fläschchen, das zur Hälfte mit flüssiger Sahne gefüllt war. Das alles musste ein Vermögen gekostet haben. Eigentlich existierte so was im Herbst des Kriegsjahres 1917 überhaupt nicht mehr, jedenfalls nicht für normale Leute. Einen Moment stand sie andächtig vor Friedas Gaben. Dann lächelte sie und beeilte sich, das Teewasser aufzusetzen.

»Hat deine Freundin das wirklich geschafft?«, fragte Max erfreut, als er sah, was Lissy vorbeigebracht hatte. »Die Frau ist ja unglaublich!«

Sie schoben ein Beistelltischchen neben das Doppelbett. Nachdem das Wasser gekocht hatte, goss Grete es über die Teeblätter, bis sie gerade bedeckt waren. Sie nahm ihr Geschirr samt Stövchen aus dem Schrank, kippte vorsichtig die Sahne in ein Schälchen um. Nun füllte sie die Kanne ganz mit dem heißen Wasser. Sie ließ den Tee knapp fünf Minuten ziehen und goss ihn durch ein Sieb in eine andere, vorgewärmte Kanne. Die stellte sie aufs Stövchen, bevor sie zurück zu Max ins Bett schlüpfte. Nach einem klaren Oktobertag tauchte der Sonnenuntergang das Zimmer in orangegoldenes Licht, als sie mit der Teezeremonie begann.

Grete hob den Deckel der Kanne und hielt sie Max unter die Nase. »Mhmm … das riecht nach Heimat und zugleich nach exotischer Ferne«, schwärmte er. »Sollte ich je im Koma liegen, könnte mich dieser Duft zurück ins Leben holen.«

Sie gab je ein dickes Kandisstück in die dünnwandigen Tassen, hielt einen Finger vor den Mund, bevor sie gut halb voll einschenkte – verzückt lauschten sie dem Knistern der Kluntjes.

Max übernahm es, mit einem Schwanenlöffel den Rahm von der Sahne abzuschöpfen und mit einem eleganten

Schlenker aus dem Handgelenk in den rotbraunen Tee zu gießen. Die schwere Flüssigkeit versank und stieg mit etwas Verzögerung in Sahnewölkchen, kleinen Explosionen gleich, an die Oberfläche.

»Weißt du eigentlich, weshalb man die Sahne gegen den Uhrzeigersinn hineingibt?«, fragte Max, der Ostfriese. Grete schüttelte den Kopf. »Weil man beim Teetrinken die Zeit anhält.« Mit einem kleinen sehnsüchtigen Laut atmete sie aus. Wenn das doch wirklich möglich wäre! »Erst du«, verlangte Max. »Ich möchte dir dabei zusehen.«

Sie nahm ihre Tasse – wie es Sitte war, ohne den Tee umgerührt zu haben – und führte sie zum Mund. Er war noch zu heiß, sie pustete und wartete etwas. Dann endlich nippte sie vorsichtig und schloss die Augen. Es schmeckte wunderbar, etwas malzig. Sie schlürfte das obere Drittel, das cremig-sahnig über die Zunge und den Gaumen glitt, ließ sich Zeit mit der bitter schmeckenden Mitte, und beim letzten Drittel, das voll ungewohnter Süße war, fühlte sie sich wie ein Kind, das auf dem Jahrmarkt zum ersten Mal in einen Liebesapfel beißt. Der Tee floss ihre Speiseröhre hinunter und wärmte ihren Bauch.

Ein schon lange nicht mehr empfundenes Gefühl von »Die Welt ist in Ordnung« erfüllte sie, als sie die Augen wieder öffnete und ihre Tasse absetzte. Max schaute sie auf eine Weise an, die verriet, dass er ganz hier bei ihr und in diesem Augenblick war.

Mit einem Nicken bedeutete sie ihm, dass nun er dran sei.

Er tat es ihr nach. Verrückt, wie sehr es sie entzückte, ihm dabei zuzusehen. Endlich stellte auch er seine Tasse wieder ab, und sie schmiegte sich in seine Arme.

Max streichelte sie. Über der Nordsee lag nur noch ein schwacher Widerschein der versunkenen Sonne, darüber wölbte sich ein leuchtender saphirblauer Himmel, zum Zenit hin dunkler, in dem mehr und mehr Sterne aufblinkten. Es lag Grete auf der Zunge zu sagen: Das ist ja geradezu unglaublich kitschig! Und dann war sie direkt froh, dass diese Bemerkung nicht über ihre Lippen kommen konnte. Es ist doch wirklich himmlisch, dachte sie. Wunderschön, perfekt. Muss man denn alles kommentieren oder bespötteln?

Sie legte ihre Scheu vor großen Gefühlen ab, auch wenn es sie verletzlich machte. Das Meer rauschte. Und sie öffnete ihr Herz ganz weit.

Mit einem Finger fuhr Max unter dem halb geöffneten Bademantel sanft ihre Körperkonturen entlang. Seine Berührungen lösten süße Schauer aus, die in alle Richtungen durch ihren Körper rieselten. Vollkommen wehrlos lag sie da und wünschte sich einfach nur – mehr davon, mehr! Er küsste sie auf den Mund, er küsste ihren Hals und ihre Brustspitzen. Alles vermischte sich, während sie sich liebten. Das Ein- und Ausatmen des Meeres, das Geben und Nehmen.

Ihr Körper wusste es, ihre Seele wollte es, sie hatte die Sehnsucht und Erinnerung an diese Kraft schon in tausend Leben erfahren und gespeichert. Grete träumte, sie schwebte, und endlich lebte sie richtig. Irgendwann löste sie sich auf.

Es war schon dunkel, als sie aus tiefster Selbstvergessenheit wieder auftauchten. Nur das Teelicht brannte noch und warf durch das gehämmerte Muster des Messingstövchens flackernde Ornamente in seine Umgebung.

Max pustete ihr ein Löckchen aus dem feuchten Nacken. »Ich liebe dich«, raunte er. Sie sahen sich in die Augen.

Innerhalb eines Gezeitenwechsels hatte sich alles verändert. Nichts auf der Welt, dachte Grete, aufgewühlt bis auf den Grund ihres Wesens, nichts leuchtet so erlösend und warm wie die Liebe.

»Ich dich auch«, flüsterte sie. Und dann wiederholte sie es lauter. »Ich liebe dich, Max.«

Ihre Stimme war wieder da.

Sie spürte das Leben bis zum Zerbersten. Jede Minute verdiente volle Aufmerksamkeit. Sie liebten sich, sie redeten, diskutieren über Reformen nach dem Krieg, sie alberten herum, und sie schwiegen einträchtig.

Der Abschied war grausam. Schon am Vorabend, als Grete die Knöpfe seiner Uniform blank polierte, hatten sich Senkbleie an ihr Herz gehängt. Sie konnte ihre Tränen kaum zurückhalten.

»Bleib hier«, bat Max, als er beim Aufbruch sein Gepäck schulterte. »Begleite mich besser nicht bis zum Hafen.«

Sie nickte. Er küsste sie ein letztes Mal und ging.

Weder Max noch sie hatten Rücksicht auf Verhütung genommen oder das Thema, zu dem er sich vor ihrer Heirat noch so grundsätzlich und verantwortungsbewusst ausgelassen hatte, überhaupt angesprochen. Insgeheim hoffte sie, dass sie ein Kind erwartete.

An einem Sonnabend im November erschütterte ein lauter Knall die Insel. Wenig später brüllten sich Menschen über die Straßen etwas zu – das Lagerhaus von August Solaro stand in Flammen. Grete rannte zum Unglücksort an der Mittelstraße. Flugzeugtrümmer brannten vor dem Gebäude, der Rumpf steckte noch in der Mauer. Auch Frieda, Lissy und Jakomina standen bei den Schaulustigen.

»Was ist passiert?«, fragte Grete außer Atem.

»Zwei unserer Flieger«, gab Frieda mit schreckgeweiteten Augen Auskunft. »Sind aus Versehen in den Giebel gekracht.«

»O Gott! Haben sie überlebt? Weiß man schon, wer?«

Frieda schüttelte den Kopf. Hoffentlich nicht Martin. Alle paar Wochen stürzten ein oder zwei deutsche Flieger mit ihrer Maschine ins Watt, verunglückten in den Dünen oder fielen einfach brennend vom Himmel. Manche überlebten, trugen zuweilen kaum mehr als eine Gehirnerschütterung davon. Doch nun bargen Rettungskräfte zwei verkohlte Leichen. Man konnte nicht erkennen, wer die Männer waren.

»Komm mit zu uns«, sagte Frieda blass. »Lissy, flitz schnell mal zur Seeflugstation und frag nach, ob es Martin von Welser gut geht. Du darfst mein Rad benutzen.«

Auch einige Kunden, die ebenfalls zu Solaro geeilt waren, kehrten in das Friseurgeschäft zurück. Grete setzte sich in die Warteecke des Damensalons. Während Frieda weiterarbeitete, konnten sie sich zumindest unterhalten.

Grete blätterte in einer Zeitung, ohne richtig hinzusehen.

Plötzlich signalisierte ihr ein krampfartiges Ziehen im Unterleib, dass ihre Regel bevorstand. Sie war nicht schwanger. Ihr kamen Tränen vor Enttäuschung.

»Och, Grete, nun reg dich nicht auf«, sagte Frieda. »Wir wissen noch gar nicht, ob Martin in dem Flugzeug saß.«

»Das ist es nicht.« Grete riss sich zusammen und wischte die Tränen weg.

Vielleicht war es besser so. In letzter Zeit hörte man auf der Insel öfter von Totgeburten. Ungeborene verhungerten im Mutterleib. Immer nur Mehlsuppe und Kleisterbrot lieferten eben nicht ausreichend Nährstoffe.

»Was macht Ihre Idee mit der Volksküche, Frau Dr. Lubinus?«, fragte die Kundin, der Frieda das Haar mit einer Ondulierschere bearbeitete.

»Bitte lassen Sie den Doktor weg«, sagte Grete verlegen. »Den Titel hat sich mein Mann erarbeitet, nicht ich.«

»Ja, aber es ist doch üblich …«, erwiderte die Dame irritiert.

»Mir ist das unangenehm«, beharrte Grete. »Ich finde es nicht angemessen. Na ja, also, was die Volksküche angeht – da haben wir demnächst eine Versammlung. Ich würde mich freuen, wenn Sie auch kämen.«

»Danke«, entgegnete die schon ältere Kundin. »Wir selbst werden Gott sei Dank nicht betroffen sein. Aber vielleicht möchte mein Mann etwas spenden für die armen Leute, denen ein harter Winter bevorsteht.«

»Das wäre eine große Hilfe.«

»Ich bewundere Sie, wie Sie sich um Kranke und Notleidende kümmern.«

Frieda nickte stolz zur Bekräftigung.

»Das ist reiner Selbstschutz, kein Edelmut.« Grete winkte ab. »Solange ich mich um andere kümmere, bin ich abgelenkt.«

Dann dachte sie weniger an ihre eigenen Ängste. Auch deshalb engagierte sie sich für die Einrichtung einer Volksküche. Dass im nahenden Winter viele Insulaner würden hungern müssen, zeichnete sich überdeutlich ab. Mit einigen Mitstreitern wollte sie, wie es das andernorts im Reich schon gab, einen Mittagstisch für Bedürftige einrichten, damit sie wenigstens eine warme Mahlzeit am Tag bekämen.

Ihr Gespräch wurde unterbrochen, weil Lissy in den Damensalon stürmte. »Oberleutnant von Welser ist wohlauf, soll ich ausrichten.«

Erleichtert sahen Grete und Frieda sich an.

Eine Woche nach diesem Vorfall vibrierten auf Norderney wieder Fenster und Türen – bei Helgoland fand ein zweites Seegefecht statt. Auch dieser Kampf der deutschen Marine gegen die britische Navy ging unentschieden aus.

Die Versammlung zur Gründung der Volksküche war zufriedenstellend besucht. Grete hielt eine flammende Rede. Die Idee kam gut an, sie und die anderen Organisatoren erhielten viel Applaus. Das Projekt scheiterte dann trotzdem, weil dafür jede Familie einen Teil ihrer Lebensmittelkarten hätte abgeben müssen. Dazu aber waren zu wenige bereit.

»Warum begreifen die Leute nicht, dass es am Ende ihnen allen helfen würde?«, fragte Grete hinterher Frieda. »Manchmal könnte ich verzweifeln an der Sturheit dieser Insulaner!«

»So sind sie eben«, antwortete Frieda. »Die musst du nehmen, wie sie sind. Mach dir nichts draus. Im Lazarett warten noch genügend Aufgaben auf dich.«

Der Winter setzte früh und mit viel Schneefall ein. Manchmal hörte man Übungsschießen aus den Dünen. Es wurden neue Kriegsgefangene, Portugiesen und Italiener, auf die Insel gebracht. Das Erbaulichste war die Hochzeit von Else mit einem Insulaner namens Harry. Er tat bei der Küstenwacht Dienst und war im Zivilberuf Anstreicher. Sie kannten sich von Kindesbeinen an, doch erst vor wenigen Wochen hatte es plötzlich zwischen ihnen gefunkt. Die beiden waren bis über beide Ohren verliebt. Else arbeitete weiter für die Fissers, sie wohnte aber fortan im Haus von Harrys Eltern, Fischersleuten, ein paar Straßen entfernt.

Wenigstens brachte der Schnee für die Kinder eine willkommene Abwechslung. Obwohl sich auf der Marienhöhe ein Wachposten befand, durften sie von dort oben mit ihren Schlitten hinunterrodeln. Friedas Großmutter, die nach einem Schlaganfall kaum mehr reden und gehen konnte, gab zu verstehen, dass sie sich wünschte, noch einmal im Hausschlitten der Familie Dirks durchs Dorf geschoben zu werden.

Grete und Frieda halfen ihr in den Schlitten, einen mit Kissen gepolsterten Sessel aus Holz auf Kufen. Er befand sich schon seit Generationen in Familienbesitz. Die uralte Frau genoss ihren Ausflug sichtlich, für einen Nachmittag wurde sie wieder jung. Immer wieder sprach man sie unterwegs an und bewunderte die mit hübscher Bauernmalerei verzierte Schlittenrarität.

Am Fuße der Rodelbahn kam ihnen Lissy mit roten Wangen entgegengelaufen. Schon seit Tagen verbrachten sie und die anderen Inselkinder ihre schulfreie Zeit damit, sich Schneeballschlachten zu liefern, steile Abfahrten hinunterzusausen und Schneemänner zu bauen. Wobei deren Karottennasen schneller verschwanden, als die Eisblumen an den Fensterscheiben schmolzen.

»Es könnte direkt ein Vergnügen sein«, sagte Grete. »Wenn man nicht immerzu daran denken müsste, was unsere Soldaten draußen im Schnee alles erleiden.«

Frieda sah sie mitfühlend an. Dann griff sie sich blitzschnell etwas puderigen Schnee, formte einen Ball und warf ihn ihr ins Gesicht. Lissy, Frieda und Großmutter Dirks prusteten gleichzeitig los. Während die drei sich schlapplachten, fiel Grete auf, wie viel Ähnlichkeit sie miteinander hatten. In dieser Familie wurde die Veranlagung zum Schabernack offenbar erfolgreich weitergeben.

Weihnachten verlief recht eintönig. Ihre Mutter schickte ihr aus Berlin einen Kriegshonigkuchen, der so hart war, dass sie ihn kaum schneiden konnte. Von ihren Brüdern gab es nichts Neues. Heiligabend feierte sie im Lazarett, den ersten Weihnachtstag mit Familie Fisser einschließlich Frauke und Sohn in Jakominas guter Stube.

Auch Silvester war sie bei ihnen eingeladen. Kurz vor Mitternacht schickte Jakomina sie und Frieda hinaus. »Geht ruhig zum Konzert«, sagte sie. »Ich passe auf Lissy auf.«

Sie schnappten sich ihre Mäntel und überquerten den Marktplatz. Dort musizierte die Regimentskapelle bereits. Einige Leute standen mit lodernden Teerfackeln um den Platz herum. Der brennende Geruch stieg ihnen in die Nase. Fackelumzüge erfreuten sich in letzter Zeit wachsender Beliebtheit. Wahrscheinlich, überlegte Grete, weil ansonsten öffentliche Lustbarkeiten verboten waren.

Die Versammelten sangen einige Lieder mit, darunter das frühere Preußenlied, dessen Text nun auf alle Deutschen gemünzt war: *Ich bin ein Deutscher, kennt ihr meine Farben*. Bewegt fragte Grete sich, was wohl im kommenden Jahr an diesem Tag sein würde. Alles wollte sie ertragen, alles in Kauf nehmen, wenn nur Max zu ihr zurückkehrte.

Von der Menge ging eine wärmende Energie aus, man spürte den Zusammenhalt. Die Unterschiede zwischen den

Menschen – ob Soldat oder Zivilist, Steuerzahler der Kategorie 1 oder 4, Groß oder Klein, Mann oder Frau – schienen keine Rolle zu spielen. So jedenfalls kam es Grete vor. Sie alle waren wie ein Wesen, bewegt von einem einzigen Willen.

»Helm ab zum Gebet!«, tönte es über den Platz.

Grete schaute sehnsüchtig in den sternenfunkelnden Himmel. Ihre Nase war eiskalt, sie fröstelte, Frieda griff nach ihrer Hand.

In den Sekunden des Jahreswechsels gab es wohl keinen Menschen auf dem Platz, der sich nicht voller Inbrunst das Gleiche wünschte wie sie – dass ihnen das Jahr 1918 endlich Frieden bringen möge.

Frieda

Es war April, kurz nach Ostern. Lissy spielte mit ihren Freunden Trullern in den Dünen. Für drei bunte hart gekochte Eier hatte es noch gereicht. Frieda stellte eine Vase mit aufblühenden Forsythienzweigen ins Schaufenster. Neben den Frühlingsstrauß drapierte sie filigrane Haarbänder, die junge Frauen jetzt kess auf halber Stirnhöhe um den Kopf trugen. Es war gewagt, kaum eine Insulanerin würde sich trauen, so herumzulaufen. Aber man musste schließlich demonstrieren, dass der Inselsalon weiter auf der Höhe der Zeit war. Der alte Lockenknoten war erneut in Mode. So konnte sie guten Gewissens entsprechende ältere Haarteile auslegen.

»Jetzt ham wir sie!«, sagte der alte Jan, während er rasiert wurde. »Kann nicht mehr lange dauern bis zum Weltfrieden.«

An der Westfront gewannen die Deutschen endlich in einer großen Frühjahrsoffensive wieder Land. Die Oberste Heeresleitung verbreitete eine glorreiche Siegesmeldung nach der nächsten. Alle waren zuversichtlich, dass der Krieg bald Geschichte sein würde. An der Ostfront war er bereits beendet.

Zu Beginn des Monats, an einem Sonntagabend, hatte Frieda mit Grete und Martin das Kino besucht. Von dem Kuss im nächtlichen Hotelgarten hatte sie ihrer Freundin nichts erzählt. Weil es wirklich unwichtig und ja auch bei dem einen Mal geblieben war. Frieda wusste, dass Martin eigentlich Grete gemeint hatte, und er wusste, dass Frieda es wusste. Warum also eine große Sache daraus machen? Das hätte am Ende nur die Unbefangenheit ihrer Beziehung zerstört. Martin verhielt sich ihnen beiden gegenüber wie immer – freundlich, charmant und locker.

An diesem Kinoabend war auf einmal ein Nachrichtenfilm eingeblendet worden, der berichtete, dass der Friedensvertrag mit Russland unterzeichnet sei. Da hatten alle Soldaten im Saal laut »Hurra!« gebrüllt. Das ist auch Hilrichs Verdienst, war Friedas erster Gedanke gewesen.

Die Zeichen für Frieden standen also gut.

Martin hatte sie an diesem Abend eingeladen, das Riesenflugzeug, die *Dornier Rs III*, die im Februar mit einem Nonstop-Flug vom Bodensee nach Norderney überstellt worden war, anzuschauen. Sie sollten etwas vor der Eröffnungszeit des Tages der offenen Tür da sein.

Grete holte Frieda ab. Sie hatten sich beide ein wenig herausgeputzt. Martin empfing sie am Eingang, bedeutete den Wachposten, dass es in Ordnung sei, sie schon einzulassen.

»Das ist sie!« Stolz präsentierte er das viermotorige Eindecker-Flugboot. Diese Maschine musste einfach jeden, der sie sah, faszinieren. Die *Dornier* besaß eine Spannweite von siebenunddreißig Metern, und Martin gehörte zu den Piloten, die damit über der Nordsee Flugversuche unternahmen. »Sie eröffnet uns ganz neue Möglichkeiten«, sagte er begeistert. »Damit können wir Dauerflüge von zehn bis zwölf Stunden machen.« Unter jedem Flügel des Ungetüms hatten bequem zwei normale Doppeldecker-Wasserflugzeuge Platz.

Da auf Norderney inzwischen um die achtzig Flugzeuge stationiert waren, wurde das Gelände schon wieder erweitert, und eine Riesenhalle, noch größer als die vorherigen, befand sich im Bau. Sie gingen hinein, um die Dimensionen von innen kennenzulernen.

»Wirklich gigantisch«, sagte Frieda.

Als Grete kurz verschwand, um sich im Kantinengebäude die Hände zu waschen, stand sie allein neben Martin.

Er lächelte sie an. Sie lächelte zurück. Plötzlich zog er sie in eine dunkle Ecke hinter ein großes Metallteil und küsste sie. Es war aufregend. Aber das sollte doch nicht sein! Wie konnte er es wagen!

»Martin!«, japste sie überrascht, mit heißem Kopf. »Ich bin hier als Gretes Anstandsdame.«

Er grinste so jungenhaft frech, dass sie ihm nicht böse sein konnte. »Du bist zu süß!« Gleich küsste er sie noch einmal.

»Bitte, wir sollten das lassen!«

»Hallo?« Sie hörten Grete rufen. »Seid ihr noch in der Halle?«

Frieda holte tief Luft. »Ja, hier!« Möglichst unbefangen trat sie aus dem Schatten. »Ich müsste auch mal kurz verschwinden. Wo geht's lang?« Grete wies ihr den Weg.

Hinterher hatte Frieda es eilig, nach Hause zu kommen. Der Ansturm der Besucher setzte nun ein, Martin musste ihnen die *Dornier* erklären.

Auf dem Rückweg überlegte sie, ob sie Grete vielleicht doch von den Küssen erzählen sollte. Aber dann beschloss sie, erst noch eine Nacht darüber zu schlafen. Abends im Bett grübelte sie.

Wenn es auf der Insel nicht an jeder Ecke Aufpasser,

Lästermäuler und Moralisten geben würde, dann wäre sie einer unverbindlichen Liebelei mit Martin nicht abgeneigt. Unter den gegebenen Umständen allerdings … Sie wollte auch Grete nicht vor den Kopf stoßen.

Ihr Leben, das waren der Inselsalon, ihre Tochter, Norderney. Martin von Welser würde möglicherweise irgendwann abstürzen oder woanders richtig Karriere machen. Bestimmt passte auf Dauer keine Friseurin an seine Seite. Und, nein, sie hätte es auch nicht gewollt. Denn sie war nicht wirklich verliebt in ihn, obwohl er ein tollkühner Kerl war, den sie bewunderte. Mit einem Geplänkel würde sie ihren guten Ruf riskieren, Lissys Zukunft, ihre Freiheit und die Liebe für das, was sie mit ihrer Arbeit im Salon ausleben konnte.

Sie horchte noch mal in sich hinein – ja, diese Entscheidung fühlte sich richtig an. Beim nächsten Treffen würde sie Martin ihren Standpunkt unmissverständlich klarmachen. Und deshalb brauchte Grete wirklich nichts davon zu erfahren.

Sie legte sich nun jeden Abend vor dem Einschlafen geeignete Sätze zurecht. Doch sie benötigte sie nicht. Als Martin nach einer Weile wieder kurz vor Ladenschluss den Salon aufsuchte, wurde Frieda gerade von einer hässlichen Fieberblase an der Oberlippe gequält. Leider befielen die Dinger sie in letzter Zeit häufiger. Es war ihr sehr peinlich. Falls er vorgehabt haben sollte, sie zu einem Spaziergang einzuladen, verkniff er sich den Vorschlag. Er verließ den Salon, nachdem sie ein paar Sätze gewechselt hatten, wobei er liebenswürdig wie gewohnt war, lediglich mit einem Fläschchen Birkenhaarwasser.

Die Versorgungslage entwickelte sich katastrophal. Einer Person standen pro Woche gerade noch fünfzig Gramm Butter und hundert Gramm Fleisch zu. Frieda schlotterten die Kleider um den Leib wie den meisten Leuten. Mancher Insulaner glich einem alten Seemann, der nach langer Fahrt Skorbut bekommen hatte.

Grete traf ein neuer Tiefschlag. Ihr Mann war bei der Frühjahrsoffensive im Norden der Westfront in französische Gefangenschaft geraten.

»Betrachte es doch mal so«, versuchte Frieda dem etwas Positives abzugewinnen, »er ist jetzt nicht mehr direkt in Kämpfe verwickelt. Keine Granaten mehr, kein Giftgas, keine Schrapnellkugeln. Und sie müssen ihn in ein Lager für Offiziere stecken.« Das schrieb, wie sie aus Kundengesprächen wusste, das Völkerrecht vor. »Die Franzosen können ihn also nicht zu gefährlichen Arbeiten zwingen.«

»Nein«, erwiderte Grete bitter. »Für ihn gibt's jetzt nur Hunger, Läuse und Hass.«

Es hieß, die Franzosen verhielten sich gegenüber deutschen Gefangenen besonders sadistisch.

Die Situation spitzte sich weiter zu. Monat für Monat musste Frieda mehr Energie darauf verwenden, etwas zu essen zu beschaffen. Da es sonst wenig Abwechslung gab, hatte sie das Gefühl, als wiederholte sich alles viel häufiger, als gäbe es jede Woche zwei Freitage, als müsste sie ihre Fußnägel doppelt so oft schneiden wie sonst und Lissys Röcke und Schürzen ständig neu mit Rüschen von Lieske verlängern lassen, weil das Kind so schnell wuchs.

Im Juli waren mehrere Tage lang beim besten Willen

nirgendwo auf der Insel mehr Brot oder Kartoffeln aufzutreiben. Frauke arbeitete zähneknirschend freiwillig in einem Arbeitstrupp, der Sand für neue Befestigungsanlagen zum Küstenschutz schaufelte, um wenigstens an der Massenverpflegung teilhaben zu können. Aus ihren Gärten wurde das Gemüse schneller gestohlen, als es reifen konnte. Als Frieda nach einem arbeitsreichen Tag noch spätabends todmüde mit vor Hunger schmerzendem Magen in den Dünengarten ging, weil sie hoffte, wenigstens ein paar Bohnen ernten zu können, musste sie feststellen, dass alles rabiat abgerupft worden war. Das war genau der Tropfen, der gefehlt hatte. Sie sank auf die Knie und brach in Tränen aus, sackte in sich zusammen, lag schließlich schluchzend ausgestreckt auf dem Boden. Dann musste sie eingeschlafen sein.

Irgendwann erwachte sie, weil etwas Körniges auf ihrer Zunge und am Gaumen sie irritierte. Zwischen ihren Zähnen knirschte es. O mein Gott, dachte sie entsetzt, fress ich etwa schon Sand?

In diesem Moment streifte ein Licht den Garten – der Leuchtturm sandte seine Strahlen über die Insel. Sicher sollten seine Signale kurzzeitig deutschen Schiffen den Weg weisen.

Frieda musste an Joseph denken. Vielleicht war es Zufall, vielleicht ein Zeichen. Sie richtete sich auf, spuckte aus und klopfte den Sand von ihrem Kleid. Ach, natürlich war es ein Zeichen! Es erinnerte sie an seine Liebe und tröstete sie. Am Gartenrand wuchsen einige Löwenzahnpflanzen. Sie pflückte die kleineren, zarten Blätter. Daraus konnte man immerhin einen Salat machen.

Ihre Schwiegermutter war noch wach, als sie nach Hause kam. Frieda schüttete die Löwenzahnblätter ins Spülbecken.

»Wir können unseren Rest Speck würfeln und ausbraten, dazu etwas Lauch, Zwiebeln, Essig und Milch geben«, versuchte sie Optimismus zu verbreiten, »und dann zwei gekochte Kartoffeln reinreiben …«

»Es gibt keine Kartoffeln mehr«, unterbrach ihre Schwiegermutter sie kopfschüttelnd. »So geht das nicht weiter.« Sie seufzte. »Frieda, begleitest du mich morgen zu einem Tagesausflug aufs Festland? Ich will Fritz' Vetter Zicki in der Westermarsch besuchen.«

»Natürlich!« Frieda sagte gern zu. Zicki Fisser bewirtschaftete hinterm Deich einen Bauernhof. »Das ist eine gute Idee.«

Zicki und seine Familie machten keinen sonderlich erfreuten Eindruck, als sie am folgenden Vormittag vor deren Haustür standen. Aber sie hielten sich an die ungeschriebenen Gesetze der Verwandtschaft, boten ihnen einen Ersatztee an und verkauften ihnen zu einigermaßen fairen Preisen ein paar Lebensmittel. Auch Fremde aus der Stadt tauchten auf, um zu hamstern. Sie wurden vom Hof gescheucht.

»Das nimmt Überhand«, knurrte Zicki ungehalten.

Jakomina band sich zwei in Leinen verpackte Würste um den Bauch, Frieda trug unter anderem ein Säckchen getrockneter Erbsen in ihrem großen Korb. Man riet ihnen davon ab, die Strecke von der Stadt Norden zur Fähre in Norddeich mit der Bahn zurückzulegen, weil dort ständig Razzien gemacht wurden, um den Schwarzhandel zu unterbinden. Doch Jakominas Gesundheitszustand erlaubte es ihr nicht, kilometerweit zu Fuß zu gehen. Außerdem hätten sie die Fähre dann nicht rechtzeitig erreicht.

Während der Rückfahrt kamen tatsächlich zwei Uniformierte zum Kontrollieren ins Abteil. Frieda schnappte sich geistesgegenwärtig das Erbsensäckchen, wickelte ihr Dreieckstuch darum und wiegte es wie einen Säugling leise singend hin- und her.

»Endlich ist er eingeschlafen«, flüsterte sie lächelnd, als sich einer der Polizisten näherte.

Erst nachdem er zurückgelächelt hatte und weiter ins nächste Abteil gegangen war, brach ihr der Schweiß aus.

»So bald werden wir nicht wieder bei meinen Verwandten anklopfen können«, meinte Jakomina niedergedrückt. »Ich hab Zicki noch nie so unfreundlich erlebt.«

»Ich wüsste auch langsam nicht mehr, womit wir bezahlen sollten«, antwortete Frieda.

Ihre Barmittel reichten kaum für das Allernötigste. Die Mark war mittlerweile nur noch halb so viel wert wie zu Beginn des Krieges. Und selbst Geld nützte wenig, wenn einfach nichts mehr zum Kaufen da war.

Ende Juli sickerte durch, dass die deutschen Truppen im Westen eine militärische Niederlage erlitten hatten. Sie mussten zahlreiche eroberte Dörfer, Städte und Landstriche wieder räumen und immer weiter zurückweichen.

»Gott sei Dank ist unser Vaterland noch frei vom Feind«, sagte ihr Schwiegervater, dessen Lebensziel es war, Norderney vor der Anlandung der Engländer zu schützen. Immerhin das war bislang gelungen. Von Borkum aus hatte man zwar neulich einmal britische Schiffe erblickt. Aber nur ganz kurz und nur von Weitem.

Grete erschöpfte sich bei der Betreuung ihrer Patienten.

Immer mehr Menschen, so hatte sie Frieda erklärt, erkrankten an einer neuartigen Grippe, die zuerst Blitzkatarrh und dann Spanische Grippe genannt wurde. Anfangs, im Frühjahr 1918, schien sie gar nicht so schlimm gewesen zu sein. Auch Grete und Jakomina hatten sie durchgemacht. Doch offenbar änderte sich mit der Zeit ihre Gefährlichkeit.

Theo verriet ihnen im Salon, dass die Presse angehalten war, nicht zu ausführlich über diese Grippe zu berichten. Der *Inselbote* erschien zwar schon seit zwei Jahren nicht mehr, aber Theo verfasste weiterhin Artikel über Norderney für die *Ostfriesischen Nachrichten* und pflegte seine alten Kontakte, die bis in die Hauptstadt reichten. Er wusste, dass die Grippe in vielen Ländern der Welt grassierte und schon Millionen Menschen den Tod gebracht hatte.

»An der Westfront sterben derzeit mehr Soldaten an dieser tückischen Krankheit als durch den Feind. Die Bevölkerung soll trotzdem nicht unnötig beunruhigt werden, wir dürfen nicht wahrheitsgemäß darüber berichten«, erklärte er.

»Was heißt denn unnötig?«, schimpfte Jakomina. Sie wurde nur noch lebhaft, wenn sie sich über etwas aufregen konnte. »Ich hab's ja überlebt im Mai, aber ich möchte nicht, dass Fritz mit seinem schwachen Herz das durchmachen muss.«

Offenbar reichten die offiziellen Vorbeugeempfehlungen – regelmäßig Hände waschen, mit Salzwasser gurgeln und bei Erkrankung im Bett bleiben – nicht aus, um die hochansteckende Krankheit zu bekämpfen.

Jakomina holte sich deshalb für ihren Mann Rat und Zaubermittel beim Wickwief.

Frieda fügte eine Abbildung aus einem Fachblatt in einen Bilderrahmen ein, um ihn dann ins Schaufenster zu stellen. Sie zeigte eine Art Pagenkopffrisur für Frauen. Immer mehr Kundinnen klagten nämlich, nachdem sie grippekrank gewesen waren, über Haarausfall. Und in Expertenkreisen hieß es, dass dagegen am besten Haareschneiden half.

»Weißt du, was das Schlimmste ist?«, fragte Grete, als sie im Herbst endlich einmal wieder einen freien Abend bei Frieda verbrachte. »Es trifft vor allem die kräftigen Männer im besten Alter, die, von denen man nie geglaubt hätte, dass sie von so was dahingerafft werden könnten. Aber ...«, sie holte schwer Luft, »... es ist so schrecklich. Sie spucken plötzlich Blut, und der Körper verfärbt sich dunkelblau, weil ihre Lungen mit Blut volllaufen.«

»Und es kommt wirklich von heut auf morgen?«

»Schlimmer! Von heut Morgen auf heut Abend. Es erwischt einen ganz plötzlich mit voller Wucht. Manche sterben schon am nächsten Tag, die meisten am siebten oder achten. Sie ersticken quasi bei vollem Bewusstsein. Und du stehst daneben und kannst nichts tun, selbst der beste Arzt kann nicht helfen.« Verzweiflung stand ihr ins Gesicht geschrieben. Es hieß, dass auf dem Festland das öffentliche Leben teilweise zusammengebrochen war.

»Unsere Post ist auch schon seit Tagen nicht mehr ausgeliefert worden«, sagte Frieda, »und seit gestern fällt der Pferdeomnibus vom Hafen in den Ort aus.«

»Alle Leute müssten jetzt eigentlich Stoffmasken über Mund und Nase tragen«, forderte Grete. »Besonders ihr im Inselsalon, ihr seid doch immer ganz nah dran an den

Kunden. Gestern war ich im Inselkrankenhaus – das ist so vorsintflutlich dort! Die Ärzte hängen ihre Kittel an der Garderobe direkt neben die Mäntel der Besucher.«

»Was hattest du denn im Krankenhaus zu tun?«, wollte Frieda wissen.

»Ich hab einen Jungen da hingebracht. Er hatte sich am Strand beim Spielen mit angeschwemmter Munition die Hand verletzt. Wir haben die Erstversorgung übernommen.« Plötzlich weinte sie. Sie war mit ihren Nerven am Ende. Frieda wollte einen Arm um sie legen. Doch Grete wehrte ab. »Nein, halt bloß Abstand! Vielleicht kann ich jemanden anstecken, selbst wenn ich wieder gesund bin. Die Grippe überträgt sich durch feinste Tröpfchen in der Luft und durch Körperkontakt. Versprich mir, dass ihr Masken tragt.«

»Ich glaub, ich krieg das nicht. Hab mich ja bei Jakomina auch nicht angesteckt.« Frieda hatte sie gepflegt. Und sie war sich ziemlich sicher, dass niemand im Salon bereit war, den ganzen Tag über eine Maske zu tragen.

»Verlass dich nicht zu sehr auf deine Glückshaube«, mahnte Grete. Sie schenkte ihr eine frisch ausgekochte Maske.

Frieda bat Lieske, ihr aus einem alten Laken, das von der Charpiezupferei verschont geblieben war, nach diesem Muster so viele Masken wie möglich zu nähen. Sie selbst trug fortan bei der Arbeit so einen Mundschutz. Sie hielt sich auch an Gretes andere Tipps – nach dem Aufstehen zwei Gläser Wasser trinken, keine engen Sachen tragen, öfter lüften. Aber ihre Schwiegermutter vertraute mehr auf den Zauber des Wickwiefs. Sie und das Personal nahmen die Vorsichtsmaßnahme nicht sonderlich ernst.

Seit Ende des Sommers klang die Grippewelle zum Glück ab. Man hoffte, dass das Thema damit erledigt war. Doch im Oktober begann eine zweite, noch gefährlichere Welle durch das deutsche Reich zu rollen. Sie erreichte auch die Ostfriesischen Inseln. Das ersehnte Aufatmen blieb aus. Die Zeit verging weiter im kräftezehrenden Durchhaltemodus.

Fritz

Es herrschte ungemütliches Wetter an diesem Donnerstag, dem 7. November 1918. Kurz nach dem Mittagessen erhielten Fritz und seine Kameraden den Befehl, sich mit anderen Abteilungen der Inselwache bewaffnet am Südrand des Ortes gegenüber der Seeflugstation einzufinden.

Seit einer Woche brodelte die Gerüchteküche besonders heiß. Matrosen und Heizer in Wilhelmshaven – darunter die Besatzung des Schiffes, auf dem Dodo Dirks, der Bruder seiner Schwiegertochter Frieda, Dienst tat – hatten in der Nacht zum 30. Oktober den Gehorsam verweigert. Die Seekriegsleitung hatte sie zum Schlusskampf gegen die Engländer aufs Meer schicken wollen. Die Matrosen wussten aber, dass es keine Chance mehr auf einen Sieg gab, und hatten deshalb gemeutert. Nur um dem Ehrenkodex irgendwelcher Offiziere Genüge zu tun, wollten sie nicht ihr Leben lassen. Der Protestfunke war auf die Matrosen in Kiel und anderswo übergesprungen, derzeit schien daraus ein Flächenbrand zu werden. Offenbar bildeten sich vielerorts Räte aus Soldaten und Arbeitern, die versuchten, die Macht zu übernehmen. Unglaublich, fand Fritz – eine Revolution im Deutschen Kaiserreich?

»Der Inselkommandant rechnet damit, dass heute auf der Seeflugstation die rote Fahne gehisst wird. Wahrscheinlich werden die Marinesoldaten versuchen, mit roten Fahnen in den Ort zu marschieren«, setzte ein Offizier sie ins Bild, als sie in der Marienstraße angekommen waren. »Der Major hat befohlen, die Flugstation in diesem Fall zu bombardieren.« Bombardieren? Der Schreck fuhr Fritz in alle Glieder. Sein Herz schlug vor Aufregung unregelmäßig. Sie selbst sollten auf ihrer Insel Zerstörungen anrichten? Sie sollten deutsche Soldaten töten statt Feinde? Und das alles kurz vor dem Ende des Krieges? »Sobald ihr eine rote Fahne seht, geht's los.« Große Unruhe erfasste alle Grauuniformierten. Die Landwehrmänner waren schließlich Norderneyer, ihre Familien lebten hier. Die konnten sie doch nicht durch ein Bombardement gefährden!

»Der Ort wird verschont bleiben«, versprach ihr Anführer. »Wir attackieren nur die Seeflugstation. Ein Aufstand aber muss zusammengebombt werden.«

Äußerst angespannt bezogen sie Stellung. Neben Fritz wurde ein Maschinengewehrstand mit Schießrichtung auf die Flugstation aufgebaut. Sie hatten freie Sicht über die Wiesen und den früheren Rennplatz.

Der Betrieb dort drüben verlief deutlich anders als sonst. Flugzeuge hoben im Minutentakt ab, es landeten jedoch kaum welche. Der Wind pfiff ihnen um die Ohren. Stunde um Stunde verstrich. Das Herumstehen zerrte an den Nerven. Einige Kameraden liefen auf und ab, andere setzten sich an den Straßenrand.

Fritz unterhielt sich mit einem Kameraden namens Friso, der wie er einen eigenen Handwerksbetrieb besaß.

»Das sind anständige Jungs da drüben«, sagte Friso. »Man kennt sich doch inzwischen. Auch wenn die manchmal 'n büschen eingebildet sind.«

»Die Marine war immer unser ganzer Stolz«, erwiderte Fritz. »Und Marineflieger müssen erst recht was können. Auch die anderen, die Mechaniker und so, die solche modernen Flugzeuge warten.« Er spähte durch sein Fernglas. Zum Glück war noch keine rote Fahne in Sicht.

»Ich bin natürlich gegen den Bolschewismus«, sagte Friso. »In Russland hungern sie heute. Aber ein paar soziale Reformen wären auch bei uns durchaus angebracht.«

Fritz nickte. »Man muss ja nicht gleich Sozialdemokrat werden.« Er rieb sich die Hände, die trotz der Wollhandschuhe immer steifer wurden.

Wieder startete ein Doppeldecker. Er flog in tiefem Bogen über die Marienstraße. Fritz glaubte einen Moment lang, einen der Kommandierenden zu erkennen. Und den Piloten. Das war doch dieser Martin von Welser, mit dem Frieda und Grete sich angefreundet hatten!

»Und schon wieder machen zwei leitende Herren den Abflug«, kommentierte Friso spöttisch.

Es dunkelte. Die Männer froren. Sie hatten Hunger. Nichts geschah. Bis gegen Abend Jann Berghaus, seit Beginn des Jahres der neue Bürgermeister, vorbeikam und sich erkundigte, wie es ihnen ging.

Vom langen Warten mürrisch, antwortete Fritz: »Die da drüben haben's wohl gemütlicher als wir, die sitzen sicher schön warm beim Skatspielen zusammen.«

»Haltet durch und bewahrt Ruhe«, sagte Berghaus. »Ich spreche gleich mit dem Major.« Er zeigte auf das frühere Lehrerinnenerholungsheim, in dem die Inselkommandantur untergebracht war. »Wir sollten doch ohne Blutvergießen aus dieser Situation herauskommen.«

Das Stottern seines Herzens machte Fritz im Augenblick mehr Angst. Er fasste sich an die Brust, sagte aber nichts, sondern setzte sich nur auf einen Zaun. Eine halbe Stunde später kehrte Berghaus von seiner Besprechung zurück.

»Es gibt neue Meldungen, die Revolution schreitet voran«, erklärte er. »Der Inselkommandant und ich, wir sind uns einig, dass wir auf unserem abgeschlossenen Eiland die Lage nicht zu retten vermögen.« Jann Berghaus, der langjährige Lehrer und Schulrektor, schaffte es auch in dieser heiklen Lage, Besonnenheit auszustrahlen. »Geht in eure Quartiere, damit ihr was Warmes in den Leib bekommt. Ihr habt die Erlaubnis, aus dem Schlachthof den Speck fürs Militär zu holen.«

»Hey, hey!«

Einige der umstehenden Soldaten johlten, andere nickten nur stumm. Fritz erfasste gleich, was das zu bedeuten hatte. Nämlich das Ende der Welt, wie er sie gekannt und geliebt hatte. Die Obrigkeit kapitulierte. Der Krieg war verloren. Die gewohnte Ordnung für immer dahin. Das bedeutete es. Jetzt bestimmten Revolutionäre.

In ihm mischten sich Erleichterung und Trauer. Er war immer ein loyaler, kaisertreuer Untertan gewesen. Er hatte freiwillig vier Jahre bei der Inselwache gedient. Sein Sohn war für das Vaterland gefallen. Aber er hatte auch viel nachgedacht während seiner Patrouillen. Und wenn der Beruf als Friseur ihn etwas gelehrt hatte, dann, dass alles seine Zeit hatte. Wenn eine Mode vorbei war, war sie vorbei. Man machte sich nur lächerlich, wenn man als Ewiggestriger weiter gepuderte Perücken trug. Der alte Zopf gehörte abgeschnitten. Und man musste offen sein für etwas Neues.

Möglicherweise würde er sogar seinen Kaiser-Wilhelm-Bart zu einem Hindenburg-Bart stutzen. Ganz gewiss würde er aber nicht den Linken hinterherlaufen.

Einige seiner Kameraden machten Späße. Sie dachten wohl nur an den Speck.

»Vernünftiger Befehl!«, rief einer. »Bester des Tages.«

Berghaus lächelte väterlich. »Wenn der Magen nicht knurrt, wird's auch im Kopf ruhiger.«

Lissy

Lissy entging die Unruhe nicht. Sie und Fokko fanden alles sehr spannend. Leider mussten sie trotzdem zur Schule. Der Unterricht verlief ganz normal, obwohl ihre Mutter, Oma Jakomina und die Stammkunden spürbar aufgeregt nur noch von Umsturz und Revolution sprachen. Die Druckerei war nachts von abtrünnigen Soldaten besetzt worden. Und man konnte nicht mehr richtig telefonieren, weil Aufständische die Schaltstellen übernommen hatten. Sie sorgten für Chaos, verbanden absichtlich alle falsch. Nun konnten die Generäle ihren Soldaten telefonisch keine Befehle mehr erteilen.

»Dazu hätte ich auch mal Lust«, sagte Fokko grinsend. »Dann würde ich den Pastor mit dem Trocadero verbinden.«

Sie beobachteten, wie sich Soldaten vor dem Rathaus frech weigerten, einen entgegenkommenden Vorgesetzten zuerst zu grüßen. In der Poststraße sahen sie, wie andere Soldaten einem Offizier die Litzen und Schulterstücke von der Uniform rissen und ihn dann verprügelten. Schließlich konnte er weglaufen.

Am Nachmittag warf ein Flugzeug über den Dünen Flugblätter ab. Lissy ergatterte eines und brachte es ihrer Mutter in den Inselsalon. Sie las den Text für alle laut vor. Hauptsächlich ging es darum, dass in Kiel und Wilhelmshaven sämtliche Kommandobehörden die Forderungen der Arbeiter- und Soldatenräte anerkannt hätten.

Lissy verstand nicht ganz, was das bedeutete. Sie begriff

aber, dass gerade etwas sehr Wichtiges, Umwälzendes geschah. Deshalb konnte sie am Abend auch nur schlecht einschlafen. Und sie wachte gleich wieder auf, als sie zu später Stunde die vor Aufregung helle Stimme von Tant' Grete hörte. Schnell stand sie auf, lief ins Wohnzimmer. Ein wenig fürchtete sie, ihre Mutter würde sie ausschimpfen, weil sie nicht schlief, und gleich ins Bett zurückschicken.

»Er gilt erst mal nur bis zum 11. November«, sagte Tant' Grete, »sie handeln bis dahin die Vertragsbedingungen aus, und dann wird er verlängert.«

Als ihre Mutter sie sah, breitete sie ihre Arme weit aus. »Waffenstillstand, Lissy! Endlich schweigen die Waffen!« Sie flog in ihre Arme und ließ sich im Kreis wirbeln, als wäre sie noch ein kleines Kind.

»Dann dürfen wir wieder auf dem Bett hüpfen, ja?« Lissy erinnerte sich an die Kissenschlacht von einst. Sie rannte los, rief »Erster!« und sprang auf dem Bett ihrer Mutter auf und ab.

Ihre Mutter folgte, ließ sich juchzend mit Schwung auf die Matratze fallen. Tant' Grete zog sie wieder hoch, um ihrerseits die Drahtspiralen zum Quietschen zu bringen. Abwechselnd plumpsten sie rücklings aufs federnde Bett und freuten sich und feierten, dass Deutsche, Engländer und Franzosen nicht mehr aufeinander schossen.

»Was ist denn hier los?« Oma Jakomina stand mit Schlafhaube und müden kleinen Augen im Türrahmen. »Los, du auch!«, rief Lissy. Sie zog ihre Großmutter aufs Bett und kitzelte sie durch.

»Dann wird der Krieg wirklich bald zu Ende sein«, hörte sie ihre Mutter sagen, bevor man im Gekicher und Gekreische gar nichts mehr verstehen konnte.

Jakomina

Es war die größte Kundgebung, die Jakomina je auf dem Marktplatz von Norderney erlebt hatte. Menschen standen sogar auf den Dächern umliegender Häuser, um dieser denkwürdigen Stunde des 9. November 1918 beizuwohnen. Der Kaiser hatte am Vormittag abgedankt, nach über dreißig Jahren Regentschaft! Jakomina konnte es nicht fassen. Das bedeutete das Ende der Monarchie! Was sollte denn jetzt werden?

Ebenso neugierig wie vorsichtig hielt sie sich am Rande der dicht gedrängten Menge. Sie atmete schneller. Jede Minute konnte das Chaos ausbrechen. »Das Pack steht da schon in Rudeln und wartet nur drauf, unsere Läden und Geschäfte zu plündern«, flüsterte sie Frauke zu. Mit einer Kopfbewegung wies sie auf eine Ansammlung von Arbeitern und Arbeiterinnen, die rote Armbinden oder rote Schleifen am Revers trugen. »Die meisten von denen sind doch Auswärtige«, fügte sie misstrauisch hinzu.

»Viele haben schon mal auf dem Festland gestreikt und sind deshalb zur Strafe auf die Insel geschickt worden.« Das wusste Frauke wohl von ihren Einsätzen beim Sandschaufeln. »Es sind aber keine Verbrecher, Mutter.«

Gegen halb zwei zogen aus den Dünen verschiedene Trupps mit roten Fahnen in den Ort. Zum Glück marschierten sie in geschlossener Ordnung und nahmen auf dem Platz soldatisch Aufstellung. Jakomina atmete ein wenig auf. Sie erkannte ihren Mann und winkte ihm zu, obwohl sie wusste, dass er nicht zurückwinken würde. Fritz legte beim Paradieren großen Wert auf Haltung.

Frieda, die mit Lissy, ihren Eltern, Rieka und Grete weiter vor ihr im Gedränge stand, drehte sich zu ihr um. »Die Grauen und die Blauen sind inzwischen die besten Freunde«, sagte sie über die Schulter hinweg.

Grete trug wieder diese lächerliche Stoffmaske vor Mund und Nase. Manchmal war sie ja schon etwas putzig, direkt überspannt. Aber Frieda hatte recht. Einträchtig standen das Inselwacht-Bataillon mit seiner Regimentskapelle und die Truppen der Marineflugstation samt ihrer Musikkapelle nebeneinander. Außerdem gab's noch eine Polizeikompanie von hundertzwanzig Mann. Jakomina entging nicht, dass Rieka Dirks' Freund auf deren Winken mit einem Augenzwinkern reagierte.

Ein Obermaat aus Wilhelmshaven eröffnete die Kundgebung. Er sprach von einer Umwälzung, die zu begrüßen sei, und forderte dazu auf, Ruhe und Ordnung zu bewahren. Es folgten einige Redner, die Ähnliches von sich gaben. Einer hielt eine flammende Rede gegen »Schlotbarone, Kriegsgewinnler und Offiziere, die sich mit dem Flugzeug nach Dänemark abgesetzt haben«. Während der Veranstaltung surrte ein Doppeldecker über den Platz, der sich allerdings im Anflug befand. Wenige Minuten später brachte ein Militärfahrzeug einen Vertreter des Arbeiter- und Soldatenrates aus Wilhelmshaven von der Landebahn zum Marktplatz. In seinem Gefolge befand sich Dodo Dirks. Lauter Beifall hieß sie willkommen. Frieda hüpfte aufgeregt auf der Stelle.

Der Mann fasste mit markigen Worten den Gang der Revolution und die aktuelle Situation zusammen. Er forderte sämtliche Arbeiter, Arbeiterinnen und Soldaten auf, sich der Freiheitsbewegung anzuschließen. Alle Menschen sollten von nun an die gleichen Rechte haben. Adelsprivilegien würden abgeschafft.

»Vom Joch zur Freiheit!«, skandierte ein Sprechchor.

Schon bald sollte eine neue Regierung demokratisch vom Volk gewählt werden, auch Frauen sollten abstimmen dürfen. Er schloss die Versammlung mit einem dreifachen Hoch auf den internationalen Sozialismus und die freie deutsche Republik.

Die Menge jubelte, sie grölte. Und Jakomina wusste nicht recht, was sie empfand. Einerseits war es ein pechschwarzer Tag für das Deutsche Reich. Ohne Kaiser Wilhelm II. fühlte sie sich wie vaterlos. Andererseits bedeuteten diese Ereignisse, dass der fürchterliche, gnadenlose Krieg endlich zu Ende war. Und darüber musste man doch zutiefst dankbar und glücklich sein. Ihr Mucki würde endlich nach Hause kommen, und sie konnte ihm wieder jeden Morgen seinen Tee ans Bett bringen.

»Hoch!«, stimmte sie mit ein.

Die Kapellen spielten zusammen einen Marsch und verließen den Platz, die Mannschaften folgten ihnen in ihre Quartiere.

An diesem Sonnabend überwog die grenzenlose Erleichterung über das Kriegsende. Wie Jakomina und Frauke, Frieda und Grete, Familie Dirks und ihre Nachbarn standen die Menschen noch lange beieinander, fanden sich in Grüppchen in Lokalen oder zu Hause zusammen und wiederholten, was sie gehört, gesehen oder erlebt hatten. Sie mussten bereden, was sie noch nicht richtig glaubten. So einen Brocken konnte man nur gemeinsam verdauen. Die letzten alkoholischen Reserven wurden aus ihren Verstecken geholt. Bald tanzte, hüpfte, taumelte die ganze Insel im Friedensrausch.

Einen Tag später, am Sonntag, wählten die Arbeiter und Soldaten dreiundzwanzig Mitglieder für einen Arbeiter- und Soldatenrat. Der Inselkommandant, der Bürgermeister und der Flugstationsleiter nahmen alle Forderungen des Rates an. Und damit endete die Revolution auf Norderney, ohne dass auch nur ein Tropfen Blut geflossen war.

Grete

Grete nahm ein Schlückchen Hagebuttentee und zog wieder die Stoffmaske über den Mund. Sie genoss es, an diesem lausig kalten Januarabend mit Frieda in der warmen Wohnküche von Familie Dirks zu sitzen.

»Zu den Bedingungen des Waffenstillstands gehört ja, dass wir all unsere Kriegsgefangenen sofort in ihre Heimat zurückschicken«, sagte sie, während sie ihre Tasse mit einem leisen Klirren abstellte. Seit Tagen empfand sie ein banges, erwartungsfrohes Zittern, das sie nach außen hin kaum unterdrücken konnte. »Ich hoffe, dass die Franzosen nun ihrerseits die deutschen Gefangenen entlassen und dass Max bald heimkehrt.«

Piet, ein Nachbar der Familie Dirks, von Beruf Maurer, der in den Arbeiter- und Soldatenrat gewählt worden war, schaute skeptisch.

Meta Dirks lächelte jedoch zustimmend. »Das werden sie bestimmt.«

»Die Bedingungen sind himmelschreiend ungerecht«, schimpfte Friedas Vater.

Seine Stirn färbte sich rot. Die Empörung, Wut und Enttäuschung über das, was das Deutsche Reich seinen Gegnern im Waffenstillstandsvertrag zugestehen musste, einte alle Deutschen. Es kam einer Kapitulation gleich. Dodo gehörte zu jenen Matrosen, die im November von Wilhelmshaven aus in einer langen Kolonne mit über siebzig Schiffen zur letzten Fahrt der Kaiserlichen Kriegsflotte nach England aufgebrochen waren, um die Schiffe dort, wie im Vertrag vereinbart, den Siegern zu übergeben. Mittlerweile lagen sie in Schottland zwischen abgelegenen Inseln an einem Ort namens Scapa Flow und saßen dort fest. Nichts schien sich zu tun.

Dirk Dirks war aber auch schlecht gelaunt, weil er mit seiner Schaluppe nicht zum Fischen rausfahren konnte, obwohl endlich die Waffen ruhten. Grete wusste, dass er früher immer den Winter über alte Netze repariert hatte. Aber es lohnte sich einfach nicht. Es gab zu wenige Fische in seinen Fanggebieten. Kein Norderneyer Fischer fuhr derzeit raus. Sie alle suchten einen anderen Broterwerb, meist ohne Erfolg.

»Lass sie doch erst mal in Ruhe den Friedensvertrag aushandeln«, sagte Frieda.

Ihr Vater musterte sie mit einem abschätzigen Blick. »Daran gewöhn ich mich mein Lebtag nicht«, knurrte er, »dat Froolüü up eenmol bi de Politik mitreden wulln.«

Piet grinste.

»Sogar sollen …«, ergänzte Grete. Sie erntete ein verschmitztes Lächeln der Großmutter. Die alte Ostfriesin war für sie mittlerweile wie ihre eigene Oma. »Wenn demnächst Wahl ist, musst du auch unbedingt deine Stimme abgeben«, sagte sie zu ihr. Die Mutter von Friedas Vater konnte zwar nicht mehr gehen und kaum noch sprechen, aber denken konnte sie, und ein Kreuz auf dem Wahlzettel würde sie wohl noch hinkriegen.

»Wie soll sie denn dahin kommen?«, überlegte Rieka. »Ich

meine, wenn am 19. Januar kein Schnee mehr liegt und wir sie nicht mit dem Schlitten hinschieben können?«

»Ich bin sicher, dass die Parteien sich überschlagen und anbieten werden, alte Leute zu Hause abzuholen und zurückzubringen«, entgegnete Grete. »Die tragen dich in deinem Sessel ins Wahllokal.«

»Willst du nicht mal dieses Stück Stoff aus dem Gesicht nehmen?«, fragte Meta Dirks. »Man kommt sich ja vor wie im Krankenhaus.«

»Es ist sicherer so«, erwiderte Grete. »Durch die vielen Versammlungen in letzter Zeit stecken sich wieder mehr Leute mit der Grippe an.«

»Is' doch lächerlich.«

»Lieber lächerlich als tot.« Sie hatte sich geschworen, dass sie nur noch tat, was sie für richtig hielt. Das war ihre persönliche Lektion aus der Vergangenheit. Sie würde nie wieder, ohne nachzudenken, irgendwo Fähnchen schwingen und bei irgendwas mitmachen, wenn sie nicht davon überzeugt war. Egal, was die Masse trieb oder angeblich wichtige Männer behaupteten. »Wir haben im Lazarett mehr Grippekranke denn je, im Dorf grassiert die Krankheit auch.« Sie zog den Stoff akkurat zurecht. »Da sollte man sich und andere besser schützen, so gut es geht.«

Familie Dirks bedachte sie mit bestenfalls nachsichtigen Blicken. Na und?, dachte Grete, man muss eben auch dann zu seinen Überzeugungen stehen, wenn andere sie lächerlich finden. Das fängt genau bei solchen Kleinigkeiten an.

»Piet«, Rieka blinzelte ihren Nachbarn neugierig an, »stimmt es, dass unsere Honoratioren jede Menge Schinken, Speck und Würste gehortet haben? Und Butter gleich fassweise?«

Seit alle gleich waren, zerfiel die Einheit der Masse. Grete beobachtete das Phänomen mit großem Interesse. Neid und Zwietracht führten zu allerlei Aktionen. Piet zählte auf, bei wem sie an diesem Tag nach Hinweisen aus der Bevölkerung eine Hausdurchsuchung gemacht hatten.

»Also, beim Bürgermeister war nichts zu finden, beim Pastor auch nicht, bei einigen anderen schon, zum Beispiel bei Dr. Hase. Denen haben wir natürlich alles weggenommen, und sie werden's noch angemessen büßen.«

»Jann ist in Ordnung«, sagte Dirk Dirks. »Den müsst ihr nicht kontrollieren.«

»Der Arbeiter- und Soldatenrat hat aber trotzdem einen Mann abgestellt, der jeden Morgen ins Rathaus geht und sich an einen Schreibtisch neben den vom Bürgermeister setzt«, erklärte Piet. »Jann Berghaus muss ihm alles vorlegen, was er bearbeitet hat und veranlassen will. Unser Mann passt als Organ des Volkswillens auf. Soll ja alles im Einklang mit den Zielen der Revolution sein.«

»Zu Kriegsbeginn hat er ganz schön mitgejubelt«, bemerkte Grete.

»Wie alle«, warf Dirk Dirks mürrisch ein.

»Ohne ihn hätten wir Mord und Totschlag erlebt, sagt mein Schwiegervater.« Frieda ließ nichts auf den Bürgermeister kommen. »Aber dass die Offizierscasinos geschlossen sind und alle Vorgesetzten, auch die von den Arbeitern, nur noch das Essen aus der Mannschaftskantine kriegen, das find ich sehr in Ordnung. Im Inselsalon war das übrigens schon immer so, Familie und Personal sitzen an einem Tisch.«

»Fritz ist wieder in seinem Element, was?«, bemerkte Meta.

»Er klimpert mit den Scheren wie ein Artist«, erwiderte Frieda lächelnd. »Die Morgendiskussionen erreichen neue Höhepunkte. Ich glaube, mein Schwiegervater wird noch den Engelein im Himmel die Haare schön machen.« Alle lachten.

Die Pendeluhr an der Wand schlug zur halben Stunde. »So, nun wird's Zeit«, sagte Meta. Sie begann, den Tisch abzuräumen. »Rieka, bist du sicher, dass du nicht mitkommen willst?« Der Sozialdemokratische Wahlverein hatte im Frisia zu einer öffentlichen Frauenversammlung eingeladen. »Das wird bestimmt interessant.«

»Och nööö«, Rieka errötete leicht. »Ich darf ja noch nicht wählen, erst in zwei Jahren, wenn ich zwanzig bin.«

»Lass mich raten …«, Frieda lächelte mehrdeutig.

»Sie ist mit ihrem Verehrer vom Fehn verabredet«, neckte Piet seine Nachbarin.

»Na ja, jetzt, wo man endlich wieder tanzen darf«, antwortete Rieka kokett, »da haben wir 'ne Menge nachzuholen.«

Silvester war das Tanzverbot aufgehoben worden. Die Vereine nahmen nach und nach wieder ihre Friedensarbeit auf, das Kurtheater kündigte »Bunte Abende« an, demnächst sollte für die ersten heimgekehrten Soldaten ein gemütlicher Abend mit Tanz, Gesangseinlagen und heiteren Einaktern stattfinden. In der Inselzeitung, die nach fast drei Jahren seit Beginn des Jahres wieder täglich erschien, kündeten Anzeigen vom Aufbruch in normale Zeiten – *Bin zum Pianostimmen anwesend* oder *Kriegsbeschädigter sucht gut erhaltenen Zivilanzug*. Sogar Tanz- und Benimmkurse wurden wieder angeboten.

Aber noch immer hungerten und froren die meisten Insulaner. Die Butterration pro Woche war noch mal um zehn auf vierzig Gramm pro Person verringert worden. Neulich hatte Grete in ihrer Wohnung Schellackplatten mit Melodien von Paul Lincke auf dem Grammofon abgespielt, und sie und Frieda waren zu O *Theophil* und *Das ist die Berliner Luft* herumgehopst, nur, um beim Tanzen wenigstens mal für eine Stunde den ständig nagenden Hunger zu vergessen.

Der Saal im Frisia war voll, nahezu überfüllt – zum ersten Mal in der Geschichte der Gaststätte allerdings fast ausschließlich mit Frauen. Es roch nach feuchten Wollmänteln, Kohleheizung, abgestandenem Tabakqualm und in die Jahre gekommenen Lavendelparfüms.

Die Referentin, Hanna Harder aus Bremen, konnte mitreißend reden. Sie sprach auch die Herzen ihrer Zuhörerschaft an. »Wir wollen über uns selbst bestimmen, und niemand hat das Recht, über uns zu verfügen.«

Immer wieder unterbrach stürmischer Beifall ihre Ausführungen. Grete fand es wohltuend, dass Frau Harder nicht herumblümelte über die Aufgaben der Frau im Allgemeinen, im christlichen oder hehren germanischen Sinn, sondern konkret Themen benannte. Mit heißen Ohren machte sie sich stichwortartig Notizen. Ausreichender Mutterschutz, Gleichstellung der unehelichen Kinder mit den ehelichen, Änderung des Eherechts, Gesindeordnung, Fortbildungsschule, Bekämpfung der Tuberkulose, Arbeiterinnenschutz, Achtstundentag, Gleichheit im Sinne der Gleichberechtigung und noch vieles mehr. Frieda hörte ebenso begeistert zu wie sie selbst. Zwischendurch stießen sie sich immer wieder mit den Ellbogen an oder nickten einander zu. Auch Friedas Mutter äußerte sich zustimmend. Bei ihrer früheren Arbeit als Badefrau hatte sie zur Genüge unter dem Hochmut der besseren Kreise leiden müssen. Kein Wunder, dass ihr die Parole »Freiheit und Gleichheit« gefiel.

Im Anschluss gab es ein paar Wortbeiträge aus dem Publikum, die allerdings bis auf einen nur von den wenigen männlichen Genossen kamen. Auch einige Gegner der Partei meldeten sich, aber selbst sie gaben ihrer Bewunderung für die feinen Ausführungen von Frau Harder Ausdruck. Nach dem Schlusswort der Referentin standen etliche Zuhörerinnen Schlange, um Mitglied der SPD zu werden.

Grete und Frieda brauchten nur einen Blick zu wechseln, und ihrer beider Entschluss stand fest. Sie reihten sich ein und ließen sich als Neumitglied registrieren. Wie Grete später erfuhr, hatten an diesem Abend vierunddreißig Frauen diesen Schritt gewagt.

Als sie das Frisia verließen, standen im Saal, auf dem Flur und vor dem Lokal noch Grüppchen, die eifrig diskutierten. Meta Dirks unterhielt sich draußen mit früheren Kolleginnen vom Damenstrand und mit Nachbarinnen, die ihr Leben lang als Wurmdilberinnen gearbeitet hatten. Eine sehr unangenehme Tätigkeit, wie Grete aus Friedas Erzählungen wusste. Ihre Freundin hatte als junges Mädchen auch oft frühmorgens bei Wind und Wetter nach Wattwürmern graben müssen und sie anschließend, wohl ziemlich widerwillig, mit ihren kleinen geschickten Fingern auf die Angelhaken ihres damals noch Schellfisch fangenden Vaters aufgespießt.

»Na, Frieda«, sagte Minna, eine ledige Insulanerin in ihrem Alter, die Grete nicht besonders mochte. Sie arbeitete als Verkäuferin im elterlichen Lebensmittelgeschäft. Immer eine Spur zu beflissen, mit Überbiss und vorgezogenen

Schultern, tratschte sie für ihr Leben gern – wobei sie's mit der Wahrheit nicht so genau nahm. »Was mag denn wohl dein Verlobter dazu sagen, dass du so mir nichts, dir nichts Genossin geworden bist?«

»Mein Verlobter?«, erwiderte Frieda befremdet. »Ich bin verwitwet.«

»Ja«, Minna heuchelte Mitgefühl, »deshalb freu ich mich auch so für dich, dass du wieder jemand gefunden hast. Wo's doch kaum mehr heile Männer im heiratsfähigen Alter gibt.« Sie unterdrückte ein Kichern. »Noch dazu so einen schmucken Flugzeugführer, Respekt!«

»Wie bitte?«

Friedas Gesicht lief rot an. Grete schaute fragend von einer zur anderen. Was war hier los?

Minna winkte ab, als wollte sie sagen: Na, nun hab dich nicht so, unter uns Pastorentöchtern kannst du's doch ruhig zugeben.

»Ich hab euch gesehen«, sagte sie selbstgewiss. »Unser Küchenfenster geht doch zum Hotelgarten raus. Was ihr da im Dunkeln getrieben habt, das ist Verlobten vorbehalten, soweit ich weiß.«

»Du …« Frieda blies ihre Wangen auf, Grete sah förmlich, wie sie »blöde Kuh« runterschluckte, »… du musst dich irren. Du verwechselst mich wohl.« Sie packte Grete am Arm und zog sie weiter.

»Ich hab euch längst durchschaut«, rief Minna ihnen hinterher. »Deine arme Freundin Grete muss immer die Anstandsdame spielen, aber in Wirklichkeit …«

Frieda ging so hastig, dass sie beinahe auf dem gefrorenen Boden ausgerutscht wären.

An einer Straßenlaterne blieb Grete abrupt stehen. »Würdest du mir bitte mal erklären, was sie gemeint hat?«

»Puh!« Friedas heftig ausgestoßene Atemwolke war im Laternenschein zu erkennen.

»Sie sprach doch ganz offensichtlich von dir und Martin, oder?«

»Ja, mein Gott!« Frieda fasste an ihre Hutkrempe. »Er hat mich mal geküsst.«

»Martin?«

»Ja.«

»Und wieso weiß ich nichts davon?«

»Ich wollte dich nicht aufregen. Es war nicht wichtig.«

»Aufregen?«, rief Grete schrill. »Wieso sollte es mich denn aufregen? Wann war das? Wie oft und wie lange …«

»Eben, genau das hab ich befürchtet«, schnitt ihr Frieda das Wort ab. »Er hat mich nur ein- oder zweimal geküsst. Es hatte überhaupt nichts zu bedeuten.«

»Einmal?«, fragte Grete, plötzlich deutlich kühler. »Oder zweimal? Das ist ein Unterschied. Das wirst du ja wohl wissen. Einmal hätte ich ja noch irgendwie verstehen können. Zweimal, das ist allerdings kein Ausrutscher mehr. Du hättest ihn zurechtweisen müssen …«

»Erstens wollte ich ja gar nicht. Und zweitens: Wieso hätte ich ihn zurechtweisen müssen?« Frieda schien auf Angriff umzuschalten. »Warum darf ich nicht selbst entscheiden, wer mich küsst? Hast du etwa irgendein Anrecht auf Martin? Du bist verheiratet, meine Liebe, du hast im Gegensatz zu mir einen Ehemann.«

Grete blieb die Spucke weg. Wie konnte ihre Freundin, ihre allerbeste Freundin in diesem Leben, so mit ihr reden?

Wie hatte sie sie dermaßen hintergehen können? Es drehte sich doch gar nicht darum, ob Martin mal eine andere küsste. Sollte er, in Gottes Namen. Sie hatte ihm schließlich klar deutlich gemacht, dass er bei ihr keine Chancen hatte, weil sie Max liebte. Aber hinter ihrem Rücken …

»Du … du …«

Mit offenem Mund suchte sie nach den richtigen Worten, die Vorwürfe purzelten wirr durch ihren Kopf. Und ja, da regte sich in ihrem Innern doch so etwas wie Eifersucht.

Martin war ihre Eroberung. Er war ihr Verehrer. Wie konnte diese scheinheilige Ostfriesin es wagen, ihn ihr abspenstig zu machen? Bot sich als Anstandsdame an und drehte einfach den Spieß um. Wie hinterhältig.

Und was war eigentlich mit ihm? Wie hatte er ihre beste Freundin begehren und mit ihr weiter so liebenswürdig und charmant umgehen können? Was für ein mieser Charakter! Ob er sich insgeheim über sie lustig gemacht hatte? Es war ja auch ein höchst zweifelhaftes Verhalten, ohne ein Wort des Abschieds von der Insel zu verschwinden, sich einfach nach Dänemark abzusetzen.

Die Kälte drang in ihren Rachen, Grete schloss den Mund. »Du kannst mich mal!«, schleuderte sie Frieda entgegen und drehte sich auf dem Absatz um. Mit zügigen Schritten stapfte sie durch die Januarnacht allein in Richtung Damenpfad.

Sie schlief sehr schlecht in dieser Nacht. Einen richtigen Streit hatten sie und Frieda noch nie gehabt.

Am folgenden Tag hörte sie auf dem Weg zur Arbeit, wie zwei Insulaner sich über ihre Maske lustig machten. Sie sah den Drahtzaun vor dem Meer, ihr Magen knurrte, und plötzlich hatte sie diese Insel satt. So unglaublich satt. Alles erschien ihr eng und borniert und grau und niederdrückend.

Sie bat ihren Vorgesetzten um ein paar Tage Urlaub. »Ich muss ganz dringend aus familiären Gründen nach Berlin«, flunkerte sie.

Nur weg von hier. Endlich mal wieder in eine Stadt. Sie ertrug Norderney nicht mehr.

Im Inselsalon

»Bist du verrückt geworden?« Fritz wollte sich gar nicht wieder beruhigen. Er hatte seine Schwiegertochter immer für eine vernünftige, geschäftstüchtige Frau gehalten – und dann leistete sie sich so was, das war ungeheuerlich. »Du kannst doch als Juniorprinzipalin eines Friseursalons nicht die Partei von Arbeitern unterstützen! Allein der Achtstundentag für Lehrlinge und Gesellen ist eine Katastrophe, bald wollen sie auch sonntags nicht mehr arbeiten ... Wie sollen wir das denn bezahlen?«

Jakomina blickte unglücklich von ihm zu Frieda und wieder zurück.

Frieda schlug ihre klaren blauen Augen weit auf. »Aber die Ziele, die sie verfolgen, haben mich überzeugt«, entgegnete sie. »Es geht ja nicht nur um die Arbeiter. Sondern zum Beispiel um mehr Frauenrechte.« Fritz spürte, wie ihm der Hals schwoll. Frauenrechte! Brauchte die Welt das? Unter ihm jedenfalls hatten Frauen schon immer was sagen und beisteuern dürfen. »Man muss auch mal über den eigenen Tellerrand hinausschauen«, verteidigte Frieda sich weiter. »Warum wir heute in dieser Lage sind und in welcher Zukunft unsere Kinder leben sollen ... Außerdem weiß ich, wie hart der tägliche Kampf ums Überleben für das Volk ist. Ich erinnere mich sehr gut, wie's früher bei uns zu Hause war.«

»Eben«, erwiderte Fritz. »Jetzt ist der Inselsalon dein Zuhause. Hier hast du es besser. Und wenn du willst, dass es so bleibt, dann trittst du sofort wieder aus dieser Sozialistenpartei aus!«

Jakomina versuchte auszugleichen. »Aber im Salon lässt du doch Theos Meinung auch gelten, Fritz«, mahnte sie sanft. »Ihm zuliebe hast du sogar den *Vorwärts* abonniert.«

»Das ist was anderes«, erwiderte er ruppig. »Die Meinungen von Jan und Onno und Hermann lass ich genauso gelten. Das gehört zur Kundenpflege. Aber wir sind doch quasi die Moderatoren für den Austausch. Habt ihr Spatzenhirne das denn noch nicht begriffen?«

»Du meinst, wir schleimen uns so durch?«, fragte Frieda aufmüpfig zurück. »Geben jedem Kunden recht?«

Fritz raufte sich das Haar. »Unsere Berufung ist es, eine angenehme Atmosphäre zu schaffen. Die Menschen kommen nicht nur zum Friseur, um Haare zu lassen. Sie wollen Neues erfahren, sich austauschen und sich dabei wohlfühlen. Da darfst du nicht Partei ergreifen.«

»Bei allem Respekt, Schwiegervater«, Friedas Augen wurden schmaler, und sie schnaufte vernehmbar, »meine Gedanken gehen genau in die andere Richtung: Jeder muss einen Beitrag leisten. Mitwirken. Vielleicht sollte ich mich sogar in den Gemeinderat wählen lassen.«

»Wenn du das wagst …«, Fritz ließ den Satz unvollendet, weil er selbst nicht wusste, womit er ihr eigentlich drohen sollte. »Verdammich noch mal!«, fluchte er stattdessen.

So vieles hatte sich geändert. Dass der Kaiser nach Holland geflüchtet war, erschütterte ihn tief. Das war feige, daran gab's nichts schönzureden. Die alte Ordnung brach gerade in sich zusammen wie ein morsches Gebäude.

Frieda atmete scharf ein. Mit beiden Händen auf dem Bauch versuchte sie offenbar, ihrer Erregung Herr zu werden. Doch es wollte ihr nicht gelingen. Schwer atmend, aber wortlos, drehte sie sich um, marschierte durch den Flur in die Küche, wo sie die Tür hinter sich zuschlug.

Fritz' erster Impuls war, ihr zu folgen.

»Ach, lass es«, sagte Jakomina. »Beruhige dich, denk an dein Herz.« Kurz darauf sahen sie durchs Schaufenster Frieda mit Wintermantel und Hut durch den Schnee eilen. »Soll sie sich erst mal abkühlen.«

Später am Abend, als sie nebeneinander auf dem Sofa saßen, er lesend, sie stopfend, sagte seine Frau etwas, das ihm zu denken gab.

»Eigentlich hast du schon immer einen klaren Standpunkt vertreten, nicht wahr? Er entsprach aber der Meinung sehr vieler Bürger, man könnte sagen, er war allgemein anerkannt.« Fritz überlegte und nickte. »Siehst du, und nun haben sich die Zeiten geändert. Ich habe den Eindruck, dass die Mehrheit in diesen Tagen das gut findet, was der Arbeiter- und Soldatenrat will. Da kann es doch gar nicht schaden, wenn Frieda entsprechend Flagge zeigt.«

Fritz antwortete nicht darauf. Er brummelte etwas Unverständliches. Das wollte er erst mal sacken lassen. Er las weiter in der Zeitung. In Berlin fanden jeden Tag blutige Straßenkämpfe statt. Gut, dachte er, dass wir Ostfriesen ein bedächtiger Menschenschlag sind.

Er streckte seinen Arm aus und legte ihn Minchen um die Schultern. Es war so schön, endlich wieder zu Hause zu sein. Jeden Abend gemütlich mit ihr im Wohnzimmer zu sitzen, jede Nacht im eigenen Bett zu liegen, morgens den Tee serviert zu bekommen, selbst wenn's irgendein Ersatzkraut war, und die Tage mit Kamm und Schere im angenehm duftenden Salon zu verbringen.

»Ich bin zufrieden«, sagte er in einer Gefühlsaufwallung und drückte sie. »Weißt du das?«

Jakomina nickte und lächelte gerührt. Als sie weiterstopfte, verschwammen die Fadenkaros vor ihren Augen. Der Schmerz um Hilrich würde nie vergehen. Aber in diesem Moment war auch sie zufrieden, so sehr, dass es sie glücklich machte.

Am folgenden Vormittag sprachen die Sturköpfe Frieda und Fritz zwar noch nicht wieder miteinander, aber sie gifteten sich auch nicht an. Jakomina spürte, dass beide bereit zur Versöhnung waren und nur nicht wussten, wie sie es anstellen sollten, ohne das Gesicht zu verlieren. Dass Frieda nicht nachgeben und aus der SPD austreten würde, war ihr klar.

»Mir hat vorhin eine Kundin gesagt, heut gibt's bei Bäcker Lührs frischen Blechkuchen«, wandte sie sich im Salon an ihre Schwiegertochter. »Willst du nicht eben hinlaufen und für uns ein großes Stück besorgen?« Sie drückte ihr ein paar Lebensmittelmarken in die Hand. Frieda sah sie erstaunt an. So viel Luxus an einem ganz normalen Tag war ja auch ungewöhnlich. »Hat jemand Geburtstag?«

»Nö«, Jakomina lächelte listig, »einfach mal so.«

Mit einem leckeren Stück Kuchen würde sich die Angelegenheit in der nächsten Teepause gewiss besser bereden lassen.

Frieda

Frieda musste ständig Bekannte grüßen, während sie durch den Ort ging. Überall hingen Wahlplakate, sie boten ein buntes Bild. Die Parteien versuchten sich gegenseitig zu übertreffen – und zu überkleben. Auf den bürgerlichen Wählerlisten stehen sicher auch vernünftige Leute, dachte Frieda, so wie Jann Berghaus, der für die Deutsche Demokratische Partei kandidierte. An einer Litfaßsäule sprang ihr ein Plakat ins Auge. *Frauen, wählt sozialdemokratisch, oder Ihr habt zum letzten Mal gewählt!*, las sie.

Das gefiel ihr eindeutig besser. Frieda stellte sich vor der Bäckerei ans Ende der Schlange und fühlte sich, nicht nur weil es bei der Kälte auch noch ordentlich wehte, ziemlich durch den Wind. Wie kam es bloß, dass jetzt, da endlich die Waffen ruhten, in ihrer privaten Welt an allen Fronten Krieg ausbrach? Sie litt darunter, dass Grete böse auf sie war. Was sie ihr gesagt hatte, tat ihr leid. Statt so angriffslustig zu reagieren, hätte sie ihr in Ruhe schildern sollen, wie sie in die Situation hineingeschliddert war.

Und nun wollte ihr auch noch der Schwiegervater vorschreiben, wie sie zu leben hatte. Sosehr sie sich freute, dass er zurück war, so beklommen wurde ihr zumute, wenn sie sich vorstellte, dass sie jetzt in jeder Beziehung zurück ins Glied sollte. Sie bezweifelte, ob sie das konnte. Schließlich hatte sie in den vergangenen vier Jahren mehr oder weniger den Betrieb geführt. Da würde es wohl demnächst noch häufiger knirschen.

Während sie Schritt um Schritt in der Warteschlange vorrückte, dachte sie über seine Einwände wegen ihrer Parteimitgliedschaft nach. Bei nüchterner Betrachtung war natürlich etwas dran an seinen Bedenken. Aber dass sie sich in den Gemeinderat wählen lassen könnte, darauf war sie sowieso erst im Eifer des Gefechts gekommen. Daran hatte sie vorher überhaupt nicht gedacht, und sie wollte es auch gar nicht, jedenfalls nicht, bevor sie sich nicht gründlicher mit allem beschäftigt hatte, was daran hing. Öffentlich für eine Sache seine Stimme zu erheben, erforderte viel Mut. Außerdem wusste sie nicht, wo sie die Zeit hernehmen sollte. Sie schaffte jetzt schon kaum alles, was sie wollte.

Ach, wo waren nur die heiteren Tage hin? Kamen sie jemals wieder? Immer hatte sie geglaubt, sie müsste durchhalten, bis der Krieg zu Ende war. Aber das Durchhaltenmüssen hörte einfach nicht auf.

Wie es wohl in diesem Moment Joseph ging? Hoffentlich lebte er noch, und hoffentlich war er unversehrt. Sie lächelte, wie immer, wenn sie an ihn dachte und sich vorstellte, dass sie mit ihm in seiner österreichischen Heimat durch begrünte Berglandschaften wanderte, aus denen türkisfarbene Seen hervorleuchteten.

Die beiden Frauen vor ihr unterhielten sich lautstark und störten ihren Gedankenstrom. »Eher bleibt die Flut weg, als dass eine Frau so viel zu sagen hat wie der Mann, der das Geld nach Hause bringt«, behauptete die eine, die schwanger war und ein Kind auf dem Arm trug, während ein drittes an ihrer Schürze zupfte. »Wer das glaubt, der träumt doch!«

»Ich finde solche Träume eigentlich ganz schön«, entgegnete die andere, der zwei kleine Kinder am Rockzipfel hingen, wohl, weil sie auf etwas zu essen hofften. »Gleiches Recht für alle. Auch dass die Kerle sich nicht mehr betrinken und dann zu Hause aufführen dürfen, als wären sie der Käpt'n aller Krabbenkutter.«

Frieda musste schmunzeln. Sie kannte die Frauen. Jedes Jahr bekamen sie ein Kind. Witwe zu sein, dachte sie, hat auch Vorteile.

Als sie mit einer kleinen Kuchenplatte in den Salon zurückkehrte, waren ihre Schwiegereltern nirgends zu sehen.

»Nanu?«, sagte sie, begrüßte neu hinzugekommene Kunden und wandte sich an den Altgesellen Heye. Er wies mit dem Kopf in Richtung Flur. »Sind beide in der Küche, haben einen besonderen Gast.«

Entgegen der Gewohnheit klopfte sie an. »Komm rein!«, hörte sie ihre Schwiegermutter. Schon der Klang ihrer Stimme verriet, dass sie gut gelaunt war. Frieda trat ein. »Ah, du kommst genau richtig mit dem Kuchen. Sieh mal, wer da ist!«

Sie brauchte etwas, bis sie ihn erkannte. Der magere Mann mit den roten Haaren und blassen Sommersprossen war Erwin, ihr früherer Geselle. Er stand auf, sie reichte ihm die Hand, und er machte eine Verbeugung.

»Ach, Erwin!«, rief sie überrascht. »Wie schön, dich zu sehen.«

In diesem Augenblick stimmte das, was sie sagte, obwohl sie den jungen Mann nie besonders gemocht hatte, denn er war ein Teil der schönen Jahre vor dem Krieg. Allerdings sah sie auch blitzartig wieder das Bild vor sich, wie er damals, als sie noch eine ganz junge Friseurgehilfin gewesen war, versucht hatte, sie zu küssen. Obwohl sie auf der untersten Stufe in der Salonhierarchie gestanden hatte, hatte sie es gewagt, ihm eine Backpfeife zu schallern, dass es nur so gekracht hatte. Abgesehen davon war er der Kollege gewesen, der sich am besten vor Arbeit drücken, beim Essen vordrängeln, Haare in die Ecken fegen und Fehler vertuschen konnte.

»Erwin wird wieder bei uns arbeiten«, ließ sich ihr Schwiegervater vernehmen. Er bot Erwin einen Zigarillo an.

Frieda holte sich eine Teetasse aus dem Schrank, zerschnitt den Kuchen in handliche Streifen und setzte sich dazu.

»So«, sagte sie nur. Ihr war das gar nicht recht. Obwohl sie einen weiteren Gesellen brauchen konnten, aber ausgerechnet Erwin musste es nun wirklich nicht sein.

»Hilrich und Erwin waren doch in derselben Sanitätskompanie an der Ostfront.« Jakominas Augen leuchteten. »Er hat uns gerade von ihren gemeinsamen Erlebnissen erzählt. Wie sie Verwundete vom Gefechtsfeld gerettet und im Lazarett gesundgepflegt haben. Einmal einen adligen Leutnant, dem die Ärzte keine Chance mehr gegeben hatten.«

»Ja«, Erwin schlug bescheiden die Augen nieder, »ich darf sagen, wir sind in dieser schweren Zeit gute Freunde geworden.«

Ich glaub dir kein Wort, dachte Frieda. Hilrich hat nie auch nur mit einem Satz etwas in dieser Richtung angedeutet.

»Ist das nicht schön?« Jakomina strahlte. »Er hat sogar Fotos, die wir noch nicht kannten. Guck mal!«

Sie schob ihr zwei Aufnahmen hin, auf denen Hilrich und Erwin mit anderen Sanitätern auf einem Hof irgendwo in

Galizien zu sehen waren. Friedas Herz zog sich zusammen. Ihr gefallener Mann fehlte ihr. Oft gab es ihr ganz überraschend zwischendurch einen schmerzhaften Stich, wenn eine Kleinigkeit an ihn erinnerte. Oder wenn sie die Abbildung einer neuen Frisur sah und mit ihm darüber reden wollte, wie man wohl am besten die halbrunde Welle über dem Ohr so hinbekäme.

Er fehlte Lissy so sehr. Sie war immer ein Papakind gewesen und stellte viele Fragen. Wo ist Papa jetzt? Kann er uns sehen? Kann er fühlen? Hat er Schmerzen? Frieda antwortete meist, er sei bei den Engeln, bestimmt ohne Schmerzen, und blicke mit Wohlgefallen auf sie herunter. »Er beschützt uns.«

Sie seufzte. Hilrich fehlte überall. Der Salon hatte unwiederbringlich etwas eingebüßt. Sein heiteres Leuchten, seine freundliche Eleganz. Ihr Zeigefinger strich auf dem Foto sanft über seine Wange.

»Ja, Erwin«, sagte ihr Schwiegervater mit rauer Stimme, »du musst uns noch viele Geschichten aus Hilrichs letzten Jahren erzählen.«

»Sicher. Wir haben uns blind verstanden, so eine Zeit schweißt einen für immer zusammen.«

Dieser Heuchler! Frieda fühlte Übelkeit aufsteigen.

Zum Glück platzte in diesem Moment Emil in die Küche. »Kundschaft! Frau Lührs ist da. Waschen, trocknen, ondulieren.«

»In Ordnung«, antwortete Frieda erleichtert und stand auf, »die übernehme ich.«

Es schneite. Eigentlich hatte sie sich vorgenommen, abends Grete aufzusuchen und sich bei ihr zu entschuldigen. Aber kurz vor dem Abendbrot klingelte es an der Haustür. Kaum jemand benutzte den offiziellen Zugang zur Wohnung. Die Leute kamen entweder durch den Salon oder durch den Garten von hinten. Das beunruhigte Frieda bereits etwas.

Als sie die Tür öffnete, stand ihr der Militärpolizist Gerd Stapelfeld mit Lissy am Schlafittchen gegenüber, hinter ihm ein Kollege, der mit jeder Hand je zwei Jungen am Kragen festhielt. An seinen Händen erkannte sie Frostbeulen. Stapelfeld machte eine strenge Miene. Lissy wand sich und schien kurz vorm Losheulen zu sein.

»Sie können froh sein, dass ich das Mädchen erwischt hab«, sagte er.

»Um Gottes willen, was hat Lissy denn ausgefressen?«

»Sie befand sich mit vier weiteren Kindern, übrigens alles Jungen, in den Dünen«, antwortete er. »Es ist strengstens verboten, die Dünen zu betreten. Das ist überall annonciert worden.«

Frieda schluckte. Sie wusste, dass der Diebstahl von Staatseigentum aus den Dünen überhandnahm, seit die Insel entmilitarisiert wurde und die Soldaten nicht mehr in den zahlreichen Unterständen Dienst taten. Die meisten Landwehrmänner waren wie ihr Schwiegervater wieder zu Hause. Das Seehospizgebäude wurde allerdings weiter vom Militär genutzt. Die meisten deutschen Flugzeuge, Kriegsschiffe, Züge und alles andere Material, mit dem Deutsche je wieder hätten Krieg führen können, mussten den Siegermächten ausgeliefert werden. Die Seeflugstation hatte eine Galgenfrist erhalten. Eine stark verkleinerte Mannschaft hielt den Betrieb aufrecht, weil die Flugzeuge noch beim Suchen und Entfernen gefährlicher Treibminen aus der Nordsee helfen sollten. Aus den Dünen und Schutzhütten jedoch plünderten die Leute inzwischen alles, was nicht niet- und nagelfest war – Mobiliar, Decken, Vorräte, Waffenreste, Kabel oder Drähte.

»Jede Zivilperson, die dort angetroffen wird, hat strenge Bestrafung zu erwarten.« Da Gerd Stapelfeld in Begleitung eines Kollegen war, gab er sich betont dienstlich und wiederholte den überall angeschlagenen Text. »Jeder Diebstahl wird als Räuberei betrachtet. Die Betroffenen setzen sich der Gefahr des Erschießens aus. Werden Kinder in den Dünen angetroffen, so haben Eltern die gleiche Strafe zu erwarten, als wenn sie selbst angetroffen werden.«

Frieda nickte respektvoll. Ihr war klar, dass die Kinder wieder nach Dingen gesucht hatten, die sie dem Schrotthändler verkaufen konnten. Natürlich unter der Hand, was für den Händler den Vorteil bot, dass er nur einen Bruchteil des Werts bezahlen musste. Sie setzte ein charmantes Lächeln auf.

»Aber Sie wollen mich doch jetzt nicht erschießen, oder?«

Lissy brach in Tränen aus.

»Ähm …«

»Danke, dass Sie mir meine Tochter wohlbehalten zurückbringen. Es wird nicht wieder vorkommen.«

»Das Gör braucht mal 'ne ordentliche Tracht Prügel«, knurrte der andere Polizist, der die unruhigen Jungen mit Knieknüffen unter Kontrolle hielt.

Frieda überlegte fieberhaft, was ein einleuchtender Grund für den Aufenthalt der Kinder in den Dünen sein könnte. Möweneier gab es im Januar noch nicht. Pflanzen blühten keine, und ernten konnte man auch gerade nichts. Fast nichts.

»Ich nehme an, sie wollten mir Stranddistelwurzeln suchen«, behauptete sie. »Ich hab neulich mal erwähnt, dass ich für unsere Pflegeprodukte dringend wieder welche brauche.«

Der andere Polizist lachte spöttisch. »Wer's glaubt! Mit dem ollen Gestrüpp kann man doch nix anfangen …«

»Aber sicher«, widersprach Frieda, »da steckt etwas drin, das der Haut guttut. Und etwas, das Shampoos seifiger macht. Warten Sie!« Sie ging rasch ins Lager und kehrte mit zwei kleinen Tiegeln zurück. »Selbst gemachte Pflege für raue Haut, hilft auch gegen Frostbeulen. Mit Extrakten aus Stranddisteln. Probieren Sie's aus.«

Mit einem Blick auf die Hände der Männer überreichte sie ihnen die Tiegel.

»Wir sind nicht bestechlich«, sagte Stapelfelds Kollege steif.

»Das weiß ich doch«, erwiderte sie in beschwichtigendem Ton und zog Lissy über die Türschwelle zu sich. »Es ist ja auch einfach nur eine allgemeine Werbeaktion des Inselsalons.« Sie zwinkerte den beiden Polizisten zu. »Frauen wissen gepflegte Männerhände zu schätzen.«

Ein paar Tage später unternahm Frieda wieder einen Versuch, sich mit Grete auszusöhnen.

»Frau Dr. Lubinus ist verreist«, erklärte ihre Vermieterin.

Frieda war überrascht. Sie fand Gretes Reaktion übertrieben. Na, denn eben nicht. Wenn sie unbedingt schmollen wollte, sollte sie. Aber besser fühlte sie sich nicht.

Endlich fand die Wahl zur Nationalversammlung statt. Man konnte, wie Theo so schön im *Inselboten* schrieb, auch auf Norderney *die junge und alte Damenwelt bewundern, die stolz zum ersten Mal zur Wahlurne schritt.* Friedas Großmutter wurde mit einem Landauer abgeholt und wieder nach Hause gebracht, was ihr außerordentlich zusagte. Sie erkundigte sich gleich, wann sie denn wieder wählen dürfe.

»Wie soll das noch werden?«, unkten im Wahllokal einige Männer, zu denen auch ihr Schwiegervater gehörte, und prophezeiten wortreich den Untergang des Abendlandes.

Am folgenden Tag las der Meister während der Teepause in der Küche des Inselsalons das in der Zeitung veröffentlichte Ergebnis vor. Die Sozialdemokraten hatten auf Norderney weit mehr als die Hälfte aller Stimmen, knapp achtundfünfzig Prozent, erhalten.

»Du siehst, wir sind keine Extremisten«, konnte sich Frieda nicht verkneifen zu sagen. Als das Personal wieder an die Arbeit ging, wollte sie allerdings die Gelegenheit für ein versöhnliches Wort nutzen.

»Ich habe nachgedacht über deine Worte«, erklärte sie, »und ich verspreche dir, dass ich nicht kandidieren werde.«

»Hmmm.« Das reichte ihm wohl nicht.

Im Inselsalon

Fritz schnitt dem jungen Rass, der so jung nun eigentlich auch nicht mehr war, das Haar. Der mit Lieske verheiratete Fischer, Vater von Fokko und zwei weiteren Kindern, war eine Woche zuvor aus dem Krieg heimgekehrt. Er berichtete von seinen Erlebnissen in Belgien.

»Up een Ohr bün nu doov«, sagte er just in dem Moment, als die Salontür aufgerissen wurde und sein jüngerer Bruder, ebenfalls ein Fischer, hereinstürmte.

»Fisch! Fisch!«, rief er aufgeregt.

Alle Kunden drehten sich um. »Du musst sofort mitkommen! Schon über dreißig Dampfer haben die Fischerei aufgenommen, sind alle auf dem Weg in die freigegebene Zone nach Hornsriff und Borkum-Riff zu. Wir müssen auch los!«

»Was?«, rief Jakomina. »Ich denk, es gibt keinen Fisch mehr.«

»Die Bestände haben sich erholt, heißt es. Durch den Krieg, weil wir so lange nicht weit rausdurften. Ist das nicht verrückt?«

Fritz wusste, dass die Schwärme ganz plötzlich auftauchten. Und dann mussten die Fischer bereit sein. Er schnibbelte schnell noch die andere Seite fertig.

»Ich komm direkt vom Hafen. Alle reden von Fischmengen, wie sie seit Menschengedenken nicht mehr in der

Nordsee gewesen sind.« Rass hielt es nicht länger auf dem Stuhl, er riss sich den Frisierumhang vom Hals.

»Pass doch auf«, entfuhr es Fritz, »ich schneid dir sonst noch ins Ohr.«

»Ik mutt wech!«

»Auch im Kattegat stehen Unmengen von Fisch!« Der jüngere Rass-Bruder lachte. »Vor allem Hering und Dorsch. Alle erreichbaren Schiffe sollen losgeschickt werden.«

Fritz sah, dass Frieda strahlte. Die Nachricht würde auch ihren Vater fröhlich stimmen. Als die beiden Rass-Brüder davongeeilt waren, standen er und seine Schwiegertochter nebeneinander am Verkaufstresen. So ganz ausgesöhnt hatten sie sich noch immer nicht. Aber Fritz wollte sich in diesem Moment der allgemeinen Aufbruchstimmung nicht entgegenstemmen.

»Na«, sagte er halblaut, »mag ja wohl sein, dass der Weltuntergang noch ein bisschen auf sich warten lässt.«

Frieda lächelte ihn an, stellte sich auf die Zehenspitzen und gab ihm ein Küsschen auf die Wange.

Kurz vor dem Mittagessen hatte er sich noch ganz munter gefühlt. Aber nach dem Essen kam's mit Wucht. In seinem Kopf hämmerte es plötzlich, er konnte sich nicht mehr konzentrieren. Der Rücken und alle Glieder taten auf einmal weh.

»Ich muss mich eben hinlegen«, sagte er zu Jakomina. Sie war gleich, wie er an ihrem Gesichtsausdruck ablesen konnte, höchst alarmiert. »Mach dir keine Sorgen, ich will nur etwas schlafen.«

Er schleppte sich nach oben ins Schlafzimmer. Am Abend

überfiel ihn heftiger Schüttelfrost, dazu quälte ihn trockener Husten. In der Nacht ließen ihn die Hustenkrämpfe nicht zur Ruhe kommen. Schweißgebadet lag er da, nur Seenebel im Kopf. Er wunderte sich, dass die Konturen des Kleiderschranks seltsame Formen annahmen und mit dem Tapetenmuster verschwammen. Endlich schlief er.

Als er erwachte, sah er Hermann, seinen Hausarzt, neben dem Bett stehen. Mit sorgenvoller Miene blickte er auf ein Thermometer. »Über vierzig Grad.«

»Ogottogott, die Spanische Grippe!« Jakomina war außer sich. »Was kann ich denn nur tun?«

»Wir können nicht viel tun«, hörte er Hermann antworten. »Fiebersenkende Maßnahmen ergreifen. Sieh zu, dass er genügend trinkt.«

Fritz verlor sich in Fieberträumen. Jedes Mal, wenn er kurz aus dem Delirium auftauchte, war seine Frau an seiner Seite. Sie wirkte jetzt ganz ruhig. Liebevoll umsorgte sie ihn, wickelte kalte Umschläge um seine Waden, stellte Hühnersuppe auf den Nachttisch. Er machte eine angewiderte Geste. Bloß weg mit dem Geruch.

»Möchtest du einen Tee, Muckilein? Ich hab echten Ostfriesentee organisiert.«

Mit den Augen sagte er nein. Wie unendlich matt und schwer er sich fühlte, als müsste er in sich selbst versinken. Bei jedem Atemzug rieb Schmirgelpapier in seiner Lunge. Ich sterbe, dachte er. Er dachte es ohne Emotion.

»Mine«, hauchte er, »wenn ich … rübermuss …, gib mir … mein … Handwerkszeug mit.«

Ihr strömten Tränen über die Wangen, doch gleichzeitig lächelte sie. »Willst du dem lieben Gott den Bart kämmen?«

Er lächelte schwach zurück. Sie sahen sich in die Augen. Ich liebe dich, sagte er ohne Worte. Sie verstand ihn. Natürlich. Ich liebe dich auch. Immer und ewig.

»Halte durch«, flüsterte sie. »Frieda ist beim Wickwief. Sie holt einen Zauber für dich. Jede Minute muss sie zurück sein.«

Friedas Herz klopfte wie nach einem Dauerlauf. Das Wickwief reichte ihr einen mit einem Fiebersegen beschriebenen Zettel.

»Den muss er in einem Amulett in der Tasche tragen.«

»Er liegt im Bett. Da hat er keine Taschen.«

Jantje schob ihre Tintenfeder zur Seite. »Der Zauber wirkt auch, wenn das Amulett am bloßen Leib getragen wird«, erklärte sie. »Oder wenn man den Zettel zerkaut und wie Medizin schluckt.«

Frieda sah sie skeptisch an. Das alles weckte keine große Hoffnung in ihr. »Hast du nicht noch irgendwas gegen so hohes Fieber?«

»Trägt er Strumpfbänder?«

»Kann sein, weiß ich nicht genau«, antwortete Frieda. Möglicherweise hatte ihr Schwiegervater früher einmal seine Socken mit Strumpfbändern straff gehalten. »Was wäre, wenn?«

»Dann könntet ihr sein Strumpfband um einen Fliederstrauch binden«, behauptete die weise Frau. »Das Fieber geht auf diese Weise auf den Strauch über.«

Frieda wurde in diesem Augenblick klar, dass sie den Glauben an die Zauberkunst des Wickwiefs verloren hatte. »Bitte, Jantje«, flehte sie trotzdem. Nicht, dass sie am Ende Schuld hatte, wenn irgendein Zauber versagte, der vielleicht doch hätte helfen können. Nur weil sie nicht mehr so richtig davon überzeugt war. Als ihr aufging, was für ein widersprüchliches Zeug sie gerade dachte, schüttelte sie den Kopf. »Wir dürfen nichts unversucht lassen. Vor allem meine Schwiegermutter … Ich meine, sie muss unbedingt das Gefühl haben, dass sie alles Menschenmögliche unternommen hat, um ihren Fritz zu retten.«

Jantje atmete schwer. »Diese verdammte Spanische Grippe«, schimpfte sie. »Die gab's ja früher nicht! Aber vielleicht hilft ein Mittel, das sich bei Fallsucht bewährt hat …« Sie zögerte. »Obwohl … ich weiß nicht, wo man das jetzt herkriegen könnte …«

»Was? Sag, was ist es!«

»Er muss das Blut einer trächtigen Eselin trinken.«

»Ach du meine Güte.«

Frieda fand plötzlich alles absurd. Doch sie riss sich zusammen, bedankte sich und legte ihre Spende für die Beratung in das Muschelkästchen. Gerade war keine Saison. Da keine Feriengäste auf die Insel durften, wurden auch keine Eselsritte am Strand mehr angeboten. Und welche Eselin war schon im Januar trächtig? Wo also sollte sie das Blut so schnell auftreiben? Das Wickwief schien zumindest ihren letzten Gedanken lesen zu können.

»Die Flut kommt. Du hast also noch ein paar Stunden Zeit.«

Frieda nickte. Betrübt zog sie von dannen. Sie brachte zuerst ihrer Schwiegermutter, die sie schon oben im Flur stehend erwartete, den Zettel mit dem Fiebersegen und erklärte ihr die Sache mit dem Strumpfband.

»Muss er das Strumpfband getragen haben, während er schon das Fieber hatte?«

»Davon hat das Wickwief nichts gesagt. Aber ich nehme es an, denn das Fieber soll ja um- und abgeleitet werden.«

»Er besitzt so was«, sagte Jakomina. Ihre Wangen glühten fleckig. »In der Nachttischschublade müssten noch welche sein. Oh, Frieda, hätte ich doch nur immer die Maske aufgesetzt!«

»Ich fange jetzt an, nach einer trächtigen Eselin auf Norderney zu suchen«, versprach Frieda. Sie machte es nicht, weil sie daran glaubte, sondern weil es für ihre Schwiegermutter wichtig war. Sie musste ihr unbedingt zu dem Gefühl verhelfen, nichts unversucht gelassen zu haben. Als sie aufbrechen wollte, hörte sie die schwache Stimme ihres Schwiegervaters nach ihr rufen. Sie ging ins Schlafzimmer. »Ja?«

»Setz dich«, flüsterte er erschöpft. Das Haar klebte ihm strähnig auf der schweißnassen Stirn, doch offenbar hatte er einen lichten Augenblick. »Frieda, ich bitte dich um eines …«

»Was immer du willst …«

Wie fürchterlich, ihn in dieser Verfassung zu sehen. Sie kannte ihn nur gepflegt und akkurat.

»Tritt … aus der … Sozi-Partei aus«, verlangte er. »Niemand vom Inselsalon sollte … je … Mitglied in einer Partei sein.«

Frieda atmete tief ein. Warum bat er sie nicht einfach, sich immer gut um die Familie und den Salon zu kümmern?

»Bitte, Frieda«, seine Stimme war kaum noch zu vernehmen. »Versprich … es … mir.«

Ihre Schwiegermutter stand jetzt hinter ihr. Sie legte ihr die Hände auf die Schultern und drückte sie. Frieda schluckte. »Ja, Schwiegervater, wenn es dir so wichtig ist – also gut, ich verspreche es.«

Das »Danke« war schon nicht mehr zu hören, nur am Mund abzulesen. Ein Hustenkrampf schüttelte ihn, und anschließend fiel er wieder in einen Dämmerzustand.

Frieda begann mit der Suche nach einer trächtigen Eselin. Nach mehr als zwei Stunden kehrte sie erfolglos zurück. Sie wollte nun probieren, ob sie telefonisch auf dem Festland etwas erreichen konnte. Die Ebbe hatte noch immer nicht eingesetzt. Doch beim Betreten des Hauses begriff sie, dass diese Grippe keine Rücksicht auf irgendwen oder irgendwas nahm. Nicht einmal darauf, dass Insulaner es vorzogen, bei ablaufendem Wasser zu sterben.

»Zu spät, Frieda«, sagte Jakomina. »Er ist eingeschlafen. Gerade eben.«

Sie hatte bereits eine Kerze angezündet. Während ihre Schwiegertochter erschüttert auf den Stuhl neben dem Bett ihres Mannes sank und ein stilles Gebet sprach, öffnete sie Fenster und Türen. Sie prüfte auch, ob alle Schlüssellöcher offen waren. Gemessen schritt sie durchs Haus, stellte sämtliche Uhren ab und verhängte alle Spiegel.

Möbel und Blumen wurden, wie es seit alters her Sitte war, von ihrem Platz bewegt. Frieda und Else halfen dabei. Dann ging Jakomina nach draußen, durch den Garten am Hühnerstall vorbei zum Anbau, in dem die Bienenvölker ihres Mannes überwinterten.

Vor Urzeiten, als sie noch ein kleines Mädchen gewesen war, hatte sie gehört, wie ihre Großmutter dem Vieh und den Bienen den Tod ihres Mannes angesagt hatte. Diese Worte waren ihr auf einmal wieder gegenwärtig.

Sie öffnete die Schuppentür. »Jo Heer is' stürven«, sagte

sie ins Dämmerlicht hinein. »Bienlein, euer Herr ist tot – verlasst mich nicht in meiner Not.«

Die engsten Nachbarn halfen beim Waschen und Einkleiden. Sie bewirteten auch die Menschen, die kamen, um von dem im Wohnzimmer aufgebahrten Toten Abschied zu nehmen. Alle nickten gerührt. Niemand wagte es, ein despektierliches Wort darüber zu verlieren, dass man Fritz Fisser entgegen dem Brauch die Finger nicht zum Gebet verschränkt hatte. Stattdessen lagen die Unterarme leicht über Kreuz, und er hielt in der Linken seinen schönsten Kamm, in der Rechten seine liebste frisch geschliffene Friseurschere.

Bei der Beerdigung weinten viele Insulaner. »Mit ihm geht ein Stück Alt-Norderney von uns«, sagte der Pastor.

Jakomina hatte in dieser Stunde keine Tränen mehr. Sie wusste, die Feier würde Fritz gefallen. Das tröstete sie. Und für sie war ihr Mann nicht wirklich tot. Sie spürte Fritz noch in ihrer Nähe.

Seine Kameraden vom Kriegerverein und von der Inselwache gaben am offenen Grab drei Salutschüsse ab. Unter nachlassendem Trommelwirbel wurde sein Sarg ganz langsam in den Gottesacker gesenkt.

Frieda

Wenigstens war das Büro der Partei an diesem klirrend kalten Februartag gut geheizt. Frieda zögerte einen Moment. Ein wenig peinlich fand sie es schon, die Mitgliedschaft in der SPD, genau gesagt im Sozialdemokratischen Wahlverein Norderney, so kurz nach ihrem Eintritt wieder zu kündigen. Grete würde es bestimmt nicht gutheißen, dass sie sich in diesem Punkt nun doch wieder von einem Mann etwas vorschreiben ließ. Aber für sie war es in erster Linie ein Ausdruck ihres Respekts gegenüber dem Familienoberhaupt und Gründer des Inselsalons. Und ihre beleidigte Freundin hatte sich nicht mal auf der Beerdigung blicken lassen.

Frieda, die wieder die schwarze Kleidung aus ihrer Trauerzeit um Hilrich anhatte, gab sich einen Ruck. »Es war der letzte Wille meines Schwiegervaters«, sagte sie zur Begründung und hoffte durch eine entschlossene Miene klarzumachen, dass Überredungsversuche nichts fruchten würden. »Sein Wunsch war, dass der Inselsalon stets überparteilich bleiben soll.«

Stumm schob ihr der Parteisekretär daraufhin ein Formular zu, das sie unterschrieb. Die Ärgerwellen, die er aussandte, trafen sie trotzdem. Sie gab ihm etwas Geld.

»Eine kleine Spende«, sagte sie entschuldigend. »Und in geheimer Wahl wählen darf ja nun jeder, was er will.«

Nachdem das erledigt war, atmete sie auf. Sie ging langsamer als sonst durch den Ort, ganz leer im Kopf.

»Frieda!« hörte sie, gerade als sie in die Luisenstraße einbog, Gretes Stimme. Sie drehte sich um. Ihre Freundin, in Reisekleidung mit Hut, Stoffmaske und Muff, ließ einen kleinen Lederkoffer fallen und lief auf sie zu. »Ach, Frieda! Es tut mir alles so leid!« Sie fielen sich in die Arme. »Es tut mir so leid, dass ich nicht da war, als dein Schwiegervater krank war, und bei seiner Beerdigung«, beteuerte Grete. »Ich hab erst vorhin auf der Fähre davon erfahren.«

Frieda sah sie an. »Mir tut es auch sehr leid. Ich wollte dir schon neulich …«, sie stockte, »du weißt schon, wegen …«

Grete winkte ab. »Ich hab mich aufgeführt wie ein dummer Backfisch. Lass uns kein Wort mehr über Martin verlieren. Das hat sich doch ohnehin längst in Luft aufgelöst …«

Frieda lächelte unter Tränen. Sie erregten bereits Aufsehen, Passanten mussten einen Bogen um sie machen. Grete griff nach ihrem Koffer. Eingehakt gingen sie weiter in Richtung Damenpfad.

Frieda berichtete ihr vom Verlauf der vergangenen Woche. Grete nahm lebhaft Anteil und versicherte ihr, dass keine Medizin bekannt sei, die das Schicksal ihres Schwiegervaters hätte abwenden können.

»Jetzt macht meine Schwiegermutter sich Vorwürfe, dass sie nicht immer eine Maske getragen und vielleicht dadurch ihren Mann angesteckt hat«, verriet Frieda. »Sie tut mir so leid. Ich hab Dr. Seut gebeten, ihr zu sagen, dass Fritz möglicherweise auch an seinem schwachen Herz gestorben ist. Damit sie sich nicht die Schuld an seinem Tod gibt.«

»Hoffentlich lindert das ihren Schmerz«, antwortete Grete. Dann erzählte sie von ihrer Reise. »Ich war eine Woche in Berlin. Meine Eltern leben derzeit in großer Sorge wegen der

Revolution. In den Lehmann'schen Werken gibt's jetzt einen Arbeiterrat. Dazu der Rohstoffmangel und die Streiks – ich sage dir, es ist gerade kein Vergnügen, Fabrikant zu sein.«

»Haben deine Eltern sich über deinen Besuch gefreut?«

Grete antwortete nicht direkt darauf. »Gewohnt hab ich bei meinem Bruder Eduard und seiner Frau. Endlich ist es für ihn mal von Vorteil, dass er nicht adlig ist und nie richtig Karriere im Auswärtigen Amt gemacht hat.«

»Wieso das?«

»Weil sie ihn in seiner Position weitermachen lassen. Er gilt als zuverlässiger Büromensch, der sich mit den behördlichen Vorgängen et cetera auskennt. Die Räte haben ihm einen Passierausweis fürs Regierungsviertel und eine Unbedenklichkeitsbescheinigung ausgestellt. All die bedeutenden Diplomaten, die immer große Politik gemacht haben, sind jetzt schlechter dran.«

»Warum bist du denn überhaupt so plötzlich abgereist?«, wollte Frieda wissen. »War es wegen Martin und mir?«

»Nein. Jedenfalls nicht nur.« Grete runzelte die Stirn. »Da kam vieles zusammen. Ich glaube, letztlich hatte ich einen Inselkoller. Meinen ersten überhaupt.« Sie lachte, wurde aber gleich wieder ernst. »Na ja, und dann hoffte ich auch, dass Eduard mir helfen könnte. Ich wollte in Erfahrung bringen, ob es irgendeinen Weg gibt, Max schneller aus der Gefangenschaft zu holen. Oder es ihm dort zumindest angenehmer zu machen.«

»Und?« Gespannt blickte Frieda sie an.

Mit Eduards Beziehungen und dem Geld der Familie Lehmann war vielleicht tatsächlich etwas möglich, das normalen Menschen versagt blieb.

Traurig schüttelte Grete den Kopf. »Derzeit jedenfalls nicht. Eduard sagt, gerade die Franzosen betrachten es als Teil ihrer Vergeltung, Deutsche weiterhin in Gefangenschaft zu halten. Bei den Friedensverhandlungen sind sie sozusagen ein Pfand, ein Druckmittel, damit wir klein beigeben.«

»Noch mehr?«, rutschte es Frieda heraus.

»Wir geben die Hoffnung nicht auf.«

Sie hatten den Damenpfad erreicht. Grete stellte ihren Koffer unten im Hausflur hinter der Treppe ab. »Ich muss erst mal zur Promenade und aufs Meer gucken. Auch wenn der grässliche Russenzaun den Anblick verschandelt.«

Frieda lächelte bei diesen Worten, verkniff sich aber einen Kommentar.

»Es war eine blöde Idee, nach Berlin zu fahren«, gestand Grete unterwegs ein. »Schon allein die Hinreise! Es gibt viel zu wenige Lokomotiven und Waggons. Eine Nacht musste ich im Wartesaal auf dem Oldenburger Bahnhof zubringen, weil die Anschlusszüge fehlten. Und Berlin – ein einziges Durcheinander.« Sie rutschte auf einer zugefrorenen Pfütze aus und wäre hingefallen, wenn Frieda sie nicht am Ärmel festgehalten hätte. »Oh, danke!« Sie nahm ihre Maske ab. »Wenn du dich bei deinem Schwiegervater nicht angesteckt hast, dann kriegst du's auch nicht mehr.«

Frieda konnte jetzt erst erkennen, wie erschöpft ihre Freundin war. Gerötete Stellen an Wangen und Schläfen erinnerten daran, dass sie früher an Ekzemen gelitten hatte.

»Für irgendwas muss so 'ne Glückshaube ja gut sein«, scherzte Frieda. »Erzähl weiter. Wie war's in der Hauptstadt?«

»Ach, elendig! Laut, hektisch. Überall Soldaten, die nicht

mehr ins normale Leben passen, bettelnde Kriegsversehrte, hungernde Menschen, dreckige Kinder, Kohlengestank«, sie hustete, »Demonstrationen, Streiks. Es kommt immer noch zu Straßenkämpfen. Ich hab ein paarmal sogar Schüsse gehört!« Angesichts dieser Schilderungen war Frieda froh, dass sie auf ihrer kleinen Insel leben durfte.

»Hatten deine Eltern denn keine Angst um dich?«

»Anfangs wohl«, sagte Grete spöttisch. »Meine Mutter war kurz davor, mir zu verzeihen. Schließlich ist Max als Oberstabsarzt ranggleich mit einem Major oder Korvettenkapitän. Das könnte sie inzwischen, da Adelstitel ja nichts mehr wert sind, vermutlich gelten lassen. Aber dummerweise hab ich gleich bei unserem ersten Tee erzählt, dass ich SPD-Mitglied geworden bin. Da ist mein Vater ausgerastet. Er hat nur noch berlinert und mich hochkant rausgeschmissen. Ich soll nie wieder einen Fuß über seine Türschwelle setzen.«

»Ach du meine Güte!« Frieda mochte nicht darüber nachdenken, wie Grete wohl auf ihren Austritt aus der Partei reagieren würde. Dann fiel ihr ein, wie ungünstig sich ihr Verhältnis entwickelt hatte, nachdem sie ihrer Freundin Martins Annäherungsversuche verschwiegen hatte. »Ich … ähm … hab mich vorhin wieder aus der Mitgliederliste streichen lassen.« Grete starrte sie ungläubig an. »Es war der letzte Wunsch meines Schwiegervaters. Jaaa, ich schäme mich … Aber ich hab's ihm nun mal auf dem Totenbett versprochen.«

»Wie konntest du nur!« Grete machte keinen Hehl aus ihrer Enttäuschung. »Also ehrlich! Nun haben wir uns gerade eben erst wieder versöhnt, und …«

Frieda lächelte. »Genau. Danke, dass du nicht nachtragend bist.« Grete zog einen Flunsch, über den sie einfach hinwegsah. »Die Reaktion deines Vaters muss scheußlich für dich gewesen sein.«

»Ist ja nichts Neues, letztlich.« Achselzuckend versuchte Grete so zu tun, als machte es ihr nicht viel aus.

Gleichzeitig erklommen sie die Marienhöhe und blickten aufs Meer. Gleichzeitig atmeten sie ganz tief durch. Das Meer lag glitzernd in endloser Weite vor ihnen. Es war einer dieser seltenen klaren Wintertage, an denen die Sonne von einem wolkenlosen, nordisch kühlen Himmel strahlte und die Nordsee wirklich dunkelblau schimmerte. Das Licht überströmte sie hier mit einer solchen Intensität, dass sie schützend eine Hand über ihre Augen legen mussten.

»Freiheit!«, rief Grete. Sie füllte ihre Lungen mit der kristallklaren Luft. »Hier ist mein Zuhause.«

Frieda war froh, dass zwischen ihnen alles geklärt war. »Fällt dir eigentlich was auf?«

»Was soll mir auffallen?« Fragend blinzelte Grete sie an.

»Der Russenzaun ist weg. Jedenfalls hier vorne am Badestrand.«

»Ach!«

»Es geht aufwärts. Ich bin ja mal gespannt, ob wir dieses Jahr endlich wieder eine richtige Saison kriegen.«

Im März wurde offiziell bekanntgegeben, dass nach Aufhebung des Kriegs- und Belagerungszustands und erfolgter Demilitarisierung der Fremdenverkehr auf der Insel wieder möglich sei.

»Nur noch wenige Wochen bis zum Saisonstart«, sagte Onno, der nun meist von Erwin rasiert wurde, »aber Norderney hat bislang überhaupt keine Reklame gemacht.«

Er stand nach wie vor kurz vor der Pleite und war in den vergangenen Monaten ergraut. Anderen Besitzern von Logierhäusern und Hotels stand das Wasser bereits bis zu den Nasenlöchern, sodass sie die angeschobene staatliche Inselhilfe nicht mehr abwarten konnten, obwohl der Bürgermeister ihnen dringend riet, noch ein paar Wochen oder Monate durchzuhalten. In ihrer Verzweiflung verkauften sie ihre Häuser unter Wert. Die Inflation schritt fort, und es stand zu befürchten, dass das Geld, das sie erhielten, stetig an Wert verlieren würde.

»Die Frage ist ja auch, ob diesen Sommer überhaupt jemand kommt«, sagte Jan. »Zum einen fahren zu wenige Züge, zum anderen: Wer hat denn noch genügend Geld für einen Urlaub?«

»Och, solche Leute gibt's immer«, meinte Hermann. »Sind nun eben nicht mehr die Gleichen wie früher. Kriegsgewinnler zum Beispiel …«

»Willst du die etwa hierhaben?«

»Wenn sie genügend Geld mitbringen.«

»Ich hab schon mehrfach Anfragen von Leuten erhalten«, erklärte Onno. »Sie monieren, sie hätten noch nichts darüber in den Zeitungen gelesen, ob das Kurbad Norderney wieder eröffnet. Viele buchen stattdessen jetzt schon an der Ostsee.«

»Seid ihr in letzter Zeit mal am S-trandhallen-Etablissement vorbeigekommen?« Jan klang direkt persönlich beleidigt. »Früher war das mal der S-tolz der Insel, ein Vorzeigelokal. Heute kannst du die verglasten Wandelgänge nur noch abreißen!«

»Unser Kurbetrieb liegt auch am Boden«, fügte Theo

hinzu. »Wir müssten so vieles reparieren und darüber hinaus noch investieren …«

»Wovon denn?«, fragte Jakomina.

Sie hatte sich strikt dagegen ausgesprochen, schon für den Sommer auf Massagen und Schönheitsbehandlungen geschultes Personal einzustellen. Frieda bewunderte sie dafür, wie sie den Tod ihres Mannes trug. Sie behandelte ihre Schwiegermutter wie ein rohes Ei und widersprach ihr möglichst nicht.

Aber sie machte sich auch Sorgen. Die Innung hatte in ihrem Kondolenzbrief darauf hingewiesen, dass das Witwenjahr im Februar 1920 endete und bis dahin ein neuer Meister benannt sein müsste. Sonst durfte der Betrieb nicht weitergeführt werden. Das Gehalt für einen Meister jedoch konnten sie sich, wenn es so weiterging, nicht leisten. Der zusätzliche Gesellenlohn für Erwin belastete den Betrieb schon genug. Frieda hoffte, dass die Sommersaison mehr Geld in ihre Ladenkasse spülen würde.

Immerhin, auch wenn sie Erwin nicht besonders mochte, musste sie zugeben, dass er eine Bereicherung für den Inselsalon war. Er verfügte zwar längst nicht über Hilrichs Talent, aber nach ihr war er der beste Damenfriseur. Worauf er sich allerdings sehr viel einbildete. Er lästerte über seine Kollegen, die er abfällig als Barbutz oder Schaber bezeichnete, und mokierte sich über Friedas Absicht, demnächst einen Bubikopfschneidekurs in Aurich zu absolvieren. »Ich bin Haargestalter, nicht Haarschneider«, hatte er verächtlich gesagt.

Erwin wohnte bei seiner Mutter, einer Fischerswitwe, die ihn, ihr einziges Kind, trotz der nach wie vor herrschenden

Lebensmittelknappheit so gut versorgte, dass er von Woche zu Woche erholter aussah.

»Ich bin sicher, es gibt auch Menschen, die einfach nur von Strand und Meer träumen, und alles andere ist ihnen nicht so wichtig, mehr brauchen sie nicht«, meinte Hermann.

»Außer 'ner guten Zigarre«, ergänzte Jan mit einem breiten Grinsen.

Er schaffte es nicht mehr jeden Morgen in den Salon, aus Altersgründen und weil sein Bein ihm zunehmend Schwierigkeiten bereitete.

»Euer Wort in Gottes Ohr«, erwiderte Onno gepresst.

Nicht nur auswärtige Soldaten, die in ihre Heimat entlassen wurden, auch immer mehr Arbeiter und Arbeiterinnen verließen die Insel. Der Arbeiter- und Soldatenrat war nach wenigen Wochen überflüssig geworden, sein Anführer kehrte aufs Festland zurück in seinen Zivilberuf.

Frieda schaltete Anzeigen im *Inselboten*. Sie warb vorerst nur für Zöpfe aus prima Naturhaar, in allen Farben und Preislagen, für Rosshaarhaubennetze, neue Kämme und feinste Toiletteseifen. Für die Anschaffung eines Dauerwellenapparats reichte es noch nicht. Doch sie war überzeugt, dass sie höchste Qualität bieten und modisch führend sein mussten.

»Es wäre gut, wenn wir mit ein paar neuen Auszeichnungen werben könnten«, erklärte sie ihrer Schwiegermutter. »Sobald es möglich ist, werde ich an den Wettbewerben des Bundes für Friseurkunst teilnehmen.« Sie träumte davon, eines Tages die Goldmedaille zu gewinnen.

Deshalb beschäftigte sie sich auch wieder mehr mit neuesten Tendenzen. Statt Prinzessinnen dienten inzwischen Filmstars als Schönheitsvorbilder. Schauspielerinnen wie Pola Negri und Gloria Swanson machten den Bubikopf populär, sie rauchten Zigaretten und schminkten sich. In Fachblättern las man von Schälkuren fürs Gesicht. Da Frieda die Haarfrisur immer schon als Teil eines Gesamtkunstwerks betrachtet hatte, interessierte sie sich brennend für die Mode. Neue wadenkurze Kleider, gern mit einem Spitzenüberwurf für die Schultern, saßen locker und bequem, deuteten die Taille nur an. Kein Korsett schnürte mehr ein. Während die Fachpresse eine komplizierte Wirbelknotenfrisur mit Ohrenwelle propagierte, studierte Frieda fasziniert die verschiedenen Kurzhaarfrisuren für Damen. Sie sah den dafür erforderlichen radikalen Schnitt als Teil der Befreiung der Frauen.

Den Bubikopfschneidekurs in Aurich nutzte sie, um beim Obermeister der Friseurinnung vorzusprechen.

»Lassen Sie mich die Meisterprüfung machen«, bat sie. »Ich verfüge über jahrelange Erfahrung. Sie kennen doch die Familie Fisser. Von meinem Schwiegervater Fritz und von meinem Mann Hilrich durfte ich sehr viel lernen, und eigentlich führe ich den Salon schon eine ganze Weile.«

Der Mann betrachtete sie mit Sympathie. »Das will ich wohl glauben«, antwortete er bedächtig. »Aber es ist gegen unsere Statuten.«

»Das Wahlrecht ist doch auch geändert worden«, brachte Frieda vor. »Wir Frauen sind durch den Krieg selbstständiger geworden. Dem müsste unsere Branche Rechnung tragen. Lassen Sie endlich Frauen für die Meisterprüfung zu.«

Er schüttelte den Kopf. »Sie haben nicht mal eine Lehre abgeschlossen. Und ich kann nicht einfach nach persönlichem Gutdünken eine Ausnahme machen, das wäre falsch.«

»Sie sollen ja auch keine Ausnahme machen, sondern die Regeln zum Richtigen ändern. Glauben Sie mir, die Frauen von heute sind die Ersten, die alles Falsche ablehnen«, erklärte sie mit Nachdruck. »Wir wollen keine Kleidung mehr, die uns einzwängt und unnatürliche Proportionen vortäuscht. Wir wollen keine Frisuren, die uns zu Sklavinnen unserer Haarpracht machen. Was wir wirklich wollen, das ist ein Beruf, der uns erlaubt, unabhängig zu sein.«

Er schwieg, sichtlich beeindruckt. Umständlich stopfte er sich eine Pfeife und zündete sie an.

»Derzeit kann ich mir das Gehalt für einen Meister nicht leisten«, fuhr sie fort. »Aber ich bin sicher, dass der Inselsalon wieder erfolgreich sein wird. Sie müssen mich nur machen lassen!«

Nachdenklich schmauchte er nun an seinem Pfeifenstiel. Dann schüttelte er erneut den Kopf. »Sie sind doch noch ganz ansehnlich, Frau Fisser. Eine hübsche junge Witwe.«

»Davon hat Deutschland gerade nicht wenige«, entfuhr es Frieda.

»Ich gebe Ihnen einen väterlichen Rat: Suchen Sie sich einen tüchtigen Meister und heiraten sie den.«

Frieda war empört. »Wir wollen auch keine falschen Gefühle mehr! Keine Heirat aus Berechnung«, entgegnete sie aufgebracht. »Die Zeiten ändern sich. Sie werden schon sehen.«

Am folgenden Tag meldete sie sich freiwillig als Modell für einen Bubikopfschnitt.

»Soll ich den Spiegel verhängen?«, fragte der Kursleiter.

»Nein«, antwortete Frieda. »Ich will genau sehen, wie Sie es machen.« Er löste ihre Umschlagfrisur, flocht das Haar zu einem langen Zopf und setzt auf Nackenhöhe die Schere an. Sie spürte es, als hätte ihr Zopf Empfindungsnerven. Ja, es tat weh. Ihr Oberkörper verspannte sich, ihre Augen wurden feucht. So viele Jahre hatte es gedauert, das Haar wachsen zu lassen. Über die Spitzen hatte noch Hilrichs Hand gestreichelt.

Doch dann bemerkte sie, wie leicht sich ihr Kopf auf einmal anfühlte. Verblüfft drehte sie ihn ein paarmal hin und her.

»Wunderbar!«, sagte sie lächelnd. »Machen Sie weiter. Mit Pony bitte.«

Hach, wie sie alle guckten! Frieda hielt den Rücken gerader, als sie durch den Ort ging. Die Kommentare fielen höchst unterschiedlich aus. Minna starrte sie mit offenem Mund an. Wenigstens zerrissen sie und die üblichen Klatschbasen sich ihre Mäuler nun nicht mehr über ihre kurze SPD-Zugehörigkeit.

»Wie gut, dass Fritz das nicht mehr erleben muss!«, sagte ihre Schwiegermutter entgeistert. »Diese modernen Zeiten wären nichts für ihn gewesen.«

»Doch«, widersprach Frieda, »er wäre mitgegangen.«

»Ich kenne meinen Mann ja wohl besser!«

Es war nicht immer einfach mit der Schwiegermutter. »Ich brauche jetzt morgens eine Viertelstunde weniger, um mich fertig zu machen«, versuchte Frieda sie mit der praktischen Seite zu überzeugen. »Und das Waschen und Trocknen geht auch viel schneller.«

»Ich will meine Haare genauso!«, verlangte Lissy. »Oma, das ziept bestimmt viel weniger.«

Frieda zwinkerte ihr zu. Sie schnitt ihr die braunen Locken auf Kinnlänge und stufte sie am Hinterkopf durch.

In der Schule musste Lissy anschließend einiges an Spott ertragen. Niedergeschlagen berichtete sie beim Mittagessen vom Tadel ihres Lehrers. »Er hat gesagt, dass ich nun kein deutsches Mädel mehr bin.«

»Das macht nichts«, tröstete Frieda ihre Tochter. Sie selbst hatte ihrer Frisur wegen auch schon wahre Schimpftiraden von Einheimischen, denen sie keineswegs besonders nahestand, über sich ergehen lassen müssen. »Das übt. Es macht dich stärker. Was dumme Leute sagen, darf man sich nicht zu Herzen nehmen. Du siehst sehr hübsch aus, Lissy.« Das stimmte wirklich. Stolz strich sie der Zehnjährigen über den Kopf. »Ich weiß von etlichen Insulanerinnen«, flüsterte sie ihr ins Ohr, »die furchtbar gerne ihr Haar wie du hätten, aber es ist ihnen verboten worden.«

Bald kamen doch einige, meist jüngere Frauen und Mädchen, die ebenfalls einen Bubikopf wollten. Je länger und selbstverständlicher Frieda ihre neue Frisur trug, desto häufiger erhielt sie dafür Komplimente.

»Dir steht das«, bekräftigte Grete zum wiederholten Mal bei einem Abendspaziergang durchs frühlingshafte Ruppertsburger Wäldchen. »Du hast ja auch dieses schöne flachsblonde Haar. Ich trau mich nicht recht, sei mir bitte nicht böse. Ich weiß, eigentlich hätte ich längst, schon aus Solidarität … Aber, ehrlich gesagt, ich mag mein Haar, wie es ist. Und Max liebt es lang …«

»Na gut«, Frieda kniff ein Auge zu, »wenn du mir versprichst, dass du mir meinen Parteiaustritt nie wieder vorhältst, dann will ich mal nicht so sein.«

»Außerordentlich großzügig.«

»Ich finde übrigens auch, dass du deine schwarze Mähne behalten solltest«, sagte Frieda. »Die Naturwelle und der Glanz sind traumhaft. Das ist mir schon damals bei unserer allerersten Begegnung am Damenbadestrand aufgefallen.«

»Ach herrje, das ist ewig her! Wir haben uns ziemlich verändert seitdem.«

»Und die Welt erst.«

Grete nickte. »Ich glaub nicht, dass sich die Welt seit Adam und Eva schon einmal innerhalb so kurzer Zeit so grundlegend gewandelt hat. Und das ist ja erst der Anfang.«

»Glaubst du wirklich nicht, dass es wieder werden kann, wie es mal war?«

»Alles, was wir verloren haben, kommt nicht wieder. Keine rauschende Ballnacht mit monokeltragenden Offizieren und kein *Glühwürmchen, flimmre* mehr.«

»Wie unendlich traurig.«

»Dafür kommt was Neues.«

Sie begannen im scharfen Wind zu frieren und machten sich auf den Heimweg.

»Ach, das wird dich interessieren«, fiel Grete ein. »Eduard hat mir geschrieben. Er hat über gemeinsame Bekannte Neuigkeiten von Joseph gehört.«

Frieda blieb stehen. Allein seinen Namen zu hören, beschleunigte ihren Pulsschlag. »Ja?«

»Er hat überlebt«, sagte Grete. »Er war aber schwer verletzt und hat während des letzten Kriegsjahres mehrere Monate im Lazarett und danach in einer Spezialklinik zugebracht.

Seiner Frau soll's auch nicht allzu gut gehen. Immerhin kümmert er sich jetzt wieder um das Arzneimittelwerk seines Schwiegervaters in Düsseldorf.«

»Ach«, sagte Frieda nur. Der liebe Gott hatte ihre Gebete erhört.

»Denkst du noch oft an ihn?«

»Schon. An ihn, an ein bestimmtes Gefühl …« Unsicher schweifte Friedas Blick durch die ausgrünenden Bäume in die dahinterliegende Dünenlandschaft. »Da war etwas, das kann ich einfach nicht vergessen. Aber ich erinnere mich nicht mehr richtig daran … Klingt verrückt, oder?«

Grete nickte. »Ja. Ich versteh dich trotzdem.«

Im Inselsalon

Jakomina bediente Artur Oltmanns, einen geschäftstüchtigen Kaufmann aus der Stadt Norden – um die fünfzig, Brille, Halbglatze, graue Schläfen, mehrere Goldzähne. Ein wenig wunderte sie sich, dass er sich das Haar nicht bei seinem Friseur in der Stadt schneiden ließ. Aber Oltmanns war gerade stolzer Besitzer eines Logierhauses auf der Insel geworden, und vielleicht wollte er sich ein bisschen umhören. Das machten auswärtige Geschäftsleute, Journalisten oder Anwälte gerne mal. Sie besuchten den örtlichen Friseur, um vermeintlich unauffällig Informationen einzuholen. Was mochte Oltmanns wohl in Erfahrung bringen wollen?

Sie ignorierte, dass ihr Bauch peinliche Geräusche produzierte. Die unmelodische Hintergrundmusik knurrender Mägen begleitete in diesen Tagen beinahe jede Begegnung. Manchmal ergaben sich sogar Duette, die wie Frage und Antwort klangen, worüber man dann lachen konnte. Schlimm jedoch war, dass auch ihre Enkeltochter und Frieda ebenso wie Fraukes kleine Familie und ihre Mitarbeiter nur selten richtig satt wurden.

Während sie Oltmanns den Nacken ausrasierte, erkundigte er sich nach ihrem Segelboot. »Ich hab die *Minchen* in der Lagerhalle der Werft am Watt gesehen und mich sofort in sie verliebt. Der Schiffbauer verriet mir, dass das Boot Ihnen gehört.« Aha, darum ging es. Sie hörte auf zu rasieren, er blickte hoch. »Segeln Sie noch? Oder würden Sie es verkaufen? Wie viel wollen Sie dafür?«

Erschrocken sah sie in den Spiegel. Seit Kriegsbeginn war das Boot eingelagert. Wie oft hatten sie und Fritz davon geträumt, endlich wieder im Abendrot vor Norderney zu kreuzen!

»Ich … ich weiß nicht«, antwortete sie stockend. »Mein verstorbener Mann hat es eigenhändig gebaut.«

Sie überlegte. Allein konnte sie das Boot nicht beherrschen. Niemand sonst in der Familie segelte. Noch immer brauchte man Lebensmittelkarten und Berechtigungsmarken. Aber mit dem Geld würde sie zusätzliche Lebensmittel organisieren können. Deutsche Handelsschiffe mit dringend benötigten Waren konnten nach wie vor nicht frei verkehren. Diese verdammten Engländer hielten trotz des Waffenstillstands an ihrer Seeblockade fest. Die Morgenrunde vertrat einhellig die Auffassung, dass deshalb in diesem Jahr noch mehrere zehntausend, wenn nicht hunderttausend Deutsche verhungern müssten.

Jakomina entfernte mit einem weichen Nackenwedel die Haarspitzen von Oltmanns' Hals und Schultern. »So, fertig.« Sie nahm den Umhang ab.

»Nun?«, fragte er.

»Ich möchte darüber erst mit dem Rest der Familie beraten«, erwiderte sie und ging zur Kasse. Vor allem wollte sie mit Fritz darüber reden, doch das konnte man ja nicht laut sagen. »Nächste Woche weiß ich mehr.«

»Gut«, Oltmanns lächelte erwartungsvoll, ein Goldzahn blitzte auf. »Ich bin bereit, einen angemessenen Preis zu zahlen.«

»Na ja, wer weiß schon, was angemessen ist bei der ständigen Geldentwertung«, sagte Jakomina.

»Ich zahle in amerikanischen Speckseiten, wenn Sie mögen.«

Das war ein Argument. Es gelang ihr, beim Abschied sein Lächeln zu erwidern. Nachdenklich fegte sie die Haare zusammen.

Jakomina wunderte sich manchmal, dass sie es schaffte, im Inselsalon zu arbeiten und zu tun, als wäre die Welt nicht untergegangen. Ihre Trauer verdunkelte alles. Das Dasein war nur noch ein Abwarten bis zum Wiedersehen mit Fritz. An manchen Tagen ging es besser, weil sie nicht nur das Gefühl hatte, sondern durchdrungen war von der Überzeugung, dass ihr Mann unsichtbar in ihrer Nähe schwebte. Er lebte dann einfach so weiter mit ihr mit. Sie unterhielten sich in Gedanken, manchmal sagt sie auch laut etwas zu ihm. Oder sie redete sich ein, er wäre nur kurz außer Haus und käme bald zurück. Oder er wäre vorangegangen an den Strand, und sie würde ihm gleich folgen.

Manchmal, wenn sie am Meer spazieren ging und ein Schiff am Horizont erblickte, wartete sie ab, bis es verschwand. Sie wusste ja, dass dieses Schiff nicht plötzlich vom Rand der Erde gefallen war – es fuhr nur außer Sichtweite weiter. So verhielt es sich auch mit Fritz. Sie konnte ihn zwar nicht mehr sehen, aber er segelte noch immer irgendwo jenseits ihres Horizonts.

Vielleicht saßen er und Hilrich ja gerade mit anderen verstorbenen Familienmitgliedern im Himmel gemütlich um einen großen Tisch, lachten und tranken Tee. Dass ihre Vorstellungen unlogisch waren, kümmerte sie nicht. Nach dem Tod und beim lieben Gott war schließlich alles möglich.

Aber es gab auch Tage, an denen jeder Trost versagte.

Dann schloss sie sich ein, legte sich ins Bett, weinte oder konnte nicht mehr weinen, versuchte, gegen die erdrückende Schwere in ihrer Brust anzuatmen. Irgendwann lockerte sich der Druck wieder, und der Schmerz wurde erträglicher. Die Fassungslosigkeit über den Verlust erforderte nicht mehr alle Kraft. Wenn dieser Punkt erreicht war, wandte sie sich wieder ihren Routinearbeiten zu. Kümmerte sich um die Küche und den Salon. Sie konnte lachen, ohne froh zu sein. Aber die anderen freuten sich, wenn sie lachte.

Ihren beiden Enkelkindern, Lissy und Fraukes Sohn Wilhelm, der den Spitznamen Helmi erhalten hatte, gelang es manchmal, sie doch etwas aufzuheitern. Sie beobachtete deren Entwicklung stets in der Hoffnung, dass etwas hervortreten würde, was sie an Fritz erinnerte.

»Mucki, was meinst du?«, fragte sie vor seinem Foto auf der Anrichte im Wohnzimmer. Das gleiche Bild, noch größer und aufwändiger gerahmt, hing jetzt unten im Inselsalon an der Stelle, wo früher immer das Porträt von Kaiser Wilhelm II. gehangen hatte. »Soll ich unser Boot verkaufen?« Ihr schien, als blickte er sie durchdringender an. *Erinnerst du dich an unseren Borkum-Törn?*, fragte er, statt ihr eine klare Antwort zu geben. *Wie wir damals die englischen Spione verfolgt haben? Und weißt du noch, wie wir stundenlang auf der Sandbank festsaßen, mein Minchen?*

Als sie ihrer Schwiegertochter später von Oltmanns' Kaufinteresse erzählte, rief die spontan: »Nein! Das kannst du nicht machen!«

»Mir blutet ja auch das Herz«, gab Jakomina resigniert zu. »Aber was sollen die Sentimentalitäten, wenn's drum geht, satt zu werden?«

»Nein, Oma, warte noch!« Lissy protestierte ebenfalls. »Ich lern segeln und fahr mit dir raus! Und dann fangen wir ganz viele Fische.«

»Nicht verkaufen«, wiederholte Frieda fest. »Uns muss was Besseres einfallen. Uns wird was Besseres einfallen. Ganz bestimmt.«

»Das ist eine Demütigung des deutschen Volkes, die wir nicht auf uns sitzen lassen können!«

Theo gestikulierte lebhaft. Frieda grüßte und ging in den Damensalon, die Tür ließ sie offen. »Wo bleibt denn der vom amerikanischen Präsidenten Wilson geforderte Verständigungsfrieden? Diese Bedingungen jedenfalls werden über kurz oder lang einen neuen Krieg nach sich ziehen.«

»Könnten Sie bitte etwas mehr stillhalten?«, bat Emil, der seine Wangen schabte.

»Das wäre doch wohl die größte aller Lügen, wenn wir Deutschen alle Kriegsschuld auf uns nähmen. Wir ganz allein wären schuld? Dass ich nicht lache!« Hermann sprach aus, was alle dachten. »Die Russen hatten schon mobil gemacht, bevor wir überhaupt den Krieg erklärt haben.«

»Natürlich, wir mussten uns verteidigen!«, wetterte Jan.

Selten waren sich die Männer so einig gewesen.

Frieda gab ihnen recht. Auch sie fand die Lage zum Verzweifeln. Mit der Hungerblockade der Engländer und mit den achthunderttausend deutschen Kriegsgefangenen, die Frankreich wie Sklaven für sich arbeiten ließ, setzten die Siegermächte Deutschland so unter Druck, dass keine andere Wahl blieb, als den diktierten Friedensbedingungen zuzustimmen.

»Und wenn wir den Vertrag einfach nicht unterschreiben?«, fragte Emil, inzwischen Geselle. Er hatte die Zusammenhänge noch immer nicht richtig begriffen.

»Dann haben wir feindliches Militär nicht nur in unseren linksrheinischen Gebieten sitzen, du Döspaddel, dann marschieren sie ein und besetzen ganz Deutschland!« Jan regte sich dermaßen auf, dass er sich verschluckte und keine Luft mehr bekam.

Als Frieda ihn röcheln hörte, lief sie rüber in den Herrensalon. Hätte nicht Onno seinen Freund in diesem Augenblick entschieden von hinten gepackt und ihm die Faust ein paarmal kräftig zwischen Brustbein und Bauchnabel gedrückt, wäre der alte Tabakhändler wohl erstickt.

»Auf den Schreck«, sagte Hermann, zückte seinen Flachmann und reichte ihn herum.

»So früh?«, fragte Jakomina spitz.

»Ist Medizin«, antwortete der Inselarzt.

»Aber du trinkst selbst nichts?«

»Meine Galle zickt wieder rum.«

»Warum gehst du nicht endlich mal zum Arzt?«

»Ich bin Arzt.« Knurrig steckte er den Flachmann wieder ein.

»Ich meine, zu einem Facharzt aufs Festland.«

»Denen trau ich nicht.«

»Mensch Onno, das hast du gut gemacht!«, lobte Frieda.

Eigentlich, dachte sie, hätte ja Erwin, der ständig mit seinen Heldengeschichten als Sanitäter prahlte, Jan retten müssen. Oder Dr. Seut. Aber auf der anderen Seite würde die gelungene Tat Onno guttun. Er befand sich nämlich in einer persönlichen Krise, weil er sein Hotel nun tatsächlich verkauft hatte. Auch an diesen Oltmanns. Onno war seitdem sehr ruhig geworden. »Ich hab's zuerst Jann Berghaus privat angeboten«, hatte er ihr verraten. »Ich weiß, er verfügt über die finanziellen Möglichkeiten. Aber er sagte, er wolle sich nicht an der Not seiner Mitbürger bereichern. Was einem ja auch wieder Respekt abnötigt.«

Nach der Abwicklung des Geschäfts plante Onno, sich aufs Altenteil zurückzuziehen. Dazu reichte es wohl so gerade. Sein Schwiegersohn, der das Hotel eigentlich zusammen mit seiner jüngsten Tochter Wiebke hätte übernehmen sollen, durfte immerhin als leitender Angestellter bleiben. Frieda fragte sich, wie Wiebke, Dodos große Liebe, wohl damit fertig wurde. Besonders glücklich schien ihre Ehe nicht zu sein. Ob sie inzwischen bedauerte, dass sie damals Dodo verschmäht hatte, weil er ihr nicht reich genug gewesen war?

Der Flachmann war schnell geleert. »Im Felde sind wir unbesiegt«, rief Jan angeschwiemelt. »Unbesiegt!«

Frieda fragte sich, wie es eigentlich hatte angehen können, dass sie alle so lange im Glauben geblieben waren, der Sieg stünde kurz bevor. Und wie sie dann, nach dem Waffenstillstand, so naiv auf einen gerechten Frieden gehofft hatten. Keinen Rachefrieden, sondern einen Schlussstrich. Auf einen Vertrag, der – wie der amerikanische Präsident Wilson es verlangt hatte – durch allgemeine Abrüstung die Voraussetzungen für Gerechtigkeit, Demokratie und Weltfrieden schaffen würde.

Aber die Deutschen hatten nicht einmal mit am Verhandlungstisch sitzen dürfen. Und plötzlich sollte auch nur noch Deutschland abrüsten. Mehr als das. Sie mussten ihre

Erfolge im Osten für nichtig erklären und als Entschädigung ganze Regionen, Kohle, Kolonien, Chemikalien, Gold, Geld und vieles mehr abgeben. Wie jeder Mensch, den sie kannte, war auch Frieda schockiert vom Ausmaß der deutschen Niederlage.

Frieda

Der Kur- und Badebetrieb startete behelfsmäßig, etliche neue Geschäfte wurden eröffnet. Im Juni 1919 druckte der *Inselbote* endlich wieder die erste amtliche Liste der angekommenen Badegäste und Fremden nach dem Krieg ab – Name, wann angekommen, wo abgestiegen, bis wann angemeldet. Für die ersten vierhundertsechsundachtzig Personen reichte eine einzige Druckspalte. Immerhin, es war ein Anfang.

Auch Familie Dirks vermietete wieder. Friedas Mutter war froh darüber und bemühte sich, es den Gästen so angenehm wie möglich zu machen. »Ist es nicht wunderbar?«, sagte sie bei einem Besuch zu Frieda und Lissy. »Endlich wieder ein bisschen Eleganz und interessante Leute auf der Insel!«

Lissy und die anderen Inselkinder hatten viel zu bestaunen. Frieda lächelte, als sie feststellte, dass ihre Tochter wie früher auch sie als Kind manchmal mit ihren Freunden am Hotel Germania herumlungerte und darauf wartete, dass der Windfall an der Straßenecke Strohhüte zum Fliegen brachte. Die Kinder liefen dann um die Wette hinter den Hüten her. Fürs Zurückbringen gab's die Aufmerksamkeit feiner Leute und meist sogar noch eine Münze geschenkt. Das Ganze war also ein dreifaches Vergnügen.

»Mama, hast du gesehen, was die Gäste zu essen kriegen?«, fragte Lissy eines Tages entrüstet. Sie hatte durch die Verandafenster eines Hotelrestaurants auf die Teller geschaut. »Was da ein Einziger bekommt, das müssen sich sonst drei Leute teilen. Und richtig Fleisch! Trotzdem war da ein Mädchen, das wollte nicht den Teller nicht leer essen!« Mit ihrer Gefühlsverwirrung aus Bewunderung, Neid und Ärger stand Lissy nicht allein. Viele Insulaner empfanden ähnlich. »Und Lambertus wird nicht wieder gesund«, regte sich ihre Tochter auf. Lambertus war der jüngste Sohn ihres Nachbarn Lübbo Ennen. Der Segelmacher mit dem besonders imposanten Schnauzbart hatte sieben Kinder, die gern mal bei ihnen im Garten stibitzten. Erst am Tag zuvor hatte Else die beiden Ältesten verscheucht, als sie sich an den Zuckererbsen bedienen wollten. »Dabei müsste Lambertus nur jeden Tag sattkriegen und öfter was Gesundes essen, hat Dr. Seut gesagt.«

»Ja, wahrscheinlich hat er recht«, erwiderte Frieda schwer seufzend. »Aber die Welt ist nun mal nicht gerecht. Ist ganz gut, wenn du das früh lernst.«

»Warum sind die Reichen immer noch reicher als wir? Wir hatten doch Revolution?«

»Ehrlich gesagt, versteh ich es selbst nicht ganz«, antwortete Frieda. »Bleib aber immer schön höflich! Es ist zu unserem eigenen Besten, wenn Leute mit Geld auf die Insel kommen, dann verdienen wir mehr.« Sie zögerte kurz, dann reichte sie Lissy eine Schüssel voll frisch gepflückter Zuckererbsen. »Na los, bring sie rüber zu Ennens.«

Frieda überflog jede neue Gästeliste. Ein langer Name wie Joseph Graf Ritz zu Gartenstein würde ihr gewiss sofort ins Auge springen. Doch den entdeckte sie nicht. Das war ja auch besser so.

Am Tag vor der Abstimmung darüber, ob Deutschland den Friedensvertrag annehmen und unterzeichnen wollte, stürmte nachmittags ein Kunde in den Inselsalon. »Habt ihr schon gehört? Ich hab's gerade in Ullsteins *Pavillon* gelesen: Unsere Flotte hat sich in Scapa Flow selbst versenkt!«

Frieda stockte das Blut in den Adern. Dodo!, dachte sie. Auf den deutschen Schiffen, die seit Monaten in Schottland lagen, befanden sich nur noch Notbesatzungen, um sie betriebsbereit zu halten. Und Dodo gehörte dazu.

»Mein Bruder ist dabei!«, rief sie aufgeregt. »Was ist mit den Matrosen?«

»Konnten in Rettungsbooten rechtzeitig runter von den versenkten Schiffen, sind alle gleichzeitig losgerudert. Die Engländer haben einige erschossen, und die anderen haben sie alle festgenommen.«

»Oh, nein!«

Frieda stöhnte auf. Nahm das denn nie ein Ende? Konnte man nicht einfach mal in Ruhe vor sich hin leben?

Im Salon aber brach Jubel aus.

»Richtig so!«

»Da haben sie's den Tommys gezeigt!«

»Jetzt kriegen sie unsere schöne Flotte doch nicht!«

»Was für Helden!«

»Die Ehre unserer s-tolzen Marine ist gerettet!«

Frieda frisierte ihre Kundin hastig fertig und lief dann zu ihrem Elternhaus. Das Fahrrad funktionierte nicht, weil es keinen Ersatz für die verschlissenen Gummireifen gab. Ein Feriengast beschwerte sich gerade darüber, dass der Geruch der an der Wäscheleine trocknenden Schollen bis in seine Kammer drang, als Frieda außer Atem in die Küche hastete und mit der Nachricht herausplatzte. Nachdem sie alles berichtet hatte, was sie wusste, setzten sich die Frauen zusammen und beteten für Dodo. Frieda hängte noch ein stilles Stoßgebet an, in dem sie Gott um mehr zu essen bat, auch damit ihre Schwiegermutter das Segelboot nicht verkaufen musste.

Ihre Mutter machte Tee. Frieda tauschte sich mit der Großmutter aus, die trotz allem wie immer guter Dinge war. Sie gab ihr zu verstehen, dass sie sich auf ihren Tod freue. Sie betrachtete den Gevatter als Freund und war überzeugt, dank ihm bald ihren Mann wiederzusehen. Sie sollten sich nach ihrem Dahinscheiden nicht grämen oder vom Feiern abhalten lassen. Ihr würde es dann ja besser gehen als jetzt, und sie könnte oben mitfeiern.

Ihre Mutter erzählte, dass Friedas ältere Schwester Mintje, die schon lange auf Borkum verheiratet war, geschrieben und einen Besuch angekündigt hatte. Ihr Mann Klaas war als Soldat der Borkumer Inselwacht entlassen worden und bot nun Lustfahrten für Sommergäste von Borkum nach Holland an.

»In Holland ist die Not nicht so groß wie bei uns«, wusste ihre Mutter.

Die Niederlande, die nur zwanzig Kilometer von der westlichsten Ostfrieseninsel entfernt lagen, waren im Krieg neutral geblieben.

»Lustfahrten, Moeder? Soso …«

Ihre Mutter und sie tauschten einen vielsagenden Blick.

In der folgenden Nacht träumte Frieda lebhafter als sonst. Zuerst sah sie Dodo, wie er in einer Bucht voller sinkender Kriegsschiffe in einem Ruderboot um sein Leben pullte.

Dann ging es plötzlich um das Ersparte, das Dodo vor Kriegsbeginn zur Investition seinem Freund Fidelius überlassen hatte, der kurz darauf mit dem Geld auf Nimmerwiedersehen nach Amerika ausgewandert war. Danach wetterte auf einmal Jan im Inselsalon, während sie hinten im Lager aufräumte, lautstark, dass die Amerikaner in Wahrheit doch alle nur Dollarzeichen in den Augen hätten. Zuletzt befand sie sich auf einem Marktplatz, über den Männer mit spitzen Holzschuhen große, runde Käselaibe rollten.

Als Frieda aus diesem wirren Traum erwachte, wusste sie, was zu tun war. Im Morgenmantel lief sie nach unten.

Schon lange hatte sie nicht mehr an den eingerahmten Zehn-Dollar-Schein gedacht, den ihr vor dem Krieg eine Kundin aus Chicago gegeben hatte. Ungeduldig räumte sie im zweiten Lagerraum die aufgestapelten Kartons zur Seite. Und welch ein Glück! Der Schein hing noch immer an der Wand. Sie nahm den Rahmen ab und drückte den Schatz an sich. Ein Dollar war inzwischen vierzehn Mark wert – zehn Dollar entsprachen also fast einem durchschnittlichen Monatseinkommen.

Frieda weihte Jakomina und Grete in ihren Plan ein. Nach einiger Überlegung sprach sie auch ein paar Freunde und vertrauenswürdige Nachbarn, darunter Lambertus' Vater, an. Sie sammelte eine Menge Geld in Goldmark und noch ein paar Dollars mehr, außerdem einige Gegenstände, die man vielleicht tauschen konnte.

Es war eine große Freude mit viel Hallo, als ihre Schwester und deren Mann im August für zwei Tage zu Besuch kamen. Ihre vier Kinder hatten sie in der Obhut von Klaas' Eltern auf

Borkum gelassen. Seine Familie väterlicherseits blickte auf eine stolze Ahnenreihe von Borkumer Walfängern zurück, die Mutter stammte aus dem niederländischen Friesland.

Weder Mintje noch Vater Dirks ließen sich, zumindest für Außenstehende sichtbar, anmerken, dass ein Zerwürfnis aus seiner Trinkerzeit zwischen ihnen stand. Klaas, ein stämmiger Mann mit rotblondem Vollbart, der Ruhe ausstrahlte, hatte wohl einen stabilisierenden Einfluss auf seine Frau. Er wollte sich Rat beim alten Dirks holen, weil der doch schon vor dem Krieg mit seiner Schaluppe Lustfahrten um Norderney angeboten hatte. Außerdem hoffte Klaas, für sein eigenes Segelschiff, das zusätzlich mit einem Motor ausgerüstet war, dringend benötigte Ersatzteile auftreiben zu können. Auf der Suche verbrachten die beiden Männer fast den ganzen Tag im Hafen, bis sie endlich fündig wurden.

Erst spät am Abend ergab sich für Frieda die Gelegenheit, mit ihrem Schwager unter vier Augen zu sprechen. »Ich möchte gern an einer deiner Lustfahrten teilnehmen, um in Holland Lebensmittel einzukaufen und sie am Zoll vorbei nach Norderney zu schmuggeln.«

Klaas lehnte rundweg ab. »Dat is' nix für Anfänger. Die Händler ziehen dich übern Tisch. Und wie willst du denn das Zeug unauffällig transportieren?« Er bot ihr jedoch an, gegen eine Provision gemeinsam mit seinem Bestmann alles für sie zu erledigen. »Ich sprech fließend holländisch. Du musst mir natürlich vertrauen. Und deine Freunde auch.« Er kratzte sich seinen Bart. »Ich kann dir jetzt nur noch nicht sagen, welche Tagespreise dann gerade für Butter, Speckseiten, Genever oder was weiß ich gelten.«

Frieda zögerte. Für sich allein wäre sie das Risiko sofort eingegangen. Sie mochte ihren Schwager. Aber konnte sie das vor den anderen, die wiederum ihr vertrauten, verantworten? Sie überlegte.

»Wir brechen morgen früh wieder auf«, sagte Klaas gelassen. Zeit für Rücksprachen blieb ihr also nicht. »Für uns ist das auch ein Wagnis, Frieda. Wir kennen zwar einige zuverlässige Händler und ein paar Leute beim Zoll. Aber es kann mal der Falsche Dienst haben, und wenn wir erwischt werden, muss ich meinen Kopf hinhalten, nich' du und deine Freunde.«

Sie dachte an den Hunger der Insulaner, an die unterernährten Nachbarskinder und die Hoffnungen, die sie bereits geweckt hatte. Wenn Klaas wieder weg war, konnte es lange dauern, bis sich eine ähnliche Gelegenheit ergab. Sie sah ihm scharf in die rotblond bewimperten blauen Augen. Er schaute treuherzig zurück. Klaas hatte etwas Schlitzohriges, doch das mochte für die erfolgreiche Ausführung seines Auftrags vielleicht sogar von Vorteil sein.

»Also gut«, willigte sie schließlich ein und holte tief Luft. »Aber wenn du mich anschmierst, werde ich dafür sorgen, dass meine Schwester dir Tag und Nacht die Hölle heiß macht.«

»Das tut sie jetzt schon.« Mit einem Grinsen tippte er an seine Mütze. »Wir sind übermorgen wieder in Holland, und zwei Tage später komm ich nach Norderney. Dann kann ich nämlich meine Ersatzteile abholen, die müssen erst noch ausmontiert werden.«

»Wie kriegen wir's mit der Übergabe hin, ohne dass alle Welt zusieht?«

Bei dieser Frage fühlte sich Frieda fast schon wie ein Mitglied der Unterwelt.

»Ich könnte mich nachts im Inselwatt auf 'ner Sandbank trockenfallen lassen. Am besten östlich vom Südstrandpolder. Dann kann man rüberlaufen.« Er prüfte den Gezeitenkalender und rechnete die beste Uhrzeit aus. »Eine Stunde nach Beginn der Hundewache, also um ein Uhr nachts wär gut. Ist das ein Problem?«

Frieda schüttelte den Kopf. »Ich müsste aber jemand mitnehmen, der mit mir das Zeug auf einem Bollerwagen zieht.«

»Allein solltest du dich auch nicht nachts am Watt herumtreiben.« Er sah sie ernst an. »Hast du eigentlich deinen Leuten gesagt, wer nach Holland fährt? Kennen sie meinen Namen?«

»Nein. Ich hab nur gesagt, dass ich eine Möglichkeit sehe, drüben einzukaufen.« Sie zeigte ihm die Wunschliste der Beteiligten und die Höhe ihres Einsatzes. Fett, Schinken, Wurst und Getreide standen ganz oben.

»Gut. Ich nehme, was ich kriegen kann. Lange herumsuchen und vergleichen und feilschen is' nich'.«

»Natürlich. Das hab ich auch schon gesagt. Sind alle einverstanden.«

»Denk dran, je weniger Zeugen, desto besser.«

»Klar.«

Sie zählte ihm das Geld vor und vertraute ihm die Wertgegenstände zum Tauschen an. Er reichte ihr die Hand. Sie schlug ein.

Grete

Allmählich klang auch die dritte Grippewelle ab, sie hatten nur noch einen Erkrankten im Lazarett. Eine halbe Stunde vor Mitternacht würde Frieda sie abholen. Um ein Uhr wollten sie im Watt die geschmuggelten Lebensmittel entgegennehmen. Der Fußweg bis dorthin war ungefähr fünf Kilometer lang, in einer Stunde müsste das gut zu schaffen sein. Besser wäre es, ohne Laterne zu gehen, aber vorsichtshalber stellte sie doch ein Schienfatt bereit. Außerdem durfte der Leuchtturm wieder jede Nacht seinen Dienst tun und würde ihnen bei der Orientierung helfen. Grete empfand die bevorstehende Unternehmung als spannende Abwechslung und freute sich auf ein kleines Abenteuer. Wenn sie doch nur nicht so erschöpft wäre!

Sie blickte in den Spiegel. Abgekämpft wirkte sie, die Haut sah nicht vornehm blass aus, sondern teigig weiß. Kann es sein, fragte sie sich, dass ein Mensch verblasst, wenn er nicht mehr richtig angeschaut wird? Ein Haus, in dem niemand wohnt, verfällt ja auch schneller. Das hatte sie in den vergangenen Jahren oft auf Norderney beobachtet. Ohne Heizung und regelmäßiges Lüften wurden die Wände schnell feucht, die Fensterläden rissig, Spinnen und Mäuse nisteten sich ein. Ungeziefer wie böse Gedanken, Albträume.

Max war schon wieder überraschend in ein anderes Offizierslager irgendwo mitten in Frankreich verlegt worden.

Sie nummerierten ihre Briefe durch. Nur etwa jeder dritte Brief kam an. Wenn ein Paket ihn erreichte, war es fast wie ein Lotterietreffer. Neben haltbaren Lebensmitteln schickte sie ihm vor allem Lektüre.

Immer wieder mal hörte man von Gefangenen, denen die Flucht gelungen war. Ihr Bruder Eduard hatte ihr trotzdem dringend abgeraten, irgendetwas zu unternehmen in der Absicht, Max einen Fluchtversuch zu erleichtern.

»Wenn es schiefgeht, drohen drastische Strafen, und du siehst ihn erst als alte Frau wieder. Wenn überhaupt. Besser, er hält noch ein paar Wochen oder Monate durch.«

Zweieinhalb Jahre Zwangsarbeit gab es für einen Nahrungsdiebstahl, fünf Jahre für eine einmalige Gehorsamkeitsverweigerung einem französischen Offizier gegenüber und zehn bis zwanzig Jahre für einen Fluchtversuch.

Von solchen Dingen schrieb Max ihr nie. Er hatte zwar früher in seinen Briefen erwähnt, dass Frontsoldaten jede Stunde von Wanzen, Ratten und Läusen geplagt wurden. Dass es für sie nur drei Alternativen zum Schützengraben gab – das Massengrab, das Lazarett oder die Gefangenschaft. Bevor er selbst in Gefangenschaft geraten war, hatte er ihr auch, etwas verschlüsselt, für den Fall, dass Zensoren mitlasen, zu verstehen gegeben, dass Feigheit und Unehrenhaftigkeit zunahmen und immer mehr Fälle von Selbstverstümmelung bei ihm im Lazarett landeten.

Doch nun schonte er sie.

Grete griff nach seinem letzten Brief, obwohl sie ihn längst auswendig kannte. *Das Lager befindet sich auf einem Truppenübungsplatz. Wir hausen hier nicht so eng wie im vorherigen.* Etwa eintausend Offiziere waren dort untergebracht. Sie wohnten in soliden, aus Stein gebauten Kasernen inmitten einer einsamen Heidelandschaft auf achthundert Metern Höhe. Max beschrieb ginsterüberzogene Hügelketten und Täler, in denen Eichen und Buchen wuchsen. Die spärliche Bevölkerung würde sich im Winter ins Tal zurückziehen. Überhaupt sei der Winter ein Schreckgespenst. Die Beleuchtung reiche dann nicht aus, um zu lesen, das hätten ihm dort schon länger untergebrachte Kameraden berichtet. Und geheizt würde auch kaum. Man müsse sich so viel Bewegung wie möglich machen, um warm zu bleiben. Sie alle hofften, dass sie bald nach der Unterzeichnung des Friedensvertrages freikämen. *Unser größter Feind ist derzeit die Langeweile.* Wie stets in Offizierslagern existierte jedoch eine Art Lehrbetrieb, der von den Gefangenen selbst organisiert werden durfte, mit richtigen Stundenplänen. Jeder unterrichtete die anderen in dem, was er gut konnte oder zu können glaubte – natürlich ohne Lehrmaterialien, nur aus dem Kopf. *Heute habe ich etwas im Fach Maschinenbau über Dampfmaschinensteuerungen gelernt. Morgen will ein Bremer, der im Zivilberuf Gymnasiallehrer ist, Goethes* Faust *rezitieren. Und ich bereite einen Kurs zum Thema »Lebensreform« vor. Gerade habe ich einige Stichworte notiert – Naturheilkunde, Selbstheilungskräfte, Turnen, Atemübungen, Luftbäder, Aufklärung der Frauen. Kinder nicht drillen und dumpf pauken lassen, sondern in einer Lebensschule durch praktisches Tun anleiten.* Sie musste lächeln. Solange Max sich für etwas einsetzte, also einen Sinn sah, würde er nicht aufgeben. *Aber die meisten meiner Gedanken gehen in die Heimat. Ich will endlich wieder selbst bestimmen, ich will frei sein und einen Beitrag zum Aufbau leisten. Wie sehne ich mich danach, bei dir zu sein, meine geliebte Frau. Ich stelle mir vor, wir liegen im warmen Dünensand und sehen den Wolken nach.* Den Abschluss bildete eine Skizze von der Hügellandschaft um sein Lager herum. Grete küsste sie.

Der Tag war so anstrengend gewesen, ihr fielen die Augen zu. Sie blinzelte zum Wecker. Erst halb zehn. Noch reichlich Zeit, bis Frieda kommen würde, um sie abzuholen. Ein kleines Stündchen konnte sie schlummern. Angekleidet legte Grete sich auf den Überwurf ihres Bettes. Sie kuschelte sich unter eine Wolldecke und hoffte, dass sie von Max träumen würde.

Frieda

Als es halb zehn abends war, ging Frieda im Geiste noch mal jeden Schritt ihrer Vorbereitungen durch. Ihre Schwiegermutter war eingeweiht und passte auf Lissy auf, die im besten Fall von ihrem nächtlichen Ausflug überhaupt nichts mitbekommen würde. Im Dünengarten hatte sie ein Versteck für die Schmuggelware angelegt, und zwar in dem winzigen Häuschen neben dem Stall für das Schwein und die Ziege, in dem das Schweinefutter gekocht wurde. Sie hatte bereits den Bollerwagen dorthin gebracht und einen Rucksack und eine Plane bereitgelegt.

Es wäre schließlich dumm, nachts um zwei mit dem Karren durch den Kurort zu rumpeln. Deshalb wollte sie die Lebensmittel aus Holland erst am folgenden Tag unter der Plane transportieren, getarnt mit einer dicken Schicht Mist darüber. Falls sie unterwegs jemand ansprechen sollte, könnte sie erklären, dass sie vorhatte, ihren Hausgarten mal wieder ordentlich zu düngen.

Da es im Watt matschig war, zog sie ein altes dunkles Kleid und derbes Schuhwerk an. Neben einigen anderen Utensilien packte sie in einen Beutel ihr schwarzes Wolltuch, um es sich später um das hellblonde Haar zu knoten. Je unauffälliger, desto besser. Vielleicht hätte sie Grete warnen sollen, bloß nichts Helles zu tragen. Na ja, zur Not würde sie sich nachher auch noch schnell umziehen können.

Frieda fühlte sich zu hibbelig, um vorzuschlafen. Lissy lag schon träumend im Bett. Sie beschloss, noch ein wenig spazieren zu gehen, und hängte sich ihre Beuteltasche quer über die Brust.

»Ich geh los«, sagte sie zu ihrer Schwiegermutter.

»Viel Glück. Sei vorsichtig.«

Wie immer, wenn sie sich ziellos durch den Ort treiben ließ, landete sie vor Scherls Lesehalle. Dort pflegte sie die Aushänge mit den neuesten Nachrichten des Wolff'schen Telegrafenbüros zu studieren, bevor sie gegenüber noch einen Blick in die Schaufenster von Braams Buchhandlung warf und an den Strand weiterging. Im Rundbau der kleinen Lesehalle befanden sich einige Kurgäste, die interessiert in Publikationen des Scherl-Verlages blätterten. Ein gut aussehender Mann mit vollem schwarzbraunem Haar, vielleicht Mitte dreißig, fesselte ihre Aufmerksamkeit. Als hätte er ihren Blick gespürt, schaute er hoch. Direkt in ihre Augen.

Frieda wich zurück, bis sie mit dem Rücken gegen eine der Außensäulen des Pavillons stieß. Der Mann erhob sich. Ungläubig starrte er sie an, nun ging ein Leuchten über sein Gesicht. Joseph! Friedas Herz machte Freudensprünge. Ja, er war es wirklich! Ihr Puls raste. Während ihre Blicke verbunden blieben, ließ er die Zeitung auf ein Tischchen fallen und ging zur Tür.

Sie schluckte. Da bist du ja, dachte sie. Joseph, Joseph. Sie konnte nicht mehr klar denken. Auf einmal stand er direkt vor ihr.

»Frieda!« Beinahe wäre sie ihm um den Hals gefallen. Auch er schien sich zusammenreißen zu müssen. »Frieda«, wiederholte er mit einem kleinen Lächeln.

»Joseph …«, flüsterte sie.

Er nahm ihre Hand und küsste sie.

»Mein Gott, wie lange ist das her?«, fragte er.

»Es war im Sommer 1908. Elf Jahre.«

Deine Tochter ist inzwischen zehn, fügte sie in Gedanken hinzu. Und sie hat deine Augen geerbt. Das gleiche Dunkelblau, den gleichen dichten, dunklen Wimpernkranz und manchmal genau diesen Ausdruck – so klug, tief und aufrichtig, dass es etwas Entwaffnendes hat.

»Was machst du, Frieda? Darf ich dich auf ein Glas Wein einladen? Oder wollen wir spazieren gehen?«

Sie zögerte, dann nickte sie. Er bot ihr seinen Arm. Meine Güte, wie elegant er wirkte! Ihr wurde bewusst, dass sie gerade ihr hässlichstes Kleid und klobige Schuhe für den Marsch zum Watt trug, dazu den groben Beutel. Ausgerechnet heute.

Sie schüttelte den Kopf. Das konnte sie nicht, sich einfach bei ihm einhaken. Die Nähe würde ihr den letzten Rest Verstand vernebeln. So begaben sie sich mit gebührendem Abstand nebeneinander zur Promenade. Linkerhand lag die Marienhöhe. Beide schauten hinauf. Dort oben hatten sie sich im Morgenrot nach dem Paul-Lincke-Ball zum ersten Mal geküsst. Die kleinen Lächelfältchen um Josephs Augen vertieften sich. Er trug noch immer das schmale, elegante Bärtchen, das beim Küssen nicht störte. Frieda errötete.

Schnell richtete sie ihren Blick auf die mit Wimpeln geschmückten Strandburgen. »Endlich wieder buntes Treiben«, sagte sie, um von ihrer Verlegenheit abzulenken, und atmete tief durch wie ein Feriengast, der nach seiner Ankunft als Erstes hierhereilte, um sich zu vergewissern, dass alles da war, das Meer, der Strand, eine frische Brise – der Beginn einer unvergesslichen Zeit.

»Herrlich!«, sagte Joseph. »Wie befreiend die Nordsee wirkt! Diese Weite …«

Das Licht flirrte. Glasige graugrüne Kämme krönten kleine Wellen. Nur in der Ferne schwebten über dem Meer ein paar Wolken, die nichts Bedrohliches hatten, sondern lediglich den Sonnenuntergang spektakulärer machen würden.

Frieda hörte die Möwen rufen. Ihre Schreie hatte sie schon ewig nicht mehr vernommen. Wo waren sie gewesen den ganzen langen Krieg über? Und sie erschnupperte das Meer. Die Luft, mit einer Spur Algen- und Fischgeruch darin, prickelte vor Frische, der Wind hatte sich nach einer rauschhaften Reise über ferne Länder und Ozeane hinweg mit den Geschichten vieler Abenteuer aufgeladen. Roch es tatsächlich jeden Tag so auf Norderney? Schon lange hatte sie es nicht mehr bemerkt. Höchstens mal den Gestank, wenn angeschwemmte Algen am Strand vor sich hin faulten.

Eine Brise fuhr ihr durchs Haar. Und die Sonne machte sich allmählich bereit fürs Finale. Am Horizont begannen Farblichtspiele aus dem Aquarellmalkasten der Natur.

Schweigend, aufgewühlt gingen sie ein Stück auf der Promenade. Nahe der Georgshöhe ergatterten sie eine freie Parkbank.

Frieda genoss es, einfach nur neben Joseph zu sitzen. Sie schauten zu, wie die Sonne versank. Ihm ging es offenbar ähnlich. Wann immer ihr Blick ihn streifte, sprühte aus seinen Augen ein Feuerwerk von Freudefunken. Paare jeden Alters flanierten vorüber, manche grüßten. Sie beachteten sie kaum, nickten allenfalls kurz. Dem Untergang der Sonne folgte noch eine Schweigeminute. Und dann begannen sie beide gleichzeitig zu reden.

»Wie geht es dir?«

»Wie ist es dir ergangen?«

Sie lachten. »Du zuerst«, sagte sie.

»Also gut, werde mich bemühen, Extrakt zu reden.« Die militärische Schule war nicht nur seiner Ausdrucksweise, sondern der gesamten Haltung anzumerken. »Als Leutnant für Österreich-Ungarn in der Bukowina und Ukraine gekämpft. Bei Czernowitz verletzt. Schuss in den Leib. Langwierige Sache, Lazarett, Spezialklinik in Wien. Na, jetzt Vergangenheit.« Er räusperte sich. »Bin mit meiner Frau auf der Insel. Anna wollte unbedingt hierher wegen der guten Luft für ihre Lunge. Gerade als ich nach Hause entlassen war, ist sie an der Spanischen Grippe erkrankt.«

»Oh. Ja, die Grippe hat überall schlimm gewütet.«

»Anna fühlt sich noch immer nicht wieder ganz gesund, sie wird schnell müde. Hat sich deshalb früh hingelegt. Und ich muss morgen zurück nach Düsseldorf. Dringende Geschäfte.«

Hättest du noch nach mir gesucht?, dachte Frieda. »Was ist aus deinem Erbe in Österreich geworden?«, fragte sie.

Hat es sich wenigstens gelohnt, eine Frau zu heiraten, die du nicht liebtest? Liebst du sie inzwischen? Manchmal geschieht es ja, dass Ehepaare einander lieben lernen. Sie war sicher, dass Joseph ihre Gedanken lesen konnte.

»Unser Stammsitz und die Ländereien der Familie sind gerettet«, antwortete er. »Nach dem Zusammenbruch fanden noch etliche Verwandte zusätzlich auf dem Schloss Zuflucht. Habe dort einen sehr guten Verwalter eingesetzt. Kümmre mich jetzt um Aporo, die Firma meines Schwiegervaters in Düsseldorf, und werde demnächst seinen Platz als Direktor übernehmen.« Er lächelte. »Es ist ein Kreislauf. Dank Aporo kann ich bis heute mein Erbe in Österreich durch diese schwierige Zeit bringen.«

»Oh«, sagte Frieda beeindruckt. »Aber es ist sicher gerade nicht so leicht.«

»Wohl wahr. Das Problem in Düsseldorf ist, dass die Region nordwestlich der Stadt, also linksrheinisch, von belgischen Soldaten besetzt ist.«

»Davon hab ich gehört.«

»Dort befinden sich einige, zum Glück nicht alle, unserer Produktionsstätten. Wir machen in Chemie und in Pharmazie, also Arzneimittel. Die Leute in der Region brauchen dringend Arbeit. Es ist schwieriger denn je, an die erforderlichen Rohstoffe zu kommen.« Er bewegte den Oberkörper, als wollte er die geschäftlichen Sorgen abschütteln. »Aber nun zu dir, Frieda. Was hast du seitdem gemacht?«

»Na, dann fass ich mich auch mal kurz«, begann sie. »Ich hab Hilrich Fisser, den Juniorchef des Inselsalons, geheiratet und eine wunderbare Tochter bekommen, Lissy – eigentlich Elisabeth.«

»Elisabeth, wie schön. Ich liebe diesen Namen.«

»Leider ist mein Mann vor zweieinhalb Jahren gefallen. Und erst vor wenigen Monaten mussten wir seinen Vater, den Seniorchef, beerdigen. Er hatte ebenfalls die Grippe, vielleicht ist er aber auch an seinem schwachen Herz gestorben, sagt unser Arzt. Oder es kam beides zusammen.«

»Dann hast du schwere Zeiten hinter dir.«

»Das haben wir ja alle. Ich kann noch von Glück sagen.«

»Natürlich! Frieda, das Glücksmadl …« Sein Blick wurde weicher. »Die Inselprinzessin …«

Sie schaute auf die Nordsee. Der Himmel über dem Horizont blieb in solchen Augustnächten noch lange hell. »Lissy ist wirklich ein Schatz. Und meine Schwiegermutter Jakomina möchte ich nicht mehr missen. Wir halten hier zusammen.« Sie lachte auf. »Na ja, um ehrlich zu sein – manchmal gönnt auf dieser Insel der eine dem andern nicht das Schwarze unter den Nägeln. Aber wenn's drauf ankommt … Und langsam nimmt ja auch der Fremdenverkehr wieder an Fahrt auf.«

»Die Arbeit im Salon bereitet dir also immer noch Vergnügen?«

»Ja, auf jeden Fall. Ich freu mich schon auf anspruchsvollere Kundschaft, auf neue Moden. Nächstes Jahr will ich das Angebot wieder um Schönheitsbehandlungen erweitern.«

Er nickte anerkennend. Erneut störten Promenierende, die weinselig herumlärmten. Joseph und sie sahen sich kurz an, und damit war klar, dass sie weiterspazieren wollten. Sie schlugen einen Weg durch die vom Mond beschienenen Dünen ein. Er nahm ihr den Beutel ab. An jeder Gabelung wählte Frieda den einsameren Pfad. Bald mischte sich der Geruch von Heidekraut und wilden Rosen in die Seeluft. Der Leuchtturm blinkte ihnen entgegen. Und schon wieder teilten sie, ohne es auszusprechen, kostbare Erinnerungen.

»Seltsam, ich hab deinen Namen gar nicht auf der Gästeliste gesehen«, sagte Frieda irgendwann.

»Freut mich, dass du danach Ausschau gehalten hast«, neckte er sie.

»Phh! Das gehört zum Geschäft. Ich sollte es wissen, wenn wichtige Persönlichkeiten auf der Insel sind. Aber von Graf und Gräfin Ritz zu Gartenstein stand nichts in der Inselzeitung.«

Er blieb stehen und machte eine Verbeugung. »Darf ich mich vorstellen? Jupp Gartenstein. Schlicht und ergreifend. Den Grafen haben mir die Revolutionäre in Österreich genommen, den Joseph die Rheinländer.«

Frieda reichte ihm lachend die Hand. »Sehr angenehm, Herr Gartenstein.«

»Jupp reicht völlig.«

»Ich bleib lieber bei Joseph.« Beschwingt gingen sie weiter. Ab und zu hoppelte ein Wildkaninchen vor ihnen durch die bewachsenen Dünen, das Mondlicht warf Schatten wie auf einer Theaterbühne. »Bei uns in Deutschland soll doch nun der Adelstitel Teil des Namens sein«, fiel Frieda ein.

»Für Österreicher gilt das nicht«, erklärte Joseph. »Bei uns steht es seit April sogar unter Strafe, einen Titel zu führen.«

»Ach herrje, ein gefährliches Land für Inselprinzessinnen«, scherzte sie, wurde aber gleich wieder ernst. »Ist das alles sehr schlimm für deine Familie?«

»Na ja, für Anna und ihre Eltern ist es schon ein schwerer Schlag«, erwiderte Joseph leicht spöttisch. »Wir haben unser Anrecht auf einen Sitz im Herrenhaus verloren. Von der Seite her war mein Ruf allerdings eh schon angekratzt, weil ich eine bürgerliche Deutsche geheiratet habe.« Er strich nachdenklich mit zwei Fingern über sein Bärtchen. »Ich fürchte, der Adel generell erlebt gerade eine Identitätskrise. Aber keine Existenzkrise.«

»Warum?«

»Unseren Besitz haben sie uns schließlich gelassen. Untereinander ändert sich nicht viel, nehme ich an.« Er lächelte. »Man kennt sich doch. Wer zur Ersten Gesellschaft gehört hat, weiß sowieso, wer der Gartenstein ist.«

»Schade, dass Deutsch-Österreich nun doch nicht dem Deutschen Reich angeschlossen wird«, sagte Frieda. »Immerhin habt ihr demokratisch abgestimmt, und die Mehrheit wünschte es.«

Er sah sie verblüfft an. »Du bist aber gut informiert für eine Insulanerin.«

»Jeden Morgen tagt bei uns im Salon ein politischer Debattierclub«, gab Frieda amüsiert zurück. »Darunter der Redakteur unserer Zeitung. Ich müsste mir schon die Ohren zustopfen, um unwissend zu bleiben.«

»Respekt! Ja, ich bedaure es auch sehr, dass die Siegermächte uns den Anschluss verboten haben. Ich befürchte nämlich, dass Deutsch-Österreich nach dem Zerfall des Habsburger Reiches gar nicht auf eigenen Beinen stehen kann. Dafür sind wir wirtschaftlich zu schwach.«

»Dabei war der Vielvölkerstaat Österreich-Ungarn ein guter Anfang für ein vereinigtes Europa«, sagte Frieda. »Stell dir mal vor, man hätte statt der Auflösung den entgegengesetzten Weg einschlagen können!«

»Meine Güte, du bist ja nicht nur schön«, entfuhr es ihm, »sondern richtig gescheit.«

Sie lächelte. »Man lernt dazu.«

Nur, weil sie aus der Partei ausgetreten war, bedeutete es nicht, dass sie aufgehört hatte, sich für Politik zu interessieren. Joseph ging jetzt so nah neben ihr, dass sie seinen Duft wahrnahm, und ihre Knie wurden weich. Jenes Gefühl, das sie nicht hatte vergessen können, an das sie sich aber nicht mehr richtig erinnern konnte – es war plötzlich wieder da. Wie verrückt, auf einen Schlag, nach elf Jahren! Unauffällig streckte sie die Nase weiter vor und sog den Duft ein. Noch immer lag darin neben Bergamotte und Farn dieses holzig warme Zirbenaroma. Wundervoll. Ihr Brustkorb weitete sich. Die Nacht ließ jetzt die Milchstraße über der Insel funkeln, im Westen leuchtete der Sommerhimmel noch immer blau wie Apothekerglas vor einer Kerze, und das Meer rauschte sanft.

Lernt man wirklich dazu?, fragte Frieda sich dann. Ich könnte seinetwegen alles vergessen, schon wieder, dabei sollte ich inzwischen vernünftiger sein. Er ist verheiratet.

»Wird deine Frau dich nicht vermissen?«, fragte sie unvermittelt.

»Wohl kaum. Wir schlafen getrennt, zu Hause wie auf Reisen.«

»Habt ihr Kinder?«

»Nein.« Die Art, wie er es sagte, verbot jede Nachfrage. »Wir sind nicht glücklich. Allerdings auch nicht unglücklich«, fuhr er überraschend offen fort. »Wir leben nebeneinander her. Jeder in seiner Welt. Vier Jahre war ich im Krieg. Man entfremdet sich. Wobei – wir waren uns nie wirklich nah.«

»Hm.« Was sollte sie dazu anderes sagen?

»Nicht so wie wir, Frieda.« Seine Stimme klang dunkler, zärtlich. »Mir ist nie wieder eine Frau wie du begegnet, so frei und klar.«

Sie musste schlucken. »Ich hab oft an dich gedacht«, erwiderte sie leise. Ihr Blick folgte den Strahlen des Leuchtturms.

»Ich stand schon zweimal vor dem Inselsalon und habe mit mir gekämpft, ob ich hineingehen soll oder nicht.«

»Ach!«

Er lächelte selbstironisch. »Vielleicht kennst du die Geschichte von Hans Christian Andersen – sie soll übrigens wahr sein und vom Märchendichter selbst handeln. Darin sucht ein verschmähter Verehrer nach vielen Jahren seine Angebetete auf …«

»Du warst kein verschmähter Verehrer«, unterbrach sie ihn. »Eher wäre ich die Verschmähte gewesen. Aber so hab ich es nie empfunden, ich wusste ja von Anfang an, dass du …«

Er blieb stehen. »Das ist schön. Also, was ich eigentlich erzählen wollte: Sie hatte damals einen wohlhabenden Apotheker genommen statt des armen Poeten, und als er nach vielen Jahren, inzwischen berühmt, in den Ort zurückkehrte, sah er sie wieder – fürchterlich dick geworden und mit fünf ungezogenen Bälgern. In diesem Moment zerplatzten all seine romantischen Vorstellungen.«

Unter ihrem Schuh knackten Muschelschalen. »Du bist also nicht in den Salon gekommen, weil du Angst hattest, dass du mich nicht wiedererkennst?«

»Genau. Ich denke nämlich auch immer noch an dich.« Er ergriff ihre Hände. »Alles Helle und Heitere verbinde ich mit dir.«

Frieda schlug vor Aufregung die Augen nieder, sie schaute auf den Rock ihres Kleides. Das war nicht hell, sondern schwarz. Normalerweise trug sie ungern Dunkles, sie fühlte sich damit immer schwer, als müsste sie trauern, sich von allem abtrennen, Angst oder Angreifer abwehren. An diesem

Abend allerdings hatte sie ja absichtlich ein schwarzes Kleid angezogen, um …

»Ach herrje!«, rief sie und entzog ihm die Hände. »Wie spät ist es?«

Verblüfft zog Joseph seine Taschenuhr hervor und drückte auf einen Knopf. Offenbar handelte es sich um eine teure Repetieruhr, die auch akustisch die Zeit angab. Mit angehaltenem Atem zählte Frieda innerlich die Glockentöne des Rufschlagwerks mit – … zehn, elf, zwölf. »Oh, nein!«, stöhnte sie auf. Zum Schluss erklang ein anderer Ton. »Noch eine Minute?«, fragte sie.

»Viertelstunde«, korrigierte Joseph. »Es ist viertel nach zwölf, fünfzehn Minuten nach Mitternacht. Warum ist das so schlimm?«

»Ich hätte um halb zwölf Grete abholen wollen!«

Mit wenigen Sätzen weihte sie ihn in ihren Plan ein. Die Angelegenheit schien ihn zu amüsieren.

»Frieda, meine Lichtgestalt, wandelt auf kriminellen Pfaden!«

»Spotte nur! Ich muss schleunigst los, zum Glück ist es nicht weit bis zum Dünengarten.«

»Ach, den gibt's immer noch? Ein Garten Eden in meiner Erinnerung.«

Sie hatte keine Geduld mehr. »Nein, ein anderer inzwischen. Hilfst du mir? Wir müssen den Bollerwagen holen.«

»Natürlich helf ich dir!«

»Wir müssen unbedingt um eins am Treffpunkt sein.«

»Los geht's!« Er lachte. »Horido!«

Frieda zeigte die Richtung an, und sie rannten los.

Im Garten fand Joseph es praktischer, bis zum Watt statt den Bollerwagen die Schubkarre zu nehmen, die im Stall stand. Die Ziege meckerte über die Ruhestörung. »Ischa gediegen …«, zitierte Joseph den Anfang eines Ausspruchs, mit dem der Leuchtturmwärter sie damals zu Albernheiten animiert hatte.

»Kennst du den Satz etwa noch ganz?«, fragte Frieda.

»Na klar!«, trumpfte er auf. »Ischa gediegen, dass die Ziegen beim Miegen den Schwanz krumm machen und hinterher wieder grade kriegen.«

Lachend trabten sie los zum Südstrandpolder, Joseph mit der Schubkarre vorweg. Als sie – pünktlich – ankamen, war jedoch weit und breit kein Schiff zu sehen.

Nach einer Weile begann Frieda, sich Sorgen zu machen. »Hoffentlich sind sie nicht erwischt worden! Meine Freunde und Nachbarn haben ihre letzten Groschen zusammengekratzt.«

»Der Wind ist nicht besonders stark«, bemerkte Joseph, »vielleicht können sie nicht richtig segeln.«

»Sie haben einen Motor an Bord.«

Die Wiese war feucht. Joseph breitete die Plane aus. »Komm, hock dich nieder.«

Sie setzte sich, hielt allerdings Abstand. Er ist verheiratet, verheiratet, verheiratet. Sie durfte nicht noch einmal den Kopf verlieren. Aus ihrem Beutel beförderte sie eine kleine Laterne hervor. Sie entzündete sie und stellte sie zwischen sich und ihn.

»Erzähl mir mehr von der Firma, die du demnächst leiten wirst.«

»Och, Frieda, sollte ich dir nicht lieber die Sterne zeigen?

Weißt du noch, damals, der sibirische Staub in der Atmosphäre ...?«

Das war bezaubernd gewesen und benebelnd. Sie ging darauf nicht ein. »Wie heißt das Unternehmen?«

»Aporo«, sagte Joseph. »Mein Schwiegervater hat als Apotheker angefangen. Das war die Abkürzung für seine Apotheke am Rosenplatz.«

»Und was sind eure Ziele?«

Er sah sie skeptisch an. »Wir versuchen, das Unternehmen vertikal auszubauen, indem wir alle Vor- und Hilfsprodukte sowie die Endprodukte selbst produzieren.« Seine Hand tastete nach ihrer. »Frieda, du willst mir nicht im Ernst erzählen, dass dich das interessiert.«

»Doch, doch, das Thema beschäftigt mich jeden Tag«, bekräftigte sie. »Sicher habt ihr während des Krieges auch gelernt, neue Anwendungen für Substanzen zu finden, die bis dahin als Abfallprodukte galten, nicht wahr?« Sie wunderte sich, dass sie in dieser Situation noch einen halbwegs klugen Satz formulieren konnte.

»Ja, zum Beispiel Teerfarben. Also, du verblüffst mich schon wieder«, sagte er. »Du wärst eine gute Unternehmerin.«

»Das bin ich schon«, antwortete sie selbstbewusst und etwas kokett. »Wir müssen im Salon ja ständig Ersatzstoffe für die Haarpflege finden.«

»Genau das sehe ich als eine unserer Hauptaufgaben an. Unsere ausländischen Tochterfirmen werden mit dem Friedensvertrag enteignet. Die Pflanzenextrakte und Rohstoffe, die wir sonst aus den Kolonien bekommen haben, fehlen. Wir müssen versuchen, durch eigene Forschungen im Labor künstliche Wirkstoffe und Präparate herzustellen. Das ist die Zukunft.«

»Dr. Seut, der Inselarzt und einer unserer Stammkunden, behauptet, Deutschland sei die Apotheke der Welt.«

»Recht hat er. Immerhin gingen die meisten Nobelpreise für Chemie bislang an Deutsche. Das ist ausbaufähig.« Joseph schob das Schienfatt vor und rückte näher an sie heran. Wenn er mich jetzt in seine Arme nimmt, dachte sie, garantiere ich für nichts. Aber ich sollte standhaft bleiben. Es führt zu nichts. Außer dass ich wieder ein paar Jahre lang sehnsüchtig von ihm träumen werde. Er muss zurück in sein Leben, das ist völlig klar.

»Frieda«, begann er mit samtiger Stimme, »sollten wir diese Stunde nicht …«

Während er sprach, ertönte von Westen her das Tuckern eines Schiffsmotors. »Oh, das müssen sie sein!«, rief sie und sprang auf.

Ihr Schwager gab das verabredete Blinkzeichen. Sie erwiderte es mit der Laterne. Sein Flachboot ankerte, etwas weiter draußen als ursprünglich geplant, nahe der Fahrrinne. Wenig später stapfte ihnen ein stämmiger Mann barfuß durchs Watt entgegen. Es war Klaas, der einen prall gefüllten Sack geschultert hatte.

»Düwel ok!«, fluchte er. »Wir hatten einen Motorschaden, und Flaute. Konnten auch nicht vernünftig segeln.« Er wuchtete den Sack vor Friedas Füße. »Is' noch mehr an Bord. Zettel mit Abrechnung steckt im Sack.«

»Hat sonst alles geklappt?«

»Jau, deine Leute werden zufrieden sein«, antwortete Klaas. »Meine Provision hab ich schon abgezogen.«

»Danke dir vieltausendmal! Soll ich mitkommen, um den Rest zu holen?«, fragte Frieda.

»Nee, laat man dien Kerl wuchten.«

Klaas grinste und schlug Joseph kräftig auf die Schulter. Der gab sich keine Blöße. Kurz entschlossen zog er seine eleganten Schuhe aus, krempelte die Hosenbeine hoch und folgte Klaas. Frieda blieb an Land, halb belustigt, den ehemaligen Grafen knöcheltief durch Schlick staksen zu sehen, teils auch etwas besorgt. Wer in den Bergen zu Hause war, musste sich im Watt wie auf einem anderen Stern fühlen. Doch Joseph bewältigte die Herausforderung mit Geschick und Gelassenheit.

Wenig später schob er die überladene Karre zurück über einen Pfad durch feuchte Polderwiesen bis in den Dünengarten. Frieda hielt mit einer Hand die Waren fest und passte auf, dass nichts herunterfiel. Gemeinsam luden sie ab. Während dieser nächtlichen Aktion schwand der Rest Befangenheit zwischen ihnen. Sie arbeiteten Hand in Hand. Frieda fühlte sich wie eine siegreiche Piratenbraut, als sie endlich alles verstaut hatten. Speckseiten, Mett- und Dauerwürste, Schinken, Getreide, das sie später mit der Handmühle mahlen würden, um nicht beim Inselmüller Verdacht zu erregen, ein paar Laib Schwarzbrot, Goudakäse, Medikamente für eine Nachbarin, mehrere Flaschen Genever, Tee, Kandis, Zucker, Zuckerrübensirup, Zwirn und sogar etwas Schokolade.

»So, das wäre geschafft!« Sie seufzte glücklich. »Mir läuft das Wasser im Munde zusammen. Hast du auch Hunger?«

»Und wie!«

Neben dem Stall stand ein wackliger Gartentisch mit vier grob zusammengezimmerten Stühlen. Dort machten sie ein kleines Picknick. Joseph saß ihr gegenüber, die Laterne auf dem Tisch beleuchtete sein Gesicht. Mit einem

Taschenmesser schnitt er mundgerechte Portionen aus den Vorräten. Sie schmausten und erzählten und lachten. Das Schwein nebenan quiekte und oinkte – und stank.

»Irgendwie hatte ich einen Dünengarten romantischer in Erinnerung«, flachste Joseph.

Sie hatten sich in einem großen, behaglich eingerichteten Zelt geliebt.

»Ja, damals regnete es«, entgegnete Frieda, als verstünde sie die Andeutung nicht, »Schnürlregen hast du's genannt.«

Er senkte den Kopf. »Die schönste Nacht meines Lebens«, sagte er leise. »Im Lazarett habe ich oft daran gedacht.«

Die unbeschwerte, heitere Stimmung kippte nun doch ins Ernste. Friedas Augen wurden feucht. Mit jeder Faser ihres Körpers empfand sie in diesem Moment, wie sehr sie Joseph liebte. Aber sie wusste auch, dass es keine Zukunft für sie gab. Und ihr war klar, dass es ihm ebenso bewusst war wie ihr. Sie schwiegen eine Weile.

»Ich könnte mich scheiden lassen«, schlug er plötzlich vor.

Sie schüttelte den Kopf. »Unsinn. Dann wirft dein Schwiegervater dich raus, und all die Mitarbeiter haben kein Zuhause mehr. Wer soll Aporo voranbringen und Arbeitsplätze schaffen? Und willst du allen Ernstes jetzt doch riskieren, dass du euren Stammsitz nicht mehr halten kannst?«

»Es muss einen Weg geben.«

»Möchtest du etwa für immer auf Norderney leben?« Sie lächelte traurig. Wie eigenartig – in der Sekunde, in der sie ein Problem erkannte, wusste sie glasklar, wie sie damit umgehen musste. Das hatte sie schon einige Male in ihrem Leben erfahren. Wenn sie den besten Weg suchte, einen Berg zu überwinden, erhellte ein Blitz die gesamte Landschaft, sie sah alles genau vor sich. Man musste da lang und dann da jene Brücke nehmen, auf keinen Fall die Biegung drüben, sondern immer geradeaus, einfach nur entschlossen drauf zu. Wenn man sich an den Weg hielt, ohne weiter nachzudenken, kam man ans Ziel. Fing man jedoch an, die Zwischenschritte zu durchdenken und abzuwägen, war man verloren. Davor musste sie sich hüten, diesen Fehler durfte sie jetzt nicht machen. »Das würdest du nicht lange aushalten, Joseph«, sagte sie deshalb entschieden. »Oder sollte ich in deine Nähe ziehen, um dir nah zu sein?«

»Die Inselprinzessin ohne Insel? Leider unvorstellbar.«

Sie seufzten beide.

Der Himmel begann im Osten heller zu werden. Frieda stand auf und reichte Joseph die Hand. »Komm, wir sehen uns den Sonnenaufgang an.« Sie erklommen eine angrenzende hohe Düne. Er zog seine Jacke aus und legte sie ihr um die Schultern. »Könntest du mir bitte eins versprechen?«, bat sie.

»Was immer du willst.«

»Bitte komm nie wieder nach Norderney.«

»Oh. Da verlangst du aber was.«

»Es würde mich wahnsinnig machen, wenn ich im Sommer jederzeit damit rechnen müsste, dir und deiner Anna über den Weg zu laufen.«

Tief sog er die frische Morgenluft ein. »Also gut. Unter einer Bedingung.«

»Die wäre?«

»Du gewährst mir wenigstens einen Kuss.«

Statt zu antworten, legte sie ihr Wolltuch um seinen Hals und zog ihn langsam so nah an sich heran, dass nur noch ein Windhauch zwischen ihre Lippen passte. Sie schloss die

Augen und spürte, wie sein Mund den ihren berührte. Er küsste sie so unfassbar zärtlich, als müsste dieser einzige Kuss bis ans Ende ihrer Tage reichen.

In ihrem Kopf begann es zu rauschen, die Welt um sie herum drehte sich, doch sie fühlte sich absolut sicher in seinen Armen. Auch als sie beide in sanften Kreisen emporzusteigen und über den Dünen zu schweben schienen.

Grete

Erschrocken schaute Grete auf ihren Wecker. Es war früher Morgen, sie hatte ihre Verabredung mit Frieda verschlafen! Hoffentlich war die Aktion nicht deshalb gescheitert. Sie hatte ein furchtbar schlechtes Gewissen, musste aber dringend zur Arbeit und konnte erst nach dem Mittagessen zum Inselsalon laufen, um sich zu erkundigen.

»Frieda ist in der Küche«, sagte Erwin grinsend. »Es dürfen nur Auserwählte rein.«

»Ich bin eine Auserwählte«, gab sie zurück und klopfte energisch an. »Ich bin's. Grete.«

»Herein!« Frieda stand neben dem Esstisch mit zerkleinerten Speckseiten und anderen Leckerbissen. Sie stellte mehrere Lebensmittelhaufen zusammen, schaute zur Kontrolle auf einen Zettel und notierte etwas. »Ach, Grete, du«, sagte sie zerstreut. »Hier, das ist dein Anteil.« Sie schob noch etwas Schokolade in eine Ecke.

»Es tut mir so wahnsinnig leid, Frieda! Bitte entschuldige«, brachte sie hastig vor. »Ich war wohl zu müde, hab vergessen, den Wecker zu stellen, und muss dein Schellen an der Tür überhört haben.«

Ihre Freundin reagierte, als tauchte sie aus einer anderen Welt auf. »Ich hab nicht geschellt.«

»Was? Wieso?«

»Du glaubst nicht, mit wem ich heute Nacht am Watt war,

Grete.« Frieda sank auf einen Küchenstuhl. »Und seitdem hab ich noch keine Minute geschlafen. Möchtest du Tee? Ist echter, aus Holland!«

»Lass nur, ich bedien mich selbst«, sagte Grete. »Du wirkst irgendwie eigenartig.« Sie nahm eine Tasse aus dem Schrank und schenkte Frieda und sich ein. Kurz gedachte sie dabei der herrlichen Teezeremonie, die sie mit Max erlebt hatte. »Und nun erzähl!« Friedas Erlebnisbericht wurde akustisch untermalt von den Schlägen, mit denen Else draußen einen Teppich ausklopfte. »Meine Güte, wie aufregend«, sagte sie schließlich. »Hast du ihm verraten, dass sie ...«, absichtlich sprach sie die Namen nicht aus, denn man wusste nie, ob die Wände nicht gerade Ohren hatten, »dass sie seine Tochter ist?«

»Nein.« Erstaunt blickte Frieda auf. »Auf die Idee bin ich überhaupt nicht gekommen. Das war wahrscheinlich auch besser so.«

»Genau. Am Ende macht er noch irgendwelche Ansprüche geltend«, überlegte Grete.

»Er hat mir den Bollerwagen mit Mist oben drauf heute Morgen hierhergezogen«, erzählte Frieda weiter. »Und er reist heute ab. Ich verteil jetzt die Beute, danach leg ich mich schlafen, und wenn ich aufwache, ist er längst wieder auf dem Festland. Es wird mir vorkommen wie ein schöner Traum.«

»Hoffentlich.«

Jemand klopfte an der Küchentür. »Wer ist da?«, fragte Frieda.

»Hinnerk von nebenan.«

»Komm rein.« Sie erklärte Grete schnell, dass Lissy, die

Ferien hatte, am Vormittag alle an der Holland-Aktion Beteiligten gebeten hatte, um eine bestimmte Uhrzeit zu kommen. »Die holen jetzt in Abständen von einer Viertelstunde ihre Anteile ab.«

»Mensch, Frieda«, sagte Hinnerk angesichts der Leckereien ergriffen. »Allerhand!«

Grete musste lächeln über diesen Temperamentsausbruch. Sie packte ihre Sachen in einen Beutel und verabschiedete sich.

Der Friedensvertrag war zwar Ende Juni 1919 endlich in Versailles unterzeichnet worden, doch er würde erst am 10. Januar 1920 in Kraft treten. Vorher durften die Kriegsgefangenen aus Frankreich immer noch nicht heimkehren. Ständig lag diese Last auf Grete. Max beklagte sich in seinen Briefen nie. Er bat höchstens mal um warme Socken, Schreibzeug oder ein Buch. Meist versuchte er, ihr ein irgendwie positives Bild von seinem Alltag zu vermitteln, indem er Anekdoten von Kameraden wiedergab oder schilderte, was er gerade wieder in einem der selbst organisierten Kurse gelernt hatte. Besonders beeindruckte ihn offenbar, was ein Offizier, der im zivilen Leben Musiklehrer war, über Beethoven unterrichtete.

Da wir keine Instrumente besitzen, versucht er, diverse Kompositionen mit Papier auf seinem Kamm zu blasen oder auf unterschiedlich gefüllten Glasbehältern durch Summen und Pantomime auszudrücken, schrieb Max. *Man würde annehmen, das sei ein Ding der Unmöglichkeit. Oft ist es komisch. Doch verbunden mit der jeweiligen Entstehungsgeschichte setzt seine Methode selbst bei einem musikalisch ungebildeten Ost-*

friesen wie mir viel Fantasie in Gang. Gerade erklärt er uns alles über den 2. Satz von Beethovens 5. Klavierkonzert. Er singt, stampft dazu, klopft den Rhythmus, und man spürt, dass er tief bewegt ist. Ich brenne darauf, diese Musik wirklich einmal zu hören. In seinem letzten Brief fehlten Anekdoten und Geschichten aus den Lagerkursen. Er klang einfach nur sehr traurig. *Viele Männer hier glauben inzwischen, die Heimat habe sie vergessen,* las sie.

Grete erzählte Frieda davon, die sprach mit Theo darüber, und der schrieb im *Inselboten* einen brillanten, überaus ergreifenden Artikel. Kein Leser beendete die Lektüre ohne Tränen in den Augen. Der Willkommensbogen für die heimkehrenden Kriegsgefangenen am Ortseingang wurde daraufhin neu dekoriert. Und Grete betete, dass ihr Mann nicht in den letzten Monaten und Wochen noch krank wurde. Sie betete auch für ihren Bruder Hans-Heinrich, der nach wie vor in dem afrikanischen Concentration Camp interniert war.

Zum Sommerende kehrte Katharina, ihre Freundin vom Lehrerinnenerholungsheim, auf die Insel zurück. Die Gespräche mit der Gleichaltrigen taten ihr gut. Die studierte Lehrerin hatte sich schon vor dem Krieg um die Verwaltung des Heimes gekümmert und wollte nun ihre Arbeit wiederaufnehmen, wozu ein anspruchsvolles Kultur- und Vortragsprogramm gehören sollte. Mit ihr konnte sie ausgiebig über die Ideen der Lebensreformer sprechen. Katharina gehörte selbst dazu. Sie war auch immer noch entschlossen, nie zu heiraten.

Grete lud sie und Frieda zu einem Spieleabend bei sich ein. Sie versuchten es mit Rätseln, Karten- und Frage-Antwort-Spielen. Doch richtig Spaß kam dabei nicht auf.

»Ich kann mit ihr nicht viel anfangen«, sagte Frieda, nachdem die Lehrerin früh wieder aufgebrochen war. »Deine Katharina ist mir zu theoretisch.«

»Wie schade.«

Grete war enttäuscht. Sie hätte gern gehabt, dass ihre Freundinnen einander mochten. Andererseits, das musste sie zugeben, pflegte Frieda auch Freundschaften mit Insulanerinnen wie Lieske, die sie seit ihrer Kindheit kannte, die ihr selbst dagegen fremd blieben.

»Du brauchst uns nicht wieder zusammen einzuladen«, teilte Frieda ihr ganz unverblümt mit.

»Aber sie ist doch so eine interessante, gebildete Frau«, erwiderte Grete.

»Na ja. Am besten gefällt mir ihr schönes, kräftiges Haar«, gab Frieda ohne jede Ironie zurück. »Das wäre ideal für einen Bubikopf. Falls sie Lust hat, bei uns als Modell für einen Kurzhaarschnitt zur Verfügung zu stehen, würde der Friseurbesuch sie keinen Pfennig kosten. Frag sie doch mal.« Grete fragte. Und Katharina lehnte ab.

Einige Zeit später unternahm Grete mit Katharina einen ausgedehnten Spaziergang, um über das Vortragsprogramm zu sprechen.

»Ich hab's mir überlegt«, erklärte die Lehrerin plötzlich. »Sag Frieda, dass ich bereit bin. Neue Zeiten erfordern neue Frisuren.«

»Woher der Sinneswandel?«

»Mit aufgestecktem Haar kann man so schlecht nein sagen«, antwortete Katharina nur halb im Scherz. »Beim Kopfschütteln fällt immer alles in sich zusammen.«

»Da wird sie sich freuen! Ich bin, ehrlich gesagt, zu feige für diesen Schritt.« Grete lächelte entschuldigend. »Offiziell darf Frieda nicht ausbilden, und es gibt im Salon keinen Meister mehr. Deshalb versucht sie auf diese Weise, ihre Gehilfen zu schulen.«

»Aha, ich bin also eine Art Versuchskaninchen.« Sie blieben stehen, weil ein ziemliches Getöse ihr Gespräch unterbrach. Ihr Spaziergang hatte sie zur Seeflugstation geführt. Neugierig schauten sie durch den Zaun. Auf dem Gelände wurden nicht nur die Hallen demontiert. Männer zerlegten gerade fachmännisch die letzten Doppeldecker, Dutzende waren schon säuberlich nach Einzelteilen getrennt und gestapelt worden. Demnächst sollten sie öffentlich versteigert werden. »Filetierte Flugzeuge«, kommentierte Katharina.

Der Anblick tat auch Grete weh. Martin von Welser würde er sicher zum Weinen bringen. Er hatte nie wieder etwas von sich hören lassen. Sie war ihm nicht mehr böse und hoffte, es ging ihm gut.

Im Altweibersommer wurde es noch mal richtig warm, eine Hitzewelle durchglühte Norderneys Gebäude. Als Grete nach der Arbeit das Logierhaus betrat, hatte sie das Gefühl, sich in einen Backofen zu begeben. Im Flur fand sie einen Brief von Hans-Heinrich vor. Aufgeregt setzte sie sich auf ihren Balkon und öffnete ihn.

Ihr Bruder schrieb, dass er im Mai aus dem Gefangenenlager Aus freigelassen und im Juli von den Engländern wie etwa die Hälfte aller in Deutsch-Südwestafrika lebenden Deutschen ausgewiesen worden war. Nun lebte er wieder in Berlin in der elterlichen Villa. *Es ist bitter, wenn man alles zurücklassen muss, was man sich in jahrelanger Arbeit aufgebaut hat. Aber wenigstens bin ich nicht zum Schluss noch der Grippe zum Opfer gefallen wie leider die meisten meiner Kameraden, die mit mir bis zum Kriegsende in elenden Lehmhütten und Zelten ausgeharrt haben.* Gesundheitlich sei er zwar etwas angeschlagen, es bestehe jedoch kein Grund zur Sorge. Er spiele mit dem Gedanken, sie zu besuchen, sobald es ihm besser ginge.

Grete tanzte durch ihre Wohnung. Diese Freude musste sie mit jemandem teilen! Kurz entschlossen packte sie ihre Badesachen. Sie lief zu Frieda und klingelte, da der Salon gerade geschlossen hatte, an der Haustür Sturm.

»Wie oft warst du diesen Sommer schon schwimmen?«, fragte sie, als ihre Freundin öffnete.

»Überhaupt noch nicht«, erwiderte Frieda erschöpft.

»Wie fühlst du dich?«

»Keine Ahnung.« Frieda lächelte matt. »Verquer. Todmüde und hellwach zugleich, wie Schokolade mit Salz.«

»Na dann! Husch, husch!« Grete klatschte in die Hände. »Hans-Heinrich ist wieder in Berlin!«

»Oh, wie wunderbar!« Frieda fiel ihr um den Hals und wirkte wie ausgewechselt. »Wie geht's ihm?«

»Er ist noch strapaziert und muss sich erholen, aber er träumt schon von einem Norderney-Besuch.«

»Ach, Hauptsache, er ist in Sicherheit. In Berlin werden sie ihn schon wieder aufpäppeln.«

»Mama, Abendbrot ist fertig!«, hörten sie Lissys Stimme aus der Küche.

»Lissy, hol dein Badezeug«, rief Frieda zurück. »Wir gehen an den Strand.«

Erstaunt kam ihre Tochter in den Flur gelaufen. »Jetzt?«

Grete lachte. »Ja, jetzt. Man muss auch mal spontan was Schönes machen. Komm! Mein Bruder ist aus der Gefangenschaft zurück, ich bin so froh!«

Die drei suchten den Familienstrand auf, an dem um diese Tageszeit nur noch wenig los war. Einige Leute erwarteten in ihren Strandkörben den Sonnenuntergang. Weit und breit tat kein Rettungsschwimmer mehr Dienst. Aber es wurde regelmäßig auf Treibminen hin kontrolliert, und außerdem trennte ein Netz den Schwimmbereich vom offenen Meer.

Mit Lissy in ihrer Mitte sprangen sie Hand in Hand in die Wellen. Juchzend bespritzten sie sich gegenseitig. Sie schwammen, und sie tobten herum.

»Ach, ist das herrlich!«, schwärmte Frieda schließlich auf dem Rücken treibend.

Grete fühlte sich ganz leicht, das Bad erfrischte wieder einmal Körper und Seele. Wie hatte sie das in den Kriegsjahren vermisst! Sie reichte Frieda beide Hände.

»Los, Lissy, setz dich drauf!«

Lachend schaukelten sie das Mädchen im Takt der Wogen. Lissy kicherte und prustete abwechselnd.

»Ich hatte es schon ganz vergessen«, rief Frieda. »Das Paradies liegt ja direkt vor unserer Haustür!«

Im Inselsalon

Jakomina öffnete den Brief der Innung, nachdem Else die Teller abgeräumt hatte und das andere Personal wieder nach vorne in den Salon gegangen war. Der Obermeister erinnerte daran, dass ihr Witwenjahr für den Betrieb im Februar 1920 ablief.

»Als ob mir das nicht ständig im Nacken säße!«, schimpfte sie und reichte das Schreiben weiter an Frieda. Seit Wochen schon schlief sie immer schlechter, weil der Februar näher rückte, aber keine Lösung ihres Problems in Sicht war. Die Kriegsanleihen waren verloren. Ihre letzten Reserven hatten sie und Fritz zum Schluss noch aus Patriotismus geopfert. Nun waren sie, wie der gesamte Mittelstand, wenn man es mal nüchtern betrachtete, verarmt, auch wenn ihr Gefühl das nicht akzeptierte. Die erste, nur schwach besuchte Nachkriegssaison hatte bei Weitem nicht genügend Geld eingebracht. Sie würden sich zu Beginn des kommenden Jahres ganz bestimmt keinen Meister leisten können. Und das bedeutete, sie mussten den Laden dichtmachen. Das Lebenswerk ihres Mannes, ihr gemeinsames Lebenswerk, das Vermächtnis ihres Sohnes, alles dahin. Sie konnte ihre Gereiztheit kaum mehr verbergen. »Frieda, was sagst du dazu?«, fragte sie.

Ihre Schwiegertochter, die seit dem Sommer irgendwie anders war, ohne dass sie genau hätte sagen können, worin sich die Veränderung äußerte, las den Text nicht einmal genau durch.

»Ich weiß«, sagte sie nur. Jakomina vermutete, dass sie ein amouröses Erlebnis mit einem Kurgast gehabt hatte. Nun, sie konnte es ihr nicht verdenken. Hilrich war seit drei Jahren tot. Aber da Frieda nicht darüber sprach, fragte sie nicht nach. Wenn jemand den Wert von Diskretion kannte, dann sie. Kurz zog Jakomina in Erwägung, das Wickwief aufzusuchen. Seit dem Tod ihres Mannes hatte ihr Vertrauen in deren Kunst jedoch arg gelitten. »Ich werde schon eine Lösung finden«, versprach Frieda. »Bitte mach dir keine Sorgen.« Sie legte den Brief zur Seite. »Wir sollten auf jeden Fall einen Kredit aufnehmen, damit wir uns für die nächste Saison einen modernen Dauerwellenapparat kaufen können. Der bringt zahlungskräftige Kundschaft. Das Geld haben wir schnell wieder reingeholt.«

»Ja, aber …«, hob Jakomina an.

Was nützte das, wenn ihre Genehmigung, einen Salon zu führen, erlosch? Sie beendete den Satz nicht. Frieda kannte ihren Einwand auch so.

»Kampflos geben wir nicht auf«, versicherte Frieda. »Zur Not beleihen wir das Haus.«

»Und dann können wir die Raten nicht zahlen, und alles kommt unter den Hammer?« Ihr Vorschlag entsetzte Jakomina. Am Ende säße sie dann auf ihre alten Tage auf der Straße. Zum Glück gehörten der Salon und das Haus ihr und Frieda je zur Hälfte. »Auf gar keinen Fall!«

Tagelang herrschte dicke Luft.

Beim gemeinsamen Mittagessen machte Erwin eine Ankündigung. »Ich hab mich in Aurich für die Meisterprüfung im Januar angemeldet.«

»Das ist aber eine gute Idee!«, lobte Jakomina hocherfreut. »Du hattest schließlich zwei hervorragende Lehrmeister.«

»Genau. Und Hilrich, der ja an der Front zu einem guten Freund geworden ist«, ergänzte Erwin salbungsvoll, »würde das bestimmt von mir erwarten.«

Frieda lächelte gequält.

In der folgenden Woche beobachtete Jakomina, dass Erwin begann, ihrer Schwiegertochter schöne Augen zu machen. Sie erinnerte sich zwar dunkel an einen peinlichen Vorfall aus Friedas Anfangszeit, als sie noch Friseurgehilfin gewesen war – da hatte Erwin einmal in der Küche versucht, ihr einen Kuss zu stehlen, und hatte eine herbe Abfuhr erlitten. Doch seitdem waren schließlich beide reifer geworden.

Jakomina schöpfte Hoffnung, sie freute sich über Erwins kleine Gesten. Ein Lächeln schlich sich in seine Augen, sobald ihre Schwiegertochter in seiner Nähe war. Doch Frieda blieb spröde.

Warum zierte sie sich so?

Als Erwin eines Morgens eine herrliche Aster aus dem Garten seiner Mutter mitbrachte und Frieda überreichte, nahm sie die lieblos entgegen.

»Das wär doch nicht nötig gewesen«, sagte sie nur und stellte sie in einer Vase ins Gästeklo.

Jakomina verspürte direkt den Impuls, sich für sie zu entschuldigen. Zugegeben, Erwin war kein Adonis und auch nicht genial. Aber bei ihm wusste man, woran man war. Und er erzählte immer noch berührende Episoden aus seiner Zeit mit Hilrich bei den Sanitätern – kleine Kostbarkeiten für ihr Mutterherz.

»Warum verhältst du dich Erwin gegenüber so abweisend?«, fragte sie eines Abends, als sie oben in ihrer Wohnstube beisammensaßen, sie strickend, Frieda in einer Fachzeitung lesend. »Er macht den Meister, ihr heiratet und der Inselsalon läuft weiter wie gehabt. Das wär doch die Lösung!«

»Ich kann diesem Heuchler nicht aufs Fell gucken!«, antwortete Frieda ungehalten.

»Ach, und hast du eine bessere Idee?«

»Meine Güte! Warum heiratest du nicht einfach selbst irgendeinen Friseurmeister?« Frieda schleuderte die Zeitung über den Tisch. »Hier stehen jede Menge Anzeigen drin!«

Jakomina war entrüstet. Was erlaubte sich ihre Schwiegertochter? In ihrem Alter war das mit dem Wiederverheiraten doch etwas ganz anderes, und überhaupt, nach ihrer ungewöhnlich glücklichen Ehe mit Fritz würde sie nie einen anderen Mann an ihrer Seite ertragen. Allein der Gedanke war eine Zumutung!

Abrupt stand Frieda auf. »Tut mir leid«, sagte sie, klang aber immer noch verärgert. »Ich geh jetzt schlafen.«

Als sie das Zimmer verlassen hatte, schaute Jakomina traurig auf das Foto ihres Mannes. »Was sagst du dazu, Mucki?«, fragte sie. »Man darf doch etwas mehr Respekt erwarten, oder?«

Du könntest wohl noch einen Mann finden, mein Minchen, hörte sie ihn antworten, *wenn du nur wolltest. Aber ich weiß, dass du mir treu bist.*

»Eben«, erwiderte sie. Dann begann sie in der Fachzeitung zu blättern und die Anzeigen zu lesen.

Frieda vollendete die neue Frisur von Jeanette de Vries. Erwin ging ihr täglich mehr auf die Nerven. Vorhin hatte er im Gespräch mit einem Kunden mit einem anzüglichen Blick auf sie gesagt: »Ich würde von meiner zukünftigen Frau auch immer erwarten, dass sie sich ein wenig ziert. Als Mann will man doch erobern.« Ihr wurde schon übel, wenn sie sich körperliche Nähe zu ihm nur vorstellte.

»Ich fühl mich wie ein anderer Mensch«, sagte Jeanette de Vries entzückt.

Statt hochgesteckt und toupiert mit eingearbeiteten Postiches, wie man Haarteile auch nannte, trug sie ihr Haar nun leicht gewellt über die Ohren nach hinten gebürstet und am Hinterkopf einmal längs vom Wirbel bis in den Nacken umgeschlagen.

»Das wirkt damenhaft und doch viel natürlicher«, lobte Frieda ihr Werk. »Praktischer ist es außerdem. Und der kleine Pony – wirklich hübsch!«

Sie hielt der Stammkundin einen Handspiegel hin, sodass sie sich im Profil und von hinten bewundern konnte. In diesem Moment kündete der verrissene Glöckchenklang der Ladentür von einem besonders eiligen Kunden. Sekunden später brachte Rieka einen Schwall nasskalter Luft mit in den Damensalon.

»Oma stirbt«, rief sie außer Atem. »Du musst kommen.«

Frieda ließ alles stehen und liegen. Sie kam gerade noch rechtzeitig. Ihre Großmutter lag in ihrer Kammer.

»Oma!« Frieda kniete vor dem Bett nieder und nahm ihre Hand. »Oma, ich bin's«, flüsterte sie. »Ich bin hier.«

Die Augenlider der alten Frau flatterten. Ein winziges Zucken in den Mundwinkeln deutete ein Lächeln an. Es war, als hätte sie nur noch auf ihre Enkeltochter gewartet. Frieda glaubte, einen leichten Druck ihrer Hand zu spüren. Und dann durchlief ein letzter, mehrstufiger Seufzer den hinfälligen Körper. Fassungslos erkannte Frieda, dass ihre Großmutter nun nicht mehr atmete. Nie wieder würde sie »min lüttje Sünrooske« zu ihr sagen.

Es war eigenartig. Augenblicklich hatte sie den Eindruck, dass dieser Leichnam wirklich nur noch das war, was sie in der Kirche immer als sterbliche Hülle bezeichneten. Knochen und Fleisch ohne Seele. Das war nicht mehr ihre geliebte Großmutter. Ihr Geist musste jetzt woanders sein. Wohl in der Ewigkeit, die sie sich nicht recht vorstellen konnte, an die sie aber fest glaubte.

Ihre Mutter, die auf einem Stuhl an der anderen Seite des Bettes gesessen hatte, stand auf und legte die Hände der Verstorbenen zusammen. Nachdem sie das Fenster geöffnet hatte, umarmte sie Frieda. Im Stehen wiegten sie einander stumm, trauernd, trostsuchend. Bald kamen auch ihr Vater und Rieka in die Kammer.

Friedas Vater betete das Vaterunser. »Amen« sprachen am Ende alle laut mit.

Lissy

Die feierliche Beisetzung war Anlass für ein großes Familientreffen. Lissy staunte, wie viele Verwandte sie hatte. Und alle guckten traurig. Einige, die sich zum Teil seit Jahren nicht gesehen hatten, auch die älteren Geschwister ihrer Mutter, waren von weiter her angereist und mussten untergebracht werden. Sie räumte ihr Zimmer und schlief bei ihrer Mutter, damit zwei Kusinen und deren Männer bei ihnen nächtigen konnten.

Lissy machte immer wieder brav einen Knicks und hörte zu. »Was für ein wohlerzogenes, niedliches Mädchen«, sagten sie. »Aus der wird mal 'ne schöne junge Frau.« Oder etwas in der Art.

Die meiste Zeit aber redeten sie vom Krieg. Die Männer regten sich auf, dass die Friedensbedingungen eine Schande wären, und die Frauen schimpften, dass alles immer teurer wurde. Ihr Onkel Hero, an den sie sich überhaupt nicht erinnern konnte, kündigte an, dass er bald wieder auf einem Fischdampfer nach Neufundland fahren würde. Ihre Mutter unterhielt sich dauernd mit Onkel Klaas und Tant' Mintje von Borkum. Dodo, ihr Lieblingsonkel, befand sich leider immer noch in Gefangenschaft bei den Engländern. Aber die Erwachsenen sagten, es wäre ein dolles Ding, dass er dabei gewesen war, als die deutsche Marine sich selbst versenkt hatte. Das würde in die Geschichtsbücher kommen.

Nach der Beerdigung gab es im Haus von Oma Meta Ostfriesischen Butterkuchen mit richtiger Butter, Schnittchen, Tee und Kaffee. Später dann auch Schnaps. Zum Schluss erzählten sich die Trauergäste Geschichten von ihrer Ticktackoma. Sie wurden immer lustiger, klopften sich auf die Schenkel, einige wischten sich sogar Lachtränen von den Wangen.

Lissy fand das fürchterlich. Sie setzte sich in einer dunklen Ecke auf den Torfkasten. Am liebsten hätte sie sich nach Hause verzogen. Aber ihre Mutter würde es ihr nicht erlauben, früher zu gehen. Sicher würde sie nur wieder sagen, dass sie nicht so zimperlich sein sollte.

Tant' Grete, die den Nachbarinnen beim Bewirten der Gäste half, entdeckte sie nach einer Weile. »Warum versteckst du dich hier?«, fragte sie.

Lissy antwortete nicht sofort. Tant' Grete setzte sich neben sie.

»Wie können die bloß alle so lachen?«, brach es da aus ihr heraus. Sie begriff einfach nicht, wie die Nachbarn und ihre Verwandten nun auch noch Trinklieder singen mochten.

Tant' Grete spürte wohl, dass dieses Verhalten sie tief kränkte. Verständnisvoll legte sie einen Arm um ihre Schultern.

»Die Leute sind lustig, weil sie vorher so traurig waren«, erklärte sie. »Weißt du, man bekommt Angst, wenn jemand stirbt, den man gekannt und gerngehabt hat. Angst, dass man selbst auch sterben könnte. Verstehst du das?«

Lissy nickte.

»Und dann im Verlauf der Feier wird den Menschen klar, dass sie selbst ja immerhin noch nicht gestorben sind. Und darüber sind sie dann froh. Sie wollen spüren, dass sie leben und dass das Leben doch eigentlich schön ist. Deshalb lachen sie dann so viel.«

»Und Uroma?« Lissy fand noch immer, dass es ihr gegenüber respektlos war, sich so aufzuführen.

»Deine Uroma hätte sicher nichts dagegen«, entgegnete Tant' Grete. »Sie wollte sogar vom Himmel aus mit uns mitfeiern. Das hat sie deiner Mama mal gesagt.«

»Ist sie denn schon oben?«

»Na klar. Sie muss auch nicht mehr im Rollstuhl sitzen«, behauptete Tant' Grete. »Uroma hat sich für ihre Familie immer ein schönes Leben gewünscht. Und dazu gehört, dass man lacht. Warte!« Sie ging kurz weg, kehrte mit einer Flasche Apfelsaft und zwei Schnapsgläsern zurück und setzte sich wieder. Vorsichtig schenkte sie die Gläser voll, reichte ihr eines und prostete ihr zu. »Auf deine Ticktackoma!«

Lissy stieß mit ihr an. »Tant' Grete«, sagte sie dann aus tiefstem Herzen und drückte sie ganz fest. »Ich bin wirklich froh, dass du noch am Leben bist.«

»Oh, das bin ich auch.«

Im Inselsalon

Über den Tod der Großmutter hatte Frieda einige Tage lang ihr brennendes Problem fast vergessen. Der erste Oktobersturm fegte über die Nordseeinsel, als ein eleganter Herr in den Salon kam. Frieda dekorierte gerade in der Vitrine neue Haarnetze. Der Mann hatte Stil, das erkannte sie gleich. Groß, braune Augen mit kräftigen, gebürsteten Brauen, glatt rasiert, großstädtisches Auftreten. Sein Mantel und die Reisetasche aus rotbraunem Leder sahen teuer aus.

»Guten Tag! Sind Sie Frau Frieda Fisser?« Das Leuchten in seinen Augen verriet ihr, dass er ein wenig aufgeregt war.

»Ja, das bin ich. Womit kann ich Ihnen dienen?«

»Mein Name ist Hubertus von Lausitz.« Er stockte.

Erwin drehte sich um, errötete und nahm Haltung an. »Herr Leutnant!« Er schlug die Hacken zusammen.

»Ach, Sanitätsgefreiter Eils.« Er schenkte dem Friseur einen herablassenden Blick. »Na, Sie haben's ja wieder schön warm und trocken.« Erwin sah starr zur Wand. »Stehen Sie bequem. Der Krieg ist vorbei.«

Erwin drehte sich um und setzte seine Arbeit fort. Frieda hätte nicht tauschen mögen mit seinem Kunden, denn er schnitt das Haar recht fahrig.

Hubertus, Hubertus, überlegte sie. Den Namen hatte sie doch schon mal gehört. Schlagartig wusste sie Bescheid. »Ach, Sie sind das! Mein Mann hat mir von Ihnen erzählt.«

Von Lausitz lächelte fein, während er seine Lederhandschuhe auszog. »Und er hat mir von Ihrem Gespräch vor dem Russenzaun berichtet.« Neugierig betrachtete er das Interieur.

Frieda streckte den Rücken durch. Sie atmete tief ein, ihre Nasenflügel blähten sich. Das also war der Geliebte ihres Ehemannes. Der Kerl, mit dem Hilrich nach dem Krieg ein neues Leben hatte anfangen wollen. Reichlich unverfroren, hier einfach aufzukreuzen!

Doch bevor sie etwas sagen konnte, eilte ihre Schwiegermutter aus dem Damensalon herbei. Wahrscheinlich hatte sie mit mindestens einem Ohr zugehört. Notgedrungen stellte Frieda die beiden einander vor.

»Was, Sie waren ein Kamerad meines Sohnes? Da müssen Sie unbedingt zum Abendessen bleiben.«

»Das ist sehr liebenswürdig, gnädige Frau. Aber ich möchte mit der Abendfähre wieder zurück. Morgen soll der Sturm noch schlimmer werden, womöglich fährt dann kein Schiff mehr.«

»Dann bleiben Sie eben noch einen Tag länger. Als unser Gast natürlich.«

»Nein, vielen Dank. Ich befinde mich auf einer Geschäftsreise von Berlin nach Amsterdam, und da Norderney sozusagen am Wegesrand liegt …« Er lächelte charmant. Frieda musste zugeben, dass Hubertus von Lausitz durchaus sympathisch wirkte.

»Na gut, aber eine Tasse Tee müssen Sie mit uns trinken. So viel Zeit werden Sie ja wohl einkalkuliert haben. Kommen Sie, kommen Sie! Ich darf doch …« Ihre Schwiegermutter ging voran. »Else!«, rief sie durch den Flur.

Sie nahmen den Tee oben in der guten Stube. Else hatte

schnell noch frischen Kuchen besorgt. Frieda hörte mit gemischten Gefühlen, was von Lausitz berichtete. Er sprach mit Respekt und Zuneigung von Hilrich. Ihre Schwiegermutter sog jede Silbe auf.

»Wir waren Freunde. Er ist in meinen Armen gestorben.« Seine Augen wurden feucht, die Erinnerung schien ihn sehr zu bewegen. »Diese Kette«, er holte eine Schachtel aus seiner Reisetasche, »hat er kurz vor seinem Tod für seine Tochter Lissy erstanden. Ich bin seit einigen Monaten wieder zurück in Berlin, aber ich wollte sie nicht mit der Post schicken. Es geht so viel verloren.«

Er öffnete die Schachtel. Darin lag eine kurze Halskette aus blauen Glasperlen mit Verzierungen aus Blattgold.

»Ach, wie schön!«, sagten Jakomina und Frieda gleichzeitig.

»Das sind venezianische Glasperlen aus Murano«, erklärte er. »Seltsamerweise sind sie in der Ukraine besonders beliebt. Hilrich meinte, das dunkle Blau würde perfekt zu Lissys Augenfarbe passen.«

Frieda war gerührt.

»Ist Ihre Tochter zu Hause?«

Sie schüttelte den Kopf. »Die Kinder lassen am Strand ihre Drachen steigen. Aber unser Hausmädchen könnte sie schnell …«

»Nein, nein«, er winkte ab. »Geben Sie ihr die Kette.«

Sie sah Hubertus von Lausitz in die Augen. Ernst und ehrlich. Bitte machen Sie vor meiner Schwiegermutter keine Andeutung über den wahren Charakter Ihrer Beziehung, flehte sie stumm. Sie ahnt nicht, dass ihr Sohn Männer geliebt hat. Er verstand, was sie sagen wollte, und signalisierte ihr, dass sie beruhigt sein könnte.

Frieda entspannte sich ein wenig. Sie schenkte noch eine Runde Tee ein. »Erwin kennen Sie also auch. Ihn hat's ja vorhin richtig durchzuckt«, merkte sie im Plauderton an.

»Unser Geselle bereitet sich auf die Meisterprüfung vor«, erklärte ihre Schwiegermutter eifrig. »Er und Hilrich sind ja im Krieg auch gute Freunde geworden.«

»Freunde?«, wiederholte ihr Gast. »Er und Hilrich? Dass ich nicht lache!«

»Wieso?«, fragte ihre Schwiegermutter erstaunt. »Sie haben doch als Sanitäter eng zusammengearbeitet und viele Menschenleben gerettet.«

»Na, wohl eher nicht«, entgegnete von Lausitz. »Hilrich hat den Sanitätsgefreiten Eils wegen seiner plumpen Vertraulichkeiten gemieden. Aber die meiste Zeit trieb er sich sowieso in der Etappe herum.«

»Etappe? Das heißt, hinter der Frontlinie?«, fragte Frieda. Passen würde es zu Erwin. »Er prahlt aber oft damit, wie er und Hilrich die Verletzten unter höchster Gefahr vom Gefechtsfeld auf Tragen ins Lazarett gebracht haben.«

»Ha! Erwin stand mehrfach unter dem Verdacht der Leichenfledderei. Angeblich hat er die eiserne Reserve Gefallener und Schwerverletzter an sich genommen, Patronen und Verpflegung, ohne sie abzugeben. Aber man konnte es ihm nie nachweisen.«

»Ach herrje!«

»Deshalb ist er in die Kilometer hinter der Frontlinie liegenden Feldlazarette versetzt worden. Vielleicht war das sogar sein Kalkül – sich immer hübsch dahin zu verdrücken, wo's sicher ist.«

»Aber … aber er hat uns einmal von einem Fall erzählt«,

wandte ihre Schwiegermutter verstört ein, »wo sie heldenhaft um das Leben eines Leutnants gekämpft haben, dem die Ärzte keine Chance mehr gegeben hatten …« Frieda sah ihr an, dass sie die Welt nicht mehr verstand.

»Der Leutnant mag wohl ich gewesen sein«, antwortete Hubertus von Lausitz maliziös. »Gerettet und gesund gepflegt hat mich allerdings einzig und allein Hilrich.«

Frieda begleitete ihn später zur Haustür. Dort verabschiedete er sich mit einem Handkuss. »Ich hoffe, Sie verzeihen mein Eindringen. Ich wollte zu gern mit eigenen Augen sehen, was Hilrich am Herzen lag. Er hat sehr mit sich gekämpft, bis er den Entschluss …« Er ließ den Satz unvollendet. »Aber ich möchte, dass Sie wissen: Von Ihnen, seiner Frau, sprach er immer nur mit viel Wärme und Wertschätzung.«

»Ich bin mir sicher, dass Lissy sich sehr über die Kette freuen wird«, antwortete Frieda gefasst. In zwei Monaten war Weihnachten, sie würde ihrer Tochter das Geschenk unter den Christbaum legen. »Und ich wünsche Ihnen alles Gute. Auf Wiedersehen, Herr von Lausitz.«

»Adieu, Frau Fisser!«

Erwin erschien am nächsten Morgen nicht zur Arbeit. Er ließ ausrichten, dass er etwas mit dem Magen hätte. Jakomina rang den ganzen Tag und die Nacht lang mit sich.

»Ich bin der Meinung, dass wir so tun sollten, als hätte Leutnant von Lausitz uns nur von Hilrich berichtet«, teilte sie Frieda dann beim Frühstück mit.

»Phh! Ich hätte nichts dagegen, Erwin rauszuwerfen«, entgegnete Frieda grimmig.

»Er ist unser bester Mann«, hielt Jakomina dagegen. »Und dieser von Lausitz behauptet ebenso wie Erwin, er sei ein Freund von Hilrich. Da steht letztlich Aussage gegen Aussage. Warum soll man einem Fremden mehr glauben als einem Insulaner? Erwin hat doch sogar bei uns gelernt.« Alles in ihr sträubte sich dagegen, die vielen anrührenden Episoden, die Erwin ihr von ihrem Sohn erzählt hatte, nicht mehr glauben zu dürfen. Sie hielten die Erinnerung an ihren Sohn lebendiger. »Vielleicht hat Erwin beim Erzählen manchmal etwas übertrieben, zu sehr ausgeschmückt. Aber macht das nicht jeder gute Geschichtenerzähler? Also, ich wäre bereit, ihm zu verzeihen«, verkündete sie großmütig.

Frieda verdrehte die Augen. »Na ja, du hast schon irgendwie recht«, gab sie dennoch zu. »Wir können jetzt nicht auf ihn verzichten.«

»Gut. Das ist also geklärt.«

Jakomina schickte Else mit Zwieback und einer Kräuterteemischung des Wickwiefs gegen Magenbeschwerden zu Erwins Mutter. Daran sollte er erkennen, dass man ihm im Hause Fisser nicht grollte. Am folgenden Tag erschien er wieder zur Arbeit, über Nacht genesen.

Erwins Geschichten fielen vorübergehend bescheidener aus. Der Besuch des Hubertus von Lausitz wurde im Salon nicht wieder erwähnt.

Die Friseurzeitung hatte vor ein paar Tagen aufgeschlagen an der Stelle mit den Anzeigen auf der Kommode gelegen, und seitdem ging Frieda eine Offerte nicht mehr aus dem Kopf. Sie nahm das Blatt mit nach unten in den Salon, wo der neue Friseurgehilfe Etzel, ein blonder Schlaks, Kämme und

Bürsten auswusch. Alle anderen hatten schon Feierabend gemacht. Im Stehen las sie die Anzeige zum wiederholten Mal: *Friseurmeister wünscht die Bekanntschaft einer Dame mit eigenem Friseursalon zwecks baldiger Heirat.*

Es wäre verrückt, es wäre Wahnsinn. Sie hatte schon mit Grete darüber gesprochen, und die hatte ihr geraten, bloß die Finger davon zu lassen. »Das kann nur schiefgehen, Frieda! Es wird dir wehtun, dich kränken und beleidigen.« Dessen war sie sich ganz sicher gewesen. »Du weißt, ich hadere gelegentlich mit meiner Herkunft und Erziehung. Aber eines weiß ich gewiss: Mitgiftjäger sind das Allerletzte!«

Bestimmt hatte ihre beste Freundin recht. Es klopfte gegen die verschlossene Salontür. Katharina war da. Frieda warf die Zeitung in den Papierkorb und öffnete ihr.

»'n Abend, Katharina, wie schön, dass es endlich mit einem Termin geklappt hat.«

»Guten Abend, Frieda«, antwortete die Lehrerin und schüttelte sich. »Brrr … es ist so ungemütlich draußen. Ich lass übrigens meinen Chorabend ausfallen für den neuen Haarschnitt. Bin mal gespannt.«

»Keine Angst, es tut nicht weh! Etzel ist talentiert, er wird sich größte Mühe geben, stimmt's?« Der junge Mann lächelte schüchtern, während er Katharina Mantel und Hut abnahm. Frieda lachte. »Außerdem bin ich ja die ganze Zeit dabei und passe auf.« Auf ihr Nicken hin geleitete Etzel die Kundin an ihren Platz und legte ihr einen Umhang um.

»Möchten Sie etwas trinken?«, fragte er, wie Frieda es ihm zuvor gesagt hatte, noch etwas hölzern. Die jungen Leute von der Insel hatten anfangs immer so wenig Schliff.

»Nein, danke.«

»Schön, dann legen wir gleich los.« Frieda reichte ihr einen selbst zusammengestellten Frisurenordner. »Guck mal, hier sind ein paar Beispielbilder. Was würde dir denn am besten gefallen?«

Gemeinsam suchten sie einen Schnitt aus – kinnlang, am Hinterkopf mit kürzerem Deckhaar zum Nacken hin durchgestuft.

Während Etzel sich mit roten Ohren daranmachte, den dunkelblonden Haarknoten der Lehrerin aufzulösen und durchzubürsten, entspann sich zwischen Frieda und Katharina eine Unterhaltung über die Frauenbewegung. Beide vergaßen, dass der junge Mann vielleicht peinlich berührt sein könnte. Der Friseurgehilfe schob seine Zungenspitze in den Mundwinkel wie ein Kind, das selbstvergessen malte, und hörte vermutlich kaum zu. Katharina hatte in Wien und zuletzt in Berlin gelebt, wo sie oft Vorträge unkonventioneller Frauen gehört hatte.

»Eine Referentin schlug neulich vor, dass Eltern von der Geburt ihrer Tochter an in eine Versicherung einzahlen sollten, die ihr später ein selbstbestimmtes, unabhängiges Leben ermöglicht, falls ihre Ehe scheitert«, berichtete sie. »Das Wichtigste ist doch, dass Frauen nicht mehr heiraten müssen, um versorgt zu sein.«

»Meine Rede. Sie sollten alle einen Beruf erlernen dürfen, und zwar richtig, nicht nur schmalspurmäßig«, pflichtete Frieda ihr bei.

Etzel begann nun mit dem Schneiden. Katharina blinzelte angespannt in den Spiegel. Als die lange Mähne ab war und es an den Feinschnitt ging, wurde sie wieder gesprächiger.

»Alle Frauen haben ein Recht auf eigenes Geld – und auf

sexuelle Erfüllung. Selbst wenn sie schon über vierzig sind, wie Karin Michaelis schon vor dem Krieg in ihrem Tagebuchroman *Das gefährliche Alter* schrieb. Kennst du das Buch?«

»Nein.«

Frieda fiel auf, dass Etzel puterrot anlief.

»Ich kann's dir mal leihen. Na jedenfalls, Frauen sollten gewisse Dinge einfach in einem Ehevertrag festhalten.«

Frieda lächelte. »Die Idee gefällt mir«, sagte sie.

Diese Katharina war vielleicht doch nicht so lebensfremd und abgehoben verschroben, wie sie immer gedacht hatte.

Am Ende des Abends verließen drei Menschen froh gestimmt den Salon. Katharina, die glücklich mit ihrer modernen Frisur war. Etzel, dem man die Erleichterung über das Gelingen seines ersten anspruchsvollen Damenhaarschnitts schon von Weitem ansah. Und Frieda, die noch die Friseurzeitung aus dem Papierkorb angelte, bevor sie nach oben ging.

Man muss eben die Theorie in die Praxis umsetzen, dachte sie. Sie würde sich ihre persönlichen Forderungen für einen Ehevertrag überlegen. Man konnte doch einfach unverbindlich Kontakt aufnehmen. Der Inserent brauchte nur sympathischer zu sein als Erwin, und dazu gehörte nicht viel. Vielleicht hatte sie Glück. Schließlich war sie unter einer Glückshaube auf die Welt gekommen.

Sie antwortete noch an diesem Abend auf die Anzeige. Kurz überlegte sie, ob sie ein Foto von sich beilegen sollte, entschied dann aber, lieber erst einmal seines abzuwarten.

Bereits eine knappe Woche später erhielt sie einen Brief des Kandidaten. Er hieß Paul Merkur, war dreißig Jahre alt, hatte gedient und kam aus Lüneburg. Die Aufnahme aus einem Fotostudio zeigte ihn stehend im Anzug mit Weste und Vatermörder, locker gebundener Krawatte, eine Hand auf die Lehne eines repräsentativen Studiostuhls gelegt. Er hatte einen gepflegten Schnauzbart, schaute zwar ernst, aber man konnte sich vorstellen, dass er gern lachte.

Lange studierte sie das Foto. Er blickte in eine imaginäre Zukunft. Wahrscheinlich hatte der Lichtbildkünstler ihn dazu animiert. Ihr gefielen seine hohe, breite Stirn, das mit einem Seitenscheitel akkurat zurückgekämmte dichte dunkle Haar und die Koteletten, die er ganz modern kurz geschnitten trug. Mund und Nase waren weder groß noch klein. Abstoßend wirkte er jedenfalls nicht.

Und er schrieb klare Sätze, ohne Fehler und Tintenflecken. Sie antwortete umgehend, legte ein neueres Foto von sich und Lissy bei und lud ihn zu einer Woche Probearbeit in den Salon ein.

Paul Merkur schien keine Zeit verlieren zu wollen, denn er antwortete telefonisch. Ihre Schwiegermutter nahm den Anruf entgegen und reichte den Hörer an sie weiter.

»Ein Herr Merkur, Ferngespräch, er möchte die junge Frau Fisser sprechen.«

Gegen seine Stimme war nichts einzuwenden. Sie klang jugendlich und frisch. »Ich könnte schon am nächsten Montag kommen, wenn es Ihnen recht ist«, schlug er vor.

»Ja, das würde passen«, antwortete sie freundlich. »Ich werde Sie am Hafen abholen, wenn Sie mir Ihre Ankunftszeit noch mitteilen.«

Er hatte die Fahrpläne offenbar schon studiert und nannte ihr die genaue Uhrzeit am späten Nachmittag.

Als sie auflegte, begann sich in ihrem Bauch ein aufgeregtes Kribbeln auszubreiten, das sich bis zum Wochenbeginn nicht wieder legte. Sie weihte nur Grete komplett in ihren Plan ein. Ihre Mutter bat sie, Herrn Merkur für eine Woche in einem ihrer Fremdenzimmer aufzunehmen.

»Vielleicht stellen wir ihn im Salon ein«, sagte sie nur. »Er hat angeboten, zur Probe zu arbeiten.« Das war die offizielle Version, die auch ihre Schwiegermutter, Lissy und das Personal zu hören bekamen. »Sieh ihn dir gut an, Moeder. Mich würde interessieren, wie du ihn charakterlich einschätzt.«

Es dämmerte bereits, als seine Fähre einlief. Frieda stand am Kai und wusste vor Hibbeligkeit kaum, wie sie noch einen gelassenen, seriösen Eindruck machen sollte. Ausgerechnet Ende November musste er kommen. Das war nun wirklich die trostloseste Zeit auf der Insel. Es trafen nicht viele Menschen mit der *Frisia* ein, nur ein paar Norderneyer, die Besuche auf dem Festland gemacht hatten.

Und da war er. Groß, gute Haltung, Koffer in der Hand. Er lächelte, kam auf sie zu. Sie streckte ihm die Rechte entgegen.

»Willkommen, Herr Merkur!«

Er zog den Hut. »Guten Tag, Frau Fisser!« Nun erkannte sie, dass auch er angespannt war. »Putzige Situation, was?«, versuchte er zu scherzen. »Ich bin das erste Mal auf einer Insel.«

Sie wies auf den wartenden Pferdeomnibus, und sie schlugen den Weg dorthin ein. »Vielleicht bekommen Sie einen falschen ersten Eindruck«, sagte Frieda. »Derzeit fehlt das mondäne Kurpublikum, die Hotels sind geschlossen, die meisten Schaufenster zugenagelt. Aber wenn Sie es jetzt hier aushalten, kann es nur noch besser werden.«

Er lächelte erfreut, als wollte er sagen – Gott sei Dank, sie hat Humor. Im spärlich besetzten Omnibus saßen sie sich gegenüber. Betrachteten einander mal verstohlen, mal verlegen lächelnd. Er hat gesunde Zähne, stellte sie erleichtert fest. Gesunde Zähne waren wichtig.

»Ich bringe Sie erst mal zu Ihrer Unterkunft. Sie wohnen bei meiner Mutter, sie vermietet im Sommer an Feriengäste.«

»Danke, sehr freundlich.« Schade, im Dunkeln konnte sie nicht erkennen, welche Farbe seine Augen hatten. Dreißig ... Da musste er wohl schon eine Frau gehabt haben. Was mochte aus ihr geworden sein? In seinem Brief hatte er geschrieben, dass der elterliche Friseurbetrieb in Lüneburg die Kriegszeit wirtschaftlich nicht überstanden hatte, seine Eltern waren kurz hintereinander gestorben. »Ich habe vor Kriegsbeginn meinen Meister gemacht. Dann gedient bei der Infanterie, war einfacher Soldat an der Westfront in Frankreich. Dort hatte ich viele Ostfriesen als Kameraden. Machen nicht viel Worte und sind zuverlässig.«

Sie wollte ihn nicht sofort mit Fragen überfallen. Erst mal schauen, wie er sich im Salon anstellte. Ob er sein Handwerk verstand.

Sie stiegen aus, sie führte ihn zum Fischerhaus ihrer Eltern. Das gelblich erleuchtete Fenster der Wohnküche wirkte einladend und gemütlich. Ihre Mutter erwartete sie bereits und begrüßte sie herzlich.

»Tut mir leid, wenn ich Ihnen Umstände bereite«, sagte Paul Merkur höflich.

»Nein, überhaupt nicht«, antwortete sie, »es ist so still im

Haus, seit die Kinder groß sind, und jetzt zu dieser Jahreszeit sowieso. Ich freu mich über die Abwechslung.«

Sie goss Tee auf. Der Vater war bei den Nachbarn. Frieda blieb noch eine halbe Stunde. Sie redeten über dieses und jenes, als ginge es nicht um eine Weichenstellung für ihr Leben, sondern eine beliebige Plauderei mit irgendeinem Feriengast.

»Ich erwarte Sie dann morgen früh um halb sieben im Inselsalon«, sagte Frieda schließlich. »Sie können ihn nicht verfehlen. In Ecklage, nicht weit entfernt vom Conversationshaus.«

»Ich erkläre Ihnen den Weg morgen beim Frühstück«, versprach ihre Mutter.

Paul Merkur war etwas zu früh da. »Fünf Minuten vor der Zeit ist des Soldaten Pünktlichkeit«, sagte er munter.

Frieda machte ihn und die Belegschaft miteinander bekannt. Erwin fielen fast die Augen aus dem Kopf. Eine dicke, unsichtbare Ärgerwolke umwaberte ihn für den Rest des Tages. Ihre Schwiegermutter musterte den Friseurmeister aus Lüneburg mit gestrengem Blick. Scheinbar unbeeindruckt davon ging er ans Werk.

Frieda sorgte in den nächsten Tagen dafür, dass er möglichst unterschiedliche Arbeiten ausführte, damit sie sich ein besseres Bild von seinen Fähigkeiten machen konnte.

Und fachlich überzeugte Paul Merkur. Wenn auch, wie zu erwarten, Hilrichs Brillanz unerreicht blieb, zeigte er solides Handwerk und ein Gespür für Schick.

Er konnte auch gut mit den Kunden umgehen, hatte für jede Situation einen lustigen Spruch. Mit natürlicher Autorität überwachte und lenkte er die Arbeit der anderen Mitarbeiter – vielleicht von Erwin abgesehen.

Während er eine Hochsteckfrisur des Gehilfen Etzel kontrollierte, sagte er: »Genau wird's gemacht. Ungenau wird's von allein.« Er hatte seine eigenen Scheren, Rasiermesser, Kämme, Klipse, Bürsten mitgebracht. Als Erwin sich sein Rasiermesser gemopst hatte, kam er ihm schnell auf die Schliche. »Die Sonne scheint auf uns hernieder. Die Nacht, sie weicht dem Tageslicht«, hörte Frieda Paul Merkur deklamieren. »Alles kommt im Leben wieder, nur ausgeliehenes Werkzeug nicht.« Und damit nahm er dem verblüfften Erwin das Messer wieder aus der Hand.

Sie unterdrückte ein Grinsen.

Die schwerste Prüfung hatte er, ohne es selbst zu ahnen, vor der Viererrunde zu bestehen. »Wie heißen Sie? Merkur?«, fragte Theo, der ihm offenbar auf den Zahn fühlen wollte. »So wie der Gott der Diebe?«

Jan lachte übertrieben, fand Frieda.

Paul Merkur reagierte zu seinem Glück nicht beleidigt, sondern schlagfertig. »Ja, außerdem ist Merkur übrigens der Gott der Kaufleute und der Journalisten.«

Nun lachten Onno und Hermann besonders laut. Gleich darauf ging es wieder um Politik, ein Minenfeld für Neulinge. Alle vier Stammkunden waren unzufrieden mit der neuen Weimarer Republik, allerdings aus unterschiedlichen Gründen.

»Die Revolution ist einfach nicht konsequent genug zu Ende geführt worden«, klagte Theo.

»Du bist ja nicht bei Trost!«, wetterte Jan. »Wir wollen unsern alten Kaiser Wilhelm wiederhaben!«

»Wer ist wir?«, spottete Hermann. »Du willst das. Und ein paar Ewiggestrige.«

»Aber im Felde sind wir unbesiegt!«, begann Jan wieder. »Die eigene Heimat ist den deutschen Soldaten in den Rücken gefallen. Sozis und Juden sind schuld, die s-teckten hinter den Demons-trationen und S-treiks. Sonst hätten wir den Krieg nicht verloren. Von ihnen kam der Dolchs-toß, nicht vom Feind, der ...«

»Mensch, Jan, beruhige dich«, unterbrach ihn Onno. »Die Heimatfront war ausgemergelt, völlig am Ende, die Leute sind vor Hunger gestorben wie die Fliegen, und sie hungern noch. Das ist die Wahrheit.«

Hermann sah den neuen Friseur unter zusammengezogenen buschigen Brauen prüfend an. »Was sagen Sie denn dazu, Herr Merkur?« Frieda tat, als polierte sie die Glasvitrinen. Der arme Herr Merkur, dachte sie, egal, was er nun sagt, mit einem der Honoratioren muss er es sich verderben.

»Ich hab bei Verdun im Schützengraben gelegen«, antwortete der Friseur einfach nur. »Noch einer von Ihnen?«

Kurze Zeit schwiegen alle. »So«, sagte Jan anerkennend.

Die Brummtöne der anderen drei bedeuteten, soweit Frieda sie mittlerweile zu deuten verstand, das ist allerhand, Respekt. Im Anschluss unterließen sie ihre Sticheleien.

Beim Mittagessen beteiligte Paul Merkur sich am Gespräch, ohne jedoch vorzupreschen. Frieda redete wenig. Sie beobachtete, fortwährend in einem stummen Alarmzustand. Seine Augen wirkten manchmal mehr blau, dann wieder eher grün. Lissy mochte ihn offenbar. Das war natürlich besonders wichtig. Jedenfalls lachte ihre Tochter wie alle anderen mit Ausnahme von Erwin über seine Scherze.

Zwei Tage später führte Frieda Paul Merkur nach der Arbeit durch den Ort und erklärte ihm die Sehenswürdigkeiten. Sie ertappte sich dabei, dass sie meist vom Vorkriegszustand schwärmte.

»Es wird wieder«, fügte sie deshalb hinzu. »Wahrscheinlich nicht genau wie früher, aber schöner als jetzt.«

»Bestimmt. Solange Norderney das Meer und den Strand hat und solange Frieden herrscht, wird die Insel immer Feriengäste anlocken.«

Am nächsten Morgen rissen sich die Honoratioren darum, vom Meister rasiert zu werden. Später bat Frieda ihn, eine Kundin zu übernehmen, die das Haar dunkelbraun gefärbt haben wollte. Die Färbemittel waren ihm nicht vertraut.

»Wir hatten vor dem Krieg in Lüneburg andere.« Frieda erklärte ihm die Nuancen und die Technik. Als die Kundin hinterher das Ergebnis zu hell fand, behauptete er mit einem strahlenden Lächeln, sie sehe blendend aus. »Und außerdem dunkelt es noch nach.«

Am Nachmittag brachte eine andere Kundin ihre kleine Tochter mit. Das Mädchen weinte, weil es aus Versehen seiner Puppe einen Arm ausgerissen hatte. Obwohl Friedas Schwiegermutter die Dame bediente und versuchte, das Kind zu trösten, kam Paul Merkur aus dem Herrensalon hinzu. Er ging vor dem Mädchen in die Knie.

»Na, wie heißt denn das kranke Püppchen?«

»Marie.« Die Kleine schluchzte.

»Darf ich mal gucken, wie schlimm die Verletzung ist?«

Etwas zögerlich reichte sie ihm die Porzellanpuppe. Aber sie hörte auf zu weinen. »Und hier ist der appe Arm.« Er tat, als untersuchte er das Spielzeug wie ein Arzt.

»Weißt du, ich bin Puppendoktor«, erklärte er. »Wenn du Marie hierlässt, schicke ich sie über Nacht in eine Puppenklinik. Du kannst sie morgen Nachmittag wieder abholen.«

»Wirklich?«

Das Mädchen staunte. Und Frieda notierte im Geiste einen weiteren Pluspunkt für den Kandidaten.

Kurz vor Feierabend sprach ihn ein junger Mann hochverlegen an. Paul Merkur zeigte ihm daraufhin diskret, quasi unterm Ladentisch, diverse Kondome, Artikel, die selbstverständlich nur die männlichen Mitarbeiter von Friseursalons an männliche Kunden verkauften. Frieda bekam mit, dass er eine neue Sorte aus Berlin empfahl.

»Der Hersteller ist so überzeugt von der Qualität, dass er als Erster dafür mit seinem Namen bürgt – Fromms Act«, erklärte er leise in einem Tonfall, als teilte er Geheimwissen.

Der junge Mann kaufte zehn Stück.

Frieda

An diesem Abend lud Paul Merkur sie ins Lichtspielhaus ein. Als sie im Dunkeln neben ihm saß, setzte wieder das Kribbeln ein. Sie konnte sein Haarwasser schnuppern, mit seiner Körperwärme verströmte er eine Spur Sandelholzduft. Als sich im Vorfilm mit Texttafeln eine Frau übertrieben dramatisch ihren Handrücken vor die Stirn schlug und ausrief: »Geh! Geh mit Gott, aber geh!«, musste sie gegen einen nervösen Lachanfall ankämpfen.

Sie schauten dann einen Stummfilm an, von dem sie schon viel gehört hatte – *Dr. Mabuse*. Ein richtiger Tappeur, ein Pianist, spielte dazu die Begleitmusik. Manchmal setzte er mit heftigen Akkorden ein, besonders, wenn der unheimliche Mabuse seine weißen pupillenlosen Augen öffnete. Frieda erschrak ein paarmal fürchterlich, weil dieser Film wirklich gruselig war. Mehrfach bekam sie direkt eine Gänsehaut.

»Er macht keinen schlechten Eindruck«, resümierte sie am Freitag, als sie Grete besuchte. »Ich könnte es mir vorstellen.« Grete zog die Vorhänge ihrer Balkonfenster weiter auf, damit mehr vom Restlicht des trüben Wintertages in den Raum kam. Zum einen sparte es Kerzen oder Strom, zum anderen saßen sie beide gern in der Dämmerstunde hier. Sie schauten aufs Meer und genossen die Atmosphäre, die sich beim Übergang von Tag zu Nacht über der Insel ausbreitete.

»Er stört nicht«, fügte Frieda hinzu. Sie musste lächeln, weil sie an das Strahlen dachte, das über das Gesicht der Puppenmutter gegangen war, als sie am Nachmittag ihren geheilten Liebling abgeholt hatte. »Vielleicht ist er sogar ein Gewinn.«

Grete lachte auf. »Na, wenn das nicht ein schlagendes Argument ist«, spottete sie. »Er stört nicht!«

»Ein Mann, der dir keine Steine in den Weg legt, ist viel wert. Das wird unterschätzt.«

»Klar, so einen Kerl muss man unbedingt heiraten, bevor's eine andere tut!«

Frieda verzog das Gesicht. »Na, verglichen mit den anderen Möglichkeiten – Erwin erhören, den Laden dichtmachen oder uns gefährlich verschulden – ist das wirklich nicht die schlechteste Lösung.«

»Falls es dir gelingt, deine Wünsche durchzusetzen«, ergänzte Grete. »Hast du schon mit ihm darüber gesprochen? Oder wenigstens Andeutungen gemacht?«

Frieda schüttelte den Kopf. »Hetz mich nicht. Ich mach das schließlich zum ersten Mal.«

»Er hoffentlich auch.« Grete sah sie skeptisch an. »Finde doch mal raus, wann er wo geboren wurde. Ich werde Eduard anrufen und bitten, Erkundigungen über ihn einzuziehen.«

»Er hat mir seinen Ausweis gezeigt. 13. Juni 1889 in Lüneburg.«

»Gut, dann holen wir Auskünfte ein. Ich werde dich nicht ungeprüft irgendeinem dahergelaufenen Heidjer überlassen.«

»Danke.« Frieda lächelte verlegen. »Wie gefällt dir eigentlich die Arbeit im Krankenhaus?« Die Inselwacht hatte das Seehospiz erst vor knapp vier Wochen, fast ein ganzes Jahr nach Kriegsende, vollständig geräumt. Gleichzeitig war Anfang November das Lazarett aufgelöst worden. Seit einigen Tagen half Grete nun als Schwester im Inselkrankenhaus aus.

»Furchtbar!«, gestand die Freundin. »Wir brauchen dringend ein richtiges Krankenhaus auf der Insel. Dieses Gebäude ist zu klein, zu altmodisch, technisch auf einem Stand wie vor hundert Jahren.«

»Oje. Das heißt, du möchtest dort nicht auf Dauer bleiben?«

»Ich sehne mich zurück nach meiner Arbeit mit Kindern.«

»Glaubst du denn, dass sich bald wieder kranke Kinder im Seehospiz erholen können?«

Grete schüttelte den Kopf. »Nein, die Gebäude sind fürchterlich heruntergewirtschaftet. Du glaubst nicht, was Soldatenstiefel in vier Jahren anrichten!«

Frieda erinnerte sich daran, wie Grete, damals noch das verwöhnte Industriellentöchterchen aus Berlin, in der Betreuung kranker Kinder ihre Berufung gefunden und sich gegen den Widerstand ihrer Eltern eine entsprechende Ausbildung erkämpft hatte.

»Sie werden das Seehospiz doch sicher renovieren.«

»Das hoffe ich. Aber ich will erst mal abwarten, bis Max zurück ist. Ich hab ja keine Ahnung, wie es ihm wirklich geht.« Sie presste ihre Lippen aufeinander, als wollte sie ihren Befürchtungen nicht erlauben, laut zu werden. »Er möchte sicher am liebsten seine Studie fertigstellen«, fuhr sie fort. »Im Grunde ist ja vieles, was wir im Sommer vor dem Krieg ermittelt haben, unbrauchbar, weil etliche Kinder nur bei der Ankunft untersucht worden sind. Da kann man nichts vergleichen. Keine Ahnung, wie das weitergehen soll … Wir werden auf jeden Fall gemeinsam Pläne machen.«

»Ja, klar. Gibt's eigentlich was Neues von Max?«

»Der letzte Stand war, dass er noch gut beieinander ist und bald nach Inkrafttreten des Versailler Vertrages im Januar entlassen wird. Bis spätestens Mitte März sollen alle deutschen Gefangenen Frankreich verlassen haben.«

»Gott sei Dank! Hast du in letzter Zeit mal wieder was von deinem Bruder Hans-Heinrich gehört?«

Bedrückt schüttelte Grete den Kopf. »Ich fürchte, er leidet noch immer unter den Nachwirkungen der Gefangenschaft. Es scheint mehr seelisch zu sein.«

»Wie gemein!«

»Ja, das Leben ist gnadenlos ungerecht.«

»Hoffentlich halten die beiden durch.« Frieda legte ihre Hand auf Gretes Arm. »Es dauert ja jetzt nicht mehr lange. Wer weiß, vielleicht feiert Max schon auf meiner Hochzeit mit.«

Grete holte tief Luft. »Ich könnte mir nichts Schöneres vorstellen.«

Sie schauten hinaus. Blaugraue Blockstreifen ließen das Meer und den Himmel nur mehr erahnen.

Nach der Arbeit am Sonnabend ging Frieda mit Paul Merkur aus in den Rheinischen Hof. Die Kapelle setzte sich aus Einheimischen zusammen, die Stimmung war entspannt. Gespielt wurden Gassenhauer, volkstümliche Märsche und Walzer.

Paul Merkur wollte Wein bestellen. Frieda erklärte ihm, dass es unter Insulanern üblich sei, Bier zu trinken.

»Mir schmeckt Bier seit einiger Zeit nicht mehr«, sagte er und sah für einen Moment furchtbar traurig aus.

Sie mischte ihr Bier mit Zitronenlimonade, denn sie hatte nicht vor, den Kopf zu verlieren. Er orderte einen Wacholderschnaps und Wasser. Auch ihm war sicherlich klar, dass es an diesem Abend um Geschäftliches ging.

Trotzdem forderte er sie zum Tanzen auf. Der Männermangel war augenfällig. Viele Insulanerinnen schoben mit einer Freundin übers Parkett, Frieda erntete neugierige und eifersüchtige Blicke. Zum Glück waren immer noch einige auswärtige Soldaten auf der Insel stationiert, sonst wäre das Geschlechterverhältnis noch ungünstiger ausgefallen.

Paul Merkur tanzte, wie er Haare schnitt – präzise und mit Gespür, nicht allzu elegant, aber vorzeigbar. Sie spürte, dass seine Handflächen anfangs etwas feucht waren, doch die Anspannung legte sich. Er konnte gut führen. Das kam in Friedas Bewertungsskala gleich nach gesunden Zähnen und Nichtstören.

Die Klänge wurden schwungvoller. Es machte ihr Spaß, mit ihm zu tanzen. »Alles Leid, das uns durchrüttelt, ist im Tanze abgeschüttelt«, kalauerte er nach einer Polka.

»Sie haben wohl für jede Situation einen Spruch, was?«, fragte sie, als sie an den Tisch zurückgingen.

»Warum soll man das Rad neu erfinden, wenn größere Geister oder der Volksmund eine Weisheit schon treffend formuliert haben?« Er rückte ihr den Stuhl zurecht und setzte sich dann ebenfalls.

»Wie hat es Ihnen denn diese Woche im Inselsalon gefallen?«, fragte sie nun ganz sachlich.

Er lächelte, dabei fiel ihr auf, dass sein gepflegter, nicht allzu großer Schnurrbart an den Seiten leicht aufwärts gebürstet war, wodurch er eigentlich immer heiter wirkte.

»Sehr gut.«

»Haben Sie viele Zuschriften auf Ihre Anzeige erhalten?«

»Ja, sieben ernst zu nehmende.«

»Oh, doch so viele?«

»Bedauerlicherweise sind eine Menge Friseurmeister im Krieg geblieben, auch ältere.«

»Das heißt, etliche heiratswillige Salonbesitzerinnen sind ebenfalls älter?«

Er lächelte nur noch mit den Augen. »So ist es. Der Inselsalon steht bei mir an erster Stelle.«

Frieda spürte, dass sie etwas errötete. »Gut, wir wissen beide, um was es geht. Wir haben nicht viel Zeit. Deshalb schlage ich vor, dass wir offen und ehrlich miteinander reden.«

»Das wäre mir sehr willkommen.«

»Prima.« Sie holte tief Luft. »Ich bin nicht abgeneigt. Aber ich möchte einige Punkte regeln.«

»Sehr gut.«

»Eine Sache noch: Ihnen ist klar, dass meiner Schwiegermutter jeweils die Hälfte des Salons und des Hauses gehören, ja? Wir müssen uns also immer mit ihr einigen.«

»Wenn das so ist, dann ist es so.«

»Noch etwas. Ich musste meinem Schwiegervater, dem Gründer des Betriebes, am Sterbebett versprechen, dass nie jemand vom Inselsalon Mitglied einer Partei sein wird.«

»Ich dachte, wir lebten nun endlich in einer Demokratie.« Er lüpfte die Augenbrauen.

Frieda zuckte mit den Schultern. »Man kann ja trotzdem eine Meinung haben und sie äußern. Anfangs fiel es mir auch schwer, mich seinem Wunsch zu fügen, mittlerweile verstehe ich ganz gut, was er gemeint hat. Sie haben ja bereits unsere politische Morgenrunde kennengelernt. Wenn man da zu deutlich Stellung beziehen würde, könnte es schwierig werden. Geschäftsschädigend sozusagen.«

Paul Merkur schmunzelte. »Je nachdem, woher man kommt, wie man aufgewachsen ist, was man erlebt hat, findet man einleuchtende Gründe für fast jede politische Richtung. Außer natürlich, sie predigt Hass und Gewalt.« Er kippte seinen Wacholder. »Nach meiner Meinung gibt's in jeder Partei kluge Köpfe und Idioten, anständige Charaktere und Schweinehunde.«

»Sie könnten also damit leben, nicht Mitglied einer Partei zu sein?«

»Jede Partei vertritt eine Ideologie, und mit Ideologien können Sie mich jagen.« Er lachte. »Also keine Sorge. Bevor ich mich über so was aufrege, ist es mir lieber egal.«

Frieda lächelte erleichtert. »Schön. Nun zum Eigentlichen ...« Sie schluckte. »Ich ... also ... ich möchte einen Ehevertrag schließen.«

Er wartete einen Moment ab, als hätte er sich verhört oder als erwartete er nähere Einzelheiten. »Aha. Eine Ehe ist ja per se schon eine Art von Vertrag«, antwortete er dann und stellte das Schnapsglas ab. »In welchen Punkten möchten Sie denn vom Üblichen abweichen?«

»Das klingt irgendwie anormal, oder?« Frieda rieb sich die Nase. Aber sie durfte sich jetzt nicht verunsichern lassen. »Vielleicht wären wir damit auch nur unserer Zeit voraus.«

»Ich stehe Neuem aufgeschlossen gegenüber.«

Ein kleines Glitzern in seinen Augen irritierte sie. Deshalb sah sie an ihm vorbei, als sie begann, ihre Bedingungen aufzuzählen.

»Erstens, ich möchte, was den Salon angeht, bei allen wichtigen Entscheidungen gefragt werden und gleichberechtigt mitbestimmen. Ohne meine Einwilligung geht nichts.« Er verzog den Mund mal in die eine, mal in die andere Richtung, als müsste er einen harten Brocken zerkauen, sagte jedoch nichts. »Und ich möchte über mein eigenes Geld verfügen.«

»Was bedeutet das genau?«

»Ich habe weiter Zugang zu unserem Geschäftskonto, mir steht die Hälfte unseres gemeinsam erwirtschafteten Gewinns zu. Das rechnen wir einmal im Jahr genau auseinander.«

»Hm.«

»Ich will Weiterbildungskurse besuchen dürfen.«

»Selbstverständlich. Das möchte ich auch.«

»Für Sie oder für mich?«

»Für uns beide.«

»Und ich möchte an einem Friseurwettbewerb teilnehmen und eine Medaille gewinnen, die wir im Inselsalon aushängen können.« Jetzt glühten ihre Wangen.

»Dagegen spricht doch nichts«, antwortete er ruhig. »War's das?«

Sie räusperte sich. »Noch nicht ganz.«

Eine neue Tanzrunde setzte mit Pauken und Trompeten ein.

»Menschenskind, Frieda!«, rief da jemand. Ihr Nachbar Lübbo stürmte nicht mehr ganz nüchtern auf sie zu, packte ihre Hand und zog sie auf die Tanzfläche. »Unserem Kleinen geht's viel besser. Dein Schleichhandel hat uns gerettet, weißt du das?«, flüsterte Lübbo ihr mit kräftiger Schnapsfahne ins Ohr. »Ich hab mich noch gar nicht richtig dafür bedankt, du schöne Schmugglerin.«

Er wirbelte mit ihr übers Parkett, dass ihr Hören und Sehen verging. Wahrscheinlich hielt er das für eine angemessene Belohnung.

Nach zwei ausgelassenen Tanzrunden brachte er sie zurück an ihren Tisch. Dicker Tabakqualm erfüllte inzwischen den Saal. Paul Merkur war offenbar die ganze Zeit über sitzen geblieben. Er musterte sie aufmerksam, als überlegte er, ob sie das Gespräch nun noch weiterführen könnten.

Frieda pustete sich erhitzt eine Haarsträhne aus dem Gesicht. »Kommen Sie«, schlug sie vor, »ich glaube, den Rest besprechen wir besser an der frischen Luft.«

Paul Merkur zahlte und half ihr in den Mantel.

Draußen war es kalt, aber nicht mehr so nasskalt wie an den Tagen davor. Sie atmeten beide wie befreit die frische Luft ein. Während sie durch die Friedrichstraße schlenderten, betrachteten sie erste bescheidene Weihnachtsdekorationen in den Schaufenstern.

»Also?«, nahm er den Gesprächsfaden wieder auf. »Sie sagten, das sei noch nicht alles.«

»Richtig«, erwiderte sie etwas beklommen. Sie wusste nicht genau, wie sie es ausdrücken sollte, obwohl sie gerade diesen Teil des Gesprächs einige Male geübt hatte. »Also, ich möchte … ähm … wir sollten getrennte Schlafzimmer haben. Das war bei Hilrich und mir auch schon so.«

Er reagierte erst mal nicht, sondern ging einfach nur, beide Hände in den Manteltaschen vergraben, weiter. »Das ist ein delikates und nicht unwichtiges Thema«, hob er schließlich an. »Ich bin ein Mann von dreißig Jahren, Sie sind eine anziehende, gesunde Frau. Wäre es da nicht normal, wenn … Ich meine … Wollen Sie damit sagen, dass

Sie den ehelichen Pflichten grundsätzlich ablehnend gegenüberstehen?«

»Nein!«, hörte Frieda sich sagen. Und plötzlich brach es aus ihr heraus, anders als eingeübt. »Aber … ich möchte nicht sofort schwanger werden, ich möchte endlich meine Freiheit, den Frieden und die neuen Möglichkeiten genießen, die sich bieten.« Sie breitete beide Arme aus. »Ich liebe meinen Beruf, und ich möchte es darin zu etwas bringen. Ja, ist das schlimm? Warum soll ich riskieren, gleich schwanger zu werden? Dann müsste ich wieder verzichten. Der Krieg hat uns schon so vieles geraubt.«

»Ich verstehe«, antwortete er mit einem, wie ihr schien, bewundernden Blick. »Sie haben Ihren Mann verloren, das muss sehr bitter gewesen sein.«

Frieda atmete tief durch. »Also, ich habe einmal mein Herz verschenkt. Er wird die große Liebe meines Lebens bleiben, was auch immer geschieht, das sollten Sie wissen.«

Er würde annehmen, Hilrich sei ihre große Liebe gewesen. Sollte er.

Sie überquerten den Damenpfad und gingen weiter zur menschenleeren Strandpromenade. Die Nordseewellen brachen in einem gleichförmigen, kräftig donnernden Rhythmus. Ab und zu leuchteten Schaumkronen aus dem Dunkel. Am klaren Nachthimmel funkelten unfassbar viele Sterne in einer mehrfarbigen Lichtwolke.

»So deutlich hab ich die Milchstraße noch nie gesehen«, sagte Paul Merkur staunend. »Das ist ja beeindruckender als *Dr. Mabuse.*« Er sah sie an. »Ich hab mich einmal sehr geirrt in einer Frau«, gestand er. »Trotzdem hoffe ich, es bedeutet nicht, dass ich …« Er ließ den Satz offen. »Und andererseits«, fuhr er stattdessen fort, »könnte es vielleicht sogar von Vorteil sein, wenn man ohne diesen ganzen Herzschmerzkram auskommt, oder?« Er blieb stehen und sah sie fragend an.

»Ich weiß es nicht«, antwortete sie. »Aber ich bin bereit, es auszuprobieren.«

»Mit einem Ehevertrag«, sagte er.

»Ja.«

»Und was soll darin über die ehelichen Pflichten stehen?«

»Dass … dass die Ehefrau dazu eben nicht verpflichtet ist«, brachte Frieda verlegen, doch bestimmt vor. »Aber dass sie könnte, wenn sie wollte.« Sie wünschte kurzzeitig, beim nächsten Schritt in einer Wanderdüne zu versinken, so peinlich war es ihr, über dieses Thema zu sprechen. »Man müsste dann auch Vorsorge treffen, damit es nicht zu einer Schwangerschaft kommt.« O Gott, dachte sie, hätte ich doch vorhin nur ein paar Schnäpse getrunken! »Und wenn ich nicht will, dann nicht.« Zweimal hatte Hilrich sie gegen ihren Willen genommen, mit dem sogenannten Recht des Ehemannes, und diese Erfahrungen gehörten zu den scheußlichsten ihres Lebens. Aus Loyalität ihm gegenüber würde sie darüber nicht sprechen. Andererseits sehnte sie sich durchaus nach körperlicher Liebe, nur ihr Schamgefühl hinderte sie daran, es noch deutlicher zu äußern. Sie gab sich einen Ruck. »Also, schon vielleicht … doch nur, wenn ich es auch möchte.«

Paul Merkur betrachtete sie halb erstaunt, halb beeindruckt, vielleicht sogar eine Spur erfreut. »Ich glaube«, sagte er langsam, »das kriegen wir hin.« Mit einer so einfachen, selbstverständlichen Antwort hatte sie nicht gerechnet. »Wann soll denn die Hochzeit sein?«, fragte er.

Sie brauchte einen Moment, um sich wieder zu fangen. »Im Februar, dann läuft das Witwenjahr meiner Schwiegermutter ab.«

»Gut, Frau Fisser«, sagte er mit fester Stimme, »ich bin einverstanden.« Er reichte ihr die Hand, sie schlug ein.

»Dann sind wir jetzt verlobt, oder?«

Ihr Herz schlug schneller, auch wenn keine Liebe im Spiel war. Schließlich verlobte man sich nicht allzu oft im Leben.

»Finden Sie nicht, dass wir uns dann langsam duzen könnten?«, fragte er.

»Ich heiße Frieda.«

»Ich bin Paul. Hätten Sie was dagegen …«

»Du«, korrigierte Frieda. »Hättest du was dagegen … Gegen was?«

Er zog sie an sich und gab ihr vorsichtig einen Verlobungskuss. Es war durchaus nicht unangenehm.

Obwohl Frieda nur Bier mit Zitronenlimonade getrunken hatte, fühlte sie sich ein wenig benommen.

Am Tag von Pauls Abreise bestellten sie im Standesamt das Aufgebot. So würden sie rechtzeitig im Februar die Ehe schließen können. Frieda begleitete Paul zum Anleger. Sie verabschiedeten sich per Handschlag lächelnd wie zwei Geschäftsleute, die sich ein gutes Stück nähergekommen waren. Während sie der Fähre nachwinkte, fragte sie sich allerdings plötzlich mit einem ganz flauen Gefühl im Magen, worauf sie sich da bloß eingelassen hatte. Da musst du nun durch, sagte sie sich schnell, fang nicht an, über Teilstrecken des Weges nachzudenken. Geh weiter schnurstracks auf dein Ziel zu.

Auf dem Nachhauseweg schaute sie bei ihren Eltern vorbei. Ihre Mutter sagte, ihr Eindruck von dem Lüneburger sei gut. »Absichtlich hatte ich etwas Geld auf dem Flur vor seiner Zimmertür liegen lassen«, berichtete sie. »Statt es einzustecken, legte er es mir am nächsten Tag als Fundsache auf den Küchentisch.«

Nur Grete war noch skeptisch. Einmal hatte sie in der vergangenen Woche unter einem Vorwand im Salon vorbeigeschaut, um Paul zu begutachten. Frieda hatte ihr zwei Schubladen voll Schmuckkämmchen zeigen müssen. Am Ende hatte sie keines genommen, aber ihr ins Ohr geflüstert: »Sei vorsichtig. Der ist doch viel zu gut aussehend, um wahr zu sein.« Ihr Misstrauen war auch nicht geschwunden, nachdem Frieda ihr alle Pluspunkte einzeln aufgezählt hatte.

Erst ein Brief von Eduard, der kurz vor Weihnachten eintraf, stimmte Grete milder. Ihr Bruder hatte über seine Kontakte herausgefunden, dass das Lüneburger Friseurgeschäft von Paul Merkurs Eltern kürzlich zwangsversteigert worden war. *»Er, der einzige Sohn, hat kein Zuhause mehr«*, las Grete aus dem Brief vor. *»Er lebt in einer billigen Pension.«*

»Das allein ist nicht schändlich«, verteidigte Frieda ihn. »So ein Schicksal kann in diesen Zeiten jeden treffen.«

»Er hat keinen Pfennig auf der Naht. Allerdings auch keine Schulden.«

»Dafür hält er sich doch ganz gut.« Frieda dachte an sein gepflegtes Äußeres.

»Das scheint tatsächlich sein einziges Kapital zu sein. Das muss er in Schuss halten.«

»Kennen wir Frauen das nicht zu gut aus eigener Erfahrung?«, hielt Frieda dagegen.

Grete ächzte gequält, sie schaute wieder auf den Brief. »*Und außerdem*«, las sie weiter, »he, das wird dich besonders interessieren, Frieda, hör zu: *Und außerdem war er mit einer gewissen Rosemarie Müller verlobt. Sie wandte sich, während er als einfacher Soldat an der Westfront kämpfte, einem älteren Lüneburger Bierbrauer zu, von dem sie 1917 schwanger wurde und der sie kurz vor der Entbindung ehelichte.*«

»Ach, der Ärmste«, sagte Frieda mitleidig. »Das muss ja ein Schock für ihn gewesen sein, als er aus dem Krieg zurückkehrte.« Jetzt verstand sie auch, weshalb ihm Bier nicht mehr schmeckte.

»Ich seh schon«, Grete ließ den Brief sinken, »du hast dich längst entschieden. Dann erlaub mir wenigstens, dir bei der Ausformulierung des Ehevertrags zu helfen. Ich hab mich bei Katharina schlaugemacht.«

»Wie bitte?«

»Natürlich ahnt sie nicht, für wen. Nur so ganz allgemein hab ich sie ausgefragt, was man da beachten muss. Weißt du denn schon, zu welchem Notar du gehen willst?«

»Ja, es gibt einen vertrauenswürdigen Mann auf dem Festland, in Norden. Onno hat ihn ein paarmal erwähnt.«

»Katharina sieht übrigens wahnsinnig modern aus mit ihrem neuen Haarschnitt. Sie ist ganz glücklich darüber.« Grete senkte die Stimme. »Obwohl sie jetzt noch mehr als Blaustrumpf angefeindet wird. Hast du's schon mitgekriegt? Im Dorf wird erzählt, sie sei triebhaft, eine wollüstige Nymphomanin.«

»Muss ja«, antwortete Frieda ironisch. »Sie hat 'ne eigene Wohnung, verdient ihr eigenes Geld und ist unverheiratet.«

»Das allein macht sie höchst verdächtig«, sagte Grete spitz

im Tonfall ältlicher Moralapostel. »Und dann steht sie auch noch auf, wann sie will, und sie isst, wenn sie Lust dazu hat.«

»Skandalös! Vielleicht ist sie gar eine Hexe?«, gab Frieda zurück. »Ich wette, sie liefert Minna und den anderen Klatschtanten reichlich Stoff für ihre wilden Fantasien.« Sie seufzte übertrieben. »Hach, wie gut, dass ich bald unter die Haube komme. Dann hat wenigstens im Inselsalon endlich wieder alles seine Ordnung.«

Grete

Graupelschnee trieb an diesem Januartag 1920 fast horizontal über die Insel. Grete spürte Schneeflocken wie kleine Pfeile auf ihrem Gesicht landen, während sie mit einigen anderen Frauen und Familien auf die Heimkehrer wartete. Sie zog die breitkrempige Wollkappe tiefer und hüllte sich noch fester in ihren Mantel ein. Der imposante, aus Kanthölzern einer der Flughallen gezimmerte Ehrenbogen vor ihr war mindestens zehn Meter breit und mit frischem Tannengrün geschmückt. Um die Wartezeit abzukürzen, studierte sie erneut die in die Zweige gehängten Tafeln, die ein Freund von Fritz Fisser, der Heimatdichter Jan Janssen, verfasst hatte. In der Mitte prangte mit altdeutscher Schrift der Text:

Ihren aus feindl. Knechtschaft
Heimkehrenden Söhnen in stolzer
Trauer gewidmet
Inselgemeinde NORDERNEY

Im rechten Pfeiler des Bogens kündete eine Tafel:

Söhne der Insel
Vom Meer umbraust
Als Helden und Dulder
Kommt Ihr nach Haus

Die Fesseln der Knechtschaft
Sie brachen entzwei
Willkommen auf Norderney
Zeigt auch die Welt
Ein anderes Gesicht
Eure Heimat, die Insel
Vergisst Euch nicht

Und an der linken Seite hing eine Tafel ähnlichen Inhalts auf Plattdeutsch.

Durch diesen Bogen musste jeder, der auf der Hafenstraße vom Fähranleger aus in den Ort wollte. Grete rieb sich die in Fäustlingen steckenden Hände. Ungeduldig und frierend trat sie von einem Fuß auf den anderen. Sie trug ihre schönsten, nicht ihre wärmsten Sachen. Lieber hätte sie Max direkt am Anleger abgeholt, jede Minute mit ihm war kostbar. Doch an diesem Platz beim Ehrenbogen warteten die Honoratioren.

»Sie kommen, sie kommen!«, riefen aufgeregt umherlaufende Kinder.

Mit Tschingderassabum näherte sich auf dem Deich eine Musikkapelle. Dahinter marschierte ein kleiner Trupp Soldaten – der eine mit Krücken, der andere im Rollstuhl, ein dritter mit Schlinge um den Arm. Unter ihnen auch ein Blinder, der von einem Kameraden geführt wurde. Grete hielt den Atem an.

Sie stellte sich auf die Zehenspitzen – und erkannte in der zweiten Reihe ihren Mann.

»Max! Max!« Sie winkte, ihr Herzschlag dröhnte bis in die Ohren. Wollten der Bürgermeister und die anderen wichtigen Männer der Insel tatsächlich erst noch Reden schwingen? Es war ihr egal. Sie lief los. »Max!« Sie flog ihm entgegen, er blieb stehen, ließ sein Gepäck fallen, breitete die Arme aus.

Auch für die anderen gab's kein Halten mehr, sie entdeckten und begrüßten ihre lang vermissten Liebsten. Grete warf sich ihrem Mann an die Brust, umschlang seinen Hals, sie sahen sich nur kurz an, er presste seinen Mund auf ihre Lippen und drückte sie so fest, dass sie aufschrie. Dann hob er sie hoch, schaute sie wieder an, Tränen strömten ihr die Wangen hinunter, brennend heiß und eiskalt. Auch Max hatte feuchte Augen.

»Meine Grete!«, sagte er heiser. »Grete. Endlich.«

In enger Umarmung standen sie da und konnten es nicht glauben.

Stunden später lagen sie nackt aneinandergeschmiegt im Bett. Immer wieder lösten sich bei Grete über Jahre zurückgedrängte Tränen. Wie abgemagert und vernarbt von vielfältigen Verletzungen und Drangsalierungen Max' Körper war! Im Herbst hatte ihn im Gefangenenlager noch die Ruhr erwischt und viel Kraft gekostet.

Trotz allem wirkte er gesund. Vermutlich war in ihm noch alles auf Überleben gepolt. Sie hatten sich geliebt, gierig, hart und schnell. Als erfahrene Lazarettschwester wusste Grete jedoch, dass dann, wenn er sich wirklich sicher und gerettet fühlen würde, ein Zusammenbruch zu erwarten war. Sie drehte sich zur Seite und streichelte, auf einen Ellbogen gestützt, vorsichtig, beinahe ehrfürchtig mit den Fingerspitzen seinen Brustkorb, strich über die Konturen seiner Schultern und Oberarme. Je zarter, desto mehr schien es ihn zu berühren. Sie sah, dass sein Adamsapfel sich bewegte. Er schloss die Augen, versuchte, Tränen zurückzuhalten, und kam doch nicht dagegen an. Ein raues Aufschluchzen erfüllte den Raum. Sie erschrak, hielt es dennoch aus. Ermutigte ihn ohne Worte, die Qual aus seinem Innern freizulassen. Schließlich überwältigte ein Weinkrampf den großen, starken Mann.

Später machte sie Tee, und sie liebten sich noch einmal. Langsamer, mit mehr Gefühl.

Am nächsten Tag schlief er aus. Nach dem Frühstück mit Rühreiern und Bratkartoffeln schaute Frieda vorbei, um Max willkommen zu heißen. Sie hatte zur Begrüßung zwei Weckgläser mitgebracht, eines mit eingemachten Bohnen und eines mit Stachelbeeren.

Überschwänglich fiel sie ihm um den Hals. »Endlich!«

»Wie schön, dich wohlauf zu sehen, Frieda!«

»Ich will nicht stören«, sagte sie. »Außerdem habe ich noch so viel zu erledigen bis zur Hochzeit.«

»Hochzeit? Hab ich was verpasst?«

»Ja, ich heirate wieder. Es sind nur noch vier Wochen bis dahin. Grete wird dir alles berichten. Und falls ihr noch was braucht, lasst es mich wissen. Tschühüss!«

Grete brachte Max auf den neuesten Stand. Er schüttelte den Kopf. »Vernunftehen sind sicher häufiger als Liebesheiraten«, räumte er ein. »Oft läuft's ja auch ganz passabel. Aber jemandem, der sogar zugibt, dass er auf die Mitgift aus ist, nach nur einer Woche des persönlichen Kennenlernens das Jawort zu geben – na, das halte ich für ein sehr gefährliches Unterfangen.«

»Mir ist dabei ganz mulmig zumute«, gestand Grete.

»Frieda hat zumindest einen klugen Ehevertrag aufgesetzt. Dadurch behält sie in jedem Fall die Hand auf allem.«

»Wie ungewöhnlich. Deine Freundin ist wirklich immer für eine Überraschung gut. Nun denn, wünschen wir ihr Glück.«

Wenig später lagen sie erneut im Bett und vergaßen alles um sich herum.

Erst als sie wieder auftauchten, fiel Grete etwas ein. »Oh, Max! Ich hab ja noch eine Überraschung für dich!« Sie sprang aus den Federn und legte eine Schellackplatte aufs Grammofon, das sie mit geübten Handgriffen in Gang setzte. Es handelte sich um eine Aufnahme von Beethovens 5. Klavierkonzert, 2. Satz, die sie gleich nach seinem Brief im Musikaliengeschäft der Insel bestellt hatte. Inzwischen wusste sie, dass Beethoven diese Musik in Wien, umgeben von Kriegslärm, komponiert hatte, als französische Soldaten unter Napoleon die Stadt eroberten und besetzten. An den Rand eines Notenblatts hatte er etwas geschrieben, das sinngemäß besagte: *Möge Österreich es Frankreich heimzahlen!* Grete vermutete, dass dieses Detail die Beethoven-Begeisterung der deutschen Offiziere in Max' Gefangenenlager nicht unwesentlich gesteigert hatte.

»Es ist so einsam hier«, klagte Max. Schnell schlüpfte sie unter die Decke zurück. Nach einem leisen eiernden Knacken setzte die Musik ein. Arm in Arm lauschten sie. Die Pianotöne perlten, als wäre etwas Schreckliches überwunden. Grete spürte, auch ohne Max anzusehen, wie ergriffen er war. Sie kannte das 5. Klavierkonzert, eines der meistgespielten Beethoven-Stücke ihrer Jugendzeit, von Aufführungen in Berlin und in der Schweiz. Nach dem ersten, eher kriegerischen Satz wirkte der zweite viel intimer. Aber erst seit dem Plattenkauf hatte sie ihn mehrmals bewusst vernommen, und da ein Geheimnis von Musik darin bestand, dass man sie umso mehr liebte, je häufiger man sie hörte, hielt sie dieses Klavierkonzert mittlerweile für das Ergebnis einer göttlichen Eingebung. Dass sie nun dabei auch noch an Max gekuschelt aufs Meer schauen konnte, weitete den Raum für ihre Empfindungen ins Grenzenlose. »Noch mal, bitte«, bat Max am Schluss leise.

Erneut kurbelte sie das Grammofon an, setzte eine neue Nadel ein und legte den Tonarm auf die Platte. Da es dämmerte, entzündete sie schnell noch einen Kerzenrest, bevor sie wieder ins Bett hüpfte.

Dieses Mal schenkten sie einander die Zärtlichkeit, die Beethovens Konzert durchwogte. »*Adagio un poco mosso*«, flüsterte Max. »Langsam, mit etwas Bewegung.« Seine Finger spielten fast schwebend auf ihrer Haut Piano, und manchmal übernahmen ihre Hände den Part der Streicher. Es dauerte lange, bis sie wieder sprachen. »Diese Musik ist mehr, als ich mir vorstellen konnte«, sagte Max schließlich ganz beseelt. »Und du bist schöner, als ich dich in Erinnerung hatte.«

»Ich bin einfach nur glücklich.«

Sie legte sich auf ihn, die Wange auf seiner Brust, die Beine leicht gespreizt auf seinen. Schwankend und doch genau ausbalanciert. Ein himmlisches Gefühl, wie Treiben auf hoher See, gut aufgehoben auf ihrer Rettungsinsel, ihrem Heimatmenschen in diesem Leben.

Lissy

»Hast du deine Zähne geputzt?«, hörte Lissy ihre Mutter rufen.

»Ja-ha!«, antwortete sie ungeduldig.

Andere Mütter quälten ihre Kinder nicht so mit dem ewigen Zähneputzen, manche ihrer Schulkameraden besaßen überhaupt keine Zahnbürste.

Als sie im Bett lag und an das Diktat dachte, das sie am nächsten Morgen in der Schule schreiben würde, kam ihre Mutter noch mal ins Zimmer. Sie stopfte die Federdecke mit dem verwaschenen Blümchenbezug fester um sie herum und setzte sich auf den Bettrand.

»Mein Schatz, du erinnerst dich doch an Herrn Merkur, nicht?«

Irgendwie verhielt ihre Mutter sich merkwürdig. Natürlich erinnerte sie sich an den Friseurmeister aus Lüneburg, er war ja erst vor ein paar Wochen zur Probearbeit da gewesen.

»Klar.«

Wollte ihre Mutter sie darüber informieren, dass er festangestellt wurde?

»Ich … wir … also, du hast ja vielleicht schon mitgekriegt, dass wir dringend einen Meister … Nein, so nicht …« Sie unterbrach sich. »Du sollst nicht denken, dass ich deinen Vater deshalb …« Wieder brachte sie den Satz nicht zu Ende. »Also, Paul und ich – wir werden heiraten.«

Lissy setzte sich mit einem Ruck gerade auf. »Waaas?«

»Ja, mein Kind …« Lissy war zuerst verblüfft und dann entrüstet. Tränen stiegen ihr in die Augen. Doch bevor sie etwas sagen konnte, fuhr ihre Mutter fort. »Es ist gut für den Inselsalon und damit für die ganze Familie. Er ist nett und lustig, du hast ihn ja selbst erlebt. Und wir brauchen dringend einen Meister im Betrieb. Sonst müssen wir schließen.« Ihre Mutter wollte ihr über den Kopf streichen, doch sie wich ihr aus. »Du verstehst das hoffentlich. Du bist schließlich kein kleines Mädchen mehr.«

In der Tat fühlte sie sich schon ziemlich erwachsen. Sie glaubte, ein bisschen Verzweiflung aus der Stimme ihrer Mutter herauszuhören. Das alles war äußerst verwirrend. Wie konnte sie nur? Aber natürlich hatten selbst große Mädchen nicht das Recht, Erwachsenen zu widersprechen.

»Soll er dann mein Vater werden?«, fragte sie halb ängstlich, halb entsetzt.

»Er kann nicht dein Vater werden, weil du schon einen hast«, antwortete ihre Mutter. »Aber dein Vater kann nun mal nicht bei uns sein. Wir werden ihn weiterhin von Herzen liebhaben.« Nun schien auch sie mit den Tränen zu kämpfen. »Das Leben geht weiter. Es muss doch. Sei freundlich zu ihm«, bat sie mit einem angestrengten Lächeln, bei dem die Mundwinkel zitterten. »Es wäre schön, wenn wir eine richtige Familie werden könnten.« Lissy fehlten die Worte. Ihre Gedanken wirbelten durcheinander wie Krabben, die mit einer Woge über die Segelbuhne schwappten. Ein fremder Mann sollte in Zukunft das Recht haben, sie zu erziehen! Er wollte ihr ihre Mutter wegnehmen. Bestimmt würde sie in Zukunft keine Zeit mehr für sie haben. »Bitte, sei ein liebes

Mädchen.« Ihre Mutter ging zur Tür, drehte das Licht aus und schloss die Tür hinter sich. »Träum was Schönes!«

Doch Lissy konnte nicht schlafen. Sie stand auf und schaltete das Licht wieder an. Hinten aus dem obersten Regal ihres Kleiderschranks kramte sie ein Schmuckkästchen hervor. Zu Weihnachten hatte sie noch nachträglich ein Geschenk ihres Vaters erhalten. Das Schönste, das sie jemals bekommen hatte. Sehr weit weg, mitten im Krieg, hatte er an sie gedacht. Papa hat mich wirklich liebgehabt, dachte sie. Mama hat er nicht mal einen Armreif geschickt.

Sie nahm die transparent blau und golden schimmernde Kette, hielt sie gegen das Licht und band sie sich um den Hals. Damit legte sie sich ins Bett. Sie befühlte zwei Perlen, bis sie ihre Körperwärme angenommen hatten.

Ich geh nach Berlin, schwor sie sich, jetzt erst recht, und zwar so früh wie möglich.

Jakomina

Jakomina war mit sich und der Welt zufrieden. Was für ein geschickter Schachzug ihr da gelungen war! Manchmal klappte es eben doch, eine Botschaft indirekt, mit einer »zufällig« hingelegten Druckschrift, zu vermitteln. Auf sie hätte ihre zuweilen störrische Schwiegertochter ja nicht gehört. Dieser Paul Merkur machte einen guten Eindruck. Vielleicht verstand er sich sogar aufs Imkern, da er doch aus der Lüneburger Heide stammte.

Wenn er erst im Salon arbeitete, würde sie mehr Zeit haben, sich auf die Beköstigung ihrer Lieben zu konzentrieren. Sogar in der Zeitung stand, dass derzeit die häufigste Todesursache Mangelernährung war. Was konnte es also Wichtigeres geben, als sich um das Essen zu kümmern?

Tunken, Bratlinge und Aufläufe aus allem, was Gottes Natur und ihre Lebensmittelkarten hergaben, bestimmten den Speiseplan im Hause Fisser. Es gab nichts, fand sie, woraus sich mit ihrer Begabung nicht doch noch etwas Schmackhaftes zubereiten ließe. Was hatte sie schon alles ausprobiert – Pilzkuchen und Brennnesselauflauf, Grützsuppe mit Muscheln, Sauerampferkoteletts und Kohlrabischnitzel, Möhrenmarmelade und Kartoffelpudding. Ihr Kochimprovisationstalent entfaltete sich immer mehr und war schon ein Gesprächsthema auf der Insel. Andere Frauen baten sie um Rezepte.

Jakomina machte sich ausgehfein. Vom Wickwief wollte sie getrocknete Kräuter holen, die es sonst nirgendwo auf Norderney gab. Bei der Gelegenheit, überlegte sie, konnte sie sich eigentlich auch noch ein wenig aus den Teeblättern die Zukunft lesen lassen.

Frieda

Endlich schickten Markenfirmen wieder einige lang entbehrte Produkte, die Frieda liebevoll in der Vitrine anordnete. Die neue Lieferung bedeutete, dass sie demnächst weniger Pflegemittel selbst herstellen musste, was sie sehr begrüßte. Denn es nahm einfach zu viel Zeit in Anspruch. Markenware hielt zudem länger und war bekannter, anspruchsvolle Kunden fragten danach.

Ihre Gedanken schweiften zum bevorstehenden großen Ereignis. Noch war sie nicht besonders aufgeregt. Sie hoffte, dass sie die Zutaten für eine traditionelle Hochzeitssuppe zusammenbekommen würden und ihren Gästen nicht irgendeine Fantasieschöpfung ihrer Schwiegermutter anbieten mussten.

Als Heiratstermin hatten sie einen Montag bestimmt, weil der Salon dann ohnehin geschlossen war. Es sollte nach der standesamtlichen Trauung auch nur eine kleine Feier stattfinden, für die engsten Verwandten und Freunde. Am besten räumten sie alle Frisierstühle raus, um Tische und Stühle aufstellen zu können. Sie wollte gleich mit ihrer Schwiegermutter darüber sprechen, wenn sie von ihrem Besuch beim Wickwief zurück war. So ganz ohne Zauber mochte sie wohl doch nicht leben.

Während Frieda sich die Anordnung der Festtafel ausmalte, hörte sie wie stets mit einem Ohr die Gespräche im Salon mit.

»Mannomann«, Onno drehte sich angewidert weg, »du hast aber heut Morgen 'ne Fahne!«

Erwin grinste frech. Sein rötliches Haar wirkte ungekämmt. »Ich hab gestern meine Meisterprüfung bestanden und ordentlich gefeiert.« Ach herrje, dachte Frieda, daran hab ich überhaupt nicht mehr gedacht. Dass sie ihm unmöglich ein Meistergehalt zahlen konnten, musste er zwar längst wissen, doch sie hatte sich bislang davor gedrückt, mit ihm ein offenes Wort zu reden. Und irgendwas schenken sollten sie ihm natürlich auch zum Meistertitel.

»Oh, herzlichen Glückwunsch!«

»Wer hätte das gedacht!«

»Na, darauf darf man wohl einen heben!«

Onno und die anderen Kunden gratulierten.

Geräuschvoll klopfte Erwin das Rasierwasser in Onnos gerötete Wangen ein. »Und du bist der Letzte, den ich in diesem Salon bediene«, tönte er. Während sich alle Blicke auf ihn richteten, befreite er seinen Kunden mit einer theatralischen Geste von Handtuch und Frisierumhang. »So, das war's.« Frieda glaubte, sich verhört zu haben. War der Kerl jetzt völlig durchgedreht? »Ihr braucht mich nicht mehr, ihr verdient mich nicht«, verkündete Erwin. »Ihr könnt euch keinen zweiten Meister leisten.« Er rollte seine Scheren, Rasiermesser, Bürsten und Kämme in ein Stück Leinenstoff ein und verknotete das Band drumherum. Mit diesem Bündel unterm Arm stellte er sich vor Frieda. Seine Augen waren gerötet. »Ich weiß, was im Gemeindeschaukasten aushängt. Und das nach allem, was ich für diesen Laden geleistet habe! Nach allem, was mein Freund Hilrich und ich gemeinsam an der Front durchgestanden haben!«

Frieda stemmte die Fäuste in die Hüften. Der Ärger ließ in dieser Sekunde alles Blut in ihrem Bauch zusammenschießen. »Bist du übergeschnappt?« Das war ja wohl das Hinterletzte, wie dieser Kerl sich aufführte, noch dazu vor der Kundschaft!

Erwin beugte sich vor. »Ich hab längst 'ne Anstellung als Meister in Aurich.« Seine Augen wurden zu Schlitzen. »Aber dir wird's noch leidtun, wie du mich behandelt hast. Ich kehre nämlich zurück. Eines Tages werde ich auf Norderney einen eigenen Friseursalon eröffnen und euch so richtig Konkurrenz machen.«

Frieda überlegte, ob sie laut vor allen Kunden sagen sollte, dass auf ihm der Verdacht der Leichenfledderei lastete. Dass er sich in die Etappe verdrückt hatte und längst nicht der tapfere Frontkämpfer gewesen war, als der er sich immer aufspielte. Oder dass er einer trauernden Mutter Freundschaft zu ihrem gefallenen Sohn vortäuschte, um sich Vorteile zu erschleichen. Hau bloß ab, du Lügner, hätte sie am liebsten gerufen.

Doch sie entschied sich dagegen. Das war nicht ihr Niveau.

Auf einmal wurde sie ganz ruhig. Sie setzte ihren hochnäsigsten Gesichtsausdruck auf.

»Geh, Erwin! Von mir aus geh mit Gott – aber geh!«

Grete

Seit einer Woche war Max wieder zu Hause. Bislang hatte er kaum von seinen Erlebnissen im Krieg und in der Gefangenschaft gesprochen. Grete drängte ihn nicht. Er war nur zweimal zu einem langen Spaziergang aufgebrochen, den er allein unternehmen wollte.

»Wenn man eingesperrt war, ist es ein sagenhaftes Gefühl, wieder endlos gehen zu dürfen«, erklärte er. »Einfach immer weiter, immer weiter.« Beim ersten Mal war er ganz bis zur Rattendüne ans andere Ende der Insel gewandert. Bei seinem letzten Ausflug hatte er das geräumte, menschenleere Seehospiz inspiziert, soweit es von außen möglich war. »Was für ein trauriger Anblick!«, sagte er. »Wann wird's dort wohl wieder losgehen? Weißt du was? Wir sollten mal der Witwe von Dr. Hartmann einen Besuch abstatten.« Der ärztliche Direktor des Seehospizes, sein ehemaliger Vorgesetzter, war in Belgien gefallen. Ihm hatte Max damals, als er einberufen worden war, seine Studienunterlagen anvertraut.

Die Doktorenwitwe, eine warmherzige, tatkräftige Frau, die auch in den Gemeinderat gewählt worden war, wohnte mittlerweile in der Marienstraße. Sie freute sich sichtlich über ihren Besuch und über den kleinen Topf mit Alpenveilchen, den Grete ihr mitbrachte.

»Schnittblumen gibt's ja leider um diese Jahreszeit nicht auf der Insel«, sagte Grete entschuldigend.

»Ach, ich schwärme für Alpenveilchen! Bitte, kommen Sie doch herein!« Von der Decke des weiß getäfelten Wohnzimmers hingen funkelnde Kristalllüster, Perserteppiche dämpften ihre Schritte. Die Witwe bot ihnen Ersatzkaffee an. Sie sprachen ausführlich über ihren Mann und das Renommee des Seehospizes als Kinderkrankenhaus. »Ich hoffe, dass sein Lebenswerk bald fortgeführt wird.«

Wegen einer neuerlichen Beschäftigung empfahl sie Max, sich an den Kurator des Seehospizträgervereins zu wenden. Sie gab ihm dessen Adresse.

Dann stieg sie mit ihnen auf ihren verstaubten Dachboden. Dort hatte sie drei große Pappkartons und in einem Schrank Kleidung von Max aufgehoben.

»Als Ihre Einliegerwohnung fürs Militär geräumt wurde und auch mein Mann seinen Gestellungsbefehl erhielt, hat er schnell noch angeordnet, dass Ihre persönlichen Sachen sicher verstaut werden sollten. Ich musste kurz darauf unser Haus verlassen, hab aber alles mitgenommen.«

»Ganz herzlichen Dank fürs Aufbewahren.«

»Das war doch selbstverständlich.«

»Ich würde das Zeug gern morgen durch einen Boten abholen lassen.«

»Natürlich, ich bin den ganzen Vormittag über zu Hause.« Sie lächelte liebenswürdig. »Und kommen Sie beide mich gern wieder besuchen.«

Als die Kartons und die Kleidung in Gretes Wohnung geschafft worden waren, stellte sie fest, dass Max' Vorkriegsgarderobe größtenteils unbrauchbar geworden war. »Offenbar haben deine Sachen eine große Mottenfamilie über den Krieg gebracht.« Sie saß im Schneidersitz auf dem Teppich, hob einen Pullover nach dem anderen gegen das Licht, blinzelte ihren Mann durch die Löcher an. »Aber das meiste ist dir sowieso zu weit geworden und aus der Mode.« Den schwarzen Anzug immerhin, den er für die Hochzeit von Frieda brauchte, würde Lieske vermutlich mit ein paar Kunststopfereien und kleinen Flicken retten können.

Max kümmerte der Verlust seiner Garderobe nicht sonderlich. Ihn verdross, dass die Studienunterlagen fehlten. Er wühlte die Kartons mehrfach durch, packte alles aus und sah es genau durch.

»Verdammte Schiete!«, fluchte er schließlich. »Wo sind die Tabellen? Meine ausformulierten Thesen? Unsere ersten Messergebnisse? Die Karteikarten? Wo ist die Versuchserklärung?«

Grete half ihm beim Sortieren. Etliche Lehrbücher und Hefte mit Aufzeichnungen befanden sich zwischen persönlichen Gegenständen. Sie schüttelte sie aus, entdeckte neben anderem die Zeichnung des Leuchtturms, die sie ihm als Backfisch geschenkt hatte, aber von ihren medizinischen Untersuchungen aus der Zeit vor dem Krieg fehlte jede Spur.

Max stattete Frau Hartmann erneut einen Besuch ab, doch sie wusste auch nicht weiter. »Alles, was ich für Sie in Verwahrung hatte, befand sich auf dem Dachboden.«

Er löcherte Grete. »Du warst jeden Tag im Lazarettpavillon. Überleg noch mal genau. Wo könnten unsere Unterlagen hingekommen sein?«

Sie war ratlos. Allmählich bekam sie ein schlechtes Gewissen, weil sie nicht besser aufgepasst oder schon früher

Nachforschungen angestellt hatte. Andererseits – sie war Max zwar behilflich gewesen, die Unterlagen in seine Einliegerwohnung in der damaligen Villa des ärztlichen Direktors zu tragen. Doch danach hatte er, wie er ihr später auch einmal in einem Feldpostbrief geschrieben hatte, Dr. Hartmann die Unterlagen anvertraut. Also musste der als Letzter damit zu tun gehabt haben.

»Ich weiß es wirklich nicht«, beteuerte sie. »Es ging ja alles so holterdiepolter damals. Und nachdem das Inselwacht-Bataillon sich im Seehospiz breitgemacht hatte, waren die Räume für uns tabu – militärisches Sperrgebiet.«

Max ging zur Inselkommandantur und danach zur Gemeindeverwaltung. Dort wusste auch niemand von den gesuchten Unterlagen.

»Ich will Sie nicht entmutigen«, erklärte der zuständige Mensch bei der Gemeindeverwaltung, »aber ich weiß, dass die Offiziere öfter mal ein kleines Feuerchen gemacht haben, wenn's ihnen im Winter zu ungemütlich wurde, auch mit Altpapier aus dem Seehospizbüro.«

Grete tat ihr Möglichstes, um Max aufzumuntern. Was glücklicherweise nicht allzu schwer war. Sie brauchte nur auf eine bestimmte Art den Unterschenkel wippen zu lassen oder ihn über die Schulter anzuschauen – und er kam auf andere Gedanken. Die Funken sprühten. Ihr Liebesspiel fühlte sich jedes Mal neu an. Immer wieder entdeckte sie eine andere Welt, andere sinnliche und seelische Empfindungen lösten innere Bilder aus, die sich nicht mit Worten beschreiben ließen.

»Ich glaube, ich bin schwanger«, flüsterte sie, als sie schweißgebadet nebeneinanderliegend zu Atem kamen.

Er zog sie mit einem Arm an sich, sodass sie ineinander verschlungen weiter ausruhen konnten.

»Seit wann?«, fragte er träge.

»Seit gerade eben.«

»Hmmm.« Das klang nicht gerade überschwänglich.

»Freust du dich denn gar nicht?«, fragte sie ermattet.

»Ich wäre mehr als glücklich.«

»Aber?«

»Grete, ich bin Arzt. Ich weiß, dass man die Empfängnis nicht spüren kann.«

Sie legte seine Hand auf ihren heißen, feuchten Bauch. »Ehrlich, du spürst gar nichts, Dr. Lubinus?«

Er beugte sich über sie und setzte viele kleine Küsschen um ihren Bauchnabel herum. »Ich will … doch nur … nicht«, murmelte er zwischendurch, »dass … du … enttäuscht bist, falls nicht …«

»Ich finde, wir sollten uns eine größere Wohnung suchen.«

»Solange ich ohne Arbeit bin, ist das schwierig.«

»Das meiste Geld, das du mir von deinem Sold geschickt hast, habe ich gespart«, eröffnete sie ihm stolz. »Vielleicht finden wir ein schönes Häuschen zur Miete. Mit Garten für das Kind. Oder wir kaufen was, auf Raten.«

»Eins nach dem anderen, Grete. Lass mich erst mal richtig ankommen.«

Einen Tag nach diesem Gespräch teilte man ihr im Inselkrankenhaus mit, dass es an Mitteln fehle, sie angemessen zu entlohnen. Außerdem sei ihre Mitarbeit nicht mehr erforderlich, da die schlimmen Grippefälle deutlich zurückgegangen seien. Grete fühlte sich gekränkt.

»Wahrscheinlich hab ich zu viel kritisiert«, sagte sie abends zu Max. »Aber sie halten die Hygieneregeln wirklich nicht so gut ein, wie man könnte und sollte.«

»Macht doch nichts«, tröstete Max sie. »Mir wär's ohnehin viel lieber, wenn du im Seehospiz wieder als meine Assistentin arbeiten würdest. Darum werde ich mich gleich als Nächstes kümmern.«

Der Kurator des Seehospizträgervereins lebte auf Norderney, der Vorsitzende auf dem Festland. Den einen wollte Max am folgenden Tag aufsuchen, mit dem anderen vom Postamt aus telefonieren.

Grete sah ihrem Mann schon, als er zur Tür hereinkam, an, dass er keine guten Neuigkeiten mitbrachte. »Beide bedauerten es sehr, mir sagen zu müssen, dass sie kein Geld für die erforderliche Renovierung haben.« Frustriert setzte er sich an den Tisch, der schon fürs Mittagessen gedeckt war. Auf dem Herd köchelte eine Suppe. »Das Seehospiz wird dieses Jahr auf jeden Fall geschlossen bleiben, wahrscheinlich auch noch das nächste, vielleicht sogar das übernächste.«

»Oh, nein! Das bedeutet, wir können nicht nur die Studie vergessen – es wird auch für uns beide so schnell im Hospiz keine Arbeit geben?«

»So sieht's aus. Es ist ein Jammer!« Max schlug mit der flachen Hand heftig auf den Tisch, das Geschirr klirrte. Abrupt stand er auf und öffnete die Balkontür. »Gerade jetzt, wo's in den Großstädten mehr kranke Kinder denn je gibt, die dringend zur Erholung an die See müssten.«

Mit finsterer Miene schaute er hinaus. Er begann, eine Atemübung zu machen, um sich zu beruhigen.

»Irgendwie wird's schon weitergehen«, versuchte Grete

sich und ihn aufzurichten. Sie legte von hinten ihre Arme um ihn. »Irgendwas findet sich immer. Und das Gute daran ist, dass wir jetzt wenigstens Zeit für einen Umzug haben.«

Gemeinsam gingen sie zur Bank. Die unterhielt auf der Insel zwar keine Filiale, bot aber an bestimmten Tagen Beratungsstunden in einem Hotel an. Dort erfuhren sie, dass Gretes Sparvermögen durch die Inflation deutlich im Wert geschrumpft war und dass man ihnen, wegen fehlender Sicherheiten und da sie nicht über ein geregeltes Einkommen verfügten, auch keinen Kredit gewähren konnte.

»Puh! Ich brauch dringend frische Luft.«

Grete schnaufte enttäuscht, als sie wieder draußen vorm Hotel standen. Ihr war zum Heulen zumute.

Max bot ihr seinen Arm. »Ich sag ja immer – Banker sind Leute, die dir einen Regenschirm aufdrängen, wenn die Sonne scheint. Und wenn's regnet, verlangen sie ihn zurück.« Zügig gingen sie durch den Ort bis zur verwaisten Viktoriastraße, an eng nebeneinandergebauten Pensionshäusern mit Veranden und großen, baumlos und allein stehenden Villen vorüber, dann durch ein Wäldchen bis an den Südweststrand. Die Nordsee empfing sie mit türkisgrausilbrigem Funkeln. Darüber zogen mächtige Wolkenschiffe hinweg. Sie konnten bis zur Insel Juist sehen. »Promenade?«, fragte Max.

Grete schüttelte den Kopf. Auf befestigten Wegen zu flanieren, erschien ihr unpassend. Um den Kopf frei zu bekommen, musste man sich so nah wie möglich am Meer bewegen und dessen Energie mit allen Sinnen aufnehmen.

Der Wind blies ihnen ins Gesicht, unter ihren Schuhsohlen knirschten Muscheln. Während sie im salzigen Sprühnebel am Flutsaum entlangstapften, besprachen sie ihre Möglichkeiten.

Grete hob immer mal eine schöne Muschel oder andere Fundstücke auf. »Eine Weile wird unser Geld trotz der Inflation reichen«, sagte sie. »Es sei denn, sie würde noch schlimmer werden.«

»Auf dem Festland finde ich sicher leichter eine Anstellung«, überlegte Max, »entweder in der Forschung oder in einem Krankenhaus.«

»Max, das kann nicht dein Ernst sein!« Sie liebten doch beide diese Insel, und außerdem würden sich woanders vermutlich ihre gesundheitlichen Probleme wieder einstellen. Ganz zur Not könnte sie immer noch ihre Eltern um Geld bitten. Nein, korrigierte sie sich, das würde sie selbstverständlich nicht tun. Lieber hungerte sie. »Willst du dich nicht selbstständig machen?«, fragte sie.

»Das ist nicht so einfach«, erwiderte er. »Aber daran gedacht hab ich auch schon. Als Badearzt kämen mir meine Spezialkenntnisse auf dem Gebiet der Haut- und Lungenheilkunde zugute.«

»Die vornehmen Damen würden sich reihenweise in dich verlieben«, scherzte sie.

»Du könntest ja am Empfang sitzen und aufpassen«, gab er lächelnd zurück, wurde jedoch gleich wieder ernst. »Dafür müsste ich eine Zusatzausbildung absolvieren und dann eine Zulassung beantragen.« Er ächzte. »Ob ich die erhalte, ist fraglich. Und außerdem … Wie sieht's denn aus mit den vornehmen Damen?«

»Was meinst du?« Fragend schaute sie ihn an.

»Na ja, wie viele siehst du hier?«

»Abgesehen von mir?« Sie drehte sich um sich selbst. Der Strand war menschenleer. Nur in der Ferne zeichneten sich schemenhaft die Konturen zweier Gestalten ab, die wohl Treibholz sammelten. »Keine einzige. Aber ich bitte dich – wir haben Februar.«

»Und wie viele Kurgäste waren im vergangenen Sommer auf Norderney?«

»Ich glaub, so um die elftausend. Oder waren es dreizehntausend? Na, jedenfalls ungefähr ein Viertel so viele wie früher.« Grete seufzte. »Stimmt, das ist für den Kurbetrieb zum Leben zu wenig, zum Sterben zu viel. Aber dieses Jahr werden es bestimmt mehr sein.«

»Sicher. Nur ob das ausreicht? Ich brauche Praxisräume, Einrichtungen, Geräte … Wovon bezahlen? Außerdem praktizieren hier schon einige Badeärzte, die ihre Stammpatienten haben.«

»Ich glaube, dass sich das Publikum gerade ziemlich verändert. Nun kommen nicht mehr die Prinzessinnen und Fürsten, die von Bülows und so weiter wie vor dem Krieg.« Es war alles schwer einzuschätzen und zu planen.

Nachdenklich schweigend gingen sie weiter.

»Möglicherweise müssen wir doch aufs Festland ziehen, Grete«, fasste Max nach einer Weile nüchtern das Ergebnis seiner Überlegungen zusammen. »Man kann überall leben, wenn man muss.« Alles in ihr protestierte gegen diese Vorstellung. Aber sie wollte nicht mit ihrem Mann streiten.

»Der blöde Russenzaun ist zum Glück komplett abmontiert«, sagte sie, um abzulenken. »Und zu Saisonbeginn soll auch endlich der Seesteg wieder aufgebaut werden.«

Die Farb- und Lichtstimmungen wechselten ständig. Wolken warfen bewegte Schatten aufs Meer. Am Horizont blendete ein sonniges Glitzerband. Während die ausrollenden Wellen mit sanftem Scheppern über ein Muschelfeld schoben, kreisten über ihnen Möwen.

»Das Einzige, was sich nicht verändert hat.« Max inhalierte tief und sah aufs Wasser, dann in den Himmel. »Mein Gott, wie hab ich das vermisst!« Plötzlich begann er zu rennen. »Freiii-heiiit!«, brüllte er.

Grete lief hinterher, holte ihn ein. Sie tollten wie Kinder, spielten Fangen, sie sprang mit Anlauf in seine Arme, er fing sie auf, und sie alberten, bis sie völlig außer Atem waren.

»Weißt du, was ich glaube?«, fragte Grete, als sie wieder gemächlich nebeneinander hergingen. »Es gibt zwei Arten von Menschen. Die einen wählen, wenn sie sich entscheiden müssen, immer die Sicherheit und die anderen immer die Freiheit.«

»Soso, und wir?«

»Wir gehören natürlich zu denjenigen, denen die Freiheit wichtiger ist als Sicherheit.«

Er belohnte sie mit einem liebevollen Blick, als wäre er stolz auf sie. »Mag sein. Aber vielleicht ändert man auch im Laufe der Jahre seine Prioritäten. Beispielsweise, wenn man Kinder zu versorgen hat.« Sie lächelte in sich hinein. Er wollte zwar noch nicht glauben, wovon sie überzeugt war, doch in Gedanken stellte er sich schon darauf ein, dass sie bald eine Familie sein könnten. »Den Wert der Freiheit weiß man auf jeden Fall noch mehr zu schätzen, wenn sie einem einmal genommen worden ist.« Mit halb zusammengekniffenen Augen blickte er wieder übers Meer in die Ferne.

»Wirst du eigentlich die Franzosen für den Rest deines Lebens hassen?«, fragte sie. Dieses Thema beschäftigte sie schon länger. »Man sagt doch, dass sie besonders hämisch und grausam mit deutschen Kriegsgefangenen umgegangen seien.«

Max kickte einen getrockneten Seeigel vor sich her. »Für viele Franzmänner sind alle Deutschen Kriminelle, entsprechend wenig Skrupel haben sie uns gegenüber. Aber … man muss eben auch sehen, dass wir in ihr Land eingefallen sind. Wir haben ihre Heimat zerstört, ihre Liebsten getötet.«

»Hm.«

»Unsere Mannschaften waren zu Himmelfahrtskommandos wie Minenentschärfen und Trümmerwegräumen eingesetzt, und sie mussten dabei oft völlig überflüssige Demütigungen ertragen. Es gab viel Spott und Grausamkeiten.« Er holte tief Luft. »Trotzdem, trotzdem, trotzdem!«, rief er laut. »Ich will das nicht!« Grete fuhr zusammen. Einen solchen Temperamentsausbruch hatte sie nicht erwartet. »Es sind nie alle Menschen eines Volkes gut oder schlecht. Immer kommt's drauf an, wer gerade die Macht hat und den Ton vorgibt. Wenn die Herrschenden niedere Instinkte ansprechen, zeigt bald jedes Volk seine hässliche Fratze.« Grete atmete schneller. Es nötigte ihr Respekt ab, dass Max es sich nicht einfach machte. »Deshalb weigere ich mich zu hassen. Wer hasst, schadet nur sich selbst.«

»Ich wäre sehr froh, wenn es dir gelänge.«

»Zur Wahrheit gehört auch, dass zuletzt etliche Franzosen, ganz normale Leute aus dem Volk, und sogar die französische Presse gegen die schlechte Behandlung der deutschen Gefangenen protestiert haben.«

»Ach, ehrlich? Davon ist hier nichts bekannt.«

»Doch, so war's. Und in den Offiziersgefangenenlagern,

da gab's selbst unter den Deutschen ein paar Arschlöcher, entschuldige den Ausdruck. Und 'ne Reihe feiner Kerle. Ich habe echte Kameradschaft erfahren.« Er atmete schwer und schwieg einen Moment. »Ja, ich durfte auch viel lernen. Das alles kommt auf die andere Seite der Waagschale.«

Grete empfand eine gewisse Scheu, sich dazu zu äußern. Es kam ihr so vor, als stünde es ihr nicht zu. »Hoffentlich erleben wir nie wieder einen Krieg«, sagte sie deshalb nur.

Sie kletterten über eine der Buhnen aus Feldsteinen, die alle zweihundert Meter quer zur See auf den Strand gesetzt waren, damit die Insel dem Ansturm der Wellen besser standhalten konnte. Glitschiges Grünzeug überzog den Wall. Max ging vor und reichte ihr die Hand, damit er sie auffangen konnte, falls sie abrutschte. Auf der anderen Seite sprang sie in seine Arme.

Er küsste sie. »Mein vorherrschendes Gefühl ist nicht Hass, sondern Dankbarkeit. Wie oft hätte es mich um ein Haar erwischt! Ein paarmal war ich fest davon überzeugt, gleich bin ich tot.« Sie wollte sich das lieber nicht vorstellen. »Ich hab so viele Männer sterben sehen, Grete, und so viele operiert, die verstümmelt waren. Ich habe Szenen erlebt, an die ich mich nicht erinnern will.« Sie gingen weiter. »Ich muss das Kapitel abschließen und in die Zukunft blicken.«

»Ja, Gott sei Dank hast du noch sämtliche Arme und Beine«, murmelte sie, »und was ein Mann sonst so braucht.«

»Eben. Deshalb betrachte ich alles, was jetzt noch dazukommt an Jahren, als ein Geschenk. Das ist obendrauf.«

Sie schmuggelte ihre kalte Hand in seine Manteltasche. Seine Hand umschloss und wärmte sie.

»Weißt du noch«, fragte er, als sie die nächste Buhne erreichten, »wie wir in unseren Briefen fantasiert haben, was wir machen würden, wenn, falls ich zurückkäme?«

»Ich stelle mir vor …«, zitierte sie den Anfang ihrer Sehnsuchtssätze.

»… dass ich mit dir bei strömendem Regen in der Nordsee bade«, vollendete er. Und dann sah er sie mit einem lockenden, mutwilligen Lächeln an.

»Nein!«, rief sie freudig entsetzt, als sie begriff, was er im Sinn hatte. »Das meinst du nicht wirklich!« Sein Lächeln wurde breiter. »Aber es regnet doch gar nicht«, versuchte sie sich herauszuwinden. Er begann, sich auszuziehen. Warf den Mantel, die Schuhe, Hose und Jackett auf die Buhne.

»Nur ein kurzes Tauchbad, Grete! Wie nach einem Saunagang. Das ist gesund.« In seinen dunklen Augen glitzerte es übermütig.

»Du bist ja verrückt! Außerdem ist es unsittlich«, antwortete sie – legte aber ihren Schal ab und knöpfte todesmutig den Mantel auf. »Gerade ist beschlossen worden, dass man sich ab der Sommersaison auch im Strandkorb umziehen darf. Der muss dann allerdings verhängt und der Badeanzug muss hochgeschlossen sein.«

Sie zog Schuhe und Strümpfe aus. Der Wind war schneidend kalt.

Max stand schon splitterfasernackt vor ihr, drehte sich mit ausgebreiteten Armen nach links und nach rechts. »Hier ist weit und breit keine Menschenseele. Zudem handelt es sich um eine kurärztliche Heilanwendung. Na komm!«

Grete schloss kurz die Augen. »Also gut.«

Sie entledigte sich auch ihrer übrigen Kleidung und flitzte los. Mit lautem Indianergeheul sprang sie über die ersten

Wellen, um sich gleich todesmutig ins Meer zu werfen. Bloß nicht zögern! Bei dem Kälteschock wollte ihr das Herz aus der Brust hüpfen. Sie spürte den Sog der Strömung und, als sie mit dem Kopf in einer schäumenden Welle untertauchte, ein Donnern zwischen den Ohren. Salzgeschmack im Rachen, Kribbeln in der Nase. Beim Auftauchen sah sie Max vor sich, mit allen vieren strampelnd, lachend, lebendig. Das Bild von Sekunden, die sich für immer einprägten.

Mit ein paar Sätzen ließ sie das Wasser hinter sich, spürte den Wind, der ihr überhaupt nicht mehr eisig vorkam, weil in ihren Blutbahnen Champagner prickelte. Mit klammen Fingern kleidete sie sich wieder an. Max folgte ihr und sprang schneller in seine Sachen, als er herausgekommen war. Dann umarmten sie einander, um sich gegenseitig warmzurubbeln – strahlend, glücklich. Wenn ich dich nur habe, dachte Grete, als sie den Kopf in den Nacken legte und ihm mit einer Hand das nasse Haar aus der Stirn strich. Sie sprach nicht aus, was ihr in diesem Moment noch durch den Kopf ging, sie wollte nichts beschreien. Unser Sohn, dachte sie, wird bestimmt ein ganz harter Bursche werden.

Sie liefen schnell zurück zu den Randdünen. Auf Höhe des Malerturms stand ein Mann mit Spitzbart, randloser Brille und Seglermütze. In einem Mundwinkel hing eine Pfeife. Er hatte beide Hände in den Hosentaschen und schien auf sie zu warten. Das könnte Poppe Folkerts sein, dachte Grete. Erst im vergangenen Jahr war der bekannte Sohn der Insel zurückgekehrt und hatte seine junge Ehefrau mitgebracht nach Norderney.

»He!«, grüßte Max.

»Guten Tag«, sagte Grete mit den Zähnen klappernd. Die

Wollkappe schützte ihren Kopf mit dem nassen Haar nur unzureichend, ihre Ohren schmerzten.

»He«, antwortete der Mann mit einem neugierigen Ausdruck in den Augen. Grete schätzte ihn auf Mitte vierzig, er machte einen klugen, gebildeten Eindruck. »Hab Sie vorhin aus meinem Atelier gesehen.«

»Ach, und da dachten Sie, die beiden Verrückten muss ich mir mal näher angucken?« Max grinste.

»So was in der Art.«

»Ich hoffe, wir haben Ihr Motiv nicht gestört«, witzelte Grete, weiter vor Kälte bibbernd.

Er schmunzelte. »Wollt ihr euch bei mir aufwärmen?«

Max und Grete wechselten einen Blick und nickten gleichzeitig. »Sehr gern«, sagte Max.

Das quadratische, zweistöckige Häuschen, erst kurz vor dem Krieg erbaut und auf der Insel als Malerturm bekannt, hatte bei kleiner Grundfläche, eingekuschelt in die Dünen, eine absolut einzigartige Lage nur wenige Meter vom Strand entfernt.

Wohlige Wärme umfing sie beim Eintreten. Es roch nach Farbe und Lösungsmitteln. Eine gut aussehende Frau begrüßte sie freundlich. Sie trug ein Baby an ihre Schulter gelegt, dem sie auf den Rücken klopfte.

Max deutete eine Verbeugung an. »Dr. Max Lubinus und meine Frau Grete.«

»Ich bin Poppe Folkerts«, stellte ihr Gastgeber sich vor, »das ist meine Frau Frida und das unsere Tochter Hanna.«

Das Kind rülpste zur Begrüßung. »Ah, da ist es ja, das Bäuerchen!« Die junge Mutter lächelte erfreut.

»Wie süß!«, sagte Grete entzückt. »Wie alt ist sie denn?«

»Acht Monate. Na, Sie können jetzt sicher einen schönen heißen Tee vertragen, nicht?« Frau Folkerts legte das Kind in eine Wiege und holte zwei Handtücher. Dankbar rubbelte Grete sich gleich das Haar trocken. Danach spielte sie mit dem Baby. Als Frida Folkerts den Tee fertig hatte, ging sie mit einem Tablett zur Treppe. Grete mochte sich kaum trennen von dem niedlichen pausbäckigen Säugling. »Kommen Sie! Hanna dürfte jetzt müde sein, ich hab sie vorhin gestillt.«

Grete nahm ihr die Teekanne ab, die etwas wacklig auf dem Tablett stand. »Was für ein grandioser Ausblick!«, rief sie begeistert, als sie oben im Atelier ankam. Durch ein Panoramafenster flutete selbst an einem Wintertag wie diesem Licht in den Raum. An den Seiten unter kleineren Fenstern standen fertige und halb fertige Gemälde, vor allem Seestücke mit Segelbooten, Porträts von Fischern, Fischerfrauen und Inselkindern. »Was für herrliche Bilder!« Staunend schaute Grete sich um. »Sicher stehen Sie Ihrem Mann öfter Modell. Das da sind doch Sie, oder?«

Frida Folkerts nickte lächelnd.

Sie setzten sich an einen Tisch, tranken Tee und unterhielten sich angeregt. Poppe Folkerts war nach Lehr- und Wanderjahren in Berlin, Königsberg und Paris, nach Reisen mit der Kaiserlichen Marine bis nach Venedig und Konstantinopel schließlich als Kriegsmaler in Belgien und Frankreich gewesen. Lange tauschten sich die Männer über ihre Erlebnisse an der Westfront aus. In Flandern hatten sie sich offenbar einmal nur knapp verfehlt. Sie sprachen über die Arroganz des Generalstabs und den Zynismus der Mächtigen.

Gretes Haar wurde langsam trocken. Ihre Körpertemperatur hatte sich wieder normalisiert, als Max auch von sich und ihr erzählte, von ihrer gemeinsamen Arbeit vor dem Krieg und von ihrer ungewissen aktuellen Situation. Er stand auf und betrachtete das Panorama vor dem großen Fenster. »Sie haben Ihren Platz gefunden«, sagte er.

»Ja. Hier habe ich alle drei Perspektiven, die mir wichtig sind«, erklärte der Hausherr. »Nach rechts geht der Blick auf die offene See. Da drüben, geradeaus, liegt Juist.«

»Dort leben meine Eltern«, warf Frida Folkerts ein.

»Und links sieht man das Festland. Auf Norderney gibt es nur diesen einen Platz, der das zu bieten hat.«

Grete gönnte der sympathischen Familie ihr Zuhause. Aber sie empfand auch etwas Neid. Poppe Folkerts hatte sich, nachdem er in der Welt herumgekommen war, für diesen Flecken entschieden. Er hatte ihn so gestaltet, wie er es brauchte. Sie und Max wussten nicht einmal, ob sie überhaupt auf der Insel bleiben konnten.

»Wie ist es Ihnen nur gelungen, hier eine Baugenehmigung zu erhalten?«, fragte sie. »Das Grundstück liegt doch außerhalb des Bebauungsplans.«

Ein verschmitztes Lächeln stahl sich hinter den ovalen Brillengläsern in Poppe Folkerts Augen. »Nun ja, ich habe in meinen Antrag geschrieben, dass es für mich als Maler der Nordsee eine Notwendigkeit ist, diese immer vor Augen zu haben.«

»Und das hat ausgereicht?«, fragte Grete ungläubig.

»Wieso? Es stimmt doch«, erwiderte die Frau des Malers überzeugt. »Mein Mann revanchiert sich zudem, gibt viel zurück. Er tut für seine Insel, was er kann. Und was nur er kann.«

»Sie machen mich neugierig«, sagte Max.

»Er hält das einst typische Inselleben für die Nachwelt fest.« Grete verstand, was sie meinte. Er zeigte in seinen Gemälden die Insulaner als das, was sie einmal gewesen waren, nicht übertrieben, nicht heroisch, aber mit Würde. Menschen wie ihre Freundin Frieda und deren Familie, selbstbewusst, sturmerprobt und zupackend. Ein Norderneyer, der inzwischen gezwungen war, Koffer zu tragen, konnte immer noch auf den Seenotretter in seiner Ahnenreihe stolz sein.

»Sie müssen gleich mal gucken«, sagte der Maler. »Ich entwerfe nämlich gerade Motive für das Notgeld, das die Gemeinde auf Norderney einführen will.«

»Notgeld?« Max' Augen weiteten sich. »Was soll das sein? Eine Art Währung?«

»Ja, wir einigen uns einfach alle darauf, dass diese Scheine in unseren Geschäften Gültigkeit haben – sagen wir, bis zum Ende eines Monats«, erklärte Folkerts. »Mit dieser Garantie können wir untereinander viel entspannter Handel treiben und einkaufen gehen. Es ist doch ein Wahnsinn, wie die Reichsmark verfällt.«

»Eine hervorragende Idee!«, lobt Max. »Ich bin sehr für Reformen.«

Der Maler ging an seinen Zeichentisch. Sie standen auf und betrachteten eine Reihe von Entwürfen mit Inselmotiven. *Gutschein der Inselgemeinde* stand oben auf der linken Seite und der Wert – etwa 10, 25 oder 50 Pfennig – auf der rechten. Kolorierte Radierungen von Fischern und Norderneyer Sehenswürdigkeiten zierten den Mittelteil der Scheine.

»Da ist ja einer schöner als der andere.« Grete war beeindruckt. Sie zeigte auf die Motive, die ihr am besten gefielen.

»Die würde ich alle einrahmen und an die Wand hängen, statt damit Mehl und Kartoffeln zu kaufen.«

Der Künstler strahlte. Er hielt ihr die Hand hin. »Norderneyer duzen sich alle, abgesehen vom Bürgermeister. Ik bün Poppe.«

Auf dem Nachhauseweg ging ihr die Begegnung durch den Kopf. »Max, das Leben ist ein Geben und Nehmen«, sagte sie schließlich. »Wir müssen erreichen, dass die Norderneyer Obrigkeit erkennt, was du für die Insel wert bist.«

»Nur zu gern«, antwortete er mit einem irritierten Ausdruck in den Augen. »Wenn ich wüsste, wie.«

Auf dem Tischchen im Flur ihres Logierhauses lag ein an Grete adressierter Brief. An der Handschrift erkannte sie, dass er von ihrer Mutter war. Es musste sich um etwas Wichtiges handeln, sonst hätte sie ihr nicht geschrieben – hoffentlich nichts Schlimmes! Während Max die Wohnungstür aufschloss, riss sie den Umschlag auf und las im Gehen das kurze Schreiben.

»Was ist los?«, fragte Max.

Mit Mantel und Hut ließ sie sich in ihren Lieblingssessel fallen. »Es geht um Hans-Heinrich«, sagte sie. »Mutter schreibt, er sei erschreckend antriebslos und niedergeschlagen. Er ist schnell erschöpft und möchte am liebsten allein sein. Sie wüssten sich langsam keinen anderen Rat mehr, als ihn in ein Sanatorium für Nervenkranke zu schicken.«

»Das klingt nicht gut.« Max setzte sich an den Küchentisch.

»Es sei denn«, fuhr Grete fort, »sie schreibt, warte, ich lese dir die Stelle vor: *Ein Fünkchen Interesse glimmt lediglich dann in seinen Augen auf, wenn man von Norderney und von Dir,*

Margarete spricht. Aus diesem Grunde schreibe Dir, denn ich weiß, dass Du Deinen Bruder liebst. Würdest Du ihn einladen? Dein Vater wünscht zwar, dass er sich so bald als möglich darauf vorbereitet, die Firmenleitung in Berlin zu übernehmen. Aber auch er sieht ein, dass Dein Bruder sich zuvörderst von den jahrelangen Strapazen in Afrika erholen muss. Ich habe Angst, Hans-Heinrich allein zu lassen. Deshalb meine Bitte: Könntest Du ihm auf der Insel eine Unterkunft besorgen? Wärest Du bereit, Dich eine Weile um ihn zu kümmern? Gewiss müsste es nicht täglich sein, aber er bräuchte doch einen zuverlässigen vertrauten Ansprechpartner. Bitte, liebe Margarete – es geht nicht um uns, sondern um Deinen Bruder.«

Sie atmete geräuschvoll aus und sah Max mit einer Mischung aus Erleichterung und Besorgnis an. Ihr Ehemann war erst seit Kurzem wieder zu Hause. Er hatte Anspruch auf ihre ungeteilte Aufmerksamkeit, Liebe und Fürsorge. Andererseits konnte sie ihren Bruder nicht im Stich lassen.

»Natürlich«, beantwortete Max ihre unausgesprochene Frage. »Ist doch klar. Ruf ihn am besten gleich an.«

Sie lächelte dankbar. »Wenn ich's nicht schon getan hätte, würde ich dich sofort heiraten, Dr. Lubinus.«

Hans-Heinrich nahm ihre Einladung sofort an. Und glücklicherweise war in ihrem Logierhaus am Damenpfad eine Wohnung frei, die Grete für ihn anmieten konnte. Noch nicht einmal eine Woche später holten sie und Max ihren Bruder am Anleger ab. Hans-Heinrich war kaum wiederzuerkennen. Nicht nur seine Kleidung, ein heller Tropenanzug, unterschied ihn von der Menge. Er war abgemagert und wirkte mit seiner ledernen, sonnengegerbten Haut wie ein

Stück zähes Trockenfleisch. Irgendwo hatte Grete mal gelesen, dass afrikanische Eingeborene sich mit getrocknetem Antilopenfleisch auf lange Wanderungen begaben, vielleicht überkam diese Assoziation sie deshalb.

Zur Begrüßung fielen sie sich um den Hals. Aufgeregt machte sie ihn und Max miteinander bekannt. Beide meinten, sich dunkel aus den Vorkriegssommern aneinander erinnern zu können.

»Wunderbares Wetter«, sagte Hans-Heinrich ernst. Es herrschte Dauernieselregen. »Du bist ja richtig erwachsen geworden, Schwesterherz.« Während sie mit dem Pferdeomnibus ins Dorf trotteten, rief er, sobald er ein Gebäude wiedererkannte: »Ach, das gibt's also noch! Erinnerst du dich?« Und dann folgte irgendeine kleine Anekdote aus ihrer Kindheit.

»Hast du Hunger?«, fragte sie, nachdem sie sein Gepäck in der Wohnung über ihrer abgestellt hatten. »Frieda erwartet uns.«

Frieda, die Hans-Heinrich als fröhlich-frechen Jungen aus unbeschwerten Sommerfrischezeiten kannte, hatte für ihn ein Festmahl mit Fisch zubereitet und dazu auch Frauke und Felix eingeladen. Sie begrüßte ihn, als wäre er auch ihr lang vermisster Bruder.

Zu Gretes Überraschung verstand er sich auf Anhieb gut mit Frauke und Felix. Besonders mit Felix, der als Juwelier Diamanten aus dem Süden Afrikas zu schätzen wusste. Die Männer fanden darin für eine Weile ein ergiebiges Gesprächsthema.

»Was ist aus dem Lehmann'schen Handelshaus geworden?«, fragte Frauke.

»Enteignet«, gab Hans-Heinrich mit dumpfer Stimme Auskunft.

Und dann beteiligte er sich für den Rest des Abends nicht mehr an der Unterhaltung. Er wirkte abwesend. Grete drängte zum Aufbruch.

»Entschuldige«, sagte sie zu ihrem Bruder, »ich hab nicht bedacht, dass eine anstrengende Anreise hinter dir liegt. Wie spät möchtest du morgen frühstücken?«

»Ich möchte ausschlafen. Und ich möchte nicht mit euch frühstücken. Bitte, lasst mich in Ruhe.«

Grete nickte beklommen. Zwischen ihnen stand eine unsichtbare Wand. In seinen Augen lag etwas Fremdes, das sie beunruhigte.

Lissy

Endlich läutete es zum Unterrichtsende. Erleichtert darüber, dass sie nicht mehr zum Vorrechnen an die Tafel gemusst hatte, packte Lissy ihre Stifte ein. Es war so kalt, dass sie den Mantel nach der großen Pause anbehalten hatte. Ihr Magen knurrte. Schnell schulterte sie ihren Ranzen und lief mit den anderen hinaus über den Hof zum Schultor. Dort lehnte Erwin, ein Bein lässig gegen die Mauer gestützt. Er trug seine Schiebermütze, ein Seesack lag zu seinen Füßen. Der Geselle arbeitete nicht mehr bei ihnen. Es hatte wohl Ärger gegeben. Doch kein Mensch wollte ihr genau erklären, was vorgefallen war.

»He, Lissy!« Er nahm ein angekautes Streichholz aus dem Mund.

»He, Erwin! Willst du auf einem Schiff anheuern?«

»Nee, der Seesack ist noch von meinem Alten. Ich hau ab nach Aurich, als Meister in einen ganz schicken Salon.« Er lächelte komisch. »Ich kam gerade hier vorbei, als die Schulglocke läutete, und da dachte ich, verabschiede ich mich doch von meinem kleinen Mädchen, bevor ich Norderney verlasse.«

Lissy wusste nicht recht, was sie davon halten sollte. Sie kannte Erwin, solange sie denken konnte. Er gehörte zur erweiterten Familie wie Else und alle Gesellen, Lehrlinge und Gehilfen, die mit ihnen zu Mittag aßen. Ihre Großmutter hielt große Stücke auf ihn.

»Das ist nett von dir.«

Erwin sah sie nun ernster an. »Ich will dir was sagen, Lissy: Glaub nicht alles, was andere über mich reden. Dein Papa und ich, wir waren zusammen an der Front.« Sie nickte. Das wusste sie doch längst. Auf einmal flackerte es seltsam in seinen Augen. Er lächelte, aber es war kein liebes Lächeln. »Hier, zum Beweis, und damit du die Wahrheit kennst.« Aus seinem Mantel zog er eine Brieftasche, der er ein Foto entnahm. »Wir haben nicht nur gemeinsam Verwundete gerettet«, erklärte er, während er es ihr unter die Nase hielt, »wir haben auch zusammen die Siege gefeiert. Verrückte Feste waren das!«

Irritiert blickte sie vom Foto zu Erwin und wieder zurück. Auf der Aufnahme waren Männer in Uniform zu sehen. Einige saßen an Tischen, sie hatten offensichtlich Alkohol getrunken, jedenfalls wirkten sie angetüdelt. Andere winkten, und auf den Tischen standen viele Flaschen. Sie erkannte Erwin und an dessen Uniform auf der Armbinde und am Kragen Rotkreuzzeichen. Auf einer Bühne im Hintergrund standen mehrere Schauspieler mit einer schönen blonden Schauspielerin, die auffällig geschminkt war. Sie sollte wohl eine Braut darstellen und trug eine Gardine als Umhang.

»Erkennst du deinen Vater?«

Sie schüttelte den Kopf.

»Sieh genau hin.«

Sie legte den Zeigefinger auf das Foto und ging Gesicht für Gesicht alle Männer durch, doch keiner hatte auch nur entfernt Ähnlichkeit mit ihrem Vater.

»Nein, er ist nicht dabei.«

»Doch.«

Unsicher zuckte sie mit den Achseln.

»Da!« Erwin drückte seine Fingerkuppe auf die üppige Brust der Frau. »Das ist Hilrich, dein Vater. Er war ein warmer Bruder. Ich finde, du solltest das wissen.«

»Papa?« Lissy verstand nicht, was es bedeutete, ein warmer Bruder zu sein. »Hat er sich verkleidet?«

Erwin grinste und machte eine alberne Bewegung, als wäre er eine eingebildete Dame aus der Stadt, womit er sie nun vollends verwirrte. »Ja, er hat es geliebt, sich mit Frauensachen und Schminke zu verkleiden.«

Lissy spürte, dass es um etwas ging, das hässlich und gemein war. Erklären konnte sie es nicht. Aber sie fühlte sich tief im Innern gekränkt und hatte das Bedürfnis, ihren Vater zu verteidigen.

»Ich spiele auch gern Verkleiden.« Unwillkürlich hielt sie die Luft an, als würde Erwin Gift ausatmen.

Er wollte ihr noch etwas sagen, doch sie rief »Tschüss!« und rannte weg.

Die anderen hatten schon gegessen. Else holte ihr einen Teller Eintopf aus dem Backofen. Lissy wollte ihre Mutter fragen, was ein warmer Bruder sei. Doch Tant' Lieske war da, und ihre Mutter stand in ihrem dunkelblauen Sonntagskleid auf einem Hocker neben dem Esstisch, damit sie die Nähte bequemer abstecken konnte.

»Gott sei Dank hast du wieder ein bisschen zugelegt«, sagte Tant' Lieske mit Stecknadeln im Mundwinkel. »Wir machen es kürzer und in der Taille weiter. In den Ausschnitt setzen wir ein locker fallendes weißes Spitzenjabot, dann sieht das Kleid aus wie neu.«

»Lissy, Tant' Grete hat für dich ein hübsches hellblaues Kleid mitgebracht, das sie nicht mehr braucht«, sagte ihre Mutter, wobei sie versuchte, regungslos zu stehen. »Es liegt oben in deinem Zimmer auf dem Bett. Hol es doch gleich mal runter, damit Tant' Lieske auch bei dir Maß nehmen und es umarbeiten kann.«

Lissy nickte. Sie löffelte das Mittagessen auf, ohne die Frage zu stellen, die ihr auf der Seele brannte. Ihre Mutter sprach mit Tant' Lieske über die Hochzeit. Dass sie nur standesamtlich heiraten wollten und dass sie, die Kinder nicht mitgerechnet, gut dreißig Gäste erwarteten.

Das hellblaue Kleid gefiel ihr, der Stoff war bestimmt teuer gewesen. Als sie wenig später auf dem Hocker stand und stillhalten musste, schlug Tant' Lieske vor, ihr aus einem Reststück noch eine große Haarschleife zu nähen.

»Oder möchtest du lieber einen Blütenkranz für die Hochzeit?«, fragte ihre Mutter. »Wir haben schönen neuen Haarschmuck aus Kunstblüten reingekriegt, schon für den Frühling. Als Reif oder ...«

»Ich möchte die Kette von Papa tragen«, antwortete Lissy trotzig.

Ihre Mutter verstummte. Mit feuchten Augen nickte sie. »Die Kette kannst du ja trotzdem umbinden«, sagte sie dann. »Also, mach ihr mal noch 'ne Schleife, Lieske. Was man hat, das hat man.«

»Ihr werdet beide umwerfend aussehen! Und deine Schwiegermutter natürlich auch.« Tant' Lieske zog ihr das fertig abgesteckte Kleid vorsichtig über den Kopf.

Sie durfte runterklettern, zog sich wieder um und setzte sich an den Tisch, um mit den Hausaufgaben anzufangen.

»Hilrich hat schon immer gesagt – die beste Reklame für den Inselsalon sind die Fisser-Frauen«, sagte ihre Mutter.

Else wollte sich gerade daranmachen, Zwiebeln und Speck in einer Pfanne zu braten. »Halt, nicht jetzt, Else! Unsere Kleider sollen den Geruch nicht annehmen.«

Else nahm die Pfanne vom Herd. »Ich wollt' ja nur das Abendessen vorbereiten, weil ich nachher noch wegmuss. Ist schließlich einiges zu erledigen vor dem Fest.« Kopfschüttelnd sortierte sie die Lebensmittel, die Paul Merkur schon für das Hochzeitsmahl geschickt hatte – darunter ein Sack mit Heidekartoffeln, ein Säckchen Buchweizen, ein paar Gläser Heidehonig und eingemachte Heidschnuckenleberwurst.

»Wie hat er das nur organisiert?«, fragte Tant' Lieske.

»Auf Lebensmittelmarken kriegt man das alles jedenfalls nicht«, sagte Else.

»Am besten backst du mehrere Kartoffelbrote, Else«, ordnete ihre Mutter an. »Die können wir mit der Leberwurst bestreichen und als Schnittchen anbieten. Dazu ein paar Gürkchen.«

Obwohl sie gerade gegessen hatte, lief Lissy das Wasser im Mund zusammen. Es sollte auch Apfelkuchen vom Blech geben und eine richtige Hochzeitssuppe, lauter seltene Leckereien. Insofern freute sie sich doch auf den Tag, an dem ihre Mutter wieder heiratete.

»Erinnerst du dich noch an unsere Hochzeit?«, fragte Tant' Lieske mit verklärtem Blick. »Um Mitternacht gab's Sahnetorte mit Branntweinrosinen! Hast du so was schon mal gehabt, Lissy?«

»Nee.« Es schien Lissy, als ob der verklärte Blick mehr der

Torte galt als der Erinnerung an den Bräutigam, der Fokkos Papa geworden war.

»Wie soll sie denn?«, sagte ihre Mutter. »Sahnetorte gehört zu den Dingen, die mit dem Krieg aufgehört haben zu existieren.«

»Armes Mädchen!« Else seufzte mitleidig. »Hat in ihrem ganzen Leben noch keine Sahnetorte mit Branntweinrosinen gehabt.«

»Da ist Alkohol drin, das darf sie sowieso noch nicht. Es würde dir auch gar nicht schmecken, Kind«, sagte ihre Mutter. Lissy behielt lieber für sich, dass sie vor gar nicht so langer Zeit, als Tant' Frauke die kleine Anneliese zur Welt gebracht hatte, mit Helmi und Fokko heimlich Kinnertön – so nannte man die in Branntwein eingelegten Rosinen – genascht hatte. »Lissylein, am besten bedankst du dich selbst noch mal bei Tant' Grete für das Kleid. Ach, und ihr Bruder Hans-Heinrich ist seit Kurzem auf der Insel. Sag ihm doch bitte, dass er auch ganz herzlich zur Hochzeit eingeladen ist.«

Im Inselsalon

Jakomina war die Letzte im Salon und schloss die Tür von innen ab. Sie wollte gerade das Licht ausschalten, als ihr Blick auf die Porträts von Fritz und Hilrich fiel.

»Tja, bald wird hier ein neuer Meister einziehen«, sagte sie leise. »Es muss sein.« Sie selbst hatte es mit eingefädelt. Aber schlagartig wurde ihr bewusst, dass nun wirklich eine Ära endete. Das schmerzte. Am Morgen zum Beispiel hatte Jan wieder gefehlt, er verbrachte immer häufiger seine Tage im Bett. Sie schickten ihm dann einen Lehrling zum Rasieren. Auch Hermann war nicht gekommen. Onno hatte gewusst, dass der Inselarzt sich wegen seiner Gallenbeschwerden endlich zu einer Operation in einem Krankenhaus auf dem Festland durchgerungen hatte. »Alles ändert sich, nichts bleibt, wie es ist«, murmelte sie. »So ist nun mal das Leben.«

Langsam drehte sie sich um ihre eigene Achse und betrachtete die Details im Salon mit anderen Augen. Sie ging noch einmal durch alle Räume. Mit jedem Stück der Einrichtung verband sie eine Erinnerung. Als sie im Hinterzimmer für Schönheitsbehandlungen angelangt war, setzte sie sich auf die Massageliege und vergoss ein paar Tränen.

So fand Frauke sie vor. Ihre Tochter war lautlos durch den Garten und die Hintertür hereingekommen. Sie trug ihr Baby, die schlummernde Anneliese, in einem Henkelkorb, den sie vorsichtig abstellte.

»Was ist?«, fragte sie erschrocken. »Ist was Schlimmes passiert?« Frauke setzte sich neben sie und legte tröstend einen Arm um ihre Schulter.

»Ach, nein.« Verschämt suchte Jakomina in ihrem Friseurkittel nach einem Taschentuch und putzte sich die Nase. Sie versuchte zu lächeln. »Mich haben nur gerade ein paar Erinnerungen überwältigt.«

»Ich versteh dich«, sagte Frauke ungewohnt einfühlsam. »Jetzt, wo dieser Lüneburger das Reich von Papa und Hilrich übernimmt …«

»Ist ja das Beste für den Salon«, sagte Jakomina, doch sie hörte selbst, dass es kläglich klang.

»Mutter, die Zeiten werden besser. Es geht aufwärts. Das ist die Hauptsache.« Wie zur Bestätigung gab Anneliese niedliche Schmatzlaute von sich. »Eigentlich bin ich gekommen, weil ich mit dir besprechen wollte, was wir zur Hochzeit schenken.«

»Hast du schon eine Idee?«

»Ja, Felix und ich, wir haben uns überlegt, dass wir den beiden mit dir zusammen die Eheringe schenken könnten. Und wir bieten Frieda an, dass Felix die Eheringe von ihr und Hilrich zusammenschweißt und mit einem schönen Stein zu einem Schmuckring umarbeitet.«

»Das finde ich gut.«

»Dann hat sie Hilrich weiterhin immer bei sich.« Schon wieder musste Jakomina weinen. »Mutter, du hast doch nach wie vor hier deinen Platz«, versuchte Frauke sie zu trösten.

Jakomina seufzte tief. »Vielleicht kann ich ja künftig etwas kürzertreten.«

»Ach, dafür bist du noch viel zu jung. Außerdem würdest du dich langweilen.«

»Stimmt auch wieder.« Jakomina betupfte sich die Augen. »Aber ich würde schon gerne noch mal auf Reisen gehen, bevor ich zu alt bin, und was von der Welt sehen.«

»Ach!« Frauke schien überrascht zu sein. »Das wusste ich überhaupt nicht von dir. Ich dachte immer, das Größte für dich ist, für uns den Speiseplan zu bestimmen. Na ja, und früher das Segeln mit Vater.«

»Phh! Kind, du weißt so einiges nicht über deine Mutter.« Jetzt lächelte Jakomina schon wieder, ein bisschen von oben herab und zugleich verschmitzt. »Ist auch man gut so.«

»Wohin möchtest du denn reisen?«

»An den Rhein, zur Loreley«, kam es wie aus der Pistole geschossen. »Und an die Mosel.«

»Da möchte ich auch wohl mal hin«, entgegnete Frauke verträumt. »Weißt du was? Sobald die Zeiten wieder besser sind, und Felix ist da sehr optimistisch, unternehmen wir beide mal für eine Woche oder so eine Schiffstour auf dem Rhein.«

Nun staunte Jakomina. Immer hatte sie Frauke ein bisschen abgetan, sie nicht so ernst und wichtig genommen wie deren Bruder. Dankbar tätschelte sie ihrer Tochter die Wange.

»Schön, dass ich dich noch hab«, sagte sie gerührt.

Lissy

»Wie soll ich den denn dann nennen?«, fragte Lissy beklommen. »Papa oder Vater … das geht doch beides nicht.«

»Stimmt, das ist schwierig«, gab ihre Mutter zu. »Ich werd mit Paul drüber reden. Irgendwas wird sich schon ergeben.« Was denn?, fragte sich Lissy unglücklich, schwieg aber, weil sie ja doch kein Mensch verstand. »Vielleicht Bap?«, schlug ihre Mutter vor. »Das hat Hilrich manchmal zu seinem Vater gesagt. Hast du dich eigentlich bei Tant' Grete für das Kleid bedankt?«

»Nee, sie war gestern Nachmittag nicht da.«

Noch immer hatte Lissy sich nicht getraut, ihre Mutter zu fragen, was denn nun ein warmer Bruder sei. Und je länger sie wartete, desto größer wurde ihre Scheu, das Thema anzusprechen. Sie spürte, dass irgendetwas nicht stimmte. Auch jetzt brachte sie es nicht über die Lippen.

»Dann versuch's heute noch mal im Damenpfad. Und vergiss bitte nicht auszurichten, dass Hans-Heinrich auch eingeladen ist. Ich lade Katharina ein, damit er eine Tischdame hat. Mit der kann er sich gebildet unterhalten.«

»Ja, mach ich.«

Diesmal hatte sie mehr Glück. Onkel Max und Tant' Gretes Bruder waren auch da. »Das ist Friedas Tochter, und das ist Onkel Hans-Heinrich«, stellte Tant' Grete sie einander vor. Sie kannten sich noch nicht. An dem Abend, als ihre Mutter das Begrüßungsessen gemacht hatte, war sie bei Fokko gewesen. Lissy machte brav einen Knicks. »Leiste uns doch etwas Gesellschaft, Lissy. Magst du ein Glas Himbeersaft?«

Sie nickte und setzte sich zu den Männern an den Küchentisch. »Onkel Hans-Heinrich wohnt jetzt für einige Wochen im gleichen Haus wie wir, stell dir vor!«, sagte Tant' Grete, während sie etwas Himbeersirup in ein Glas goss und mit Wasser auffüllte. »Wir haben für ihn eine freie Wohnung im obersten Stock gefunden.«

»Ich kenne deine Mama von früher«, sagte Hans-Heinrich freundlich. »Damals war sie nur ein paar Jahre älter, als du heute bist.«

»Ich soll ausrichten: Sie sind auch herzlich eingeladen zur Hochzeit.«

»Danke. Sag ruhig du zu mir, und den Onkel lass weg, das fühlt sich so alt an.« Lissy trank ihren Saft extra langsam mit kleinen Schlucken. So konnte sie länger zuhören. Sie machte große Augen, als sie erfuhr, dass Hans-Heinrich einige Jahre in Afrika gelebt hatte. Er beschrieb Diamantenfelder und die Walfischbucht und riesige Wanderdünen. »Dagegen sind alle Dünen auf Norderney zusammengenommen nur wie der Vorgarten für ein Puppenhaus«, behauptete er.

»Größer als die Weiße Düne?«, fragte Lissy ungläubig.

»Viel größer und höher. Und das Licht ist ganz besonders. Morgens und abends taucht es die Landschaft in ein unvergleichliches orangegoldenes Farbenmeer.« Als hätte jemand mit einem Zauberstab ihre Fantasie entzündet, sah sie alles vor sich und konnte von seinen Schilderungen gar nicht genug bekommen. »In der Etosha-Pfanne«, erzählte er weiter, »da verwandelt sich die Wüste, wenn die Regenzeit beginnt, über Nacht. Plötzlich liegen da bunte Blütenteppiche, so weit man schauen kann. Und dann kommen alle Tiere Afrikas an die Wasserstellen – Elefanten, Flamingos, Springböcke.«

Lissy vergaß, den Mund zu schließen. Solche Naturwunder wollte sie eines Tages mit eigenen Augen sehen.

Grete

Grete war froh, dass Hans-Heinrich einen seiner besseren Tage gehabt hatte, als Lissy da war. Denn er redete. Es gab Tage, das hatte er ihr schon vorab geschrieben, an denen er wortlos blieb, in sich zurückgezogen, die Vorhänge nicht öffnete und nur dumpf vor sich hin brütete. Nur, weil sie ihm versprochen hatte, ihn an solchen Tagen nicht zu Gesprächen zu zwingen oder gar aus seiner Wohnung zu zerren, hatte er überhaupt eingewilligt, nach Norderney zu kommen.

Sie war erschrocken gewesen bei ihrer ersten Begegnung seit Jahren. Weniger seine körperliche Verfassung, mehr sein Verhalten unterschied ihn von dem Hans-Heinrich, den sie kannte und liebte.

»Hast du seine Augen beobachtet?«, hatte Max sie nach Hans-Heinrichs Ankunft abends im Bett gefragt.

»Was meinst du damit?«

»Seine Pupillen weiten sich nicht«, hatte Max geantwortet. »Das bedeutet, nichts interessiert ihn wirklich. Dein Bruder hat eine ausgewachsene Depression.« Diese Erkenntnis war niederschmetternd gewesen. Doch Max hatte ihr Hoffnung gemacht. »Ich werde Hans-Heinrich jeden Tag durch die Dünen scheuchen«, hatte er angekündigt. »Am besten nackt, bei Wind und Wetter, einschließlich Tauchbad. Das wird seine Lebensgeister wieder wecken, auch wenn es Wochen oder Monate dauert.«

»Das kannst du nicht machen«, hatte sie protestiert. »Das ist viel zu rabiat. Außerdem habe ich ihm versprochen, ihn in seiner Höhle zu lassen, wenn er nicht rauswill.«

»Du hast ihm das versprochen«, hatte ihr Mann erwidert. »Ich nicht.«

»Und jetzt gehört uns die Kolonie nicht mehr?« Lissys klare Mädchenstimme holte Grete zurück in die Gegenwart, an ihren Küchentisch.

»Nein«, antwortete Hans-Heinrich verbittert, »und unsere Firma gehört uns auch nicht mehr.«

»Willst du wieder zurück?«

»Es ist kompliziert.«

»Wem gehört das Land denn jetzt?«

»Das verstehst du noch nicht.«

»Vielleicht ja doch.«

Die Erwachsenen lächelten nachsichtig. »Also gut«, Hans-Heinrich hob die Brauen. »Das ehemalige Schutzgebiet Deutsch-Südwestafrika ist seit dem vergangenen Jahr Mandatsgebiet des Völkerbundes und wird dieses Jahr zur Verwaltung der südafrikanischen Union übergeben. Zurzeit herrscht dort noch das Kriegsrecht.«

»Ach so.« Lissy gab sich geschlagen. Das verstand sie ganz offensichtlich wirklich nicht.

»Möchtest du noch etwas Himbeersaft?«, fragte Grete, um sie aus ihrer Verlegenheit zu befreien.

Lissy nickte. Grete stand auf. Sie war froh, dass Hans-Heinrich vor dem Kind nicht wie in den Gesprächen mit ihnen über die Verbrechen der Deutschen an den Stämmen der Herero und Nama und seine eigenen schrecklichen Erlebnisse auspackte.

Lissy folgte ihr, während die Männer sich einem anderen Thema zuwandten. Sie stand neben ihr, sah zu, wie sie erneut zähen Sirup ins Glas gab, mit Wasser auffüllte und umrührte, bis es rosa war.

»Tant' Grete …«

»Ja?«

»Danke für das Kleid.«

»Gern geschehen, Lissy. Ich hoffe, der Stoff gefällt dir.«

»Ja, der ist schön. Du, Tant' Grete …« Lissy stockte. »Kann ich dich mal was fragen?«

»Natürlich.«

»Was ist eigentlich ein warmer Bruder?«

Grete glaubte, sich verhört zu haben. »Ein was?«

»Ein warmer Bruder, was ist das?«

Umständlich trocknete Grete das Glas von außen ab, um Zeit zu gewinnen. »Das kommt auf den Zusammenhang an. Wo hast du denn davon gehört?«

»Erwin, unser Geselle, der Meister geworden ist und nach Aurich weggeht, der hat mir ein Foto gezeigt. Aus dem Krieg, mit Soldaten und mit ihm und Papa. Aber den hätte ich erst gar nicht erkannt, weil er wie eine Frau verkleidet war.«

»Dein Papa – wie eine Frau verkleidet?«

»Ja, sie haben einen Sieg gefeiert und irgendwas auf einer Theaterbühne aufgeführt. Erwin sagt, dass Papa ein warmer Bruder gewesen ist.«

In Gretes Hirn liefen die Drähte heiß. Dieses hinterhältige Subjekt! Wie konnte er einem Kind das Heiligste, Wichtigste im Leben, den gefallenen Vater, so entweihen! Sie wusste von Erwins Lügen und Heucheleien, aber eine solche Gemeinheit hätte sie ihm nicht zugetraut.

»Weißt du es auch nicht?«, fragte Lissy.

»Ach, das!« Grete tat, als wäre sie erfreut. »Das sagt man manchmal so. Es bedeutet, dass ein Mann besonders warmherzig ist, so herzlich wie ein Bruder eben. Und … ähm …« Sie reichte Lissy ihr Glas. »Also, früher war es üblich, dass Theaterstücke bei Hofe vor den Fürsten und Königen aufgeführt wurden. Damals durften Frauen nicht auf die Bühne, das gehörte sich einfach nicht. Deshalb gab es Männer, die darauf spezialisiert waren, Frauenrollen zu spielen.« Lissys Blick verriet, wie diese Vorstellung sie faszinierte. »Ja«, Grete war selbst ganz hingerissen von ihrer Erklärung, »es gab unter den Schauspielern immer beliebte Damendarsteller, die waren hochgeschätzt.«

Lissy seufzte auf vor Erleichterung. »Aha, so ist das!« Sie lächelte. Doch offenbar regte sich in ihr noch ein Rest Zweifel. »Und sonst nichts?«, fragte sie drucksend. »Es kam mir irgendwie komisch vor, wie Erwin das gesagt hat.«

»Der war bestimmt neidisch!« Grete konnte nicht anders, als das Mädchen in den Arm zu nehmen und zu drücken. »Mein Schatz, wir sprechen, wenn du erwachsen bist, noch mal darüber, ja? Mehr verstehst du jetzt noch nicht, glaub mir.« Da Lissy gerade erst eine Lektion im Noch-nicht-Verstehen gelernt hatte, nickte sie wohl bereitwillig. Grete erkannte zwar noch ein winziges Zaudern, aber sie spürte auch, dass Lissy ihr vertraute und sich nun mit der Antwort zufriedengeben wollte. »Bis dahin reden wir einfach nicht mehr davon«, schlug sie vor. »Einverstanden?«

»Einverstanden.«

Lissy war beruhigt, Grete alarmiert. Da tickte eine Zeitbombe. Das musste sie Frieda sagen, allerdings nicht vor der Hochzeit.

Frieda

Am Freitagvormittag vor dem Hochzeitstag kam Grete in den Salon. Da gerade nicht viel zu tun war, bat Frieda sie auf einen Tee in die Küche.

»Wie fühlst du dich?«, fragte Grete.

»Wie soll ich mich fühlen?«, antwortete Frieda. »Gut.«

»Überhaupt nicht aufgeregt? Du heiratest am Montag!« Grete bestaunte sie wie einen Bernstein mit eingeschlossenem Insekt. »Hast du keine Zweifel? Möchtest du nicht vielleicht doch noch alles abblasen? Ich wäre auf deiner Seite und würde dich unterstützen.«

Frieda blieb entspannt. »Warum?« Sorgfältig wählte sie ihre Worte, während sie Tee einschenkte. »Ich sehe das als eine geschäftliche Angelegenheit, die gut für den Betrieb ist und nebenbei noch den Anlass bietet für eine hoffentlich nette Feier mit meinen Lieben und den Nachbarn.«

Schließlich gingen sie nur aufs Standesamt, nicht in die Kirche. Ein Polterabend fand nicht statt. Sie feierten zu Hause im kleinen Kreis.

»Also gut, dann will ich dich nicht unnötig verunsichern. Ich dachte nur, als deine beste Freundin müsste ich noch mal …«

Frieda wehrte ab. »Das ist lieb von dir. Aber mach dir keine Sorgen.«

»Wenn du es sagst.« Grete reichte ihr ein Stoffbeutelchen und lächelte. »Da, ein Strumpfband von mir – etwas Geliehenes. Es soll dir Glück bringen, wenn du es am Hochzeitstag trägst.«

»Danke dir!« Frieda gab ihr einen Kuss auf die Wange. Ihre Freundin hatte wieder dieses Leuchten, das von innen heraus kam. »Du siehst übrigens wunderbar aus. Sehr geliebt.«

»Sehr liebend«, antwortete Grete mit einem stillen Lächeln. Frieda gönnte es ihr von Herzen. »Kommt dein Bruder mit?«, wollte sie dann wissen.

»Ehrlich gesagt, es hängt von seiner Verfassung ab. An manchen Tagen geht's ihm so schlecht, dass er sich völlig abschotten muss.« Es schien sie ziemlich zu betrüben.

»Das ist doch in Ordnung. Sei froh! Dein Bruder ist wenigstens wieder zu Hause und in Sicherheit. Meiner nicht. Dodo fehlt mir schrecklich. Hoffentlich geht's ihm gut im kalten Schottland.«

»Wenn er zu den Männern gehört hätte, die bei der Selbstversenkung erschossen oder verletzt wurden, hätte man es euch längst mitgeteilt.« Grete legte tröstend eine Hand auf ihren Arm. »Wir hoffen das Beste.« Wenig später brach sie wieder auf.

Als Frieda sich gegen Mittag mit der Fähre auf den Weg nach Norden machte, begann sie unruhig zu werden. Ihre Nervosität stieg, sobald sie an die Hochzeitsnacht dachte. Und überhaupt, weil sie nun ihr ganzes zukünftiges Leben in eine neue Richtung lenkte. Nicht lange über die Nebenstrecken nachdenken, mahnte sie sich, behalt das Ziel im Auge und geh drauf los.

Am Nachmittag traf sie sich zur verabredeten Zeit mit Paul vor dem Haus des Notars. Gott sei Dank, er sah wirklich passabel aus. Sie begrüßten sich per Handschlag.

»Bist du gut hergekommen?«, fragte sie höflich. »Danke übrigens für die vorausgeschickten Lebensmittel.«

»Alles gut«, erwiderte er.

»Du siehst irgendwie verändert aus.« Seine Augen strahlten, aber das war es nicht. »Ach, dein Schnurrbart ist ab!«

Er schmunzelte. »Ja, ich bin durch Hamburg gekommen. Auf dem Jungfernstieg ist das jetzt der letzte Schrei. Diese Mode wird auch nach Norderney kommen. Und wir sollten doch mit gutem Beispiel vorangehen, oder?«

»Ja.« Sie betrachtete sein Gesicht. »Es steht dir nicht schlecht.«

»Bart ab« zu sagen, war für einen Mann wahrscheinlich ähnlich bedeutsam wie für eine Frau eine neue Frisur – das äußere Zeichen für den Beginn einer neuen Lebensphase.

»Nicht schlecht?«, rief er gespielt entrüstet. »Ich konnte mich auf der Bahnfahrt vor unsittlichen Anträgen mitreisender Damen kaum retten.«

Frieda musste lächeln. »Lass uns reingehen.«

Der Notar las den vorbereiteten Vertrag zügig vor, ohne mit der Wimper zu zucken oder irgendeine wertende Bemerkung von sich zu geben. Er gratulierte ihnen nach der Unterzeichnung und wünschte viel Glück.

Auf dem Bahnsteig mussten sie vor der Fahrt nach Norddeich etwas warten. Sie froren und waren verlegen. Während der Überfahrt auf der *Frisia* erzählte Paul im überheizten Salon von seinen vier Gästen, die am Sonntag anreisen würden. Er hatte sie bereits schriftlich angekündigt.

»Da ist zum einen Tante Soffie, die Schwester meiner Mutter, eine kleine energische Person mit schneeweißen Haaren. Sie und ihr Mann Lothar haben eine kleine Buchhandlung in Lüneburg. Und zum anderen mein bester Freund Bernd. Er und seine Frau Juliane bewirtschaften einen großen Hof mit Schäferei in Wilsede. Das liegt mitten in der Lüneburger Heide.«

Immer wieder musterte Frieda verstohlen sein Gesicht. Sie hatte noch nie einen glatt rasierten Mann geküsst. »Ihr seid alle im Haus meiner Eltern untergebracht. Sie haben drei Fremdenzimmer und freuen sich schon auf euch.«

Am Sonntag, nachdem die Lüneburger Gäste am Hafen in Empfang genommen und zu Familie Dirks gebracht worden waren, begann es zu schneien. Es sah schön aus. Aber Frieda hoffte, dass es nicht zu viel oder matschig wurde, weil sie dann auf dem Fußweg zum Standesamt nicht die zu ihrem Kleid passenden dunkelblauen Pumps anziehen konnte.

Ihre Eltern bewirteten die Gäste, die zum ersten Mal eine ostfriesische Teezeremonie erlebten. Bernd, ein Kerl wie ein Baum, und dessen Frau waren recht wortkarg. Davon ließen sich Ostfriesen jedoch nicht einschüchtern. Tante Soffie dagegen redete viel. Sie fand alles interessant und furchtbar idyllisch.

»Was sind das nur für Zeiten? Wir leben im Stadtzentrum, bei uns ist ständig was los«, sagte sie. »Sie haben auf Ihrer niedlichen, abgelegenen Insel sicherlich kaum etwas vom Krieg mitbekommen, nicht wahr?«

Frieda wollte ihr erklären, dass es jede Menge außergewöhnlicher Berührungspunkte von großer Zeitgeschichte mit ihrer kleinen Inselwelt gegeben hatte. Doch ihr Vater hob eine Augenbraue und beendete das Thema mit der Bemerkung: »Die einen sagen so, die anderen so.«

Frieda entging nicht, dass Rieka umhersauste wie ein aus dem Winterschlaf erwachtes Eichhörnchen. Auch ihre Mutter hatte ständig noch irgendwelche Vorbereitungen zu erledigen, und doch strahlte sie, als wäre schon Hochzeitstag. Sogar ihr Vater schien mit der Welt im Einklang zu sein.

»Ich brech dann mal auf«, verkündete Frieda gegen Abend.

Sie zog ihren Wintermantel an und legte sich die Kordel ihres mit Kaninchenfell gefütterten Muffs um den Hals.

»Ich begleite dich.«

Paul erhob sich. Es lag ihr auf der Zunge zu sagen: Das ist doch nicht nötig, ich kenn den Weg, und wir sehen uns ja sowieso morgen. Aber alle lächelten so überaus verständnisvoll, dass sie es nicht übers Herz brachte, sein Angebot abzulehnen.

Während sie durch das Schneetreiben stapften, wusste sie nicht recht, was sie mit Paul reden sollte. Sie zählte ihm auf, was es zu essen und zu trinken geben würde. Sie bedankte sich für die Geschenke, die er ihrer Familie mitgebracht hatte, darunter eine aus mehreren Lammfellen zusammengenähte Decke für ihre Schwiegermutter und eine Tonpfeife, mit der Lissy Seifenblasen pusten konnte. Sie verschwieg ihm allerdings, dass ihre Tochter gemault hatte: »Seifenblasen? Was denkt der denn? Ich bin doch kein kleines Kind mehr!«

»Gern geschehen.«

»Wir wollen ja ehrlich miteinander sein«, sagte sie. »Also, ich habe Auskünfte über dich eingeholt.«

Er schien nicht besonders erstaunt zu sein und auch nicht beleidigt. »Das ist vernünftig. Hätte ich an deiner Stelle ebenso gemacht.« Erleichtert atmete sie auf. »Dann weißt du von Rosemarie, oder?«, fragte er.

»Ja. Sollten wir darüber sprechen?«

»Nein.« Ein Stück gingen sie wortlos weiter.

»Aber was mich wundert«, begann Frieda dann zögerlich, »also, wenn ich das richtig verstehe, bist du völlig mittellos. Wie konntest du all diese teuren Sachen, den Honig, die Wurst, die Felldecke und so weiter, bezahlen?«

»Das haben wir Bernd zu verdanken. Ihm gehört ein ertragreicher Hof, er kann es sich leisten und ist ein großzügiger Kerl. Wir waren zusammen im Krieg. Die Kartoffeln und das andere sind sein Hochzeitsgeschenk.«

»Allerhand. Er scheint wirklich ein guter Freund zu sein.«

»Vielleicht können wir die beiden einmal besuchen, sie vermieten auch Zimmer an Feriengäste.«

»Ja, vielleicht.« Frieda hatte noch nie Ferien gemacht. Und in absehbarer Zeit war daran kaum zu denken.

»Es gibt noch etwas«, sagte Paul. »Manchmal … ähm … da tun mir die Knochen weh. Das hab ich mir in den nassen, kalten Schützengräben geholt.«

»Oh.« Frieda vergrub ihre Hände tiefer im Muff. »Ich kriege manchmal eine Fieberblase an der Lippe.«

Noch mehr Schwachstellen oder Geheimnisse wollte sie ihm nun aber nicht anvertrauen.

Immer dickere Flocken schwebten durch die gelben Lichtkegel der Straßenlaternen. Sie gingen schweigend weiter, bis sie den Ortskern erreichten. Die Grünfläche vor dem Conversationshaus lag unter einer unberührten Schneedecke.

»Ich hab dir das frühere Zimmer von Hilrich hergerichtet«, erklärte sie, als sie geschützt unterm Säulengang des Bazar-Gebäudes spazierten. »Meiner Schwiegermutter habe ich gesagt, dass ich an getrennte Schlafzimmer gewöhnt bin, und dass wir es besprochen haben und so beibehalten wollen.«

»Das ist gut.« Weiter kommentierte Paul diese Information nicht. Vor dem Seiteneingang des Inselsalons blieben sie stehen. Er sah sie an. »Morgen werden wir heiraten. Da darf ich dir doch einen Gutenachtkuss geben, oder?«

Während Frieda überlegte, was sie antworten sollte, nahm er ihr Gesicht in beide Hände und drückte ihr einen zarten Kuss auf die Lippen. Angenehm war das.

Frieda hatte immer gern geküsst – wenn einer gut küssen konnte und die Stimmung passte. Und sie war nie der Meinung gewesen, dass man dafür unbedingt bis über beide Ohren verliebt sein müsste. Sie tanzte ja auch gern mit einem guten Tänzer. Deshalb spürte sie nun den Empfindungen nach, ohne sich zu sträuben. Sie fühlte seine warmen Lippen auf ihrem Mund, stellte fest, dass sie es so nackt, ohne borstige oder piksende Barthaare ganz gern mochte, und war ein bisschen enttäuscht, als er aufhörte.

»Du brauchst keine Angst zu haben«, sagte Paul leise. »Ich werde dir nicht zu nahe treten. Weder in unserer Hochzeitsnacht noch danach irgendwann.« Das klang gut. Das selbstbewusste Glitzern allerdings, das plötzlich in seinen Augen lag, verwirrte sie. »Es sei denn«, fügte er hinzu, »du bittest mich ausdrücklich darum.«

Beinahe hätte sie wie ein kleines Mädchen »Phh!« gesagt. Stattdessen lächelte sie. Im Grunde war es ja genau das, was sie vertraglich vereinbart hatten.

»Eingebildet bist du wohl gar nicht?«, erwiderte sie kokett.

Am Montagnachmittag lag der Schnee wadentief. Verwehungen erschwerten das Durchkommen. Aber es sah wunderschön aus. Der Himmel strahlte blau und wolkenlos, die Sonne ließ das winterliche Festkleid der Insel funkeln. Im Erdgeschoss des Hauses Fisser waren bereits alle Familienmitglieder und Freunde versammelt, die sie zum Standesamt begleiten wollten.

»Paul ist da!«, rief ihre Schwiegermutter nach oben.

Frieda warf einen letzten Blick in den Spiegel. Sie hatte sich Kämme mit kleinen blauen Seidenblumen ins Haar gesteckt.

»Du bist schön, Mama«, sagte Lissy bewundernd.

»Und du bist das hübscheste Mädchen von ganz Norderney, mein Schatz!« Sie umarmte ihre Tochter. »Wünsch uns Glück!«

Als sie die Treppe hinuntergingen, wurden sie mit vielen Ohs und Ahs begrüßt. Paul stand unbeholfen im Verkaufsraum und starrte sie an. Grete wischte sich eine Träne der Rührung aus dem Gesicht. Sie und Max sowie Bernd und Juliane waren ihre Trauzeugen.

»Wir haben eine Überraschung für dich!«, rief Rieka. Sie platzte fast vor Aufregung. »Guck mal nach draußen!«

Ihr Vater saß neben dem Kutscher auf dem Bock eines altmodischen, festlich geschmückten Pferdeschlittens.

»Ach, wie schön!«

Friedas erster Gedanke war, dass sie nun nicht die klobigen Stiefel anziehen musste.

Das Brautpaar nahm im Schlitten Platz. Ihre Schwiegermutter legte ihnen die Lammfelldecke, die Paul ihr geschenkt hatte, über die Beine.

»Die Kutsche hab ich gestern noch schnell organisiert«, brummelte ihr Vater. »Deine Schwester hat sie mit der Girlande dekoriert.«

Wie romantisch das erst sein würde, wenn man verliebt wäre, ging es Frieda durch den Kopf. Aber sie fand es auch so herrlich. Und dass ihr Vater sich ihretwegen die Mühe gemacht hatte! Seit seiner Zeit als Trinker bestand zwischen ihnen ein unausgesprochener Nichtangriffspakt – er schlug sie nicht mehr, sie klagte ihn nicht an. Sie taten sich auch nichts Gutes, da war immer eine gewisse Distanz. Doch diese Geste ging darüber hinaus, und das rührte sie.

Der Kutscher schnalzte mit der Zunge. Sie glitten über die verschneiten Wege der Insel. Passanten grüßten und winkten. Sie machten einen Umweg. Ein Stück trabten die Pferde mit Glöckchenklang auf der Promenade am winterlichen Meer entlang.

»Ich versteh gar nicht, weshalb die Gäste immer nur im Sommer kommen«, sagte Paul beeindruckt.

Die Trauungszeremonie im Rathaus verlief sachlich und nüchtern. Einmal musste Frieda gegen einen nervösen Lachanfall ankämpfen, was ihr zum Glück gerade noch so gelang. Nun waren sie also Frischvermählte.

»Sie dürfen die Braut küssen«, sagte der Standesbeamte.

Alle Blicke richteten sich auf sie. Paul küsste sie sittsam. Es löste nichts in ihr aus. Als sie das Rathaus verließen, ertönte gemischter Chorgesang.

Wir winden dir den Jungfernkranz
Mit veilchenblauer Seide.
Wir führen dich zu Spiel und Tanz,
Zu Glück und Liebesfreude!

Na ja, dachte sie, so ganz passt es nicht für die Mutter einer fast elfjährigen Tochter. Und statt zu Liebesfreude führt es zur Lizenz für den Friseursalon. Aber es war doch lieb gemeint. Onnos Baritonstimme kam beim Refrain besonders gut zur Geltung.

Paul und sie bedankten sich herzlich. Viele Dorfbewohner warteten, um zu gratulieren – meist auf Plattdeutsch. Paul sprach zwar kein Norderneyer Platt, aber das Lüneburger, und damit konnte man sich durchaus verständigen. Rieka und ihre Mutter schenkten Schnaps aus. Am Rande schnappte Frieda auf, dass jemand lästerte: »Ein Mann ohne Bart ist wie ein Brot ohne Kruste.« Sie lächelte über die Bemerkung hinweg.

Als sie wieder in den Pferdeschlitten stiegen, fiel ihr auf, dass der Kutscher gewechselt hatte. Auf dem Bock saß ein jüngerer Kerl, der seine Kapuze tief ins Gesicht gezogen hatte. Ihr Vater wollte mit ihrer Mutter und den anderen zu Fuß zum Inselsalon gehen. Frieda war zu aufgeregt, um sich darüber Gedanken zu machen. Paul drückte unter der Felldecke ihre Hand. Er sah sie an, und sie dachte, es hätte schlimmer kommen können.

Als sie vor dem Inselsalon hielten, stand dort bereits der alte Kutscher. Er übernahm die Zügel, und der junge Mann sprang vom Bock, um ihr beim Aussteigen behilflich zu sein.

»Liebe Frieda, ich wünsche euch von Herzen Glück!«, sagte er und reichte ihr die Hand.

Diese Stimme kannte sie doch! Er streifte seine Kapuze zurück.

»Dodo!« Sie sprang in seine Arme. »Du bist wieder da! Seit wann? Wie geht's dir? Bist du gesund?«

Ihr Bruder lachte. »Wenn du mich mal zu Wort kommen lassen würdest …«

Paul stand neben ihr. »Kaum eine halbe Stunde verheiratet, und schon muss ich mich duellieren?«

»Paul, das ist Dodo, mein Lieblingsbruder!«

»Ich bin schon ein paar Tage da«, erklärte Dodo. »Unsere Eltern meinten, das wäre eine erstklassige Überraschung zu deiner Hochzeit.«

»Ja, ja!«

Sie hüpfte wie ein junges Mädchen. Alle Umstehenden freuten sich mit ihnen. Ihre Mutter und Tante Soffie weinten sogar etwas, so ergriffen waren sie.

»Das Schwierigste war, dass ich mich versteckt halten musste, damit mich nur ja kein Bekannter sieht und es dir vorzeitig verrät.«

»Ach, du bist so tapfer!«

Arm in Arm mit ihrem Bruder ging sie in den Salon. Paul trottete hinterher, ihre Schwiegermutter sorgte dafür, dass die schöne Lammfelldecke wieder mit ins Haus kam.

In den Geschäftsräumen waren Tische und Stühle aufgestellt und die Ehrenplätze für das Brautpaar besonders festlich dekoriert mit Lorbeer, Myrrhe, Seidenblumen und zwei schlanken roten Kerzen. Frieda musste unbedingt wenigstens einen Kurzbericht von Dodo hören, bevor sie bereit war, für das Hochzeitsfoto zu posieren. Ihre Schwiegermutter hatte den führenden Lichtbildkünstler der Insel ins Haus bestellt. So bekommt ihr auch Erinnerungsfotos von euren Gästen, hatte sie gesagt.

Paul unterhielt sich mit Bernd und Juliane. Die anderen Gäste suchten ihre Plätze und wurden von Else und zwei Helferinnen aus der Nachbarschaft schon mal mit Teepunsch und Schnittchen bewirtet.

»Die Engländer haben uns aus unserem Lager in Schottland mit einem Dampfer nach Deutschland zurückgebracht«, erzählte Dodo.

Alle wollten von ihm wissen, wie sie es ausgehalten hatten in Scapa Flow während der ereignislosen Monate vor der Selbstversenkung als Notbesatzung auf den Schiffen der deutschen Kriegsmarine.

»Ihr Matrosen habt doch vorher schon wegen der Revolution Zoff mit den Offizieren gehabt«, sagte Lübbo. »Und dann musstet ihr mit denen ein halbes Jahr auf den Schiffen verbringen, ohne an Land zu können. Da kriegt man doch einen Rappel, oder?«

»Es war nicht leicht«, räumte Dodo grinsend ein. »Wir haben meistens Karten gespielt und sind viel Rollschuh gelaufen.«

»Wie bitte? Rollschuh laufen auf einem Kriegsschiff?«

»Jau, und immer schön über die Stelle an Deck knattern, von der wir wussten, darunter sitzen die Offiziere.«

»Oha! Und die Versenkung?«

»Vergess ich mein Lebtag nicht«, sagte Dodo. »Da blutet dir das Herz.«

»Erzähl!«, bat Frieda. Auch die Kinder, Fokko und Lissy voran, lauschten gespannt.

»Um elf Uhr vormittags hat Konteradmiral von Reuter den Befehl gegeben. Wir haben die Ventile geöffnet, die Verschlüsse unbrauchbar gemacht, alle Türen zwischen den wasserdichten Abteilungen geöffnet und verkeilt. Und dann sind wir alle Mann, mehr als tausendsiebenhundert, ziemlich gleichzeitig von den Schiffen runter in die Rettungsboote.«

»Da haben die Tommys erst kapiert, was los ist?«

»Jau.«

»Warum haben die denn vorher nix mitgekriegt?«

»Es gab ein Codewort, das sie nicht verstanden haben: Paragraf elf. Bestätigen.«

Max lachte kurz auf. »Das sagt man in Studentenverbindungen«, erklärte er. »So lautet der Befehl für: Es wird weitergesoffen.«

»Ogottogott!« Die Frauen erschauerten.

Nach und nach trudelten weitere Gäste ein. Der Fotograf wurde ungeduldig. »Du musst uns später noch mehr berichten«, sagte Frieda und suchte nach Paul. Er unterhielt sich noch immer mit Bernd und Juliane.

Die Fotos wurden gemacht. Endlich waren die Gäste vollzählig. Die Hochzeitsuppe konnte aufgetragen werden.

Nicht ihr Vater, sondern ihre Schwiegermutter hielt die erste Rede. »Wir denken heute auch an meinen Mann Fritz und meinen tapferen gefallenen Sohn Hilrich«, sagte sie und zeigte auf deren Porträts an der Wand. »Ihr seid immer bei uns.« Friedas Augen wurden feucht. Sie musste schlucken. Aber sie wusste auch, dass beide gutheißen würden, was an diesem Tag geschah. »Und doch geht das Leben weiter«, fuhr ihre Schwiegermutter fort, »das ist ja auch richtig so. Deshalb freue ich mich, dass Paul unsere Familie bereichert, und ich hoffe, liebe Frieda und lieber Paul, dass ihr glücklich miteinander werdet und der Inselsalon mit euch einer schönen, erfolgreichen Zukunft entgegengeht.«

»Danke«, sagte Paul.

»Danke«, sagte Frieda.

»Auf das Brautpaar!«

Alle erhoben ihr Glas und stießen auf ihr Wohl an. Danach schauten die Gäste erwartungsvoll auf den Bräutigam. Frieda stupste ihn von der Seite an.

»Du musst etwas sagen«, flüsterte sie.

Offenbar war Paul darauf nicht vorbereitet. Er sah nach links und nach rechts, dann auf die Tür zum Flur, und machte keine Anstalten, irgendetwas der Situation Angemessenes von sich zu geben. Friedas Eingeweide fingen an, sich zu verkrampfen. Sollte sie vielleicht aufstehen und eine kleine Rede halten? Die könnte sie locker aus dem Ärmel schütteln. Aber es gehörte sich nicht, dass die Braut sprach, allenfalls nach ihrem Mann, und auch dann nur zur Ergänzung und Bestärkung seiner Worte.

Kurz bevor sie die Augen schloss, in der Hoffnung, unsichtbar zu werden, stand Paul auf. »*Grün ist die Heide*«, begann er, und die Gäste schauten sich erstaunt an, »*die Heide ist grün.*« Er räusperte sich. Oh, nein, das darf nicht wahr sein, schoss es Frieda durch den Kopf – ich habe einen Einfaltspinsel geheiratet! Hitze stieg ihr in die Wangen. »*Aber rot sind die Rosen …*«, fuhr Paul fort. Nun lächelte er. Die Flurtür öffnete sich, sein Freund Bernd und sein Onkel Lothar trugen einen schweren Blumenkübel mit laublosem Gestrüpp in den Salon. »*… eh sie verblüh'n*«, endete er.

»Das ist von Hermann Löns«, ließ sich Tante Soffie vernehmen, »unserm berühmten Heidedichter.«

Die Männer stellten den Kübel ab. Onkel Lothar ergriff das Wort. »Dieser Rosenstrauch hat jahrzehntelang vor Pauls Elternhaus, vor dem Friseursalon seiner Familie, geblüht – rot, sehr schön. Rote Rosen gibt's übrigens viele in Lüneburg. Ihr müsst mal vorbeikommen. Ja, also, als er das Haus aufgeben musste, haben wir den Strauch ausgegraben und zum Überwintern in Bernds Scheune gebracht.« Die Gäste applaudierten.

»Vielen Dank, Onkel Lothar und Bernd«, fuhr Paul nun fort. »Liebe Frieda, ich hoffe, dass die Rose auf Norderney Wurzeln schlägt.« Leiser fügte er hinzu: »Und ich auch.«

Sie reichte ihm ihre Hände. »Ich werde euch beide gut behandeln«, versprach sie mit einem schelmischen Lächeln.

Wieder klatschten alle Beifall. Lübbo hängte sich die Träger seines Akkordeons um und begann zu spielen.

Nachdem Paul und sie mit dem *Schneewalzer* ihren Hochzeitstanz ganz manierlich absolviert hatten, drängten sich die Gäste fröhlich im Verkaufsraum und im Flur. Es war erstaunlich, wie wenig Platz man letztlich zum Tanzen brauchte. Paul forderte erst seine Frau und dann ihre Schwiegermutter auf. Während Frieda ständig abgeklascht wurde, weil jeder einmal mit der Braut tanzen wollte, registrierte sie zufrieden, dass ihr Mann sich an die Regeln hielt und nacheinander auch die Trauzeuginnen umherschwenkte. Anschließend gingen sie gemeinsam von Tisch zu Tisch und wechselten mit jedem Gast ein paar Worte.

»Wie kannst du nur einen Mann ohne Bart heiraten?«, wurde sie mehrfach geneckt. »Ein Mann ohne Bart ist kein Mann«, behauptete Lübbos Frau, »das ist wie ein Löwe ohne Mähne.«

Daraufhin flüsterte Frieda ihr ganz vertraulich etwas ins Ohr. »Du glaubst ja nicht, wie viel besser Küssen ohne Stoppelhaar ist! Wenn du das einmal erlebt hast, willst du nichts anderes mehr.« Die Nachbarin schaute sie erstaunt, zweifelnd und eine Spur neidisch an. »Ich schätze mal, der Nächste, der sich seinen Bart abnehmen lässt, wird unser

Nachbar Lübbo sein«, sagte sie beim Weitergehen augenzwinkernd zu Paul.

Die Tänze wurden immer ausgelassener. Die Kinder, die so lange aufbleiben durften, wie sie wollten, hüpften und sprangen zwischen den Erwachsenen herum. Frieda fühlte sich berauscht von all den Aufregungen und vom Teepunsch. Sie setzte sich einen Augenblick zum Verschnaufen an ihren Platz. Paul gesellte sich zu ihr.

»Wir sollten die Rose in Sicherheit bringen«, schlug sie vor, »bevor sie Schaden nimmt.«

»Du hast recht.«

Gemeinsam trugen sie den Kübel nach draußen über einen frei geschippten Weg, der quer über den Rasen zum Gartenschuppen führte. Der klare Sternenhimmel versprach Frost. Sie legten im Verschlag noch einen alten Postsack um den Strauch, um ihn besser vor der Kälte zu schützen. Da Frieda für das kurze Stück keinen Mantel angezogen hatte, war ihr kalt. Auf dem Rückweg mitten auf dem Rasen nahm Paul sie in den Arm.

Er küsste sie, bis sie nicht mehr fror. Ihr Körper reagierte, sie schmiegte sich an seine warme Brust. Doch ziemlich abrupt hörte er auf. Er zupfte sich den Anzug zurecht und glättete sein Haar, um wieder hineinzugehen. Einen Moment lang stand sie verwirrt da.

»Bis du mich bittest«, sagte er. Trotz der Dunkelheit konnte sie erkennen, dass er lächelte. Ganz nüchtern war auch er nicht mehr. »Du wirst mich noch anflehen.«

Sie lachte auf. »Das kann ich mir kaum vorstellen.«

»Wir werden sehen«, antwortete er selbstbewusst.

Amüsiert ging sie voran zurück in den Salon.

Kaum hatten sie wieder ihre Ehrenplätze eingenommen, spielte Lübbo einen Tusch. Rieka und Lieske trugen zwei Sahnetorten herein und stellten sie auf den Tresen. Jede Torte war mit Sahnerosetten und vielen darübergestreuten Branntweinrosinen verziert. In der Mitte prangte jeweils ein großes, mit der Sahnetülle aufgespritztes Herz.

»Harrijasses! Ich wusste schon gar nicht mehr, wie so was aussieht!«, rief ihre Schwiegermutter entzückt.

»Wie habt ihr das nur bewerkstelligt?«, fragte Frieda staunend.

Die Dekoration am Rand bestand, wenn sie nicht alles täuschte, aus gerösteten Haferflocken.

Rieka strahlte. »Wir sind sammeln gegangen. Jeder hat ein paar Zutaten gegeben.«

»Wenn wir die Stücke etwas dünner schneiden«, fügte Lieske hinzu, »müsste jeder was abbekommen.«

»Himmlisch!«

Um Mitternacht, als nach alter ostfriesischer Sitte die Torten angeschnitten wurden, bildete sich eine Schlange vor dem Tresen. Ihre Schwiegermutter setzte neue rote Kerzen ein und zündete sie an.

Das Brautpaar erhielt die ersten Tortenstücke. »Sieh mal«, Paul zeigte auf die Kerzen, die vor ihnen brannten, »da sind ja unsere Vornamen reingeritzt.«

Frieda musste schmunzeln. Bestimmt war das wieder so ein Liebeszauber vom Wickwief. Ihre Schwiegermutter hatte auch schon in beiden Schlafzimmern Duftkräutersträußchen aufgehängt.

Der Geräuschpegel sank für kurze Zeit, denn jeder machte sich über sein Stück Kuchen her. Die einen schlangen, die anderen probierten vorsichtig, um möglichst lange etwas von dem seit einer Ewigkeit entbehrten Genuss zu haben. Von allen Seiten ertönten Ausrufe des Entzückens.

»Mhmm …«

»Oh, wie köstlich!«

»Lecker!«

»Ich hatte schon vergessen, wie Schlagsahne schmeckt. Und dann noch diese Rosinen dazu!«

Auch Paul schmeckte die Sahnetorte sichtlich. Frieda hob sich einen letzten Happen auf. Sie ließ ihren Blick in die Runde schweifen. Es war einer der Momente, in denen die Zeit anders lief als sonst. In solchen Sekunden verdichtete sich eine ganze Lebensphase.

All ihre Lieben waren um sie herum. Jedenfalls, soweit möglich. Der Krieg hatte Lücken gerissen, Spuren hinterlassen, Verletzungen, unheilbare und heilbare. Aber Dodo, Max und Hans-Heinrich saßen mit ihnen an einer Tafel. Erst jetzt war für sie der Krieg vorbei. Damit konnte auch für ihre Angehörigen endlich eine neue Ära beginnen.

Frieda lächelte und nickte Grete dankbar zu. Ohne ihre Freundin hätte sie die letzten Jahre nicht durchgestanden. Sie sah weiter auf Frauke, ihre schnippische Schwägerin, die doch auch eine weiche und hilfsbereite Seite offenbart hatte. Sie blickte hinüber zu Hans-Heinrich, der sich angeregt mit Katharina unterhielt. Wenn ihr Gespür sie nicht täuschte, könnte sich zwischen den beiden, vielleicht mit ihrer Unterstützung, etwas anbahnen.

Natürlich waren nicht alle Probleme aus der Welt. Es würde schwierig werden, wegen der Inflation und überhaupt, politisch betrachtet. Doch so viele Menschen, die ihr am Herzen lagen, die ihr manchmal auch auf die Nerven gingen, die aber ihr Leben ausmachten, waren da. Ob Lissy sich mit Paul anfreunden würde? Ob Grete und Max auf der Insel bleiben konnten? Vieles war unsicher. Nur, überlegte Frieda, wenn man mit dem Feiern und Glücklichsein warten wollte, bis alles in Ordnung wäre, käme man nie dazu. Manchmal musste man zur Mühsal des Alltags einfach »Phh« sagen.

Nach einer Weile spielte Lübbo wieder flotte Musik. Frieda sah ihre Eltern miteinander tanzen, zum ersten Mal seit Jahren. Hatten sie nicht allen Grund? Der Sohn zurück aus dem Krieg, die Tochter wieder unter der Haube.

Paul tanzte mit Grete und lächelte ihr von Weitem zu.

In dieser Sekunde erwachte etwas in ihr, das sich uralt und vertraut anfühlte – es war der Kampfgeist, der das Spiel zwischen Mann und Frau befeuerte. Wer hier wen anflehen wird, dachte Frieda stillvergnügt, das muss sich erst noch herausstellen.

»Wir werden sehen«, sagte sie leise und ließ sich den letzten Bissen ihrer Sahnetorte genüsslich auf der Zunge zergehen.

*

Ostfriesentorte

Als Erfinderin der Ossi-Torte, auch Ostfriesentorte genannt, gilt Tini Peters, die lange ein eigenes Café betrieb und zudem ein Koch- und ein Backbuch über die ostfriesische Küche veröffentlichte. Seit 1982 bot sie in ihrer »Sömmerköken« in Bedekaspel diese einfach herzustellende Biskuittorte an, die damals einen wahren Siegeszug antrat.

Es sind etliche Rezeptvarianten im Umlauf. Meine Schwester Linda macht die Torte zum Beispiel mit Rumrosinen und Dinkelmehl sowie gerösteten Mandelplättchen für den Rand, und obendrauf streut sie geraspelte Borkenschokolade – ein wahr gewordener Traum!

Sehr lange schon existiert in Ostfriesland der Brauch, den Gratulanten zur Geburt eines Kindes Branntweinrosinen, »Kinnertön«, anzubieten. Auch Sahnetorten haben die Ostfriesen früher schon zu schätzen gewusst, und so ist es nicht unwahrscheinlich, dass sie bereits vor hundert Jahren Branntweinrosinen in die Füllung gegeben haben, ohne das Ergebnis als Ossi-Torte zu bezeichnen.

Die »Kinnertön« sollten sich nach alter Sitte mehrere Wochen lang mit Branntwein und verflüssigtem Kandiszucker vollgesogen haben – 600 g Rosinen mit 125 g Kandis, in warmem Wasser aufgelöst, werden mit 0,7 Liter ostfriesischem Branntwein übergossen. Einige Tortenbäcker finden, es reiche, schöne dicke Rosinen zwei bis drei Tage vor dem Backen ohne zusätzliche Süße in Branntwein einzulegen.

Hier ist das Rezept meiner ostfriesischen Großmutter Dini Bohlsen. Schon mindestens seit den Fünfzigerjahren bereitete sie so ihre Ostfriesentorte zu (ein kleines Zugeständnis an die Moderne ist hier der Einsatz von Sahnesteif). Ihr sahnig-frischer Geschmack mit knackigen Spuren süßer, alkoholisierter Sünde lag mir auf der Zunge, als ich über die Hochzeitstorte schrieb, die Frieda und Paul genossen haben.

Zutaten …

… für den Biskuitteig

6 Eier
220 g Zucker
1 Päckchen Vanillezucker
125 g Weizenmehl
125 g feine Speisestärke
6 EL heißes Wasser
½ Päckchen Backpulver
4 EL Branntweinrosinensud
1 Prise Salz

… für die Füllung

2–3 Tassen Branntweinrosinen
600 ml Sahne
3 Päckchen Sahnesteif
9 EL Branntweinrosinensud

… für den Tortenrand

150 g grobe Haferflocken
1–2 EL Butter
1 EL Zucker
1 Prise Salz

Zubereitung

Eier trennen. Eigelb mit Zucker und Vanillezucker mit dem Mixer schaumig schlagen, das heiße Wasser dazugeben. Mehl, Stärkemehl, Backpulver und Salz vermischen, sieben und unterrühren. Eiweiß steif schlagen und vorsichtig unterheben. 4 EL Branntweinrosinensud hineingeben und verrühren. Backofen auf 170 Grad vorwärmen. Eine Springform mit Backpapier auslegen (wenn man den Rand nur fettet, besteht die Gefahr, dass der Kuchenteig daran festklebt und beim Erkalten einfällt). Den Teig einfüllen, 30 Minuten backen.

Den Biskuitboden abkühlen lassen und zweimal quer schneiden, um drei Platten zu erhalten. (Meine Großmutter »schnitt« den Boden immer mit einem festen Zwirn, den sie, um beide Zeigefinger gewickelt, straff spannte.) Mit jeweils einem EL Sud beträufeln.

Sahne mit Sahnesteif schlagen. Die letzten 6 EL des Branntweinsuds unterrühren. Ein knappes Drittel der Sahne auf die erste Platte streichen, mit Branntweinrosinen bestreuen. Die zweite Platte auflegen und genauso verfahren. Die dritte Platte auflegen, mit der restlichen Sahne ebenso bestreichen wie den Tortenrand.

Die Haferflocken schön kross mit Butter und Zucker in der Pfanne karamellisieren, abkühlen lassen. Dann damit den Rand verzieren. Die fertige Ostfriesentorte nach Belieben dekorieren. Kühl gestellt schmeckt sie einen Tag nach ihrer Herstellung besonders gut.

NACHWORT

Liebe Leserin, lieber Leser,

Sie fragen sich vielleicht: Was ist Dichtung, was ist Wahrheit? Also, die geschilderten historischen Ereignisse haben sich wirklich zugetragen, die Verbindungen zu meinen Hauptfiguren jedoch sind erfunden.

1913 arbeiteten laut Statistik der Ortshandwerkerschaft fünf Friseure auf Norderney, während der Saison auch mehr. Einer davon war der Friseursalon Sebes, der bereits im Jahr 1890 gegründet wurde. Und ich bin sehr froh, dass ich noch mit der über neunzigjährigen Ruth Sebes (†2021) sprechen konnte, die den Salon nach dem Tod ihres Mannes, der ihn mit ihr in dritter Generation betrieben hatte, bis zum Ende des Jahres 2004 weiterführte. Wir trafen uns auf Norderney, sie erzählte Inspirierendes vom Friseuralltag und der Inselgeschichte – vor allem seit 1946, als es sie aus Schlesien nach Norderney verschlagen hatte. Aus der Zeit davor erfuhr ich wenig. Ich entdeckte zwar noch ein paar ältere Fotos und fand eine Zeitungsmeldung zum hundertjährigen Jubiläum des Salons Sebes, doch mehr nicht.

Die Fissers in meinem Roman, Frieda, die Familie Dirks sowie Grete mit ihrer Familie Lehmann aus Berlin und ihr Mann Dr. Max Lubinus sind rein fiktiv, ebenso die im Roman agierenden Insulaner. Natürlich gab es damals einen Redakteur der Inselzeitung – die übrigens nicht wie im Roman *Inselbote* hieß, sondern *Badezeitung und Anzeiger zugleich Kur- und Fremdenliste für das Königliche Nordseebad Norderney* –, doch der Protagonist Theo Weerts ist nicht identisch mit ihm, ebenso wenig der ehemalige ärztliche Direktor des Seehospizes mit der Romanfigur Dr. Hartmann.

Wirklich gelebt hat dagegen der einstige Schulrektor und spätere Bürgermeister Norderneys Jann Berghaus, der sich später als Regierungspräsident des preußischen Regierungsbezirks Aurich und dann als Präsident der Ostfriesischen Landschaft große Verdienste erwarb. Seine Lebenserinnerungen *Jann Berghaus erzählt*, 1967 von seiner Tochter Siever Johanna Meyer-Abich im Verlag Ostfriesische Landschaft (Aurich) herausgegeben, waren für mich eine wahre Fundgrube.

Einige der im Roman erwähnten Gebäude können Sie bei einem Inselbesuch heute noch wiederfinden, andere nicht. Das Conversationshaus zum Beispiel wurde vor einigen Jahren stilvoll restauriert. Aus Scherls Lesehalle, einem 1908 errichteten runden Pavillon, wurde 1936 eine Milchbar, die Keimzelle für die heute noch beziehungsweise wieder bestehende, erweiterte Kultlocation gleichen Namens.

Viele der erwähnten Hotels, Logierhäuser und anderen Gebäude, die Norderney zu einem einzigartigen, teils idyllischen, teils mondänen Kurort machten, existieren nicht mehr. Die Gründe dafür sind vielfältig. In den Kriegs- und Nachkriegsjahren waren sie als Soldatenunterkünfte, Lazarette oder durch erzwungenen Leerstand zweckentfremdet worden und heruntergekommen – das Geld für ihre Instandsetzung fehlte anschließend. Oft hatten auch Sturmfluten oder allein das raue Klima ihnen zugesetzt. Hinzu kam der Wandel des Zeitgeistes, der Geschmack änderte sich.

Etliche Häuser erkennt man heute auf den zweiten oder dritten Blick hinter modernisierten Fassaden wieder. Ab Ende der Sechzigerjahre erwies sich der Bau von Ferienappartements, besonders in Strandnähe, als einträgliches Geschäft, und so bestimmten immer mehr Hochhäuser mit Meerblick, sechs-, sieben-, sogar zwölfstöckig, die erste Reihe.

Wenn man die Ansichten von damals mit den heutigen vergleicht, kann einem schon das Herz bluten. Zahlreiche historische Fenster auf der Insel, Schautafeln mit Fotos aus der Kaiserzeit, lassen den einstigen Charme erahnen.

Glücklicherweise haben viele Menschen über ihre Erlebnisse auf Norderney geschrieben. Andere erforschten historische Ereignisse, einige stellten Materialsammlungen oder Chroniken zusammen. Das alles hat mir enorm geholfen. Ohne diese »Vorarbeiten« wäre der *Inselsalon* nicht möglich gewesen.

Ganz besonders danke ich …

- Matthias Pausch, Leiter des Stadtarchivs Norderney und des Bademuseums, für seine Unterstützung (im Archiv konnte ich alte Ausgaben der *Norderneyer Badezeitung* und eine beeindruckende Sammlung historischer Fotos durchsehen)
- Manfred Bätje, langjähriger Leiter des Stadtarchivs Norderney, Verfasser zahlreicher Norderney-Schriften, besonders für das von ihm und Johannes Terfehr verfasste Buch *Verantwortung für Norderney 1918–2018* (zum hundertjährigen Jubiläum herausgegeben vom SPD-Ortsverein Norderney)

- Hans-Helmut Barty, der eine umfangreiche Norderney-Chronik online pflegt (www.norderney-chronik.de); dort sind unter anderem eine umfangreiche Dokumentation über die Inselwache und eine im *Norderney Kurier* erschienene Serie von Bonno Eberhardt über den Ersten Weltkrieg auf Norderney sowie die Schulerinnerungen von Karl Etzold zu finden
- Christa Wessels vom Heimatverein Norderney für ihre Auskünfte zum Norderneyer Platt und zu den inseltypischen Gerichten, die sie in zwei Büchlein im Selbstverlag zusammengestellt hat (*Lüttji plattdütsch-hochdütsch Kakbook mit Biller: för 'd Insel van 'd Insel*)
- Wolfgang C. Janhsen, Geschäftsführer der Kreishandwerkerschaft Aurich-Emden-Norden für Auskünfte zur Friseurinnung
- der Facebook-Gruppe »Norderney im Wandel der Zeit«, vor allem Elisabeth Schelkes, Jochen Pahl und Johnny Rass.

Außerdem sehr hilfreich waren die Norderney-Bücher von Jann Saathoff, die aus einer Serie für den *Norderney Kurier* hervorgegangen sind. Authentisch und atmosphärisch dicht sind die Kriegserinnerungsbüchlein der Insulanerin Margarethe Wirringa (zu finden unter www.europeana.eu).

Zum Thema Geschichte des Friseurhandwerks und allem, was damit zusammenhängt, hat mich der leider inzwischen verstorbene Heinz Zopf hervorragend unterstützt. Der ausgebildete Friseur und pensionierte Oberstudienrat trug jahrzehntelang Exponate für das weltgrößte Friseurmuseum zusammen, das heute an der Deutschen Friseurakademie Neu-Ulm untergebracht ist (www.herr-zopfs-friseurmuseum.de). Er versorgte mich mit Hintergrundmaterial und beantwortete geduldig jede Frage zur Historie der Haarkunst, wofür ich sehr dankbar bin.

Schon seit Jahren begleitet ein wunderbares Team die Entstehung meiner Romane professionell, anspruchsvoll und mit viel Freude an der Arbeit. Dafür danke ich ganz herzlich

- der Literaturagentin Petra Hermanns
- der Blanvalet-Lektorin Johanna Bedenk
- und der Textredakteurin Margit von Cossart.

Was nützte das beste Manuskript, wenn es nicht gedruckt, beworben und unter die Leute gebracht würde? Deshalb auch allen anderen Mitarbeiterinnen und Mitarbeitern des Verlags Blanvalet, die zum Gelingen beitragen, vielen Dank!

Und dann wären da noch meine Erstleserinnen, deren Rückmeldungen mir während der einsamen Schreibphase immer sehr helfen. Ein großes Dankeschön an Johanna, Theodore und Tjalda!

Manches, was ausgedacht erscheinen mag, ist übrigens wirklich geschehen. So habe ich als junge Lokalredakteurin einmal ein Ehepaar im Landkreis Oldenburg besucht, das seine Eiserne Hochzeit feiern konnte. Es hatte am 1. August 1914 geheiratet, der Bräutigam musste Stunden später in den Krieg ziehen, und die Hochzeitsnacht fand erst mit vier Jahren Verspätung statt. Oder: Bei den Recherchen zum Ersten Weltkrieg stieß ich in der *Badezeitung* auf eine kuriose Meldung. Eine Frau auf dem ostfriesischen Festland, der man mitgeteilt hatte, dass ihr Mann gefallen war, öffnete Tage später die Haustür – und davor stand der Totgeglaubte in bester Verfassung. Es verschlug ihr im wahren Wortsinn die Sprache. Sie kehrte jedoch zum Glück nach einer Weile zurück. Das ist doch irre, oder? Wie mag sich so etwas anfühlen? Als ich davon las, dachte ich sofort: Das möchte ich einmal mit einer Romanfigur durchleben.

Liebe Leserin, lieber Leser, dieser Roman entstand im Corona-Lockdown. Manchmal habe ich mich während des Schreibens in meine Inselwelt verkrochen und beim Auftauchen gedacht: Uns geht's ja noch gut, wir haben satt zu essen, unsere Männer sind nicht im Krieg. Und nun, im April 2022, während ich die Fahnen von »Sturm über dem Inselsalon« lese, hat sich die Welt erneut dramatisch verändert – in der Ukraine herrscht Krieg. Das erschüttert uns alle.

Natürlich möchte ich in erster Linie mit Geschichten über Liebe und Freundschaft unterhalten und berühren, aber die Basis, auf der die Geschichten gründen, soll nicht im Dünensand stehen, sondern solide genug sein, um ein paar Erkenntnisse mitzutragen.

Die Traumata unserer Großeltern und Eltern, an denen ich mich wie viele Autorinnen und Autoren meiner Generation seit langem abarbeite, sind plötzlich nicht mehr nur Vergangenheit. Sie entstehen heute in der Ukraine täglich neu. Vor diesem Hintergrund, so scheint es mir, liest sich der Roman, ohne dass etwas am Manuskript geändert wurde, anders.

Über Ihr Feedback – ob durch eine Buchbesprechung im Internet, etwa bei Amazon, oder einen Kommentar auf meiner Facebook-Seite www.facebook.com/Sylvialott.romane – würde ich mich sehr freuen. Bitte bleiben Sie dem *Inselsalon* gewogen. Denn bald geht's weiter mit Frieda, Grete, Jakomina, Lissy und den Männern, die sie lieben.

Voller Vorfreude auf die goldenen Seiten der Zwanzigerjahre grüßt Sie ganz herzlich

Ihre Sylvia Lott

Quellennachweis:

Mascha Kaléko: *Was man so braucht …*
Aus: Mascha Kaléko: *In meinen Träumen läutet es Sturm.* Gedichte und Epigramme aus dem Nachlass. (Hrsg. Gisela Zoch-Westphal)

Bildnachweis Umschlaginnenseiten
Links oben, links Mitte, Oben Mitte und rechts unten: Stadtarchiv Norderney
Unten links: iStock.com/lcodacci
Oben rechts: LiliGraphie/stock.adobe.com
Unten Mitte: Privatarchiv Sylvia Lott

Leseprobe

Sylvia Lott
Goldene Zeiten im Inselsalon
Band 3 der Norderney-Saga

Ein Friseursalon auf Norderney und starke Frauen, die in schwierigen Zeiten für ihre Träume und die Liebe kämpfen. Die große Familiensaga voll nostalgischem Inselcharme!

Friedas Tochter Lissy wächst zu einer jungen, hübschen und sensiblen Frau heran. In den Goldenen Zwanzigern lernt sie auf Norderney im familieneigenen Friseursalon, doch eigentlich träumt sie von der großen weiten Welt. Das Inselleben ist ihr zu eng geworden, und mit Stiefvater Paul verbindet sie ein mehr als schwieriges Verhältnis. Nach ihrer Lehre besteht Lissy darauf, in einem führenden Salon der Reichshauptstadt arbeiten zu dürfen, um sich den Feinschliff zu holen. Dort genießt sie ein ausgelassenes, freies Leben. Doch auch in Berlin ist nicht alles Gold, was glänzt, und Lissy steht vor einer ganzen Reihe schwieriger Entscheidungen. Wird sie ihr Glück wirklich in der Fremde finden, oder zieht es sie doch zurück nach Norderney?

Frieda

Als Frieda am Morgen nach ihrer Hochzeitsnacht erwachte, glaubte sie einen Moment lang, sie befände sich auf dem Fischerboot ihres Vaters. Doch der vermeintliche Wellenschlag gegen schwankende Planken war in Wirklichkeit das Pulsieren ihres Blutes. In ihrem Schädel pochte es, sie hatte einen Riesenkater. Vorsichtig öffnete sie die Augen und blinzelte auf die andere Seite. Gott sei Dank – sie lag allein im Bett. Ihr frisch angetrauter Ehemann Paul hatte sich wie vereinbart, ohne sie zu bedrängen für den Rest der durchfeierten Nacht in sein Zimmer zurückgezogen.

Sie setzte sich mit dem Rücken gegen das Betthaupt und stöhnte auf, weil nun wahre Wellenbrecher durch ihren Kopf krachten. Auf dem Nachttisch stand ein Glas Wasser, das sie gierig austrank. Allmählich beruhigten sich die schmerzenden Wogen. Frieda schloss erneut die Augen, dachte an die Ereignisse des Vortages und musste lächeln.

Geschafft! Sie durfte zufrieden sein. Der Inselsalon Fisser war gerettet. Sie brauchte keine Angst mehr zu haben, dass sie, ihre zehnjährige Tochter Lissy und ihre Schwiegermutter Jakomina demnächst auf der Straße stehen würden.

Ohne einen Friseurmeister hätten sie den Betrieb schon im kommenden Monat schließen müssen. Da sie es sich aber finanziell nicht leisten konnten, eine teure Fachkraft einzustellen, war es ihr wie ein Wink des Schicksals erschienen, als sie vier Monate zuvor in der Friseurzeitung eine ungewöhnliche Anzeige entdeckt hatte: *Friseurmeister wünscht die Bekanntschaft einer Dame mit eigenem Friseursalon zwecks baldiger Heirat.*

Rasch hatte sie geantwortet und bald darauf einige Auskünfte über den Kandidaten, einen Mann namens Paul Merkur, eingeholt. Er kam aus Lüneburg, war wie sie selbst dreißig Jahre alt und unversehrt, obwohl er vier Jahre als Soldat an der Westfront gedient hatte. Der elterliche Friseurbetrieb in Lüneburg hatte im letzten Kriegsjahr Insolvenz anmelden müssen, und seine Verlobte Rosemarie war schwanger geworden, von einem älteren Bierbrauer. Im November hatte Frieda ihn zu einer Probearbeitswoche in den Inselsalon nach Norderney eingeladen. Sie hatte ihn in einem der Fremdenzimmer ihrer Eltern untergebracht, wo er, ohne es zu ahnen, die Charakterprüfung durch ihre Mutter, Meta Dirks, bestanden hatte. Seine fachlichen Leistungen waren ebenfalls überzeugend gewesen, und so hatte Frieda ihm am Ende der Probewoche ihre Bedingungen für eine Verbindung unterbreitet.

Auf jeden Fall wollte sie nach der Eheschließung im Salon weiterarbeiten, bei wichtigen Entscheidungen gefragt werden und gleichberechtigt mitbestimmen. Da sie ihren Beruf liebte und weiter ausüben wollte, wünschte sie vorerst keine Kinder. Nach der entbehrungsreichen Kriegs- und Nachkriegszeit wollte sie endlich das Leben genießen – und an Weiterbildungskursen sowie Frisurenwettbewerben auf dem Festland teilnehmen. Sowohl aus Freude an der Herausforderung als auch weil sie hoffte, die eine oder andere Auszeichnungen zu erhalten. Damit würde sich der Inselsalon weiterhin als der führende unter Norderneys Friseurläden behaupten können.

Vor dem Krieg hatten zur Stammkundschaft des Salonbegründers, ihres vor einem Jahr an der Spanischen Grippe verstorbenen Schwiegervaters Fritz Fisser, einheimische Honoratioren und vornehme Kurgäste beiderlei Geschlechts gehört, darunter kein Geringerer als der damalige Reichskanzler Bernhard von Bülow. Jeden Sommer pflegte er ihren Salon zu beehren. Frieda hatte ihm die Fingernägel manikürt, der Prinzipal sich um Haupthaar, Bartschnitt und Rasur gekümmert. Es galt also, einen Ruf zu verteidigen und ihn an die neue Zeit anzupassen.

Ihr erster Mann Hilrich Fisser, der 1916 an der Ostfront gefallen war, hatte ihr leider – obwohl sie die Leidenschaft für alles, was mit Haarkunst zusammenhing, verband – die Teilnahme an Fortbildungen und Wettbewerben nicht erlaubt.

Frieda sackte langsam tiefer und ließ den Kopf zurück aufs Kissen sinken. Sie zog die Decke hoch bis über beide Ohren, als könnte sie so die Gedanken verscheuchen, die sich ihr nun aufdrängten. Erinnerungen an ihren schönen, eleganten blonden Hilrich.

Sie hatten sich gemocht, geschätzt, ja, auch liebgehabt. Als Backfisch hatte sie sogar leidenschaftlich für ihn geschwärmt. Seiner heiteren, liebenswürdigen Art war es zu verdanken, dass der Inselsalon immer noch eine besondere Strahlkraft besaß. Der Kitt ihrer Ehe war jedoch ein doppeltes Geheimnis gewesen. Sie hatten einander versprochen zu schweigen. Darüber, dass ihre Tochter Lissy nicht sein leibliches Kind war. Und darüber, dass er in Wahrheit Männer liebte statt Frauen.

Ihr im Alltag recht harmonisches Verhältnis hatte erst Risse bekommen, als Hilrichs Wunsch nach einem Sohn immer dringlicher geworden, sie jedoch noch nicht bereit gewesen war. Eines Abends hatte er sich stark alkoholisiert gegen ihren Willen »sein Recht genommen«.

Körperlich war die Nacht folgenlos geblieben, seelisch nicht. Die Wut, der Ekel, das Gefühl der Demütigung und Hilflosigkeit, die sie durchlitten hatte, wirkten nach. Etwas in ihrer Beziehung war unwiederbringlich zerstört worden.

Aus diesem Grund enthielt der Ehevertrag, den Paul neulich bei einem Notar in der Stadt Norden hatte unterschreiben müssen, auch ausdrücklich die Klausel: *Die Erfüllung ehelicher Pflichten setzt das Einverständnis beider Eheleute voraus.* Gott, was hatte es sie für Überwindung gekostet, dieses Thema überhaupt zur Sprache zu bringen! Aber es war ihr gelungen. Und Paul hatte sich, sogar ohne große Überredungskunst ihrerseits, einverstanden erklärt.

In der vergangenen eisigen Februarnacht hatte er sie bei Mondschein auf dem schneebedeckten Rasen im Garten umarmt, gewärmt und geküsst, was ihr nicht unangenehm gewesen war. Doch dann hatte er ziemlich abrupt aufgehört und geflüstert, weiter ginge es erst, wenn sie ihn anflehen würde. In seinen Augen hatte sie ein kleines amüsiertes Glitzern beobachtet. Phh! Was der sich einbildete! Sie war nicht die Spur verliebt in diesen Kerl aus Lüneburg, der keinen Pfennig auf der Naht hatte.

Grete, ihre beste Freundin, die als einziger Mensch all ihre Geheimnisse kannte, verstand nicht, dass sie ihr Jawort ganz ohne Liebe gegeben hatte. Dabei war es ja nicht so, dass Frieda keine romantischen Gefühle kannte. Aber das Quantum, das ihr für dieses und mindestens zwei weitere Leben zur Verfügung stand, hatte sie bereits für den Mann aufgebraucht, der Lissys leiblicher Vater war. Fortan würde es ihr genügen, sich an den Liebesgeschichten anderer zu erfreuen. Vielleicht gelang es ihr deshalb so gut, Verliebte zusammenzuführen. Jedenfalls sagte man ihr nach, sie habe ein Talent zum Verkuppeln. Aber sie war eben auch Realistin, zumindest, soweit es ihr eigenes Leben betraf. »Es ist schon viel gewonnen, wenn ein Mann seine Frau nicht einschränkt, sondern sie einfach machen lässt«, hatte sie Grete zu erklären versucht.

Und was ist das gestern Nacht gewesen?, fragte sie sich. Als Paul ihr von der Tanzfläche aus zugezwinkert und wie sie, beschwingt von den schönen Aufregungen des Tages und schon reichlich beschwipst, auf einmal gedacht hatte: Na, das wollen wir doch mal sehen, wer hier wohl noch wen anfleht! Nein, das war ohne Bedeutung gewesen. Von einer solchen Stimmung fühlte sie sich an diesem Morgen himmelweit entfernt. Darum ging's ja auch überhaupt nicht.

Frieda spürte Übelkeit aufsteigen. Hoffentlich hatte sie sich nicht zu viel zugemutet. Plötzlich wurde ihr erschreckend klar, dass sie gerade alles riskierte – für die Familie, den Salon und ihren Traum, sich in ihrem Beruf als Friseurin zu vervollkommnen. Es konnte durchaus schiefgehen. Was, wenn sich ihr neuer Ehemann als Tyrann, Nichtsnutz oder Nervensäge entpuppte? Wie sollten sie eigentlich ihre Abende verbringen? Vielleicht würden sie nur in der Stube sitzen, voller Anspannung oder gelangweilt, und sich nichts zu sagen haben.

Nein, nein, redete Frieda sich selbst Mut zu, du hast doch

Menschenkenntnis. Jetzt ist erst mal wichtig, in diesen stürmischen Zeiten nicht unterzugehen. Alles andere wird sich finden. Du bist unter einer Glückshaube auf die Welt gekommen, vergiss das nicht, das wird dir auch diesmal helfen.

Wieder blitzten vor ihrem geistigen Auge Bilder vom Vortag auf. Sie sah Paul und sich im geschmückten Pferdeschlitten mit Glöckchenklang unter einem strahlend blauen Himmel auf der Promenade am Meer vorübergleiten. Wie märchenhaft schön der schneebedeckte Strand im Sonnenlicht geglitzert hatte … Und dann fiel ihr die Überraschung des Tages ein – ihr Lieblingsbruder Dodo war zurückgekehrt! Unverletzt aus der britischen Gefangenschaft in Scapa Flow. Die Familie hatte ihn nach seiner Rückkehr einige Tage lang versteckt gehalten, um ihn als das schönste Hochzeitsgeschenk zu präsentieren. Wie wunderbar!

Sie streckte sich. Auf einmal schienen alle Beschwerden wie weggeblasen. Dodo ging es gut, er lebte jetzt wieder mit ihnen auf der Insel. Frieda warf die Decke zur Seite und stand auf. Sorgfältig machte sie sich im Bad zurecht. Sie kämmte den flachsblonden Bubikopf, den Pony, kniff sich in die Wangen, gab einen Hauch Rouge darauf, puderte dezent die Stupsnase und tupfte etwas rosafarbene Lippenpomade auf den Mund. Sie nahm einen frisch gestärkten weißen Friseurkittel aus dem Schrank, um ihn nach dem Frühstück überzuziehen. Die Georgette-Bluse, die sie zu einem grauen Rock trug, schimmerte in sanftem Rosé. Dieser Farbton brachte das helle Blau ihrer Augen zum Strahlen. Hoffentlich wirkt es auch heute, dachte sie, als sie ins Erdgeschoss hinunterging.

In der großen Küche mit Gartenblick, die zugleich als Aufenthaltsraum für das Personal diente, brummte es schon vor Leben. Else, die Haushälterin, spülte das letzte Geschirr vom Fest ab. Das Teewasser kochte. Der geflieste Boden glänzte vom Feudeln. Ihre Schwiegermutter hatte, sicher zusammen mit dem Lehrling und den Gesellen, die bereits im Salon werkelten, wo sie die Nacht zuvor gefeiert hatten, alles wieder auf den rechten Platz gerückt.

»Oh, ihr seid fleißig gewesen … Dankeschön!«

Ein schlechtes Gewissen beschlich Frieda. Einige Nachbarinnen hatten schon in der Nacht mit den Aufräumarbeiten angefangen und dafür die Reste des Hochzeitsmahls eingepackt bekommen. Sie erinnerte sich nur dunkel daran, ihr Kopf funktionierte noch nicht wieder einwandfrei.

Lissy, mit einer blauen Haarspange in den kinnlangen braunen Locken, schien während des Frühstücks ein Gedicht auswendig zu lernen. Jedenfalls hielt sie eine Hand auf eine Schulbuchseite, sah nicht hin und murmelte *»Festgemauert in der Erden …«*

»Guten Morgen, Frau Merkur«, sagte Paul.

Er saß auf dem Stuhl, der früher Hilrichs gewesen war. Der Platz am Kopfende des Tisches, den ihr Schwiegervater Fritz Fisser innegehabt hatte, blieb tabu. Eine ewige Leerstelle. Ihre Schwiegermutter pflegte dort eine Vase mit Blümchen oder kleine Fundstücke aus der Natur zu drapieren. Jeder verstand, dass es sich um eine Art Gedenkstätte handelte.

Frieda spürte, wie ihr die Hitze in die Wangen schoss. Sollte sie Paul mit einem Küsschen begrüßen? Sicher glaubten die anderen, dass sie die Nacht zusammen verbracht hatten. Aber allein zu wissen, dass die Gesellen sich vorstellten, was in der Hochzeitsnacht geschehen sein könnte, machte sie verlegen. Noch dazu, wo doch in Wirklichkeit nichts passiert war. Ein wenig kam sie sich vor wie eine Betrügerin.

Paul lächelte. Er war schon rasiert. Wieder dachte sie, dass er ohne den Schnurrbart, den er noch bei ihrem Kennenlernen im November getragen hatte, jünger und moderner aussah. Das dunkelbraune seitlich gescheitelte Haar über der hohen breiten Stirn war akkurat mit Pomade zurückgekämmt.

»Ausgeschlafen, Frau Merkur?«

»Guten Morgen!« Frieda begriff nicht sofort, dass er sie angesprochen hatte.

»Frau Merkur …«, wiederholte ihre Schwiegermutter gedehnt. »Wird dauern, bis die Leute sich dran gewöhnt haben. Schließlich warst du gut elf Jahre lang Frau Fisser.«

Gekonnt überprüfte sie den Sitz ihrer silbergrauen Pompadourfrisur, und es schien Frieda, als wollte die Patronin damit sagen: Eigentlich gab es ja sowieso nur eine Frau Fisser, seit Jahrzehnten schon, und das bin ich. Aber vielleicht bildete sie sich das auch nur ein.

Frieda setzte sich. »Die meisten nennen mich ohnehin nur beim Vornamen«, warf sie ein. »Lissy, du sollst doch nicht deine Bücher auf den Tisch legen, wenn aufgedeckt ist.«

»Gestern konnte ich aber nicht lernen«, antwortete ihre Tochter mit einem trotzigen Ausdruck in den schönen dunkelblauen Augen. »Du musstest ja heiraten.«

»Ich musste nicht, ich wollte.«

»Müssen is', wenn was Kleines unterwegs is'«, ließ sich Else von der Spüle her vernehmen.

»Du willst doch jetzt nicht etwa in den Salon und arbeiten?« Ihre Schwiegermutter zeigte kopfschüttelnd auf den Friseurkittel. »Unser Haus ist voll mit Gästen, die hier übernachtet haben. Und das deiner Eltern auch. Ihr werdet sie ja wohl nach dem Frühstück zur Fähre bringen und verabschieden …«

»Liegen alle noch in Sauer«, merkte Else beruhigend an.

»Natürlich«, erwiderte Frieda entschuldigend. Sie würde nichts runterbekommen können außer Tee und Zwieback. »Die Macht der Gewohnheit …«

»Gibt's keinen Kaffee?«, fragte Paul mit Blick auf die Teekanne. »Ich brauch morgens zum Wachwerden 'ne starke Bohne. Und heut besonders.« Offenbar brummte ihm auch der Schädel.

»Else, kannst du eigentlich Kaffee kochen?«, fragte Frieda. »Wir werden wohl ein paar neue Gewohnheiten einführen.«

»Ich hab meinem Fritz jeden Morgen seine erste Tasse Ostfriesentee ans Bett gebracht.« Schwärmerisch klärte ihre Schwiegermutter Paul auf. »Jeden Morgen, bis zu seinem letzten Tag. Ich war natürlich immer schon fertig zurechtgemacht.« Sie seufzte, Tränen stiegen ihr in die Augen. »Unser kleines Ritual. Fritz hat es sehr geliebt. Und ich auch.«

»Guter Anfang ist halbes Glück«, sagte Paul. Er massierte sich beide Schläfen.

»Lissy, lauf doch schnell mal zum Kaufmann und hol uns ein paar Salzheringe«, bat Frieda. Die halfen am besten gegen einen Kater. »Aber lass dich nicht von Minna-Überbiss aushorchen. Wenn sie fragt, wie das Fest gewesen ist, sagst du einfach nur, es war ganz wunderbar.«

»Die haben noch gar nicht auf.«

»Dann klingel. Wach werden sie schon sein.«

»Und wenn sie keine Salzheringe haben?«

»Nimmst du Matjes oder Rollmops, ein Dutzend, wenn du kriegen kannst«, antwortete Frieda. »Aber keinen Bückling.« Geräucherten Hering konnte sie an diesem Morgen nicht mal riechen, außerdem steigerte Bückling die Wollust, und sie wollte wahrlich nichts forcieren. »Nimm die Lebensmittelkarten mit und guck auch, ob du Kaffee bekommst.« Paul schenkte ihr einen dankbaren Blick. »Minna ist die Tochter der Kaufleute …«, erklärte sie ihm.

»… eine alte Jungfer«, steuerte ihre Schwiegermutter bei.

»… sie hat einen Überbiss, deshalb der Beiname. Tut immer ganz freundlich, ist aber eine fürchterliche Tratschtante.«

Er grinste. »Solche Minnas gibt's überall. In Lüneburg hatten wir auch eine, sie hieß Alma. Du wirst mich sicher noch ins Bild setzen über die anderen Originale der Insel.«

Frieda lächelte zurück. »Na, klar. Am besten nehme ich dich mit in die Vereine, und du suchst dir ein paar aus, bei denen du Mitglied werden möchtest. Gemischter Chor und Kegelverein, natürlich gibt's noch den Männergesangverein, Feuerwehr …« Die Idee war ihr gerade erst gekommen, und sie erleichterte sie. »Wir werden auch ein paar Besuche bei Freunden und Verwandten machen.«

»Kriegerverein«, schlug ihre Schwiegermutter vor. »Fritz und Hilrich waren im Kriegerverein. Bei Fritz' Beerdigung haben seine Kameraden Kanonenschüsse abgegeben und seinen Sarg unter nachlassendem Trommelwirbel ins Grab gelassen. Sehr ergreifend …« Sie schluckte schwer.

»Seenotretter«, steuerte Lissy schnell noch von der Tür aus bei, »Fokkos Papa sitzt immer im Rettungsboot am Ruder.«

»Nee«, erwiderte Paul skeptisch. »Ich glaub, das Wasser ist nicht so mein Element. Gibt's hier auch einen Turnverein?«

Frieda nickte. »Und eine richtig gute, moderne Turnhalle. Überhaupt viele Sportmöglichkeiten, jedenfalls in der Saison.«

»Hervorragend«, antwortete er zufrieden. »Sport ist meine große Leidenschaft. Ich turne für mein Leben gern.«

»Tatsächlich?«

Wir wissen eigentlich noch gar nichts voneinander, dachte Frieda.

Jakomina

»Ich muss mich loben«, sagte Jakomina, als sie am Abend allein in ihrer Stube saß und halblaut mit Fritz redete, dessen Augen sie von seinem Porträtfoto aus in jede Ecke des Wohnzimmers zu begleiten schienen. »War doch 'ne gute Idee, die Friseurzeitung mit der Anzeige ›zufällig‹ auf der Anrichte zu platzieren.« Verschmitzt lächelte sie dem Foto zu. »Dieser Paul Merkur macht sich ganz gut, Mucki. Natürlich ist er nicht so witzig und versiert wie du, er hat auch nicht die Raffinesse und Eleganz unseres Sohnes. Aber er nützt dem Inselsalon.« Sie nickte zur Bekräftigung, bevor sie sich wieder über eine Näharbeit für Lissy beugte.

Ein klein wenig bedauerte sie es, dass Paul und Frieda fast jeden Abend unterwegs waren. Dadurch fühlte sie sich noch einsamer. Früher hatten ihre Schwiegertochter und sie zwei oder drei Abende in der Woche gemeinsam verbracht. Das war vorbei. Aber andererseits beteiligte sich der Mann aus der Heide, den sie kurz den Heidjer nannten, nach Kräften am wieder aufblühenden Vereinsleben der Insel, und das konnte nur gut sein fürs Geschäft. Zunehmend erwies er sich als angenehmer Zeitgenosse. Die meisten Norderneyer begegneten ihm so aufgeschlossen, wie sie einem Nichtinsulaner gegenüber nur sein konnten. Schon allein deshalb, weil Frieda beliebt war und man ihr ein neues Glück gönnte.

Jakomina sorgte sich allerdings um ihre Enkeltochter.

Lissy, die im April elf geworden war, schien nicht richtig warm zu werden mit ihrem Stiefvater. Manchmal gab sie pampige Antworten, sie sprach ihn nie direkt an. Obwohl Paul sich bemühte, freundlich zu ihr zu sein. Wahrscheinlich brachte das Kind es nicht über die Lippen, Papa oder Vater zu ihm zu sagen. Das war ja auch verständlich, wenn man bedachte, was für einen wundervollen Vater sie verloren hatte. Aber so langsam wäre es doch an der Zeit, dass Lissy ihren Widerstand aufgab.

Zuweilen tat dem Nachwuchs eine harte Hand ganz gut. Auch deshalb war es zu begrüßen, dass wieder ein Mann im Haus lebte.

»Kinder sind wie junge Bäume, sie müssen von Zeit zu Zeit beschnitten werden. Das hast du immer gesagt, nicht wahr, Mucki?« Sie seufzte.

Es war einigermaßen hellhörig im Haus. Jedenfalls, wenn man wie sie jahrzehntelang darin gewohnt hatte, konnte man den Geräuschen ganze Geschichten ablauschen. Ihre Wohnung war zwar durch eine dicke Zwischentür im Flur von dem Anbau getrennt, in dem ihre Schwiegertochter mit Paul und Lissy wohnte, doch trotzdem verriet ein Knarren hier, ein Quietschen dort oder das Rauschen der Wasserleitung zu ungewöhnlicher Zeit ihr alles, was wichtig war. Zum Beispiel, wer wann wessen Zimmer betrat oder verließ. Frieda hatte ihr anvertraut, dass Paul ebenso wie einst Hilrich schnarche und sie deshalb getrennte Schlafzimmer vorzögen. Nun gut, dagegen war nichts einzuwenden, man konnte sich schließlich besuchen. Doch das, was die Geräusche ihr bislang verraten hatten, beunruhigte sie. Denn es war – nichts. Wenn sie die akustischen Zeichen von nebenan richtig deutete, dann teilten Frieda und Paul noch immer nicht das Bett miteinander.

»Da waren wir zwei von ganz anderem Kaliber, was?«

In ihrem Innern hörte sie, wie Fritz ihr beipflichtete. Wenn sie die Augen schloss, sah sie ihn sogar auflachen und seine Hasenzähne entblößen, die ihm stets ein charmantes, gewitztes Aussehen verliehen hatten.

Aber dass du dich bitte zurückhältst, mein Minchen, sagte er nun streng. *In diesem Punkte solltest du dich wirklich nicht einmischen.* Erneut seufzend nickte sie ergeben und konzentrierte sich auf ihre Näharbeit.

Noch etwas Gutes hatte Pauls Anwesenheit – sie musste weniger im Salon mitarbeiten und hatte mehr Zeit, sich um die Verpflegung von Familie und Belegschaft zu kümmern. Noch immer waren Nahrungsmittel knapp, viele Norderneyer litten Hunger. Die Entwicklung von Gerichten aus ungewöhnlichen Zutaten wurde deshalb mehr und mehr zu Jakominas Passion. Morgen würde sie ausprobieren, was ihr neulich eine alte Insulanerin erzählt hatte. Angeblich war es früher üblich gewesen, die Wurzeln von Stranddisteln zu kochen und wie Spargel zuzubereiten. Sie sollten nicht nur nahrhaft sein, sondern auch schmecken.

Als sie den Mädchenrock durch Auslassen und Umnähen des Saumes fertig verlängert hatte, griff sie nach einem Buch mit Sagen vom Rhein. Eigentlich lag es hier, weil sie Lissy daraus vorlesen wollte. Es war ein Hochzeitsgeschenk ihres früheren Altgesellen Rudolf, der in der Nähe des Loreleyfelsens ein Schiffsrestaurant geerbt hatte. Wahrscheinlich hatte Frieda ihm auf seine letzte Postkarte hin von ihrer Wiederverheiratung geschrieben.

»Ach, Mucki, sei still, ich denk überhaupt nicht mehr dran!«, beteuerte sie entrüstet. Rudolf hatte ihr damals vor dem Krieg so niedlich unbeholfen den Hof gemacht – bis ihr Mann ihn achtkantig rausgeschmissen hatte. Sie unterdrückte ein geschmeicheltes Kichern. »Das ist doch eine Ewigkeit her …«

Aber es freute sie, dass Rudolf den Krieg überstanden und noch eine Frau, die Kriegerwitwe eines Kameraden, gefunden hatte. Sein Lokal lief offenbar auch auskömmlich.

Sie konnte ja schon mal ein bisschen vorab in dem Buch lesen, damit sie wusste, welche Geschichte sich für welches ihrer Enkelkinder eignete. Die Kleinen ihrer Tochter Frauke und ihres Schwiegersohns Felix Rosenau, der ein Juweliergeschäft auf der Insel betrieb, liebten es, wenn Oma ihnen vorlas. Helmi war sechs Jahre alt, und Anneliesschen mit ihren sechs Monaten würde sicher schon Freude an den bunten Bildern haben. Aufmerksam studierte Jakomina die Illustrationen und versank dann in der Lektüre. Nur zu gern ließ sie selbst sich von Geschichten über verwunschene Ruinen und spukende Burgfräulein, von tapferen Rittern und weinseligen Gelagen in eine andere Welt entführen.

Grete

Max löste die Spange, die ihr Haar zusammenhielt. Grete wusste, wie sehr er den Augenblick liebte, wenn die schwarzen Wellen sanft über ihre Schulter fielen. Unwillkürlich schüttelte sie den Kopf ein wenig, um den Moment zu verlängern.

»Es macht mich wahnsinnig«, flüsterte er mit rauer Stimme. »Aber als zukünftiger Vater und als Arzt muss ich …« Er stöhnte auf, gequält von der selbst verordneten Enthaltsamkeit, presste sie kurz noch enger an sich, womit er natürlich auch ihr Begehren weiter steigerte, schob sie aber gleich darauf von sich. Mit ein paar Schritten floh er zur Balkontür.

»Ich komme mir langsam vor wie der Teufel in Menschengestalt«, sagte sie halb spöttisch, halb liebevoll und legte lächelnd eine Hand auf ihren schon leicht gerundeten Bauch. »Jetzt mal ehrlich, Dr. Lubinus … Unser Kind hat ein Tauchbad in der Nordsee im tiefsten Winter überstanden – meinst du wirklich, es wäre immer noch gefährlich?«

Er schaute aus dem Fenster über den Damenpfad aufs Meer hinaus. Sie folgte seinem Blick. Der mit Badekörben bestückte Strand war jetzt im Juni von Tag zu Tag mehr bevölkert, diese Saison würde besser werden als die des Vorjahres.

»Du bist nun mal mit deinen dreißig eine späte Erstgebärende, Grete«, antwortete Max betont vernünftig. »Da sollten wir jedes Risiko vermeiden.«

»Soweit ich das während meiner Schwesternausbildung gelernt habe«, sagte sie und ging aufreizend langsam auf ihn zu, »ist eine gewisse Anfälligkeit nur in den ersten drei Monaten der Schwangerschaft erhöht. Inzwischen bin ich im vierten Monat.«

»Aber sicher ist sicher.«

»Ach, wie sicher ist schon sicher? Könnte sein, dass ich vor Sehnsucht sterbe, bevor unser Sohn zur Welt kommt.«

»Ein Mädchen … wäre mir ebenso lieb«, versuchte Max ihren Verführungskünsten verbal etwas entgegenzusetzen.

»Ich fände es am schönsten, wenn wir erst einen Sohn bekämen und zwei Jahre später eine Tochter.«

»Wie … wie du meinst«, entgegnete er kurzatmig.

»Und wenn wir ganz vorsichtig sind?« Nur wenige Zentimeter trennten sie noch, in Max' braunen Augen sah Grete die mühsam unterdrückte Leidenschaft funkeln. »Gaaanz ganz vorsichtig?«, hauchte sie, bevor ihre Lippen seinen Mund berührten.

»Je, den Düwel ook!«, brach es da aus dem Ostfriesen hervor. Er packte sie, hob sie auf seine Arme und trug sie zum Bett.

»Halt«, flüsterte er nach einer Weile beschwörend, »beweg dich jetzt bloß nicht.« Schweißbedeckt, ineinander verschlungen lagen sie da. Es war verdammt schwer, dem natürlichen Trieb nicht nachzugeben. Sie atmete gegen ihr Temperament an, ganz bewusst langsam tief ein und aus, und unterdrückte den Impuls, in sich hinein zu kichern.

»Was soll unser Kind nur von uns denken?«

»Es denkt noch nicht«, antwortete Max.

»Aber es fühlt.«

Er küsste sie. Und sie hoffte unbedingt, dass ihr Kind es spüren und sich merken würde, für immer und ewig, dass es einst in einem Meer aus Lust und Liebe getrieben war.

Der Höhepunkt rollte in Wellen näher, nahm einen neuen Anlauf, Grete konnte sich nicht länger beherrschen, sie wollte, sie musste sich bewegen. Doch Max hielt sie fest umklammert, zwang sie stillzuhalten. Gleichzeitig begann er mit einer der Atemübungen, die sie für ihre Arbeit im Seehospiz entwickelt hatten. Sie tat es ihm nach. Holte ebenfalls tief Luft, beobachtete und lenkte ihren Atem, wie sie es oft gemeinsam geübt hatten.

Sie beruhigten sich, fanden den gleichen Rhythmus, sahen sich dabei tief in die Augen, verbunden durch Körper und Seele – bis sie in einem nie gekannten Gefühl explodierten, abhoben und sich auflösten.

Hinterher sprachen sie nicht über dieses ekstatische Erlebnis. Kein Wort sollte es entweihen.

Als sie etwas geschlafen, sich frischgemacht und angezogen hatten, bereitete Grete einen Tee zu. Sie öffnete die Balkontür weit und deckte das Tischchen draußen. Wolken trieben am Himmel. Die verglasten Seitenwände schützten sie vor dem Seewind, immer wieder kam die Sonne durch und wärmte sie.

»Warst du heute schon bei Hans-Heinrich?«, fragte Grete, als sie den Tee einschenkte.

Ihr Bruder Hans-Heinrich bewohnte vorübergehend eine Wohnung im selben Haus wie sie. Er war gemütskrank nach mehreren Jahren in einem Gefangenenlager aus Deutsch-Südwestafrika zurückgekehrt. Das Kaufhaus, das er und ihr gefallener ältester Bruder Lulu vor dem Krieg in der Nähe von Windhuk aufgebaut hatten, war enteignet worden. Hans-Heinrich sollte nun von ihrem Vater die Leitung der Lehmann'schen Werke in Berlin übernehmen. Das Fabrikunternehmen hatte mit der Produktion von Uniformen, Zelten und Ausrüstungsgegenständen für Soldaten viel Geld verdient. Böse Zungen nannten Ludwig Lehmann einen Kriegsgewinnler. Doch zuerst musste Hans-Heinrich wieder gesund werden. Seit seiner Rückkehr nach Deutschland verhielt er sich antriebslos. Manchmal sprach er tagelang kein Wort, wollte keinen Menschen sehen. Einige Monate hatte Hans-Heinrich in Melancholie versunken in ihrem einstigen Zuhause in Berlin verbracht.

Grete war mit ihren Eltern zerstritten, weil sie den mittellosen Max Lubinus geheiratet hatte, der keiner angesehenen Familie entstammte, und weil sie Mitglied der Sozialdemokratischen Partei geworden war.

Schließlich hatte ihre Mutter, eine geborene von Wingenhorst, sich aber keinen anderen Rat mehr gewusst als ihr trotz ihres Zerwürfnisses zu schreiben. Sie hatte Grete gebeten, sich um den Bruder zu kümmern, wenn sie ihn zur Erholung nach Norderney schickten, in die Sommerfrische seiner glücklichen Kindheit und Jugend, als letzten Versuch, bevor sie ihn in eine Nervenheilanstalt einweisen lassen mussten. Selbstverständlich lag es Grete sehr am Herzen, ihm zu helfen.

Max, der erst im Januar – mehr als ein Jahr nach Kriegsende – aus französischer Kriegsgefangenschaft zurückgekehrt war, hatte gleich erkannt, dass Hans-Heinrich selbstmordgefährdet war. Er unternahm mit ihm jeden Tag, bei jedem Wetter, einen Spaziergang durch die Dünen und am Meer entlang. Manchmal, das wusste sie aus den Schilderungen ihres Mannes, musste er den Schwager regelrecht vor sich hertreiben, mit Beschimpfungen oder unter Androhung von Gewalt durch die Natur scheuchen.

Max hatte im Krieg als Sanitätsarzt gedient. Er verarbeitete die schrecklichen Erlebnisse, die ihn manchmal nachts im Schlaf brüllen ließen, auf seine Art. Dazu gehörte, dass er anderen half. Seine Therapie, die Lebensgeister Hans-Heinrichs zu wecken, diente ebenso der eigenen Gesundung. Als Anhänger der Reformbewegung schwor er auf die Kräfte der Natur, auf die regulierende und stärkende Wirkung von Wasser, Wind und Sonne und den Wechsel von Heiß und Kalt.

Max schüttelte den Kopf. »Er hat nicht aufgemacht.«

Erschrocken sah Grete ihn an. »Meinst du, es ist was Ernstes?«

»Nein, ich glaube, das Schlimmste ist überstanden. Wahrscheinlich war er vorhin nicht da. Wir haben heute gutes Segelwetter.« Er lächelte. »Es war genau die richtige Idee, ihn aufs Segelboot zu lassen.« Seit einigen Wochen fuhr Hans-Heinrich häufig mit dem alten Segelboot des verstorbenen Fritz Fisser auf die Nordsee hinaus. Jahrelang hatte es eingemottet in einer Werfthalle an der Wattseite gelegen. Es gab in der Friseurfamilie Fisser niemanden mehr, der die *Minchen* zu segeln verstand.

Jetzt unterrichtete Hans-Heinrich, der in seiner Jugend oft auf dem Wannsee herumgekreuzt war, Fissers Tochter Frauke und deren Mann Felix Rosenau. Seltsamerweise verstand sich ihr Bruder gut mit dem Paar. Vielleicht lag es daran, dass die Rosenaus ein Juweliergeschäft besaßen und sich gern mit ihm über sein geliebtes Südwestafrika und über Diamanten und Farb-Edelsteine unterhielten, von denen es dort große Vorkommen gab.

Grete mochte Frauke nicht sonderlich. Sie hielt sie für eine eingebildete Ziege. Auch ihre Freundin Frieda hatte ein angespanntes Verhältnis zu ihrer Schwägerin, obwohl in der schlimmsten Hungerszeit sogar sie etwas Demut gelernt hatte.

»Wusstest du, dass sie manchmal Lissy zum Segeln mitnehmen?«, fragte sie Max. »Sie begreift die Kommandos schneller als ihre Tante, sagt Hans-Heinrich.«

»Ach! Nein, das hat sie mir noch gar nicht erzählt.« Eigentlich hatte Grete einen sehr guten Draht zu Friedas Tochter. Lissy vertraute ihr Dinge an, die sie ihrer Mutter verschwieg. »Ich weiß nur, dass sie ab und zu ihre Hausarbeiten bei Hans-Heinrich macht. Sie hat dort mehr Ruhe, und ich bin dann immer ganz froh, dass jemand bei ihm ist. Wenn er einen guten Tag hat, erzählt er ihr von Afrika, das mag sie gern.«

»Ich glaube, sie will ihre Oma überraschen«, erklärte Max. »Sie hat ihr wohl mal versprochen, dass sie segeln lernen werde, um sie davon abzuhalten, das Boot zu verkaufen.«

»Wie süß!«

»Ja, natürlich hängt Jakomina an dem Boot. Ihr Mann hat es schließlich eigenhändig für sie gebaut.«

»Es wär sicher auch für Lissy schön, wenn sie Spaß daran fände«, überlegte Grete. »Sie hat's gerade nicht leicht. Ich glaube, sie fürchtet, dass ihre Mama bald wie wir ein Kind bekommt.«

»Darüber sollte sie sich doch freuen«, entgegnete der sonst so verständnisvolle Max.

»Na ja, sie hat ihre Mutter viele Jahre für sich allein gehabt«, gab Grete zu bedenken. »Und plötzlich ist da Paul, der sie übrigens neulich mal als verwöhntes Einzelkind beschimpft hat. Wenn nun noch ein Baby käme …«

»Ich finde Paul ja ein bisschen schlicht«, sagte Max.

»Er ist unkompliziert«, erwiderte Grete.

Sie schwiegen eine Weile. Vom Strand wehte der Lärm spielender Kinder herüber. Möwen schrien, Geschirr klapperte. Es roch nach Salzwasser und frisch gebackenen Waffeln aus einem nahen Lokal, in dem Leute auf einer Veranda unter aufgespannten Segeltüchern saßen und plauderten.

»Herrlich!« Grete genoss die frühsommerliche Stimmung. »Und wir haben jeden Tag Urlaub.«

»Na ja«, antwortete Max. Sie spürte, dass er ihr etwas sagen wollte, das ihm nicht leichtfiel.

»Na ja?«, wiederholte sie fragend.

»Grete, wir können nicht ewig vom Ersparten leben. Die Inflation macht es auch nicht besser. Ich brauche beruflich eine Perspektive. Erst recht, da ich nun bald Familienvater sein werde.«

Sie nahm ihre Tasse und nippte am heißen Tee. Es stimmte, die Vorträge, die Max einmal in der Woche im Conversationshaus zum Thema *Der heutige Stand der Meeresheilkunde* hielt, brachten zwar etwas Renommee, aber nur wenig Honorar ein. Zum Selbstständigmachen fehlte ihm das Kapital, und die Banken wollten ihm nichts leihen.

»Die Gemeinde hat doch zwei Häuser in der Marienstraße

gekauft, um ein modernes Krankenhaus zu errichten«, sagte sie dann. »Das wäre eine Perspektive.«

»Nein, leider nicht. Es dauert zu lange, bis die Entwürfe fertig sind und sie alles entsprechend umgebaut haben.«

Alarmiert sah sie ihren Mann an. Er wusste doch, dass sie unbedingt auf der Insel bleiben wollte. Nur hier hatte sie ihr Asthma unter Kontrolle, nur hier bekam sie nicht diese grässlichen Hautausschläge, die sie jahrelang gequält hatten.

»Was ist mit dem Seehospiz?«, fragte sie. Die letzten Monate vor dem Krieg hatten sie dort zusammengearbeitet. Sie als seine Assistentin bei einer einzigartigen Studie über die Heilfaktoren des Nordseeklimas, untersucht an kranken Kindern, die zur Erholung auf die Insel geschickt worden waren. Damit hätte Max sich in der Fachwelt einen Namen gemacht. Doch die Mobilmachung war dazwischengekommen, die Unterlagen galten inzwischen als verschollen. »Du könntest deine Studie mit neuen Probanden wiederholen und diesmal zu Ende führen. Oder auch erst mal nur als Arzt im Hospiz arbeiten.«

Vielleicht würde sie dann wieder wie vor ihrer Assistenzzeit mit den jüngsten Patienten singen und spielen können. Beruflich war das ihre erfüllendste Zeit gewesen.

»Grete, wann hast du dir die Gebäude das letzte Mal angesehen?«, fragte er gereizt.

Fünf Jahre lang waren sie als Kaserne zweckentfremdet worden. Nun stand der Backsteinkomplex seit Monaten leer, was den Zustand auch nicht gerade verbesserte.

»Aber im Juli kommt eine Kommission der Regierung«, erwiderte sie aufgeregt. »Wenn die befindet, dass man das Seehospiz restaurieren müsste, kann's ganz schnell gehen.«

Max griff nach ihrer Hand. »Grete, versteh doch. Ich trage die Verantwortung. Deshalb werde ich eine Anstellung im Krankenhaus von Aurich übernehmen. Ab September oder Oktober. Es ist keine leitende Funktion, allerdings mit Aussicht darauf. Immerhin könnten wir uns dann ein kleines Häuschen zur Miete leisten und unser Kind wird in einem Garten spielen.«

»Aber … Ach, nein, bitte Max!« Flehentlich sah sie ihn an. Gerade noch war sie so glücklich gewesen. Und nun diese Nachricht! »Bitte!« Sie drückte seine Hand, ihre Augen wurde feucht. »Hast du etwa schon fest zugesagt? Max, lass uns doch wenigstens noch abwarten, was der Besuch der Kommission ergibt. Die Experten kommen direkt von der Reichsregierung. Das ist nicht irgendein Provinzgremium ohne Einfluss. Bitte …«

Schwer atmend neigte Max den Kopf. Er verzog den Mund. »Also gut. Ich will versuchen, die Zusage noch etwas hinauszuzögern.«

Sie presste die Lippen aufeinander. Mit den Augen dankte sie ihm. Wie es ausgehen würde, wusste sie nicht. Aber eines wusste sie gewiss – sie würde alle Register ziehen, um auf der Insel bleiben zu können.

Schweigend tranken sie ihren Tee, jeder seinen Gedanken nachhängend. Auf einmal hörte sie unten auf dem Damenpfad einen Mann von Herzen laut lachen. Die Stimme kam ihr bekannt vor. Grete erhob sich und lugte neugierig über die Brüstung. Es war Hans-Heinrich. Ihr Bruder lachte! Und die Frau neben ihm, ihre Freundin Katharina, lachte ebenfalls. Die beiden spazierten aus Richtung Weststrand näher, er trug Segelschuhe.

Erfreut hob Max seine buschigen Brauen. »Dein Bruder lacht wieder.« Ein Strahlen ging über sein Gesicht.

»Ich fass es nicht«, murmelte Grete. Sie winkte. »He! Wir haben gerade Tee fertig. Kommt doch rauf auf ein Tässchen. Wenn ihr mögt, bringt noch ein paar Waffeln mit!«

»Geht in Ordnung!«, rief Hans-Heinrich.

»Ob mein Bruder weiß, dass Katharina geschworen hat, niemals zu heiraten?«, fragte Grete Max nachdenklich.

Ihre Freundin war Lehrerin und arbeitete im Lehrerinnenerholungsheim, für das sie unter anderem ein anspruchsvolles Vortragsprogramm organisierte. Als eine der ersten Frauen auf Norderney hatte sie sich im Inselsalon einen Bubikopf schneiden lassen – und nebenbei mit ihren emanzipatorischen Ansichten Frieda auf die Idee gebracht, einen Ehevertrag aufzusetzen.

»Ob Frieda sich vielleicht schon wieder einen Hut verdienen will?« Schmunzelnd stopfte Max seine Pfeife.

Bei ihrer Hochzeit hatte sie nämlich Katharina als Tischdame neben Hans-Heinrich platziert, genau genommen hatte sie die Lehrerin sogar nur seinetwegen eingeladen, damit er sich gebildet unterhalten konnte.

»Na, ich glaube, so schnell wird Katharina ihren Grundsätzen nicht untreu«, gab Grete zurück.

Wenig später saßen sie etwas beengt, aber gemütlich zu viert auf dem Balkon um den kleinen runden Tisch herum und verputzten warme Waffeln.

»Mhmm … genau wie sie sein sollen«, lobte Katharina, »dick, innen weich, außen knusprig, nicht zu süß. Und die frischen Erdbeeren dazu schmecken herrlich.«

»Waffeln müssen eigentlich knusprig und so dünn sein,

dass man durch sie hindurchsehen kann«, behauptete Max. »Und man darf sie nur an den Tagen rund um Neujahr essen.«

Grete lächelte, er meinte ostfriesische Krüllerkes, die sie auch gern mochte, die aber furchtbar krümelten. »Wie schön, dass ihr Ostfriesen so weltoffen seid«, neckte sie ihn.

Wenn Sie wissen möchten, wie es weitergeht, lesen Sie

Sylvia Lott
Goldene Zeiten im Inselsalon
Erschienen im Februar 2023
978-3-7341-0892-1
Blanvalet